冬天，收获夏日阳光

郭保林散文精编

天和地是一部书，
地平线把它们装订在一起，
上部写满日月星云雨，下部写满山水草木兽。
我是一只书蠹，
咀嚼着天地间古奥艰涩的文字。

郭保林

上海教育出版社

图书在版编目(CIP)数据

冬天，收获夏日阳光：郭保林散文精编/郭保林著. —济南：山东教育出版社，2009
ISBN 978－7－5328－6460－7

Ⅰ.冬...　Ⅱ.郭...　Ⅲ.散文—作品集—中国—当代
Ⅳ.I267

中国版本图书馆 CIP 数据核字(2009)第 140675 号

冬天，收获夏日阳光

——郭保林散文精编

主　　管：山东出版集团
出 版 者：山东教育出版社
　　　　（济南市纬一路 321 号　邮编：250001）
电　　话：(0531)82092663　传真：(0531)82092661
网　　址：http://www.sjs.com.cn
发 行 者：山东教育出版社
印　　刷：山东新华印刷厂德州厂
版　　次：2009 年 9 月第 1 版第 1 次印刷
规　　格：787mm×1092mm　16 开本
印　　张：26.5 印张
插　　页：1 插页
字　　数：375 千字
书　　号：ISBN 978－7－5328－6460－7
定　　价：45.00 元

作者在天山（1996）

任它柔柔地抚摸，那我家的杨树，柳树，槐树，浓郁的影子落进水里，碧沉沉的，绿幽幽的，[illegible]那树影也变成了液体……

有时，我们在河滩草地上放纵地追逐嬉戏，或仰卧，或斜欹，甚至在草滩上打滚，染一身草香花香，痛饮青春的欢乐。风清、草碧、日暖，树绿。一帧帧风景，一幅幅画面，使我们如入天上宫阙，人间仙苑。更不用说树丛中的鸟儿为我们伴唱，树木的阴影为我们婆娑弄舞，大运河的吟吟流水也为我们朗诵爱与美的诗篇……

倘若是清晨，那薄薄的雾，牛乳似的在河上弥漫，在水面上流溢，雾中的杨柳，芦苇，像印象派画家的杰作，扑朔迷离，朦胧幽远，令人心醉，令人惊喜。晨雾中飘来的一股股幽远的清香，连同那丝丝缕缕湿润润的水气，如同情人的香帕，在你脸上擦来拭去，使你浑身酥酥的，痒痒的，连呼吸也觉得无穷的愉快，心境也变得极为明净。当太阳从濛濛的雾纱中露出笑靥，大运河也像睡美人似的慢慢苏醒过来，涂了胭脂的面颊变得更加俏丽、妩媚……

作者手迹

读郭保林散文

——序《冬天，收获夏日阳光》

张　炜

保林作为一个著名散文家，以自己过人的勤奋和非凡的才华，赢得了读者的广泛尊敬。他写下了几百万言，这其中不乏脍炙人口的篇章，它们不仅仅以迷人的文辞，而是以开阔的视野和激越的情感，打动了他人的心灵。像他这样的年龄与文龄，一如既往地劳作与歌唱的，在文坛上并不多见。

我在阅读他写草原和大漠的文字时，常常在心里赞叹：这是一个多么有活力的人、勤奋的人；他行路何止万里，纵马放舟，不知疲倦；他肯定不是个守在书斋里编造虚构的人，而是一个两襟扑满旅尘的行者。的确，好的散文家多是这样的人，他们有性情，多豪迈，能奔走。我也常常写些散文，但大多是工作中形成，或干脆是呆想神游的那一类，到底不够坐实。也正因为如此，所以读保林的书等于看一幅幅活画，翻动纸页时，呼吸生动，满目新鲜。他的书中辞章诱人，工于造句，却又不为这些所害，仍能保持一份自然在那儿。这也是练得文章内功并深谙法度的人，极不容易。漫漫文路，保林是从头走过一遍的人，甘苦自知，所以才有了这样的讲叙效果。

齐鲁出了不止一位有豪气的散文家，他们为人浸浸乐道，成为文坛上的一道绮丽风景。满溢的才情使他们口吟手书，运思奇异，动辄万言，立等可取。保林就是这其中的佼佼者。他不仅十分多产，而且格外豪迈。从边疆到内陆，从当下到远古，千载名句援引自如，各色掌故随手拈来。这里蕴藏和继承了中国传统文人的风尚典范，是网络时代不可多得的一脉传承。如果说到泰山，说到圣人之地的当代风韵，从这样的散文家身上则能得到充分的展现。

作文纵情千里，却又能于细部紧实处见出真性，从来都是难而又难的事。保林的这些文字最成功的方面，就是来自于实感的捕捉和分寸上的把握，虚实相辅，而非随处可见的大路慨叹。如写到大草原的阳光，作者一次使用了近四百言；写到白云，则足有二百字；写到骏马，也有三百字；写到黄昏，近五百字。这些本来都是极为不易的铺陈对象，虽巧亦拙，因为草原上的日出日落、骏马与白云，都是被前人反复抒写和咏叹过的；但是到了作家的笔下，却能够新意迭出，词富意丰，并焕发出属于他自已的别致气象。

作家既写故乡的亲切与细婉，又写大江大河的澎湃和浩荡。远如天山，近如邻巷，莫不织入缜密的文思。这种文字具有纵横驰骋一泻千里之势，疾风阔浪呼啸拍击，浩浩滔滔，读来常有一种酣畅淋漓的快感。作者显然受惠于中华辞赋宝藏，对汉语言的伟大储备有过尽心可意的研究；同时，又可见一颗特别的文心与情志，让我们领略一种开敞旷阔的审美意向。

从作文描述的技术角度看，我一般不太喜欢文章中的状语部分太过发达。但在保林这儿有所不同的是，他可以将这样的抒写进一步变得天真烂漫，并多多地注入自己的生命感，所以能够让人在阅读欣赏之中，产生出同步共鸣，从而多少步出语境，联想起他兴致勃勃的神色，乐此不疲的冲动，还有工于砌造而后的某种满足。

保林的散文写作将永远保持着蓬勃生气，并愈加走向阔大遥远的未来。这既是他已有的成就，也是我们的再一次期待。

2009 年 4 月

目　录 Contents

乡情像一条坚韧而绵长的丝线，无论走到哪里，它总是伴着我一同前行。山，隔不断；水，剪不断。一头系着故乡，一头系在我心中。

我寄情思与明月　/2

小院情深深　/8

写给故乡的黄昏　/12

八月，成熟的故乡　/17

那遥远的小山村　/29

小桥·流水·人家　/34

秋山启示录　/38

秋歌八章　/43

月浴　/55

给K给M给N给……　/57

风也清清，月也清清　/64

幽幽小巷，郁郁小巷　/70

紫罗兰，我的紫罗兰　/75

初来草原，缘山走岭，放牧视线，满目荒草漫漫，绿翻翠涌。仰视兀鹰傲空，胡雁阵横，俯听牛羊哞咩，马鸣萧萧，天籁之音与自然之趣，交相组合，形成多方位多层次立体美。

秋日草原　/82

我在草原上追赶落日　/88

草原无标题　/92

戈壁有我　/97

穿过荒原之夜　/101

浪漫的草原 /105
草原夜牧 /111
草原诗篇 /114
大青山寻梦 /118
草原，一页绿天 /123
——巴音布鲁克笔记

天和地是一部书，地平线把它们装订在一起，上部写满日月星云雨，下部写满山水草木兽。我是一只书蠹，咀嚼着天地间古奥艰涩的文字。

昨天的地平线 /138
阳光下的风景 /156
——河西走廊掠影
解读凉州 /163
初读三关 /177
感悟天山 /196
龟兹乐舞之源 /204
腾格里的另一种解读 /214
风流六盘山 /224
寻觅萧关 /233
千秋太史公 /241
根之魂 /248
——夏祭黄帝陵
在秦汉长城之巅，历史对我如是说…… /254

凝视寥廓旷达的天宇，我想象的翅膀纵横驰骋，像庄子的大鹏，扶摇直上，时而抚摸白云，时而驾驭长风，时而拍击长空。天空把蓝色的染色体渗入我的肌肤，我也似乎融化在蓝色的虚无之中。

高原问天 /260

太阳走遍高原　/267
纵笔纳木错　/276
走进和走出哲蚌寺　/281
白色的图腾　/289
面对崇高　/295
——喜马拉雅山断想
如歌的雅鲁藏布江　/303
祝福拉萨　/310

水，它升腾为云，陨落为雨，粉身碎骨，隐性匿影时又化为气。当它再度显现“真身”时，或嬉笑于山涧流泉，或徜徉于池塘湖泊，或放纵于江河，或狂啸于大海。

天堂之水天上来　/314
洞庭歌吟　/318
山水的圣经　/325
——写给最后的三峡
大宁河与川江号子　/330
梦断扬州　/335
有一抹蓝色属于我　/341
海滩上，一个孤独者的行吟　/346
徽州写意　/351
孤独的月光　/360
秋风悲歌乌江岸　/368
千秋纸墨是精神　/376
新安江，在春天的形式里　/388

附录：美文的弹性　/404
——郭保林散文的整体评价　高万云

后记　/415

乡情像一条坚韧而绵长的丝线，
无论走到哪里，
它总是伴着我一同前行。
山，隔不断；
水，剪不断。
一头系着故乡，
一头系在我心中。

我寄情思与明月

久离故土，难免心中郁积起一叠叠沉甸甸的乡情。

乡情像一条坚韧而绵长的丝线，无论走到哪里，它总是伴着我一同前进。山，隔不断；水，剪不断。一头系着故乡，一头系在我心中。在城市住久了，思念故乡的心越发殷殷的了，这一叠重重的乡情该怎样寄托呢？

托给那一缕飘逸的风；可它太放浪了，靠得住么？托给那一片悠悠的云；可它太轻薄了，载得动么？

哦，托给那一脉幽幽的月光吧——那湿漉漉、晶莹莹的月光，会翻过山岭，跨过河流，穿过翳密的林薮，载着我厚甸甸的情思，把一朵朵鲜润润的吻，一声声热乎乎的问候，给我的小河，给我的白杨林，给我的梨园，给我的场院，给每一朵野花，给每一株小草，给颤动在花瓣上的点点晨露，给栖落在草叶上的红头蜻蜓……啊，给我那像按在平原上一枚图钉大小的乡村。

而今，又是月到仲秋了。

月，对城市来说，实在太吝啬了。即便这仲秋之夜，那月也是慵慵的、倦倦的，只在遥远的天国微微睨着，月色淡淡的黄，像病恹恹少女的脸靥；地上，空中，弥漫着薄薄的、烟一样朦胧的光，仿佛风一吹，就消逝殆尽了，哪有故乡月色如水的清澈，如银的锃亮？

我思念故乡的月。

撇下妻与子，我独自走至郊外的山野，坐在山坡一块岩石上。脚下是灯火万家的烟城。仰首天穹，只见一羽鹅毛似的絮云，在月儿的脸上抚来抚去，一会儿又有一匹尼龙纱巾似的流云，网住了月儿的蝉鬓，又一会儿云翳褪尽，便见如水中的明珠，如浴后的白莲，施施然脱颖而出，于是山野便盛满了月的思想，月的灵魂。

我的思绪也像鸟儿一样，乘着这缥缥缈缈的月光飞去了，飞过迷蒙的烟水，飞进故乡那如诗如画的月色里……

故乡五月的月夜，在我儿时心灵里是一幅多么迷人的画儿啊！

——那是最新、最美好的时刻，天空像刷洗过一般，没有一丝云雾，蓝莹莹的又高又远。月儿像一个姗姗来迟的妩媚的少女，她把满目清朗朗的光晕撒下来，那满院便是一片明晃晃的晶莹，槐花瓣上便注满月的流汁，月的凝脂，空气里弥漫着花的幽香，月的芳馨。院角，墙缝里，蟋蟀，这些骚扰不停的夜的骑士发出暴烈般的歌唱……

这时，我便坐在院里洋槐树下，或躺在母亲的怀抱里，望着星，望着月，读着那永远也看不懂的黛蓝色的天书。有时母亲也扯着我的小手，摇来晃去地唱道：

筛箩箩，打躺躺，
磨斗面，送姥娘，
姥娘不在家，
喜得妗子笑哈哈……

其实是我笑，母亲笑。笑声在融融的月里飞飞飘飘。摇过，唱过，便给我讲起许多月的传说，我也常趴在母亲的肩头，问那月娘为何不下来，干嘛老呆在天上？问月娘吃什么，那儿有杜梨、有酸枣，也有“甜杆”么？那星儿可是她的孩子？云遮住了月的脸，好久好久不露面，是月娘病了吗？小小心灵中盛满了许许多多的童稚和疑惑。稍大一点，我和小伙伴儿喜欢在月光里奔跑，追逐，嬉闹。或场院，或河滩，或树林，那是我们这些“小精灵”活动的第一个舞台。跑累了，闹乏了，就坐下来唱歌。我们的嗓子嫩稚稚的，像刚脱壳的蝉，刚脱皮的蝈蝈。我们的歌清朗朗的，月娘听了，给我们一片湿润润的吻；花儿听了，给我们一片幽幽的香；云儿听了，给我们一片柔柔的情。

至于瓜棚月夜，那是孩子心目中最动人的一幅画了！

那是怎样迷人的景色啊！暮霭沉沉下垂时，月亮尚未升起，萤火虫却已从夜幕里钻出来，就像从夜空里飘洒下来的星星，忽高忽低、忽上忽下无声地飘荡着，飘荡着，在瓜棚、瓜园的周围飞舞起来了。当月亮升起的时候，田野就像洒了一层银粉。远处的树林，近处的田陌、沙岗，呈现一派既清晰、明亮，又空灵、柔和的景色。

那生产队的瓜园对我们多么富有诱惑力啊！满园枕头大的银瓜、西瓜，棒槌大的菜瓜和大大小小的甜瓜，从碧绿的叶缝里，裸露出丰满诱人的笑脸，散发出浓郁的馨香。温和的夜风，载着瓜的芳香，以及晒蔫了的瓜叶的气味，露水和夜的气味，一齐弥漫过来，沁人心脾，令人陶醉。在月色里可以依稀看到圆滚滚的西瓜——果皮上泛着一层白粉，白粉上镂刻着一道道深绿色的花纹；还有羊角蜜，长得像一只羊角，上尖下粗，弯弯着腰，黄色的外皮，打开来，露出粉红色的瓜瓤儿、紫红色的瓜子儿，咬一口，满嘴淌蜜；青皮脆，翠绿色的瓜皮上长着一条条黑纹，打开来，奶白色的瓜瓤儿，像水嫩欲滴的奶酪，甭提多甜了。至于"花狸虎"、"三道筋"，那都是瓜家族里上好的成员。还有一种叫大面墩，个头长得特别大，长长的，黄黄的，吃起来面面的，像吃馒头，简直可以当饭。

我们常常结群打伙地去偷瓜，在月色里演出一幕幕喜剧、闹剧和恶作剧来。看瓜的是"三老瘪"——一个瘦老头儿，我们叫他鳖三爷。偷瓜时，我们先派一个"侦察兵"，悄悄地溜进瓜棚，在他眯着眼打盹的时候，在他的鞋壳里面放一把干蒺藜，然后，在瓜园小径上也撒下蒺藜。一旦他发现偷瓜时，跳下床铺，脚一着鞋，就被扎得龇牙咧嘴，光着脚追赶我们，小径上的蒺藜又扎得他直吼直骂。叫骂声中，我们早已抱着几个甜瓜或西瓜像小狗獾似的跑远了。于是，我们就躲在河滩里，趴在草地上，尽兴地享受"战利品"；吃饱了，打着饱嗝，带着一种满足、一种快意、一种甜蜜，"宿窝"去了……

我真正读懂"故乡"这部书时，也是在月光下。那时我已高中毕业了，暑假里，我等候着高考福音的降临。

七月的傍晚，夜幕垂下了，蛙鼓响了，萤火亮了。我割满一筐牛草，坐在小河边，洗净了脚，洗白了手。我望着河水，见那河水发亮了，像黎明的晨曦。突然，那河水开始有银蛇游动了，抬头看呀，一轮金黄的明月，抖抖地出现在我面前，金灿灿，明晃晃。我惊呆了，两眼痴痴地望着这样辉煌，这样妩媚的明月。它如同一枚熟透了的柿子，散溢着浓馥的芳馨，饱蕴着汁液，沾着濛濛水汽。它金色的流汁、金色的柔光泼泼洒洒地倾泻在故乡广阔的田野上，远近的房檐、树梢、垛顶、水痕，全都泛出淡淡的金色光芒，一阵微风吹过，田野的光霭便闪闪地流动起来——潺潺的，湲湲的，幽幽的，轻轻的，对这耳语一阵，对那亲吻一会，悄然地，不出一点儿声响。这时候谁要咳嗽一声，它会惊恐不已，迅速地躲到背后，或是用小草将自己遮掩。我狂喜地望着这种神奇的月色，仿佛走进月的梦境。一切都是闪闪烁烁、蓬蓬勃勃，我陶醉在这金色的梦幻中了。

随着夜的脚步，那月亮渐渐变得更加明丽妩媚起来，她悄悄地、步履蹒跚地沿着河边的柳树枝干向天幕上走去，没有一点声息，又似乎听到窸窸窣窣的脚步声。月色比先前更清幽、更迷人了，沾着看不见的甜湿的夜露，一页页翻开在旷野上——远处堤上的柳条，身边坡上的紫丁香，一齐楚楚地向我伸展过来，把树枝和小草的影儿投射在河堤上。宿鸟在枝头上叫着，小虫子在草棵子里蹦着，田里的庄稼在拔节生长着，田野里也有千万生命在欢腾，花和沉静的草，越发显得芬芳扑鼻……这时，你可以尽情领略夏夜的安谧与恬静，夏夜的醇厚与丰富，夏夜的深邃与喧嚣……

但是，我的梦退潮了，我醒来了。我发觉，月照处的高冈河坝像朦胧的画，没照的低凹处像深沉的诗。于是我借着月光一行行一页页地阅读着故乡这部祖传的书：卧在月光下的牛，溶进月色里的柴烟，破旧的村舍，古老的磨房，发黑的麦秸垛，长着绿醭的水坑，木质皲裂的铲镳把柄，弯弯曲曲的小路，小路上那沉重纡缓的辙沟；还有这茂茂腾腾的庄稼，黑黝黝的土地，以及渗进大地深处我祖祖辈辈的汗水，和被风雨蚀去的重重叠叠的脚印……这是一部写满象形文字的书，我们古老民族煌煌历史巨著沉甸甸的一章。此时，我才真正弄懂"故乡"这个字眼深奥而丰富的内涵——繁衍，生息，创造，发展，艰难，执着，挣扎，奋搏……这莫不是故乡的生命坐标？

我年轻的心灵中顿然萌动了一种伟大而纯挚的情感，也萌动了一种苍茫的历史感和沉重的使命感……啊，故乡！

最令人眷恋的是中秋月。

中秋节，那是月的节日。

平原上，托出一轮圆月，犹如维纳斯的诞生一样迷人，一样富有魅力，又像泰山日出、黄河落日一样辉煌庄严。有一年回故乡，我在日记里曾记录过故乡中秋月出的壮丽景观：

……那隐晦的、沉思般的蓝湛湛的底色上，洒下了最初的几滴欢乐的蛋白色的水珠，并逐渐地浮泛开来。这色调又转为玫瑰黄，犹如丹青手的画笔在纡徐地涂抹，逐渐变得宏大、变得清晰，使玫瑰黄越聚越浓。天空中那金黄的、一路上扫荡一切的、火焰般的色彩，开始泛滥开来。又如一部交响乐。先是用一只细细的笛音悠悠地、从遥远的深处传来，渐渐声音变得清晰、宏阔、昂扬，接着管弦齐鸣，锣钹奏响，啊……这时，我仿佛听见月神被簇拥出来，如此圆润、清晰和庄严、安详。我屏住气，瞬目呆住了，这样伟大的、这样迷人的月出的远景，我却从来没有看见过。月亮离地，大约不盈尺的光景，霎时间，那所有的星星都似乎隐蔽了，唯有这轮金黄的月在向这夜的世界泼洒着流汁一样的柔辉，而那点点的遥村远树，淡得比初春的嫩草还虚之缥缈……

这时，家家户户男女老幼便团团坐在摆放在院子里面的地桌周围，开始了丰盛的晚餐，享受一年一度最神圣、最迷人的天伦之乐。而家家的地桌上都摆满了瓜果梨桃，摆满了特制的成套月饼，装潢鲜丽如新月。那月饼有枣泥馅的、糖馅的、瓜子和花生芝麻馅的，上面印着"嫦娥"、"桂树"的图案。这时，母亲并不急着吃，望着我这远归的儿子那种吃月饼时甜甜的、贪婪的样儿，脸上的皱纹化为一朵美丽的微笑。我咀嚼着月饼，也重温着故乡——那远处传来的机器的轰鸣声，那电视机播放出来的歌声和谁家院子里不时暴发出的一阵阵舒心爽朗的笑声，都流淌着收获的喜悦，火红的富足，甜美、热烈、沸腾的追求，那么新鲜，那么动人，那么令人遐思和憧憬。月饼的甜，瓜果的香，醉意浓浓的乡情，连同母亲的笑都就着月光吃进肚子里了，至今我的舌尖上还带着那甜甜的、馨香的记忆！

夜深了，露重了。抬头望去，高高悬挂中天的是山野特有的中秋月，她圆润，安详，静静地放射着柔和的光，如同母亲温柔的目光，温柔的微笑。山风轻轻地摇荡不息，载着清澈绮丽的光波，欣然地洒在地无限的静穆之中。在这静穆中，故乡仿佛一步一步向我走来，带着我童年的回忆，少年的足迹，熟悉的乡音；带着小河的琴声，白杨林的涛韵；带着甜甜的炊烟和庄稼成熟的芳馨……

难忘的故乡！难忘的亲人！愿我这一缕缕浓浓的乡情，托给天上的明月，愿那月光载着我这梦一样温存、云一样迷惘的情思，飞到那鲁西平原上的小村！

1987 年中秋节前夕

小院情深深

一棵白杨，两株泡桐，编织着一片绿幽幽的梦境。

几垒青砖，一页柴扉，从这个喧嚣的世界上切下小小一块安谧。

啊，我的小院！

怎能不眷恋呢？在故乡的小城，在那方矩咫尺的小院，我度过了八个春秋，留下我生命中最绚丽的一环，留下我的欢乐和忧伤，留下我青葱葱的追求和枯黄了的希冀，还有我严峻时代丢落的时光……

我的小院就像一汪透明的湖泊，只有细细的纹，涟涟的波，温馨，恬淡，雅静。无论严冬溽暑，都萦绕着春的神韵。我从外面归来，走进小院，小家庭的脉脉温情，亲人的絮絮话语，像五月的熏风，像被阳光煨热的浪涛，扑面而来。于是，我的心便得到抚慰。

我的小院左邻是一方开阔的河滩和无声的荒野，茸茸春草天涯，涓涓野水晴沙，窗含绿树，门落紫燕，青蛙的鼓点，鸟雀的鸣韵，蜂蝶的彩翼，闲花野草的馨香，不时带来浓浓的野趣，与我小院无雕饰的一切，融成一种单纯的和谐，一种诗与散文的美！

早上，小鸟在窗前的白杨树上啁啾婉转，把一串亮亮的韵撒进我甜甜的梦境。我起身洒扫，然后信步小院。从野外飘来的雾，如丝，如绢，如帛，如练，挂在枝头，浮在窗前。一缕缕粉嫩嫩的霞光和溶溶的雾掺在一起，扑朔迷离。啊，我的小院是一首粉红色的朦胧诗！

而黄昏的小院则是一首不经心的散文诗——瓦楞上凝着几片夕辉，树枝间横着青紫色的薄暮，一缕缕乳白色炊烟在暮霭中飘飘袅袅，几只归巢的鸟雀，从小院上空向温柔的孔雀蓝似的天幕上掠去，就像羊毫蘸着清水在宣纸上轻轻掠过。温馨，恬谧，小院散溢着生活的芬芳。我真不知为何易安居士（李清照）竟有“黄昏院落，凄凄惶惶”之感！

夜晚的小院也是迷人的，就像婉约派的花间词，清淡，丽雅。融融月色，淡淡清风，蒙蒙夜雾。我写东西累了，就独自坐在小院里，听绿叶与夜风絮语，听蛐蛐鸣唱；看星光在树叶上颤动，看夜露在花瓣上闪光。特别是夜阑时分，万籁俱寂，你分明能听到月的光波在枝柯间流动的声音。这时，心境会变得一尘不染，变得像黛蓝色的夜空一样畅阔、幽远、深邃，一切烦恼与忧愁顿然释去……

每年春天，我便在小院一角，垦出一方菜畦，垦出一片希望，播下扁豆、丝瓜，也播下浓浓的夏，盈盈的秋。一场春风，一场春雨。春风柔，春雨细。转瞬间，菜畦里便蹦出一汪绿油油的诗。

五月，天旱时，在傍晚或清晨，我常端水泼洒，那丝瓜、扁豆便傻乎乎地长，像个俏皮的孩子，一下子爬到窗纱上，一会儿又爬到树身上，它们走一路，开一路花：金黄、淡紫、粉红、水白，把小院的诗意渲染的更浓了。

那年早春，我的大儿子、四岁的冬冬从野地里拔了一棵鸢尾兰，竟然栽活了。到了五月，竟然开出紫色的花，到了来年，竟然繁衍一丛了，紫微微的，蓝莹莹的，那是孩子的梦！

有一年，我在菜畦里种下二十棵西红柿，由于我和妻子精心照管，水灌得饱，肥喂得足，秧叶蓬蓬，绿酽酽的，绿得沉郁，绿得凝重。五月里，花开了，结出纽扣大小的柿子，而秧子已半人深。我欣喜之余，隐隐有点不安。过了些时日，柿子仍不见长，我纳起闷来。后来，一个收破烂的老头儿来到我的小院，笑道："种西红柿像种棉花一样，要打边尖，打顶尖，还要掐狂花……"并为我示范一番，我茅塞顿开，如见朗日。哦，真是不读那家书，不识那家字！我按照老头儿的法去做，果然，不几天，柿子变大了，像气吹似的，转眼，红艳艳地坠弯了秧枝。

我采下收获，采下喜悦，但不愿独享，便召来前院的老关，后院的老孙，隔壁的小傅，让他们一块品尝小院的厚爱和馈赠。在那月薪五百大毛的岁月，这小院不仅给我以精神的慰藉，而且还做出了"物质文明"的奉献。

夏日的小院，白杨和泡桐投下一团浓荫，花的香，叶的绿，糅在一起，盈盈的，沁凉，幽碧，馨香醉人。中午，我常坐在小院里，背倚白杨，闭目小憩，做着美丽的梦，梦幻似的向往明天，憧憬未来……

我的小院排水系统不好，雨季，常遭“水满之患”。暴雨之后，我和妻子不得不用脸盆往院外刮水；然而我的冬冬却喜欢水，或做一条纸船放逐水里，悠悠荡荡，或光着小脚丫跳进水里，啪啪地踩，咯咯地笑，弄得小院水花四溅，笑声四溅。

后来，我的第二个儿子箐箐出生了，我常用婴儿车推他在小院里面走动，从西墙上摘一片瓜叶，从东墙上采一朵喇叭花。于是，这小院便是他的摇篮，便是他初读人生的扉页，便是他走向未来的一块甲板。

最有趣的是夏天的夜晚，月光穿枝透叶洒下斑斑的光晕。我虽然不能“开琼筵以坐花，飞羽觞而醉月”，但我和妻子坐在瓜篷豆下，却也能享受“有妻娟娟，闺闼闲闲，有童哇哇，亦既能言”的天伦之乐了。更令人怀恋的常有三五个文学好友不断来访。一杯清茗，数合香烟，小院于是盛满了烟雾、茶雾，也盛满了友谊，盛满了真诚，盛满了爱。我坐在丝瓜架下，海阔天空，纵横风雨人生，闲话世间奇闻，更多的是探索文学殿堂的奥秘。这时，泰戈尔也从遥远古老的印度跋涉而来，肩头披着恒河的风沙，口袋里装着他的《新月集》和《飞鸟集》；老巴尔扎克也从喧嚣的巴黎匆匆赶来，腋下夹着一册《高老头》，他虽年过半百，却依然情致昂昂，谈吐刚健；而托翁却喜欢沉思，那偌大一捧胡须里该蕴藏着多少智慧；年轻的拜伦和雪莱颇具有绅士的潇洒和诗人的浪漫气质……这时，我感到我的小院是那么博大，那么丰富，那么充实，那么真诚、坦荡、热情！

但是，生活中并非处处是鲜花，空气里流荡的并非都是诗意。人生旷野的风沙，事业征途的泥泞，同行们的倾轧，名利场上的角逐，帮派体系的猖獗，更有小人之辈的流言蜚语、谋算和陷害，时常像子弹一样穿透我一颗单纯、幼稚的心，给我带来烦恼、痛苦和干扰。虚伪受到赞美，真诚得到亵渎；庸俗待若上宾，正直受之绳索；卑劣得以嚣张，纯洁遭到凌辱；阿谀得到赏赐，诤言横遭迫害；丑恶挂上勋章，好心收到恶报……世态炎凉，人情纸薄，更使我困惑、迷惘。检点自己，虽言词激烈，却无伤人之意；疾恶如仇，常惹灾祸临身；虽已过而立之年，世事仍未洞明，人情仍未练达。这迫使我不得不时常带着一颗伤痕累累的心，躲进小院。于是我便关上柴扉，数日不出，我的小院便给我无言的温存，默默的抚慰——喇叭花用它号角般的热烈，丝瓜藤用它追求的执着，白杨用它顽强向上的挺拔，鸢尾兰用它生命的坚贞，连屋门旁的院灯也用温柔的橘黄——给我以启示，给我以鼓舞，给我以信念，给我以力量，给我以昂奋！于是，我舔净伤口的血迹，掩埋痛苦；于是，我修补好生命的小船，扬帆激桨，再次驶向波浪汹涌的生活海洋！

有一次，一位同事来到我家里，打量着我的小院，眼神里流露出歆羡，啧啧赞叹不已，最后提出以三室一厅的楼房换我这只有两间居室的小院，我却没有答应。我舍不得我的白杨、泡桐，我的丝瓜、扁豆，我的喇叭花、鸢尾兰，我舍不得我的小院！单纯质朴的小院，丰富多彩的小院，这里有我澎湃的热忱，奋争的勇气，永恒的青春。

我爱我的小院！

小院情深深几许？眷眷之恋长流水！

……后来，一纸调令，改变了我的生活的位置，我不得不向小院告别了。

那是一个浓秋之夜。我一边忙活了几天，将家具、衣物打点整齐，天明就要装车出发。夜深了，妻子和儿子都已入梦，我却睡不着，披衣出门，坐在雾露润湿的台阶上，望着小院，望着这熟悉的一切，耳鬓厮磨的一切。月光如水，夜凉如洗，夜风飒飒，满院萧索，丝瓜叶儿在低低啜泣，泡桐在轻声呜咽，鸢尾兰憔悴地流泪，扁豆秧在吁吁叹息，院灯也变得凄楚迷离。我的心酸酸的，一种凄凉，一种悲哀，一种眷恋，剪不断，理又乱！

别了，我的小院！

我走了。我的小院移交给新主人，还有两棵年轻的泡桐。后来，我见到那位新主人，他谈起泡桐，说长得很茁壮，都几拃粗了。啊，我的小院，那里还留着我一汪绿幽幽的诗情！

1986 年 11 月于泉城

写给故乡的黄昏

还记得淌着胭脂的小河吗？夕阳西下，小河的浪花是彩色的，它的笑声是彩色的，遗落在芦苇梢头小鸟的音符是彩色的，连撒欢在河滩上的小山羊的眼睛也是彩色的——

还记得散发着柴草气味的炊烟吗？炊烟在夹着禾香的晚风里轻轻飘逸，那是母亲的情丝，母亲无声的呼唤，水一样柔，云一样轻，梦一样甜——

这是故乡的黄昏留给我的诗和画。

故乡的黄昏哟，我思念你，你常常像小蜜蜂似的，在冥冥中飞来，蛰疼我的记忆，给我带来甜蜜，也带来忧伤。

一

孩提时代，我最喜欢黄昏。

春天的黄昏，那简直是人间天籁！

草儿绿了，花儿红了，清亮亮的晚风里送来花草清甜而微苦的气息。当夕阳的光线与地面接近平行的时候，天空中那一堆堆羊毛卷似的云朵，便开始出现了一圈粉嫩淡红，接着又变成赤金，赭红，最后是大片大片的玫瑰红。田野上弥漫着花粉似的光辉，树林、麦田、沙岗、小河、村舍，都浸泡在这毛润润、湿漉漉的红晕里。这时候，从树荫和篱影下面，却能看见轻淡的蓝色的暮霭。打着一盏盏蓝幽幽的小灯笼的萤火虫，从草丛里钻出来，在场院里，村路上，树丛中，飘忽明灭，像闪烁的星星；带着哨音的蝙蝠，也从屋檐下，树洞里飞了出来，那是黄昏的精灵。据说，城里人不喜欢蝙蝠，骂它是“黑暗的动物”，乡下人没那个讲究，我们喜欢蝙蝠，它辛勤地为我们捕捉蚊蝇，它扬起的音响，像我们嘴上的柳笛一样悦耳。

我们喜欢黄昏，每当放晚学的钟声还未落音，便从校园的豁墙头上爬了出来，冲进白杨林里，跑到河滩草地上，踩着夕阳的足迹追逐，钻进晚霞纺织的爱的羽翼里翻腾，尽兴地玩耍。有的抱着竹竿，像连环画里的孙悟空一样，对舞一阵；或是把自家的小山羊，小白兔从家里放出来，在河滩上啃着草。天快黑了，满头大汗地追赶兔子，还要把在小河里游兴正浓的鸭子赶回家。有时（那是四月暮春），我们成群结队地去沙滩上的杏林里偷青杏。我们在竹竿上绑一个铁钓，对准那一簇簇躲在叶子下面的杏子，轻轻一钓，杏子便骨骨碌碌落在沙地上，咬一口，酸得龇牙咧嘴，往往一只杏子还未吃完，从杏林里便飞出来粗哑的叱骂声，看杏林的瘸腿白瓜二叔趔趔趄趄地追了上来。我们扔下杏子，像兔子似的窜了；然后，躲在麦秸垛里，或藏在壕沟里，听着白瓜二叔的骂声，还叽叽地笑呢。

玩兴未尽，太阳已经落山了。蓝幽幽的夜色罩了下来。这时，远远地传来母亲的呼唤，我们便一窝蜂地往家跑，明明要挨骂了，还在小河里匆匆忙忙用瓦片漂水花儿。

最有趣的还是秋天的黄昏。平原的秋天是一年四季最美的季节。稻谷成熟了，大地正分娩她的产儿，天空也变得温柔、高朗、明净，明净得像孩子的眼睛。可是，每当傍晚时分，西天边上常常留着一片雀云，点点云片，真像一大群鸟雀在飞旋，在聒噪，而在落日的余晖照耀下，又瞬息变成一道彩霞，那田野也变成翻滚汹涌的大海，波光粼粼，浪花飞溅，高粱红得像喝醉酒的红脸大汉，啃啃地摇着脑袋傻笑；大豆也像一群小娃娃，哗啦啦，哗啦啦地拍着巴掌歌唱……到处是五谷的芬芳，到处是甜蜜的欢笑。

秋天黄昏的田野，是孩子们的伊甸园。我们这帮毛孩子要累了，常常在河滩上或田埂上，用铲挖一个土灶，拣来一些枯草，把“偷”来的玉米、花生、黄豆棵子，搭在灶沿上，在下面点起豆稭便烧熟了，喷香，喷香。我们像馋嘴的小獾狐似的，争抢起来，吃得脸上，嘴巴上，横一道，竖一道黑灰……然后，又像噪晚的鸟雀，叽叽喳喳地飞向温暖的小巢……

故乡的黄昏，洋溢着生活的欢乐、令人陶醉，让人留恋。然而，你留给我的并非都是欢乐和甜蜜，也有眼泪和悲伤。

二

后来，我离开了故乡，到县城一所中学读书。一天。放学回来，赶到村里，已是落日时分。迎接我的黄昏，就象新寡少妇的脸靥，凄楚而凄惶。

走进家门，母亲正坐在灶前。一口破锅，一把青柴，火光里没有我想象的笑脸，见我回来，菜色的脸颊本能地绽出些惊喜。父亲害着水肿病，天还未黑，就躺下了。

锅里煮着一锅黑乎乎的树叶和野菜。母亲给我盛了一碗，我用舌尖舔了舔，又苦又涩，实在难咽，尽管我那年已十二三岁了，应该懂得人世的艰辛了，可我在家里从小娇贵惯了。"我不吃！"我大声叫着，把碗往门槛儿上一墩，碗里的野菜汤洒了一地，母亲心疼的打了我一巴掌，又搂着我呜呜地哭了——那是1960年春天的一个黄昏。

我含着眼泪望着门外，望着黄昏中的村庄。几棵被撸光叶子的小榆树，赤裸裸的枝条瑟索在料峭的春寒中。村庄像茔群一样沉寂。饥饿，把黄昏的欢乐吞噬了，没有鸟的歌声，没有牛马的欢叫，没有孩子和笑语，连飘在屋顶上断断续续的炊烟，也变得那样孱弱和灰暗！故乡的黄昏啊，你送给我的诗呢？画呢？歌呢？故乡的黄昏啊，你怎么脱下那彩色的外套，换上这身冷得沉重，冷得令人心酸的灰色衣衫……

我流泪了，黄昏也流泪了。无声的泪水，伴着一团团的血丝，从她青灰色的脸颊上流淌下来，一滴一滴，滴进我心里，化为一团苦涩的永远的记忆……

最凄惨的一幕，要数1970年。那时，我已在省城读完大学。是一个冥冥的傍晚，我回到故乡。时值初冬。故乡的小村，蜷缩在一团昏蒙蒙的雾霭里，沉寂得令人担忧。冷冽的空气中偶尔传来一两声雀鸣，声音里也带着凄楚和哀怨。

回到家里，我见母亲老了，头发白了许多；父亲老了，背驼了许多；房屋也老了，破旧的墙壁被烟熏火燎，黑得像凝结了的夜晚。

我正在和父母吃饭，突然，街道上传来一声声铜锣嘶哑的鸣响，声音在黄昏里颤抖着，有着撕肝裂肺的感觉。

我问:“出什事啦?”

母亲说:“怕要开批斗会吧。”

“斗谁?”

“斗你白瓜二叔。”

“为啥?”

“还不是把几筐粪倒在自留地里了。”

“啊?! ……”

果然,隔着门缝,看见几个戴着红袖章的赳赳武夫,押着瘸腿的白瓜二叔,趔趔趄趄地行走在黄昏的村街上。看不见白瓜二叔的脸,只见他走一步,敲一声,当当的破锣声,镣铐般地沉重,惊飞了归巢的鸟雀,惊散了遗留在西天的几片残霞。夜的阴影很快扑了下来,将村庄锁进它的黑色的笼子里……

从此,我很少再回故乡,然而,我对故乡的思念,对黄昏的怀恋,却像窖藏的酒一样,时间愈久,愈发浓冽和醇厚。故乡的黄昏在我心底镌刻的一切,无论是欢乐还是痛苦,无论是失望还是希冀,都渐渐变成了一首深沉的诗,一首伟大的诗,留给我无穷的思索。

三

从黄昏到黎明,从黎明到黄昏。生活的脚步总是匆匆的,转眼间十多个春秋过去了。

燕子的翅膀又驮来了一个热气腾腾的春天。

一次出差,我绕道回到故乡。一上汽车,我心里就涨满了喜悦和悲伤,真想以臂当翅,腾空飞去,飞到故乡的怀抱,一头扑进那静谧的黄昏里。我要遍访昔日的伙伴,一起摭拾那一片片遗落的梦,咀嚼那苦涩而温馨的回忆;我要躺在碧茵茵的草地上,躺在清悠悠的小河边,去看云霞的变幻,蝙蝠的翩跹,去听浪花的絮语,燕子的呢喃,一任晚霞的羽翼将我抚摸,一任泥土和野花的芬芳将我熏醉;我甚至想撷一缕轻沙般炊烟,放在鼻前,嗅一嗅故乡的情愫,母亲的奶香……

谁知一出县城小站,便下起雨来。走进村里,雨还未停。我心里不免有点惘然,种种夙愿难以得偿。熟料,雨天的黄昏更富有诗意。蒙蒙细雨,如烟如雾,飘飘洒洒,缠缠绵绵,染绿了树,染绿了草,染绿了乡间小路。几只紫燕在雨丝中穿来穿去，撒下一串绿色的音符。村头谁家篱墙上三两枝性急的杏花，已经灼灼地挑在雨幕里，柔和而清新，使人想起“杏花消息雨声中”的诗的意境来。

母亲正在雨天黄昏中挑选棉种。虽然白发苍苍，但那满脸皱纹似乎舒展了许多。父亲还未从田里归来。我坐在门槛上帮母亲挑选棉种。院子里弥漫着一层湿漉漉的青黛色雾霭。一丛绿树被染得翠中含黛。面对门外熟悉而陌生的景象，欣慰的憧憬，毕竟多于怅惘的回忆。而我，自然也不能跪到小河边或白杨林里寻觅儿时的欢乐和稚趣——只有静静地坐在雨昏里，为母亲选择一颗颗饱实的希望……

雨飘落着，打在门前新栽的泡桐树叶子上，发出沙沙的声音，那是雨的语言，雨的歌。蓦然，从雨幕里传来几声汽车喇叭的鸣叫声，宛如一阕厚重、平和的弦乐声中，跳出了一缕清脆、欢乐的笛音，给这雨天的黄昏增添了不少生气。

我问：“村里通汽车了？”

母亲说：“这是你白瓜二叔的二小子开的，如今他是运输专业户。”

“二叔还在吗？”

“不在了。他要活着，唉……”

我走出院门，果然，一辆墨绿色的“黄河”沿着展宽的村街缓缓行驶着，又渐渐远去了。

雨还在下，如帘如幔。故乡的黄昏也被染成了绿色，宁馨而迷人。我漫步在雨幕中，徜徉在这绿色的黄昏里，向远处眺望，虽然没看到变幻的云霞，没有看到小河彩色的浪花，甚至再也听不到白瓜二叔那粗蛮而亲切的叱骂声，我的心头却涨满了新的喜悦。我多么依恋故乡的黄昏哟，我真想撕下她的一角，揣进自己的衣袋。我想，这绿色的黄昏正为故乡孕育着一个花红似火的早晨……

1986 年 2 月于泉城

八月，成熟的故乡

一片落叶送来秋的信息。我循着秋的脚印，去采撷故乡的八月……

八月的故乡——你好

怎能不怀念呢？那里有我的亲朋，有我祖先的遗骸，有我童年海浪般的憧憬和云霞般的梦幻……还有我记忆中多彩的八月。一搭上西去的汽车，我的心就像出笼的鸟，扑扑棱棱飞去了，飞到黄河故道的臂弯里，飞到杨柳矗翠的小河畔，飞到小小四合院，衔去一束绻绻的情愫，早早地给母亲了。

汽车奔驰着，我伏在窗口，贪婪地，忘情地阅读着平原的八月——

望不尽的莽莽苍苍，涌涌荡荡；望不尽的千顷秋色，万斛秋光——水稻黄了，微风里，金浪叠涌；棉花炸嘴，雪白银亮，宛如银河的繁星；花生秧儿，红薯蔓儿把地皮都盖严了，碧绿碧绿，如潮似海，如果不是车儿跑得快，说不定还会看到它们根部饱满的果实顶开的裂隙呢！八月的苍穹，一天碧落，是那样深邃，空阔，高朗，几只大雁横过蓝空，而圆圆的麦秸垛下，三五只母鸡却悠闲地刨着生活的安逸……

素素淡淡的鲁西大平原啊，浓浓艳艳的鲁西大平原啊，你把秋的甘甜，秋的色彩，秋的芬芳，像亮亮的雨丝，洒在我干涸的心上了。

故乡的八月，你那烫金的封面，彩色的插图，你那多彩斑斓、丰厚而充实的文字，曾给我童年带来多少欢欣，多少稚趣，吸附了我多少时光！

故乡啊，你还记得么？还记得那个光着脚丫在沙路上奔跑的小毛猴么？还记得从八月的枝头偷摘酸枣而划破衣服、扎破手指的小调皮么？

故乡啊，你还记得么？孩提时，我常乘大人不在意，钻进密密实实的庄稼地里，躺在垄沟里，透过层层叠叠的叶子，望着那瓦蓝瓦蓝的天空。大人们急了，四处寻找，满村响起母亲悠长悠长的喊声。可是我们不答应，不出来，用小鼻子使劲地吸着，吸着庄稼成熟的芬芳，吸着大地的乳香，吸着母亲慈爱的，带着焦急的呼唤……

故乡啊，你还记得么？我和小伙伴爱坐在拉庄稼的大车上，那铁轮大车，拉着一车金黄，一车喜悦，悠悠荡荡，摇摇晃晃，吱吱嗡嗡，唱着欢乐的歌。赶车的大叔鞭花甩得真响，像过年的炮竹，更好玩的是那长长的牛鞭，鞭梢上系着漂亮的红缨。鞭杆晃来晃去，那红缨像火焰般的鸟儿……

……车儿摇荡着，我微微困倦了。我昏昏沌沌地睡去了。我愿梦见母亲浅浅的微笑；我愿梦见侄儿甜甜地叫喊；我愿梦见在老枣树枝上的蝈蝈笼儿；我愿梦见玉米田里咀嚼"甜杆"的童年……

车过黄河大桥，一阵钢铁的轰鸣，把我的疲倦和困意惊飞了，我睁开眼，淡淡的暮霭已罩上了原野。

哦，此时此刻，母亲是站在村头大杨树张望呢，还是坐在灶前为她的小儿子准备晚餐？是晚风吹乱了她满头苍发，还是火光映红了她多皱的脸颊？啊，再过一个时辰，我就可以乖乖娇娇地做儿子了，尽管我已是两个儿子的爸爸……

我的心切切的。我仿佛听到故乡的呼唤——小河用它欢唱的浪花，白杨用朗朗的秋韵，藏在枝叶里的红枣用它甜甜的羞涩，挂在枝头上的石榴用它迷人的微笑，连场院里那座小草屋也在呼唤，用谷禾的馨香，用慈母般的情怀……

八月的黎明——秋的序言

睡在土坑上，睡在母亲身边，梦也是甜的。当我醒来，黎明梦幻般的藕荷色已抹上窗棂。

我喜欢故乡的八月，更喜欢八月的黎明。

在我的记忆中，故乡八月的黎明是开镰歌唤醒的。按照古老的乡俗，每到开镰时节，乡亲们家家户户用红枣白面做成花糕，祭祠土地爷爷。土地庙就在村头。全村老少在德高望重的长者率领下，跪伏在地，三叩九拜，感激土地爷爷赐给的丰收和欢乐，祈祷来年五谷丰登。即使遇到一个干瘪的八月，那祈祷也显得那样虔诚。这古老的乡俗，一直延续到合作化初期。后来，土地庙拆除了，风俗不时兴了，但是，开镰歌还是要唱的。

生产队长秋成叔，不仅是个"镰头"，也是个"歌头"。他性格开朗，乐观，嗓门粗放，豁亮，浑厚：

呕罗哟，呕罗哟——

谷子黄来高粱红，

穷苦人又熬来个好光景

……

歌声里有汗水，有泪水，有寒冬蛰伏的梦幻，有早春鹅黄色希冀，有炎夏热烈的期待；沉甸甸，水淋淋，在晨雾缭绕的田野上飞荡……

一曲开镰歌唱罢，人们摆开了雁阵，亮起闪闪的镰刀。秋成叔这时便忘情地张开手臂，拥抱起丰密的稻谷，并将自己的爱凝在镰刀上，用镰刀有力的唇，不断地亲吻八月的馈赠……

多少年来，我再没有听到那开镰歌了，我寻觅，我想摭拾几粒开镰歌的音符。

我跑出庭院，跑进黎明，跑进黎明的清爽里。

我站在小河堤上。在淡淡的曙光里，剪影似的田野，像分娩前的母亲那样安详、庄严和温厚。红的高粱，黄的玉米，灰的豆秸，紫的荞麦，金的稻谷，白的棉田，色彩斑斓，又如一幅雍容华贵的地毯，晨光映照的地方，现出玲珑的凸花；夜暗笼罩的地方，影映出朦胧的隐花，河滩上还飘着湿漉漉、软绵绵的雾，犹如秋的一重重纱幄，一重重梦呓……

这时，我看见一个老人站在河滩的稻田里，晨光映照着他酱紫色的脸庿，晨风撩起他的衣襟，像尊雕塑似的。哦，那不是秋成叔吗？他老了，满头白发亮亮的。他手里没有镰刀，一双苍老的眼睛静静地、久久地凝望着。秋成叔，你是要把故乡的秋色都尽收眼底么？是把这锦绣大地都印入脑海么？

你的眼神在急骤地变幻着，期待、喜悦、不安、困惑，像正做着一个多变的梦。

周围静静的，那是一种搅着甜的、酸的、欣慰的、悲戚的静……

蓦然，一颗饱饱满满、浑浑浊浊的泪珠，镀着晨曦的光亮，闪闪地从皱巴巴的面颊上滚落下来，叭地一声，滴在肥厚的稻叶上。秋成叔，你是粮食专业户，承包了六七十亩土地，年年上缴十几吨商品粮，票子当水往外泼，一家人整天乐得像八月的石榴——咧着嘴儿笑，这会儿会有什么伤心事？莫不是你想起那要"草"不要"苗"的年代，"香草"们肆无忌惮地吞噬着乡亲们的希望，不单你，就是最刚强的汉子眼里也噙过痛苦、悲愤的泪水啊！莫不是又想起，你身为一队之长，竟然没有填饱过乡亲的肚皮，而自己的老伴也曾饿昏在八月的田头？那是怎样的秋啊，灰暗的土地，稀疏的禾苗，像婴儿的胎毛一样柔细，斑花的土老鼠从洞里钻出来，忧郁地望着可怜巴巴的土地，为自己过冬的食物而烦愁。偶尔出现的几只蚂蚱，它们的肚皮也是瘪瘪的，很久很久才跳一下……

忘掉吧，秋成叔，这一切都像梦一样过去了！

"秋成叔，你哭了？"我走过去。

"哦，不，不，是风吹的。"老人急忙掩饰道。

"你唱支开镰歌吧，好久没听您唱了！"

"嘿嘿，"秋成叔羞涩的像个孩子，"都老掉牙的，谁喜听？"

过一阵。他忽然伏下身来，凝神倾听着什么，那专注劲儿，假如大地会呼吸的话，他也会听到跳动的脉搏。

"你听，它来了，它在唱歌呢！"老人惊喜地说。

我看了一阵，听了一阵，好容易才分辨出来，那哗哗的声音，是小河的絮语，那哗啦哗啦的是白杨的秋韵；再仔细听，除了稻禾的沙沙声，秋虫的嘤嗡声，以及小草抖落露珠的滴答声，再没有别的声响了。可是，就在这时，一种浑厚凝重的声音，从远处传来，先是轰轰，后是哒哒，愈来愈近，愈来愈响，像三月的雷鸣，像八月的海潮，循声望去，从村路上开来一台收割机。机手是个少女，被晨风撩起的一束秀发，贴在黎明的天幕上……

"嘻,咱也开开洋荤,这是俺前天才买来的,"老人喜滋滋地说,"眼下日子才开始呢,明年,后年……你再瞧吧!"瞧什么?老人没有说,但从他那眼神里,口气中,我看到了信心、力量,希望和象这霞光一样绚丽的未来。

……灰白的晨雾消散了。高压线塔,机井屋顶,白杨树冠,都镀上了一道亮亮的饰边,像泉水一样闪动,远村近树,一抹淡蓝色,眨眼间,被一种藕荷色的紫光溶化了,于是一幅漫天的红纱轻柔地笼罩了一切。随着一轮红日冉冉升起,大地捧出一个鲜亮亮、金灿灿的八月。

收割机纵横驰骋,梳理着秋光。机器的轰鸣声是那么昂奋,那么雄浑,像汹涌的海潮,拍打着成熟的田野。

我没有寻到开镰歌的音符,心头却注满了新的喜悦。啊,故乡,古老的村庄,你虽然还保留着青铜时代的遗著——镰刀,锄头,镢头,甚至还残留着石器时代的印痕,但毕竟敌不过这潮水的冲刷,就像夜暗终究要被黎明的曙光照亮一样。

又一阵马达的轰鸣声传来。

啊,我仿佛听到故乡翻动新生活书页的窸窣声……

八月的场院——故乡迷人的笑靥

春的凝聚点在鹅黄色芽蕾上;夏的凝聚点在浓郁的绿叶上;而秋的凝聚点在场院里。

八月的场院是浓缩的秋,是凝聚了的诗。

我从小对场院有一种特殊的感情。那是我儿时的乐园。我们常常在场院里捉迷藏,打滚,翻跟头。有时我们躺在厚茸茸、软和和、散发着馨香气息的谷草上,望着蓝蓝的天,白白的云,一任八月嫩嫩的阳光在身上涂抹,一任秋风芬芳的旋律在耳边飘拂……有时,又把谷垛当做敌人的城堡,唐·吉诃德似的,呜呜呀呀,用叉把扫帚攻打一阵,然后爬上垛顶,胜利者似的悠悠然,陶陶然。我们滚圆的小肚皮趴在垛顶上,就像贴在秋的胸脯上,那光滑的暖意和那带着暖意的香味,是多么令人心醉啊!

然而，场院也给我刻下痛苦的记忆。我曾害怕思念你，害怕梦见你。那是个贫血的秋天。秋风凄厉地尖叫着，戏弄着场院边已经枯萎了的芨芨草。南归的雁群早早地动身了，拖着饥饿损伤的身子低低地飞着，空中久久地留下它们喑哑的哀鸣。萧索的场院是一片令人齿寒的战栗。几个小小的谷堆，像老妇人干瘪的乳房；一小堆、一小堆地瓜，像婴儿的坟茔。一群人眼巴巴地盯着：孩子们的目光是贪婪的，饥饿的；大人的目光却是忧郁的，哀怨的，凄楚的，愤怒的——因为支书像魔术师似的把亩产三百斤变成五百斤，一面"学大寨"的奖旗，压扁了谷垛，压瘪了乡亲们的肚皮……

而今，八月的场院是笑的漩涡，老远就听见一阵阵笑声。老人脸上堆着笑，姑娘嘴角含着笑，人们言谈话语中响着朗朗的笑。场院是笑的中心，飞扬着漫天的笑。

你听，那边摊晒新棉的女人们，笑声多迷人。饱满，密集，清脆，响亮，听一下，就觉得有一种浓厚的味，扑面而来，像花一样芬芳，像蜜一样香甜，像露珠一样清新，像酒一样醇和。

哦，那不是黄三婶吗？瞧你笑得多滋润，多开心，多舒朗。到底是什么绽开了你动人的笑靥，激荡起晶莹闪烁、热情奔放的笑声？可谁能忘记那令人心酸的一幕：一头稀疏的黄发，干草般蓬乱；一张蜡黄的脸，浮满人生的困惑；一身破旧的衣裤，补着几种颜色的酸辛；胳膊里抱着一个病恹恹的孩子，指头含在嘴里，吮吸着生活的苦涩。当会计念完各家分得的地瓜斤数，这时，你才慌慌惶惶、颤颤索索地问："还有俺呢，俺多少斤？"会计的声音很冷："你问支书去吧。你家柱子偷了六块地瓜，一块罚十斤，全扣光还不够呢！"你哇地一声哭了，瘫倒在地上，孩子在你怀里也哭叫起来……

场院的笑声打断我的回忆。是的，我不愿想起那凄婉的哭声，不愿想起为一个鸡蛋的丢失而站在墙头吼叫半天的骂声，不愿想起为一个工分而争吵，不愿想起为几两油盐而烦恼，不愿在这欣喜和欢乐中去翻阅那沉重的昨天……

"黄三婶，你知道不？东家妯娌俩各做了一套西服，西家姑嫂俩都戴上了手表，南院的媳妇买了一件衣服花了八十元，北院的闺女从省里捎回一套连衣裙，还有新媳妇小梅骑着摩托车回娘家。更神气的是蚂蚱二叔，办了个养鸡场，一个月进几百元，人家两口子走在大街上肚儿都挺挺的……”

“那算个啥？你三叔说，秋后俺买几头奶牛，管它赚钱不赚钱，牛奶咱先喝个够！”

“哟，黄三婶，听你这口气，像个美国大亨！”一个小青年插话道。

“嗐，这有啥大惊小怪的，人家外国人都不靠吃粮食，美国人一人一年才吃百十斤麦子面，日本人只吃八十斤……”

“他们喝西北风呀！”

“瞧你木头脑壳，鸡鸭鱼肉，牛奶，鸡蛋，吃了就不当事？谁像你，吃红薯的肚皮，一顿五斤还塞不满……”

“嘻，黄三婶懂这么多！”

“天天看报呗！”

“黄三婶，你可是灶王爷放屁——神气哇！”一个个小媳妇笑她，“还不是你上大学的柱子，暑假回来给你讲的，你现学现卖还漏了一大堆……”

“死媳妇，看你这张嘴，我非告你婆婆，让她掴你几巴掌！”

场院里又腾起一片笑声。

八月的场院是充实的，饱满的，豆粒的滚圆，谷穗的沉甸，高粱的火红，棉花的雪白，还有这笑声也是充实的，饱满的，它来自一颗颗膨胀的心房。

我沉醉在这动人的笑声里。我真想伸出双手，把这透明的秋光，透明的秋色，连同这透明的笑声，像泉水一样捧在掌心，然后一饮而尽。

啊，八月的场院，故乡迷人的笑靥！

八月的夜——成熟着甜甜的爱

晚霞早已消退、湮灭了。天空蓝莹莹的，深邃而明净。近处的树林、沙岗、村舍、谷垛凝成一团团墨渍，而稍远一些的却显得清奇隽秀而有些透明了。到处散溢着谷禾甘芬的清气，使一种香透了的情感在这温和明朗的夜色里飘浮……

踏着浓浓的月色，我去参加一个婚礼。

新人小院就座落在村西沙滩的果园里。

这是明三暗五的新瓦房。玻璃窗上贴着用红剪纸剪裁的大"喜"字。四角是玲珑的窗花，有鲤鱼，兰草，还有美丽的花瓶。一块由乡人民政府奖给的"劳动致富"烫金匾额，挂在堂屋正中。屋里摆设当然"现代化"了：录音机、电视机、洗衣机、电扇，沙发……

我和乡亲们打着招呼，顺着人流涌进洞房。屋里已挤满了人，坐的、站的，有的小孩子爬在窗台上，有的小伙站在鸳鸯床上。人们笑啊，闹啊，像春天的小河涨满了桃花汛。

但我想不到新郎是蛮牛哥，更想不到新娘是桂花嫂，都是小四十的人了。

我记得，桂花嫂原来嫁给我远房的一个堂兄，堂兄在外省一个市里当工人，后来把她"休"了。她不到三十岁，就像老玉米一样，秕了的脸皱巴巴的蜡黄，眼珠子呆滞得就是火钳戳过去也不眨一下；为闺女时的俊秀，干净，全让生活的疲惫赶跑了；甜脆脆的一张嘴巴，也哑巴了。

而今，桂花嫂完全脱落成另一个人，一身西服，胸前缀一朵红花，象城里人结婚那样，被烫过的丰密的秀发上，撒满了金银纸箔，那张曾是清瘦苍白的脸靥，充满了血色的红晕，唤起了青春、生命和美色，波动着幸福的涟漪。

憨厚的蛮牛哥，真像个新郎官，一套西服笔笔挺挺，板板正正，打着鲜艳的领结，黯黑的脸闪着油亮亮的光。他是果树专业户，承包了黄河故道几十亩果园。

"蛮牛哥，你在果林里亲过桂花没？"

"桂花嫂，说说你们是怎么恋上的？"

……

怎么恋上的？什么时候恋上的？就像那花蕾什么时候绽开变成花朵的呢？就像清晨东方那一缕透明的晨曦什么时候变成玫瑰色朝霞的呢？去问果园的小溪吧，它曾映照着他和她的秋波；去问天上的明月吧，它曾拍摄过他和她相亲相近的姿影；去问枝头上的小鸟吧，它曾偷听过他和她爱的絮语；去问那冬雪、春雨、夏露、秋风吧，它们曾滋润过爱的芽蕾，既然种子萌发了，就要生长，成熟，何况在这成熟的季节。

几个小伙子和姑娘拥啊，闹啊，简直要把新人扯碎似的。这时，不知谁用线吊起一只苹果，让他们两个啃，苹果一晃，新郎新娘嘴碰嘴，脸撞脸，屋里又溅起一片欢乐的笑声。

外面院子里鞭炮也在响，小挂鞭的清脆，轰天雷的闷重，二踢脚的高空震荡，滚地炮的连珠炸响。放，放，痛痛快快地放；响个淋漓酣畅，炸个遍地开花，让欢乐喜悦涨满天，涨满地，涨满这迷人的秋夜……

夜深了。我离开新人小院。走在果园的小径上，走在村路上，身后的笑闹声不断传来，把清幽静谧的秋夜，搅得蓬蓬勃勃，沸沸扬扬，那么富有生机！

皎洁的月光从树枝间嘀嗒着，若有若无的清风把月光和花香混在一起，从夜色里浸了出来。夜气变得鲜润、芬芳，使人联想到新鲜的蜂蜜和早晨嫩黄的阳光。树影里，成双成对少男少女，喁喁私语，夜风把他们爱的心曲偷偷播放出来，撒在成熟的田野上。

啊，我的心颤动着。爱情，这个诱人的字眼，在古老愚昧的故乡，被冰封了多少世，多少代；而今复苏了，是那么新鲜，那么动人！

然而，我想到那更博大更深沉的爱，在"青年之家"门前的宣传栏里有几则简讯，最普通的庄稼汉，平日一个钢镚掰两半，但却能一次为灾区捐献三千元，而且藏起自己的姓名，不让夸奖；某某一家十几口丢下自己责任田里的活路，去连夜抢修被暴雨冲坏的小桥，不取分文，只求小桥安然，不误乡亲人行车过；谁把祖传手艺献出来，使全村人共同致富；还有隔墙邻居过去曾为一把扁豆角结下怨仇，而今却成为"精神文明"的连理花……啊，这不是爱么？这不是纯洁高尚的爱么？假如没有白云，蓝天也会寂寞；假如没有星星，月亮也会寂寞；假如没有野花，青草也会寂寞；假如没有小鸟，树林也会寂寞。假如没有爱，没有这样纯洁高尚的爱，人世间也是苍白的寂寞！

故乡八月夜，你不再是阶级斗争烈火灼疼的夜，你不再是大批判吼声惊碎了的夜，你不再是"棒子队"紧急行动的尖历哨音撕破的夜，而今你变得这样安谧、宁馨、饱满而成熟——苹果落地了，那是爱的沉重；豆荚暴烈了，那是爱的热烈；棉桃炸嘴了，那是爱的纯洁；小草小花结籽了，那是爱的饱满；鸟儿发出呓语，那是爱的甜蜜；白云追着月儿，那是爱的执着……

难得成熟的爱，在这八月的夜晚如此凝重；

难得成熟的月，照在故乡的土地上，如此光华昭昭！

八月的雨——播着新的成熟

早晨醒来，窗外已经落雨了。八月的雨，温暖，柔和，带着亮亮的色彩，淋湿了故乡。我坐在窗前，久久地凝望着，院子里的泡桐摇摇曳曳，雨点打在上面，沙沙沙，发出悦耳的声音，一缕缕炊烟和黛青色的云霭一起抹在村舍的上空。篱笆上的丝瓜、扁豆在细雨里散发着幽幽的清香。不知谁家的录音机打开了，播放着彭丽媛的《在希望的田野上》……

乡亲们没有星期天，雨天便是他们的假日。在我的记忆里，雨天里，小伙子们三五成伙地甩上半天老 K，中年汉子则炕头一躺，倒头呼呼一觉，老人们却搓草绳，拧蒲团；而妇女们更忙了，纺花织布，哐叽哐叽的机杼声从雨中渗漏出来，姑娘们则穿针引线，帮助母亲们缝补破旧的生活。而今，乡亲们在做什么呢？

“纺花、织布、打草绳？”我问。

“嘻嘻，”母亲笑了，“那是陈年的事了，眼下青年人可会享受了，他们唱歌、跳舞、演节目……哦，今儿怕要上课吧，听说省里来了位先生！”

话音未落，一串串银铃般的笑声，从外面传来。这时，就在这时，一阵悠扬的钟声划过雨幕，三三两两的姑娘勾肩搭背地走来，小伙子们成群结伙地打着口哨或唱着时髦的歌子向“青年之家”走去。布伞、纸伞、塑料伞，花花绿绿，像飘动的花；他们的笑语也像花瓣一样撒在村街上，整个故乡都因而年轻了一个世纪。

当我来到“青年之家”时，果见一位戴眼镜的中年人站在讲台上，身后的黑板上用粉笔写着“什么是十字农业？什么是立体农业？”几间窗明几净的大房子里，早已坐满了人，不仅有青年人，还有中年人和老人。

啊，那烫着发、穿着牛仔裤的该是香妹子吧？我知道，你奶奶再不用为几个小钱去抠鸡屁股了，而你也无须苦着脸，拖着母亲穿过的鞋子，手捧着几颗鸡蛋，冒着凄凉的秋雨，啪唧啪唧地去供销社换盐，半路上，一不小心，滑倒了，鸡蛋摔碎了，你家的日子也摔碎了……

啊，那戴着手表、穿着西服的该是大发吧？曾几何时，你日复一日地劳作将收入的三分之二缴给队里，换回价值一盒经济烟的十分工……我知道，你不必担心父亲的地排车会陷进泥沼了。那车太破旧了，灰褐无光的木质，皲裂的轮胎，眼看支撑不住生活的重负了。吱吱呻吟的车轮，缓缓地碾过的黄土路上，刻下漫长而幽怨的轮迹。

啊，那不是队里有名的“老超支”——憨二爷么？我忘不了你那开花的棉袄，还有你那根总是拦在袄外当腰带使的半截草绳——死了老婆的汉子，什么都难啊。那一年你为孩子扯二尺布做了件御寒的棉袄，把分得的二斤芝麻，一粒不舍得吃，偷偷卖给远方的陌生人……二爷，瞧你今天那神气样儿，眯着眼睛，叼着烟卷儿，听得多入迷！

啊，那不是李家三嫂么？那年你偷了队里几朵棉花，被逼将棉花串挂在脖子里串乡游街，回到家里喝了半瓶敌敌畏，差一点没走进那个永恒的世界。而今天，你不仅要做土地的主人，也要当科学的主人，谁不知你是植棉能手，你家墙上挂满了“劳动致富”的锦标和奖状？谁不知你当选“专业课”代表去县里开劳模会，县长让你发言，你却哇地哭倒在讲台上……

啊，还有秋成叔，还有黄三婶，还有蛮牛哥和桂花嫂……

哦，我的乡亲啊，你们那一双双粗糙的大手。那曾经扶过犁、握过牛鞭的大手，那曾经缝补过苦难和忧愁的大手，那曾结满过生活厚茧的大手，终于翻过了沉重的昨天，翻开了新的一页……

秋雨霏霏，飘飘洒洒。如丝，如绢，如雾，如烟。落在脸上凉丝丝，流进嘴里，甜津津，像米酒，像蜂蜜，使人如醺，如梦，如痴，如醉。透过蒙蒙烟雨，我仿佛看到故乡正迈着艰难而执着的步子，从古老的柴扉和阴暗的茅屋中走出来，从呆滞和愚昧的云层中走出来，从小四合院的禁锢中和木犁弯曲的垄沟里走出来，走向霞光腾飞的早晨，走向阳光灿烂的未来……

八月的雨，温柔地、轻轻地播洒在故乡的土地上。我想，待来年秋风再度，大地会出现一个更新、更美、更丰硕的成熟。那时，我会再来采撷你——故乡八月的诗篇！

1986 年 7 月 8 日——13 日写于泉城

那遥远的小山村

像一片绿叶静卧在大山的腹部，像一页风帆停泊在黛绿色的山浪中。哦，你好，遥远而美丽的小山村！在这秋意浓酽的时节，我来拜访你……

这里的山，线条舒缓、柔和而秀气，一座座，半掩半露的羞羞答答的山峦，从淡淡的薄雾中探出秀美的身子；这儿的林是茂密的，高高的橡树，挺拔的云杉，亭亭的箭杨，少女般地舒枝展臂，竞相媲美；这儿的空气是甜丝丝的，有股青草味儿，有股露水味儿，有股阳光味，似乎还有股温馨的女人味；这儿的村落也是幽静的，没有马嘶人喊，鸡飞狗跳墙，只有悠悠的风，幽幽的树影，碎碎的阳光，仿佛一切都在默默地，绵绵地纺织着一个古朴的梦！

村头有一条小河——其实算不上河，是一条小溪——犹如大山挤出来的奶汁，清澈，澄碧。溪水浅浅地流着，流过色彩斑斓的鹅卵石，流过树的倩影，山的秀姿，流过花的山野。有几个光屁股的孩子，在水里戏耍着，溅起团团的雪浪花。几只白白的鸭子在水里凫，那些金黄的蹼在绿波里悠悠地划。孩子们不甘寂寞，去轰它们，赶它们。那鸭子嘎嘎地叫着，亮起扇子般的翅膀，拍打着水波，蓝天碎了，白云碎了，山姿树影全碎了。那破碎了的美，倒也挺迷人。

几位村妇坐在石头上洗衣服，韵律般的砧声在近山回响着。她们白白的腿肚儿浸在水里，像一节节胖胖的藕瓜儿；花花绿绿的衣衫犹如彩色的水藻，在水里摇摇曳曳；白白的肥皂泡，一团团聚了起来，宛如三月里盛开的簇簇梨花，溪水载着它们，悠悠荡荡，充盈了俏雅的诗的韵味。

村街全是青麻石，净净的，像被水洗过似的。房屋全是红瓦，灰瓦，嵌着山草，草也被风舞着，透着柔柔的乡气。家家大都是小小四合院。据说，自古至今就沿袭着这种造房的格局，是美观舒适，抑或雍容华贵，很难说清楚。大抵取四方聚拢，四世同堂的意蕴。南屋设天神之堂，北屋登列祖列宗，东厢奉赵公元帅，主赐降福，西厢有农神五谷丰登。一家几代，同居于斯，幼有所养，老有所依，伯仲叔季，长幼有序，父慈子孝，天道人伦，世世代代，从古训，秉先哲，甘苦与共，戮力同心，这里完全保留着中世纪东方封闭型文化的遗风。

小院里栽着树，泡桐，刺槐，椿，柳，也栽着葡萄，一架长长的蔓藤儿，漫不经心地编织着一片绿幽幽的梦境。蕈菌在院角生长，绿苔在墙壁上繁衍，狗在树荫下歇息，鸡在柴垛旁觅食，恬淡，安谧，还浮着一层温柔，只有那一串串成熟的葡萄不安分，从树叶里挤出来，光闪闪，油亮亮，喜盈盈，像一群活泼而不知羞涩的少女的眸子，窥探着外面的世界。那可是秋的眼睛？透过这盈盈的秋波，你可想象这山村的秋是如何的瑰丽，充实而丰富。

是的。不信，你到村外山野来。

漫山遍野都是果树，人工培植的，野生的，茂茂腾腾，五彩缤纷。掀开绿叶，到处都可以摘到流蜜的果实。石榴园树树挂满节日的红灯笼，又红又大的石榴压弯了枝头。饱满的石榴像主人一样好客，咧着大嘴，向你捧出红宝石般晶莹的石榴籽儿。一把石榴籽儿含入口中，一股蜜的瀑布顿时会跌落心头。进了枣林可得轻手轻脚，一碰枣枝，枣雨便倾盆而下。你有兴趣，就尽情地捡吧。你要扭扭捏捏，主人就会马上捡来一小篮，硬往你口袋里塞。到了苹果园，你准傻了眼，那红香蕉、青香蕉、金帅、大国光、小国光、印度红……好像这里荟聚了苹果家族。还有梨树、香梨、酥梨、莱阳梨……从树下往上看，或艳丽如旭日，或淡雅如晓月，或闪烁如云霞，或晶莹如星河，处处都是奇珍异宝，使人眼花缭乱，真像那一代侠盗巨魔把世界的黄金、美玉、宝石、珍珠、玛瑙都偷到这里来了。

进了果园，你尽管敞开肚皮吃，想摘哪个就摘哪个，你不吃，主人还不高兴呢！只要你轻轻咬上一口，山村秋的韵，秋的甘甜，秋的情愫，就一兜儿全灌进你的五脏六腑里了。

如果，果子并不满足你的口味，最美的是到田里摘那嫩苞米，剥开一层层绿中泛白，白中透青的苞米叶，便露出鼓溜溜、黄澄澄、白净净的玉米籽儿，一掐一股乳汁般的浆液，要生吃，牙一碰，那牛乳一般的浆汁便涌到舌尖上了。将嫩苞米放在上面，捡来一些干枯的树枝或野草，点燃起来，不一会儿，那香喷喷的气味，便馋得你口水流出来。你拿下来，怪烫人的，必须一刻不停地从左手倒在右手，从右手倒在左手，稍凉一会儿才可以吃。吃起来，嘴巴上便沾满了横一道竖一道的黑灰。虽然，这种吃法有点原始和粗放，但却让你品味到山村秋的丰富和多彩。

啊，小小山村，你酿造了这样浓的香，这般多的甜，是为了报答大山的恩情呢，还是为了召唤远方的客人？

正当你"吃兴"大发，乐而忘归时，硕大通红的夕阳开始撞击黛青色的山峦，半个天边溅起一片绮丽、凄迷的落霞。山峦变薄了，变透明了，山峰彼此重叠，因为重叠得巧妙，造成一种透视的错觉。像一张正在显影的胶片，显影恰到好处，影像清晰而透明。可是随着晚霞的收敛，这张胶片影像渐渐变得模糊了，朦胧了。这时，村里家家的风箱呱嗒呱嗒地响起来，高高矮矮的烟囱冒出了袅袅的烟，夹着点点暗红火星飞扬在薄暮里。男人们收工回来，赤着脚，光着膀，或是半披着衣褂，扛着犁耙。母牛哞哞地叫着，跟在人的身后，慢悠悠地迈着步子。几缕残霞还不肯逝去，在油晃晃的牛背上一跳一闪的。但是，那幽静的暮色悄悄地围拢过来。紫丁香般的暗阴爬过了村子。那些石堰的青色和那条铺垫着红土的小路，失去了它们奇幻的血色，变成平凡的灰褐色了。野菊花，荞麦花和晚蚕豆花的凄迷的香，伴着轻盈的暮霭在村里和山野上晃漾，流动。

随即，小小四合院的安谧和幽静全被打碎了，变得热闹起来。一只只小鸡仔像贪玩的孩子，不肯宿窝，站在草垛顶上或墙头上，喔喔地叫。老母猪早耐不住性儿了，暄暄的肚皮擦着地，吱吱嗡嗡地将棚栏门拱得山响。小山羊们为争夺几棵主人带回的青草而牴起角来。那胖乎乎、毛茸茸的小狗崽，见主人回来，便从门旁或树荫下跳出来，在主人身前身后，打转转，这嗅嗅，那舔舔，亲热得不得了，殷勤得不得了，还不时冲天吠叫几声，仿佛被主人刚从山野带回的青草、泥土、阳光酝酿的甜味熏醉了。

夜色全上来了。星星和月亮，掀开蓝色的天幕走了出来。这时，便是令人心动的静。偶尔，有一两声狗吠，别的都是无声的。待夜色更浓一些，很快蛐蛐便唱起来，其他虫儿抗不住诱惑，也前前后后地跟着唱起来。于是秋夜，便开始了动人的奏鸣曲。风也吹，树木便跟着摇，月亮斜斜地挂在天幕上，在这雄伟的大山里，它显得单薄而瘦弱，“山高月小”，你可以体会到这诗画般的意境了。那月光也不清，只是洒了碎碎的银，却也蒙了雾。场上巨大的新鲜的谷垛，一面向空气里散发着带了暖意的香，一面借月光把自己本来很臃肿的身子变得更肥胖了。不知谁家的大白鹅，还恬静地卧在白天被小鸡仔刨下来的松松的谷草上，把脖子打起弯来，前前后后梳理着自己的羽毛，不时高昂起头，对着深蓝的天空和金黄的月，高唱几声，天地间便萦绕着它们的声音。浓浓的一抹山影在天边静止着，山的颜色是黑的，山的曲线是柔和而纤丽的……

去老乡的家里做客，也挺有意思。这里的村民也像秋一样醇厚，也像秋一样深情。村民们十分好客，家里有稀罕吃的，全摆上。吃饭时，那镶着蓝瓷花边的大海碗，盛得溜溜满，唯恐你吃不饱；喝酒时，那酒斟得泼泼洒洒往外漾，非让你喝个昏醉；吃菜，那白花花的肥肉膘硬往你碗里夹，不管合不合口味。这古老而醇的民风，虽然令人钦佩，倒也让人感叹。

饭后，女人们照例洗涮碗锅，喂猪饮羊，或者缝补衣物。男人们则三三两两蹲在屋头墙角，点着一只只老叶子烟，长长的烟管，红红的烟火，扯起来，就像结构紊乱的文章，从婆娘儿扯到鸡鸭鹅狗，从谷子高粱扯到萝卜白菜葱，或者是某朝轶事，山野传说，尽管这些话题成了“传统节目”，倒也百谈不厌，津津有味。有时也叹息，埋怨，咒骂，或是果子烂了，运不出去，或者老天爷气煞人，就是不下雨，或是某某村干部如何欺了他等等。偶尔，谁家的收录机飞出一曲现代流行歌曲，倒像给这质朴而素雅的画布上，抹上一道鲜艳刺目、令人不快的色彩。

直到深夜，家家的油灯熄灭了，小小的山村也就融化在夜色里。

我睡不着，漫步在清清的月色里，闻着秋夜成熟的芬芳，闻着山村甜甜的梦的气息，不知怎的，心并不觉宽松，反有点郁闷和沉重。我深深地感念，这些日出而作，日落而息，习惯于艰苦劳作的山民们，再没有任何人比得上他们更勤劳、付出的廉价劳动力更大了，山野上的每一寸沃土都浸透了他们的血与汗；田里每一棵庄稼，都结满了他们的艰辛和忧患。大山，给他们提供了赖以生存的条件，同时也禁锢了他们的身体，囿囿了他们的视线和思维，使他们世世代代，只能死死地捆在他们自己开垦的几亩山地上……

哦，小小山村，遥远而美丽的小山村。如果，你真是一页风帆，我愿现代化的风涨满你的胸怀；如果，你真是一片绿叶，我愿新生活的阳光注满你每一条叶脉！

1987 年 7 月于又一村

小桥·流水·人家

时近黄昏，我顶着一天落霞，沿着山路蜿蜒而行，把一座座婀娜多姿的奇峰抛到身后，回眸望去，像一群仙女披上淡蓝色的朦朦胧胧的轻纱，急匆匆地遮住面靥，又悄然滑过脖颈，露出婷婷的玉体。

小路绕了几个弯，前面出现了一片片浓浓的竹林，一条小溪缓缓地从竹丛里探头探脑，似羞似怯，但那格格的笑声却抑不住，泻了出来。再往前走，露出一幢石墙，一缕蓝色的炊烟，袅袅地飘在竹林里，从那炊烟里流出新米和青菜，还夹杂着松枝的香味，挺撩人的。

一座小石桥，桥下淌着的便是溪流的歌了。桥墩是石头的，上面长满黛绿色的苔藓，显得拙朴和苍老。桥面的石板滑滑的，那可经历了几多风雨的磨洗和岁月悠悠的脚步。几尾小鱼在流水里款款地游，显得那么无忧无虑，那么逍遥自在，那么天然可爱。小桥、流水、人家，倒有几分古典的韵味。山岚、竹篁、落霞，更添一抹原始的古朴。

穿竹篁，过小桥，拨开镶满喇叭花和野藤萝的篱笆，我走进这山里人家。小小庭院里，一个小女孩，五六岁的样子，正搂着一只小黑狗玩耍。那女孩黑黑的，黑得可爱，仿佛带着泥土的原色，带着青草的野香。那小狗狺狺地叫起来。小女孩搂着小狗的脖子，小狗又从手下挣脱出来，冲着我叫。

“娘，来银(人)了!”

“小五子，是谁呀?”话音未落，从屋里闪出一个女人来。

山里人热情而笃厚，她打量我一下，大概看出我是上面来的干部，很高兴地说：“屋里坐吧!”接着冲着后窗喊，“小三子，你在那里挺尸呀!”一会儿，从院后走来一个十二三岁的女孩子，两只小葡萄似的眼睛，忽闪忽闪的，手里握着一个菜篮子，里面盛着葱、黄瓜、柿椒，鲜嫩嫩的。

我还未坐下，大嫂已把一盆洗脸水放在我眼前。原来，墙外是一条山泉，那泉水清澈而明净，再往外便是极深的山沟，远处起伏着跌宕多姿的峰峦，染上一层浅浅的暮色，半是雾纱，半是暮霭的云缭绕其间。

小庭院里栽着石榴，石榴花儿正盛开，红灼灼的，一棵银杏树下安置着光滑的石墩，四周篱笆下栽着月月红、山丹花、喇叭花和野藤萝，几只红绿杜鹃翘着尾巴，阳雀在枝头上叫，这真是花的家、鸟的家、云的家。

而往山坡上看，满山满坡都是松、杉、橡、楸，翠绿、墨绿、浅绿、黛绿，郁郁葱葱，浓淡各异的绿色构成大山景观的主调。间或有几丛杜鹃、山丹，笑盈盈地从绿色中探出头来，一抹鹅黄，一抹水红，是哪位丹青手如此匠心独运妙笔生花？我不由得羡慕山里人家的福气来。

我问小三子："你上学没有？"

"没有。"她怯怯地答。

"她上哩，"小五子说，"上到二年级不上了。"

"为啥？"

"娘不让我上哩，供不起……说让哥哥上，哥哥上了能成大事。"

"你姊妹几个？"

"六个。"

"姐妹五个，一个哥哥。"

"你哥哥在哪里上学？"

"在舅舅那村里。"

"好远吗？"

"得爬两座山，在燕子凹。"

"你一年级在哪里上的？"

"也是在舅舅家……后来，娘不让上了。"说着她眼睛涂上了一层淡淡的悲哀。

女人和孩子一会儿就把桌子摆好，将饭菜端上。桌上是两碗凉拌黄瓜，一碗辣椒，一碗酸菜。吃饭时，女主人说，男人去舅舅家帮工去了，盖房子。又说，就是没电影看，她那孩子十二三岁，还没看过电影。记得有一年，县上的电影队放映过《红灯记》，后来也就一直没有来过。

吃罢晚饭，夜色已沉沉地弥漫在山丛间了。远山，近树，山泉，屋舍，完全失去了生命的光彩，呈现出无色、无声的单调。人们的视线只能捕捉到兀立在陡峭崖壁上一块岩石的轮廓。天地一片混浊，山朦胧，树朦胧，朦胧得像吹不散的雾，淹没了一切，黑暗得使人感到压抑。

一丝凉飕飕的东西，隔着窗棂钻进来，我向外看去，不知何时下起雨来。雨脚如麻，远山近岭完全融进夜幕里。

大山的夜晚是那样岑寂，没有狗吠，没有灯光，更没有电视机的歌声，像梦一样酣沉。

屋后的山泉似乎响声更大了，哗哗啦啦，在雨夜里，显得那么清脆，悠长而单调。

小三子在昏暗的麻油灯下正画着什么。我不免搭讪几句。于是，我走过去弯下腰问："你在画什么？"她抬起头看了我一眼，那双眼睛并不好看，但很纯净，诚实。她垂下眼皮，似乎有点不好意思，不住地用一双黑黑的小手，搓着一根"画石猴"，说，"画个火车……"我看她的杰作，摇头说，"不像啊！"她马上停止了搓那根"画石猴"，没说话。她从旁边拣起一根草节，噙在嘴里，咬断，又吐掉，似乎表明，她不在乎像与不像，好一阵才说："我没有彩笔呀，我没见过火车呀！"然后又使劲地吸了一下鼻子。

我轻轻地叹息了一声。

山里人很少外出，他们守着家门口，南地北地，北坡南坡，脸朝黄土背朝天，年年月月，一把镢头，两腿黄泥，以做本分的庄稼人为荣，大千世界都发生了什么事情，他们并不关心，县境以外有多大，他们并不知道。飞机偶尔从头顶飞过，像小老鸹，这也惊动男女老幼一家出来看个稀罕。许多人没见过火车，告诉他们，火车上放杯茶，也不会洒，他们感到十分惊讶，何况这孩子呢？我心里升起一种淡淡的悲哀。

大山阻挡了孩子的目光，禁锢了她们的梦幻，然而，那两颗泉水一样的眼睛，分明蕴含着一种深深的向往之情。

第二天，天亮时，雨停了。

我出了门，走在山崖上，透过薄薄的雾，天空出现了亮色，一道绯红的霞，宛如一位绝世的少女，正悄悄地摘去面纱，群山渐渐现出艳丽的脉脉含情的姿影来。

当我走下崖子，转了一个大弯，朦胧中看到登山的石阶路旁，有两个影影绰绰的孩子，向我喊道："叔叔，别忘了，下次来给我捎盒彩笔呀……"

我心里荡漾起一股热流，不由放慢了脚步，静静地凝视着。

是啊，孩子多需要一盒彩笔，她心中的世界应该描绘出来。

我环顾这群山错落的四周，望着镶嵌在大山皱褶深处的小桥、流水、人家，仿佛看到大山的过去和未来，艰辛和希望……

1988 年 6 月于又一村

秋山启示录

一

我喜欢秋天的山野。多少年来，我常常带着一种特殊的无法言语的感情，伴着秋风的旋律，在山野里徜徉，去听秋的蛩音，秋的絮语；去赏树叶和草尖上遗留的春的梦，夏的痕；品味秋的树，秋的花，秋的清溪；和秋的山一块沉思，从中悟出像秋一样深邃、像秋一样丰富的启迪。

秋天的山野是那么富有魅力，那么撩人情思，只要你来到它的怀抱，便尽可领略大自然的辉煌、壮丽、深邃。它抛物线一般地轮廓里，大泼墨似的色调中，还含着幽微和细腻，瑰丽和奇异。即便那粗犷的美，原始的美，那种萧瑟中含有古朴和安谧，那种被雨淋湿了的秋野的淡泊和悲凉，那山涧的深邃和峰峦拔俗的清高，都会令人如痴如醉地爱恋，如梦如幻地向往。

我沿着一条山径，踽踽地走着。但见那山的伟岸，峰的峭拔，石的嶙峋，瀑的袅娜和蓝的天，白的云，翱翔的苍鹰，黛色的村落，等等，犹如凡·高笔下色块斑杂、浓郁、立体感极强的油画。有一道清泉，从山崖跌下来，阳光照耀，五彩缤纷，为那远山近水平添了无限情趣。

山野在春天里曾经显得俏丽、欢乐，甚至有点轻佻，像一位热情而富于幻想的少女，而现在变得雍容、丰腴、温柔，且又矜持的少妇了。草地变成了金色，秋天的花朵露出了它们苍白的花托，野菊花用它淡黄的眼睛戳破草坪，夏日的颜色停止曝光，而秋天在这里定格。岚少了，雾淡了，山峰失去了夏日的朦胧，变得清晰了，剪影似的贴在那里。秋风洗凉了被夏天炎热焚烧过的天空，一片清澈的蔚蓝在响亮地歌唱。

山，也成熟了，到处流溢着芬芳的成熟的情感。

二

最敏感于秋的莫过于那些树木了，仿佛一下子失重了，浓荫疏了，绿色的火焰即将熄灭了。从枝柯里可以看见大块的蓝天和大朵的白云了。阳光已经倾斜，让橙黄色和悠忽的微笑，让长长的闪亮的痕迹，溜进树林里面。这些痕迹就很快消逝，像向你匆匆告别的女人的裙裾。接着，那叶子先是染上一圈淡黄，继而是金黄、赤黄，偶然间也跳荡着凝血的火焰。经过热情而痛苦的燃烧之后，那些树的躯干只剩下黑暗暗的骨骼和一块块被灼伤的疤痕。

秋天，叶的暮年。

我漫步林间。一片落叶从我头顶上飘然落下，那飘忽的触觉落在我的心上，仿佛就是它的生命弥留时的叹息和心灵的低诉。我随手拣起，仔细端详，那浑厚肥实的秋叶，那金黄色泽，那富有韧性的叶脉，那边缘上细密而均匀的锯齿儿，都记载着它们栉风沐雨、曝日披霜的经历。

啊，秋叶，你离开大树母体，不觉得凄凉和哀怨吗？你没有眷恋和忧郁吗？你将化为泥土，不觉得悲哀和痛苦吗？你们曾勤奋地尽职尽责，吸收阳光，制造叶绿素，为大树输送养料，为它的繁茂，不停地劳碌，鞠躬尽瘁，而今它却无情地抛弃了你们！

我的梦醒了，退潮了。一阵凄然、怅然、愀然，掠过心头。再不见远山的奇伟和辉煌，再不见野花的芬芳和艳丽，眼下只剩下絮絮秋风，寞寞苍穹，起伏的冈峦，逶迤的流水，一片秋山寥廓的光景，无尽秋野显得异常淡泊。

但是，那落叶却欢畅，倜傥，仿佛说："哈，那膨胀的年轮里有我们生命的创造和奉献，有我们的情感和追求，我们的一切愿望都实现了，有什么遗憾，有什么悲哀呢？我们的死，正是为了生，没有我们的凋零，哪有新叶的萌生？待来年，你看枝头的新绿，那不是我们的灵魂在歌唱吗？"

一阵秋风腾起，秋叶成排成阵，像出航的帆，像远飞的鸟，高唱着"大风歌"，翩翩起飞，昂昂直下，仿佛去接受新的使命。

是啊，草木荣枯，人生死灭，本是很自然的，为何对于死那么畏惧呢？

死，是哲学。在死的阴郁的背景下，哲学思索人生，宗教超脱人生，艺术眷恋人生。

我寂寂地走着，我沉思着，大山也沉思着。

三

啊，谁说大山的秋魂是寂寞的？谁说，大山的秋色是贫乏而单调的？谁说，秋山的心是凄凉的？不，大山的秋是浓烈的，火热的，喧嚣的。秋天的山野是一部多重奏的交响乐；秋天的山野是依照一种无形的力量，晕染、出脱、组合了许多琳琅色彩的画。那紫霞似的密罐花，那白云似的水晶花，那比湖水还蓝的石竹花，还有那凝血的喇叭花，流金的山菊花、绽银的干枝梅……这些大山的精灵，饱汲了日月之精华，受四季雨雪风霜之润泽，开得热烈奔放，开得浪漫而潇洒，摇曳生辉，缤纷溢彩，妩媚婀娜，烂漫多情。仿佛风一吹，便跳起色彩的迪斯科、色彩的圆舞曲。你若伏身侧耳，还可以听到色彩的急流在奔腾，在喘吁，在歌唱，在哭，在怒，在笑……是的，这才是大山之秋的主旋律，这才是大山之秋的生命和灵魂。

我的思绪折碎在这色彩的急流中了。

是谁给秋冠以“金黄”二字，把秋称之为“金秋”呢？其实这是极偏颇的。在我们东方古老的文化中，最崇拜的是“金黄”色了：皇帝的寝宫是金黄的琉璃瓦；皇帝的龙袍是金黄的丝织品；皇帝的辇驾也挂着金色的帷幄；我们民族最崇拜的图腾——龙，也是金鳞金爪……仿佛，我们华夏子孙的历史是从金黄色中过滤出来的。然而，曾几何时，我们炎黄的后裔对“金黄”讨厌了，反感了，斥之为“铜臭之色”、“拜金主义”，却又疯狂迷信起红色，搞起红海洋来了……一时到处流着红，淌着红，泛滥着红，浩浩华夏全被血一般的红浸泡着。哦，那红令人恐怖，令人担忧……

历史毕竟是历史。历史不是一种色素所描绘的，正如大山之秋绝不是单的色素编织了它的灵魂。倘若世界是一种色彩，那才是真正的襟锢和寂寞了。赤橙黄绿青蓝紫，缺一构不成纷繁的世界。应该把秋从长期的偏见中解放出来。

当我拎起自己的思想，继续向前走时，觉得山也深了，秋也深了。

四

越过一道山崖，前面是一道幽谷，是一片平静的深邃。谷地上，是一片蓝莹莹的鸢尾花，那花开得格外热烈、豪放和浪漫。一片波动的湖泊，一片缥缈的蓝幽幽的梦。然而，这热闹的世界，却不见蜂喧蝶舞，听不见雀声鸟语。是蜜蜂飞不来吗？是蝴蝶忘记了它吗？是鸟儿嫌弃它吗？这是一片蓝色的荒漠。荒漠得令人感到寂寞，寂寞得令人感到酸涩！

我俯下身，看见那蓝莹莹的花瓣，已有些凋落了，在它的身旁或许沉睡着它们祖辈的遗骸和骨骼。它们就这样年年岁岁、代代相承地开放在这里，谁来光顾它们呢？只有风、霜、雨、雪和阳光吗？

站在这里，叫人产生一种超越时空的缓冲，一种时间的永恒，岁月的悠久。它们不慕繁华，也不稀罕他人的青睐，只是尽其力，吐蕊怒放，心无邪念；甘于寂寞，默默地生长，默默地追求，默默地奉献，默默地完成自我。在浮华中求得清淡，在热烈中求得寂寞，在喧嚣中求得宁静。

我久久地凝望着它们，一个永恒的秋天，大自然的悟性以完美的形式，在空旷中充实着我，在震撼中提升了我。我这么想着，蓦然地对它们产生了敬意，觉得它的空静中蕴藏着一份不寻常的静美！哦，这山涧的花哟！

人生，不也需要点苍凉，需要点寂寞么？

一味地追求浮华、声色、虚荣，那才是悲凉呢！

五

在秋天的阳光下缓缓而行，既没有刺目的光芒叫你难以睁开眼睛，也没有灼热的气流叫你难于移动脚步，加上，不时有习习凉风，使你有一种从炎夏中解放出来的舒畅。

我走着，山冈也在丛薮中蹑足行走。

眼前是一片松林，枝叶已由翠绿变成墨绿，绿得凝重，绿得沉郁，绿得苍凉。但那枝腮叶眼里却含着春色永驻的神采。

我走在松林里，但见一颗颗松果爆裂了，泪水默默地流下来。那爆裂时的狂喜，制造了一个松果的痛苦，灵魂脱离肉体飞翔时的宁静与和谐，只有山川河流能同它交换默默的语言。

我拣起一颗松果，就像拣起一首发烫的诗。啊，你是死亡和结局的象征吗？不，你是那种经历了全部人生、并战胜种种痛苦磨炼才得以完成的形象。你是涅槃中的新生，是生命的飞跃，是整个大山之秋境界的升华……

我望着手中这枝松果，想起印度那位诗圣的诗句：它的欢乐和痛苦是短暂的，而无穷的是它的新生和创造。我的目光，穿过松林，投向远方，我似乎感到大山复苏的钟声就要奏响，仿佛听到远方响起隆隆的春的跫音！

人生的过程，就是爆裂的过程，那破碎后的痛苦，才是真正的丰收！

为成熟付出的一切代价都是值得的！

六

夕阳撞碎在山峦上了——那是太阳的葬礼。

残阳把大半个天空照成一片绛红、橙黄、瑰紫、湖蓝，天地间凝重而热烈，呈现出一种绚丽而富于大器晚成悲剧意义的美。黄昏恰如黎明，都是一天中光明与黑暗交替的时刻。但黄昏比黎明更神秘，更丰富，黄昏中的每一个景物都含有许多不可言喻的颖悟和启示。

山里的夕阳落点高，又没有云彩的遮挡，余晖脉脉，全撒在坡坡岭岭杂花野草上，在花瓣和叶尖上闪出一片柔和亲切的光，正和天上流丹的彩霞相互映照。

残阳也渐渐沉下。只留一片血一样的赭红，涂盖了山野，吞没了大半个天空。我仿佛听见了一种痛苦的被溶化的呻吟，一种毁灭之前绝望的叹息，一种焚烧中希冀新生的呼唤。它又仿佛使人看到了万里长城烽火台上袅袅升起的狼烟和大漠穷荒中血流遍野的猩红，听到特洛亚城下剑矛的撞击和阿喀琉斯雄狮般的厮杀呐喊。它逼迫你产生一种历史的宏大博深感和人生短暂的慨叹。大自然借助夕阳向你展示，一个伟大的个体在死难时所具有的全部辉煌、庄严、沉雄的悲剧效果，启发你去展开对人生意义的全部思考。

西哲说：哲学就是研究死亡。

是啊，人生的价值往往表现在他的死亡上。

秋歌八章

秋风——生命乐章的变奏

秋，从哪里来？是从夜晚一眉璧月清辉中弥漫出来的？是从庭院尖溜溜的扁豆角里流溢出来的？是从竹篱上豌豆花、喇叭花的芳唇里散发出来的？是从澄澈透明的小溪里漂流来的？是从树木泛黄的叶齿里滴漏出来的？

谁知道呢？早晨醒来，只觉得一阵凉沁沁、爽净净的风吹来，那么熨贴，惬意。啊，是秋风！秋风，你从遥远的天穹吹来，可带来秋阳的芬芳，秋云的悠情，可带来成熟、希望，还有那一曲辽阔、悠远的生命的牧歌？

我喜欢秋风——当然是初秋的风了。它，明净、恬淡、清丽、潇洒，给人一种畅远、淡泊的韵味。

谁说秋风无色无韵呢？你瞧，它抚摸过小树林，小树林翠绿的枝叶便留下柠檬黄的指痕；它亲吻过野菊花，野菊花便绽开浅蓝或淡金色的微笑；它热恋过高粱，高粱穗儿便发出缠绵甜蜜的爱的絮语；它拂过庄稼人那辽阔酣沉的梦境，浸泡得鼾声也变得香醇……

秋风，你启开了夏季厚厚的尘封，使辽阔大地出现彩霓霞辉，生命的脉动萌发出新韵律——起伏跌宕、酣畅淋漓的变奏曲！

生命在开屏，大自然在开屏！

我喜欢秋风，爱山野秋之浩荡，喜天地秋之清澄。秋风，它搜集了春的香魂，采撷了夏的芳心，吸摄了冬的精魄，饱蕴着太阳和月亮的情愫，只要你深深地吸上一口，那日月之精华、九天之甘霖便灌入你的肺腑，让你微醉薄醺……

古人总是对秋风没有好感，仿佛它的到来是不祥之物。"当年不肯嫁春风，无端却被秋风误"，埋怨荷花不在春天开放，而至秋天便花残叶落了；"共苦清秋风露，骎骎岁月行暮"，哀叹人生之短暂，望秋风而伤感："昨夜西风凋碧树"，更是千古绝唱，把秋风当做屠杀生灵的刽子手，诅咒秋风是败家子，把树木整整一春一夏的积储，一夜功夫便踢腾光了……

其实，没有秋风，哪有成熟的色彩，哪有芬芳的果实？没有秋风，哪有梦一样甜、酒一样酽的秋色？没有秋风哪有生命的飞跃与升华？是秋风收藏了残留枝头的金叶，免遭寒冬的咀嚼；是秋风摘下枝头的果实，给人间送来甜蜜和芳香；是秋风把种子交给土地母亲的怀抱，播下未来和希望；是秋风用它透明的手指，弹拨着季节的乐章，架起生命的桥梁！

我爱秋风。我爱沐浴着秋风散步在山野小径上，一任秋风的旋律在我耳鬓吟诵、歌唱；我爱躺在故乡八月的原野上，一任秋风透明的柔指抚摸我的脸颊，我的头发，熨平心灵的皱褶，让花香、草香、果香、禾香，将我的心灌醉；我也爱坐在小河边，看秋风撩起姑娘秀气的刘海，撩起诱人的裙裾，看老人坐在岸边静静地垂钓秋天的诗句……

又是一个秋天的黄昏。

芳草有心，夕阳无语。秋风薄薄地吹，那山野的色彩斑斓极了，虽然还有青，还有绿，但已不是青和绿的一统天下，秋风，校正了倾斜的颜色——秋风作用着山野风物而酿制的景观，使我产生振奋，仿佛观赏一幅绚丽壮观的画卷。

路边的小草结出种子，那是生命的结晶，有了它便有绿色的后裔，便有了绿色的延续；身旁的果枝都像挽住了燃烧的火，挽住了灿烂的霞，挽住了一个多情的季节；远处的山也出现了橘黄、柿红、栗绛、葡萄紫——那生命之光，到处都在飞彩、飘香、流蜜……

一阵秋风吹来，我伸开双臂，敞开怀抱，秋风带着初潮的羞涩，生命的芬芳，在我怀里撒娇，呢喃；我像拥抱少女透明的裸体，像拥抱朦胧诗，像拥抱印象派画家和迪斯科旋律遗落的露珠和委屈的山歌，我拥抱秋风的惬意与丰采的爱情，我的心醉了……

秋意——一个成熟的谜

我常常想，大自然是一个杰出的艺术家，它构思每一部作品，都有一个严肃的主题，而且立意清新，不落窠臼，不同凡响。

我想，秋的立意是什么呢？它蕴含着什么深沉的主题呢？秋，这篇作品，有冬的构思，有春的情节，有夏的故事，它复杂繁沉，丰富多彩。它每一行文字，每一个标点符号都有深刻的意境。

秋意是萧条的吗？是凄凉冷落的吗？是悲戚，抑或是淡泊的吗？

我带着这个疑窦，走向山野。

一片浓密的小树林挡住了我的去路，我问小树林，你们知道吗？但见那柳树摇曳着婷婷的倩姿，虽然不减当年风韵，叶儿却变得羞涩金黄，它似乎在向我陈述生命途中的曲折和漫长；那一排排白杨，喜欢喧哗，喜欢歌唱，但此时却出现庄严的肃穆，雄伟的丰采；而那楸树和橡树，举着圆的和椭圆的小巴掌，向蓝天默默地祈祷着什么，我望着那脉络清晰的掌纹，绿中泛黄的肤色，仿佛看到了一个成熟圆满。

我走向果园，满园的苹果、山楂、石榴，还有鸭梨，你们知道吗？它们一张张红的、黄的脸靥上挂着处女的羞涩，躲在枝叶里，不肯泄露秋意的谜。

我走向葡萄架下，那一簇簇紫微微的葡萄，闪着俏皮的、亮晶晶的眼睛。我想，那该是秋的眼睛吧？透过盈盈的秋波，可以窥见秋的灵魂：晶莹、充实和富有……

我走向田地，满地的高粱和谷穗，低垂着沉重的头颅。高粱和谷穗向我讲述春和夏的故事，其中还穿插着风雨雷电的情节。我听不懂它们的语言，但我分明看到一颗饱实的种子，向人们献媚似的，闪烁着它们生命的光彩。

我疑惑地躺在路边的草丛里，目光穿过白杨林稀疏的枝叶。我看见一团团洁白闲适的云朵悠然地散步，轻轻地笼罩着我此刻微澜不惊的思绪，一切都是我意料中那样宁静，夕阳挂在天边林梢，云间，冉冉新雁飞向寂寞的远方……

夏的酷热和沉郁已经远去，季节便开始了自我整饬，深思熟虑的秋，便以独特的节奏，开始对春和夏的总结。

我知道秋的风格：斑斓、热烈、浓郁；秋的气质：敦厚、凝重、矜持；秋的韵味：甘甜、幽香、温馨。但我却没弄懂秋更深蕴的含意。

秋意，一个难解的谜，它在一个朦胧的清晨潜入，又在火辣辣的中午消失；它在一个迷离的黄昏蹑足而来，又在静岑的深夜遁去。它钻进果林里搅得青涩的果实不安地激动，又渗进一片高粱地掀起骚动的红潮；它盘旋在高山峡谷，逗得山花微笑，又潜入溪流，使山泉流水的眼睛更加明丽；冥冥中，它悄悄地掀开少女蓝色的梦帘，使少女发出甜甜的、微带颤悸的叹息……

春天，是充满浪漫和传奇的季节。春天里蓓蕾正绽，新叶吐绿，宣告大自然生命的复苏。而秋天却以一种微妙的方式向人们展示这一奇迹的延续，植物将未来托给籽和根，昆虫的卵和蛹贮藏着明天，生命的贝多芬已至暮年，高潮已接近尾声。

一颗松果从我头顶落下，破译出一个密码——从种子到种子，生命走过了一个圆满的圆——这莫不是秋意的谜？

秋阳——一支响亮亮的歌

秋天的阳光丰盈而隆重地铺展开来，走进秋阳洗亮的田野，一抬眼，碧如海蓝的天空映衬的大地是一片五彩斑斓，每一眼都是连绵不尽的色彩。

季节搭起凯旋门，秋阳奏响了一曲生命的凯歌，这是一曲辉煌的乐章。此时，每一种生命都承受着太阳庄严的洗礼，它们不是羞涩和憧憬，而是坦然地表达着期待和希冀。

一帧帧风景画排沓而来。

秋天的阳光闲雅而热烈。我坐在阳光里，坐在一帧帧油画般的小树林和草地上。那秋阳被小树林割成一块块，阳光一块块停留在我的周围，投影沐浴着我脚下的小草地。

在这里，我的感觉一下子变得轻松而清爽了，仿佛生命都浸透了阳光的光泽，仿佛每一个细胞都变得透明。

没有噪耳的喧声，没有令人窒息的燠热，周围是一片芬芳的静谧，只有一条小溪蜿蜒蛇行在丛林峰谷之间，载一路斑驳的树影，缤纷的落英，流向远方。而空气新鲜到呛人的程度，透明，晶莹，人的肉眼可以看到阳光的流动。我的每一次呼吸都感到肺叶涌进一叠叠阳光，甜馨馨的阳光。我真想把世界吞进去，不，把五脏六腑掏出来，交给这个世界……

在这一片温馨中，你会感到阳光清花茗绮，天空展劲的蓝，展劲的纯，纯得如少女情窦初开的眼睛，蓝得令人憧憬，令人梦幻，令人惊羡。

在一片静寂中，我听见秋天的太阳在歌唱，歌声犹如一支叮叮当当的山泉，而山泉没有它柔曼清丽；犹如一池碧盈盈的春水，而春水没有它明澈，晶莹；犹如出浴的少女一样妩媚，而少女没有它潇洒和爽朗。

秋阳的音符是金子铸成的，它的音质如玉馨，它的旋律使一千个贝多芬，一万个柴可夫斯基羞愧。

秋阳的歌声，在高邈的苍穹、辽阔的大地萦绕，飞舞，盘旋，升腾，多梦的季节，金色的憧憬，构成这天地间一曲永恒的乐章，一曲生命由幼稚走向成熟的亢奋的乐章。

秋阳的歌声洒落一方方田野，田野便变得欲望膨胀，弥漫着成熟的希冀。

秋阳的歌声溅落在芊芊草梢上，草梢上便有点点金黄，四周掩映着诗词字句，生命到处都在闪光。

秋阳的歌声落在枝头上，枝头上便有苹果红，葡萄紫，鸭梨黄，栗子绛，橄榄绿，枝头上也奏响彩色的和弦。

秋阳的音符落进了小河里，便有柔婉的清波，映出一帘山光云影，摇曳如梦，在那里会听到秋阳独特的声韵，梦幻般的吟哦。

到秋阳里来吧，闻一闻阳光的芳馨，听一听秋阳的歌，你的思想会变得成熟和庄重，你的感情会出现宗教般的庄严和肃穆。

到秋阳里来吧，用青春的烂漫，用想象的彩翼，洋洋洒洒地扩大自己的天空。

到秋阳里来吧，让我们踩着阳光和风的和弦，去收割微笑，收割欢乐，收割希望……

我觉得赤橙黄绿青蓝紫，那是太阳的七个音阶，构成光的歌，热的歌，生命的歌。我愿沐浴着秋阳的歌声，阅读秋天的传奇；我愿张开四肢卧于乡野，拥抱橘黄的地球，探索祖辈留下的宇宙之谜；我愿牵着岁月的缰绳，把握“思想者”的犁铧，开垦大地沉积的黑色素……

当我倾听秋阳的歌声时，我常常想起童年，想起故乡，想起故乡金黄的黄昏——爷爷卸下犁杖，老黄牛到沟里啃着青草，长长的尾巴驱赶着牛虻。远近的田野升起薄薄的暮霭和淡蓝色的炊烟，那是一幅意象派的画。爷爷坐在新翻的土地上，掏出火镰和旱烟袋，悠然地吸着烟。他那泥土一样黄褐色的皮肤，那土堡般波浪叠叠的脸颊，都跳跃着夕阳音符。他的背已经驼了，像是背着超负荷的地球，超负荷的时空，苦苦挣扎过来的……

晚风里，这里，那里，一声牛哞，几声羊咩，像是为夕阳的歌声伴奏……

太阳的歌声终于停止了，天地间一切都静穆如洪荒时代，当你一抬头，便会看到黄昏是一种普遍的真理，宁静而朴素。

我想，秋阳太累了，它歌唱了整整一天，夜晚该是这金色旋律的休止符吧。我想，当它醒来，第一支歌一定会更嘹亮。

秋树——一季燃烧的岁月

“梦里寻秋秋不见，秋在平芜远树”。最早感知秋天降临的是树木，每一片叶脉都是季节的神经，敏感地报道季节的更替。

那是朗朗秋阳照耀的日子，我独自散步在山野，去赏秋的树，去品秋的花，去寻找一种诗意的结尾。

秋，是哲学，是一种生命的形式。

绿的喧嚣膨胀的季节走了，一个沉思的季节来了。

那树，点起一种彩色的热情。大自然以海的汹涌遍地铺彩，以火焰的炽热，温暖着每一个幼稚的生命，只要你目及那无尽平野，便有一份热爱充满你的胸臆，只要你嗅嗅那袭人的气息，更有一股蓬勃的热潮激荡你的心怀……

我喜欢秋天的树林，那秋叶开始燃烧的时候，黄色的火焰，红色的火焰，还有淡紫色的火焰，和黑金子般的火焰，把小树林冶炼成一座辉煌的宫殿。我觉得那树叶像经历了但丁的三界，经受了炼狱之火，此时可闻到那燃烧发出的哧哧声响——那是痛苦的呻吟，还是凤凰涅槃时的欢乐？

树丛中那些叫不上名字的秀草，华姿妩媚，窕窈丰采，在秋风伴奏下轻歌曼舞，在秋天的阳光下氤氲成一片绮丽的蜃景，山菊花和点点秋叶把硕大无朋的绿画布，烧成一个个洞，紫色的，金色的，赭红色的或是黑色的，变成詩情画意的美丽风景……

抬头望去，远山是幅秋日的投影，白杨树、柚栌、橡树、楸树……都飘动着红色和黄色的火焰，那是生命之光。但那树干、枝丫经过痛苦的焚烧，变得苍黑冷漠，像木炭似的，留下斑斑驳驳的疤痕。

由此，我想到，生命由种子萌动，到生长，到成熟，总要经历这样一个过程。

我仿佛感到这一片燃烧的岁月，树木用青春的激情把生命燃成一片成熟。

我知道，那绿茵还禁锢着几片春天，但是它经不起季节的燃烧，那春天将化为秋天的形象，化为秋天的一篇童话，这是生命最后的童话，遍地多彩的幻影。

秋云——一个季节的日历

一片云朵从我窗前掠过，是那样轻盈，那样闲雅，我望着它，像翻过一页页日历，那日历上可记录着暴风雨洒落的文字？可记录着夏天的阴霾，春天的风沙，冬天的雪花？莫不是经过季节的汰洗，它才变得那么薄，那么明，那么亮？

“春夏秋冬”，秋，这个字最潇洒，最美丽。

秋天的云也多姿多彩，你看朝霞夕照，那色彩格外缤纷鲜亮、艳丽，它不像夏天，水濛濛的，给人一种朦胧感。而今，它浑身染上点点夕照的金色光泽。生命只要跃出来，真可恣意地展翅高飞呢？

秋天的云，不像春天那样缥缈，轻佻，烂漫；不像夏天的云那样喜怒无常，变幻莫测，不时阴沉着脸，凶猛暴戾，天空的面孔也因而变得狰狞；也不像冬天的云那样冷漠，沉郁，凝重。秋天的云，是那样娴静，清淡，安详，就像端庄而贤淑的少妇，它们在蔚蓝、透明的天空，悠悠地散步，又像一群白天鹅静静地向一个方向轻轻飘去——一种静的美，清丽淡雅的美，一种抒情诗的美。

如果是重阳佳节，我劝你最好到山野上来，不赏秋花秋树，不恋秋水秋色，但愿你一定要欣赏秋云，最好走近荒刹古寺，凭栏遥望，身边秋香氤氲，耳鬓秋风袅袅，脚下流水轻吟，你看那一朵冉冉而来的游云，如仙鹤，如仙女，如梦，如幻，如情笺，如韵文，如雍容华贵的妇人，如深思熟虑的哲人……成团的，成朵的，成片的，成卷的，变幻着，游移着。任凭你想象，那云总带着一种浓郁的抒情韵味，像一首蕴意清淡的小诗。有时，变成一支嘹亮的牧歌，歌在蓝天。那被风拉细的云丝，恰如这牧歌袅袅余音——给人一种遐思，一种梦幻，一种哲理般的思考。

那云美丽而纯净，好像经过季节的燃烧，在这成熟的秋天，云也成熟了。

古人常说，天高云淡。天空变得那样高远，深邃，碧落，像湖水一样静，像湖水一样蓝。那云的帆在这水面上轻轻飘逸，这时你准会想到古人一些描写秋云的诗句："行云去后遥山暝"，"散似秋云无觅处"，"春梦秋云，聚散真容易"，等等。

我幼稚的童年，曾经趴在故乡平原的胸脯上，呼吸着秋野成熟的芬芳，仰望着湛蓝的天宇，看着那一朵朵白云，是怎样缓缓地走过树林，走过小河，走向那遥远的山丛……我曾想，那云如能落下来，我真想撕下一块，揣进怀里。

有一次，我问母亲：

——云，没有家吗？

——有，天空就是它的家。

——谁是它的妈妈呢？

——也是天空。你看它在妈妈怀里撒娇呢！

我总觉得云是一个谜，一个难以猜透的谜语。我站在田野的肩头，真想扯下一块洁白的云，擦去爷爷额头上的汗粒；我真想牵着乡野的鼻绳，向着七彩的阳光，把故乡引向金黄的宫殿……

秋色——生命的三原色

绿葱葱的夏，还未来得及打个句号，那秋风便弹奏起它的小提琴，开始奏响新的进行曲，秋色也挥起它的笔，抒写秋天的诗行了。

早晨醒来，淡金，浅红，薄紫交融渗透，润染一体的霞光，照进窗来。推窗望去，远处的山野变得绮丽多姿，色彩斑斓而凝重，像梵高的画，用色总是沉郁而辉煌。

秋色是迷人的，瑰丽的，斑斓的。古人常说，春光如锦。其实，真正美的还是秋色。赤、黄、绿，正是生命的三原色。你瞧，秋色多么细腻，温柔而多情，它不仅给苹果的笑靥上涂上口红，给葡萄的眼睛涂上淡紫，给山菊花染上橘黄，给树叶染上黄绿……秋色爱她每一个儿女，就像过节一样，勤劳善良、慈祥的母亲总是倾其所有，把她每个儿女打扮得鲜艳漂亮，即便是一条消瘦的丝瓜，也着意渲染，不肯掉以轻心。你看那丝瓜的颜色多么诱人，寻常只是一味的绿，绿得那么浓郁，秋一来，秋色轻轻一抹，绿就变得深浅不同，上端淡绿，中间浓绿，下端便渐渐化为淡青，又抹上一层淡淡的紫色，便觉得光洁如玉，鲜明如宝石，如翡翠。

秋，把生命的三原色还原给生命。

更动人的是山野和平原，秋色挥动着画笔，在这广阔的画布上任意地挥洒，苍郁的山变得五彩斑斓，碧绿的田野变得色彩纷呈，你看它一笔一笔，那么动情，那么热烈，那么层次鲜明，浓淡相宜。给人的心灵也蒙上一种美好、脱俗的温情，即使一棵小草，小花，也不轻易漏掉，该黄的黄，该红的红。

夏天，是苦涩的浪漫，是生命乐章中最高亢的片断，而且夏天是色彩的倾斜；只有到了秋天，色彩才变得平衡。

秋色是一位杰出的艺术家，它比起东山魁夷，比起列维坦，比起康斯泰勃，更有色彩感、质感和美感。

秋色，古往今来，多少文人骚客，用艳丽的词汇描绘秋色，尽管那诗词歌赋，带着作者不同的心情，有的写得萧条、凄凉，有的写得绚丽、璀璨，有的扑朔迷离，有的忧郁悲伤；但是秋色却是动人的、迷人的。

我赏着这一页页秋色，心里荡起说不出的幸福。我想起老托尔斯泰的名言："我是一个艺术家，我的一生都是寻求美，如果你能向我展示了美，那我就跪下来，祈求你赐给我最大的幸福。"老托尔斯泰对大自然、对美是如此挚爱，时常打动我的心。我曾幻想，天宫的织女给我织出秋色一样绚丽的锦帛，让我穿着秋的色彩；我甚至想，从苹果、从橘子，从高粱、从稻谷里榨出秋的色彩，痛饮个酩酊大醉。我要在山野里倾听秋色的歌，吮吸秋色的气息，饱啜秋的色彩——我才真正领略"秀色可餐"的意蕴，让我浑身涂满秋的色彩，化为一棵斑斓的秋树，一棵摇曳的秋草，一朵素淡的秋花。

啊，秋色，那红给我热烈，黄给我忠义，蓝给我淡雅，白给我纯洁，粉红给我希望，绛紫色给我凝重……

让我浑身濡染这生命的三原色，壮我的胸怀，拓我的思绪，给我以辉煌和光明！

秋思——美丽的愁绪

早年读徐志摩先生的《印度洋上的秋思》，常被诗人描写的月色所迷惑，他把秋思的源泉归结为秋月。是的，秋天的月夜，最令人思想，怪不得古人诗云："今夜月明人尽望，不知秋思在谁家。"

秋是一个美丽的字，秋与心构成一个愁字。宋代诗人吴文英曾有诗云："何处合成愁，离人心上秋。"

想想看，在静静的月夜里，一个愁思缱绻、云鬓散乱的闺妇，凭栏而立，眼前一帘秋月，半窗竹影，草吟虫鸣，夜籁窸索；远望秋月迷蒙，新雁横空，睹景生情，愁绪更增，无限愁绪，几多思念，遥寄戍边或羁旅他乡的郎君，正应了那首词的意境："雁横南浦，人倚西楼，芳心一点，寸眉两叶，禁甚闲愁，空恨碧云离合，青鸟沉浮"。那份迷惘，那份凄凉，那份孤独，那份神伤，怎能不令人愁肠百结？倘若三两片秋叶飘然惊落，几粒冷萤划过，一阵寒风撩起薄裙，那氛围就更加凄凉酸楚了……

秋思是忧伤的。

秋思是一首凄苦的诗，是一支眷恋的歌。

然而秋思也是美丽的。

你想想那种"月上柳梢头，人约黄昏后"的镜头吧。一片迷蒙的小树林，一勾新月冉冉升起，清辉袅袅，淡雾缭绕，一位少女依树伫立，等待情人的到来。那一缕情思，那一个等待，那一份焦急，该是多么动人，多么美丽，多么甜蜜。那林间沙质小路，幽然如梦，飘然远去；风吹树叶沙沙做响，疑是情人脚步声，又激起心湖一阵久久不息的涟漪；当久盼的身影蓦然出现在小路上，那颗心却溅起“几多欢喜，几多惶惑”，再平添那野花的清香，秋叶的芬芳，秋月的一袭清辉，给人一种甜甜的心悸，甜甜的温馨。这情景且不说醉了画中人，局外人望一眼也该是薄醉微醺了吧！

最动人的秋思，莫过于母亲中秋节对远方游子的思念。

每逢佳节倍思亲，月到中秋分外圆。中秋佳节，这是中国最隆重的节日之一，这是思念最浓重的日子。

忙过春，忙过夏，当收获和喜悦落满农家小小庭院时，满庭月光映着母亲那佝偻的脊背，那多皱的脸颊，那飘然的白发，此时多么盼望远方的儿女回到身边，赏故乡的秋和月，享受人间的天伦之乐啊！

想想吧，当一轮圆月冉冉升起，小小庭院，清辉如注，夜风薄薄，秋寒轻轻，老母亲坐在桌前，桌上摆满瓜果梨桃、月饼点心，花香，果香，秋香，弥弥漫漫，望眼欲穿的老母亲，盼子心切。淡淡的树荫里化出游子的身影，沙沙落叶疑是儿子的脚步声……可怜天下父母心哪！

而游子并没有如期归来，以慰老母亲思念之心，身下的石头凝满斑斑秋寒，地上的树影摇曳点点梦幻。那斑斑点点，点点斑斑，都是母亲的泪，这该是一份多么沉重的秋思啊！

秋思，是一首动人的抒情诗，无论是凄婉的，沉重的，悲伤的，忧郁的，都是一首美丽的诗，是人类情感履历中最凄迷、最美丽的一页。

秋籁——大自然走向完善的跫音

请你到秋天的山野上来吧，去倾听一曲动人的秋籁！

秋，不仅有色，还有声。秋声是一曲生命的辉煌赞歌。

虽说，那怀抱残枝的瘦蝉，声音变得嘶哑了，草丛中的纺织姑娘的歌声变得凄清，青蛙的鸣叫显得冷落了，大地进入了分娩状态，那分娩不是阵疼，而是欢乐。秋声绝不是凄凉悲怆的。

你走进山野，会听见豆荚的爆裂声，鼓鼓的，胖胖的，一粒金黄从褐色的外壳中崩裂出的一刹那，犹如石破天惊，浑蒙顿开，谁说是凄凉呢？那是生命升华的壮丽之声，这是一个新天地的开创，是一幕壮剧的开始……

如果是夜晚，你到山野上来，秋籁之声更加动人了。看吧，月光如水如脂，泼洒涂抹在庄稼叶子上，黄的或绿的叶子，都失去了本色，边缘上闪烁着毛茸茸的光。这时，你会听到夜籁是动人的。庄稼叶子低低絮语，仿佛是一群即将出嫁的姑娘，把处女最后一夜的悄悄话都说尽。那话语里带着惊喜和惶惑，不安和憧憬，发出向往光明纯洁的忧郁气息。至于果园的秋籁更迷人了，苹果、鸭梨、水蜜桃、山楂、栗子、核桃，每到夜晚也会说话，如果把它们的语言翻译出来，是一首动人的诗篇，那诗里蕴含着成熟的喜悦和甜蜜，字里行间闪烁着生命之光的斑斓，那韵律也跳动着骄傲和自豪……

这是秋的声音，是生命从苦涩走向芬芳，从幼稚走向成熟的步履声，是大自然走向自我完善的跫音。

秋籁，每一个音符里都流溢着生命的充实与饱满，都流溢着万物进入升华阶段的欢乐和悲壮。

秋籁最动人最壮观之处，还是林间。那每一片叶子都是一个音符。秋风用它透明的手指轻轻弹奏，于是那茫茫林海便是一曲贝多芬的《命运》交响曲了：白杨潇潇，那音符铿锵如大钹；楸树飒飒，如银瓶乍裂；那杉叶瑟瑟，如萨克斯演奏；那柳叶槭槭，如清箫之韵；而松涛烈烈，低沉凝重，像大贝司；而竹篁，则是窸窸索索，清幽委婉……秋天的树林，是一曲最动人的交响乐！

当你躺在这林间草地，静静地倾听这一天秋籁，灵魂也融化在这壮丽的乐章中了……

当然，这是初秋和中秋，到了晚秋，生命的天籁已近尾声，乐章的高潮已过，秋叶已飘零殆尽，感到秋寒袭来的虫豸，其鸣叫声，也充满了忧郁和悲戚，还有那 溪流水也呜咽如泣了。这时，倒真像欧阳夫子笔下的秋声：“其意萧条，山川寂寥”，其声也“凄凄切切”了。

1990 年 10 月

月浴

太阳也疲惫得支撑不住了，一寸寸地往身下的山顶上靠，想倚着它喘口气。立即，山林的阴影罩向了山坡。于是，绿草一块块黑下去，随之而来的初升的夜色布满了天空，浓暮如稀淡了的墨汁泼在山野上。

月是大山之魂。这金黄金黄的月如同一枚熟透了的香蕉，散溢着淡淡的芳馨。

阒寂无人。那梦幻般的月辉，浅浅淡淡，轻轻悄悄地弥漫了沟沟畔畔。岩石、野树、杂花，在月光下黝黝地亮，吮吸着月的芳馨、月的甘霖，发出快乐的、轻微的战栗声……

山坡上，一径小溪剪开了草丛，艰难、执着而小心翼翼地流淌……

暮色渍深了山野，夜雾打湿了意境。晚风送来岩石与溪水的气息。忽地，草丛中扑飞出几只鸟雀，喳喳地呼唤，冲向夜空。一个纤弱的身影就从这山坡草丛里晃出，背着柴捆，大山一般沉……

脚下是碎纷纷的月色幽亮的山径，踩上去叫人酥酥的胆怯，两旁少女般亭亭玉立的白杨漾起一串绿吟吟的笑声，一阵强，一阵弱。整个山野沉浸在宁静中，宁静的月华，大胆地、忘情地簇拥着她，山径上留下一串脚踩月光的仆仆声……

她吃惊地仰起被汗水浸润的圆圆的小脸，深情地朝向天空那弯弯的月亮望望。月的温柔，月的多情，连同一缕透明的抚慰，纵横恣意地倾泻，她两只深潭般的眼睛，注满了月的情愫，漾漾晃晃……

撩人的月色多情而固执地倾泻着，淋淋漓漓沥沥，乳白色的光波正编织着一个宁馨的梦。

她微微有些战栗，两只刚刚成熟的乳房，在薄薄的衣衫里，快乐地颤动，全身滚过一阵暖暖的热气。在这宁静的大山里，月是她的伴儿，月儿是她温柔的抚慰……

她背着柴草，一步一步向前走去。山溪在前面的石凹处汇成水汪。那儿盛着满满一汪月。她弯下腰来，卸去大山的馈赠，捧起一掬亮晶晶的溪水，也捧起一掬亮晶晶的月华，潮上自己的脸颊，满脸红扑扑的，喷出一股袭人的青春热，水珠在她的鬓发上珍珠般地闪烁，写意式的鬓发贴在腮边。

她悄悄丰满起来的身影，倒映在水里，倏尔聚拢，倏尔漂碎，她把手和脚一起放在水里，任轻轻的溪流用鱼一样小巧的口啄着她滑润润的足踝。她经不起水的挑逗，更经不起月的诱惑，索性脱下外衣，跳进水里。

月如水，水如月。月在水里化了，水在月里溶了。她像一条小美人鱼在水里畅游，她像一只玥玥然的玉兔在蟾宫里扑跃。月光亲吻着她的脸、她的头发、她的皮肤，流水洗去疲倦、洗去辛苦，她心里一阵激动，一阵兴奋……

她抬起头望望月光下的山野，谷子、高粱、豆子、花生，都无声地波动着。庄稼已初出香味，再有几阵暖风吹过，金黄的故事，就有人收割了，一个山里漫长的季节，一个古老的故事。

于是，她笑了，带着一丝淡淡的苦涩的笑意，像水波似的漫过农家女儿的嘴角……

1988 年 8 月于又一村

给 K 给 M 给 N 给……

也许，你像我一样，喜欢在幽幽的月光下散步，把一天的思绪，借新月的银梳，梳理的调侃，一任那温馨的夜风，那如水的夜色，在你空旷的心灵上涂抹凉沁沁的抚慰……

也许，你像我一样，喜欢坐在湖边的柳桎上，面对橘红色的黄昏和袅袅升起的雾岚，把一缕如烟的烦恼，交给薄薄的晚风，交给融融的暮色，交给那一片浪浪荡荡的流云，望着那微风中轻轻漾开的涟漪，你心中也会绽开款款的微笑……

也许，你像我一样，喜欢在春光漫漫的田野上远足，摘一片新叶，采一朵野花，夹在笔记本里，让青春的记忆常绿，让彩色的微笑"定格"，抑或揪一朵蒲公英，用嘴轻轻一吹，于是，一只只小伞便载着满腔的情思，飘飘飞到天涯……

也许，你像我一样，喜欢穿行在秋叶纷飞的林间小路，听大自然的絮语，听秋风哀婉的旋律，于是一袭烟愁笼上心头，真是少年不识愁滋味，爱上层楼……

也许，你像我一样，爱唱，爱笑，爱做梦，也爱寂寞，甚至还时常出现莫名其妙的怅惘和失落感……

啊，亲爱的 K、M、N……既然在这燃烧时节，多变时节，花开时节，那么让我们手拉着手，穿过世纪的风和雨，穿过生活的一道道屏障和堑壕，去迎接硕果累累色彩斑斓的九月吧！

燃烧时节

不知哪位诗人说过，十八岁是燃烧时节。燃烧是大自然最辉煌的色彩；燃烧，是生命力的热情喷发；燃烧，是青春最亢奋的体现。

十八岁的故事是蔚蓝的。十八岁的故事是朦胧的。十八岁的故事是荒唐的。

那是在珍珠一般明丽的湖边，我坐在柳荫下读书和写日记，天空飘着云的浪漫，身边荡着柳丝的柔情。这时，一个穿着红裙的少女坐在岸边石阶上浣衣，衣杵声声，敲得我的心尖发颤，血液涨潮，那鲜红的裙子，像一片朝霞把我眼照亮，像一道彩虹在我心里划下美丽的痕迹，我仿佛走进一个美妙的童话世界，心里满是莫名其妙的悸动和喜悦。于是，我悄悄地把她写进日记里，悄悄地将这秘密珍藏在心里，我的心开始燃烧了。后来，我才知道，那是骚动的青春对爱的呼唤，是爱的情愫在膨胀，就像春雨泡涨了种子要挣脱外壳的禁锢，萌动出生命的幼芽……

静静的湖面，静静的湖畔，静静的垂杨，静静的细柳。疏杨密柳，单是这浓荫柔絮就够撩人的，何况这画面上又添了一个穿红裙子的浣衣少女?

不知怎的，从那以后，我就注意打扮了，头发总是梳得锃亮，衣扣掉了，总要妈妈及时缀上，有时，还从妈妈的梳妆盒里偷点发油涂上，每天照镜子时，特别欣赏那浅浅茸茸的像三月的青草一样的小胡子。有时，我也痴痴地坐窗前，望着绵绵细雨或是淡淡漠漠的暮色，悄悄地孕育着未成熟的红莓果儿。

但我知道，那种情感就像一根火柴，当硫磺和磷面发生摩擦时，就会撞出火花。然而我们没有相撞，没有摩擦，所以就没有燃烧起来，只是在记忆里留下一抹怅然的苦涩。

十八岁是单纯的日子，也是多变的时节，浩大的世界叫我惊奇，从来都是兴高采烈，从来不寂寞，不沉默，不烦恼。欢笑，深思，都是第一次，那么就应该好好珍惜一双双温暖的手，一双双真诚的眼睛，好好珍惜每一缕朝霞，每一片落晖，人生旷野上每一朵带露的小花。

多梦时节

谁能忘记那多梦时节呢？梦是幻想的婴儿，梦是夜的特产。

记得那时节，我常常做梦，梦见在绿荫浓浓的小树林里，和一个谁也没有见过面的“她”漫步：梦见在幽幽的月色里，和一个看不清面容的女孩谈话，还梦见……有一次，我竟然梦见和妈妈一样年纪的女教师………醒来后，我的脸发热，耳根发热。上课时，我不敢正眼看女教师，平时远远看见她就想躲，躲不过去，就低下头……

我学会了羞涩，学会了沉思，学会了独自倒背着双手或将双手插在衣袋里在小河边或小路上散步……

后来，我读了弗洛伊德的《梦的解析》，这个标新立异的家伙真了不起，莫不是个梦专业户，若不然，怎么会对梦研究得那么精辟透彻？梦是无须解释的，即使需要解释，也只能由做梦者自己来完成。况且，梦的魅力全部在于神秘二字，看穿了以后，便会变得乏味和空洞了。

我是一个不会恋爱的傻小子，我渴望爱的甘露，渴望玫瑰花的鲜红，而惧怕它尖利的牙齿一样的刺；我喜欢月亮，又怕月亮的孤独；我喜欢晨露，又怕晨露易逝。茫茫人生，苍苍林海，我不知道爱之鸟该在哪棵树上栖落？该在哪根枝丫上做巢？它可经得住风吹雨打，霜欺雪凌？任何选择都是相对的，过多的徘徊和犹豫，往往使人眼花缭乱，最后得到的可能是你不曾追求的。

真的，一个人无论在哪个阶段的感情都值得珍惜，每一段人生都含着极其丰富的内容等待你去体验，它的酸甜苦辣，往往在你尚未阅尽它的内涵的时候，就跨进了新的一段人生，回头看看，才觉得这样不舍。

酝酿时节

那是初夏。

大学的校园里飘动着女孩子彩色的连衣裙，飘动着黑瀑布似的披肩发，飘动着一股股青春的馨香和朗朗的笑语，不知道她们为什么那样爱笑，爱唱。

美丽的姑娘是一首诗，也是一幅画。美丽的姑娘是宇宙灵秀之气的凝聚，更是上帝的杰作。一切色彩、曲线、声响、形象、神韵与气质，凡能引起人们美感的事物，都一齐在姑娘的胴体和风情中呈现出来。面对着一个个云鬓花颜、曲线玲珑、声如银铃、姣好媚丽、绰约丰姿、吐气如兰的佳丽，谁能不心旌摇曳？

所以，走在熙熙攘攘的大街上，我的眼睛总爱在花枝招展的姑娘身上逗留：轻柔的身条，柔和的曲线，丰满的胸脯，满月的脸庞，还有华美的时装，宜人的淡妆，又尖又细的高跟鞋，甚至扭摆的腰肢，裸露的白皙的像旋律一样优美的小腿，哪一样不令人心跳？

有一次，学校里举行晚会，迪斯科的节奏把我带进一个色彩和线条摇曳变幻令人眼花缭乱的世界。我很笨拙，舞步常乱，不是踩着舞伴的脚，便是撞着人家的腿。舞伴生气了，便不再和我跳了。于是，我就坐在连椅上看，一片骚动的春潮，一片盈溢着欢笑的波浪。

美丽的姑娘，以鸟为声，以目为神，以柳为态，以玉为骨，以冰雪为肤，以秋水为姿。姑娘的静态美是娴雅、秀逸、妍丽明艳、素静幽洁、玉骨冰心；而那动态美，是轻盈婀娜、千娇百媚、翩若惊鸿、笑语生香、艳光四射、丰采照人，全身上下都散发着芬芳的气息与美的韵律。

我想，世界是奇怪的，有太阳就有月亮，有青山就有绿水，有亚当就有夏娃。于是这个世界不再单调，也许正因为有了这男性和女性，世界才变得和谐，缤纷多彩。我爱男儿的世界，它豪迈热情，豁达开朗，似巍巍青山，嶙嶙岩石，我喜欢男孩儿的长跑、打球、游泳，他们使我心里感到一股青春的热力，生命的奔放。然而我更爱少女的衣裙，少女羞怯的红晕，恬淡的身影，青春的微笑。它使我倾慕，那是一个永远解不开的谜。莫不是世界有了男儿，才变得这般沉稳、庄重，有了这女儿，才变得这般绚丽、迷人？

没有绿水的青山，青山也会荒芜；没有青山的绿水，绿水也会寂寞。正是这青山绿水，交织出一幅壮美的充满生机的画图。

我知道，男孩子和女孩子都是上帝的儿女，两个世界都蕴含着不同的美，既难以改变，也难以占有，只有两厢情愫不断地渗透、濡染、融合，只有在这种交融的过程中，才能进一步丰富两个天地，使两性的美臻于完美的境界。而促进这种渗透、融合、濡染的唯一催化剂——真诚。

花开时节

时间纺织着沉重的梦。

走过了一座座心灵的桥，走过无数的迷茫和雾一般的悬空日子，走过许多扑朔迷离的白昼和夜晚，终于在一天早晨醒来，窗外已是春天了。

春天，是我们的季节。春天，是花开时节。

校园里海棠花开了，樱花开了，紫丁香开了，胭脂红、柠檬黄、牛乳白，交织熏染，像一步斑斓的霞，一片五彩的梦。风一吹，那花的馨香氤氤氲氲地浮动起来，那梦幻般的色彩也缥缥缈缈地荡漾起来。

就在那个春天，我和她开始了初恋。

我常用一双湿湿的眼睛看她。是的，我在恋爱，恋爱的人和没有恋爱的人，眼睛是不相同的。

我在她面前真像一只丑小鸭。她说我有一个独特的让人难以理解的性格，时而像五月的天空一样明朗温柔，时而像深秋的树一样淡漠肃穆。也难怪，小说看多了，自然多愁善感。我从不承认人与人之间有纯情，任何感情都是自私的，可是她让我动摇了我的信念。

大学的第三个寒假，一个落雪的日子，她约我出来，第一次向我透露了心底藏得那样深的秘密。可以说，这是我意料中的，但我不知道怎样回答她才好。她不愿伤害我对她的感情，这种感情却是高尚的。最后，她只好说："原谅我，我并不像你想象得那样好，我已经有男朋友了……"我呆住了，好半晌，才轻松地说："你变了，再见！"雪地上留下一串我永远难以忘却的清晰的足迹……

初恋是爱之花初绽，花开了，并不都要结果，就像苹果花、桃花、南瓜花、还有豌豆花，有的是谎花，有的刚刚绽蕾，就被风雨吹落了，但是花自芬芳。那爱的芳馨却永远散溢在心头，甚至伴随你终生。

以后，我们很少见面，自然毕业以后，我们也没有通信。若干年后，我突然收到她的一封信，告诉我她要来这个城市，我的心乱了。她向我道歉说，她伤过我的自尊心，学生时代的友谊应该珍惜，不能成为爱人，也不应该成为仇人。男女之间除了爱情没有另外一种感情吗？她信的末尾写道，为了我们纯洁的友谊，为了你孤独的足迹，我愿永远等待你的信。

收获时节

挣破了冬的漫长的禁锢和蛰伏，横过春的梦幻般的稚嫩和朦胧，穿过了夏的变幻莫测的热烈和浪漫，季节的风翻开了秋的日历，送来了色彩斑斓、成熟芬芳的九月。这是不变的色彩，凝固的成熟，是一切风、雪、露、雾、霜，伴和着阳光浇铸的色彩和成熟。

九月，是辉煌的时节，大地奉献出了厚甸甸的爱；九月又用它成熟的色彩，唤回它失去的萌芽记忆，唤回它枝叶扶疏时力的召唤，唤回它对春风初度和夏雨悬悬的原始向往……

我喜欢九月。

记得小时候，时常爬到路边高高的大草垛上，抑制不住心头颤动的快活，仿佛脚下是出山的马儿，也带来了心中的什么，我们在上面跳着，翻跟头，我们心里有好多好多话语要表达。夕阳西下了。夕阳剥落了成团成叠的玫瑰色的花瓣，花瓣撒在我们身上。我们玩累了，蹲在草垛上喘息，望着袅袅升起的炊烟和远归的鸟群，心里不知怎的充满一种酸酸的惆怅。

于是我想起秋天，想起收获的时节。

我们相爱了，也是在那九月成熟季节。自然，我们的爱经过了严冬的受孕，经过了漫长春天和夏天的生长和发育；自然，我们的爱也恪守一切爱的哲学和公式：月光下款款移动的双影，小河边卿卿我我的相谈，草地上狂放的追逐，田野上远行放足，还有那一封封倾述心迹的情书，我就像漫游三界的但丁，有太多的喜悦，也有太多的悲伤。

忽然有一种柔情铺天盖地拘住了我的心。我紧紧地抓住那双手，紧紧地。终于道出一句话："我爱你！"我觉得一下子变得年轻——不仅仅是身体和年龄。

也许正因为心里装满了爱，我才变得这样年轻，年轻得辨不出年龄；才这样宽容，宽容得能接纳蓝天；才这样孔武有力，那力量能推倒一座大山；我的灵魂里才升起一轮太阳，我的生命才像太阳一样炽热辉煌！

亲爱的K、M、N……不要轻易说："我得到的是我不曾追求的，我追求我得不到的。"爱情就是两颗心的相撞、揉搓、渗溶、凝结，也不要轻易说出这个字：爱。这个字眼重如山岳，辉煌如日月，称它只能用真诚，量它只能用生命。当你吐出这个字，你那颗青春的心，已交给了对方。

1988年11月

风也清清，月也清清

A

又是一个月圆的时节。

野菊花把小路送得很远……在郊外。

郊外有一条小河，我沿着河岸踽踽地走。水银似的月光满世界流淌，暗白的浮云在海蓝色的夜空缓缓滑过，月光从柳树丛里渗漏出来，斑斑点点地撒在我的肩上，我的脸上。我的影子在地上跳跃着，摇曳着，像一个不安的梦。

这时，我又想起了你。

我知道，此时此刻你也会沐浴在冰清玉洁的月光下。月光也是一种诱惑，它单纯、缥缈、丰富而又深邃。月光浇在我的感情之树上，扑棱棱绽开一片花蕾，我多想采一束献给遥远的你……

月亮照着你，也照着我。

面对着这勾人心魄的月，这皎洁得万物都无法安分的月，我想对你说——

这些年我到处寻找你。寻找得好苦，好苦啊！在迷茫的烟雨里，在飘零的雪花中，在黄昏落霞的凄迷里，在疏星淡月的惆怅中……我不知道这寻找会有什么结局，只觉得心太累了，累得让人喘不上气来。

悠长悠长的岁月从我手指缝里溜走，我想抓住它，让它在身边滞留，可是它冷冷地瞥了我一眼，头也不回，依然迈着悠然自得的步子远去了……

于是，我小心地翻开日历——那是一本落满灰尘的日历，我轻轻拂去灰尘，轻轻地抖动着斑斑点点的记忆……

（风也清清，月也清清。）

B

又是一个多梦的夜晚。

眼前没有小河，是一片海湾，是一片空濛濛的水和月，浪花叠叠，溅起琳琳琅琅、摇摇曳曳梦幻般的光斑。身前是海滩的空旷和沉寂，身后是一串踌躇沉重的脚印，我不敢回首，那是我的足迹。

我该重新认识一下自己么？

谁都可能在穿过树林、蹚过小河时迷失道路，谁都可能在早晨醒来，发现自己留在夜那边。现在，你还为那种种不幸困惑么？

遥望着海天那一丛丛云和空明的月，我想感叹自己的浅陋和孱弱，我会成为那种空浮的景致和泡影么，那梦，那梦需要好深好远的眼光么？

如水的月华洒在海面上，波光粼粼，斑斑点点，乱纷纷的思绪，像这迷离的光影，说不上清淡，也谈不上深幽，一切都是浅浅的，素素的，仿佛风一吹，那光、影、色全消失了，给大地留下一片空漠，一片沉寂，却留不下一点遐想，让人去追忆、去思索、去梦幻。痛苦，是昨天的日历，翻过去就不必要再翻过来，不要在这里徘徊逗留；泪水，不是雨水——雨水能滋润种子发芽，泪水只会浸泡酸楚楚的心。咬咬牙，把这发霉的昨天抛得远远的，然后奋然前行——这才是大丈夫的本色。

可是，我不行，我是女人。

我怎能忘记小河边那幽幽的水、幽幽的风，还有那轮满满的橘黄的月呢？

记得你说过，你喜欢月亮。我却莞尔一笑，很使你失望，她不会发光，应该把你的爱，倾吐给太阳。

——没想到，随随便便一句话，使你的眼睛出现了迷惘的泪光，你沉思地靠在小树旁……

那时，我是一个多么单纯的幼稚的女孩子啊，单纯得像一角明净的蓝天，稚嫩得像一朵二月的迎春，眼里只有花的缤纷，光的迷乱，却没有看到你那颗赤诚真挚的心……后来，我几次拿起笔来想给你写信，请你原谅。可是在爱的天平上，这句话是多么没有分量……

有一首歌词说得好，三十岁以后才明白，其实我四十岁以后才清醒：人生、爱情和理想……

我真想抓住时光的尾巴倒回去，重新塑造我的青春，我的爱……（情也深深，意也深深。）

A

月是那么圆，似乎是一个泛着黄晕的大玉盘。大地也显得宽广、明媚了许多……这该是一个多么和谐、幽美的大自然啊——如果没有远处闪烁的灯光。

明月悠闲地无依无托地悬挂在那里，仿佛随时都会滑下来。周围是迷迷蒙蒙蓝的天，几颗微星，在很远很远的地方眨着眼睛，是悲泣，羞怯，还是畏惧？明亮的月光透过稠密的树枝洒下不均匀的希望，但我走在上面，却分明感到自己踏碎了一切。

情到深处人孤独。

你可知道，当初我把少年纯真的感情倾注于你的时候，其实尚未认识你。那种单方面的恋爱，使我好多好多的白天和夜晚都沉浸在忧伤和激情参半的氛围里不能自拔。每个美丽的黄昏，每个月光如水的夜晚，我在小河边徘徊，心中便盛满了对你的向往，以及无法摆脱的忧伤。

你的眼睛是两泓透明的湖，毛茸茸的睫毛和眉毛是湖畔温柔的绿草。

你是一只痴情的黑天鹅，在美丽的湖面快乐地游弋，在茂密的绿草中静谧地栖息。心，拍打着湖心，一阵阵地酿造着甜蜜的涟漪。

——一切美好的东西都锁在秘密中，没有秘密便失去了美好的东西。只有秘密才使人思索、遐想呢？为什么望着月亮，会产生许多遐想，因为那里藏着一个秘密……

——你从哪里弄来这套理论？你用眼睛盯着我。

——是我自己从梦中得来的。

——人生需要秘密，每个人心灵都藏着一角属于自己，对于他人永远是秘密的领地，人与人之间的壁垒是永远打不开的。

——不，爱的神矢射穿的。

……于是，在那个朦胧的月夜里，在这幽幽的小河边，我带着忧心和不安向你吐露出长期压抑在心底的颤抖的秘密。

听你的将是我的心，而不是我的耳朵。

你回答的是用一串慌乱的脚步声……于是你带走了星，带走了月。花香，树影，一切都黯然消逝了，河边留下一个孤独的我。

（心也凄凄，情也凄凄。）

B

是的，在那个月夜里，在那小河边，你把心底的秘密交给了我。我没法去接——那是一个发烫的火球，一颗燃烧的心，是那样灼热，又是那样令人炫目……我一时恐惧和惶惑得不知如何是好，我害羞地跑去。回到宿舍，我蒙上被子，像害了一场病……

我好傻好傻哟，现在想起来多么可笑！

海浪喃喃絮语，海风轻轻习习，海睡去了，发出细微的幸福的鼾声。我一颗孤寂的心像天上的月，在天国里飘浮。

夜，是一块天空飘来飘去的黑布，她累了，便落下来，罩住那些河流、山冈、城市和村庄。夜的上面是太阳，要不，我在夜里怎么会看到那些白天看见过的东西呢？我说。可是我自己也觉得这种解释太像一种孩子的解释。

（应该说，是一种光的消失，一种感觉的消化，人往往会对一种东西缺乏深刻的认识，而失去吸引力。生活，本来是一个谜……）

然而，我没有忘却你，我的心也在寻找你。茫茫宇宙，茫茫人海，也许我永远也找不到你。但我每迈出一步，你的影子总在伴随着我。于是，我的生活便有了希望，有了色彩。

凡是有月亮的夜，你都在陪伴着我，我不孤独。

即使无月之夜，我纵然不能坐对明月，幻出你的影子来，但总能从飒飒落叶的秋风里，从绵绵絮絮的飞雪中，听到你的脚步声……

爱别人，好苦好苦……

被人爱，也好苦好苦……

如果爱是苦涩的，那么人为什么还追求呢？——人就是生活在这二元对立的矛盾中，爱情何尝不是呢？

（情也深深，意也深深。）

A

自从你离开我，我的性格似乎发生了突变，不爱言笑，不爱热闹，我处处回避人，就像一只胆怯的小兔。我喜欢孤独，喜欢寂寞，喜欢一个人静静地走，看月光下的小河泛着柔柔的光，任凭一缕清瘦的风戏弄我枯萎的情思。累了，我便坐在河边，仰头凝望深邃的夜空，享受属于我的宁静和清幽，想象变成一只含情的小星星，倚着弯弯的月牙儿，痴痴地望着人间万家灯火，体味着人间夜晚的一切甜蜜和痛苦。

我常来这河边收敛月的足迹，摭拾爱的回忆。那一片片破碎的回忆，像散落在河滩上的贝壳，岁月的潮汐把它磨洗得更鲜亮了。

一路上，我精心地敛取，然后，将那一片片月色夹在我心灵的诗集里，珍藏久远。月色啊，我钟情你已经多年。你所恩泽的一花一草，都是我不能释手的爱物。我苦思冥想，几番试图，欲上青天揽明月，以我炽热的情感熔化你的冷漠和冰凉，但你并不理解。我狂呼，嚎叫，痛苦，大笑，理智告诉我这是痴想，我却依然虔诚地眷恋你的清波，贪婪地敛取你一片片月色。月色纵能敛取，深深的思念呢？少年的梦境呢？

在热恋的土地上，你种下多少欢乐，就会生长多少忧愁。

（风也清清，月也清清。）

B

大海睡着了，发出轻微的鼾息声。一片青幽幽的光，羽纱一般地笼罩着海湾。细浪像金色的鱼鳞，一闪一闪，直荡到水天相连的远处，傍岸的渔船像一个个摇篮，轻轻荡漾着，把山、把树林、把海岛荡入梦乡。

我记得外国一个诗人写道："没有更好的教材，比得上我们的错误。"

初恋，就像一根火柴，在燃烧的时候，开放了生命的花朵，它应该点亮人的青春，给人留下热烈、光明与灿烂，它留给我的却是一片灰烬、一片怅惘……

我不相信泪水能稀释伤感和忧郁，也不幻想泪的波涛能带着淤泥沉沙填平痛苦的深壑，更不期望懊悔能慰藉一颗失去平衡的心，但几场难以自抑的痛苦之后，确实也使我的心不那么伤感了，我何不把这痛苦的回忆化为生命的动力？把这凝重的相思化作风帆为了那生命的余程……

夜深了，我该离开这里了。但愿人长久，千里共婵娟。

（情也深深，意也深深。）

幽幽小巷，郁郁小巷

我来寻觅旧时小巷。

小巷是一页巨幅的稿纸，只不过比我的格子更流畅，更宽容，星星和月亮是些引号、逗号和句号，记录着你和我，记录着你和我的秘密。遗憾的是那结尾处的删节号是一串路灯书写的，昏黄而迷离……

庭院。古树。瓦房。……由于年代久远，小巷显出几分憔悴，几分衰老，几分落寞，青苔茸茸的围墙，油漆斑驳的门扇，凸凹不平的石板路，还有那蹒蹒跚跚爬出墙外的虬蛇般的老藤，更给小巷平添了一抹凄楚和苍凉。只有到了春天和夏天，那两排泡桐树，花开了，叶绿了，有了繁花和绿荫，小巷才有了幽幽，才有了郁郁。

啊，幽幽小巷，郁郁小巷！

你我都喜欢这块小小天地。我们的脚步常常放牧在这里。

春天，泡桐树发芽很晚，很晚，我们一颗充满希冀和梦幻的心，常常系在枝条上。每天来到这里，我们都要细心地数点，一朵绛紫色的雾，迷迷蒙蒙，如梦如幻。人说，紫色是幸福的象征，这紫色桐花可绽开了爱的情愫？

那是个细雨淋湿的星期天。小巷浸在濛濛细雨的氤氲里。那花落在屋顶上和光润洁净的石板上，流动的雨雾云霭一般地抚摸着树枝和花朵，这是一群娇弱而俏丽的生命。小巷变成了一片香的世界，扑鼻的香气，那般浓，那般烈，爱被香郁包围着，熏蒸着。谁说过，真正的初恋是不需要雨伞的，把年轻的长发和肌肤交给漫天的淋淋漓漓，手牵着手在雨中狂奔而去，然后在对方的唇上、颊上品尝雨的凉凉甜甜。我们没有雨伞，也没有狂奔。我们选择了一个轻慢的节奏，重复着一个缓缓的旋律，将两厢赤裸裸的情感一任霏霏春雨去滋润。

重复而不感到重复。重复是枯燥而苍白的吗？潮与汐，日出和日落，不也重复么？

爱情是情感的疯狂，是汹涌奔放的，使人燃烧的感情，是人类精神中一种最深沉的冲动。然而我们都控制着自己，为了使它更晶莹透明，更明澈而宁静。

一朵桐花飘落了，我急忙用手接住，赠给你，你闻闻说，“世界上还有比这更香的。”

我没吱声，心里却默默地背诵起戴望舒的《雨巷》：

撑着油纸伞，独自
彷徨在悠长，悠长
又寂寞的雨巷，
我希望逢着
一个丁香一样地
结着愁怨的姑娘。
……

你收住脚步，轻轻地叹了口气，望着细雨迷离的天空，忧郁的声音，带着雨意的潮湿：

——世界上最孤寂的是什么？

——人的心。

——不，是单数。太阳是孤寂的，月亮是孤寂的。

——谁能回答这个古老而永恒的提问。

我们走啊，走啊，从这端走向那端，又从那端走向这端，像织女穿梭般地编织着七彩的憧憬，编织着青春的梦幻。

小巷的体验着爱的幸福和痛苦。

小巷的夏天，便是幽幽的了。那浓浓的树荫切碎了阳光和蓝天，留给石板小路上一些斑斑点点，构成印象派的画——那瞬间的艺术，光与空气的艺术。

尤其黄昏。暮色蔓延的晚汐，将两边房屋的棱角给静悄悄地融化了，光影是和谐的。晚风伸出透明的舌尖舔着婆娑的树荫，缓缓摇曳，一圈圈看不见的涟漪，荡起又复散。人是美艳的，依肩挽腕的女孩的脸靥，被幽暗的光涂上一层淡淡的晕黄，款款而至，飘然而止，朦胧沉默，含着无尽的情意………

谁说，黄昏是老年人的专利品？年轻人也爱黄昏。黄昏用深情和静谧，孕育着星夜，孕育着朝霞，孕育着一个辉煌的日出。爱，不也是经过黄昏和夜的酿造，才出现一个霞霓烂漫的早晨么？

你我的影子印在这悠长的小巷，时而重叠时而分离。重叠和分离都是感情的潮与汐。

记得，那天，我无意识说出五个字："不会忘记你。"这简简单单的几个字，竟使你读出了泪水。

是真的么？我不敢相信我的心之声，会有如此巨大的力量，能冲决你女性的矜持和高傲。

凉凉的夜风轻轻地掠过赤裸的臂膀，滑腻腻的，像一双涂过肥皂的手。四周一片寂静，夜色很温柔地依偎着我们，一缕轻风吹过来，你的秀发飘然欲飞，我忽然觉得一阵凄冷。

我感到你泪的沉重。

我感到你血的潮涌。

你清清楚楚地回答了我。

这世界太不和谐。

你含泪的眼睛，望着满天繁星，喃喃地说：

——因为有了太阳这颗恒星，才使地球有了生命的绿色；因为有了月球这颗卫星，地球才有了诱人的月华。我们需要卫星，哪怕是一个人。

弯弯的月亮浮在空中，像小船漂流在水上，荡漾着薄薄的云彩，就似轻柔的纱幔被拂动，月牙儿缓缓地移动，洒下湿润润的光，照拂着你和我。你那张有着泪痕的白皙的脸，显示出一种美：清凉似菊花，冷艳似寒梅。我的心境再不像清风明月般的轻松和明朗了，望着天幕上幽幽的星光，我感到宇宙的神秘和莫测，似是从中得到了某种探究事物的奥妙的启示……

秋天的小巷，像一只长长的洞萧，奏起一只凄婉的秋歌。秋把它的悲哀和凄凉幻化成几缕苍老，几抹枯黄，淡淡地涂抹在每一片绿叶上，涂在瓦缝的枯草上。记得第一片叶子飘落，曾经震起多少酸辛多少迷乱多少隐忧多少困惑多少烦闷！在这个多彩的秋天，本应该你收获我，我收获你，可是，谁想到，这是个荒芜的秋呀……唉！

你我漫步在这夜凉如水的小巷，蛐蛐在墙角凄婉地低吟。月亮从云隙中射出一瞥又赶忙收了回来。树上的枯叶潇潇而下，夜风裹着沙沙落叶，似老年人的叹息，露水打湿了我们的裤角儿。

当我向你吻别时，我发现你全身都在激动地颤抖着。你的泪水，不断地涌出眼眶，流到我的唇边，你的泪是咸的。那天晚上，我们坐了很久，很久。起先，你只是不停地流泪；后来，你不哭了，双手紧紧地捧着脸抽搐着。好一阵，你才说：

——你走吧，你是属候鸟的，你是一只候鸟……

于是，我走了，离开了那座小城，离开了那条小巷……

雁来雁去，十几个春秋过去了，尽管生活得很累，累得我直不起腰来，但不让我弯下腰的，是对生活的信念和勇气，还有那小巷留给的深深的记忆。无论是痛苦的或甜蜜的，初恋毕竟是人类圣洁感情的履历，谁爱的档案里没有记下这一笔？

而今，我又回到这座魂牵梦绕的小城，来寻觅旧时小巷。

啊，我的幽幽小巷，郁郁小巷呢？那凸凹不平的石板小路呢？那长满茸茸苍苔的院落呢？那紫色的泡桐花和绿色的藤萝呢？那迷离的光和影，迷人的星和月呢？还有深深浅浅、蹀蹀躞躞爱的足迹呢？

眼前是一条宽阔的街，两排新建的楼房耸立起来，那蛋青、米黄、赭红、果绿的色彩，纵的与横的线条，构成现代城市的繁华和迷乱。

灯光辉映着，小城幽幽的夜空，淡抹了一层像鱼肚白一样迷蒙的亮光。暗淡朦胧的夜晚，迷茫浓重的夜幕笼罩着小城，在许多建筑物的轮廓中，到处是灯，星星点点，簇拥着，一片连一片，像灯的海洋；一串又一串，似灯的长龙；闪闪烁烁，微光交相辉映，如同天上璀璨的银河，倾泻到人间。

夜风呢喃，灯光融融。谁家的电视机播出一阵歌声："我迷失在黄昏的山野上……"我没有迷失在黄昏空旷的山野，却迷失在这小城的繁华和熙攘里。我想收回远飞的思绪，让它定格在现实生活的空白里。

几个在路灯下玩耍的孩子用惊奇而陌生的眼睛在我身上涂抹着惊叹号和问号。一个小姑娘很礼貌地问我:"叔叔,你找谁?"

"我……哦,……唔……"我来找谁呢?我是来寻找那失落的爱,抑或是祭祀早夭的初恋?我是来寻觅那铺满情愫的悠长悠长的小巷,还是搪拾那甜蜜而痛苦的记忆……

唉,小巷消逝了,代替它的是宽阔的大街,林立的楼房。可是爱失去了,由什么代替它呢?

1988 年 6 月

紫罗兰，我的紫罗兰

我的紫罗兰死了，是在那个寒冷的冬天死去的。我看见它卷起自己的叶子，微微叹了一口气，死去了，带着宁静的、超凡脱俗的蓝色微笑……

我不会养花，我对任何花草都没兴趣。并非我不热爱生活，不热爱生命和色彩，是太忙了，常常忘记了给它们浇水、喷肥，许多名贵的花卉在我居室里都没享尽天年。但我却对你送给我的这盆紫罗兰怠慢不得。再忙，我总想着给它浇水；再累，我总不忘给它施肥；太阳毒了，我把它搬进屋里；天冷了，我把它移到阳光里。我珍爱这一抹温馨的抚慰，这一盆蓝色的诗意，就像珍爱蕴藏我心底的初恋，就像珍爱你给我第一个吻的甜甜的记忆。

我知道，你非常喜欢花，喜欢这蓝色。你说，蓝色是圣洁、高雅和纯净，能给人流畅，明快，净化人的心灵色彩。你告诉我，希腊神话传说中，司美司爱的女神维纳斯，因情人远行，分别时泪涌泥土，来春发芽，就是紫罗兰。

我喜欢紫罗兰，喜欢那长长的枝蔓，顺着花盆边缘像瀑布一样泻下去，然后划一道圆的孤，显示着生命的力度；我喜欢它浑身流淌着凝重的紫血，却敞开胸怀，接受阳光和雨露的沐浴，谁说这紫血不是幸福的结晶？我更喜欢那花朵，像一颗颗蓝色的小星星，像一首充满灵感和文采的散文诗。

我工作累了，就痴痴地坐在花前，细细地领略它的色和香。那纤巧而半透明的花瓣便吐出一缕幽幽芳馨，给我一颗疲惫的心带来抚慰。我仿佛看到你婷婷的倩影从花朵里冉冉走出来，那风吹花摇，窸窸窣窣，莫不是你对我絮絮细语？于是，有一道清流通过我干枯龟裂的情感……这时，我禁不住吟起周瘦鹃的一首小令：

一阵紫兰香过，似出伊人襟左。恐被蝶儿知，不许春花远播：无那，无那，兜入罗衾同卧。

白天，我把它放在案边，夜晚，我把它放在椤枕前。有它伴随，我的梦也是蓝色的，温暖的，像五月的天空。

啊，紫罗兰，紫罗兰，我曾用你花的眼睛观察过人生，用你花的耳朵倾听过风的絮语，用你花的叶片感受过光的变幻……

我的紫罗兰死了，是在那个严寒的冬天死去的。它无声无息伴我度过了春，度过了夏，度过了秋，用它蓝色的美丽，清淡的幽香。而今，它死去了，悄悄地闭上了眼睛，那枯萎的花瓣上还留着一缕忧郁的凄楚的蓝色笑意……

……记得，那年春天，我来到你居住的那个美丽的海滨城市，我不想打扰你，不想在平静的心湖里再掷一块石子，荡起无休无止的涟漪。也许命运和机缘吧，在熙攘的人群里，我们相遇了：

"哦，是……你？"

"呀，是……你！"

一声惊喜，一声欢愉，两颗曾经思恋的心一下子撞溅出火花。

你邀我回家。一座普通的楼房坐落在海的衣襟上。两个小小的套间挽住了十几个春秋。你依然爱洁净，紫罗兰的床单，紫罗兰的窗纱，透出素洁幽雅的气息。我们相对而坐，默默无语。只有两颗心在怦怦地跳，只有意识在汩汩地流。

——中午，他不回来？

——他不回来。

——那我以后再来做客吧。我感到局促，我觉得不能像从前那样亲密相处了。

——已经呆了很久了。

——可是，我还没听到你心里话？……你应该骂我，我对不起你……你的声音哽咽了，终于控制不住的泪水涌进了眼眶。

我温柔地望着你，真想张开臂膀，把你拥抱在怀里，吻你那含泪的眼睛，抚摸你那颤抖的双肩，可是我镇静住了我的情绪。

——要说心里话，我只问你一句，他爱你吗？

你默默无语，好久将目光移向窗外。

窗外是一片蓝色的温柔的大海，静谧的海湾，长堤，古塔，垂柳，落下的影子像一幅透明的画，清绝、秀绝、媚绝。而我的目光却落在窗台上，那上面摆着一盆紫罗兰，正在阳光下怒放盛开，弥漫着一种宁静的香雾和暖洋洋浅紫淡蓝的光晕。

——生活如意吗？

——人生本来就是不如意的，没有事事如意的人生，何必寻那个如意呢？

——我们为什么不争取如意呢！

——那代价太大，我们都要失去很多，很多，结果，还是不如意……唉，过去的事，都忘记吧！

——能忘记吗？那是爱的童年。

——人不可能回到自己的童年。

——但谁也不能忘记自己的童年。

——我的童年已经死了。

——不，它却活在我的心中。

有如鲜花，离不开芬芳，我割不断对你朦胧的记忆，你脉脉的柔情，有如青藤附着阴郁的大墙。十几个春秋，鱼沉雁落，青鸟音绝，我的思恋啊，常常像漂落海上的一叶小舟，茫茫的海水，哪儿是它温暖的港湾？你可知道，这些年来，在生活和稿纸这两道陡峭的阶梯上，我曾经是怎样攀登过？我曾经穿过炎热荒僻的戈壁滩，用充血的双手扒开砾石，吮吸潮湿的沙子；我曾经在巉岩陡壁上，抓着棘荆，胸脯贴着大山尖棱的骨骼攀爬，我曾经战战兢兢涉过结着冰的河水，冰凌碴子划过我的双腿；我曾经在风雨弥漫的旷野上，迷惘，彷徨，徘徊，看不见温暖的灯光，听不见亲切的话语，四面是一片黑暗凝固的夜……我觉得疲惫了呀，我多想停下来，躺在温软的草地上，揉揉走肿的脚，让疲乏的心也歇歇。也是为了你，我才没受这一切的诱惑，继续走那条艰难的永远走不完的路！

你的笑和泪都是无私的给予，就像阳光照亮我心中黑色的土地。

为了你，我才不断地完善着和充实自己。

我的紫罗兰死了，是在那个寒冷的冬天死去的。我没想到它竟那样快地离开我。它没有怨恨，没有痛苦，那干枯的花瓣上只留下一抹沉静的凝固了的微笑：仿佛说，明年春天，我再献给你一束蓝色的抚慰……

……车站。拥挤的人流，喧嚣的声浪。我坐在候车室里，等待生活的又一个转折时刻。我怕你流泪，没有向你告别。长长的连椅上坐着一个孤独和寂寞。

啊，你来了，还是穿着那件蓝色的风衣，尽管风衣已经破旧了，但穿在你身，依然像天使般美丽。我看见你挤过人丛，向我走来，你手里擎着那盆紫罗兰，就像高擎着一面圣洁的旗帜。

你气喘吁吁地坐下来，先是埋怨我不辞而别，男人的感情什么时候才能变得细腻？又嘱咐我：这盆紫罗兰请你带回去，放在你案前，当你想我时，就看看这盆紫罗兰，如果忘记了我……我急忙用手堵住了你的嘴，我不想听下面的话语。

我盯着你的眼睛，你的眼睛分明泄露了你心底的秘密——我只想对你说，在你旅途寂寞的时候，我的爱仍会追随着你，在路旁开成一串淡蓝色小花……

你要我经常给你写信，最好每封信里都夹一朵紫罗兰。

我默默地点点头，一一记在心里。

火车开动了。

一列车爱载去了，你的。

一列车爱留下了，我的。

而今，你送我的紫罗兰死去了，亲爱的，你不生气吧？你不埋怨吧？我的爱，也像迷途的羔羊，在凄清的旷野上，咩咩地呼唤。我觉得我的心枯萎了，就像经霜的花朵凋零了！我呼唤我的蓝天，我的太阳，我彩色的田野，我温馨的紫罗兰！如瀑如潮的爱，难诉难倾！

我的紫罗兰死了，那纯净的灵魂里有着爱的微笑。我记起英国诗人雪莱的诗句：

花儿的芳香，已经散尽，
它像你的吻，曾经向我吐馨，
花儿的颜色已经暗淡，
只有你在时，它才鲜妍。

我哭了，我的泪不能使它复生，
我叹息，它再不会向我吐馨，
我也将接受这样的命运，就如花朵，
无所抱怨，而保持沉默。

1987年2月

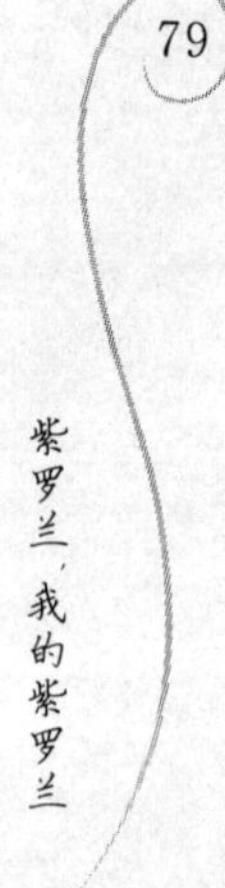

初来草原，缘山走岭，放牧视线，
满目荒草漫漫，绿翻翠涌。
仰视兀鹰傲空，胡雁阵横，
俯听牛羊哞咩，马鸣萧萧，
天籁之音与自然之趣，
交相组合，
形成多方位多层次立体美。

秋日草原

是黄金雕镂的季节。是阳光凝固的季节。是诗和童话的季节。是用奶茶和马奶子酒浸泡酝酿的鲜亮亮、甜馨馨、浓酽酽的季节。秋日的草原啊！

走出锡林郭勒城，沿着锡林郭勒河到草原上看看秋天吧！

最好是骑马。锡林郭勒有名的三河马，那是国宝呢。骑着它，又快又轻又稳。耳边是絮絮秋风，头顶是浪浪流云，眼前是苍苍阔野，阔野苍苍，踏踏的马蹄，敲响古典的浪漫，敲开汉唐边塞诗词的意境，使你走进梦里、幻里、走进历史的苍茫……仿佛王之涣，王昌龄，高适，岑参，还有那个外号叫白乐天的老头儿也伴着你一块旅游呢！

秋天的锡林郭勒河疏朗、明净、清澈、宁馨。岸边的杨柳和灌木丛将满身的姚黄姹紫注入河里，河水漂着幽碧、湛蓝、翠绿、橘黄。生命和阳光在这里沉淀、净化。那河水微澜倦慵，细波澹澹，浪花脚步儿轻轻，默然而神秘地向草原深处流去。偶尔有几只水鸟和野鸭出现在河里，唧唧呷呷啾啾，鸣叫一阵，更衬托出这草原河流的静谧和清穆。

这就是名气大得惊人的锡林郭勒大草原吗（锡林郭勒和科尔沁、呼伦贝尔是我国保护得最好的三大草原，是最纯净的草原）？天高地阔，四衢无阻，旷达的蓝天，蛮荒的草莽，自由的风和云，还有自由的想象。你完全可以策马纵驰，那匹油汗生光肌腱勃怒的三河马，奔腾撒野，草原轰然向你扑来，蓝天白云轰然向你扑来。你可以把衣襟交给风，把心肺交给风，你可以享受秋天大草原的潇洒、风流和浪漫，尽可以体味“我欲乘风归去”的豪情。你这种亢奋的情绪，王维、高适那帮老头子绝对无有。

不过，我劝你千万不要策马纵驰，要像那首歌嘱咐你的那样“马儿哟，你慢些走”，你要欣赏草原秋色迷人之美，最好采用电影的慢镜头。

当你的马儿踏上一道冈峦，你可立马纵目：辽阔的锡林郭勒会向你涌涌溅溅扑来，又从你脚下涌向紫微微带着影子一样宁静情调、朦朦胧胧的远方，那是天和地的衔接处，像拱顶那样笼罩一切，在没有高山没有树林的草原上，秋色像浪漫主义大师，挥动着巨笔，恣肆汪洋地在草地上涂抹着橘黄，柠檬黄，即使那些性格顽强的或是温情缠绵依依眷恋夏日丰采的野草，也不得不举起淡黄的旗帜，迎候秋天的到来。色彩浓浓淡淡浓浓，你很难想出一个恰当的词汇来形容草原秋色之美，但所有属于秋天的色彩似乎都是明亮的，耀眼的，令人意兴飞扬的，一切灼热和烦躁都沉淀下来，凝固成秋天的柔润和清丽。而被秋色染成浅黄、淡黄的小草，并不给人一种衰老的印象，而像春天的鸡雏，鸭雏，鹅雏，一群活泼的小精灵，给人一种充满生机的感觉。

如果你想停下来，就感到那山水、草原和蓝天、白云也停下来，太阳和秋天也停下来，连爱动的时间也停下来，一切都融入无声无息的一幅绝妙的无与伦比的宁静的图画之中。

其实，大草原的秋天是一部综合体艺术作品。既有油画般的凝重浓重，又有水彩画的明丽清淡。既有音乐的旋律感，更富有诗和散文的深湛优美意境，向你展示着无边无际丰富的内涵，向你展示出一幅幅辽阔而深沉的哲理。

且不说那明净的流水多么浪漫袅娜，那野花的色彩多么明媚艳丽，但见那起伏的冈峦（那是立体的草原），恰似一曲旋律，静悄悄地飘荡在天地之间，似乎谁用手轻轻一弹，整个大草原就会唱起一曲豪迈的秋之歌……

果然，从草原深处传来歌声，那是牧羊姑娘和牧马小伙在唱（马儿，羊儿，成群成片，悠悠荡荡，散散点点），一阵阵牧歌袅袅地飞来，那牧歌渗透了太阳，渗透了花香、草香和浓浓的野味，悠扬得如缕缕柔丝，如淡淡云烟。从牧歌里，你深深地领悟了草原诗的意象和散文的抒情韵味。

前面不时的会出现一片被铁丝网围着的小草场，那是草库伦。草尖上结着蜘蛛网，百灵鸟和云雀在草场上空盘桓歌唱。阳光溅在上面，漩成一个个涡儿。那草极丰美，茂密，虽已着秋色，但不减夏日丰采，它们没有被牛羊啃噬过，既有处女般的贞洁，又有成熟少妇的丰腴。

如果你想下马休息一下，最好选择一处山坡。这时会有一片绮丽的美景跃入你的眼帘——干枝梅，一片潇潇洒洒，素素淡淡的干枝梅。那洁白的花朵，呈现出一副女子的灵气和温柔。草地上还会有许多野花，红的，蓝的，紫的，粉红粉白的。但是没有菊花，因为你面对的不是陶渊明的东篱。那些花儿各自呈现出生命成熟的辉煌，向秋天炫耀着最丰满的情愫。这时你身边依旧有絮絮秋风，风里有花香，淡淡浓浓，香在你心里，在你心里向你讲述草原秋天的芬芳，描绘秋天的诗情画意，你尽可和花香、草香谈心。不过，你别忘了，你身边还有王之涣、高夫子，白老头……他们的心境绝非如你那样闲适，甚至和你争吵起来，因为他们眼里边塞草原的秋天依然是“饮马渡秋水，水寒风似刀”，“大漠穷秋塞草衰，孤城落日千兵稀”……

不管他们吧，境由心造。这时，如果你躺在花丛草丛里，尽情地吮吸着花香草香，在这黄绿漂染的画布上，你可任意挥洒你激越的感情和奔放的想象……

不知你注意到了没有？大草原秋天的一大特产——阳光！它是那样丰盈，充沛，纯净而美丽，它又是那样富丽堂皇，豪华而慷慨。它用无边无际的温柔，抚摸着每一棵小草，每一棵野花，每一道流水，每一座冈峦，每一片山洼，给它们光泽，给它们色彩，让一切有生命和无生命都光辉灿烂，明媚而充满灵感，似乎你随手可抓一把放在鼻前吮吸它的芬芳和清馨！啊，你何曾见过这样鲜美的阳光！在你的故城，阳光却是那样吝啬，且污染得变了味——重重叠叠的楼房踮着高儿，拼命地争夺着阳光的施舍；一页页窗户张着饥饿贪婪的嘴巴，嗷嗷待哺似的抢吃那一缕可怜巴巴的阳光；咫尺之间的阳台上苍白的盆景乞求阳光的恩赐；那湿淋淋的衣裳和尿布伸着胳膊、仰着脸儿渴望着阳光的拥抱……这时，你会想，草原的阳光若能购买的话，你准发狠心，不惜重金，购它几车皮带回你的故城！

还有白云，你从娘肚子里爬出来，长这么大，何时见过这样鲜美的白云呢？那云缥缈而文静，温柔而潇洒，婉娈而轻俏，高雅而恬淡。那云也有灵性么？它们是仙子的化身，还是行吟在天国的诗人和哲人？让你惊讶，让你景仰。而白云又是那样纯净，纯净得像孩童的心灵，像少女的初恋，纯净的像你中学里背熟的那些数理公式一样难以置疑。这时，你若放歌一曲"蓝蓝的天上白云飘"，你整个身心也会飘浮起来，飘进那自由的王国，白云的故乡——化为蓝天的骄子……

好啦，当你赏够了草原秋天的阳光和白云，踏着绿中泛黄的牧草，继续走吧。

啊！你看到前面那群牧马了吗？多像一幅红锦缎，与淡黄青苍的草原相映衬，展示出一种富有诗意的图案。马个个膘肥体壮，不时高昂着头，竖起耳朵，又不时低下头啃吃肥美的牧草。它们甩着尾巴，显得悠然自得。当牧马人手握套杆，向马群奔驰而去，马群立刻骚动，马儿撒开四蹄狂奔，不住地嘶鸣。这时草原上又组合出跳跃的画，奔腾的诗。你看到那牧马人追踪那匹红鬃烈马了吗？像一团火追一团火，两个火球在草原上翻腾、滚动。你真担心这火球会把草原美丽的秋天烧毁。其实，不必担心，彪悍勇猛的牧马人很快降服了烈马，于是草原依然进入静寂的画面。

如果你有兴趣的话，可以到蒙古包里和老额吉、和老阿爸聊天，当然，他们会请你吃奶豆腐，手扒肉，或用镶银的蒙古刀割烤羊腿。那淋漓着油脂、黄蜡蜡的烤羊腿真香啊！你不必客气，尽管放开肚皮大块吃肉，大碗喝酒，喝得酩酊大醉，他们才高兴呢！当你三杯二盏进肚，他们会为你跳起盅碗舞。古老优雅的舞蹈，优美动人的民歌，更添一番风味，一种情韵，使你醉上加醉，如梦如幻了。

大草原秋天的黄昏，也是极其动人的一章。浓艳的晚霞，把橘红、赭红、淡紫、青灰涂满天空，草叶草梢上都滴沥着淋漓的霞光，像闪烁的火星。任性而激动的晚风，挟着干燥的芬芳，从赭褐色的冈峦上一掠而过，又无影无踪地消失在丰密的草丛中。随着太阳的沉落，远山变模糊，青灰色的雾霭从低凹处或者水湄边丝丝缕缕、团团卷卷地弥漫过来，归牧的马群、羊群、牛群也驮着晚霞、牧歌向嘎查（牧村）奔来，马的嘶鸣，小羊羔银铃般的颤音，老母牛沉闷的哞叫，运草的拖拉机的突突声……这一切只能使博大的草原震动几下，接着又被巨大雄沉的宁静吞没了。随之而来是雾纱一般的暮霭，草原陷入一种虚无缥缈之中，你在草原上行走，就像走进一个梦境，一个永远醒不来的梦。偶有蒙古包前亮亮的牛粪火和缓缓飘逸的牛粪烟的火星，使你感到这旷莽苍茫的草原还有生息……

当你饱尝了草原秋天明艳的一面，最好再阅读它凄美的另一页，那是秋雨淋湿了的草原。

浓浓的秋，斜斜的雨。倘若你披一件雨衣，踏着润黄湿绿的青草，向草原深处走一走，你会发现秋雨中的草原是一幅忧郁的画，一首感伤的诗。

雨浓一阵的白，淡一阵的白，白蒙蒙的草原，漓漓漫漫的水雾。那草静静地接受秋雨的浸淫，叶子微微下垂，带着缠缠绵绵的忧伤和湿漉漉的凄迷；花开始凋零，花瓣窸窸窣窣落下来，带着怅然的无可奈何的叹息。而这一切又被淅淅雨声所淹没，空气凉沁沁的，雨丝凉沁沁的，鼻子里，肺里也凉沁沁的，草腥味雨腥味，浓得呛人，满眼一片扑朔迷离，倒是很写意。可是，被雨淋湿的草原，那些犹如芸芸黎民被秋雨任意欺凌的花和草，其苍凉，凄清，如不身临其境，谁能体验到这种悲剧韵味的美呢？

如果有一二只苍鹰在云中盘旋，天阔云低，草枯鹰疾，更添一抹边塞诗词的古意悠远的韵味。不过，鹰是很少见了，百灵鸟却到处都有。几只百灵在飘摇的雨丝中飞旋，围着湿沥沥的草原追逐，一会拍动着翅膀把身上的水珠弹掉，一会儿又钻进草丛，半唱半叫，是眷恋微雨的爱抚，还是哀叹秋天即将远行？

雨中看胡雁南飞，那是草原秋天的一大景观呢。你看，横风斜雨，彤云低垂，一行大雁，扶老携幼，艰难地跋涉在雨空。远望征程，迢迢万里，回首故园，云霭迷离，无奈，雁唳声声，洒下一路悲歌，一路湿湿的哀鸣，睹景生情，你怎能不想起甘州曲、凉州词、阳关三叠的悲怆和凄婉？

秋雨淋湿的草原也静得出奇，只有雨打草叶的窸窸窣窣之声，只有昆虫短促而喑哑的哀鸣。那是它们生命的绝唱，还是为草原秋天的落幕而唱的挽歌？远处依然是墨一样的草原，天空变得很低，很沉，也很忧伤。

“悲哉秋之为令也——萧瑟兮，草木摇落而变衰。”几场寒籁过后，草原短命的秋天就寿终正寝了，怪不得岑参老头儿说过“胡天八月即飞雪”呢。北方的第一声雪来的那么急，那么突然，让人难措手足，而锡林郭勒大草原的秋天就埋葬在这雪里了。

1991年12月

我在草原上追赶落日

汽车在奔驰。驰过苍苍的绿，驰过莽莽的绿，驰过起伏跌宕凸凸凹凹的绿，驰过缠缠绵绵浓浓稠稠的绿。车轮在绿浪翠涛上轻轻碾过，留下两抹浅浅的痕，风一吹，那痕便无影无踪地消失在绿浪的辽远和苍茫中了。车前苍苍，车后茫茫，茫茫苍苍莽莽。我们在绿中挣扎，翻腾。偶尔出现一棵树，耸起一尊绿的雕塑，想打破平庸吗？想创造传奇吗？但是，在这偌大无以匹敌的背景上，那树显得极渺小，很寂寞，像一缕孤魂，一声轻轻的叹息，给荒荒大原只留下一缕如烟的苍凉。

汽车依然奔驰。

草浪汹涌着，澎湃着，呐喊着，喧嚣着，扑扑啦啦。连绵不断地向车窗扑来，溅我一身草绿、草香，一股浓浓的蒙古味。我有点惊惶，又难以躲闪。眼前的风景一卷卷铺过来，铺开来。铺成一曲敕勒歌，铺成一首古乐府的意境，铺成汉唐边塞诗人一行行壮美凄怆的诗句。

车轮追逐日轮。日轮在远处山梁上喘息。车轮撵过去，眼看追上，日轮又俏皮地跳到更远的一道山梁上。我们的汽车累得气喘吁吁，又吼吼乱叫，仍不甘心，又追赶上去。我们犹如夸父。但也重复夸父的悲剧。夸父与日逐走，虽九死而不悔，那是追逐光明和希望，追逐生命的原体。太阳，这古老而年轻的恒星，给茫茫宇宙，给小小寰球创造了多少繁复的故事、多彩的生命和浪漫的情节？它的精神和魂魄创造了生命的历史，人类的历史！

我们毕竟比夸父聪明，干脆停下来，徒步走向一个小山包，用目光追逐落日。

山包、山洼、山坡都是草场，丰茂的青草，蛮蛮野野荒荒，葳葳蕤蕤葱葱。空气很醇，草香浓得呛人。我深深地吸上一口，整个草原都吸进肚里了。像牛一样，草原在我肚里反刍。

塞外草原初降的黄昏，很浪漫，很诗，也很古典。西天边随意地拖着几缕橘黄、瑰红、绛紫，其他地方依然很蓝，蓝得纯真，蓝得寂寞，也很苦，那色彩尚未浸淫草原，草原依然苍绿。草梢上细风的脚步蹀躞，草丛间虫蝶扑翅浅浅，天地间万籁无声，偶有牧笛和牧歌轻轻滑落草丛，又被无边无际的静湮没。一切都袒露着，袒露着生命，袒露着情感，袒露着自然的爽真，也袒露着草原永恒的主题——荒凉和空漠。

在天和地分界的地方，有几点墨渍。那墨渍会动，越来越近，是一群鸟雀。在这茫茫荒原上，它们群飞群栖，那是百灵——草原上的吉卜赛。

一切凄凉得像凉州词。

一切悲壮得像屈子赋。

一切浪漫得像爱情诗。

夕阳沉重如山。金色的光芒砸在我身上，我的肩膀上印满了落日的齿痕。

随着巨大日轮缓缓滚动，天空的色彩也溢发浓郁，红、黄、紫，成团，成块，成卷，成片。这些色彩的集团军，忽然不宣而战，刹那间，鼓角齐鸣，旌旗翻滚，万马奔腾，雄雄烈烈。红色集团军，犹如一代天骄的铁骑，汹涌地，所向披靡地向黄色营地扑来，冲杀，呐喊，嘶叫，纠缠在一起；而紫色军团也不甘寂寞，跃马扬戈，从云隙间杀出来，犹如异军突起，和红、黄色扭结在一起；顿时，刀枪剑戟，铿锵声，撞击声，哀叹声，叹息声……响成一片。它们杀得难分难解。它们拼命地扩张自己，强烈地表现自己，争夺每一寸领空，半个天空都洒遍了它们斑斑点点，淋淋漓漓的血，还有凋零的败鳞残甲——使人想起遥远的古代，草原上各个部落厮杀混战的场面。这是历史在天空的返照吗？然而，你只要静心观察，仔细分辨，那红可分为粉红、枣红、桃红、苹果红；那黄可分为橙黄、橘黄、柠檬黄；那紫又可分为茄紫、茜紫、绛紫、葡萄紫。这些色彩的乌合之众都浸润着野性的荒蛮和雄性的剽悍，莫不是，大草原把它的秉性情感以及遗传基因也赋予了天上的光和色吗？

在这浩瀚旷博的草原上空，色彩依然演奏着方兴未艾的狂飙曲。随着日轮的转动，那红色集团越来越庞大，越战越猛，犹如火山爆发，江河倒悬，天空变成一片火的海洋，红浪翻滚，殷红万里，使人想起不可一世横扫千军如卷席的一代天骄和他的铁骑雄师；而那黄和紫被吞噬，被淹没，被驱赶到更远的天边，瑟瑟缩缩地躲在白云下，或张皇失措，或苟延残喘……

天空变成一个冷战场。

色彩在天空鏖战的同时，大草原却一反白昼的粗犷、荒凉和落寞，变得极其温柔而恬静。那光与色极富有层次感，质感。液态的光流，浓浓稠稠，轻轻淡淡地涂抹在草原上。草梢、叶、野花都失去原色，像饱饮了玫瑰酒，醉醺醺地涨溢着一种情愫，展示出一页蓬勃的富丽、辉煌。这里，那里，从渊薮中、海子边、山凹和牧人的包帐里升起薄雾和牛粪烟，淡淡的，若梦若幻、若艺术家的虚构，诗人的想象，又似情人飘逸、颤抖的眼波。让人真想躺在这绿被金褥的眠床上，打滚翻腾，或像诗人一样"嗷嗷"一阵，宣泄胸中成吨的情感。然而当你冷静之后，发觉置身于这巨大的时空里，会感到自身的渺小，像一只昆虫，一瓣野花。甚至会激起离恨万缕、乡愁无限！

当太阳接近遥远的地平线时，天地间悬起一帘肃穆，凝重，沉重，庄重。草原失去醉酒后的浪漫，红颜渐褪，脸色变得灰暗，我目睹着太阳蹒跚的脚步，像一个饱经沧桑，大智大勇，大慈大悲的老人，一步步走向圆寂，走向灵魂的栖息地。我心里突然涨起一股酸楚，一股悲怆。太阳辉辉煌煌、坦坦荡荡地走完了它的一生，它无憾于宇宙、苍穹，无憾于大地万物。它的智慧和精神，它的生命和情感，都留给了世界。

太阳，终于无声无息无怨无恨地沉落了！寥寥长空，荒荒游云，莽莽大原，这博大的舞台也徐徐拉上帷幕，宇宙降下灵旗，远山在默哀，天空也须臾变得惊人的铁青，骇人的诡蓝，吓人的青黛，还有令人沮丧的死灰。那旷古未有的静汹涌澎湃地铺开来。这辽阔的静、庄严的静，一切都静如太初，静如幻景，静如一个巨大的谜。只有残霞在剥落，像给落日送去的冥钱。

我坐在草地上看这悲壮的风景，远处的草浪一起一伏，犹如一曲无声的旋律。草原失去了绿色，但草原的律动依然雄沉磅礴，当霞光的鳞片凋落殆尽时，天空变冷、变得陌生，于是草原的夜晚来了。

1992 年 8 月

草原无标题

一

你曾用稚嫩的嗓门歌颂过故乡的平原；你曾用圣教徒对上帝的虔诚，搜罗人间最华美的字眼献给母亲膝前；你曾书卷山河，笔走龙蛇，你寄意日月星辰，放歌长天流云；而今你又一脚踏进草原。草原，草原！面对整幅整幅铺卷而来的草原，你惊愕得双目发呆，你沉默得成吨的语言堆积喉咙，却喊不出一个字来！

是苍茫、雄浑、凝重、奥博、旷莽，壮阔……这些沉重如山的字眼使你感到茫然？是旷古的沉寂，如渊的寂寞，使你不敢启齿，唯恐弄出一点声响，亵渎了这庄严和肃穆？也许初来草原，视点成了盲点，蛰伏在心头过多的憧憬，过多的情感，一时难以从蛹中挣破？

草原在你梦里生长了几十年。你在王之涣、高适、岑参的诗里，一唱三叹地吟诵过草原；你在徐悲鸿卷卷画轴里阅读过草原；你在敕勒歌苍茫的旋律里寻觅过草原。而眼下，整幅整幅的草原就铺在你面前——高高低低的草，高高低低的山，高高低低的空旷，还有高高低低的静谧，却不见刁斗报警的惊惶，不见胡茄羌笛的呜咽，不见落日照大旗，不见大雪满弓刀。冒顿单于的包帐安在哉？鲜卑人茹血食肉的篝火安在哉？一代天骄猎猎大纛安在哉？……青山叠叠依旧是，风萧马鸣依旧是，边草漫漫依旧是。

你想拨开浓密的草丛打捞历史的残章，却见草丛下埋葬着岁月，岁月下面依旧是苍茫岁月。历史远去了，连影子都难寻觅。抬头看，一只苍鹰在头顶盘旋；放眼望，发情的绿草炫耀着生命的欲望。你愣了一阵，索性坐下来，把眼睛交给碧绿的风景。

二

风弹拨着草浪，洋溢着无边的涟漪，没有喧嚣，却泛滥着无边的温柔；一条河流轻轻悄悄蜿蜒而去，扭曲的腰肢展示着处女的丰韵；成群的百灵鸟唱着恋歌在云空飞翔，一曲蒙古长调驮着片片阳光飞来，驮着牧马少年的多情和牧羊少女的浪漫飞来；远处绿蒙蒙的山丘，浑圆的轮廓，跌宕的曲线，依然是一种大写意的粗犷豪放。

蓝天、白云、绿草、牛群、马群、羊群，色彩鲜亮柔和，辽阔空旷，雄浑博大，老子庄子时代是这样吗？秦皇汉武时代是这样吗？唐宗宋祖时代呢？那位白发苍苍的历史学家却絮絮叨叨向我讲述——这片古老的土地曾经喊喊杀杀、恩恩仇仇两千年，疯疯癫癫恨恨爱爱两千年。鲜卑人来了匈奴人逃；突厥人来了羌族人跑。大大的舞台，小小的世界，复仇的烈火，厮杀的刀剑，美丽的残暴，疯狂的爱恋，春的妩媚，夏的雄健，秋的苍凉，冬的暴虐，都在这片土地上交替上演。秦汉的长城，宋明的边关，九曲十八弯的黄河，险巇峻峭的阴山，既没有隔断王昭君的声声琵琶，也没阻挡一代天骄的马蹄。南方的天鹅和北方的大雁都在这舞台上联欢……古老的游牧文化和凝重的农业文明忽然发生相撞，隆隆的撞击声里，崛起一棵巨大的蒙古树，且根深叶茂，蓊然苍郁，覆盖了欧亚两个大陆……壮哉，这神话般的土地！

草原，一个繁富多主题的长卷，谁能读懂它博大深邃的内涵？

三

到草原上走一走吧，这部永恒不朽的经典，尽管玄奥精深，像谜语，像非洲土著的岩画，像河洛图，像神秘的甲骨文，但是——

这里日出日落，月朔月望，草枯草荣，花开花谢，让你读懂什么是沧桑，什么是嬗变，什么是永恒，什么是瞬间，什么是福祉，什么是苦难，什么是坚韧，什么是浪漫，什么是如梦如幻邈绵无尽的岁月；

这里风流雾走，云飞星驰，雁阵横空，马啸莽原，使你读懂了什么是自由，什么是旷达，什么是潇洒，什么是狂放，什么是雄浑，什么是博奥。辽阔得使你感到没有中心，没有了中心，也就失去了权威；

这里花默默开，草默默长，水默默流，云默默飘。生命在默然中走向成熟，又默默地消亡。这一切又让你读懂什么是寂寞，什么是缄默，什么是孤独，什么是淡泊，什么是悲怆，什么是凄凉。沉默是一种力量，沉默中预示着生命的崛起，孤独中繁衍着无穷欲望……

这里，阳光没有被楼房切割，风没有被高墙刁难，声音没有被巨垣囹圄，色彩没有被尘埃亵渎。这一切又让你读懂什么是古朴，什么是自然，什么是爽真，什么是坦诚，什么是冷静，什么是沉着。当你冷静之后，可以吟诵一首抒情小诗，也可高歌一曲汉大赋……

啊，草原，如梦如幻如诗如画的草原！

你走进草原，你会心潮沸腾，思接千载，神游八极。你脚下这片绿风土，埋葬着呼韩邪单于的满月冷弓，埋葬着成吉思汗的金戈，埋葬着十几个民族的档案，埋葬着大汉的威严，盛唐的光泽……这是一部绿色的史诗，神秘、充满诱惑的史诗。当你拣起一片陶片或一枚缀满锈斑的剑戟，轻轻一敲，会听到远古的声音。那声音很冷，很苍老，但依然能分辨出旌旗猎猎，战马萧萧，甲戈森然，角笳互动……还有一代代雄魂在悲泣，还有一枚循着夕阳的驼铃，还有阳关三叠的古韵……草原，你生长着野性和温柔，生长过仇恨和爱情，浸淫着鲜血，浸淫着泪水，你滋生着荒芜，也滋生着辉煌！你既宽广又狭隘，你既沉寂又躁动，既坦诚又含蓄，既富丽又贫穷。啊，这片神奇的草原啊！

四

走进草原，你可无拘无束，任性纵横。青草在你脚下微吟，阳光在你脸上微笑，清风在你耳鬓絮语，绿水在你身边袅娜。你可躺在草地上，四肢舒展，贪婪地吮吸草的香醇花的芳馨，好浓好酽啊！你醉了，你和蓝天大地融在一起，化为一颗无灵魂无思想的花和草。不，那绿草和繁花本就是你的兄弟姐妹，你可以和它们聊天，也可相对无语。当然，它们会用温柔的爱熨平你心灵的褶皱，用热烈的吻滋润你龟裂的情感，用它包含奥义深邃的思想，启迪你的智慧，超度你的灵魂……

当然，这无边无际的辽阔，会使你的思想化为一片空白。空白便是遗忘。遗忘是一个艰难的工程。只有在这草兄花妹之间，你才可以忘记衔着芦笛满街乱跑的童年，忘却用发酵的血酿成爱的苦汁，忘却挣扎跋涉在事业泥沼的艰难，忘却将生命之树移植竞争之林厮杀拼搏的痛苦，忘却失眠、焦躁、尔虞我诈的困境，忘却阴毒、冷酷、残忍和狡诈，以及从潘多拉魔盒里释放出来的一切罪恶，忘却向来控制得有条不紊的思考的步骤，忘却被粗粝的生活灼伤的心灵疤痕……

你知道，大自然胜过一切宗教和哲学，是人类的摇篮，无论生命之旅遇到何种困厄和劫难，只要你向她发出孩子式的呼唤，母亲(包括大地和草原)都会向你敞开温暖的怀抱……

五

路，蜿蜒漫长，缭绕在无边无际的地方，那淡紫色的远方，广阔的地平线托起一轮年轻的辉煌。浅金色、玫瑰色、粉桃色组合的天空显示出公元前的静谧。

走在草原，你顿时变得年轻，变得风流潇洒，像风中的旗，像天上的流云，你的灵魂也化为一缕清风，时而在草地上撒欢，时而面对苍穹微笑。

这时，你稍稍冷静一下，便体味到人的胸襟应该像草原：容得鲜花芳草，也应该容得下荆棘林莽；容得下鸟韵虫吟，也容得下风雨雷电；容得下流水牧歌，也容得下厮杀和哀嚎；容得下古老的宗教，也容得下年轻的现代哲学——生活不是诗，不是十六岁花季的浪漫。

但在壮阔苍茫的背景下，又使你像哲人般深思：宇宙是什么？生命是什么？人是什么？多么复杂而庄严的命题啊！

一千里的沉寂，一千里的空旷。没有烟云，没有风景，无涯的蓝，无垠的绿，蓝与绿交融渗透，织出创世纪时的静谧。在庞大的静谧里，你看到了生命之流、意识之流在这里交会，你听到了自己心灵的潜流也在汩汩流淌。

这时，你想到埃及的金字塔，巴比伦的史诗，古希腊的神话，印度的《吠陀》，波斯的《阿维斯塔》，喇嘛经的箴言，《易经》的玄奥，玛雅人尚未破释的“铭文”——这就是生命的起源，是文明创造了生命，还是生命创造了文明？而今，时间的巨斧，把生活之流、文化之流、心灵之流、幻梦之流都砍得七零八落，又被时间的巨磨研成细末，消失得无影无踪。

但是宇宙却无动于衷，即不怜悯，也不幸灾乐祸。它依然高傲冷漠地注视着万物，注视着人类。它深知，摆在它面前的一切可以睹见的形体——有生命和无生命的，包括思想精华、思想之花，一切存在的现象都是它无形的永恒的祭坛上的贡品。它在慢慢地咀嚼和品尝，然后把它们消化，化为无垠广漠中的一部分。只有这时，宇宙之神才无声地笑了……

但是，人类毕竟是有灵魂的草，有灵魂的花。这些从天庭驱逐下来的男男女女，他们在大地上的一切奋斗、一切牺牲、悲戚、欢乐、沉思、搏斗、厮杀、跋涉、挣扎、追求……都源于超自然的局限，为了达到幸福的彼岸，获得生命的超度！

你在草原上走着。前面是草原，身后是草原，视线的起点是草原，归宿也是草原。严严实实的大地，高远深邃的大天，起伏跌宕的山阿，被蜃气鼓荡的地平线——一幅多么悲怆的大风景！

在这大风景里，你却发现了一只蜥蜴，一只小小的蜥蜴。这种比人类还早出世若干千万年的虫豸，也许它是恐龙的后裔，也许它是恐龙家族的另一分支，恐龙早已消失，蜥蜴尚在。恐龙倘若有灵在天，它不会感到悲哀。生命既是无头无尾的瞬间，又是无头无尾的永恒。

这时，你才读懂草原这部生命启示录。它原来是宇宙奏鸣曲中的一个音符。走在草原上，你可唱一支宇宙之歌，跳一支宇宙之舞。宇宙在你心里，你在宇宙怀里。你和宇宙化为一体。你会读懂宇宙的全息诗篇。

戈壁有我

大草原的尾声便是戈壁滩。

戈壁滩是死亡的草原。

七月流火，我们的汽车在热风炙浪的夹击下，气喘吁吁地挣扎爬行。

大戈壁汹涌澎湃地席卷而来，车速很慢。我的目光在前后左右的车窗外，以三百六十度的大视角纵横驰骋——这是纯种的戈壁，没有一点杂质，没有山阿，没有河流，没有背景。旷达的蓝天，缥缈的白云，一目荒旷的沉寂，一目宏阔的悲壮。粗莽零乱的线条，恣肆奔放的笔触，浮躁忧郁的色彩，构成浩瀚、壮美、沉郁、苍凉和富有野性的大写意，一种摄人心魄的大写意。成片成片灰褐色的砾石，面孔严肃，严肃得令人惊惶，令人悚然。这是大戈壁面靥上的痔瘤，还是层层叠叠的老年斑？

沉重的时间压满了大戈壁。戈壁滩太苍老了，苍老得难以寻觅一缕青丝，难以撷到一缕年轻的记忆，仿佛历史就蹲在这里不再走了。昨天，今天，还有明天都凝固在一起。

但是，我们并未停下。车子从戈壁滩僵硬的面靥上碾过，而它无动于衷，一阵风轻巧地擦去轮痕，前面依旧是起起伏伏、莽莽苍苍的戈壁沙丘，疯长着亘古洪荒，铺满百代旷世的岑寂。

据说，我们的车行路线是古丝绸之路。在人类历史上，影响最深、持续时间最长的四大文化体系——中国文化体系、印度文化体系、伊斯兰文化体系、希腊罗马西欧文化体系——的交会点，就是这条古丝绸之路。它是历史的通道和罗盘，它导引过心灵史、文明史以至于生物史。至今，敦煌石窟的画壁上还生活着两千年前用骆驼贩运丝绸、茶叶和陶瓷的商人。想当年，这路上骆驼成列，驼铃叮咚，车马喧阗，驿站如珠，该是一片多么繁华的景象啊！而今丝绸之路荒芜了，湮灭了，罗盘生锈了。

汽车在奔驰。

又是一片僵硬的雷同化的灰褐色砾石，大大咧咧，蛮蛮横横。星星点点的芨芨草和三两墩红柳，像垂危的老人，它的青春和生命被风沙和干燥榨干了，它的灵魂也扬弃得无影无踪。炽白的蜃气把地球表面固有的绿涤荡得一干二净。

大戈壁藐视生命，嘲弄生命。我不知道它吞噬了多少如花的青春和如雨的血泪，这漫漫古道咽饮了多少驼铃的悲怆和戍边将士的悲绪，这浩浩风沙摇落了几多闺妇的春梦和相思树上苦涩的青果，这重重叠叠的沙砾下面又埋葬着几多累累白骨？而今，这里是死神盘踞着。鸟雀罕至，人迹罕至，天空是阳光恣意的泛滥，眼前是风沙的狂歌，亘古的蛮荒肆无忌惮地袒露着它的高傲和雄悍——这一切都像野兽派画家的杰作，不，这是宇宙之神的雕虫小技，完全按照它的意念任意涂抹。我想，宇宙之神在创造这戈壁巨幅时，肯定是情绪惶惑，思想苦闷，而又体力强壮，精力过剩。

这惊心动魄的苍凉和浩瀚，可以驰骋想象，既无高山的阻挡，又无噪音的干扰。我放飞思绪的小鸟，穿越时间的屏幕——我看见飞将军李广，大将军霍去病的萧萧战马，猎猎大纛，迎风踏踏而去；我看见汉武帝的使臣张骞，大唐一代佛宗玄奘踽踽行进在戈壁荒漠。风沙浩浩，星路遥遥，驼蹄踏碎星夜的寒霜，驼铃摇落戈壁的黄昏。一曲折杨柳的哀吟，三两声阳关三叠的古韵，使这寂寞的氛围更添一抹凄凉，几缕悲怆……生命的漩涡，人类的梦幻，而今都化为一种历史的难堪，和风沙卷逝而去又卷来的喟叹。

你看，那一丛丛骆驼刺，被阻拦的沙尘形成一个个小丘，像坟墓似的，莫不是那里真的埋葬着戍边将士的遗骨？“醉卧沙场君莫笑，古来征战几人回？”“坟丘”排列成一个个方阵，没有纸幡，没有花圈，没有墓碑，只有萧条和凄凉相伴，只有漠漠的阳光的抚慰，只有浩浩长风的哀吟。风过草梢丝丝作响，那是一代代古魂在悲泣么？

汽车穿行在“沙坟”中，索索的骆驼刺向我讲述着一幅幅战争的惨景——甲戈森森，旌旄猎猎，战马萧萧，厮杀声，豪叫声，呐喊声，呻吟声，血染砂碛，尸暴荒野……这里原是一个古战场，战争的悲剧曾轰轰烈烈地演出一幕又一幕。目睹这漫漫戈壁，谁说这里是不毛之地？戈壁滩曾长出二十四史一页页辉煌，曾长出唐诗宋词的悲壮，曾长出阳关三叠的凄怆，也长出过“劝君更进一杯酒，西出阳关无故人”的黯然神伤……

前面出现一座古城的废址。我们停下车来，走进废城。只见一堵堵被蚀的沙墙，默默地矗立在阳光下，似乎向苍天昭示着什么，祈祷着什么，也许是回忆昔日的丰采，哀叹今日的冷落。我不是考古学家，但从残垣断壁上，也能读出几个世纪前，这里曾是歌舞声喧，车流人浪，爱的疯狂，情的轻佻，茶的香馨，酒的浓醇……眼前却是一片死寂。轻轻拂去浮沙，那墙垣下部还有烟熏火燎的痕迹，也许是戈壁驼队曾在这里躲避过风暴，孤独的戈壁之旅曾在这里做过几缕温馨的寒梦。那驼队遗落的驼铃呢？那胡琴丢失的音符呢？举目四望，依然是雄风浩浩，飞沙漫漫，依然是裸体的黑褐色的砾石，几棵红柳和骆驼刺点缀着古道一千七百年的荒凉。还有一堵被风蚀的沙柱，像纪念碑似地矗立着庄严和孤独，向历史宣告，这里是一处神秘、恐怖、狞厉而又以慈悲为怀的密宗天地。

一切都被风沙埋没了，被时间的巨浪吞噬了。

人类是难以征服宇宙的。人类只是在宇宙的缝隙中默讨着生活的偶然幸存。在宇宙面前，人类是孤独的。几千年来，人类在这里播种的文明和文化、繁荣和繁华、恩爱和愁恨、美丽和丑恶、善良和罪孽……都化为了乌有。只留下这类似月球地貌似的灰褐色宣言，只留下太阳孤独的鸣唱，只留下漠风唱给死亡的挽歌！

一位哲学家说过：人类的意识与宇宙的存在是两个极端，人类的意识大于他的存在，宇宙的存在大于它的意识。

宇宙之神啊，你对生命永远保持着那种高傲的淡泊，冷酷的仪表和狂妄的自尊。在宇宙眼里，人类不过是粘附在地球表层的微生物，宇宙的尺度从来不须衡量人类的行程和人生的历程，即使对秦时皓月汉时关，对五千年华夏历史的辉煌也不屑一顾。但是，在这狂风的起跑线上，在这起伏跌宕的瀚海潮头，在这无边无际的空旷和寂寞中，宇宙之神也是孤独的，是那种无法宣泄的悲哀和难以倾诉的孤独。

我在戈壁滩上漫步。太阳已西斜，热浪开始退潮。

身前是戈壁，身后是戈壁，左边是戈壁，右边也是戈壁。我浑身长满戈壁意识。我不是随着戈壁走，而是戈壁随着我走。

荒凉，荒凉！荒凉得残酷、残忍！然而在这荒凉之中，我却看到一切都是平等的，废墟比之灯火辉煌的大厦，瓦砾比之繁华的商业区，穷鬼乞丐比之亿元豪富，庶民百姓比之达官贵人，体现出更多的平等精神和民主意识。这是一切都处于湮灭中的平等，是一种无可奈何的平等，是宇宙之神随意创造的一种平等。

蛮野的豪风，粗粝的阳光，宇宙的宏阔，史前的苍茫，构成大戈壁的庄严和肃穆，构成一种不屈不挠地创造无数激越与奋争的瞬间的永恒。

四维空间只剩下一维。不，还有我！有我在，大戈壁便增加了二维。我正处在洪荒炽情的拥抱中，我正处在亘古沉寂的热恋之中，我和宇宙之神肩并肩地站在遥远的地平线上，四周弥漫着"古从军"乐曲的那种迂迴悲壮。此时此刻，只有我和宇宙之神在谈心、聊天。宇宙之神伏在我的肩头，悄声说："大戈壁最美的风景是晚霞，不信，你等着瞧——"。

宇宙之神并未说假话。当大戈壁的黄昏降临之时，的确是一帧美丽悲怆的大风景。且看，远处那一道道起伏跌宕的沙梁，那是夕阳点燃的一条条火龙。火龙在晚风中飞跃腾动，发出一种啸啸的鸣叫，给大戈壁增添无限生机和壮观。而遍地的砾石，红光灼灼，热烈动人，像是谁遗弃的无数元宝。至于那阔大的天空，则开满绚丽的血红的野罂粟花——那种美丽的带有毒性的花！那是献给大戈壁热情的吻么？大戈壁也似乎年轻了，到处是深深浅浅、迷迷茫茫的金碧辉煌，而那骆驼刺和红柳也开出星星点点的红花，结满星星点点的红果，更添一抹斑驳富丽的景观，给人以庄严、神秘的感觉。

夕阳沉去了。我站在暮色中，只觉得自己也化为一朵花，向大戈壁倾吐着爱恋之曲；化为一棵草，一棵树，向宇宙颂扬着生命之歌！

1993 年 8 月

穿过荒原之夜

太阳畏罪自杀之后，天空和荒原洒满斑斑块块、淋淋漓漓的血，暮霭匆匆赶来，胡乱地收拾着。随即，夜晚便汹涌澎湃地扑来，带着一种巨大的神秘和恐怖。天与山，山与荒原在融合，人与物在融合。头顶上的乌云也趁机作乱，迅速地膨胀，狂妄地扩张。在云与云的罅隙中，不，在乌云尚未吞噬的蓝色荒岛上，星星停停泊在上面，孤独地战栗着。远天闪烁着一道苍白的光，这光也怀揣着沉重的忧患和无可奈何的惶恐。闪电，像躲在乌云背后的魔鬼，不时恶狠狠地伸出一把长剑，舞动几下，又仓皇匿去。

路，延伸在夜黯中，呈现一道微茫的痕，如同荒原一根裸露的肠子，一条醒着的神经，汽车碾过去，荒原发出咯吱咯吱的怪叫，是刺疼它的灵魂了吗？车灯冷静而沉着地切割着夜幕。谁知，汽车闪过，那黑血淋漓的伤口立即愈合了。黑色的神秘。黑色的恐惧。黑色的诱惑。黑色的浪漫。那夜色很纯，很真实，伸手即可撕下一块。

这荒原的夜呀！

山，蹲踞在遥远的晚天，像卧驼，像蛰龙，像睡狮，山顶上的树、草、灌木丛都成了几抹黑色的写意。河流在夜黯中闪着冷冷的光，呜呜咽咽，是祈祷还是诅咒？谁也听不懂，但声音粗犷、浑厚，一种远古创世纪时代的苍凉和悲壮。风躲在山凹里睡着了，天空、大地、山脉、草和树，都处在涅槃之中，等待着一次新生。但从它荒旷的躯体上，依然弥漫着一种磅礴的生命力，一种雄性的悲怆之气。

汽车缓缓行驶。

大夜如盖。白天看到的奥博辽远的大荒原恢弘的地平线也模糊了，我们钻进一个巨大的迷宫，钻进一个深沉的黑夜里，又像撞在一个无比坚硬而又硕大无朋、还带点滑腻腻的物体上。时间凝固了。我们处在荒凉夜色狂热而冰冷的拥抱之中，处在敻古洪荒时代神祇生活的世界。我想女娲和盘古眼睛中的世界也定然如此。盘古却能挥动神斧，横砍竖劈，让清明之气上升为天，让浑浊之物坠落化为地，我们却无可奈何。

一只夜枭被惊醒，从车窗前飞掠而去，嘎嘎的鸣叫声，瘆得人头皮发麻。远处飘忽着蓝色的火星，是磷火，还是荒原狼的眼睛？

白天听人讲，这里是王昌龄的古战场，是成吉思汗纵横驰骋的舞台，曾上演过一出出轰轰烈烈凄凄惨惨的悲剧和壮剧。瞑蒙中，我眼前总幻化出一轴轴战云密布、鼓角齐鸣的巨大的战争卷幅——战马萧萧的悲鸣。戍楼刁斗凄婉的边声。烽火狼烟的苍凉。落日大旗的悲壮。月夜羌笛与觱篥的互动。浊酒万里的乡愁。醉卧沙场的凄凉和绝望……可是纵目四野，怎不见孤城守更的灯火，不闻报警的刁斗，胡笳悲怆的旋律，《关山月》幽怨的音韵呢？……孤独的狼已经老去，忧郁的马头琴已经老去，老猎人的故事也长满苍苔。宁静无息。天地融入虚无，万物都无法在时空的意义上分解。只有荒原通过无数的启示和暗示，把人与自然沟通，把历史与现实沟通，把灵与肉熔铸在一起。

我曾经漫步故乡八月田野的月夜，芬芳温馨的夜气使我如痴如醉，衣襟上也沾满了禾香、果香；我曾经穿过树影婆娑的山林之夜，淋淋漓漓的月光给我带来凉沁沁的抚慰；我也曾领略过海边的夜晚，无边黛色的海水带着犬牙交错的节奏，拍打着感伤的人生和寂寞的命运。而眼前是荒原，身后是荒原，车左是荒原，车右是荒原。四面八方都抖擞着野性和荒蛮，弥漫着雄性远古气息。古老的荒原，古老的荒原意识，这就是一切。

不知怎的，我想起英国画家老克洛姆来，他就喜欢荒凉，他认为荒凉比繁华、比文明更真实、更接近自然。他总是以极大的热情，以轻快奔放的笔触，淋漓尽致地画出挪威的荒凉景观……

汽车抛锚了。

我跳下车，独自向近处一座小山包顶上走去，在闪电的辉耀下，举目环顾，尽是荒凉覆盖着荒凉。蓬乱的野草和纠结盘桓的藤萝，像魔鬼爹着的头发，一汪泡子似的野水，犹如这荒原之神浑浊的眼睛。一尊巨石矗立着，光秃秃的，无论从哪个角度看，都难以寻觅四季轮回的印痕。这是女娲补天遗留下的魔石，还是人类始祖亚当驾崩时天崩地裂溅落在此的怪物？

风醒了，从山凹里窜出来，时而像狂怒的雄狮尖啸，时而像受伤的野狼呻吟。被夜风捉弄的灌木丛犹如披头散发的巫师，手持刀剑狂舞疯蹈，口里念念有词；乌云受惊，烈马炸群似的四处乱蹿，天空裸露出斑斑驳驳的黛蓝，黑绿黑绿的星星恰似怪兽的眼睛向荒原扫描，起伏的山冈犹如花斑黑蟒在蠕动。一棵孤独的树，盲目自尊地耸立在黑暗中，野草或奴颜婢膝，或麻木愁苦，或凶残狡诈地蛰伏着，时而发出虚伪的喧闹——这是一种大境界，浩浩荡荡地显示着一种磅礴之气，苍茫之气。浅浅的水吟，低低的草啸，神秘的咒语，虔诚的祷告，混成一片宇宙的全息。荒古的悲凉，史前的苍茫，使我感到惶恐，仿佛魔鬼们在黑暗中给生命举行热热闹闹的葬礼。

我没有资格责备荒原，也无权批评这荒凉，因为我懦弱而肤浅，我却有觊觎这荒原的好奇心。我弯下腰，摸起一块石子，小心翼翼地向黑暗掷去——想测试一下夜的浓度和深度。但黑夜并未被砸破，荒原之神却有了回声——草丛中倏然蹿出一只小兽，是狐狸还是野兔？一跳一跳，遁入更浓的夜黯中。我心里一惊，许多荒诞的传奇和古怪的传说便纷沓而来……

剪径的强盗。火拼的马贩子。莽汉大碗豪饮的狂嚎。披头散发女人的淫笑。弱者被杀的惨叫。逃犯。情妇。恶棍。英雄和丑类。恩人和仇人。生与死。爱与恨。残虐的厮杀。凶悍的亲吻。美丽的暴力。野性的温柔。令人发指的愉悦。白骨累累。血污斑斑。孤鬼幽魂。悲悲切切，凄凄惨惨，从四面八方漫溢过来，铺排开来，展示着人类从童年到暮年的天真、善良、狡诈和凶残……

荒原旷世的悲哀深深刺疼了我密如蛛网的大脑神经，我的眼睛变得迷离和迷茫，我的身子也轻轻地浮了起来，仿佛穿越时空，走进生命的远古时代：那凸起的峰峦，凹下的沟壑，耸立的怪石，毛发纷披的树木和混乱不成章法的灌木丛都幻化了——是古代埃及法老的巨墓，还是荒原大神的陵寝？是宇宙巨大的祭坛，还是白垩纪生命起源的纪念塔？是张牙舞爪的腊玛古猿，还是引颈长嚎的恐龙？是大地之母隆起的丰乳，还是天神之父勃起的雄性生殖器？是创世纪竖下的标志，还是洪荒太古留下的固定资产？我茫然不懂，但我依稀看见：辉煌和屈辱从荒原上轻轻走过，野蛮和邪恶从荒原上蹀躞走过，大喜和大悲从荒原上踉踉跄跄走过，献身于繁衍的雌性和献身于创造的雄性从荒原上步履沉重地走过……

荒原用它的躯体孕育了生命的悲壮和豪迈，用它的巨手托起了沉重的历史和人类赖以生存的宇宙空间。

荒原是一个自由自在的神。

荒原是古典宗教和现代哲学的注释。

……

汽车修好后，我们继续行驶。

我们在荒原上奔驰，夜色却前堵后截地追赶我们。

不知何时，远处天际出现一片亮光，是灯光，月光，还是晨曦？只见荒原夜色踟蹰不前了，继尔缓缓后退，撤退时仍不失那种恢弘豪迈的气度。

1992 年 3 月

浪漫的草原

初来草原，缘山走岭，放牧视线，满目荒草漫漫，绿翻翠涌。仰视兀鹰傲空，胡雁阵横，俯听牛羊哞咩，马鸣萧萧，天籁之音与自然之趣，交相组合，形成多方位多层次立体美。匆匆遴行中，我领略了胡天塞地的雄浑旷莽，畅饮了大草原的潇洒浪漫。

——小序

干枝梅——草原爱的诗篇

在草原上漫游，绿纛翠帜中，不时会看到一种小花，纯白如玉，纯真如玉，清丽如雪，幽雅如梦，不，它简直是一个女才子，充满灵气秀气和温柔，高擎着圣洁的情愫，于荒莽粗犷之中，宁静、平和而又惊心动魄——这，就是草原上的干枝梅。

青紫色花藤，没有叶片，拦腰折断，也不枯萎；没有水分，照样开放。一簇簇小花，面对着荒原微笑，面对着苍天微笑，痴情地绽放着青春，顽强地炫示着生命的魅力。秋阳朗照，临风摇曳，闪烁着天国的光辉，闪烁着它的精神，它的思想，它的情感。它有什么期待吗？期待美丽的诗句？期待深情的顾盼？期待蝴蝶的爱恋？还是期待多彩的憧憬？

没有叶片陪衬，却有辽阔的荒原背景；没有群芳为邻，却有荒草相伴。不慕繁华，不慕青睐，只是默默地扎根，默默地生长，默默地绽蕾。干枯的枝茎里浓缩着生命的力量和坚韧的信念；团团簇拥的花朵，吟一路风霜雨雪的经文，饮一杯苦涩的太阳酒，向雄性的荒原画一道雌性的风景……

更令人惊奇的是那花儿，根衰茎枯不凋零，罡风烈日无奈何，不改芳姿，不失香魂，向天地间炫示一种虔诚的美。

草原的干枝梅，梦在草原，爱在草原，生在草原的丹田，死在草原的怀抱——啊，这是大草原爱的诗篇！

草原上的河流——浪漫主义大师

你见过草原上的河流么？它有独特的个性，流得很慢，像一支被遗忘的歌，像民谣浅浅的忧愁，像晚祷时清教徒的冥顽，像踽踽躞路的时间。

草原的河流，流得很下意识，仿佛没有目标，没有红色或蓝色的三角帆。有时，她像任性的少女，左顾右盼，东张西望，柔灿的眸光一闪一闪，时而沉溺于克氏草的缠绵里，沉溺在马兰花的缤纷里，沉溺在牧歌和童话的浪漫里；时而驮一片百无聊赖的白云，一条弯弯曲曲的蓝天；玩够了，赏够了，腰肢一扭，便揣一抱花影、草影、云影，信腔野调地唱着向远方走去……

但是，草原上的河流，又是个流浪汉，懒懒散散，蹒蹒跚跚，踉踉跄跄，三分酒醉，七分浪荡，随物赋形，浪漫的很，洒脱的很、蛮野的很。浪花里衔一片无语的黄昏，波涛里夹一页冰冷的清月，无意间淋湿一叠厚厚的岁月，淋湿一段长长的历史……

草原上的河流，是怀素的狂草。那位书圣一日灵感忽来，神笔一挥，借整幅的草原写下一行天书。谁认识呢？只有星月和太阳能诠释它吗？

草原上的河流并不寂寞，也不孤独。

那天早晨，我看见一个牧羊女来到你身边，临流照影，掬一捧清水朝上脸颊，摘一朵萨日朗插在鬓边。于是水流中便长出一支萨日朗，萨日朗的心房里也奏响爱的喧哗……

那天黄昏，我看见牧马小伙骑着暮色归来，在你身边蹲下，摘掉毡帽，俯身饮一杯清凉，润开嗓门，于是小河边长出一曲歌来，那歌声也分泌出草原的粗犷和雄浑，还有男子汉的剽悍……

啊，草原上的小河，你也动情了。我看见你盈盈的明眸，亮起新潮期的骚动……

百灵鸟——草原上的唱诗班

你见过草原上的百灵鸟么？那是大草原的精灵！

当黎明第一缕年轻的风亲吻大草原时，当淡奶汁似的晨曦泼向发绿的草尖时，百灵鸟便醒了，从草丛里飞出来，迎着晨光，双翼拥抱着蓝色的风，亮开圆润的歌喉。它们的歌声是那样婉转，串珠似的长音，像小提琴的弓弦，在E弦上高音快速摩擦，抖出一曲清越的旋律，旋律里裹着阳光，裹着花香……

那歌声时而从地面上升起，时而从空中抖落，像春天一样清丽，像秋天一样纯净。是它把草原之歌载到空中，还是把天庭之曲撒向草原？它们为什么不知疲倦地歌唱？是它们对草原爱得深沉，情涌如潮？是它们对草原充满梦的憧憬，抑或是它们生来爱唱歌，歌声组合了它们的生命？

百灵鸟不是候鸟。草原哺育了它，它便把爱和祝福撒给草原。无论是碧空舒展着双翼自由地歌唱，或是飞行中潇洒而轻快地奏鸣；无论因受惊而冲天飞起留下短促成串的颤音，还是倏然飞落时倾泻热烈急促的呼叫，都是一首情歌，都是献给大草原的爱。当春寒料峭、春草初萌时，它们这样唱；当赤日炎炎、大地焦渴如火时，它们这样唱；当秋老风寒、草枯鹰疾时，它们这样唱；至于冰封雪骤的冬天，它们的歌声依然那样嘹亮。它们歌唱着同风雪搏斗，度过严酷的岁月。

在天空和草原编织的五线谱上，每只百灵鸟都是一只音符。也许只有这样广阔的舞台，才使它们的音域那样宽广、嘹亮、豪放！

啊，百灵鸟——草原欢乐的唱诗班！

牧羊狗——大草原的忠魂

猛狮般凶狂，牛犊般雄健，麋鹿般捷柔，血管里还流淌着狼的基因——牧羊狗，大草原的一代忠魂。它的叫声，空洞洞的，充满大草原的雄浑和崇山峻岭般的庄严；它腾跑起来，像一道闪电，像一缕旋风，还有那双眼睛，整夜整夜醒着，凝视着荒原之夜，监视着荒原的宁静和骚动……

早晨，当黎明星刚刚凋零，牧羊犬便冲天吠叫几声，唤醒草原，唤醒牧人和羊群。于是缀满晨露的小路上，雾气弥漫的草场里，便奏响牧歌和笑语。牧羊犬依然不忘重任，如沙俄时代的警察，赳赳然，凛凛然，领前押后，两只大耳朵雷达般地收聚着异声怪音。黄昏，牧羊犬伴着牧归的羊群，伴着一曲蒙古长调，欢乐地跟随在后，蹦蹦跳跳，时而与那只老母羊戏逐，时而和小羊羔亲昵，谁说这凶狂的生灵缺乏温情呢？

那是一个暴风雪的夜晚。

一只饥饿的灰狼闯进了“哈夏”（羊栏），牧羊犬听见了异音，呼地窜出来，如闪电，如霹雳，向凶恶的灰狼扑去。饿蓝了眼睛的狼是一个亡命徒，它耸起身来，迎接牧羊犬的袭击。狼和狗都发出凄厉的嚎叫——那声音充满雄性的悲怆，四只充血的眼睛涨满野性的愤怒。它们纵跃，扑跳，撕咬，搏击，纠缠在一起，血淋淋的嘴巴沾满对方的皮毛……当黎明雪霁，“哈夏”外，一只被撕裂胸膛的狼僵死在地上，牧羊犬也伤痕累累躺在那里，身上落满雪，血染红了雪。

为了羊群的嘱托，为了草原的宁馨。一只牧羊犬就是一座醒着的城堡。

孤独的树——大草原的绿神

草原上树极少，偶尔在山坡或草场出现一棵两棵。

孤独的树，你傲然地挺立在荒荒大原上，犹如低缓的奏鸣曲中，蓦然跳出一组激昂亢越的旋律；在平庸和单调中竖起一尊立体风景，渲染着大自然的灵性和律动。

多少年前，你这倔强的汉子，暴怒地揭开大草原的地皮，横空出世，像一尊绿神，耸立在天旷地阔荒凉苍茫的背景上，于是，绿色的灵魂便熊熊地燃烧起来。

泰戈尔的飞鸟没有在你枝头筑巢，谢逸的蝴蝶没有对你产生爱恋，更没有秦少游的紫燕为你祈祷祝福。所有的叶子都吟诵一篇古老的风霜雨雪的《离骚》。

雷的怒吼，风的嘶鸣，闪电的狞笑，暴雪的虐狂。花的梦被冰雹击碎，草的憧憬被霜雪冰冻，唯有你在风霜雨雪中展示一派雄性的悲壮——树躯斑斑，斑斑着累累伤痕，斑斑着叠叠岁月，如同黛褐色的礁石，遥望着地平线上野性的风景。

你是站着的期待。

你是漂泊在凄风苦雨中的航标灯。

你是披发行吟在大草原上的三闾大夫。

一棵充满激情的生命，一棵大自然的绿神。

草原上的鹰——黑色的抒情

如同一道黑色的闪电划过长空。如同一首黑色的抒情诗写在碧笺上。草原的鹰，你负载着大草原古韵悠悠的苍凉，负载着几千年斑斑驳驳的历史，冷峻的目光透过沉沉的云层，辐射着遥远的冷风景……

任暴雨冶炼，任浩雪肆虐，任狂风啸嚎，任沙尘蔽日，你巨大的翅翼如同满月的弓，你的眼睛如雾海灯塔，因为你有一颗清醒的心。

啊，草原上的鹰，你时而低空盘桓，时而傲击苍穹，你要寻找什么？是成吉思汗的弓弩，冒顿单于的箭簇，高适、岑参断落的诗行，还是王昭君琵琶的遗韵？你是在寻觅草原新生长的童话，还是采撷老牧人马头琴上古老的传说？

你看，一只鹰飞来了，高傲地飞翔着。钢剪似的翅膀剪着蓝天、白云。云被剪碎了，飘落下来，化为一群咩咩的羊群；蓝天被剪碎了，化为一汪汪碧幽幽的淖尔。当你看到牧羊女脸上幸福的红晕，老阿爸、老额吉脸上的笑容，你也笑了——因为那一只只吞噬草原的硕鼠被你击溃了，草更绿了，花更艳了，大草原更年轻了！

牧歌——大草原天国的乐章

牧歌是草原的乳汁哺育出来的，是牧民用感情在喂养的。

牧歌的巢搭在马背上，搭在哈夏里，搭在马头琴弦上，搭在牧人的心灵上。牧歌从草丛里孵化出来，便一抖翅膀飞向蓝天，飞过山冈，洒向辽阔和苍茫里。

老阿爸用牧歌牵来一个个晨曦初透的黎明，歌声像晨露一样滋润着醒来的草原。

老额吉用牧歌缠绕着一个个发绿的黄昏，于是青灰色的牛粪烟里飘来奶茶的馨香，奶锅里也煮熟了一个香喷喷的夜晚。

小伙子用糖和蜜喂养牧歌，牧歌飞到很尼（姑娘）的心里，于是在那里筑巢，繁衍它的儿女——又一首蓝色的爱情。

很尼的牧歌羞怯，缠绵，像一朵玫瑰色的云，像一片明媚的阳光，在小伙子心里飘荡，停泊，于是哈那的夜晚便生出多彩的梦，缤纷的情节。

一场细雨淋湿了草原，花和草都亮出妩媚和鲜艳。你听"啊嗬——咦哟——"一声粗犷的长调，透出一股好浓好浓的野味，好浓好浓的蒙古味，还有好浓好浓的阳光味。当你骑上牧歌的翅膀，你的灵魂也会在大草原上飞翔，在蓝空中遨游……

一曲曲牧歌充实了空旷的草原。

一曲曲牧歌是天国洒在草原上的乐章。

草原夜牧

草原的夏夜是一支清凉凉的歌，是一支野味很浓的古老的民歌。

月亮还未出来，天上闪着几颗星星，暗蓝色温暖的暮霭笼罩着草原。草原上的小路如同一支黑管，踏踏的马蹄声奏响一曲无标题乐章。栖息在草丛中的蚂蚱和不知名的昆虫扑扑地飞向更浓的夜暗中，草原颤动着，夜颤动着。苍老疲倦的草原很大，很辽阔，像一个巨大而酣沉的梦。山冈隐隐约约，如卧虎，睡狮，奔象，也如神话中的妖怪，令人惶恐，也令人惊奇，小河在夜黯中闪着光亮，梦呓般地发出汩汩潺潺的声响。

草原很静。我们在白天选好的一块草场停下来。巴雅泰便将两张羊皮褥子铺在草地上。马儿悠然散开，四处便响起沙沙的咀嚼声，喷鼻声，牧犬也不时吠叫几声，但这一切都没有刺疼寂静，也没有惊动停滞的空气，反倒使大草原的梦更酣沉了。

巴雅泰三十多岁了，十多年前他从牧区中学毕业后回到故乡锡林郭勒大草原上。那时正赶上实行牲畜放牧责任到户，他承包了牧业队三百匹马二百只羊，还有几十头牛。十多年来，小伙子在这大草原上度过了多少同严寒风雪搏斗的漫长冬夜，也曾度过了多少个蚊蚋成阵的炎热的夏晚啊！他还忙里偷闲，参加了中央电视台举办的农业广播大学，专修畜牧专业。几年下来，他成了这大草原的“博士”、“专家”。每到秋天，全旗评比马的膘肥，他的马群总是名列榜首；春天评比马的繁殖量，他的马群又数第一。他还懂得兽医，不管哪个“扎嘎”（牧村）牲畜有了病，他得悉后，扔下自己的马群，就骑上那匹枣红马专用坐骑，一溜烟奔去……

吃晚饭时，我问起他家的收入，生活状况，小伙子指着屋里的彩电、冰箱、录音机和轻骑，没有直接告诉我具体数字，却神秘地笑笑：“五月的萨日朗逢到甘霖越开越红火，七月的克氏草逢到喜雨越长越丰茂，咱牧民的日子就像雨后的草原呐！”

我和巴雅泰坐在羊皮褥子上。他点燃一支烟。吸了一口，指着星光下的马群说：“去年自治区外贸公司要往非洲出口良种马，从我的马群里一下子选取中四十多匹！”小伙子口气里流露出一种自豪和喜悦。我知道他热爱草原，热爱他的马群，三百多匹马，他能张口说出哪匹是何年何月何日出生，母亲是谁，父亲是谁，马群中有多少儿马，儿马又有几匹骡马。只要他围着马群转一圈，就能指出哪匹马儿的岁口，哪匹马何时要坐月子。

东方的夜幕像被谁轻轻地卷了起来，变得清晰明亮了。转瞬间，一轮明月缓缓地浮了上来，山冈渐渐露出弧状的剪影，一棵孤独的树也挣扎着从夜色挺立起来。

月亮越升越高，月华大胆地忘情地拥抱着草原，草梢、花瓣都沾上月光。草原在月的怀抱里有点激动，有点战战兢兢，但又小心翼翼，不敢动一动，唯恐失去月的爱抚。空气透明、新鲜、温暖，饱蕴着浓馥的花香、草香和湿润润的夜的气息，是那样缠绵、温柔、细腻。天空也变得深邃、明丽、纯净，苍茫的草原，迷离的月色，远处包帐里的灯火，近处草丛中的流萤，明明灭灭，闪闪烁烁，诱人产生许多联想。古老的传说，美丽的故事，怪诞的传奇，也一齐涌上来，让人甜蜜，让人惶恐。几只夜鸟倏然划过月空，鸣叫着飞向远处，袅袅余音失落在草丛。一只野兔受惊，扑地蹿出草窝，在月光下一跃一跃地逃遁而去。虫声依然唧唧，小河依然汩汩，像情人絮语，倾吐着无尽的浪漫。夏夜的草原依然洋溢着一股青春的蓬勃和生命的力量。

我被这迷人的草原夜色所感染，心里荡起异样的情感，用胳膊捣了一下巴雅泰：“伙计，唱支歌吧，谁都知道你还是‘草原歌星’呢！”

小伙并不推辞，扔掉烟蒂，清清嗓门，便冲着空旷的草原唱了起来：

没有乌云的月色哟，
比那白天还要明朗，
乌琳花的智慧呀，
比那泉水还清亮。
围着月亮的群星哟，

是万里晴空的光彩，

生来美丽的乌琳花呀，

是所有亲人的光彩！

……

这是首古老的情歌，描述了一个青年牧人对他的情人的思恋。

正如俗话说的，歌儿开了头，想收也收不住。巴雅泰唱了一支又一支。他音域宏阔，音质凄婉，音律蒼茫雄渾。有些歌词，我听不懂，但那旋律却美妙动人，时而像冲出峡谷的山泉一样畅达，时而像山风席卷林涛一样粗犷，时而像春雨淋洒芳草一样清丽，时而又像烈焰卷腾的篝火一样炽热。那美丽的牧歌，都翻腾着草原的情感，跃动着草原的过去和未来，也飘荡着年轻一代牧民的理想和憧憬。

唱罢，巴雅泰依然兴致勃勃，他望着月光下的草原，深情地说："过去，放牧很原始，是游牧，现在是定点放牧。我想，还应当改良牧草，提高单位面积载畜量，这样我们锡林郭勒大草原就厉害了！"

月光映照着他马鬃一样的头发，他的眼睛里闪烁着炽热的光芒。我觉得他心里也涨满着一股潮水，翻腾着海浪一样的追求。

一阵夜风吹来，草丛发出窸窸窣窣的声响，我望着这萌生过多少传说、歌谣和爱情的草原，望着滋生过苦难和欢乐，浸淫着鲜血和泪水的草原，明天一定会草更绿，花更美！

夜露已悄悄飘落下来，我的衣服湿湿的了。但心里却盛满夏夜浓浓的温馨，洋溢着草原醉人的情愫。

1992 年 2 月

草原诗篇

草原的语言

草原有语言吗？

有的。

草原是惠特曼“一支转动着大地和相应的语言之歌”。草原是白乐天一首没有韵脚的诗篇，是一幅没有绘在宣纸上的徐悲鸿，没有移到画布上的康斯泰勃。它的语言极富有色彩感，且潇洒和放纵，又如浪漫主义大师德拉克洛瓦的作品。

是的，你看那冈峦的弧线、曲线，不是它起伏跌宕的语言吗？你看那些河流和海子，不是她晶莹纯洁的语言吗？你看那牧草、野花、树林，不是她赤橙黄绿青蓝紫的语言吗？你看那牛羊马驼狼犬和鹿和兔，不是她最富有灵性的语言吗？你看那敖包、毡帐、勒勒车和手扒肉，不是它传统的语言吗？你看那牧歌、古寺、盅碗舞、安代舞、马头琴，不是它最富有乐感和民族特色的语言吗？

从这里，你可读到草原的心灵和情感，可以读到中古哲学、古典诗词和结满岁月苍苔古老的宗教，以及一个民族蹒蹒跚跚的历史和沉重悲怆的命运……

这里闪烁着最庄严的哲理，飘荡着美丽的人情味，还流淌着最动人的故事和传奇。

草原的语言只有牧人听得懂，读得懂，只有艺术家才能翻译出来，它深奥、艰涩，然而又粗陋、浅显。

这语言难以印刷成文字。

山。水。草。花。树。

宗教。哲学。历史。艺术。

杀戮。温柔。生命。爱情。

在这语言的覆盖下，生长着历史和诗篇，还流淌着血、汗、泪，流淌着一个民族虔诚的情感。

真的，在这个小小寰球上，还有什么比草原的语言更丰富呢？每一棵树都是难以破释的心灵的密码，每一朵小花都有流光溢彩，独抒胸臆，只要偶读几句，就如醽醁，令人欲醉。那种清香芬芳和甘甜的气味，悠悠地散溢着，就像一个个小精灵，在空中鼓瑟漫游。对于这些，你不能用眼睛，而是要用心灵去体会，那是大草原神秘而缥缈的语言……

草原的语言极富有绘画感，它简洁、朴实，宏伟而富丽，色彩绚烂而富有变化。她用散点光源，很少画出物体的投影，而且几乎是全景式的风景，黯淡之中所透露的瑰丽色彩，那如行云急雨般的笔触和游丝般的线条，表现的是一种空旷的意境，一种厚厚的历史感。

草原的语言也很精致，还富有古典的意味，即使一两只鸟，三四片雪花，五六点牛屎，都是古典边塞诗中的词句。

你看到那片草库仑了么？那是草原最富有现代韵味的语言，它告诉你原始放牧已交给历史，科学的芽蕾正在这里绽放，而那河流、草滩、野花、红柳，是伴着人类生长的甜歌、苦歌、爱歌和恨歌……

当你走进锡林郭勒大草原，呼仑贝尔大草原，看到牧草多么茂密，葳蕤，生机盎然，绿拍天涯。那草绿得平和，凝重而老练，深藏着一种内在美，也许有了它的映衬，蓝天更蓝，白云更白。这时，你躺在这绿毯之上，穹庐之下，望着旋转的天空和缓缓蠕动的白云，你会听到草原的声音，那是它的独白；剥开草原的外壳，人们不但可以吮吸甜蜜的汁液，也使你的五脏六腑得到净化。

当你漫步在鄂尔多斯高原，漫步在乌兰察布干旱草原上，你看到沙蓬、沙棘、沙打旺，那灰褐色或黄绿色的枝条、叶子，在肆虐的风沙里是展示生命的倔强，还是向苍天倾诉自身的悲哀？当你看到一张张黝黑粗糙的牧人脸庞，那是草原风霜雨雪和阳光写在儿女脸上的密码——诠释着：幸福是以艰苦为代价，生命是同死亡搏斗中得到发展的。

恩格斯告诉我："世界史是最伟大的诗人。"不知什么时候起，匈奴人就进入了这片土地，到了秦汉时期，或者更早，他们就以强悍的民族出现在历史的地平线上。以后便是契丹人、鲜卑人、突厥人、回纥人，更后来便是女真人、蒙古人，尽管它们名字变来变去，但他们有共同的文化基因，这就是游牧文化。这些游牧民族一个个出现在这片浩瀚的舞台，又一个个退出舞台，像演折子戏一样。他们像鹰一样从历史上远去了，大多数飞得无影无踪。留下来只是历史的道具，白花花的骨殖和锈渍斑斑的箭簇，零落在荒草蔓烟之间。这是这片草原的遗著。当你阅读它们时，它们用沉默来压迫你的灵魂，使你产生一种无法挽回的孤独感，人类在大自然面前的绝望和无奈……

即使到了秋天，草原，这部发黄的书页，仍留着淡墨似的痕迹，可以使你发思古之幽情，领略出凄凉、哀怨和悲剧的韵味。

在草原体验生活的日子，每当夜深人静之时，便独自走进草原，坐在山冈上，面对着黑漆漆的夜色，苍茫幽邃的草原，倾听草原的心音。那浑厚、深沉、苍健、纯净的语言，撞击耳鼓，使我的心变得柔情如水，阔朗如穹，坚硬如铁；草原使我读懂了一部生长着的绿色巨著，它的过去，现在和未来，读懂了一个男子汉应该具有的襟怀……

草原情感

草原的情感是雄沉而深邃的。

也许只有蓝天和海洋可以与它媲美。然而蓝天没有它多姿多彩，海洋没有它绚丽浪漫。

初来草原，也许你一时找不到李清照的黄昏，找不到柳永的晓风残月，找不到张若虚的春江花月夜，找不到林妹妹的葬花词；甚至找不到小桥、流水、琼楼玉榭……你会感到草原的情感太单调，一味粗犷、荒蛮、剽悍、古朴。你这样想就错了。草原的情感，正如它的襟怀一样旷达、温柔和敦厚：它既能承受风暴雨雪的鞭劈剑击，也能接纳五月熏风的爱抚；既有纤花弱草的柔情，也有海子的澎湃和狂躁；既有高山轩昂的丰采，也有细流缠绵的秀韵；既有如诗如画的浪漫，也有哲理和宗教的深沉。

草原有着牧人的剽悍和威烈。你想体验，最好在冬天。你看那狂风卷着雪花，雪粒，雪霰，铺天盖地，天旋地转，整个天地一片浩茫，像宙斯之神的狂吼，在咆哮，整个草原都直立起来，狂风把雪幕陡地竖起一道白色的悬崖，又像汹涌着的白色海涛，恣肆汪洋地泛滥，多少牛羊马驼被吞噬了，牧民们称之为白灾。这时，谁不说草原的情感太暴烈太残忍了！

草原的春天，则如少女般缠绵多情，鲜花绽开笑靥，流水弹起琴弦，绿草舞着翠绵，牧歌驮着春风四处飘荡，白云悠悠，春风悠悠，那是一种多么令人心醉的景象啊！这时，你怎能不朗诵那些爱情诗篇？怎能不高歌几支情歌？草原在繁衍爱情，在繁衍美。

至于夏天，草原的情感则是雄浑敦厚的。风少了，牧草葳蕤而繁茂，墨苍苍地铺到天涯（草原连草原），太阳也变得纯贞，牛群、马群、羊群，漫漫散散，牧歌也不那么轻浮，变得壮阔，豪放，粗犷。一曲"蓝蓝的天空白云飘"，那歌声唱出了草原真正的风情。

然而，秋天的草原，它的情感变得苍凉而悲壮，也许秋天都是这样，但在草原上表现得尤为强烈，草枯花凋，胡雁横空，孤鹰低旋，那百灵鸟的鸣叫也变得凄凉和悲哀，一派肃杀的氛围。

草原是父亲，有着父亲的粗蛮和雄沉；草原是母亲，有着母亲的深情和温柔。然而，父亲的草原，母亲的草原，都袒露着它的情感——绿色的真诚，绿色的妩媚，绿色的热烈，绿色的粗犷。

大青山寻梦

不见苍黛碧青飞翠点绿，不见疏杨密柳松涛桦影；不见流泉飞瀑明月秋波，不见花香鸟语蜂喧蝶舞；不见春的张狂，夏的任性，秋的浓抹……眼前只是一片灰褐。峰峦是崛起的灰褐，峡谷是凹下的灰褐，山岩是浮躁的灰褐，沟壑是被压抑的灰褐，那浓浓稠稠、块块垒垒、莽莽苍苍、大幅大幅的灰褐色在烈日下赤裸裸地忍耐着，赤裸裸地沉默着，莫不是那一腔灰褐色的沉默流淌下来，才化为这偌大的土默川平原？

哦，大青山，神话和传说中的大青山呢？敕勒歌中的大青山呢？“敕勒川，阴山下，天似穹庐，笼盖四野，天苍苍，野茫茫，风吹草低见牛羊。”这首《敕勒歌》从南北朝时期的敕勒人斛律金唱起第一个音符开始到今天，在大青山整整回荡了近一千四百个春秋，不知骚动了多少文人墨客的心扉，扇起了多少游客的欲望。

而今，我来到大青山身边。

大青山，我未见到你之前，就听到你美丽的传说，古老的阴山有三个英俊的儿子，位于土默川平原北端的大青山就是其中的一个。

大青山，我未见到你之前，就翻阅过你的档案：蒙语名称漠喀喇，就是黑山的意思。据说，大青山约有七十个黑山头，山上原来盛产松柏，远远望去，岚翠霭绿，青葱如画。蒙语“七十”为“达兰”，称“黑”为“喀喇”，因名为“达兰喀喇”。

你的履历表上每一格都填满了青松、白桦、山榆、翠柳。而那密林深处热闹着几十种珍禽异兽：百灵、画眉、斑鸠、石鸡、狼、豺、虎、豹、野猪、黄羊、麋鹿……把满山遍野都渲染得灵动了。那嵯峨参差的峰峦，或披霞衣，或着翠裳，眉清目秀，英姿勃勃，洋溢着生命的力量，焕发着青春的光彩。那时的大青山确实是一个潇洒倜傥的小伙子呢！

而今你形槁神悴，清癯苍硕，皱纹叠叠，耄耄老矣，怎耐得岁岁月月风魔旱魍的欺凌？我们这些愧对祖先的后代，今日“游山玩水”者，又怎能得闲情几缕？谁又不怆然生悲，默然沉思？

这里的山，不像黄山那样潇洒风流，不像泰山那样雍容华贵，不像庐山峨眉那样秀雅空灵才气横溢，而是一群木然的奴隶，生命行将就木，灵魂已悄然离去……

这里的山，秦始皇不曾驻跸，更无汉天子的行宫，连17世纪那位风流倜傥的乾隆爷也未曾御驾光临。

这里，厮厮杀杀两千年。

这里，洪洪荒荒一千里。

我们安步当车。沉寂紧跟着我们，荒凉寸步不离。我们走走停停，或读一读被风雨剥蚀变得黢裂黝黑的苍山，或者看一看曝露在烈日下的兽骨，或向枯朽的断桩默然致哀，或吊祭一线流水的遗痕，或向一棵奄奄一息的小草洒一掬同情之泪。再不见生命的喧嚣和亢奋，再不见青春的靓丽和风采。大青山，你的名字已是一个遥远的童话，一个古老的传说，已成为令人遗憾、令人叹息、令人悲哀的化石。

一片被风化的石砬子懒懒散散地堆在眼前。“云为山骨骼，苔为石精神”，那石上连苔藓也没有，只是一摊僵死的灰褐色。我觉得那灰色是石头干枯的灵魂，也许只有花草的钟爱才能拯救它。

在一墩枯朽裸露的树根前，我们停下来，那树根曾经支撑过一个巨大的生命实体，也许是一棵摩天巨松，也许是一株千岁古杉，绿叶蓁蓁，华盖如云。一株立体的风景。一尊绿色的雕塑。树下该有繁花密朵，该有芳草绿茵，该有鸟鸣泉韵，也许枝杈上还有跳跃的猕猴和长尾巴松鼠呢！

现在只是一段裸露的朽木，一页生命的遗著。我的心顿时从沉寂变得颤抖了。

据说，大青山遭过两次历史性浩劫。一次是日伪时期，一次是“跃进”年代。那时山上有秦松汉柏，唐柳宋桧，苍苍茫茫，郁郁莽莽，大青山，名副其实，一片碧青沉翠。一些经历了秦风汉雨、唐晨宋夕的古树被砍伐屠杀时，轰然倒地的巨响，那是生命悲怆的绝唱，是临刑前沉郁的怒吼……接踵而来的是躯体被肢解时痛苦的呻吟，树叶纷纷凋零的悲戚，骇人心胆，不堪入目的残骸断尸狼藉横陈。花草为之垂泪，流水为之啜泣，群山为之默哀，苍天为之降下灵旗。更可怜的是那些被惊吓逃遁的猿猴、松鼠、野兔和狐狸，远远望着惨遭毁殁的家园，背井离乡。而今留下的只是它们的遗骨，一片永远难以缝补的残缺的梦。

到了“跃进”年代，这片残缺的梦更撕得支离破碎了，变得疯狂和残忍的人们，又怎样地剥掉大青山最后一件破旧不堪的衣衫？

那些古木的后裔也惨遭杀戮，人们用斧，用锯，用电力，将它们凌迟万段，然后又投进熊熊烈火，化做“钢铁元帅”升帐的一缕惘然青烟……“向荒山进军，征服大自然”的豪言壮语，曾使苍山战栗，万木觳觫，日月惊愕，雾岚叹息，只有风沙躲在山那边窃窃地笑，窃窃地欢呼。啊，50年代末期的人们，难道你们如此健忘，十多年前，你们不正是为了抗击异国敌冠蹂躏这绿树青山而拿起刀枪，浴血厮杀的吗？哪棵大树没有掩护过你们的躯体？哪条流水没濯洗过你们的征尘？哪颗山果没有填充你们辘辘饥肠？哪片草茵没有给你们带来绿色的抚慰？……对于大自然，人类常常是忘恩负义的！

陪我来大青山寻梦的当地一位作家告诉我：山有灵魂，山会哭泣，每当夜阑更深，走进山里，会听到山魂的哭泣声，呜呜地，哭得好伤心啊！它是哀伤青春的远逝，命运的悲惨吗？是诅咒人类的暴虐吗？我想，大青山不是懦弱之辈，它向人类的报复也是凶猛的。一旦山洪暴发，狮吼海啸，便是对残虐的惩罚，是一腔愤怒的发泄！

我抚摸着大山皱纹叠叠的脸靥、皲裂粗糙的肌肤，心里涨起一片惘然、凄然。

一只苍鹰在空中盘桓，饥饿的目光巡睃着山野，它未发现任何食物，就是死鼠的腐尸也难寻觅，它睃寻一阵，带着哀怨和失望远远飞去了。

一片寂然如梦。

石头的梦是水。

野兔的梦是草。

鸟儿的梦是林。

蝶蝶的梦是花。

大青山的梦是陨落在上个世纪敕勒歌的旋律。

梦重重，梦叠叠，重重叠叠铺展开来——却是山峰对着山峰默默地倾吐着期待和相思；却是石头对着石头，抿着开裂的嘴唇，嗫嗫嚅嚅地倾诉着哀怨和忿懑……啊，大青山，你活得太苦太累了！

这里，只有太阳年轻，烈焰腾腾，盛气凌人；

这里，只有风处华年，纵横驰骋，任性傲慢。

我挽起沉重的思绪，向大山深处走去。

蓦地，不远处的山坳中传来嘣嘣的声音，是钢铁与岩石相撞的愤怒。

循声望去，只见一个老人和一个男孩子正在用铁锤砸石子。那老人前额微凸，颧骨高耸，单从长相就一眼辨出是蒙古族老人。我猜想，他年轻时准是牧人，他的先人曾世世代代在这里放牧。上前一问，果然，老人从童年时代就在大青山里牧猎。莽莽丛林，荒荒牧草，鹿呀，黄羊呀，狍子呀，还有豺狼虎豹呀……老人话语里浸满了对昔日青山深沉的悲哀和眷恋。

牧歌折断了翅膀。

绿色已成梦幻。

老人和他的孙子只能用铁锤敲击瘦骨嶙峋的大山，向它榨取最后一点希望。

嘣嘣嘣……

声音很重，很闷，也很响，在这空旷的山谷里回荡。这声音能敲醒大青山的灵魂吗？能震颤第二十一个世纪吗？

嘣嘣嘣……

我的心被敲碎了。

我不敢回首老人和孩子，仓皇地收拾起破碎的心，移步在乱石之间。

一阵山风呼啸着从我身边掠过，弥漫着荒古气息。

我目睹重重叠叠青灰色的山峦，那是一群木然的哑巴，在默默地祈祷，默默地忍受烈日和风暴的凌辱。望着，望着，我只觉得血液在突突地涌涨，血管也欲破裂开来，一阵晕眩，眼前化为一片虚空，一片缥缈，一片梦幻——

郁郁莽莽的茂林修树，磅礴佛郁的林涛。荒草靡靡，花香菲菲，鸟语声声，兽鸣啸啸，流水潺潺，山泉汩汩，木石森丽，群峰秀蔚……啊，活水润石间，玉树芳草中，一只梅花鹿，细长的耳朵，颀长的脖颈，在旋转腾挪，娇姿翩翩，空灵飘逸，是跳迪斯科，还是森林圆舞曲？还有几只松鸡，抖动着彩绵般的长尾，从枝头跳到枝尾……远处胡马踏踏而来，玉蹄击石，如磬声声……转瞬间，一个眉清目秀，身着翠帔霞裳的翩翩少年郎，步履轻捷地走来，云纱在肩头缭绕，雾岚在身边袅娜。青春。活力。光艳……啊，是阴山的三公子，大青山！我一下子扑了过去……

我的梦撞碎在山石上，睁眼一看，漫山遍野鲜血淋漓——那是太阳的。

暮色匆匆赶来，将夕阳和血一片一片地擦拭，远山近峰已升起灰褐色的晚霞，风也变得急促，山籁瑟瑟，乱石拂拂。

这里，依然是一片历史的荒蛮。

这里，依然是一片当代的悲壮。

1992 年 8 月

草原，一页绿天

——巴音布鲁克笔记

沉默的草原

福楼拜看到草原心里便涌出一种快感，希望自已变成一头奶牛，好去吃草。我走进天山南麓这片美丽的巴音布鲁克草原，真想变成一匹马，一匹孤独的马，我觉得这草原应该属于我……其实，我应该骑着马，一匹白马，像童话中的白马王子走进情人的怀抱。

巴音布鲁克草原位于静和县西北部，在天山中部，伊犁河谷地东南。广袤无垠的巴音布鲁克草原是古代游牧民族的乐园，是牛羊马驼的天堂。秦汉以来，乌孙、月氏、匈奴、厌哒、铁勒、突厥、回鹘人游牧于此。清乾隆年间，卫拉特蒙古准噶尔部首领在此建鄂托克，乾隆三十八年(公元 1773 年)东返故土的土尔扈特渥巴锡辖南路四旗迁至游牧。巴音布鲁克，蒙语意为富饶的泉水，亦意称水草丰美的地方。

天蓝、地绿，构成大草原单纯而壮美的风光。我们的车子就在这阔大的风景里奔驰。车窗外是阳光的伊甸园，阳光在歌、在舞、在吼、在叫，却是无声的。只有我们的车轮轧过草浪，发出缠绵的情语般的呢喃声。

草原是宁静的。这是气势磅礴的静，大度豁然的静。这静里蕴含着一种精神，一种囊括万千意蕴，襟怀风雨雷电而又沉默不语坚实的静。这静酝酿出一种哲学和宗教的氛围，只有哲人和虔诚的信徒才能进入它的境界。

不知是命运的注定，还是上帝在冥冥中的安排，我生命的坐标总是指向荒凉和空旷。我觉得只有大西北的旷野、戈壁、大漠和蒙古高原的大境界、大空间，才能容得下我一颗骚动的灵魂，铺得开我成吨成吨的情感。我喜欢草原，草原的寥廓，草原的舒朗，草原的纯净，草原的漶漫。那飞翔的云，那潇洒的风，那奔驰的马，那如云卷般的羊群，那山岭跳跃的线条，那河流动荡的旋律，都透示着一种生机勃勃而又坦然自信的心态！再浮躁的人，再浅薄的人走进草原，也会变得雄沉和宁静。

在一片草场上，我们停下车来，坐在绿茵上，望着连绵而来的绿浪，波涌着，飞溅着，向天边荡去。那是一种墨绿，油汪汪的，把天的一角也洇透了，蓝天也变得绿蒙蒙的，化为草原的一个组成部分。草原，一页绿天！

我想起 12 世纪，当成吉思汗征战花剌子模国凯旋归来，马的屁股上系着国王的头颅，战刀上凝固着敌军的血污。当他率领部众踏进这片美丽的大草原，大汗惊喜地勒住马缰，打起眼罩，鹰隼般的目光扫描着绿草无边、雪山玉冠、静水如碧的土地，兴奋地叫道："巴音布鲁克！巴音布鲁克！有水草的地方就是我们的家园！"于是，爱你没商量；于是就留下一支军旅；于是大汗的马蹄就在水草丰美的土地上盖下一枚枚鲜艳的图章，偌大的巴音布鲁克便划入蒙古帝国的版图。哈萨克、维吾尔语言的土地上，便播下蒙古语的种子。

我在草上徘徊，眺望无边无际的草原，风拨动着浪琴，发出窸窸索索的声响。那是草原的语言，是大地的语言。而那牛群、马群、驼群、还有狼群、虎群、兔群，还有昆虫和飞鸟，河流和山阿，都展示了它们与巴音布鲁克草原的血缘关系，是那样和谐、自然。蹄鼓、兽鸣、鸟语、水韵，这一切都是从草原上生长出来的，和民族语言一样极其丰富，且具有动人的情韵。

啊，巴音布鲁克！
你是敕勒歌的旋律。
你是艾略特智慧的灵感，
你古典脉脉，现代眈眈。
你是现实主义和浪漫主义交媾分娩的情诗。

岁月悠悠，八百年了。谁曾想到，一代天骄成吉思汗后裔的秉性发生了变异：化剽悍为温厚，化狂妄为谦卑，化激动为恬静，化狂躁为安谧。在天山脚下，绿草丛中，搭上帐篷，牧羊放马，丰美的水草，散淡的风景，陶冶了他们的性情，也净化了他们的心灵。

乾隆三十六年(公元1771年)这里出现近代史“最光荣的事件”。早在一百四十年前，成吉思汗帝国的另一个部落曾移居在伏尔加河流域，他们忍受不了沙皇的残酷虐待，思念故邦热土，想东归祖国。但是沙皇政府派兵横截竖拦。十七万人口的土尔扈特蒙古部族在他们的首领、十九岁的英雄渥巴锡的率领下，男女老幼赶着牛羊，浩浩荡荡迎风冒雪开始了漫长的大迁徙。他们一边和堵截的沙皇军队作战，一边艰辛跋涉。渥巴锡骑着白龙驹，手持戟枪，高喊着：“我们子孙永远不当奴隶，让我们回到太阳升起的地方去！”穿过冰雪覆盖的伏尔加河，翻越巍巍的阿尔泰山，回到了巴音布鲁克草原。清政府极大地欢迎他们，立即指派察哈尔蒙古部族积极参与接济土尔扈特部众活动，并赏赐孳生牛一万头，孳生羊一万只，皮袄二千件。于是广袤的巴音布鲁克草原，又出现新搭的帐篷，新点燃的牛粪烟……

土尔扈特蒙古部族的东归，反映了中华民族固有的凝聚力和强烈的向心力，反映了统一的多民族国家各民族互相依存、共同发展的血肉关系，连西方学者也誉为当时“最光荣的事件”。

前面出现一座帐篷，看到我们的到来，走出一个老人，他是典型的蒙古人，高颧骨，塌鼻梁，前额突兀。他用眼睛盯着我们。他脸上皱纹纵横，是一部风风雨雨、浩浩荡荡的历史，是整个巴音布鲁克草原的缩影。和老人攀谈起来，原来他爷爷的爷爷就是那次大迁徙中的一员。老人说，那次东归，有许多亲人死在沙皇军队的枪弹下。谈起往事，老人忧郁的眼睛饱含着一种深情。

我们听着老人的讲述，望着这苍茫碧绿的草原，伤感和豪气同时在心中升起。然而，这一切都融进了草原的历史和草原牧人滚沸的血液中。我想起了古希腊的史诗《伊利亚特》，想起了蒙古族的史诗《江格尔》，想起成吉思汗的传说，想起许多美丽的神话故事，让人强烈地感到，为了爱的妒恨和仇杀，是非常悠远的，它属于神灵，更属于人类。

弥漫在草原上的大气是平和的，安谧的，没有声音，静默里甚至能听见草原思想的流动声，草原意识搏动的潺湲声。在这种氛围中，顿时会有一种精神褶皱被熨平的惬意感，人，也会变成一股青烟，一缕蜃气，一种温馨的氤氲，一种忧郁的哲思，在这茫茫草原上横溢流淌……

草原是沉默的。这沉默是歌，一支美丽忧伤的歌。

早晨的鹰

巴音布鲁克草原的早晨有着一种梦幻般的美。当太阳从东边的山包上升起时，整个草原便被霞光浸淫，洋溢着初潮的红润，变得妩媚、婉约、明丽、丰盈。青草、野花幸福地战栗着，惊悸着，仿佛初恋的少女期待情人的到来。随着太阳的升起，磅礴的朝霞汹涌澎湃，轰轰烈烈地涌来，天空和大地都燃烧起来，四面八方红光闪烁，火星飞溅。然而早晨的风并不浮躁、也不激动，平静地掠过草滩、河流，搅起草的涟漪，水的波纹，花的笑涡，然后便悄没声地躲进在那片蓝色的山坳中。我站在山包上，阅读巴音布鲁克草原壮丽的早晨。就在这时，我看见一只鹰，从霞光中飞来，从太阳的金轮中飞出来，像神话中的太阳鸟，像涅槃的凤凰，巨大的翅翼闪烁着毛茸茸的红晕。它悠悠地扇动着，飞得很低很低，一圈一圈地盘旋着，双爪踏云，两翅生风，俯仰自如，无拘无束，像一曲如歌的慢板，一支优雅的圆舞曲。我看见它那双苍老的眼睛蕴含着一种忧郁，一种眷恋，一种淡淡的哀伤，像是寻找什么。蓦然，它好像受到什么昭示，飞速加快了。翅膀拍打着早晨，霞光和天空被割裂了，顿时划开一道缝隙，风被撕扯得发出哧哧拉拉痛苦的声音。那鹰昂首云霄，越飞越高，化为一点墨渍，融进无边无际的红霞中。我觉得这鹰是太阳的儿子，是苍天的骄子，它从哪儿飞来？又飞向哪里？它还会飞回来吗？

我不禁想起西藏神话中关于鹰的故事。藏人对鹰无限崇拜，鹰的形象在藏族宗教文化中无处不在，随处可见，山口路旁玛尼堆，村头屋顶悬挂的五色经幡，寺庙经院的雕梁画栋和曼陀罗壁画中以及他们制作的“唐卡”上，到处看到鹰的雄姿。在他们心灵的圣坛上，鹰自古以来就是一种神灵，它笼罩着一种神圣的光环。在西藏原始宗教——笨教中，就有鹰的创世纪神话：传说在天地鸿蒙之初，只是一片空冥，后来生灵逐渐形成。光芒和光线在生灵中出现，光芒为父，光线为母，于是昏暗和黑暗也出现了，之后便出现了白色的冰霜。冰霜中又出现了一颗略呈白色的露珠，有了冰霜和露珠也就有了池塘，这片池塘便形成一层薄膜，并滚成一枚卵，从卵里孵化出两只鹰，一只白鹰，一只黑鹰。白鹰和黑鹰交合又产了三只卵，卵破裂了，便出现神山和神灵，出现人和生灵……在这里，鹰可以说被视为笨教原始信仰中神、人、鬼“三界”的创世之神。在藏族人民的心目中，鹰还是战神的标志，是力量，勇气，生命的象征。笨教中的鹰还被冠以“神圣大鹏”和其他许多神灵，被密宗大师收为“护法神”。至于天葬，将死者尸体切碎，和上糌粑，让鹰吃掉，那更是对鹰的无限崇拜，鹰被视为神鸟，人的灵魂被鹰带入天堂……

我第一次见到鹰，还是在帕米尔高原。夏天的阳光照耀在世界屋脊上，远处的雪峰冰川在阳光下熠熠闪烁。天空有大团大团的白云，野性的云狂妄得不可一世地独霸天空的广阔。突然，我发现一只鹰，它有点苍老，但仍不减雄健气度，站在突兀的峭岩上，昂着头，凝着神，敛着翅。风一阵阵扑来，羽毛被撩起，犀利的目光闪电般地极富有穿透力，凝视远方，俨然像一尊雕塑，孤独、傲岸、雄奇、高古。它身后的雪峰冰川，凛然射出一束束白光，和阳光迅速交融，分泌出一种狞厉恐怖的透明体。这神秘的背景，更映衬出鹰的峥嵘、肃穆、桀傲卓然的风采。

它庄严得像宗教，像神，一尊战神和力神。

鹰，沉默着，是那种铜雕铁铸般铮铮铁铁的沉默。

突然，那只鹰张开巨大的双翼，开始起飞了，一声啸叫，穿过云层。天空是海洋，风是水，鹰翅是桨叶，我听见双桨击水的砰然声，风的浪花四处飞溅，打湿了云彩，也打湿了它的羽毛。它依然自由地俯冲，腾翻，时而扶摇直上，时而低空盘旋。天空不再荒芜，白云不再寂寞，阳光也变得生动。它双爪向前伸着，翎羽抖擞，我清楚地看到它的骨骼、筋肉，雄劲苍健，展示着力与美，张扬着生命的强悍和动感。它的翅膀遮住一片阳光，地面上投下一团阴影。它开始降低了高度，越飞越低了。我听见翅膀撞击风的声音，悲壮得犹如铁骑敲击雪野的声响。我看见它那眼睛了，犀利，灼亮，像两颗燃烧的星。

这是一幅壮美的油画。

我曾见过帕米尔高原塔吉克人的鹰笛，那是用鹰翅膀上最大的空心骨做成的，钻上三个小孔，便吹奏出美妙动人的乐曲。塔吉克语称之为“那依”。鹰笛是塔吉克人的骄傲，是塔吉克族的乐舞的灵魂。牧人骑着马，口衔鹰笛吹奏一曲民歌，排遣寂寞和孤独。在白云缥缈的蓝天下，在碧草如茵的大地上，他们吹着鹰笛，抒发喜怒哀乐的情感，寄托他们对自由和美好生活的热烈向往。鹰是帕米尔高原的神鸟，是自由勇敢的象征。过去，塔吉克人过着狩猎生活，家家都养着鹰，白天随主人狩猎，晚上给主人放哨。一只好猎鹰往往是传家宝，能活一百多岁，被称为鹰王。

……

巴音布鲁克草原的早晨变得宽广无边，晨光如水如浪，漫溢草滩、冈峦，整个草原变得生机勃勃。帐篷里升起蓝色的牛粪烟，牧马的少年和牧羊的少女，赶着牛群、羊群、马群，游弋在绿草茫茫之中。

我渴望再看见那只鹰，但天空是纯净的蓝，是那一碰就碎的瓷瓶般的蓝。这广阔的舞台，失去了鹰，就会变得寂寞、平淡、平庸。

我听牧人说，那是只老鹰，它要死了，它要进入天堂了。鹰死亡时不是在夜晚，不是在黄昏，总是在早晨。在太阳升起之时，它告别人间时，总要在它曾经飞翔、栖息的空间和土地上盘旋，那是一种痛苦的眷恋，一种生死别离的悲伤，一种庄严的告别仪式。现在世界上再不会出现它的雄姿了，它是太阳的儿子，已经回到太阳母亲的怀抱。

我听罢，油然产生一种揪心的痛苦。我怅然地凝视着苍穹，追寻远去的鹰魂。

地面上有一团游动的阴影，不是鹰的投影，是云。

中午的天鹅湖

我总有感觉，我的读者在警告我：且莫把这篇散文写成风景散文，那将是失败。这类散文比比皆是，碰头碰脸，躲闪不及，你再来凑热闹，岂不是东施效颦、令人讨厌了么？何况风景，是任何天才的作家都难以描绘得真实和传神。风景是什么？是天地万物灵魂的展示，是大自然精神的外在表现，是宇宙之神的杰作。任何文人的风景佳篇或画家的临摹，都是赝品，用时髦的话说，假冒伪劣。譬如湖吧，诗人绞尽脑汁，不就是打了几个比喻么？什么大地的眼睛啊，上帝遗落人间的宝石、珍珠呀等等。其实，湖就是湖。那静幽的一汪蔚蓝，犹如处女的期待；那风过的细波微浪是她的微笑，那喃喃的涛声浪语，是她向大地倾吐的情话……你看，我又犯了文人的老毛病了。

打住吧，我眼前就是一片湖水。她躲在草丛后面，躲在芦苇后面，躲在柽柳林后面。她害羞地仰面朝天躺在那里，像个睡美人眯着眼睛想心事。她在想什么？也许是一个千年的梦。

我不想惊醒她。可是我们车子的马达声破坏了这里的宁静，她一下子睁开眼睛，眼珠在阴影中是黑色的，在阳光下却泛着一抹蓝。她整个躯体白皙得像琉璃，像瓷瓶，闪着毛茸茸的光晕。湖滩上的水草是她的睫毛，风吹草浪，整个湖水变得生动，妩媚，一种富有魅力的动感。

中午的太阳给她带来温暖，风带来温熏。我想，她心里准装满欢乐，精神平静，肉体满足，不断地咀嚼梦中的甜蜜，爱的幸福。

这时有几只水鸟拍岸而起，掠水而去，也惊断了我的遐想。

这天鹅湖，实在不像湖，不像博斯腾湖波涛拍天，浩浩荡荡，横无际涯；更不像江南的湖，隽秀典雅，烟波氤氲，波光浩淼，芳菲夹岸，堤柳成行，更无水榭楼台，仙山琼阁，画舫穿梭，当然也没有历代文人骚客题咏的诗词歌赋。也就是说，她没有承载任何文化负荷，是一片野性的湖，一片荒芜的水，一片赤裸裸的自然，一片天姿丽质的纯净。一位哲人说："大自然不是精神，但它有精神。"然而这天鹅湖的精神也是单纯的，那就是高洁。我想，如果，这片水流落到江南或华北，还会这么纯净吗？她会由一个处女变成沦落风尘的妓女，明媚的眼睛会蒙上阴翳，变得昏蒙，她们的血液也变得浑浊。感谢上苍，为天地间还珍藏着一片净丽。

这里没有可凭吊的历史，连民间故事和神话传说也淳朴得不值得大书特书：

传说很久以前巴音布鲁克草原上有一位蒙古族英雄少年，为追捕一条毒蟒，少年在水中与毒蟒厮杀了九九八十一夜，仍不分胜负，后来，毒蟒化为一个美女，对英雄说："你敢在这里休息三天三夜吗？你能休息三天三夜，咱们再比个输赢！"英雄信然，睡了三天三夜，湖水结成坚冰，英雄冻死在湖中……

故事毫无新奇之感，说明了人类征服自然的幻想。

天鹅湖，没有湖的模式，实际上是几条平行的河流，或者把一条河裁成几截，排在那里，间隔着沙渚和草滩。在这阔大的背景里，显得寂寞、寥落，激不起诗情画意。虽时值盛夏，牧人并不多，偶有几点帐篷，三五群牛羊，漫漫漶漶，散散淡淡，出现在湖畔草地上。不像古敕勒歌描绘得那种壮阔气派："天苍苍，野茫茫，风吹草低见牛羊。"

湖中沙渚上果然有天鹅，不多，有二三十只，时飞时栖，时而长颈朝天，鸣叫几声，时而拍翅而起，在水面上盘旋几圈。这里是鸟的天堂，天鹅的伊甸园。白天鹅形体特别大，体长可达一点八米，体重十五公斤以上。鸟类学家说，这种天鹅，在地球上已为数不多，濒临灭绝。看到它，我不禁感到一阵悲哀，默默祈祷，愿胡大保佑，让它的子孙繁衍，家族兴旺。

当地牧人告诉我，当年成吉思汗西征归来路经这片湖水，曾经在湖畔搭起帐篷休整。是这片湖水洗净了他们的征尘，补充了水源，丰腴了他们的精神。那时候，这湖畔水草丰美，高过腰身，草丛里有狼、有熊、有虎，水面也深阔，天光瀚瀚，水光渺渺，蒹葭苍苍，是巴音布鲁克草原最精美的一页插图。

听罢牧人的叙述，我沉默了。我还有什么话可说呢？我凝视着湖水，就像阅读了一本厚达几百页的书：她的目光蕴含着悲哀，有鲜明的主题，有动人的情节，有催人泪下的故事……可是，现在一切都变得平庸、呆板、苍凉。是大自然的风沙戕害了她的躯体，还是人类文明奸污了她们的梦？我环顾巴音布鲁克草原，内涵丰富的草原用富有哲理的牧草、阵风、马群、羊群告诉我，是人替它们创造了历史，同时，也是人类在扼杀着它们的青春和生命。

夕阳中的树

智慧的所罗门曾下令制定树木间应有距离。这距离太大了，几百公里，不见树影。巴音布鲁克草原是起起伏伏、跌跌宕宕、平平仄仄的碧绿，但放眼八极，却看不到一棵树。那绿涌来荡去，色彩单调而缺少立体感。偶有野花，散散点点，被阔大苍茫的绿吞噬了。

整个草原荒凉得不可思议，不可理解。荒凉得深沉、坚实，似乎透着一种难以推翻的哲学原理，荒凉得有点疯狂、高傲、任性！

我毕竟来自草原外部五彩缤纷的世界，现在我们成了草原上的流浪汉。但是草原老了，满面皱褶，裸露出成片成片砂石的老年斑。成吉思汗时代青春的光彩，生命力的辉煌，已属于遥远的故事了。我怀疑草原的生殖力衰竭了，像个乳房干瘪的老妇人，已无能力孕育新生代了。

寂寞，沉重的寂寞！

我们的车子在草原上驰骋，嗡嗡的马达声使沉闷的空气战栗起来，但转瞬间又恢复了死一样的沉寂。

夕阳在远处的地平线上跳荡，苍穹如盖，晚霞如血，淋淋漓漓，洒满天空，浸淫草原。这油画般色彩浓烈的黄昏，只有巴音布鲁克草原这壮阔的背景，才演绎得如此绚烂，如此生动，洋洋洒洒的赤橙黄紫，纵贯天地，横阔万里。

突然，我的眼前一亮，啊，前面草滩上出现一棵树，一棵化石般古老的胡杨树，那躯体粗有合抱，树冠庞大无比，孤零零地站在那里，流露出峥嵘与高古，也流露出悲怆、肃穆、寂寞和忧伤。它像一座久经风剥雨蚀而不失伟岸的神庙。

我不知道这棵树怎么会出现在这里，为什么只有孤零零的一棵，是上帝的旨意，还是造化的创作？

从当地牧人的传说中，我知道：一代天骄成吉思汗西征凯旋归来，曾在这里驻跸歇息，无意间将马鞭插在这丰美的草地上，谁知第二天马鞭的木柄便冒出绿芽，第三天便长出绿叶，第四天便成长为挺拔英俊的一棵年轻的树……人们称这棵树为神树，也叫成吉思汗树。

还有传说，蒙古骑兵西征归来，在这草原撑帐过夜，发现一棵被烈日和干旱折磨得奄奄一息的小树。这个以“杀戮为耕作”的民族忽然萌发了对生命的爱心，他们打开盛水的羊皮袋子，将饮水浇在树苗上，于是这棵幼树便活了下来。

对于前者那荒诞不稽的传说，我是不相信的，那是人们对英雄爱慕的心灵幻化，是对偶像崇拜虚拟的张扬。而后者却有点道理。但是，在这空旷的草原上出现一尊孤独的立体的雕塑，却是一个谜。

据有关资料说：这棵树至少生长七百多年了。边地多悲风，树木何修修？这七个世纪，它经历了大自然怎样炼狱般的苦难？寥寥长风，煌煌烈日，厉厉酷霜，怎样年复一年地残酷折磨它？七百多圈生命的年轮里，录进了多少惊心动魄的故事和传奇？蒙元帝国的铁蹄从它身边踏踏而过，那气吞万里如虎的磅礴和恢弘，那气吞八荒、囊括四海的雄风，那撕肝裂胆的呐喊和狂啸，那刀光剑影血肉迸溅的壮烈和残忍，它是深藏在记忆中的。看到它，就像看到历史的一个章节。当然，它的枝头上也停泊过蒙元帝国安谧的清晨，也栖息过凄清的冷月。月光下，草地上，也曾燃烧过篝火，篝火也曾照亮一章章爱情故事，变得生动而鲜艳……

我抖抖一身夕阳的飞红，走近树。只见那树皮斑驳，皴裂苍老，枝丫有断裂的新痕，裸露出白花花的骨楂，但枝叶依然繁密。圆圆的叶子，犹如万千飞鸟振翮欲翔，向天地间展示着生命的顽强和坚韧。而树根更有一种震撼人心的力量：肌腱粗犷，蜿蜒遒劲，盘节交错，构成庞大的体系，和大地的血脉融在一起了。正因为它如铁锚般紧紧地抓住巴音布鲁克草原，才展现出一种狂勃傲世的雄姿，狂放不羁的浪漫，横空出世的飘逸精神。

树身的下部有一个黑洞，风吹进树洞，发出木琴般的嗡嗡之鸣，其声凄清寥落，其音悲咽苍凉。我想这是天籁，如同一架古老的琴瑟，千百年来，在这天旷地阔的草原上演奏着风雨雷电的狂飙曲，生命的英雄进行曲，历史的奏鸣曲。

这树是巴音布鲁克草原之魂。草原有了它，就变得庄严、神圣。它生命岁月的无数主题演绎着一个民族苦难的历程。我想，当年曾萌发救活这棵小树的士卒，是否代表了这个四处征战、八方漂泊的游牧民族有了“根”的意识，启悟了他们的家园观念？蒙古族的先人是匈奴，匈奴曾被李广将军杀得无处逃遁，悲哀吟唱：“失我焉支山，令我妇女无颜色。失我祁连山，使我六畜不蕃息。”历史的教训，在他们心灵中留下深深的投影，我想，那流浪在伏尔加河畔的土尔扈特蒙古人，当他们思念故乡时，一定思念过这棵树，是这个树的灵魂召唤他们的归来，这是蒙古人的寻根意识。

夕阳中，这棵孤独的胡杨树变得更加伟岸和肃穆，巨大的树影铺了一地绿诗，绿歌，满树的绿叶闪烁着绿蒙蒙、红茸茸的光晕，是一种生命之光。它虹吸天地淋漓之元气，根植四极八荒之旷野，长成巴音布鲁克草原一部伟大的经典。

我默默地望着夕阳中的胡杨树，只觉得它有着浓缩时空的幽玄，使我蓦然想起高更那幅名画《我们从哪里来？我们是谁？我们到哪里去？》中的"宇宙树"。

黄昏中的马

草原最宁静的时候是黄昏，夕阳在天边战战兢兢地抖索着，仿佛一不小心就摔个粉碎。它没有摔碎，但被锯齿形的山峰划破了脸，鲜血淋淋漓漓地滴落下来，渐渐湿了草滩，河湾，连山包都被弄得斑斑驳驳的红。这时天边出现一道宽阔而耀眼的绛紫色的光带，迤丽蜿蜒着，散发着浓郁的血腥气，使草原增添了一种恐怖的氛围。

随着夕阳的下沉，天地间呈现出太初的框架，天圆如张盖，地方如棋局，混沌的暮霭弥漫开来，野花、青草的面影变得模糊了，草原进入一种天地合一的和谐和静谧中。

我沿着一条无名的河流慢慢地走着，呼吸着野草的青苍气和晚霞的血腥气，只觉得黄昏的草原四面八方都弥漫着一种淡淡的惆怅，淡淡的悲怆，还有一种无可言状的哀伤。

我看见河对岸有匹马伫立山包上，面对落日，头颅微微垂下，脚下的牧草黑糊糊地淹没了马腿，而马鬃、马背、马尾都有鎏金般的霞光，它沉思的目光眺望着远方。远方落日在挣扎，晚霞在狂舞，流动的风扬起马尾，更具有一种动感，一种雕塑感。

落晖冥冥，暮色苍苍，大原荒荒，天地间伫立着一匹孤独的马，像一首哲理诗，一篇宗教的经典，抒写在这天荒地老的阔大背景上。

我知道，这马叫汗血马。汗水透血的马，马毛蒸汗，马血腾烟，肌腱勃怒，奔驰如电。这是汉天子梦寐以求的汗血马，是波斯王视为国宝的汗血马，是唐太宗视为神骏天骄的汗血马。它踏踏的马蹄富有金属般的声韵，从青铜时代、从扁钟前驰来，从刀耕火种、栽满剑戟的血土上驰来，从烽火狼烟、冰河入梦、大雪满弓刀中驰来，走进两千年后的草原。强健、刚毅、剽悍、潇洒，历千年风雪，毛不褪色，志不衰减，是天池之龙种，古西域之神灵。而今，我看见这汗血马独立黄昏，这马的静默和天与地交流的神圣里，一半是殷红，一半是沉郁；一半是沉思，一半是憧憬。

我分明看清那马的目光流露出忧伤、悲戚，像这黄昏的草原，也像草原的黄昏。一种悲剧的氤氲，扑面盈怀，直透肺腑。这形象，这意蕴，使我蓦然感到我和马有着共同的壮烈和忧伤。

托尔斯泰说："马是有感情、会思想的动物。"那么这匹孤独的马在思考什么呢？像孤独的散步者卢梭？像追忆似水年华的普鲁斯特？

我多想走近它，和它进行一番情感的交流。那马不理睬我，无声地凝视着落日。我想，它可是汉天子"神骥"的后裔？可是唐太宗"六骏"的后代？可是成吉思汗铁骑的第X代谪孙？它们的祖先曾创造"马踏飞燕"的传奇，曾写下"脚踩匈奴"的神话；踢翻了一个又一个王朝的御座，闯开一道又一道历史的铁幕："落日照大旗，马鸣风萧萧"的悲壮，"铁马冰河入梦来"的豪放，"朝登剑阁云随马，夜渡巴江雨洗兵"的潇洒，"角声一动胡天晓"的壮烈，都展示了先辈们的生命强悍和力度，写下边塞诗中最壮丽的一行；即使"野战格斗死，败马号鸣向天悲"，那种杀气干云，血肉横飞的场面，那种萧萧悲鸣，也使天地震惊，壮怀千古！

进入20世纪的黄昏，汗血马的子孙背负的梦想下垂了，它的颓势像落日一样，只能追逐着祖先的英魂，低吟怅叹。肩上的使命脱落了，虽然眼前这片舞台还广袤得很，壮阔得很，后现代社会文明的带着血丝的眼睛尚未注目这片荒旷和荒凉，当然它的脚步，还未惊动这里的肃穆和神圣，但是没有烽火羽檄，没有伐鼓鸣金，没有画角连营，空荡荡的舞台只是一个静场；当然，汗血马的后代也失去了展示力与美、张扬生命力的磅礴和恢弘的背景。尽管它可以依风长啸、飞鬃扬蹄地放肆地展示它的傲慢与剽悍，它的刚毅和勇猛，然而毕竟是一种生不逢时、怀才不遇的悲哀，有着“马放南山”英雄无用武之地的痛苦，有着壮志难酬，“栏杆拍遍，无人会、登临意”英雄末路的忧愤。

战争让战马走开。这是悲哀还是辉煌呢？我想起一位哲人的话：当人的智慧企图超越造物主的智慧时，他们的末日就来到了……

汗血马，这伊犁河谷、巴音布鲁克草原上的汗血马，两千多年来在这片乌孙国故土绵延不绝的汗血马，现在它的名字已变得陌生和黯淡了，当然它的传奇和故事也早已画上了句号。汗血马的祖先能想到它的子孙的衰败和悲哀吗？

我正在遐想，忽听见那马扬起头，对着落日，长啸一声，像一吐胸中郁垒，接着如鼓的马蹄踏踏地奔驰起来，敲打着大地和草原。草原战栗起来，晚霞被惊得四散飞去，宁静的黄昏被撕得支离破碎。那马向着落日奔去，很快与地平线融在一起，和落日融在一起。

落日沉沦了，黄昏走至尽头。

1998 年 2 月

天和地是一部书，
地平线把它们装订在一起，
上部写满日月星云雨，
下部写满山水草木兽。
我是一只书蠹，
咀嚼着天地间古奥艰涩的文字。

昨天的地平线

天和地是一部书，地平线把它们装订在一起，上部写满日月星云雨，下部写满山水草木兽。我是一只书蠹，咀嚼着天地间古奥艰涩的文字。

——题记

一

走出嘉峪关，我眼前顿时变得恢弘，辽阔，深旷，那天地间凝结着一条线。它稍稍弯曲，泛着亮光，是那样清晰、柔和、平静，又是那样朦胧、缥缈、空灵，像宇宙之神的足迹。我屏声敛气，目不斜视地静观着，唯恐一阵风把那线吹断，也唯恐弄出一点声音，破坏了这聆听宇宙之神神秘启示的机缘。我真想拥抱它，追逐它，接近它，与它在一起。那是多么遥远、广阔的境界啊！我静观着，仿佛穿过宇宙，穿过漫长的历史，与我生命的本源相遇。我依稀看到历史的画面一幅幅从重重叠叠的时间里孵化出来，从遥远的地平线上凸现出来：

——残阳。落晖。西风。古道。荒旷的戈壁，肃穆的群山。浩浩瀚海，瀚瀚天光。天地间一片洪荒初始的静寂。蓦然间传来一串孱弱的音符，叮当叮当，仿佛来自神秘的天国，来自梦幻般的大地深处。一队骆驼剪影似的出现在平平仄仄的地平线上，又渐渐融进愈来愈浓的暮色里。

——冷月如水，寒星如带。霜敷大野，朔风厉厉。野云如魂，孤雁横空。冥冥夜色里，篝火三五堆，火堆旁依偎着商贾、征人、僧侣、使臣。饥饿、劳顿、疲惫、憔悴。远处闪烁着几粒绿色的眼睛，野狼站在山崖上。

——烽火羽檄仓皇，刁斗角策急迫。战马萧萧悲鸣，矢雨倾盆，剑戈铿锵。地迸天坼的呐喊，血流如注的喷涌。陇头吟的悲婉，边关月的凄清。醉卧沙场的旷达，马革裹尸的悲壮。战争的浩幅铺满贺兰山阙，戈壁滩头。

…………

这就是古丝绸之路的昨天么？

“边城暮雨雁飞低，芦笋初生渐欲齐。无数铃声遥过碛，应驮白练到安西。”夕阳，古道，缺了瘦马，少了昏鸦，乘着丰田车怎能体验古丝绸路的历史内涵？但山还是玄奘时代的山，沙碛还是张籍诗里的沙碛，只是岁月更苍老了，时间的老年斑长满大漠戈壁，“风尘天外飞沙”成了一道永恒的风景，昭示着历史沧桑的悲凉。

我沿着古丝绸之路奔波，追逐，我不知道我要寻求什么，会摭拾到什么？风从苍茫深处吹来，依然带着远古的气息；云从天边飘来，无声驮来历史的神秘。那古老的太阳曾吮吸过张骞的汗滴，而月亮可曾洗印过岑参瘦削的身影？漠野的凹痕可是班超战马的遗著？荒沙里可发掘马通的箭镞？长春真人的故事栖息在哪墩骆驼刺下？法显和尚的传说可润湿过这片干枯的河床？……

我追逐着昨天的地平线，来到西部，我想在荒草萋疏里抓到一个落日，在戈壁旷野里捕捉到一段历史的残章。

这条充满苦难、艰辛和诱惑的七千公里的人类文化文明的通道，我不可能沿着古人的足迹一步步去丈量，但从咸阳去塔克拉玛干大漠边缘的新疆区域的古丝绸之路一分为三的支线，我却穿越了三次。我曾站在咸阳城外的灞桥，遥望西天，感悟古人折柳伤别的痛苦；我曾站天山铁门关上，领略岑参“试登西楼望，一望头欲白”那种悲怆韵味；我曾徘徊开都河畔，寻觅当年班超辚辚战车迷乱的辙印；我曾站在塔克拉玛干巍巍沙山上，环顾四野，阅读天地的壮阔，岁月的苍凉；我曾闯进罗布荒漠，摭拾玄奘大师因饥渴而昏倒沙滩的留影；我也曾站在昆仑山下，仰望群峰纠缠、伟岸的大山，孤独地遐想：穆天子究竟驻跸何处？他与西王母幽会之地呢？神话的黄金时代过去，就是人类活动的白银时代、青铜时代、黑铁时代。踏着穆天子玉辇金舆的辙迹，一代代伟大的文化使者究竟怎样步履艰辛地跋涉了两千多年？古城墙的雉堞，那忧郁的带有古典味的烽燧遗墩，湮灭的废墟，戈壁荒原凄清的冷月，漠野瀚海酷烈的阳光。在这片躁动的土地上，我步履匆匆，我遐思幽幽，触摸残垣，寻问历史，仰视长天流云，抒发怀古幽情。我曾为那一片腐朽的木简，喟叹人类创造文明的艰辛，也曾为一枚锈渍斑斑的箭镞，感慨黑铁时代人类的野蛮。我独步荒原夜色里，感到一阵阵恐怖。残酷的时间掠夺了一切，而且不动声色。时间是沉默的，沉默属于永恒。

我走进坚韧如羊肠的古丝绸之路西域地区每一个驿站：车师（今吐鲁番）、龟兹（今库车）、焉耆、疏勒（今喀什）、莎车、和田、且末、于阗、蔚犁、尼雅、楼兰……这些富有悲怆意蕴的名字几千年来一动不动地站在那里。虽然有的被风沙湮没了身躯，有的衰老了，有的残废了，我一走近，它们便从历史深处挣扎出来，昏眼矇矇地凝望着我；当我告别之时，这些名字又缩进历史的幽暗里。但是它们已化为人类精神的元素，闪烁着文化的熠熠之光，照耀着后来者的步伐。

这些伟大的文化传播者，一代代，他们艰难跋涉，餐风饮沙，卧冰眠雪，九死而不悔，满面悲怆，只有双目盈满信念，那是灵魂之光的辐射。他们像一支古老的牧歌，在这条古琴弦的伴奏中，吟唱了两千多年。许多人的尸骨都抛洒在荒原黄沙中，只有少数的几个人物走进历史的教科书里，走进山谷洞窟的佛教壁画上，走进民间传说中。

我跋涉在遥远的历史地平线上，拍摄下一组远去的背影，那是昭示后代探索者的路标。

二

满眼是荒旷的戈壁，弥漫的风沙，裸体的山岩，木然地忍受太阳的酷虐。太阳，这个宇宙的骄子，风采和威严依然不减当年，辉辉煌煌在天地间狂歌疯舞，发出无声的狂嚎。

我来到天山东部。这从帕米尔高原蜿蜒东来的巨大山脉，走到这里已精疲力尽，犹如一曲雄沉旋律的袅袅余音，时断时续，羸弱缥缈。当年这里是绿草如茵，牛羊如云，天苍苍，野茫茫，敕勒歌第一行乐谱大概从这里写就。彪悍的匈奴人纵马天地间，在这广阔的舞台演绎着一个马背上的民族的史诗。而现在，最后一个匈奴也被班超驱赶到漠北，这里留下一片荒凉。岁月和风沙吞噬了绿草，湮灭了溪泉，排泄出来的是荒凉、荒凉，无边无际的荒凉。

我手中的一册《古丝绸之路史话》告诉我：这里是两千二百多年前张骞被匈奴捉住拘留之地。匈奴首领诱降他，强迫他娶妻成家，然而张骞矢志不移，心怀汉家使命，虽身陷囹圄，却伺机脱逃。他在这里被幽禁十一年。十一度雁阵横空，十一度草荣草枯，十一度严寒酷暑，一介汉使在穹庐中，在帐篷里是怎样苦度日月，何等的焦虑、惆怅、愤懑！白天，看流云飘弋，雁阵南飞；夜晚，望寒星满天，孤月一轮。月光啊，可托你一缕载回我的乡愁？长风流云可寄我一腔情思？

这里没有宫商角徵羽，这里没有汉宫秋，没有咸阳城的车马喧阗。帐篷里只有胡笳声声，羌笛悠悠；帐篷外只有胡马嘶鸣，碧草连天。张骞登上山头，西望漠野茫茫，征程遥岑；回首来路，飞沙迷蒙，故国何在？身负使命，有愧于汉家天子。十一年，足使一个人由青年走向中年，由中年走向老年啊！

张骞这个小小郎官出使西域，目的是联络大月氏，共同夹击匈奴，翦除障碍，疏通丝绸之路——早在秦王朝时已有一条通商道路，冒顿单于的干戈切断了东西的航线。大汉王朝欲启开古阳关的铁锁，让汉帝国的雄风吹遍天山，吹遍帕米尔高原。张骞第一次出使西域并未完成汉王朝与大月氏联合夹击匈奴的使命，大月氏老王已死，新王不愿回到被驱逐而离去的故土。古丝绸之路上依然有匈奴人横马立刀，阻拦东西的交通。但是张骞却发现、了解和掌握了亚细亚一些民族、部落和王国，于是才有了《史记》中的《大宛列传》和《汉书》中的《西域传》章节。由于张骞的凿空，东方通商之路更加明晰地出现在这片荒旷的版图上。

张骞第一次出使西域，随从有百余人，归来时，只剩下他和甘父，那百余人的白骨就撒在这漫漫征途上。两千二百多年过去了，岁月把他们的尸骨风化了，他们只化作历史的背景和对西域的注释。今天，我站在天山和阿尔泰山这片首尾相衔的空旷的谷地上，只觉得天空还游荡着他们的灵魂，风声里还夹杂着他们的叹息和呻吟……

大片的阳光丰隆地铺满荒原，那阳光仿佛是从每一颗砾石，每簇草丛，每片山石上辐射出来，辉辉煌煌，令人晕眩，又让人感到一种阔朗。我呼吸着阳光干燥的芬芳，目光睃巡着苍老而悲壮的大地，这土地上曾生长出二十四史中的一页辉煌。开拓者的双足，毕竟留下了脚印，留给后人一种难以泯灭的昭示。

历史不是史学家用笔墨写成，是刀与剑蘸着将士血、怨妇泪写成的，字里行间都散发着浓烈的血腥气，回响着干戈的铿锵，氤氲着刀光剑影的凛凛寒气，还有凄婉的啜泣声。

随着张骞对古丝绸之路的凿空，为了开拓和捍卫这条负载文明和文化的欧亚大陆桥，汉王朝不得不诉诸武力，于是战争的阴云时聚时散，不断地出现在这片广袤土地的上空。

那是在天山北麓的荒原上，我看到了古代的烽燧，它突兀在阳光下的旷野上，高高的，像历史的坐标。这巨大的烽燧是用黄土、鹅卵石、柽柳、芦苇一层层夯实修筑起来，那柳条和芦秆犹如今日的钢筋，把泥土凝聚在一起，构成巍峨和雄壮。虽罹患两千多年的风剥雪蚀，依然威风凛凛，展示着古战场的雄风浩气。我手中的《古丝绸之路史话》告诉我：早在汉武帝太初四年（公元前 102 年）破大宛后，"自敦煌西至盐泽往往起亭"。汉武帝派遣强弩将军路博德率将士修建"居延塞"，实际上是居延海溯额尔齐纳河南下达酒泉的长城。后来又把这长城延伸到盐泽（即罗布泊），每年要征集二十三至五十六岁的男子即壮丁赴边塞戍卒一年。

每座烽燧驻扎几十个人到百余人不等，他们报警的信号：一是烽表，即用红布和白布缝成帆状物，匈奴入侵时，则悬挂在亭壁的高竿上，按入侵者多少、远近而增减数量，一燧挂烽，他燧照传，戍卒们即可作好自卫准备；二是烽烟，即焚薪取烟，亭壁上有烟囱，易于使远处望见；这是比较紧张的信号，夜间用烽火代替烽表，是将点燃的柴束，悬上高竿，也按照入侵者的多少、远近而增减数量；四是积薪，无论昼夜，最严重的报警就是焚烧柴堆，称之为"积薪"。

于是中国古典诗词里才出现"烽火连三月，家书抵万金"的诗句。

狼烟滚滚，战马萧萧，鼓笳悲鸣。刀光剑影的恐怖惨烈，血泪交加的生死歌哭，将军白发征夫泪，长烟落日孤城闭。这广阔天地才真正是古代军事家施展战略战术才华的舞台。这里没有苟且偷生，没有遮藏和躲避，一切都暴露在阳光下，视野中，没有木马计，没有八卦阵，是地地道道的生命与生命的直接撞击，是生命力的张扬和展示。

即使战死，也死在阳光下，死得亮亮堂堂，“醉卧沙场君莫笑”，那才是真战士、真英雄的本色，即便头颅落地，血雨喷溅，也是阳光下一道绚丽的生命彩虹！

在阳光覆盖的西域这片广袤的土地上，西汉末期曾分裂为五十余国，其中大部分都为匈奴控制。由于匈奴“敛税重刻，诸国不堪命”，上书东汉朝廷“要东内属”，“愿请都护”。当时，匈奴也分裂为南北两部，南匈奴归属东汉，入居塞内；北匈奴的政治中心仍在漠北，并继续控制西域诸国：车师国、鄯善国、莎车国、龟兹国、于阗国、焉耆国……这些小国之间时常烽火不熄，羽檄飞驰，弄得丝路阻塞，“绝通汉道”。北匈奴单于乘机发兵两万，袭击车师，杀车师王后而使汉军陷入孤立无援。匈奴势盛，无法抵抗，汉兵只好退至玉门关内，丝路一度中断。

疏通丝路之重任，再现大汉帝国之雄威，当属班超。其实班超只带领三十六名壮士，纵横捭阖在这广阔的舞台上。他来到鄯善国，先受到国王的热情款待，后又遭冷遇。得知匈奴使者到来，国王畏惧匈奴。班超便带领壮士夜袭匈奴使者，使鄯善国王一心向汉。接着又率众征战，平息疏勒骚乱；继之派人出使大月氏，说服康居，结好于丝路要冲诸国。疏通丝路种种障碍，班超依靠的是当地人民，“以一身转侧绝域，晓谕诸国”，西域诸国“莫不宾从”。

班超四十岁出使西域，在西域二十九年。这其间汉章帝曾下诏，诏班超回朝。汉章帝这个命令却违背西域诸国民意，当班超准备返回洛阳时，沿途各地都要求东汉政府收回成命，极力挽留。疏勒有一都尉看劝阻无效，竟然自刎于班超面前。班超行至于阗时，于阗王侯以下都啼泣号哭，挡住班超的坐骑。此时此景，使班超热泪潸然，决计违抗君命，毅然返回疏勒等地。经过班超在西域二十九年惨淡经营，文攻武伐，终于使匈奴的势力大大削弱，“平通汉道”，东西交往的大干线又一次畅通无阻，历史上称之为东汉时期丝路“二通”。

三

激起历史长河涟漪的不仅仅是文治武功，金戈铁马，而更撼人心魄的是那些艰难跋涉，忍辱负重，为传播文化和文明的使者，他们的脚步惊醒了沉默的历史，也惊醒了凝固的世界。

文化对政治的超越，宗教对人生的规范，艺术对人类苍白精神的充盈，远不是金戈铁马所能征服或替代的。

人类的精神史是横贯历史的血脉，没有它，历史将是干枯的、僵涩的。在这条丝路上，永远不灭的是那些穿越时空的精神光芒。

佛教早在公元前3世纪中叶便传入西域，至公元初年方传入中原。据说，东汉明帝曾做一梦，梦见一个很高大的金人，“飞空而至”，醒来后，他请随从替他圆梦。一位博古通今的大臣名叫传毅的说：“西方有一种神，您梦见的可能是‘佛’。”于是汉明帝便派人四处寻找佛法。后来得悉天竺国有两个很有名望的游方僧，一个叫迦叶摩腾，一个叫竺法兰。这两个印度和尚以游化四方、弘扬佛法为己任。二人受到邀请，欣然从命。他们沿着丝路，过雪山，涉流沙，一路风尘仆仆，来到洛阳。明帝热情款待他们，并专门为他们修建寺院，供他们译经。这个寺院就是著名的白马寺。于是洛阳城里便出现了佛号声声、佛烟袅袅、祈祷诵经声如涛浪的景观。

我走进西部，在柏孜克里克千佛洞，在库木吐拉千佛洞，在克孜尔千千佛洞，在敦煌艺术宝窟，那一尊尊佛像雕塑，乐伎图，舞伎图，弹琵琶图，记载着他们的故事。他们的肉体已消弭在黄沙漫漫的旷野，他们的精神已升腾为不朽。我曾想，这一代代的宗教传播者，带着对宗教的虔诚，肩负着传播文明的使命，跋涉雪山、戈壁、荒原、大漠，顶烈日，冒风沙，面对重重苦难，矢志不移，有多少人暴骨沙野，化为泥尘。而后继者，依然风尘仆仆，继续开拓他们的事业。

他们是人类精神的使者。

我的目光凝视着洞窟的壁画，仿佛是抚摸历史额角的皱纹。在这里仍活跃着没有被风沙湮灭的细节和故事，还跃动着苦行僧不灭的思想和情感，这里仍爝爝不息地燃烧着中世纪僧侣精神之火

而行走在这历史地平线上，有一个巨大的身影永远不会消逝的，那就是法显和尚。

法显和尚是南北朝东晋人，他三岁为沙弥，二十岁受大戒，自幼受佛法教育，“志诚行笃”，仪轨整肃，常以律藏残缺为憾，矢志前往天竺求经律。东晋安帝隆安三年(公元399年)，法显与同学慧景、道

整、慧应、慧嵬等十一人从长安出发，西行求经。当时法显已是六十多岁的老人了，要度流沙、穿戈壁、越葱岭，其艰难险阻难以想象。花甲老人依然情致昂扬，虽死无怨，同去印度十一人，归来时，仅剩他一人。

《法显传》中记载他从敦煌向鄯善国出发途经沙河的情景："沙河中多恶鬼热风，遇则皆死，无一全者。上无飞鸟，下无走兽，遍望极目，欲求度外，则莫所拟，唯以死人枯骨为标识耳。"法显在沙海跋涉十七天方到鄯善国。他在此停留一个月，又踏上穿越塔克拉玛干大沙漠的征途。在浩瀚大漠中艰难挣扎三十余日，方到于阗。塔克拉玛干被后来的瑞典探险家赫文斯定称之为"死亡之海"。漫漫黄沙，垒垒沙山，酷阳烈日，沙暴肆虐，这花甲老人该是经历了怎样惊心动魄的苦难？九死一生，闯过这生命禁区，法显只用寥寥十几个字记录了这一段旅程："路中无居民，沙行艰难，所经之苦，人理莫比"，可谓，艰辛困苦不可言状。他在于阗停留三个月，又开始翻越海拔平均五千米的帕米尔高原。这里雪峰林立，直插云霄，巉岩嶙峋，怪石丛耸，巨壑深涧，风寒刺骨，鸟无影，兽无迹，更无道以假，法显一行凭着一种怎样超人的意志和信念，在这崇山峻岭上攀登。这是通向精神高峰的攀越，宗教的力量已远远超过了生命肉体自身的力量。经过一个月的艰难跋涉，他们来到北天竺——即曼陀郎地区，这是北印度的门户。当时，曼陀郎已被波斯人、希腊人、斯基泰人、大月氏人所占领，佛教已遭到毁灭。法显大失所望，虽从残垣断壁间看到佛教的遗迹和丰富的地下文物，却已是残红飘零，落叶缤纷了。

法显离开曼陀郎，要去中印度。当时这里是芨多王朝帝国的鼎盛时期，经济发达，文化繁荣，佛教盛行，经号响彻山谷，佛烟氤氲云空。法显遍游佛迹，拜访寺院。法显看到博大精深的佛教经典，回想一路艰辛，许多同伴都有死于途中，不禁感慨唏嘘，怆然泪下。

他青筋嶙峋的手指握着笔管，战栗地写道："……今日乃见佛空处，怆然生悲。彼众僧出，问显等曰：汝从何国来？答云：从汉地。彼众僧叹曰：奇哉！边地之人乃能求法至此。自相谓言：我等诸师和尚相承已来，未见汉道人来到此也。"

法显在芨多王朝的首都摩揭陀国的巴弗邑住了三年，学习梵文，记录律藏，写经画像，又南下到多摩梨帝。又二年，此时同去的伙伴皆已死去，只剩下他一人了。五年后，这位年高七旬的老僧独自一人乘商船踏上归途。途中遇大风，船在暴风和海浪中迷航，最后漂流到山东崂山之南岸——即今山东即墨县……

那是九月的一天，我乘塔里木石油天然气勘探指挥部的“巡洋舰”，驰行了一天一夜来到塔克拉玛干东部边缘的古城和田——即当年的于阗。我遍历小城，寻访当年文化使者的遗迹。千年风沙已毁灭了历史，但从零星的佛塔和残存的寺院中，我依稀看到这里曾飘拂过多少僧侣的袈裟，商人的衣袂，征旅的长发……这些古丝路的开拓者，曾在这里抖落一路风尘，行囊里补充上食物，羊皮袋里装满水，又精神抖擞地迎着浩浩风沙，踏上更艰险的征程。

法显是中国第一批到达中印度的僧人，比玄奘早了二百多年。他跋涉到佛教文化的源头，用那双苍老的瘦骨嶙峋的双手启开了释迦文化的闸门。随之，释家思想的流水便潺潺汩汩沿着漫长的丝路流淌而来，漫洇了西域广袤的土地，浸濡了中原干渴的精神原野。

四

在法显的身后，有一个身影是模糊的，他常常被历史所遗忘，这便是宋云，那是北魏时代。这个时代很奇怪，虽然九州狼烟弥漫，王朝更迭如舞台的折子戏，幕起幕落频繁得令人眼花缭乱，而文化却取得了令人惊叹的辉煌。且不说魏晋南北朝时期出现了陶渊明、谢灵运等一大批光彩夺目的诗人，而在干戈如林的缝隙中，释家文化也汹涌澎湃在中原奔腾，而推波助澜者，宋云算是一位。

宋云是敦煌人，他西行取经，据《洛阳伽蓝记》中所记，应为神龟元年即公元518年。

宋云为何到天竺？这和北魏当时社会情况有关。北魏经营西域，提倡佛教活动。十六国时，佛教已盛行大江南北。北魏文成帝开始在当时的京城、山西、大同开山凿窟，历经三十六年，营造了著名的云冈石窟；宣武帝又建成了著名的龙门石窟，时当公元500年。我国著名的麦积山石窟也是开凿于北魏景明年间。我国四大著名佛教石窟中的三座，均开凿于北魏。这种文化背景，宋云西行取经，当属自然之事了。

北魏明帝时总揽朝政大权的是胡太后，胡太后的姑母就是一个尼姑。胡太后自幼深受佛家文化影响，她执政后变本加厉地推行佛教。由于她的倡导，到了神龟元年，仅洛阳的寺院就达五百余所了。

宋云是官派的文化教育使者，他身负胡太后赋予的使命：一是取经，二是宣扬国威，三是结交邻邦，扩大北魏的影响。宋云西行时，胡太后亲自送行："敕付五色百尺幡千口，锦绣袋五百枚"，向沿途各地赠送，并且还带有胡太后给各国的公文，其中就有丝路沿途的哌哒王、乌苌国王、乾陀罗国王的"诏书"。这与法显和尚西行就迥然不同了，法显是民间文化交流，而宋云则是国家间的文化交流了。

宋云的马帮驮队没有走传统的道路——河西走廊，因战乱无法通行，只好从青海西平（今西宁），临羌（今湟源），经日月山口进入沙漠地带，然后到达鄯善国。在鄯善国小住几日，又经过且末到达精绝之地，即今日的民丰县。这些地区地广人稀，但信仰佛教，城内佛塔上挂满彩制幡盖。这些佛盖中，宋云还见到距他一百多年前——后秦时的僧人所挂的幡盖。宋云继续西行，进入了著名的于阗国。其实，于阗王并不信佛。有一位胡商引领一位叫毗卢旃的和尚来到于阗，坐于城南杏树下，施展法术，使于阗王听到他的声音。于阗王亲自来到杏树下，和尚便说：佛让我来找你，令你造佛塔一座，如遵令而行，保你社稷永存。于阗王不信，便说：你让我看见佛，我便从命。和尚随鸣钟向佛报告，空中便顿时出佛像。于阗王大惊，忙五体投地，当即命人造塔建寺。随之，在塔克拉玛干大漠边缘出现佛风荡漾的局面。

宋云身为北魏使臣，当然受到于阗王盛情厚待。

宋云离开于阗便南下进入朱驹波国，即今新疆叶城，然后西北而行，经喀什噶尔，又由此向西南，攀越帕米尔高原，经过艰难的跋涉，越过兴都库开山，进入今阿富汗境内。当时阿富汗为哌哒所统治，因此宋云称其地为哌哒国。哌哒是大月氏的种族，也有人认为是高车人种，亦称白匈奴。宋云路经此国时，哌哒势力很强，东至于阗，西及波斯，四十余国皆臣服于它。宋云说是“四夷之中，最为强大”。但哌哒人不信佛教，以游牧为生。宋云到达此国后，向哌哒王递交了北魏明帝给哌哒王的诏书，哌哒王“再拜跪受诏书”。宋云在此逗留一个月，便起程去波斯，而后经赊弥国（今巴基斯坦奇拉尔一带），钵卢勒国，直到北魏正光元年（公元 520 年）四月中旬，宋云等进入著名的乾陀罗国，在这里参拜了各种佛迹，第二年二月返回洛阳，所得佛经一百七十部。

这一时期，哌哒不仅打通了中国与中亚各国、波斯及拜占庭之间的交通，相当大的程度上掌握着从塔里木盆地通往里海各贸易港口的丝路商业，而且与吐谷浑相互协作，操纵着从印度到中国的中西交通。宋云这庞大的外交使团的西行，无疑沟通了中原与西域诸国的关系。

作为胡太后本人是不值得赞扬的人物，她独揽朝政，弄得北魏江山一片混乱、腐败不堪。而胡太后作风更不怎么的，她每晚都要四个男人侍寝。当尔朱荣大军兵临洛阳城下，守城的将士自动打开城门迎接，她的近侍也纷纷逃走。胡太后吓得哭哭啼啼，知道性命难保，后来急中生智，拿起剪刀削发为尼，结果被尔朱荣认出，把她和幼主一起抓住。

尔朱荣见胡太后剪光了头发，脱掉了绣花鞋，泪流满面，用手指点着她的额头说：“听说你一刻也离不开男人，我成全你，死后嫁给河伯行欢做乐吧！”说罢一挥手，令部下把她和幼主扔到护城河里。这就是历史上有名的“淫皇后死后嫁河泊”的故事。但胡太后派宋云出使西域，在客观上还是促进了中西文化交流，繁荣了中西经济贸易。

五

躁动的风沙，疾旋的苍鹰，飞驰的野云，荒旷的戈壁大漠，仍然向我展示着西部不灭的激情和无所顾忌的野性。大西北，每一页都有着《创世纪》的荒凉，每一页都蕴含着《出师表》的悲壮，每一页都藏匿着《蜀道难》的险恶，每一页都炫耀着《天方夜谭》的传奇！这里每座山的筋骨，每条河的水脉，每片土地的肌肉，都贮存着远古的气息，中世纪的忧郁，征旅的泪水，僧侣的艰辛，戍卒的喟叹，商贾的幽怨，还有长安怨妇的惆怅，慈母的牵念……

我追逐着昨天的地平线，沿着逶迤的古道，踏着披离的衰草，去寻找天荒地老的传奇和神话。

这条古道上长满荒凉和寂寞，也诞生了祆教、基督教、佛教、伊斯兰教，东风西雨曾飘洒在这片土地上。在这条古道上，塞人、羌人、丁重人、月氏人、匈奴人、突厥人、回族人、蒙古人自东向西迁徙；希腊人、阿拉伯人、雅利安人、粟特人自西向东迁移……这是人类的大循环，是古代文明的辐射，高山雪原难以阻挡，大漠戈壁难以隔绝。他们用生命点亮了人类精神的苍穹。

两千年来，在古老的地平线上留下背影和深沉足迹的，莫过于玄奘了。

大唐帝国以高屋建瓴的视角，以囊括六合八荒的襟怀，纳八面来风，迎九天流云，把中国文化推向一个辉煌的顶峰。而玄奘矢志西去印度取经时，唐帝国立足未稳，西北边陲依然躁动不安，并非具备盛唐时期磅礴的气度，阳关、玉门关的铁门还落着沉重的古锁。

二十六岁的玄奘决心继承先贤遗志，继续开拓这条文化长河，使其浪涌潮急。他孤身一人离开长安，开始了悲壮的文化苦旅。他昼伏夜行，风餐露宿，经过张掖、酒泉，到了瓜州。刺史孤独达是虔诚的佛教徒，他对玄奘的到来非常高兴，热情接待，并为他准备食品、马料，指点西出玉门关的路线。正在这时，从凉州发来追捕玄奘的公文，刺史孤独达当着玄奘的面撕毁捕文，让玄奘赶快整装西行。孤独达这个小小州吏，历史上并没有留下什么辉煌的政绩，但是他敢于蔑视皇威、撕毁捕文，放行玄奘，这一举动，石破天惊，为中国文化史掀开佛教东渐的辉煌篇章。

这时，有一胡僧，名叫石磐陀，愿拜玄奘为师，并送玄奘出玉门关。临行前，石磐陀又领来一个胡人老翁，自称往返伊吾十三次，认识路途。《西游记》的孙悟空和白龙马就是根据这青年胡僧和老翁为模特而创造的。据说，榆林窟千佛洞里有三幅壁画，就绘有唐僧、孙悟空和白马。孙悟空就是那位胡僧的化身：身着襦裤、麻鞋、头戴金环，额低嘴长，露齿披发，双眼圆睁、似人又似猴，形象逼真而带野性。

一日，玄奘和石磐陀渡过葫芦河后，在草地上休息。月光下，石磐陀在玄奘背后突然拔刀而起，后又徘徊犹豫。玄奘在月影下知道他起了异心，但仍然端坐不动，且问他为何拔刀。石磐陀于是把刀放下，说："弟子想，走这条路实在艰难。虽然这座烽火台附近有些水草，但只要有一处发现了我们的行踪，我们的性命就完了。还是回去吧！"玄奘的回答是，宁可西进而死，决不东退一步。玄奘让石磐陀回去，独自踏上艰难险阻的征途。

瀚海茫茫，风吼沙啸，天地浑蒙，哪有道路可循？他只能辨认着一堆堆骨骸和鸵鸟的粪便痕迹踯躅行进。白天太阳如火，夜晚却风寒如割。"晚则妖魅举火，灿若繁星；宜则惊风拥沙，散如时雨"。顷刻，"忽见有军队数百队满沙碛间，乍行乍息，皆裘褐驼马之象及旌旗鞘剑之行……倏忽千变，遥瞻极目，渐近见灭，乃知妖鬼"。在过莫贺延碛大戈壁时，玄奘迷了路，又找不到泉水。谁知祸不单行，随身携带的水囊又失手落地，倾洒一空。没有水，就意味着死亡，玄奘依然策马前进，五天五夜，竟滴水未进，口干舌焦，几乎葬身大漠。幸亏老马识途，并闻到远处有水腥味，在最危急的时刻，驮着他找到一处水源，才幸免一死。又经过两天艰难跋涉，方穿过莫贺延碛，到达伊吾。

玄奘是孤独的跋涉者，是真正的"文化苦旅"。易卜生说："世界上最有力量的人是孤独的人。"玄奘并不像吴承恩老先生富有浪漫色彩的《西游记》中描写的那样，有孙悟空、猪八戒、沙僧相伴。如果那样，玄奘就不会感到寂寞和孤独了。

玄奘又继续西行，过沙漠，越戈壁，攀越帕米尔高原，历经千难万险，九死不悔，终于走进佛教文化的源头。玄奘在印度学习、游历、参观、讲学，进行了十多年的活动，足迹遍及印度的东西南北。曾参加"规模宏大的经典教义答辩大会，其中与会的有十八个国家的国王，六千多博蕴经义、造诣宏深、能言善辩的僧侣，玄奘做主讲人，大会连续举行十八天，大家聚精会神地倾听玄奘的精辟议论，始终没有一个敢上台反驳他的意见。"后又参加五十万人佛教盛会。玄奘的大名声震遐迩，受到印度佛教界的尊重。他决计回国时，又受到当地僧侣千般挽留。鸠摩罗王甚至表示："只要他留在印度，就为他造一百所寺院。”但玄奘一颗拳拳爱国之心，坚如磐石，于公元 645 年回到长安。

我曾路过甘肃天水县，这里有条通天河，水面宽阔，汹浪层层，浑波叠叠，水声吼啸，烟波滔滔，茫然似海。

传说玄奘路阻天水，白鼋托佛的故事就发生在这里。

有个千年老鼋愿驮玄奘过河。不过老鼋提了个条件：求玄奘在西天佛祖面前询何时脱壳成人形。玄奘满口答应。其实老鼋的要求并不高，谁知玄奘意念只在取经，竟然忘了老鼋的嘱咐。取经归来，又过通天河，老鼋将他同白马驮在背上，将至对岸之际，忽然问当年相托之事，玄奘无言以对。老鼋顿生怒气，一翻身，玄奘连人带马掉进河里，经包、衣服均被打湿。玄奘爬上岸来，又忽然狂风大作，天昏地暗，雷电交加，沙飞石走。玄奘按住经包，直到天明，风平雾散。玄奘便解开经包，晾晒于崖上，至今这里还有玄奘的晾经台。

——这不过是吴承恩老先生撰写的《西游记》的情节。

玄奘回到长安，得到官方的热情欢迎。唐太宗对其跋涉五万余里，历经千难万险，“访道殊域，今得归还，欢喜无量”。且不说传手谕于阗等沿途各国派衙役护送法师，并命沿途官员接待。如果说，玄奘出国是私费，是出逃，归来时却已是公费。一代佛教大师回到长安被安置在太子李治修建的慈恩寺译经，又专门在寺内修佛塔一座收藏他带回的经卷，这便是至今巍然于西安的大雁塔。

一代佛宗历经坎坷和惊心动魄的千万磨难，终于完成了一项震撼中国文化史的伟业。

大唐帝国纳佛、儒、道不同宗教流派，相辅相成，各行其业，这在中国历史上是不多见的王朝，比之东汉“罢黜百家，独尊儒术”之襟怀和气度，是何等宽阔、博大！这就造就了大唐文化教育的辉煌！

六

高天上悬着一轮炽热的太阳，阳光如瀑，波波溅溅地倾泻在这片荒旷的土地上，远处的地平线被阳光烤干了，像一条晒干了的羊肠子，横亘在天地间。我孤独地走进苍茫，走进空旷，走进原始的鸿蒙。天山，在远处蹲踞，大漠在远方休憩，脚下的戈壁滩是岑参的“一川碎石大如斗”，静寂得能听到石子被阳光晒裂的哔剥声。天空干净得连一片云朵也找不到。车子翻过一座山丘，越过一片高地，除了白花花的阳光和我，还有我乘的丰田，什么都没有。在一片沙丘前，我们停下车子，我真想掬起一捧沙土，亲吻历史，摭拾驼铃的残韵。那飞扬的马蹄，那野营的篝火，那天涯孤旅的喟叹，断落的诗行，那苍凉暮色中的疲惫，还有羌笛的哀怨，烽火狼烟的惊惶……这古丝绸之路从关中平原的长安奏响第一个音符，穿越河西走廊这辉煌的中音部，走向古西域高音部……

在落日残照里，我依稀看到一个背影，那是仗剑去国的诗人岑参。尽管诗化的大唐帝国，留下王昌龄的“秦时明月汉时关，万里长征人未还”，王维的“大漠孤烟直，黄河落日圆”，王翰的“葡萄美酒夜光杯，欲饮琵琶马上催”，王之焕的“羌笛何须怨杨柳？春风不度玉门关”，李白的“明月出天山，苍茫云海间”等等千古绝唱，但没有岑参，汉唐的边塞诗就黯淡失色。翻开那些诗人的履历，只有高适西出过阳关，而大多数诗人只凭浪漫主义想象，根本未涉足西域。李白算是个游吟诗人，放浪山水，啸傲江湖，诗侣酒酬，但他根本没去过天山，一生只不过东游齐鲁、北游幽燕、东游江东吴越，更多的是缠绵于巴山蜀水。而岑参却在西域生活了六年：暮投交河城，晨登火焰山，啸傲戈壁风，策马天山路。逸兴遄飞，豪气干云，那是一种生命和精神的张扬与驰骋。

岑参出身于世代为相的官宦之家。曾祖父、祖父、伯父都官至宰相，但均无善终。岑参出生时，伯父——作为宰相的岑羲因太平公主事发而受牵连，籍没家产，放逐家族，身首异处已有两载。曾经是青石丹墀、飞檐翘瓴、庭深如海的相府早已荒草没阶了，昔日翠华摇摇的威仪已化为一页冷梦。

岑参青年时代命运多舛，仕途蹇涩坎坷，出入长安，奔波多年，却未应举登进士及第，一事无成。三十岁当了一名“参军”，大概相当于现在师团参谋，或秘书角色，八九品的芥豆小官。岑参郁郁不得其志，难展雄才大略，不得已投笔从戎，西出阳关，踏上漫漫军旅生涯。

岑参生活的开元、天宝年间，从军出塞是士人进身的主要途径之一。《唐音癸签》卷二十七载“盖唐制，新及第人，例就辟外幕，而布衣疏落才士，更多因缘幕府，蹑级进身”。高适二十岁时在度安求会不遇，然后北上蓟门，以期获得从军立功的机会，这是士人晋升的捷径。到了李林甫、杨国忠为宰相的玄宗时代，朝政腐败，官场黑暗，文恬武嬉，醉生梦死，莘莘学子想跻身仕林更是难于上青天。但他们又不甘于寂寞，忧国忧民之心如焚，便只好奔波在从军出塞的小径上。我想唐帝国制定这一政策，很像我们今天干部下放挂职，或援藏支边一样，镀金几年，回来加官晋爵。岑参也难免俗，热衷功名，羡慕富贵。当然，不能否定，岑参也怀有以身许国、志在四方、为国安边的抱负。

岑参两次沿着丝路到达西域，先后任高仙芝幕府书记，安西、北庭节度使封常青的判官，在西域服役期六年。六年间诗人一身戎装，仗剑纵马，踏遍天山南北。

在天山支脉库鲁克山和贺拉山之间是一处要塞，两山夹峙，形成一道险关，世称“铁门关”。岑参曾站在山崖上，山风撕扯着他的衣袂，吹乱一头蓄发，极目西望，浩浩大漠，茫茫戈壁，鸟无影，兽无踪，满目凄凉和荒寂，怎能不激起诗人浩叹：“铁关天西涯，极目少行客，关门一小吏，终日对石壁。桥跨千仞危，路盘两崖窄，试登西楼望，一望头欲白。”这铁门关是古丝路走进新疆地域第一道关口，也是必经之路，出此关口，丝路一分为三：北道，中道和南道。在火焰山下，诗人骑一匹瘦马，仰望赤土如火、热浪炙人的火焰山，吟哦道：“赤焰烧虏云，炎氛蒸塞空。”面对着砾石遍野，碎石如斗的荒旷的大戈壁，叹道：“黄沙碛里客行迷，四望云天直下低。为言地尽天还尽，行到安西还到西。”面对西域的厉厉长风，更有深切的体验：“九月天山风似刀，城南猎马缩寒毛”，“轮台九月风夜吼，一川碎石大如斗”，“北风卷地百草折，胡天八月即飞雪”……

我依稀看到诗人满面风尘，饮马伊克塞湖畔——古称热海：“蒸沙砾石燃虏云，沸浪炎波煎汉月”——长吟短叹。我看见诗人策马天山脚下，急骤的马蹄溅溅出火星；在高昌故城，交河故城的驿馆里，在瀚海阑干百丈冰的隆冬，愁云万里，北风卷地，暮雪飘飘，使人感到天高地远，浩乎千里，一片旷远浑茫的北国肃杀苍凉气氛。

大西北啊，这里有天的深邃，地的旷达，云的高远；这里有沙的浩瀚，风的狂妄，山的峥嵘；这里有太阳的肆虐，月亮的冰冷，星辰的缥缈；这里能使人目光舒展，胸意豁然，呼吸畅达；这里能使人情感升华，灵魂飞腾，浮想联翩。风起风落时，那燥烈中的宏伟，日出日沉时，那静默中的庄严；任凭你胸中块垒犹如冰山，也为化为一池静波，任你有一腔忧怨，也被高天长风吹得无影无踪……在这里，你能寻到生命的高度，在这里，你能志存高远，在这里你会感到生活的旷博，创造的浪漫。玄玄宇宙，地老天荒，在这里，你会感到人生该有一个多么广阔的空间。中国历代文人都有强烈的功名欲，都想跻身仕途，展示经天纬地的雄才大略。当他们受到挫折，郁郁不得其志，在谲波诡浪的宦海中沉沦后，有的就胸藏丘壑、遁隐山林、寄兴烟霞、诗酒风流，以示对世俗的超脱。面对斜阳、暮树、孤村、荒水、松窗、竹户、芳径平芜，淡烟疏柳，抒发心中块垒，营造那种诗情画意的氛围。那种诗是一种病态的分泌。而岑参恰恰相反，他是伴着风沙，就着飞雪，写下的诗篇。字里行间有着诗人发烫的情感，有着热血的燃烧，生命的腾腾烈焰。

披襟当风，长歌当吟，壮年的岑参为古西域这部古老的巨著圈圈点点，写下无数注释，留给后人一把解谜的钥匙。

文学的最高境界是诗。诗是自然的灵悟，是一种天籁。岑参破空而来，绝尘而去。西域六年的军旅生涯可谓他一生的华彩乐段。

诗人的边塞诗绝非“酒侣诗俦，潦倒风流”之作，而是忠烈之心的表征，忧国忧民的感怀。他曾“不为妻子谋”，“不愁前路修”，关楼城堞，大漠旷野，冰雪峡谷，战马长萧，甲戈碰撞，枪剑搏击，劲风狂雪，都有一种很强的历史穿透力，片纸尺牍背后凸现出强烈的民族意识，忧患意识。诗是西部苦难的河流。苦难造就了诗人，也使西部充满了诗意的芬芳。

七

我在大西北奔波，我循着昨天的地平线，行走在河西走廊，盘桓在天山脚下，饮大漠长风，踏戈壁砾石，亚细亚的阳光照耀过古人的身影，也照耀着今人的身影。踏上西部这漫漫征途，无疑走进一部令人回肠荡气无言的史诗，悲壮的史诗。

这是一个黄昏，我孤独地徘徊在戈壁滩上，望着沉沉落日。那巨大的圆，红得像血，天空霞光飞腾，暮野一片静寂。天与地相连处是一条缥缈的线，像一根弦。落日就是在那根弦上跳荡的音符，我仿佛听到相撞时发出的巨大轰鸣。

在这天地间，历史上有许多人物就消失在地平线的尽头，没有留下姓名，没有留下墓碑，然而他们的背影却长长地铺在这广袤的充满苦难的土地上，他们的足迹已被大地收留珍藏。历史演绎，岁月递嬗，天地浩茫，雪泥鸿爪，要寻访到中国文人的足迹，也实在难。然而，他们传播的文化火种，以及他们本身丰赡的人文精神，却依然熠熠不熄地燃烧着，光照千秋，光照人类精神的苍穹。

阳光下的风景

——河西走廊掠影

一

车窗外是二千四百里的荒凉，二千四百里的沉寂。戈壁、荒漠，裸体的山脉在浩浩荡荡的阳光下，呈现出麻木的神态，似乎没有怨艾，没有痛苦，没有激情，也没有憧憬。沙碛依然是岑参诗中的沙碛，烈日依然是汉唐时代的烈日。黄土和沙石铸就了边塞的主题，流淌着边塞诗的悲怆。只是灭了烽烟，息了篝火，哑了羌笛，连迷路的胡马也难寻觅，最后一个匈奴也许被李广利将军带到长安去了。

甘新公路、兰新铁路和明长城犹如三条巨龙在走廊间滚来滚去。有时平行，有时交叉，有时各奔南北，雪山、戈壁、草场、沙漠、绿洲，一番大自然奇特景象，色彩鲜明，一派雄浑浩瀚的苍莽。它以场面的辽阔、气象的雄伟、天地间少有的一种风起云涌推波助澜的景观，激起人们天高海阔、任意翱翔的感觉。在这广阔的背景里面，曾闪烁过刀光剑影的恐怖惨烈，呜咽过血泪交加的生死歌哭，散落着岑参的诗行，飘零着王昌龄的喟叹，风撕扯过玄奘的衣袂、张骞的汉节；砂石激溅过班超踏踏马蹄，撞响过商队的驼铃。突兀的驼峰，落满点点夕晖。渺渺的汉宫秋月远去了，珠落玉盘的琵琶声消弭了，高山流水的琴音被浩浩风沙吞噬了，渭雨轻尘，灞桥烟柳，杏花春雨江南，都被这漠漠荒野隔绝了……

然而河西走廊并不是阴郁的，四面八方铺满阳光，酷毒的阳光炽烤着山脉、沙石，吸干了它的血液，吸干了它的情感，吸干了它的思想，只剩下一具木乃伊般的岩石，没有弹性和光泽。

阳光过于丰沛也是灾。不知怎的，我一看到这群山和戈壁，就有一种揪心的痛苦，我不知道他们怎样忍受了大自然的酷虐，从远古走到今天，太残忍了！河西走廊原就是精神的隧道，是一种精神的炼狱——那种苦行僧的精神，是人类追求崇高和圣洁的精神。但我是坐在装有空调的丰田车里，我这种西部之旅，首先是对这种精神的亵渎和污染。我手中没有张骞的旌节，肩上没有玄奘的负笈，我更没有贰师将军重如山阿的使命，我连一个商贾都不是。篝火、马蹄、驼铃、残杀、苦恋、艰辛和苦难，对我都是一些空泛的概念，是一种缥缈的幻觉。

我渴望看到马蹄扬起的烟尘，渴望听到胡笳的悲切阳关三叠的凄婉，渴望听到凉州词甘州曲的悲壮和苍凉，渴望看到马裹朔风、旗卷胡云、血肉迸溅、剑戈相击古代战争的浩幅，我渴望遇到一个或一群匈奴人……可是眼前只是被阳光晒昏了的旷野，蔫蔫然，昏昏然，天地无语，群山无语。我多想捡到一块历史的注释，文明的残骸，在这叠叠群山万嶂里，我虔诚地淘洗人类文化的底片……

厉厉西风。

煌煌烈日。

没有瘦骨嶙峋的边塞诗。

没有风鸣马啸啸的悲壮。

没有断肠人在天涯的凄凉。

二

窗外依然是空旷的山野，满目依然是粗犷的线条，粗糙的色斑，紊乱而毫无章法的山、壑、沟、洄。但是每方山水都有自己独特的品格，独特的意蕴，独特的情操。虽然没有“浓妆淡抹总相宜”的清丽；却有刚烈、啸傲的气质；没有“风吹松竹雨凄凄”的哀怨，却有浩瀚恣肆、放浪形骸的洒脱；虽然看不到小桥流水人家，却有静穆深沉的气度。我依然带着史诗般的激情，高山仰止的崇拜，翻阅一部历史巨著。每块岩石都无声地向我讲述着传奇和故事，每一粒沙子，都是这部巨著的句逗，这长长的文化隧道，怎能不奏响历史的回声呢？二千四百里路云和月，二千四百里路雪和霜，多少故事和传奇，风沙泅灭不了，岁月风化不了，残忍的时间也难咀嚼殆尽千古凄凉。

漫漫无涯的道路，苍茫雄劲的风沙，酷烈毒辣的阳光，焦渴而枯萎的大地，单调、枯燥、平板，死一样的沉寂，梦一样的迷茫——一支驼队从古都咸阳出发了，首尾相衔，缰绳相连，稳健的步履，坚定的信念，高扬着头颅，微眯着眼睛，凝视着前方。漠风把凄清的铃铛合奏送进你的耳膜——一切都是那么庄严、肃穆。

这是一支伟大的商业使者，文化使者，满载着中原的瓷器，岭南的茶叶，苏杭的丝绸绢帛，满载着汉宫秋关山月的凄清，满载着江南杏花春雨的迷蒙，灞桥烟柳的缱绻，满载着不老的方块字，满载着秦皇汉武的雄威，满载着唐宗宋祖的荣耀，当然也满载着闺中相思、怨妇泪水，浩浩荡荡地跋涉在风沙迷漫的山野……"边城暮雨雁飞低，芦笋初生渐欲齐。无数铃声遥过碛，应驮白练到安西。"

我想象不出商业竟然有这样巨大的诱惑力，从波斯、从阿拉伯、从中亚、西亚那些神秘而遥远的地方，饮风餐沙，茹苦含辛，来到东方古国，语言的障碍，种族的隔膜，风俗的迥异，是这无言的商品沟通了他们的感情，目光和手势成了翻译……

我不知道孔圣人与穆罕默德的思想怎样在这条隧道里撞出灿烂的火花；我不知亚当夏娃的子孙怎样与伏羲女娲的后裔在以物易物时，把东西方文明和文化嫁接而结出芬芳的果实。《古兰经》和半部《论语》编织出多少光怪陆离、酸甜苦涩的故事。友谊和信任、和平与战争、凶暴与温柔、善良和丑恶、篝火与烽烟、血泊和甘泉、羌笛与琵琶、爱与恨、怨与仇，在这长长的走廊里一幕幕地上演着、排练着……

后来我在敦煌402窟看到一幅壁画《观音普门品》，它形象地描绘了丝路商队在西北贸易路上艰难的历程：上面画着一队商旅赶着成群的驼、驴，满载珠宝货物跋山涉水。当胡商驱动驼驴攀登高山时，一匹骆驼失足滚下山崖，脚夫俯首看着深谷惊恐不已。而画面的右部一商队发现一货驼得病，两个商人紧张地为卧倒的病驼灌药，生动地再现了商旅生涯艰难困苦、疾病、饥渴的情景。而另一幅画则描绘了"胡商遇盗"的场面，情景更加细腻形象，因而蕴含的情绪更加激烈：一队商人刚从峡谷转弯，出行至茂密的树林，身后的骡马驮架上满载丝帛。一群强盗忽然从山岩后跳出，高举长刀挡住商队去路，威胁他们放下货物，商队惊恐万状。为首一戴尖顶白毡帽、穿贯头衫的年长胡商，已将驼架卸下，献出丝帛、金银和中原购置的书籍简册，哀求强盗。画面上的一组商人，有戴白毡帽身着贯头衫者，有戴浑脱帽、猴头、肩着裥衫者。高鼻深目、拳发虬髯，为波斯、大宛、大食国商人。

敦煌壁画藏着五十个世纪的文明。飞天的婀娜，佛陀的肃穆，菩萨的沉静，玄妙而奥秘，百思不解，又百读不厌。一个洞窟就浓缩着千年历史，是一部《史记》，不是司马迁宫刑后的杰作，是线条和色彩的狂歌曼舞。

文化，是人类社会历史发展过程中所创造的物质财富和精神财富的全部。世界各国由于历史背景不同，文化遗产、文化类型、文化层次和文化特征也不相同。

我想，河西走廊倘若没有这悲壮的历史风景，还有什么可以称道的呢？如果没有铺满人类追求文明艰难跋涉的精神和苦难意识，这枯燥乏味的书卷谁来阅读呢？历史怎么会为它赫赫煌煌记下一笔，使其永恒地闪烁在人类文明和文化的苍穹？人类高贵的精神填补了自然界的贫乏。

三

风，从车窗前掠过。风，是永恒的，今天的风也是昨天的风，今年的风也是千百年前的风。宇宙间有了风，也就有了生机；有了风，也就有了喧哗、骚动和灾难。这是宇宙之神的呼吸。停止了呼吸，宇宙也就死亡了。

汽车在半是戈壁半是荒原的风景里穿行，而那些古城堡、烽燧、亭障依然屹立在道旁，任凭厉厉长风无情地剥蚀，任凭罡罡烈日如火地炙烤。它们以千古的缄默，依然昭示着历史，昭示着人类昨天生存的时空。

台湾诗人余光中曾经惊叫"咦呵西部"。其实，余光中惊叹的是异国他乡美利坚的西部。有什么好咦呵的？那里有"大雪满弓刀"吗？那里有"落日照大旗，马鸣风萧萧"吗？那里有"风吹梅花弄"吗？少了古典，少了唐诗宋词，连"古道西风瘦马"的元曲也没有，更没有凉州词、甘州曲、阳关三叠，我们的诗人"咦呵"的什么呢？我们在烈日下奔驰，美利坚还在酣睡，好莱坞的霓虹灯也累了，眼睛也不断眨着，纽约夜总会怕也灯火阑珊了。

七月的阳光丰裕、隆重，赤焰炙烤着戈壁。车子在烈日狂沙中飞驶，暑气如浪，汹涌澎湃，烧得车皮发烫。远处的群山，在紫阳下冒着青烟，仿佛谁划根火柴，整个大地就烧成一片灰烬。

这条古老的隧道以及向西延续几千公里的古丝绸之路始于西汉，盛于隋唐，衰于北宋，历经西汉、东汉、三国、两晋、南北朝、隋唐五代、北宋等朝代，虽数度盛衰，但东西方文化交往没有断流。这条文化的河流时而激浪澎湃，滔滔涌涌，时而涓涓缓缓，波浪不惊。现在虽然空旷而沉寂，但静寂里有一种怪异的喧嚣。我的思绪总在这历史的喧嚣里沉浮，在人类拓荒者蹒跚踟蹰的脚步声里聆听生命的史话。

我在天水时，令我感叹和震惊的是麦积山的辉煌。那巨大的佛像给我留下极深的印象，这空旷偌大的空间是大宗教生长的地方。宗教就是精神，西部虽然物质是匮乏的，但精神是蓊郁的。这里面荟萃着后秦、西秦、北魏、北周、隋唐、五代、宋、元、明、清等十几个朝代塑像七千八百尊、壁画一千多平方米，一百九十四个洞窟，和敦煌一样，有着珍贵的艺术宝藏，是一个“雕塑馆”。

麦积山石窟原是一个完整的山体，后因地震使崖面中间部分塌毁，故而分为东崖和西崖。然而历经一千五百多个春秋，雕像并未溃散，泥土与岩石相似。麦积塑像，主要题材有佛、菩萨、弟子、天王、力士等。尽管各代塑像同处一堂，但各具特色，并非雷同化的模仿。到了唐代，开始追求雍容华丽，塑像形体饱满，比例匀称，庄重自然，锦衣贴身，衣褶清晰、流畅，极富质感，既有彩衣出水的艳丽光泽，又有风起飘曳的衣衫微波。那些塑像又千姿百态，其神或低眸凝视，或恬静端庄，或含情带笑、妩媚动人，或黛眉微蹙，抑郁焦灼，或天真活泼，优雅淳朴；其态或盘膝端坐，或虔诚拱手，或娇嗔玉立，或窃窃私语，或侧首旁视，可谓千佛千态，栩栩如生，惟妙惟肖，呼之欲动，触之即活。这是真实的艺术，是血肉丰满的真实生命，既展示出人物丰富的内心世界，又具有极富表现力的构图和雄伟的形体。

天水，古为秦人发祥之地，历史悠悠古迹众多，文物荟萃名士济济，膏壤沃野，资源独厚，神话萦绕，风光旖旎。

而天水给我留下更深刻记忆的是汉将军李广墓。

匈奴奴隶制军事政权“以杀戮为耕作”，“马边悬男头，马后载妇女”，富有掠夺性，经常侵犯汉朝边境，有时深入离汉都城仅七百里地方，严重地威胁着西汉政权的安全。公元201年，匈奴大举南下，一直打到晋阳(太原)，汉高祖刘邦亲自率领三十万步兵迎战。冒顿采取诱敌深入之计，把汉军的先头部队诱到白登(今大同市)，包围了七天七夜。这是历史上有名的“白登之围”。汉高祖派人重赂阏氏后，才乘隙脱身。从此，西汉政权不得不对匈奴采取“和亲”政策，就是把公主或宗室女儿嫁给单于做“阏氏”，同时还送去丰厚的嫁妆，每年还要赠送大量的酒、粮和绸帛等礼物，直到汉武帝执政前几十年间，共与匈奴和亲七次，靡费了无数财物。但乞求得来的和平并不可靠，仍不能满足匈奴的贪婪。匈奴在接受了公主和嫁妆、粟帛以后，仍随心所欲地发动侵略战争，西汉政府不得不进行防御战争。

大将军李广在长达四十余年的军事生涯中，与匈奴作战七十余次，屡建奇功，威震边陲，使匈奴闻之慑魂丧胆，称之为“飞将军”。历代诗人赞誉李广的诗篇很多。边塞诗人王昌龄吟道：“秦时明月汉时关，万里长征人未还。但使龙城飞将在，不教胡马度阴山。”这便是著名的一首。

李广死后，尸骨葬于何处，难以寻觅。据说他的衣冠冢葬于天水，墓园占地三四亩，墓外有墙垣，门额题“飞将侄城”。两旁的对联，上联为“射石昔曾传没羽，鹤归华表”，下联呢？可惜现已无存。

传说，墓前有一对石马，每天目睹人们对李广的无限怀念和崇敬后，决心步李广后尘，为人们做点好事，商议在小麦返青时，为穷苦人家的麦田踏青。它们踏过的地方，收成倍增。有一天，石马又夜出踏青，不料墓冢被盗。盗墓人原想李广身前战功赫赫，死后一定多有黄白之物，谁想掘开墓冢，只有一盔一靴一战袍，大失所望，怏怏而逃。

清晨，石马回归，见陵墓被毁，悲痛欲绝，双蹄腾空，把墓刨平。堆起土冢。从此这两匹石马便分立两旁，全神贯注，日夜监守，年年月月，风风雨雨，站成永恒，站成传说，站成一个悲壮而动人的故事。

走进这丝织的土地，走进这罡风、天马、骄阳和九部乐章浑成的土地，我眼前总是幻化出一叠叠历史的映象，耳边总响起边关的风声，战马的长啸，兵戈的铿锵，哭喊、嚎叫、厮杀声……然而一切都寂然无声，只有满目的荒凉，满目的砾石戈壁，满天的风，满地的阳光。这里仍然是自然力与自然力的战争；河流已经败北，树林和野草已经逃亡，野兽飞鸟已经消弭，留下的只是零落的白骨，大山已化为尘屑，边塞诗也被风化，只留下瘦骨嶙峋的断章，……七月的热风还是那样罡烈，七月的阳光还是那样滚烫，千年的时光并未使太阳冷却。广袤与贫乏，冷酷与刚烈，豪迈与悲壮，汉唐两个朝代踏出的一条道路，仍然袒露着慷慨和毫不含蓄的坦荡。

当年玄奘就是沿着这条路，出阳关、玉门关进入西域三十六国，又翻过冰大坂，穿过帕米尔高原的崇山峻岭，到达印度的。历经千难万险，“褰裳遵路，仗锡遐征”的艰苦精神，世人难以望其项背。

李白叫喊的“行路难”，屈原咏唱的“路漫漫其修远”，其实他二人并没有切身体验，或体验也未有玄奘之深刻。玄奘在这一点就比这两位老夫子强得多。他病倒在罗布泊，几乎昏死、饿死、渴死，仍未发出如此之感叹，心中只有一个目标，矢志不移，九死不悔，磨顶放踵，一步一步地向着目的地跋涉。

这是一条殉道者之路，这里播下一路苦行僧精神。正是这种精神，人类便把人与人区别开来，于是宗教也就诞生了，这是人类文明史上最精彩的一笔。

解读凉州

一

离开兰州，我乘上汽车，直奔武威——古称凉州的边塞名城。时值阳春四月，几天前我离开故城济南时已是春色酽酽、绿意沸腾了，而这里却是一脸的边塞相：肃穆和苍凉。左边是霸气粗豪的祁连山，白雪冠顶，渗透出一缕缕凛凛寒气；右边是雄浑苍莽的龙首山，呈现出一抹冷漠的灰黄。看不见山泉流水，听不见莺歌燕语，路边新栽的杨柳似乎还未从冬眠中醒来，光秃秃的枝条摇曳在干燥的旱风中。稀稀落落的村庄里，偶尔传来一两声鸡鸣犬吠，传递出一缕生命的气息，天地间一片旷达的静寂，一片枯涩的静寂。

汽车穿行在河西走廊，像穿行在时间的隧道里，历史的密码从四面八方蹦跳出来，雪花般地扑落在大脑的屏幕上：边墙塞障，大漠孤烟，古道驼铃，石窟塔影；耳边不时响起羌笛的哀怨，觱篥的鸣咽，胡笳的悲鸣……似乎卫青、李广的战马刚刚从这里踏踏驰过，大唐王朝的边塞诗人就在我们前边，那飘动的衣袂依稀入目……

凉州词、塞下曲、陇头吟、阳关三叠在我的记忆中还未温习一遍，眼前的走廊忽然变得开阔，转眼间不见了龙首山，祁连山也退避三舍，在白云下缥缥缈缈，躲躲闪闪。视野里出现一座城郭，人们说，前面就是武威了。

啊，武威，一片孤城万仞山。王之涣没有说谎！

对古凉州我心仪已久，曾引起我多少缤纷缭乱的遐想，那是汉唐边塞诗留给我的意象。汉唐时代多少诗人钟情凉州，写下了辉映千古的凉州词，那是中国文化流韵中一道壮丽的景观。秦、汉、南北朝、隋唐，以至宋明，历经两千多年，这片被风沙裹挟和烈日燃烧的赭褐色的土地上，总是烽火狼烟，干戈如林，战争的剧目频频上演，连绵不绝。

凉州是古代羌人息居之地。羌，就是“西方的牧羊人”。羌人以游牧为业，逐水草而居。华夏族一个部落的酋长就姓姜。姜、羌，文字上同根同源。也就是说，炎帝部落很可能就是东迁的羌人。

秦汉之际，匈奴在中国北方崛起，他们击败了东胡，又驱逐了月氏人，河西走廊的羌地也受到了侵略，祁连山下丰美的牧场成了匈奴人纵横驰骋的天地。彪悍、骁勇、“善骑射”的匈奴人不断南下侵犯汉境。从汉高祖刘邦到汉景帝，几代皇帝，因汉业初创，数十年间没有力量与匈奴抗衡，只好采取和亲政策，以缓和边境危急。但匈奴贵族贪得无厌，得陇望蜀，不时骚扰汉庭。到了汉武帝时，这位气宇宏瞻，有囊括四海之志的一代霸主，决心要解决河西走廊问题，要同匈奴决一雌雄。

汉武帝要开疆拓土，疏通丝绸之路，连续派卫青、霍去病、李广率军出击河西走廊。骠骑将军霍去病，首战告捷，一举击夸了匈奴休屠王，占领了河西走廊的东端，并获得了匈奴的祭天金人。汉武帝将祭天金人陈列于甘泉宫，以示武功。为了纪念这场战争的胜利，命名此战场为武威，炫耀汉王朝的军威和武功。

由于连续对匈奴人用兵，匈奴屡遭失败，不得不远走他乡，河西走廊完全被西汉王朝控制。到了元鼎二年（公元前 115 年），汉武帝在河西走廊开设郡县——即置武威、酒泉、张掖、敦煌郡，后又设金城（兰州）郡，被称为河西五郡，其行政机构和内地完全一样。武威郡即凉州刺史的治所，这样，武威便有了凉州的别称。

到了唐朝初年，由于隋末天下大乱，河西走廊被匈奴人的后裔突厥和吐蕃族、吐谷浑割据。唐高祖李渊统一天下后，深感凉州地理位置的重要，特别任命善于征战的儿子李世民为凉州总管。但李世民并未就任凉州，李渊就派了黄门侍郎杨恭仁为安抚河西的大使，并专任凉州总管。

建朝以后的一百多年中，唐王朝与西北少数民族发生了多次战争，而战争大都是以凉州为根据地而进行的，也就是说凉州是当年的前线总指挥部。《资治通鉴》载，唐开元仅二十九年，在这里就进行了二十四次大的战役。整整一个唐朝，在丝绸之路上进行了上百次的大战役。前后三百年，前仆后继，为开拓这条人类文化的运河、中西友谊之路，所付出的代价，真是血流成河，尸堆成山。贞观余烈，在唐朝国力极度强盛时，西域诸国与大唐的关系进入了政治、经济、文化艺术水乳相溶的阶段，凉州作为河西走廊的桥头堡，自然也达到了繁华鼎盛时期。

战争给人类带来了无数灾难，却也为人类文明史的发展起着不可替代的作用。正如人类学家说：战争选择的是大道义，大精神，战争是一种金属文化。如果没有战争，人类怕是还处在茹毛饮血的原始社会。

凉州在大唐时代的知名度极高，仅次于都城长安。凉州词、凉州乐、凉州伎舞，风靡全国。王建有诗云："城头山鸡鸣角角，洛阳家家学胡乐。"这里胡乐指的就是凉州乐。温子升描述当时凉州的繁华景象："车马相交错，歌吹日纵横。"而岑参也激情洋溢地写道："凉州七里十万家，胡人半解弹琵琶"，可见盛唐时期，这西北边塞重镇是歌吹喧天，文化葱茏绚丽的所在。

二

这就是古凉州吗？这就是王维的"百尺峰头望虏尘"的凉州吗？这就是岑参"胡人半解弹琵琶"的凉州吗？这就是"车马相交错，歌吹日纵横"的凉州吗？不闻边声鼙鼓动地声，不见假面胡人假狮子，哥舒翰的大军安在哉？高仙芝的营帐安在哉？那跑雪踏沙的胡马呢？那荷戟执戈的戍卒呢？我还没有来得及从唐诗的韵里醒来，眼前扑面而来的是成群的高楼，是宽阔的街衢，是穿梭的汽车，是蠕动的人群，是喧嚣的市廛，嘈杂的声浪。这一切都淹没了边塞诗的古韵。

我千里迢迢来到河西走廊。想摭拾古典的浪漫，苍茫的诗情，寻觅风华葱茏盛唐诗人飘零的身影。一切都不在了。一个现代化的小城，以鲜活的、富有生机的倩丽和繁华呈现在我的眼前。

我走在古凉州的大街小巷，似梦似幻，我触摸现实，遥岑历史，眼前总幻化出汉唐时代边塞古城的风貌。啊，你看，从那酒肆里，从那曲曲小巷里，从秦砖汉瓦垒砌的小院里，走出一个个宽衣长袖、峨冠博带的士子。他们步履或潇洒，或蹒跚，或稳健，或轻捷，边风吹拂着他们的蓄发，秋阳在石板路上投下长长的身影……

啊，那不是高适吗？他显得苍老，才五十出头呀，两鬓染霜，满脸是被风沙揉皱的纵横，双眼溢满忧愁和悄郁，腿脚也显得蹒跚，眉额攒聚。他在想什么呢？是咀嚼新酝酿的绝句，还是因边声风紧而为将帅哥舒翰思忖作战方略？

啊，路边酒肆里传来琵琶声声，丝弦嘈嘈。一位风度翩翩、眉目英俊的年轻人掀开门帘走出来。他瘦削的脸颊被冷酒烧得一片赤红，肩上一把长剑，口袋里还露出被揉搓得缺边少角的半卷诗书。他是岑参吧？两度出塞，戎马倥偬，烽火狼烟之中，造就了边塞诗人岑参。打开全唐诗，没了岑参，边塞诗会出现缺行断垅，不成气候。

那是王维，还是王之涣？王维我认识，他既是诗人又是画家，被世人称之“诗佛”。诗仙李白，诗圣杜甫，再加上这个诗佛，使全唐诗奇峰突兀逶迤跌宕。他老先生也隔三差五地写几首边塞诗，一不小心弄出几首千古绝唱。还有王之焕和高适、王昌龄三个“铁哥们”上演了一出“亭上画壁”的故事，成了诗坛千古美谈。王之焕显得颓丧，没有戴唐士子帽，一头花白蓄发被风撩得零乱，虽人到中年，仍富有狂傲不羁、放浪形骸的诗人风度……

后面还有王翰、李颀、李益。他们的相貌还有点陌生，但名字早已熟悉，都是盛唐名冠华夏、声播九垓的“星”级诗人。他们都来凉州干什么？举行笔会，还是诗人论坛？

我知道，凡是文化名城，总是和文人分不开的，街巷里总是要飘曳着文化人的衣袂。这些诗人为何都患有凉州情结？也许有了凉州，边塞诗才得以崛起。边塞诗的崛起，又为诗化的大唐帝国耸起一座巍峨的高峰。全唐诗有一千八百首边塞诗，而边塞诗又有一百多首冠有“凉州词”或以凉州为背景的诗。许多诗人并未来过凉州，凭着浪漫主义的想象，也写了不少凉州词，抒发一腔忧国忧民的爱国情怀，成了千古绝唱。王之焕的“黄河远上白云间”，王翰的“葡萄美酒夜光杯”，李益的“只将诗思入凉州”……每当我吟诵这些诗篇时，总感到有一股肃杀悲怆的意蕴从字句间丝丝缕缕地冒出来，直透肺腑。

人类社会的发展史上，剑与诗，骷髅与鲜花，狂啸与低吟，铁血烈火与歌舞伎乐，总是在战争与和平两条并行的线上交替弹奏，构成一曲雄浑壮烈的乐章，一曲永恒的乐章。

在凉州活动时间最长的是高适和岑参。唐代是恢弘壮阔的大时代，姹紫嫣红的文化景观处处闪烁着诗化的光芒。那个时代，吟诗成了时髦。考官要作诗，交友要作诗，甚至求偶也要作诗。长安曲江池，当年是很风流的地方。那里既是落第士子借酒浇愁、发泄牢骚的地方，也是贵族以文才择婿的重要场所。我想高适也许曾在曲江池畔饮酒浇愁感时伤怀过吧！

高适二十岁时在长安求仕不遇，到了天宝八年，经人举荐混了个县尉。县尉是县令的属官，官阶从九品下，是官吏中最低的一级，相当于现在的副科级或股级芥豆小官。他曾作诗道："拜迎长官心欲碎，鞭挞黎庶令人悲。"他毅然辞职，投奔河西节度使哥舒翰幕府做掌书记，驻守凉州。后来安禄山叛乱，哥舒翰大军开往潼关。潼关失守，哥舒翰被俘。高适在乱军中逃出。这时唐玄宗也出逃巴蜀。高适追随太子李亨到了灵武。

凉州虽然没有夕阳箫鼓曲院风荷，没有烟雨霏霏晓风残月，没有江南的杏花春雨烟柳画舫，但这里边风浩浩，大漠茫茫，山岭峻拔，戈壁旷大，他在这里度过一段充满审美体验的浪漫人生。

高适在《陪窦侍御灵云南亭宴诗》中对凉州山川风物地理形貌有过动人的描述，诗的序言如是说——

> 凉州近胡，高下其池亭。盖以耀蕃落也……军中无事，君子饮食宴乐，宜哉。白简在边，清秋多兴，况水具舟楫，山兼亭台，始临泛而写烦，俄登步以寄傲，丝桐徐奏，林木更爽，觞蒲萄以递欢，指兰芷而可掇。胡天一望，云物苍然，雨潇潇而牧马声断，风袅袅而边歌几处，又足悲矣……

这是一幅天高地阔、秋色悲戚的边塞画卷！

高适写这首诗时是天宝十三载，也就是公元754年，那时高适已五十三岁，年逾半百，生命的秋天已如寒霜降临。回首大半生，命运多舛，仕途蹇涩，书剑飘零，功名未遂。他和岑参一样，都有热衷功名的世俗追求，又有恃才傲物、狂放不羁的独立人格，面对这胡天塞地的凄楚秋风，飘零的黄尘落叶，羁愁别恨能不黯然生悲？"一樽易致葡萄酒，万里难逢鹳鹊楼"（陆游诗），和友人郊野宴乐，借酒浇愁，洗涤尘烦，感叹相聚不易，相会佳期难卜："河汉徒相望，嘉期安在哉？"

我来寻觅高适宴乐的灵云池。武威的朋友带我到郊外踏青。往事越千年，人非物已非。灵云池已不再，南亭已不再，萧萧牧马已不再，唯有祁连山还耸立着，耸立着巍峨，耸立着雄浑，耸立着千年不变的苍莽。而峡谷里有一泓碧波，云影山影树影，倒映在水中，水光潋滟，烟波澹澹，偶有水鸟掠过，撒下一串啾啾鸣韵，给这荒凉的大山增添一抹灵性和缥缈的温馨。朋友告诉我，这是上个世纪60年代修建的一座水库，库水源自祁连山冰雪的消融。

我站在湖边远望，颇感到"檐外长天尽，樽前独鸟来"的诗情画意。高适和朋友们在这里举觞醉酒时正是秋天。望天地鸿蒙，六合八荒，阳光薄金，秋风薄寒，心境自然会变得凄然，怆然！

岑参是和高适齐名的边塞诗人，比高适小十三岁，而且两次来过凉州。洋洋大观的边塞诗有了岑参便平地又拔起一座高峰。

岑参对河西走廊和古西域有着更多的生命体验。他曾于天宝八载在安西节度使高仙芝幕中掌书记，驻在武威。四年之后，也就是天宝十二载，岑参第二次从戎，这时正是封常青任安西节度使，他也曾住过武威。

我在武威的街巷里寻寻觅觅，但寻不到高适住过的营帐，找不到岑参醉饮的酒楼茶肆，一切都被现代生活的烟尘遮住了，物换星移，一个繁华喧嚣的边塞古城已湮没在岁月的苍茫中了。

无独有偶，岑参也是二十岁时到长安求仕不遇，只好另辟蹊径，投笔从戎，仗剑出塞。"琵琶一曲肠堪断，风萧萧兮夜漫漫"，"一生大笑能几回，斗酒相逢须醉倒"。这是岑参第二次到西北边疆、由临洮赴北庭，途经凉州，重逢节度使幕府的朋友而写下的诗句。也是个秋风裹寒，瘦月清霜的夜晚，在街上某一个小酒馆里，老友相聚，泪眼相望，冷饮边秋，醉酹寒月，豪气中不乏苍凉，欢乐中更添忧伤。

弯弯月出挂城头，城头月出照凉州。

凉州七里十万家，胡人半解弹琵琶。

琵琶一曲肠堪断，风萧萧兮夜漫漫。

河西幕中多故人，故人别来三五春。

花门楼前见秋草，岂能贫贱相看老。

一生大笑能几回，斗酒相逢须醉倒。

岑参这首《凉州馆中与诸判官夜集》，写出了凉州的繁华，胡人云集、琵琶声喧的景象，又道出书剑飘零的诗人的悲苦心情。在前线与老友相会，感情极为复杂，热酒冷梦，吟诵如潮，不是江南才子的浅斟低吟，而是军旅诗人的狂饮浪醉。也只有边塞重邑凉州，户外战马嘶鸣，风沙萧萧，边月凄清，边秋肃杀的大境界，大氛围，才能酿就这一缕豪迈悲壮的诗情！岑参在另一首诗中咏叹："诗赋满书囊，胡为在战场?"满腹诗书，一腔经天纬地的凌云之志，在京都却不能施展，只能从戎军旅。这牢骚也透出岑参的心中块垒。

记不得，在哪本科幻小说里读过这样的情节。说一个人乘坐超光速的运载工具，便可以追上历史的脚步，看到近代、古代，甚至远古代人类活动的画面。像看连环画似的，一页页翻阅，秦汉唐宋元明清都历历在目。可惜，现代科学还未发明制造出这种超光速的运载工具，自然我也无法追寻远逝的历史，更难寻觅远去的边塞诗人。

三

说起凉州，不能不提到王维。王维是一个重量级的边塞诗人。他的命运和高适、岑参都有相同之处，多舛和蹇涩。王维出塞时间比高适、岑参都早。在开元二十五年(公元 737 年)，王维奉命出任凉州河西节度使判官。他在凉州住了二年，开元二十七年回到长安。

当时是崔希逸将军任河西节度使。唐初，唐王朝和吐蕃和好，边境安宁。但不久，唐玄宗听信谗言，令崔希逸率兵出击吐蕃，于是双方失和，战争的阴翳又骤然笼罩在河西走廊。那时王摩诘任监察御史，唐玄宗便派他去崔的幕府任判官。此时凉州已处在战争的前沿，"凉州城外少行人，百尺峰头望虏尘"。路断人稀，站在百尺高的山峰上就能望见滚滚虏尘。

王维多才多艺，他不仅是个诗人，也是个画家。他的诗画名盛天宝、开元年间。他前期生活积极仕进，后期消极隐退。张九龄罢相，李林甫上台，安史之乱中被迫当了伪官，使其对政治失去了热情，而趋向于其早年受熏染的佛门。他买下了风光清幽的辋川别墅，于政务之余，闲住在终南山中参禅修化。

我在武威还摭拾到一段民间传说——王维画石的故事。

唐玄宗时，凤翔（今陕西宝鸡）封有岐王。一天岐王听说大诗人、大画家西出长安，大概是奔赴凉州就任判官，路过凤翔。岐王盛情邀王维作画题诗。王维欣然答应，面对备好的纸墨，沉思片刻，一挥而就，画出南山怪石一幅。墨迹虚实相宜，气度非凡。岐王看画，高兴至极，赞不绝口，令下人悬挂中堂。谁知一日，忽然狂风暴雨，雷鸣电闪。侍卫向窗外一看，阳光灿烂，风烟俱净，而室内何来风雨？吓得人躲的躲，藏的藏，乱作一团。狂风暴雨过后，众人一看，室内一切毫无损伤，唯有墙上那幅"石画"不翼而飞。岐王命府中文臣武将内查外找，皆无踪影。

事过百年，到了唐宪宗时，一日，忽然有大臣禀报，说高丽王派使节送来一件重要文物。宪宗令高丽使臣进宫。只见使臣抬着一架红漆木箱，众人打开，原来箱里装着一块石头，众人大惑。再看高丽国王的信函，说是，某年某月某日，雷雨交加，天降一块大石头，上有贵国诗人王维的题诗印章，如今我们双方已是友好邻邦，愿"完璧归赵"。唐宪宗细细观察，果然有王维的题诗印章刻于石上。与过去保存的王维的画稿一比较，手迹印章一模一样。

传奇是有点传奇。王维的诗和画在中国文化艺术发展史上确实独标高格，影响了一代代诗歌和绘画的创作。

还有个诗人王之涣，此人留下的诗并不多。全唐诗中仅有六首。诗不在多而贵于精。这六首并不影响他成为杰出的诗人而横陈在唐朝诗歌发展史上。而这六首诗中的《凉州词》、《登鹳雀楼》又成为传世之作，风流千古。比起乾隆爷的万首诗，可谓"一句顶一万句"。艺术承认的是创新而不是数量的多寡，更不受官位和权势所左右。

王之涣和王维、高适、岑参略有不同，他没有戍边的经历，但凭着一首《凉州词》而成为唐初卓尔不群的边塞诗人。

王之涣是山西太原人，曾作过小小县尉。他性格豪放，又不拘小节。你想在那个君君臣臣的封建专制的社会里能有多大出息？即是今日之官场，那些耿介、直言者又有何人纵横政坛？中国官场文化讲究的是虚伪、阿谀、中庸、仰人鼻息、唯上是从，性情放达的文人单凭他孤傲的文化人格，也是不会重用的。尽管你学富五车，才高八斗，诗满书囊！性格已先天性地决定了王之涣的仕途坎坷。

王之涣做县尉时曾有“文安放粮”一案。那是他到河北文安县的第三个年头，文安闹起天灾，旱魃、洪魔、虫祸，联翩而至。秋天，颗粒无收，文安百姓已是家家断粮，户户断炊了。他连写了几份奏章，要求皇上开仓放粮，但是半年过去，泥牛入海，毫无音讯。王之涣愁眉不展，夜不能寐。一天，他闷闷不乐到街上散步，来到一家小酒店，想借酒浇愁。谁知刚刚坐下来，进来一老一少，老者六十多岁，少者是个七八岁的小女孩，饿得面黄肌瘦，两只大眼睛怯怯地望着陌生的一切。她牵着爷爷的衣襟，躲在身后。这时酒保走来大声驱赶。王之涣制止酒保，并命他：“再加两个菜，拿几张饼来！”老人热泪盈眶，述说他们是河东人氏，家乡闹灾，儿子媳妇已饿死，自己带着九岁的孙女来讨饭，说着便急忙跪下：“客爷，你行行好吧，收下这孩子，她会烧火做饭，打水扫地……客爷，孩子跟着我也是饿死，就让她跟着你逃条活路吧！”王之涣见孩子可怜，便收留了。

回到县衙，王之涣越想越难受，怎么办？灾情越来越严重，死人越来越多，等圣旨，至今杳无音讯；不等圣旨，私开官仓，要犯杀头之罪呀！他辗转一宿，难以入眠，最后下决心，开仓赈灾！……老百姓得救了。消息传到朝廷，皇上大怒，立即命钦差到文安捉拿王之涣。幸亏有在朝做官的好友保奏，才免遭死罪。随后，王之涣弃官，浪游四方，并结识了大诗人李白、杜甫；他西游长安又结识了岑参、储光羲等人。

王之涣何时来过凉州，史书上没有记载，但那首流传千古的《凉州词》（“黄河远上白云间”）描写的却是古凉州一带旷阔凄凉的景色。

我想，那是一个天高气爽的秋天的早晨，王之涣登上凉州郊外某一座山包上，举目远眺，黄河仿佛从白云间奔流而来，而身边是一片孤独的边塞小城，背依耸立千仞的祁连山。在这胡天塞地，人烟旷稀的地方，哪有什么春色可言？戍边的将士啊，你们不要吹奏羌笛，怨恨杨柳不绿边塞，春风是不会吹度玉门关的！这悲怆的诗句，渗透着怨恨，渗透着凄凉，也展示了塞外苍凉宏阔的画卷！

孤城一片，苍山万仞，悠悠白云，黄河远去。这里一切都是死亡般的沉寂，是大自然的静默。这是一种大境界，大风景。大象无形，大音希声。这首《凉州词》喊出了负戈戍边，开边立业千万将士的心声！

王翰、李颀、李益，他们有的来过凉州，有的并未来过，却借凉州这个“酒杯”来浇自己心中忧国忧民的块垒。他们或浅酌低唱，或狂吟浪醉，烈酒冷梦，感念畴昔。性格放达、粗犷豪放的王翰，极喜乐饮，常常喝得酩酊大醉。他来未来过凉州，无籍可查。但那首“葡萄美酒夜光杯”，悲怆凄凉，直透肺腑，也只有他放浪江湖的豪气，才写出这震撼千古的绝唱！

李益祖籍是凉州，但他出生河北，一生未回过浸润着祖辈血汗、埋葬着先人骨殖的故土。他才华横溢，二十一岁中进士。可出仕二十载，没有升迁，一直在渭北节度使臧希让幕府中，身居微职。他深感仕途失意，毅然弃职浪游，足迹遍及幽燕、河朔边塞。他写了许多边塞诗，被乐工谱之管弦，传入宫廷中歌唱。后来宪宗闻李益诗名，便于元和元年从河北召李益回长安，随即入朝为秘书少监、集贤殿学士。李益又“狂妄”起来，自恃有诗才，言行失检，授人以柄，结果让人打了小报告，被朝廷降了职。他看到官场险恶，宦海诡谲，干脆把乌纱帽一拽，退出这片肮脏的是非之地，做他的诗人去了。他虽未回过故土，却对凉州寄予无限的乡愁乡思。“腰悬锦带佩吴钩，走马曾防玉塞秋。莫笑关西将家子，只将诗思入凉州。”

凉州是人文荟萃之地。千百年来，凉州曾负载过边塞诗人的生命和卓越才华，曾负载过中国文化史上一段流韵千古的壮丽景观——凉州词。高适、王之焕、王维、岑参、李益、李颀……他们的诗章具有丰富的想象力和情感色彩，成为超越时空的绝唱，诗人们以凝重的历史感和指点江山的风采，为凉州留下了不可磨灭的华章。

四

高楼、绿树、宽街、阔路，尽管现代化的脚步喧嚣而热烈，但边塞古城仍保留着一角静谧和肃穆，展示着这片土地的厚重和沉淀了的历史苍凉感。青砖斑驳的鸠摩罗什古塔，古色古香的城门钟楼，出土铜奔马的擂台，气宇轩昂、古树千章的孔庙，还有稀世珍宝的西夏碑，依然向人们昭示着:灿烂的文化依然在,丰隆的历史依然在,古道驼铃商贾络绎的繁华依然在。虽越千年,这边塞古城依然闪烁着历史的幽玄;还有凉州词依然闪烁在中国文化星光浩瀚的苍穹。

词,是音乐文学。凉州词是为凉州乐而写。而今,凉州词依在,凉州乐却已失传。

凉州乐曲曾风靡天下,这是东西文化交流绽开的鲜葩。那时这个丝路要塞,这片干渴焦苦的土地曾接纳几番东风西雨。凉州乐曲是西域龟兹乐曲和中原乐曲结合而形成的一种独特风味的乐曲。浓郁的地域特色,富有野性的激越情调,苍凉雄浑的旋律,为唐代乐坛吹进一股新鲜的山野之风。《隋书·音乐志》"大业中,炀帝乃定清乐,西凉……以为九部乐。西凉者,起符氏之末,吕光、沮渠蒙逊等据有凉州,变龟兹声为之,号秦汉伎,至魏周之际,遂之国伎。西凉伎,即乐曲名。"也就是说,早在隋朝之前,东晋十六国时的吕光、沮渠蒙逊占据凉州时,把龟兹乐加以改造形成了其后的西凉伎。

凉州是多民族杂居的地方。维吾族的先人回纥,蒙古族的先人突厥,臧族的先人吐蕃,还有吐谷浑人。这些少数民族的音乐歌舞,像一条条河流从四面八方汩汩滔滔涌流而来。它们携带着大漠戈壁的雄旷,挟着雪域高原的清冽,裹着大草原的苍莽,还有中原大地的凝重,汇聚在凉州这片赭褐色的土地上,能不搅起汹涌澎湃的情感波涛,激起撼人心旌的漩涡吗?它们鲜活的生命色彩和浓郁的地域特色,交融渗透化合,孕育出凉州歌曲舞蹈的瑰丽音乐之花——凉州文化。正如希腊、罗马文化在印度和土著文化相撞击而出现了犍陀罗文化一样。

到了唐代,凉州已发展成为一个繁华的边陲大邑。唐人小说《集异记》中讲述过一个故事:有一年正月十五,唐明皇在上阳宫张灯结彩,喜庆灯节。唐明皇看到满宫灯火辉煌,宫灯缤纷花样新颖、别致,甚感欣慰。这时有个道士感慨道:今年的灯节除了凉州,天下没有比长安盛大红火了。唐明皇问道:你到过凉州吗?道士说:我刚从凉州回来。玄宗惊异,又问道:我想到凉州看看行吗?道士说:可以。你闭上眼睛,一会儿就腾空到凉州。到后玄宗果然看到"千条银烛,十里香尘,红楼迤逦以如昼,清夜荧煌而似春"的繁华景象。这固然有点荒诞离奇，很有点魔幻小说味，但也说明盛唐时代，凉州的确是一个繁华的边城。元稹有诗云："吾闻昔日西凉州，人烟扑地桑柘稠。葡萄酒熟恣行乐，红艳青旗朱粉楼。"可见大唐盛世，凉州"土沃物繁，而人富其地"。

音乐是一个民族情感的流泻，是一个时代精神的张扬，是审美意蕴和想象力的标志。一个没有诗歌乐舞特色的民族，是灵魂苍白、精神枯萎、情感干瘪的民族，是一群会走动的木乃伊，会行动的植物人。古希腊把诗歌乐舞交给女神缪斯掌握，也就是把人类的智慧、灵魂交给了伟大的女神。

凉州，这个荒僻、苦焦的祁连山脚下的边塞小城，竟然是诗的城，歌的城，舞的城。莫不是越是荒凉、环境艰苦的地方，越需要瑰丽、旖旎的诗歌乐舞来滋润那干渴的精神旷野？《旧唐书·音乐志》里说："自周隋以来，管弦杂曲将数百曲，多用西凉乐；鼓舞曲多用龟兹乐。"唐时宫廷里流传着《霓裳羽衣曲》，也就是《霓裳羽衣舞》，据说，原是开元年间河西节度使杨敬述所献，后来经过玄宗润色并制歌词。那细腻、婀娜、优雅、轻柔的舞姿，那些"云髻峨峨，修眉联娟，丹唇外朗，皓齿内鲜"的舞女歌伎，其形态"翩若惊鸿，婉若游龙。荣耀秋菊，华茂春松。仿佛兮若轻云之蔽月，飘飖兮若流风之回雪。"可谓动人心魂，摇人心旌；那舒曼、轻盈、富丽华瞻的乐曲，又让多少人荡气回肠，如梦如幻！

李频有诗云："闻君一曲古梁州，惊起黄云塞上愁。秦女树前花正发，北风吹落满城秋。"凉州曲调苍凉悲哀、深沉、婉转、动人。所以《隋书·音乐志》评价"掩抑摧藏，哀音断绝。"

唐代的"九部乐章"中"西凉伎"是北魏太武帝平河西带来的。这雄浑健美的西凉伎，杂糅了汉、羌、月氏、羯、鲜卑、匈奴诸多民族的文化因子，到了隋唐时期发展成型，成为一部大型歌舞。在节日庆典、祭祀或皇上祝寿时演出，乐队庞大，衣着华丽，阵容雄壮，气魄宏伟。那是一个大时代精神的象征，那是一个民族意志强旺、意气昂扬、情感澎湃的喷发，是一个风雷激荡的民族魂的展示。

据资料载：其乐队由编钟、编磬、弹筝、掐筝、卧箜篌、竖箜篌、琵琶、五弦、笙、箫、筚篥、小筚篥、笛、横笛、腰鼓、斋鼓、檐鼓、铜钹、贝等乐器组成。是多种乐器的交响曲，协奏曲，是多民族的大合唱。繁弦急响，雄风浩荡，展示了盛唐时代壮美雄阔的气魄和气吞八荒的大唐胸襟，给人一种征服一切、战胜一切、所向披靡的英雄气概和凛然难犯的浩然正气。

现在流行于全国各地的狮子舞，据说脱胎于“西凉伎”。这是一种民间舞伎，粗犷、豪放、通俗、活泼的风格，犹被百姓所喜闻乐见。白居易有诗赞曰：“西凉伎，西凉伎，假面胡人假狮子，刻木为首丝作尾，金镀眼睛银帖齿。奋迅毛衣摆双耳，如从流沙来万里。紫髯深目两胡儿，鼓舞跳梁前致辞。”这短短几句，把西凉伎从角色、内容到狮鬣飘扬的形态、装饰写得入木三分，栩栩如生。这种恣肆汪洋，海立云垂的气韵，也流泻出盛唐时代的欢忭之情。

五

那是一个月色溶溶的春夜，边塞的月亮又大又圆又富有质感，清凛凛的月光照耀着边城和山野。“凉州三月半，犹未脱寒衣”，但毕竟是暮春时节了，料峭的夜风里夹杂着泥土的清香和树木花草萌发的气息。春夜的武威，灯火辉煌，市声喧嚣。我漫步街巷，一片片商店、酒肆、咖啡馆、网吧、舞厅，人影飘动，熙熙攘攘。流行歌曲在大街小巷横冲直撞，却不闻胡人的琵琶羌笛；舞厅里传来探戈、伦巴强烈刺人的节奏，却不见凉州乐伎婀娜优雅的舞姿。没有凉州曲的哀怨苍凉，没有凉州词的雄沉宏阔，更没有“此时秋月满关山，何处关山无此曲”的场景。一切远去了。那些在酒肆茶楼狂吟浪饮的诗人，只留下几首凉州词，便悄然地消逝在历史的幕后。大唐帝国的盛世遗风连点踪影都难寻觅，因为这里不再是边塞重镇了。造物主早把一段盛世的历史撕下来深深地埋葬在时间的泥土里，很难萌发出新的故事，新的传奇。葡萄美酒依然醉人，但酒醒处，却不闻肃杀的秋天和动地的鼙鼓；边塞的雄风、古战场的豪情已随着夜气浸入灯红酒绿里。也难怪，那商店门外张贴的广告是很时髦、很富有性感的女郎。只是千年的古月依然照耀着这穿越了风雨千年的古城。

我走向郊野。旷野上是千里沉寂，千里沉默。高邈深邃的夜空，一天晶莹闪烁的星斗，裹着寂寞裹着孤独的祁连山，依然呈现出狂飙卷澜般的雄姿，庄严、沉郁、凛然，绵延千里。每一座山峰都高贵地矗立着，平静而肃穆，从容而大度。我边走边默吟着王之涣、王维、高适、岑参的边塞诗，只觉得一股哀婉悲怆的情绪弥漫在胸中。岁月匆匆，历史匆匆。一种失落感萦绕在心头。失落了什么呢？汉唐的雄风浩荡？拓边扩土的霸业？辟地有德的将帅，甲胄有劳的士卒？金戈铁马、尸陈荒野的悲壮，刀光剑影铸就的历史辉煌？抑或是那种充塞天地之间的至大至刚的浩然正气？天籁的恢弘，物语的奥妙，使我的脑海忽然飘忽起一缕禅意：生命的轮回，历史的轮回，人生的轮回，似乎这是一种宿命，是一个千古之谜。是人类撼动了历史？还是历史推动了人类社会发展的脚步？

望着月光下的巍巍祁连山，望着远处隐隐的长城、烽燧、垛堞，还有身后的边城，我肃然起敬。感谢武威，感谢古凉州，我应该脱帽叩首。是凉州这个伟大的支撑点，支撑着汉唐历史的一页苍穹，支撑起中华民族一个辉煌的时代，中华民族数千年的文明史、文化发展史，有谁能像你一样既具有镞矢如雨、战马长啸的战争画卷，又具有汹涌的诗情、滂沛的乐章？

初读三关

走阳关

一

告别灞桥的烟柳，挺起男子汉的坚韧，我沿着风沙漠漠的古丝绸之路，走进马革裹尸的悲壮，走进马踏飞燕的传奇，走进玄奘的故事，走进“西出阳关无故人”的苍凉，听听“阳关三叠”悲戚的旋律，触摸一下历史深处的凄怆……

阳关，你在哪里？我多想像岑参仗剑骑马，披一肩猎猎风沙，马蹄敲一路古典的浪漫，去叩响你森严的铁门，捕捉一缕古西域的诗情……

出了敦煌市，我们的丰田车一路颠颠簸簸向西奔驰。我目不转睛：远处，高处，横竖；沙丘连着沙丘，坟冢一般排列着。

风也悲鸣沙也悲鸣，却没有遥遥塞马的遥遥悲鸣，没有画角连营，角吹震天，只有满目的荒凉，死亡般的沉寂。

呵，阳关只有留在古人的韵里么？“渭城朝雨浥轻尘，客舍青青柳色新。劝君更尽一杯酒，西出阳关无故人。”古往今来，吟咏阳关的诗篇很多，我读过的就有上百首。王维还有“不识阳关路，新从定远侯”；张祜的“不堪昨夜先垂泪，西出阳关第一声”。杜甫也有诗云“弱水应天地，阳关已近天”，白居易也曾放歌“相逢莫推醉，听罢阳关第四声”。至于受王维《阳关三叠》影响而写阳关的诗篇更是多如繁星了。五代南唐孙光宪的《酒泉子》一词，也是受《阳关三叠》的影响创作出来的，读后令人感慨唏嘘，不禁鼻酸，其词曰：“空碛无边，万里阳关道路。马萧萧，人去去，陇云愁。香貂旧制戎衣窄，胡霜千里白。绮罗心，魂梦隔，上高楼。”

到了宋代，一代名相寇准，干脆就以王维的《阳关三叠》诗意，自制一首《阳关引》词，尽意地发挥了王维的意境。曰："寒草烟光阔，渭水波声咽。春潮雨霁轻尘歇，征鞍发。指青青杨柳，又是轻攀折。动黯然，知有后会甚时节。　更尽一杯酒，歌一阕。叹人生，最难欢聚易离别。且莫辞沉醉，听取阳关彻。念故人，千里自此共明月。"

这首千古绝唱，曾给人留下多少阳关的牵念和向往，那悲婉的旋律，那凄楚的诀别，怎能不使文人骚客回肠荡气，热泪潸然？我想象得出：春意朦胧的时节，客舍杨柳青青，烟笼灞水。在这怨风愁雨的凄凉景色里，设酒送友远行，渭水一别，天各一方，难聚易别，依依不舍，斟上满满一杯酒，也斟满朋友的一片深情厚谊，泪水伴着酒液，咽进肚里，酸甜苦辣涌满心头。因为"西出阳关"，再也难遇到"故人"了，怎能不咏歌嗟叹啊！

阳关情结，成了古人离愁别绪的象征，成了悲戚凄怆的意象。

我千里迢迢穿过河西走廊来寻觅阳关，摭拾古典诗词的意境，感悟历史，感悟人生，感悟古代文人的情结——那是一种生命文化，去寻觅他们浪迹天涯的心路，寻觅他们漂泊无定的歌吟……

二

眼前的沙丘更加雄伟了，沙垅相牵，沙山相逐，海海漫漫，无边无际。一切都是浑蒙的，浑蒙的天，浑蒙的地，浑蒙的意象，使人浑身溢满浑蒙的意识。

这沙梁险峻陡峭如削，蜿蜒如游龙，莽莽苍苍，气宇磅礴。慷慨的阳光在眼前铺开九月的梦幻，起伏跌宕的沙丘谱就一曲无声的奏鸣。

翻过一道沙梁，前面沙谷里忽然出现一片古建筑遗址：夯土砌成的墙基排列有序而清晰，面积有上万平方米，附近有一段高不过二尺的断断续续的城堡墙基，向导说，"这就是阳关故址！"

啊，这就是阳关吗？这是王维的阳关吗？这就是唐诗宋词中的阳关吗？那雄伟的城垣呢？那飞檐翘瓴的关楼呢？那荷戟而立的士卒呢？那雉堞上的残阳落晖呢？那烽燧的清霜冷月呢？那骨横朔野、魂逐飞蓬、负戈外戍、杀气雄边的悲壮和惨烈呢？

残垣无语，断壁不言。漠天漠地间，一代名关只剩下一个空洞洞历史概念了！

人类在创造辉煌。

时间在吞噬辉煌。

人类终究不是时间的对手。

时间，残酷地掠夺了一切。

走进阳关故址，举目四顾，天苍苍，野茫茫，且不说没有故人，连飞鸟走兽也难觅踪影，西去的征人能不感到一阵阵揪心的凄凉？这是独行者的天地，孤独的心伴着孤独的身影，在落日余晖里艰难跋涉。这是他们悲剧命运的注释，是他们生命意志的炼狱，是他们精神和灵魂的流放之所。人类精神的一部分就是西出阳关的人抒写的。这些敢于走出阳关，走进西部的人，实际上是以生命做抵押的。且不说征旅戍卒，就是那些文化使者，商贾僧侣，又有几人生还故里，名载青史？他们的肉体陷于沙漠恶风，而精神却飞扬于风沙之外，铸成他们生命的不朽。

"秦时明月汉时关"。阳关和玉门关都是西汉开辟河西之后建立的雄关险隘。阳关因在玉门关之南，故得名。两关互相策应，形成河西走廊西端的大门，分南北两道才能通向西域、中亚、西亚和欧洲。自汉以来，几多朝代都把这里作为军事要塞派兵把守。那时，层楼重叠，飞檐凌空，箭楼巍然，气势盖天。沉重而厚实的秦砖汉瓦，显得古拙苍然。身着戎装的戍卒负戟持戈，吆吆喝喝地走来走去，检查东来西往的商贾，僧侣，旅人，高鼻深目的波斯商人。马帮驼队满载着毛皮、珍珠、玛瑙、石榴、苜蓿，风尘仆仆走来。从中原大地跋涉而来的汉唐商贾，用骆驼满载着丝绢、茶叶、陶瓷、铁器、铜器、竹器，把出关的木牒交给验证的戍卒，少不了还要向这些戍卒们来点"意思"，戍卒手一挥："去……"。于是商人们便在这里补充水草、食物，西出阳关，迎着浩浩风沙，厉厉酷阳，跋涉而去……

元代有一位诗人马祖常，字伯庸，他不是汉人，是雍古特部维族人。他的高祖锡西吉思曾任凤翔兵马判官，因官名中有马字，因号马氏。马祖常是元代名噪文坛的诗人，曾有诗云："紫驼载锦凉州西，换得黄金铸马蹄"，"波斯老贾渡流沙，夜听驼铃识路赊。采玉河边青石子，收来东国易桑麻"。到了元代，这河西走廊最西端的关塞还是一片繁荣的货物聚散地，至于汉唐时更为昌盛了。

而今，曾经张扬汉唐武威的雄关已湮灭在荒野流沙里，听不见“悲笳数声动”，看不见霍骠姚的旌旗。李将军的战马已化为无生命的石雕，厮守在黄土高原一丘墓冢前；而哥舒翰已投降安禄山，连迷路的胡马也不见踪影……

徘徊在废墟间，我无感慨可发。陈子昂“念天地之悠悠，独怆然而涕下”，把上下几千年文人骚客的感慨都倾吐殆尽了。我再来凭吊这边关的残骸遗骨，怕是连牙慧也难捡到！

我来自东部黄海之滨，泰山脚下，平原和大海，绿茵和鲜花，与我生命律动的节拍非常和谐；热情而浪漫的大海曾给我自由的想象，一马平川的原野，轻舒漫卷的禾浪曾给我生命里注入一种温情和缱绻；即使僵冷寂寞的冬天，还有青松翠柏点缀着我寂寞的时光。而眼前的无限空旷和苍凉，却使我体味到古西域的苦难意蕴。古人在灞水折柳送别友人，一吟三叹，那是生死离别啊！怨妇泪尽，灯花凋零，那是思念断肠人还在天涯！

三

走进废墟遗址，随处可捡到一些破碎的瓦当，陶片，铜箭镞，残缺的刃片，铁器，货币，石磨的碎块，石臼，甚至还有珍珠玛瑙……当地老百姓称之为“古董滩”。这些文明的碎片，依然闪耀着汉唐时代的雄威，是历史不灭的灵魂。虽然它们无声无息，像一片片苍老的叶子坠落在泥沙里，连其为之奉献的历史之树也轰然倒塌在时间的黄沙中，但这些残片也曾威风凛凛地展示了一个时代的繁荣和昌盛。我俯身捡起一枚残刃，已锈迹斑斑，吹去上面的浮沙。我不是诗人，没有“折戟沉沙认前朝”的诗情；我也不是考古学家，很难辨识是哪个朝代的遗物，它曾有犀利的刀锋，闪着骇人的寒光。戍边的兵卒荷于肩头，巡逻在垛堞之上，目光睃巡着西方，监视着漠漠黄沙中的“风吹草动”，“南邻犬戎北接胡，将军到来备不虞”，那时的阳关是一座威风凛凛的城堡！

“绝域阳关道，胡沙与塞尘。”阳关塞前塞后，并不都是一片阳光明丽，行人络绎不绝，战争的乌云，也曾“黑云压城城欲摧”。

从阳关向南向北，各有烽燧数座，每座间隔五里，它们排列在一条线上，给阳关插上双翼，一直延伸到离阳关约七十里的玉门关。这些烽燧中间有长城相连，与玉门关东西走向的长城、烽燧、亭障形成丁字形，构成了坚固的军事防御工事，保卫着敦煌绿洲。

我们沿着残痕如线的汉代古长城行走，那一座座烽燧被风剥沙蚀，残高不过四五米，有的化为一丘坟冢似的土堆。谁知两千多年前，这每一座烽燧烟墩，曾经生动而威武地导演了一场场揭天盖地的战争：如雨的马蹄，如雷的呐喊，如注的热血。兵甲森森，战马萧萧，旌旗遮日，那戍边将士的铁甲在阳光下闪闪烁烁。呐喊声里，有着中原白发母亲的叹息，有着闺妇怨恨的啜泣，有着稚子的哭嚎。马革裹尸的悲壮，从这里升腾；"醉卧沙场君莫笑"苦涩中的潇洒，在最野蛮的地方，也有着最忠诚的种子萌发。血渍湿了一片干沙，白骨增添了荒漠的色彩，繁嚣的交易场所只剩下横陈的尸体。一切经济和文化的交往，都是服务于君主政治，为了自身的安危得失，也时常像阳关的铁门一样，时开时闭。

战争的间隙里，更是一片凄凉的氛围。落日楼头，断鸿声里，戍边的将卒，抚摸着累累的刀伤剑痕，怎能不思念远方的故土亲人。那些亲人怎能不"一望关山泪满巾"？多少同伴已葬身沙海，魂飞塞外，想想自己：不过是死神之网的漏鱼。而至夜阑月西沉，漫漫长夜，朔风凛凛，荷戟的士卒，衣寒单薄，秋风入汉关，边月满西山，那凄婉悲凉的心境，怎能不使他们肝肠寸断？伏波将军马援马革裹尸的豪壮，定远侯班超"何须生入关"的阳关，不仅仅是离情别绪的意结，也是战争残酷的象征。

四

我在沙丘间徘徊，踟蹰。对于那些历史的残片，不像我同行的朋友那样兴趣浓厚，我的目光变得冷静，我审视着埋在黄沙里的古汉关，回味着历史的嬗变，风云的变幻。

我知道：阳关虽然到了唐代还在使用，但此时的阳关已受风沙侵蚀，成为荒漠边关的代称了。来自西南塔克拉玛干大漠的风沙，不断侵袭，逼着人们向东后撤，所以后人有"阳关隐去"之说。宋辽之后，人们离开阳关。元代以后，阳关已不复存，只剩下残垣断壁，黄沙覆埋了的一片瓦砾。

王维的《阳关三叠》只不过把阳关当作诗歌创作的一种意象。王维是站在一个生死离别的制高点来俯视人生、感悟时空的。倘若阳关不被风沙湮没，孤城一座，登上楼头，驰目西望，黄沙连天，鸟无影，兽无踪，天地间是一片可怕的空旷，这西部竟是死亡的象征，能不泪洒灞桥，依依相别吗？此去经年，何日相见？怕是老朋友的尸骨也难寻觅了！王维言之"无故人"，实在有点潇洒轻松了。

唐代以后，咏阳关的诗就增添了更加悲怆的意蕴，正如寇准那首词，写得更加凄然愀然了。

诗，是浪漫主义的儿子。即使现实主义诗人，其诗句也不泛浪漫主义的因子。

而岑参就比王维写得更真切了："走马西来欲到天，辞家见月两回圆。今夜不知何处宿？平沙万里绝人烟。"岑参从戎西征，是否走的阳关这条路，不可考，但他亲历了西部的苍凉、悲戚的氛围，其体验要比王维深刻得多，感悟也深切得多。

阳光酷烈，沙海如蒸，旷漠阔天之下，只有这片历史的残骸，被风化着，湮灭着。我听见时间的脚步践踏而发出的吱吱声，听见历史在脚下呻吟的哭泣声。

登上沙梁，放眼四顾，阳关周围的景物尽揽眼底：东边是南湖乡的农田、树林，绿意葱葱；而西面便是满目黄沙，再过去就是祁连山脉尾部的大戈壁滩，在这满目荒沙中，有这巴掌大的一块绿洲，的确令人惊异，是造物主有意的点缀，还是宇宙之神无意间落在人间的翡翠？这黄与绿构成极大的反差，而且那绿色战战兢兢，瑟瑟缩缩，似乎一不小心就被这无边无际的黄沙连骨头带肉吞噬殆尽了。

在茫茫黄沙、浩浩戈壁的囫囵里，竟有一片碧波荡漾的湖泊，古称"渥洼池"，今曰"黄水坝水库"。正是这碧波创造了阳关千古传奇和写不完的诗篇。"把关就是把水"，谁控制了这片水，谁就掌管了通往西域的钥匙——想想吧，从西域经过塔克拉玛干大沙漠东行的人们，经过长途跋涉来到这里，如果得不到水源的补充，会渴死，更莫想进入敦煌绿洲。而由东西去的人，如果得不到水源的补充，要穿过塔克拉玛干大沙漠，那简直是妄想！水，生命之源，没有这片水，阳关这个名字也不会出现在中国历史中，而王维的阳关三叠更不会唱到今天！

玉关情

一

和阳关一样，我认识玉门关也是从在古典诗词里。一朝的唐诗，一朝的宋词，铺天盖地，几乎把天下的名山大川边塞雄关都压得不堪重负。人世沧桑，岁月嬗递，有的随着历史而湮灭，有的却随着诗词的流传而名垂千古。也和阳关一样，如果没有"春风不度玉门关"，"秋风吹不尽，总是玉关情"，"长风几万里，吹度玉门关"等等千古绝唱，怕是玉门关也名副其实地湮灭在历史黄沙中了。而今虽然化为一片废墟，但玉门关的名字却鲜亮亮地活着，活在唐诗里，活在宋词里，活在莘莘学子朗朗地诵读声里，活在白发苍苍老教授的讲义夹里。时间可以磨蚀它，风沙可以消弭它，而诗篇却激起人们对它更多的怀念和向往！且不说唐代李、杜、白三大诗人都有歌颂玉门关的诗篇，就是那位擅长山水题材的浪漫主义诗人王维也有玉门关的名句。诗风雄放、注重边塞和战争题材，称之为边塞三诗人的岑参、高适、王昌龄，更有大量吟咏玉门关的精湛之作。

唐人薛用弱的《集异记》中记载着一则故事：王之焕、高适、王昌龄三人到旗亭饮酒，正遇上一群歌伎会宴。他们在一旁观看，有几名歌伎在唱当时的名曲。王昌龄说："我们都是诗人，名分不相上下，今天听她们所唱，谁的诗歌唱得最多，谁为优等。"最初唱的是王昌龄的，接着唱的高适的，后一个唱的又是王昌龄的。王之焕便指着第四个说："此女如果唱的不是我的诗，我永远不再作诗。"此女果然一开口便唱道："黄河远上白云间，一片孤城万仞山。羌笛何须怨杨柳，春风不度玉门关。"可见这首凉州词在当时已经唱遍天下了。

诗人的情结系于玉门关，展示了他们天才的光芒。玉门关和阳关为何如此引起诗人们的关注，牵系如此众多诗人的情怀？翻阅李白、杜甫、白居易的档案，在履历栏里并无发现他们涉足玉门关。我想这除了诗人浪漫主义想象之外，应是二关皆为边垂雄关，萦系国家安危，诗人一片爱国的赤诚之心借雄关而倾吐了。玉门关已毁于风沙近千年了，至今人们不断地迎风冒沙来瞻仰它的遗容，凭吊抒怀，发思古之幽情，或涵泳斑驳的文化，或发掘厚厚的历史，或感悟古人离情别绪、一腔愁怀，亦或体验人生的种种艰辛和苦难……

二

我读过北欧古代一则神话传说：讲的是“提尔的剑”，谁得到这把神剑，谁就能所向披靡，战则必胜，最后得到皇帝御座。这把剑后来就落到匈奴人阿提拉手中。匈奴人打了一仗又一仗，所向无敌。后来打得厌倦了，就在匈牙利定居下来。

在汉武帝时代，匈奴人尚未“打得厌倦”，他们一次次冒犯汉地，武帝便派张骞出使西域，联合大月氏，夹击匈奴，但计划落空了。以后几经谋略，决定对匈奴展开大规模进攻——

第一次是元朔二年（公元前 127 年），汉武帝派大将军卫青出云中以西，沿黄河北岸，与匈奴右贤王战于高阙，然后又沿着河套南下，把匈奴驱逐河套，夺取了河南大片土地。接着便设置朔方，五原郡，从内地迁徙十万人定居，又将秦长城加固延长，以防御匈奴反扑。

第二次战役是在元狩二年（公元前 121 年）春，骠骑将军霍去病率领一万骑兵，沿河西走廊，越焉支山，一直打到狐卢河。夏，霍去病再次率数千铁骑，兵出北地，越居延泽，一直打到新疆天山。这次重创匈奴主力，迫使匈奴浑邪王、休屠王只好遣使向汉投降。连匈奴人也不得泪水涟涟地哀唱道：“失我祁连山，使我六畜不蕃息；失我焉支山，令我妇女无颜色。”据说，这一仗，斩三十万匈奴首级。

然而匈奴残部在“秋高马肥”季节，积储了仇恨和力量，再次进犯汉家边境。时隔二年，即元狩四年（公元前 119 年），武帝又派卫青和霍去病率骑兵、步兵几十万人，分道深入大漠南北，寻找其主力作战。卫青出定襄塞外，与匈奴单于大战，双方激战一天，伤亡惨重。夜幕降临，风高天黑，汉军左右两翼包围单于，单于怆惶突围逃遁。唐人卢纶有诗云：“月黑雁飞高，单于夜遁逃”，描述的便是这一战役景况。

霍去病与此同时出代郡，同匈奴左贤王作战，一直打到瀚海（今贝加尔湖）而返。此次战役之后，匈奴迁徙大漠以北，从此“漠南无王庭”，这大概才有了“定居匈牙利”的传说。

嗣后，汉武帝十分重视边防关隘的建设，决定在河西走廊先设两郡，后设四郡，对秦长城加固延伸，与此同时修建了阳关和玉门关。接着，成龙配套地修筑一系列城堡、亭障、烽燧，组成了整体防御工事。

我们驱车来寻找玉门关遗址，人们告诉我：这名曰小方盘城的即是当年的玉门关。我留宿敦煌时，就听到关于玉门关的传说：在小方盘城西面，过去曾经是森林蓊郁、沼泽遍布、沟壑纵横、荒草遍野，此处被称“马迷途”。过往商队来到这里像进了诸葛亮的八卦阵，迷失方向。商队里有一个小巴郎子，捉到一只饥饿的大雁。小巴郎子心地善良，喂它食物，又放了它。大雁含着泪说：“咕噜咕噜，给我食物！咕噜咕噜，能出迷途！”后来，这支商队又路经此处，再次迷路。大雁飞来，告诉富贾，留下一颗宝石镶嵌在城楼。夜里，宝石发出绿光，就不会迷失方向。但富贾十分吝啬，不舍得一颗宝石。商队一连几天走不出迷途，人困马乏，找不到水源，危在旦夕。大雁再次劝告，富贾只好答应，把最大的一块墨绿玉石镶在城楼上，这才走出迷途。玉门关由此得名，而人们却忘了它的原名小方盘城。

而眼前只是一片废墟，黄土墙垣的残骸。站在高冈上，纵目天地，只见北面远山一抹，如梦如幻，缥缈天际，那是马鬃山。山之南便有长城一痕，近而远，古而今，无论从哪个角度望去，都是一行气势雄浑的边塞诗，一曲无头无尾凄婉悲凉的绝唱。天风浩荡，大漠苍茫，这起伏跌宕的旋律，震撼古今，有一种惊心动魄的威慑力量。它融入山脉，融入天地，它是天空和大地交媾而分娩的一条巨龙。远处还有一座座烽燧，隐约的轮廓随着长城一字排开，像巨鲸浮出海面的脊梁。

雄关。古燧。长城。你怎么显得如此苍老？风也悲嘶云也悲嘶，却不闻胡马的悲嘶；沙也狂啸尘也狂啸，却不闻边卒的狂啸。

关楼里白发将军的梦，垛堞上戍卒风吹飘动的衣袂，静夜里一角弯月下那凄凉哀婉的塞下曲，也都化为天光云影消弭得无影无踪了吗？

三

风沙撕去了皮，剔净了肉，烈日吸尽了血，只留下一架嶙峋的骨架。这残存的骨架曾支撑过一个巍然庞大的雄关，曾支撑过汉唐时代的尊严，曾支撑过一段用方块字垒起的历史。

我走进残垣断壁间。横竖。高低。宽窄。我凝视它们，它们凝视我。无言的交流，心灵的沟通，我仿佛沉浸在一种诗意的幻觉里：乘一叶扁舟，像李白一样溯江而行，时而停泊在大唐帝国的码头，时而抛锚在大汉王朝的港湾。朦胧中，我眼前海市蜃楼般地幻化出一座赫赫雄关：城楼轩昂，翼角翚飞，长阶如梯，垛堞绵延。戍卒们的甲戈跳荡着夕阳的余红，战袍上落满尘埃。一张木然如塑的脸，粗糙黝黑、线条绷紧、布满悲怆和凄凉。突兀的肌腱勃起雄性的勇猛，一种原始的美，一种原始的生命力。

秋风飒飒，野云乱度，雁阵横空。一个兵卒迎风展开一页信笺，双手激动地颤抖着，壮士读着读着泪水潸然而下，打湿了信笺……

寒星霜月，夜色迷蒙，孤月一轮。漠漠旷野，沉寂无声。蓦然夜色里传来一阵凄婉的笛声，是《折杨柳》，还是《凉州词》？中原白发母亲泪，闺中妇人怨。山路遥遥，水路遥遥，风路遥遥，雨路遥遥，何处觅故乡？大山隔绝，戈壁隔绝，荒漠隔绝，断鸿声里，听胡笳悲切。月色里，是什么东西发出磷磷青光？是一堆白骨！可怜荒滩戈壁骨，犹是春闺梦中人。那战死的将军，白花花的骨殖抛撒塞外他乡，一缕孤魂尚游荡在这天地间。谁曾想，这漠漠荒野曾是种满剑戟和鼓角的血土！

……一阵风沙扑面而来，我从梦中惊醒。睁眼一看，我思绪的小舟仍原地未动，停泊在这片废墟上。残垣脚下有一棵索索柴迎风摇曳，摇曳着悲怆，摇曳着凄凉，还摇曳着孤独。我走过去，轻轻地抚摸着那灰绿色的枝叶。憔悴的叶子无言地凝望着我，像是叙述生命的苦难，岁月的艰辛。我抬眼望望残垣，奇异地想，这些残垣断壁，就像一架古老的钢琴，只要拂去尘埃，轻轻一弹，就会奏响一片浩浩荡荡的历史回声，释放出一曲曲悲歌、爱歌、恨歌和生命之歌。可是我用手指弹弹墙土，连点音响都没有。历史哑默了！故事干瘪了！传奇枯萎了！然而我依然感到有一股气传导给我的神经，那是汉唐的雄风，那是怆然傲岸的民族精神！

——这里本来就是一片古战场，只要你静下心来，侧耳倾听，那箭矢簇雨的呼啸，那烈烈战马的长嘶，那古燧上的缕缕狼烟，那城楼上的角鸣，那剑戈撞击的铿锵，都会从远方传来，从历史深处传来。

战争与和平是平衡人类的两块砝码。历史躯体里流淌着血与火的基因，也长满诗与歌的细胞。如果没有战争，历史的躯体会变成侏儒；如果没有诗与歌，历史之躯体也会枯萎，而失去丰腴和弹性。

汉唐不是晚清。汉武唐宗都是气宇雄瞻、视野宏阔的一代霸主，有囊括四海之鸿志，接纳八面来风之襟怀。玉门关既是御敌的盾牌，又是友谊的窗口。这里既驰骋过班超、李广利的萧萧战马，飞扬过霍骠姚的猎猎旌旗，也游弋过氤氲缠绵云蒸霞蔚的释家经幡，飘扬过细君公主和解忧公主的彩幡锦帜。门开门闭，吐纳着中西文明；锁启锁落，凝聚着战争的阴云。文明与野蛮在这里厮杀，智慧和愚昧在这里格斗，友谊和仇恨在这里交织，痛苦和欢乐在这里分娩。每一道雄关都张扬着国家的尊严，每一座烽燧都燃烧过民族的浩气。然而，这一切都成了哑剧。黄土凝结的巨大墙垣，高达数丈，突兀在蓝天下、旷野间。身前茫茫，身后茫茫，断了驼铃，哑了羌笛，灭了篝火，是一片沉重的寂寞，即使时间落在上面也会化为无声的尘埃。周围空无一人，历史的残骸摊晒在烈日下，风在它身上任意践踏，沙在它头顶肆虐狂啸。那些守城的将卒呢？那些攻关的敌手呢？最后一个匈奴也被霍去病带到长安了吗？汉唐王朝早已沉沦了，淹没在历史的苍茫里。这残垣，这烽燧，这长城，是历史留下的遗言，还是浮出时间水面的桅杆？日月浮浮沉沉，春秋来来往往，玉门关虽死犹未瞑目。千岁滚石还睁着一只眼，断戟锈簇呢，只要擦拭一下，依然会闪烁着汉唐的雄威！

四

我冒着风沙的折磨，忍受着烈日的炙烤，在大西北这荒野大漠中跋涉，溯着时间之流走向历史深处。我不知道，我到底寻找什么？是前世的因缘吗？大西北与我结下难解难分的情结？我不是历史学家，也非人类学家，我的一切探索和追求的目的是什么呢？我站在墙垣上，茫然四顾，一切如幻如梦，一切空空然，浩浩然。只见黄沙、黄雾、黄风、黄尘，只见白花花的阳光吮吸着大地的血液，也吮吸着历史的精华。这些辉煌了几个朝代的关楼、城垣、烽燧、长城，都已化为时间肚腹里的排泄物，然而不灭的灵魂依然徘徊在这风沙世界……

历史是什么？历史是一种精神，人文精神，人文情操。

不死的是唐诗宋词，不灭的是汉唐的雄气，横贯天地，漫溢史书。

纵览汉唐边塞诗词，多是笼罩着战争的阴云。而这个庞大的主题，只从两个角度来描述：一是戍边将卒奋勇杀敌的豪气，一是思归的怨艾。这种复杂矛盾的心情，弥漫了整整一个汉朝，又整整一个唐朝。

大漠穷秋，孤城落日，横尸溅血，败卒残兵，萧萧边风，萋萋疏草，更添一抹悲凉氛围。从汉到唐，悠悠千载，烽火不息，狼烟不止。战争的浩幅铺天盖地，埋尸边关的何止千千万万！高适有诗云："边兵若刍狗，战骨成埃尘。"人类历史就是在这白骨丛中，在这血水浇灌之中，拔节生长，一代一代。

然而，在历史波澜壮阔的长河巨流中，令我激动振奋的不是那些古战场刀鸣剑戟的厮杀，不是血流成河陈尸荒野的悲惨场景，也不是英雄豪杰，马革裹尸的悲壮……而是那些艰难跋涉、风尘仆仆、传播文化文明、汗滴大漠的文化使者。

玉门关既是边垂重关，也是古丝绸之路的一个重要驿站。如果把古丝绸之路分为东、中、西三段，这里既是东段的终点，又是中段的起点。由此可以进新疆的伊吾，沿塔克拉玛干大漠北部边缘，途经焉耆、轮台、龟兹、姑墨、疏勒，越葱岭，至安息，而可达古罗马帝国……

落日熔金，残霞缤纷。小方盘城——玉门关在晚照里更显得苍凉、肃穆。虽为废墟，那残缺的美更令人敬畏。一代雄关虽已穷困潦倒到如此境地，仍不失威风凛凛的浩然之气，怎么不让人怦然心动呢？我们的车子已经启动了，我依然频频回首：玉门关，你穿越历史时空，并没有沉沦，作为一种傲岸怆然的民族精神，永远屹立在这天旷地阔之中。

夜读嘉峪关

一

我是在一个初秋之夜登上嘉峪关的。

嘉峪关位于嘉峪塬。宋代这里还是“有关无防，聊备稽查”。虽然汉代也在这里设防，但没有像阳关和玉门关一样受到重视。宋朝以前历代皇帝的视线，虽然漫不经心地扫描过这里，却未停下来凝视一下。到了宋景宗时，在这里草草设立了一个“玉石障”，即系烽燧候望系统的一个据点。障中的首长为障候，犹如现在的一个边防哨所所长。直到明朝，爱“打圈”的洪武皇帝“雄畴大略，视野旷达”，目光久久地凝视着河西走廊——古丝绸之路的第一个要塞。洪武五年（公元 1372 年），朱皇帝传下圣喻：命西征大将军冯胜在这里选址建城设关。

冯大将军先令副将付友德率领勇敢善战的骑兵为前锋至兰州，大败蒙古兵。之后，又率兵入河西走廊，大破元将失剌罕兵。元将上都驴投降，俘人数十万，马牛羊十万余头。又率军沿弱水打到亦集乃路（今额济纳旗），守将卜颜帖木儿投降；至别笃山，元岐王朶儿只班逃去，追获其平章长加奴二十七人及马驼牛羊十万余头。追兵又进军隶州，杀射元将不花，元太尉锁纳儿等降；后又打到瓜州、沙州，获金银印，夺得杂畜二十五万余头，元兵溃灭。冯胜一直打到玉门关班师凯旋而归。

冯胜攻占河西后，沿途巡视，看中河西走廊的嘉峪塬，认为这里必须设关建城。这里依山傍水，南有祁连山余脉文殊山，北有马鬃山余脉黑山，两山之间形成一峡谷地带，确系交通咽喉，一道天然屏障，且水源丰富，坡下有“九眼泉”，“冬夏澄清，碧波不竭”。另外，在离嘉峪塬三十公里处有酒泉郡做后盾，可提供平时和战时守关军队之军需。险要的地形和优越的自然条件，使嘉峪塬这片土地一下子成了万里长城西部的“第一雄关”。

六百多年的历史风烟在这里翻腾飞扬。

六百多年的风霜雨雪在这里飘洒弥漫。

六百多年的故事传奇在这里蔓延滋长。

谁说，这是一个关隘，那伸向南北蜿蜒如巨龙的长城，分明是雄关伸出的双臂去拥抱大西北的旷野和群山，去拥抱罡烈的西风和飞扬的尘沙。呼吸文明，吐纳岁月……

嘉峪关未修成之前，古丝绸之路就是从这塬下的讨赖河畔通过的。这条通道仅四百米宽。西汉张骞的马蹄从这里战战兢兢地踏过，霍去病威风凛凛的战马从这儿驰骋而过，东汉班超、班勇父子的辚辚战车从这里隆隆碾过，形容枯槁的东晋法显和尚，满面尘沙的唐朝玄奘和尚从这里踽踽走过，依马仗剑的岑参两次饮马讨赖河水，西去边塞背囊里也曾装进几片嘉峪塬的意象……当然后来还有许多满腹委屈一腔惆怅的贬官逐臣，泪洒讨赖，汗滴沙碛。古道。西风。烟沙。落日。这里翕动着粗重的文化呼吸，也弥漫着边塞烽火狼烟……

雄关、雉堞、箭垛、刁楼、长城、烽燧，这是战争的产物，又是一种战争文化。庞大的防御体系是朱明王朝的一道院墙。从古罗马特洛伊城的杀伐到阿喀流斯雄狮般的吼怒，古代战争总是那么撩人，剑戈相击，血肉迸溅，是一种生命力量的张扬。辽阔的原野，阔大的背景，对垒的双方，剑戟铿锵，呐喊雷鸣，生命迸溅出火光，热血飞腾为彩虹，战争的诗剧故事高潮迭起，情节撼人心魄。

应该费点笔墨的是翁城有东西两门，分别刻有“朝宗”、“会极”字样。“朝宗”，顾名思义，“春日见朝，夏日见宗”。西域诸侯成为地方长官，由西而来，去朝觐皇上。“会极”，即“六合之间，四极之内”。这意思说，亲善友好地会见来自边极的诸侯、仕官、商旅。可见，这座耸立在旷漠大野的关城，纳清风，揽明月，是友谊的枢纽。

在关城的东门顶上的三层楼阁上，分别悬有三幅巨匾：“气壮山河”，“天地正气”，“长城之宰”。笔力遒劲，苍健雄浑，与这浩浩雄关气韵相通，古拙苍凉，一种穿透力极强的沧桑感。

二

我站在楼头，极目远瞩。月光下，六合茫茫，天地苍苍，巍巍耸立着这一庞大的关城，本身就是一尊历史的风景。只觉得时光、岁月、历史，从那厚重古拙的城砖缝隙里丝丝地流淌，浸满我的全身，使我感到一阵阵惊悸。月光下，那蜿蟠绵延的长城，起伏跌宕，隐隐远去。那是龙的狂舞，还是电的长鞭？鞭打历史，横扫尘埃，激荡时空。文明化为碎片，岁月铸成悲伤。在狂舞中，掀天揭地之文，震星惊月之字，暴风雨般地倾注于荒原阔野。顽石凝铸痛苦，飞沙扬起愤怒，边草的枯荣化为历史的沧桑。在黄土间，在群山间，在无边无际的沙碛里，生与死都是一部悲怆的史诗……

边关的月亮又大又圆，极亮，极富有质感，伸手可揽。月光凄清幽凉，雄关雉堞化为墨色剪影，茫茫戈壁旷野，幽幽远山，月笼烟沙，天地一片空明，更感到一种历史的情愫油然而生。时值夏夜，倘若清秋月夜，登临斯楼，其悲怆意蕴更加浓郁——寒辉如水，征雁横空，嘹唳雁鸣，凄厉悠远，戍人衣薄，寒气逼人，思乡念亲，泪水潸然。这本身就是一首意撼人心的边塞诗。如果谁在这凄清月色里，横吹洞箫，无论是《陇头吟》，或是《折扬柳》，抑或是山村野调，都会激起乡情万叠、乡愁万斛……

我有个嗜好，每到一处历史古迹，总想摭拾有关它的民间传说和神话故事，这里蕴含着其丰富的文化内涵。文化的力量正好体现着人类征服自然的动向。

关于嘉峪关有许多民间传说，诸如"定城砖"，"山羊驮砖"，"冰道运石"等等，都是修建关城的故事。最感人的莫过"击石燕鸣"的传说，凄清悲婉，撼心动魄。

传说，嘉峪关修成不久，有一对燕子筑巢"柔远门"内。一日，两燕出关，日暮，雌燕先归。及至雄燕飞回，关门已闭，不得而入，遂悲鸣触墙而死。雌燕悲痛欲绝，不时发出"啾啾"之声，召唤雄燕归来，一直悲鸣到死。死后其灵不灭，故至今在关内有"啾啾"燕鸣声。只要用石块敲击土墙，这悲戚的声音便悠悠不绝，令人思之，不禁怅然。

究其原理，因关城墙角由砖石砌成，结构严密，墙表厚实，墙体向上呈梯形倾斜，形似喇叭状，故以石相击，便发出燕鸣似的啾啾之声，由快而慢，由低而高，最后化为一缕靡靡之音缥缈在苍茫云空。这与"万里筑怨"的孟姜女哭长城的故事虽然表现形式不一，更有人鸟之别，但有个共同的主题，那就是爱的悲剧，生命的悲剧。

在这风清月明的夜晚，我按朋友的指点，以石击墙，果然发出啾啾的燕鸣。其声凄清，其音苍凉，顿时给我一种诗意的感觉。我仿佛化为一只紫燕，飞舞在空中，无巢可归……

月色下的嘉峪关，更给人一种苍凉雄浑的审美感。这种美是朦胧的，一半来自理性，一半来自感性。

烽火台上千年古月犹存，它映照过戍卒将士的身影，倾听着一曲曲《折杨柳》，凄婉的旋律在苍凉的月色里飘曳；这雄翘的瓦楞栖息在苍凉的月色里，奏响一路凄凉孤独的音符。大漠深深，征途漫漫，风尘在这卸下，友谊在这里驻足，烽火在这里燃起，狼烟又在这里消弭。这古城的每块石，每块砖，都是一页书卷，镌刻着历史的悼文。

我去过山海关，东临沧海，巍楼高耸，威震天宇，与万里之外的嘉峪关东西遥遥相对。但是努尔哈赤的铁骑却破关而入，如潮涌浪卷，直逼京畿，最后取代了三百年的朱明王朝。而嘉峪关想阻拦雄烈的西风，却未阻挡住文化的潮流，文化的力量并非刀光剑影那样令人胆骇，但却能征服人心，吸摄灵魂。

这关城建筑结构也是壮美的，舒缓有致，交错有序，既有联系又相互分割，和蜿蜒的长城构成一曲气韵磅礴的旋律，飞扬流动。站在城楼上，有一种腾云驾雾、飘然欲仙的感觉。“乘天地之正，而御六气之辨，以游无穷”。在这漠天旷野，雄关长城大起大落的气势，震古撼今，有一种摄人心魄的美感力量。

我以审视的目光，扫描着嘉峪关；而嘉峪也以无比宽容的目光凝视着我。我们对望着，我的心颤抖着，兴奋着。对这种对望，我感到莫名其妙，那是一种神祇的目光，它蕴含着丰富的历史和文化内涵。我只觉得嘉峪关在这里等我等了六百多年，我的视觉错位了，我的听觉被支解了……我听见这雄关、这古长城发出一种声音，由远及近，由低变高，空宇传响，其势雄豪，贯于大地。这种声音由何而来？为何震慑心魄？我揉揉眼睛，展神静思，我觉得是古人的幽魂，是戍卒的哀怨，是历史的旁白，是岁月的风声……

三

回到寓所，夜不能寐，起身拧亮台灯，再次翻阅有关嘉峪关的史料。我手中有一本《丝路三关》，对阳关、玉门关、嘉峪关有详细的记述。从秦汉到宋明，在这茫茫西北风沙线上，傲勃苍野，巍然天地，耸立起一尊尊历史的大风景，也展示着一代代王朝的胆略、气魄，当然也透出帝王们对于边患的怯懦、惶恐的复杂心态，他们的心境并不那么坦然和大度，当然也不能高枕无忧。长城、关楼、垛堞、烽燧，都是历史的产物，随着历史的发展，其历史作用也越加黯然。

其实，朱明王朝是从那淫逸成性、二十六年不上朝的万历皇帝一路衰败下去的，至崇祯皇帝，虽宵衣旰食，然而已无回天之力了。他的几代爷们修筑加固的长城、关楼已经失去了防御功能，吴三桂开关纳清，一代清王朝便从容分娩了。

后来康熙皇帝登上宝座，有大臣提议修筑长城，康熙道："秦筑长城以来，汉、唐、宋亦常修理，其实岂无边患？明末我太祖统大兵长驱直入，诸路瓦解，皆莫能挡，可见守国之道，惟在修德安民……所谓众志成城者，是也。"

诚哉，康熙皇帝是中国历史上少有的一代明君，气魄宏伟，襟怀壮阔。他知道万里长城，巍巍边关，并未阻挡住他先辈驰骋的马蹄，那么筑城建关有何用哉？这是他从实践中悟到的真理。

清政府不重修长城，但并不说明不注重边防军事工程的构建。

清朝初年，在西域天山南北，居住着厄鲁特蒙古族，分准噶尔特、杜乐伯特、土尔扈特等四部，与清政府保持着臣属关系。从 17 世纪中叶以后，准噶尔部逐渐强大起来。后来厄鲁特等部也陆续占领了天山南北名城，势力达到青海、西藏地区。篡夺了汗位的噶尔丹为实现其割据一方的野心，与正在扩张势力的沙皇俄国勾结起来，进行了一系列分裂祖国的背叛活动。为了维护国家统一和巩固清王朝的统治，康熙大帝先后三次御驾亲征，率兵平定了叛乱。到了乾隆时期，清军又先后平定了大瓦齐割据势力，击败了阿睦尔撒纳在伊犁发动的叛乱，粉碎了大和卓波罗泥都和其弟小和卓的分裂祖国活动。整个新疆重新统一在清政府直接管辖下，并于乾隆二十四年(公元 1759 年)以后，称之为新疆。

当年康熙皇帝率大军就是出嘉峪关而西征天山南北的。那是一幅多么壮阔的画面，甲戈如林，旌旗如云，气吞万里，横扫千军，使得强虏灰飞烟灭。

我想象得出，康熙大帝登上嘉峪关城楼，驰目西望，苍茫的戈壁，粗犷的群山，飞扬的风沙，空旷的土地，那目光一定像鹰隼般地锐利。汉唐的雄风会激荡在这位伟人的胸襟。天风浩荡，面对这片广袤的野性的土地，热血一样的土地，一派雄奇和旷达，这位潇洒不羁、指点江山、创造历史的巨人怎能不热血沸腾，壮志凌云？他三次西征，将祖国疆土扩展到汉唐旧基。此时的嘉峪关，已非御敌的关隘，而是他的凯旋门……

到了晚清时期，这嘉峪关曾经接纳了一个伟大民族英雄，他就是林则徐。

那是震撼中外的鸦片战争之后，这位叱咤风云、虎门焚烟的英雄，此时已被摘掉顶戴花翎，"从重发往伊犁"。他是骑着毛驴一路仆仆风尘走来，憔悴的神色，紧锁的双眉，忧郁的目光，环顾着大漠、戈壁、荒原，汉唐古郡，古道烽燧，关楼长城。天上盘旋着苍鹰，眼前飞扬风沙……塞外一景一物怎能不触及他心中忧愤，又怎能不想到历史上无数英雄人物：博望侯张骞，贰师将军李广利，骠骑将军霍去病，西域都护班超……俱往矣，而今身前身后是满目疮痍的国土，列强汹汹而来，奸佞当朝，小人弄权，使得大清江山如风波浪里的漏船，他多想重振雄风，横扫强虏，为国建功立业。然而一腔忠诚，却换来贬谪边垂的重罪，又怎能不让他悲愤填膺？

从他贬谪途中的日记上看，道光二十二年（公元 1842 年），他是翻越六盘山，过兰州，登乌鞘岭入河西走廊，从酒泉"过丁家坝至嘉峪关，宿之城外驿站"，"是日行七十里，路不甚长，而小石碛砂，无一平路"。

林则徐只在嘉峪关住了一宿，也是在这样的秋夜登上嘉峪关城楼的。我想，他不会怀有像我这样的心情登楼赏月的。他忧心如焚，愤懑郁积在胸，壮志难酬，报国无门，忍看山河破碎，而身为一介贬官逐臣，怎能不扼腕长叹，栏杆拍遍，有谁会，登临意？彻夜难眠，在驿站客舍秉烛挥毫，写下八首杂咏诗，直抒胸臆："雄关楼堞依云开，驻马边墙首重回。风雨满城人出塞，黄花直笑逐臣来。"第二天便策驴出关，迎着浩浩风沙，踏上漫漫贬途。风吹着他的花发，他回首"天下第一雄关”的匾额，双眸射出的是一股凛凛心灵之光，凝聚着无穷的历史感……

一个民族，一个王朝已经衰败不堪，腐朽不堪，纵有雄关千叠，长城万里，怎敌得列强的铁甲利舰、长枪大炮的轰击？“关”，是国家主权的象征，是民族尊严的象征。一个任人宰割的民族还谈得上什么主权和尊严？林则徐这短暂一瞥，眼神里蕴含着万念俱灰的悲愤，英雄末路无力回天的凄怆。他蓦然收回目光，狠狠捣了一拳驴屁股，四蹄踏踏，扬起一片烟尘，嘉峪关便湮没在这烟尘里了……

感悟天山

一

我对山有一种特殊的感情，不仅仅是它的海拔高度，不仅仅是它的雄伟和像脑回纹一样的深沟巨壑，我觉得山是地球上的一尊伟大的神，伟大的圣哲。它拔地而起，巍峨于平庸，耸立于俗尘，傲然于苍穹，那是地球的一种精神。至于山上有无奇卉佳木，珍禽异兽，流泉飞瀑，都无关紧要，重要的是突兀峻拔，超凡脱俗，便值得我仰慕，折服。何况这气宇磅礴、蜿蜒蟠势的天山呢？

“明月出天山，苍茫云海间。”只有李白的雄韵，才配得上这雄伟的天山。遗憾的是，李白赞叹的是祁连山。祁连，蒙语，天的意思。李白出生于中亚细亚的碎叶城，五岁时，随父亲迁居巴蜀锦州的彰明县。以后他仗剑去国，遨游天下名川大山，但足履并未触及天山，至于纵贯河西走廊的祁连山，在他的笔下也只是浪漫主义的想象。

自古以来，骚客文人都喜欢咏山、写山、画山、诵山、唱山，把这些诗、词、歌、赋、曲、画铺展开来，几乎能把天下的大山都包裹起来了。尤其是像天山这气势磅礴的“天赐之山”，本身就是一部横亘天地间的史卷，是宇宙之神撰写的一部大书，波澜壮阔，高潮迭起，情节层出。你想读懂，探得其精神之深邃，难矣哉！诗圣杜甫登上海拔不足两千米的泰山之顶，便发出“一览众山小”的浩叹。杜甫的视野只囿于泰山裙裾边的丘陵，以此做参照物，那自然是“众山小”了。倘若他老人家光顾一下天山，岂不瞠目结舌，而为自己在泰山的“感叹”而脸红么？而我的老乡孟子说：“孔子登东山而小鲁，登泰山而小天下。”我们这位老祖宗视野小得实在可怜，怕是老人家活了一辈子只囿于中原弹丸之地，倘若和我一样，一翅子飞到天山，还会说出贻笑大方的话语吗？

苏东坡是“稀世之才”，被宋神宗称赞为“李白有苏轼之才，却没有苏轼之学”。这位雄踞文学史的一位大文学家，面对小小匡庐，左看右看横看侧看不是岭就是峰，只是远近高低各不相同，于是产生了困惑，发出无可奈何的喟叹：“不识庐山真面目，只缘身在此山中”。其实，不在此山中，更难以了解庐山真面目。你说是不，东坡夫子？至于那些画家，诸如范宽者流，是满纸云雾，墨彩蓊然，只不过画出“雄浑峻厚”山之外在气势。那位山水画家兼评论家郭熙，对山可谓“饱游饫看”，也只得出结论：“一山而兼数十百山之意态”，“一山兼数十百山之形状”。进而欣然赞曰：“春山淡怡而如笑，夏山苍翠而欲滴，秋山明净而如妆，冬山惨淡而如睡。”那不过是对山情感的宣泄，并未道出山的精神，山的灵魂。

山，是地球上的不解之谜。

好啦，扯远了，再写下去就离题万里了。虽说散文讲究“形散而神不散”，也不像散文了，赶快上车吧，天山，还在那边等候呢，等得我头发都发白了！

其实，我逗留在乌鲁木齐的日子里，就隐约看到了天山雄峰博格达。那是早晨，一个初秋最明朗清澈的早晨。我拉开窗帘，凭窗遥望，只见一座雄伟奇丽的巨峰依天而立；沐朝晖，迎晨风，头戴银冠，身着白甲战袍，威风凛凛，像一尊古代伟大的战神！仰视长天流云、俯视人寰春秋，孤独而高傲，旷达而雄浑，那是宇宙之神顶天立地的一尊伟大雕塑。我惊得眼睛发呆，连感叹都发不出。一时间我忽然歆慕起那些登山家来，我想，世界上最伟大的职业莫过如此。他们可以凭着超人的意志和强健的体魄，登上地球的制高点，对话天神，共语苍天，站在山巅上一任神驰八极，思接千载，与浩浩宇宙眉目传情，悠悠天、地、人，那该多么潇洒而惬意啊！

我第二次去新疆时，还专门去了天池。虽然四月，天池仍然是一片冰冻，据说湖水到五月下旬方能解冻。湖的四周是松树，苍绿中裹着一片冰清玉洁，犹如真主的一面宝镜，上帝一颗晶莹的泪珠。天山已在我大脑里留下一页巍峨的记忆。

二

现代化的交通工具比起古典的马蹄少了许多韵味，也失去了浪漫的诗意。没有办法，我只能乘丰田吉普去感悟天山。

315国道用长长的诱惑引导着我们的车向远方驶去。一出乌鲁木齐城区，眼前的风景立即变得粗犷而蛮野，没有树，没有草，满目是荒旷的戈壁滩。四野八荒都铺满大大小小雷同化的砾石，沙石。偶尔有几棵索索柴，骆驼刺，力不从心地点缀着戈壁滩的荒凉和寂寞。车轮飞转，不知是我们向大戈壁扑去，还是大戈壁张开翅翼向我们扑来，无边无际的苍凉一下子把我们卷了进去。

远处的蓝天下出现一道灰褐色的风景线，曲曲折折，跌跌宕宕。那线条缥缈，虚幻，像一缕梦痕，仿佛一阵风就会飘然而去。可是随着车轮疯狂般地旋转，随着戈壁滩大幅大幅敛起，那线条变得越发粗重、雄阔，仿佛天地间竖起的一道屏障。

不知奔驰了多长时间，眼前的线条突然变成一道巨大的立体的山脉，同车的塔里木石油天然气开发公司的朋友说：前面是天山，我们就要穿越天山了！

啊，天山，天赐之山！这道崛起于帕米尔高原，长达两千四百公里，气宇磅礴，并吞八荒，雄浑苍莽的巨大山脉就在眼前了！那种大气、浩气、粗犷之气远远扑来，令人头晕目眩。

我对天山心仪已久，一是我灵魂深处的“大山情结”所致，更多的是受汉唐边塞诗人的诗句所蛊惑：“五月天山雪，无花只有寒”，“轮台东门送君去，去时雪满天山路”，“莫遣只轮归海窟，仍留一箭定天山”等等。诗人笔下悲怆壮烈的画面，给我留下“天地英雄气，千秋尚凛然”的氛围。“大雪满弓刀”的警句从这里写起，边塞诗的主题从这里得到升华。如果失去天山这阔大的背景，古代战争的舞台怕小了许多。

我让车子放慢速度，取出望远镜，摇开车窗，尽情地扫描天山整体风貌：那山石呈土黄色，灰褐色，赭红色，庄严肃穆，而又不乏狂躁和喧嚣；山峰重重叠叠，涌涌荡荡，如洪涛巨浪，一阵紧似一阵，一阵高过一阵，迫天而来，遏云而去。仔细看，乱石缤纷，群峰争雄，锋芒毕露，咄咄逼人，或气势雄健，昂首云外；走近看，峰峰相扯，山山相交，如同一群巨兽，盘桓嘶咬，争斗得你我不分，各不相让。那是力量的角逐，生命的较量，展示出挣扎的艰辛，竞争的惨烈，似乎还能听到愤怒的呐喊，鏖战的狂啸……天风浪浪，云山苍苍，这是一种大境界。

然而这山是沉默的。永恒的沉默。那是一种冷峻而热烈的沉默，是一种昂首天宇气吞万里而又麻木愀然的沉默，是一种钢铁般铮铮的沉默。

走进大山的腹部，我才感到这沉默包含着极其丰富的内涵。我感悟得出：那山岩暴动时的呐喊，那如海潮海啸涌动时的吼叫，那从大地崛起时撞击天庭时的怒嚎，那炽热的岩浆奔突涌动而发出的天崩地坼的狂欢……都凝固在与它秉性反差极大的沉默中。

这山充溢着西部的血性，北国的阳刚。

太阳，亚细亚酷热的阳光蒸烤着裸体的岩石，那焦渴的灰褐色的岩石木然地忍受着阳光的曝晒，飘出一缕缕蜃气。层层断崖，道道沟壑，条条裂隙，那是雷霆的造像，还是风雨的刀痕？那绉褶纵横的山峰，扭曲变形的躯体，是大自然炼狱留下的痛苦标志？险峰巉岩，猖狂恣睢，怪齿嶙峋，奇危挺拔，盘纡茀郁，隆崇峙崒，嵚崟参差，交错纠纷，没有伤感，没有唏嘘。但也透出一种情绪，惊恐和痛楚，愤怒与战栗。强烈的兴奋，郁闷的环境，抑郁的色调所形成的紧张、恐怖的氛围，更展示出它的世界——充满着一种苦难意识。

没有苦难意识是不行的；苦难造就世界，造就生命，也造就人类。为了追求智慧和光明甘愿忍辱负重的痛苦，为了追求人生答案而苦苦思索的痛苦，在理性和欲望的对抗矛盾中挣扎跋涉的痛苦。但丁的《神曲》是在痛苦中分娩的，贝多芬的音乐是在痛苦中诞生的。至于张骞出使西域，玄奘西天取经，岑参依马天山而写出大量辉映千古的诗篇，都是苦难的产物。苦难对于个人是不幸的，但对人类，对历史都是创造之母，是人性美的集中显现。

看到这苦难中的山，我忽然想起印度哲人奥修面对耶稣的感觉："我对他（耶稣）有很深的同情。我愿意跟他一起受苦，我愿意在他身边帮他背一会儿十字架……他那么悲伤，那么沉重——他背负着整个人类的痛苦。他不能笑。如果你跟他一起待得太久了，你就会变得悲伤，你会失去欢笑。有一种忧郁笼罩着他。"

天山，就是耶稣，就是一部苦难的史诗。

阳光依然煌煌地照耀着莽莽苍山，厉厉长风以纵横捭阖的气势扫荡着大山。那山依然沉默不语，高高挺立着，风和太阳把它雕刻得粗糙、粗粝、粗犷，甚至有点丑陋。是彻骨荒凉、惊心动魄的荒凉，是一种不堪入目、难以忍受的荒凉。如果那位喜欢荒凉的德国19世纪画家德罗克洛瓦看到这种情景，也许会高兴得手舞足蹈，但我心中却油然升起一种揪心的悲哀：虽已时值九月，山上没有松涛的澎湃，没有枫叶如丹的艳丽，没有飞泉流瀑的喧嚣，没有飞鸟的鸣韵，连走兽也无影无踪。只有苍茫的弧线无声无息地飘荡在云际间，炽热的太阳烤干了弧线，大山蒸腾着热辣辣的蜃气。一切都赤裸裸的，赤裸裸的躯体，赤裸裸的山岩，赤裸裸的石粒，支撑着一个抗争者的倔强，支撑着一种赤裸裸的信念！这裸体的山，无边无际岩石的暴动，似乎听到撞击天庭的怒吼，如搏噬苍穹的金狮。这是野性的山，充满男子汉血性的山。这里有雷霆的造像，这里有风刀霜剑的雕痕，千年如斯，万年如斯，万万年如斯。我想这是天山的悲剧，也是天山的骄傲！

我想与天山对话，我问它不感到寂寞和孤独吗？天山不语；但我却看到它肌腱突兀，筋脉绷紧，精瘦而强健的躯体，焕发出一种内在的激情和潜蕴的精力，那苍老而皲裂斑驳的面容上依然闪烁着信仰的青春之光和永不屈服的坚贞。这一切构成了它灵与肉和永远挺立的脊梁——这是大西北永恒的主题，万物生息的本源。它饱饮着太阳的热血，举起一个又一个黎明，又收藏一个又一个黄昏；它吐出一轮又一轮明月，又吞噬一个又一个残阳。这种撑天拄地的气概，这种哲学家的批判精神，就像上帝那样，高踞在人类一切情欲、痛苦和欢乐的深渊之上。

天山，人类精神之山！

天山，当我走进它的腹部，目光凝视着一座座山峰；不，严格地说，是一道道拔地而起的石壁，那是由一层层页岩组成的，页岩呈灰色，形成一个个怪异的图案，像宫殿，像宝塔，像水纹浪迹。我感受到这山太古老了。越古老就越永恒，它在地球上有亿万年了吧，宇宙间什么变化它没经历过呢？也许那页岩就是一部记录着风雨雷电霜雪雾露日月星辰的史书。当人类的始祖类人猿尚未直立行走时，这卷书就摊开在这里了。这里面藏有多少思想，多少哲理，悟不透，摸不清，但它记录着沧海桑田的嬗变，记录着春夏秋冬的更替，这是一部大自然的传记。

三

汽车在天山千沟万壑中小心翼翼地行驶，崎岖盘桓，时而山峰陡然倾覆而来，时而又荡然而去，车轮每转动一圈就仿佛压响一串惊叹号。

司机告诉我前面不远处就是干沟了，我不明白。司机为何提醒我，且口气很庄重，这个粗俗的名字有什么丰富的文化内涵吗？有什么文物古迹吗？

一个老人骑着毛驴走来。是维吾尔族人。戴着一顶破旧的小花帽，脸膛被亚细亚的阳光晒得黑里透紫，高鼻深目，清癯而突兀的颧骨。没有"细雨骑驴入剑门"的诗意，那驴蹄敲击山路砉砉声响，却有中世纪亚细亚的古韵遗风。老人穿一件袷袢，脚蹬长筒胶靴，驴背上驮着一只羊皮袋子，腰里还系着一个水葫芦，像阿凡提故事中的人物。老人悠悠地唱着歌儿，用的是维语，我听不懂。但那旋律很动人，我想可能是一首古老的情歌，既凄凉又忧伤……

我们的车子在一个名叫"干沟"的地方停下来。这哪里是山岩啊，全是青灰色的石砬子。阳光和风雨把山石揉搓碎了，全是一片堆积的岩石的细胞。酷热的阳光炽烤着，石砬子怕是被煮烂了，站在上面，隔着牛皮鞋底就觉得发烫。但我并未感到这是萎谢坍塌的山，它仍有一种力度感。石砬子一轮轮地形成无数个山包，涌涌荡荡，有着一种节奏和旋律起伏回旋的美，在我心中唤起一曲展开的、活转的、震荡的情绪。

我捡起一颗石子，就像考古学家采撷一颗历史的细胞，放在显微镜下观察，一种凄然悲怆之感油然而生。天山是雄性、野性不减的山，即使粉身碎骨，每一粒细胞也坚硬如铁。我抚摸着石子，就像抚摸大山的灵魂。天山的灵魂是经过风鞭雨剑抽打得伤痕累累飘落不定的灵魂！

朋友告诉我一百多年前，这里是一个古战场。左宗棠部下曾在这里击溃阿古柏叛军。阿古柏从大坂城节节败退，退至到这荒山里。

左宗棠的大军穷追不舍，在干沟进行了一场血腥屠杀。众叛亲离的阿古柏跪在地上，面对上天哭泣道："真主啊，你惩罚我吧！我不该走进这个东方大国的土地上。我恨死了俄国人、英国人，被他们骗了！"最后服毒自杀。左宗棠为巩固摇摇欲坠的大清帝国立下赫赫战功。历史已经远去了，风化的石砬子上没有留下任何遗迹。

史载：1875 年，左宗棠坐镇肃州，得悉朝廷对于新疆平叛有争议，李鸿章极力反对征讨之事，认为"劳民伤财，得不偿失"。他十分气愤，从书房走至院中，望着苍莽的大西北，心潮沸腾，热血奔涌。新疆乃大清帝国的疆土，一代代将士曾血洒边陲，而今怎容贼人宰割？星月垂空，夜色苍茫。他仰天叹曰："我是不是老了？我已是六十多岁的人了，还能驰骋疆场吗？"他脑海里顿时响起一个声音："左宗棠，你还记得你的座右铭吗？"他猛转身，回到书房，仰头望去，一副对联："身无半亩地，心忧天下；读书破万卷，神交古人。"一腔热血顿如岩浆奔突，立即着拟奏章，表示要西征新疆，平灭贼寇，收复国土。光绪二年(1876 年)，左宗棠亲率大军，经过河西走廊，向新疆进发。为了表示抗敌决心，置生死于度外，他随军带着一口棺材。将士见主帅如此坚决，更是士气陡增。于是历史在天山脚下的大坂城，在干沟上演了一幕威武雄壮的诗剧。无疑这也给这沉默千古的天山增添了一抹诱人的魅力。

左宗棠正是历史之炉冶炼出来的民族精英，他平定边陲动乱、捍卫祖国统一的功勋，永远彪炳史册。他的老部下、后继任陕甘总督的杨昌濬曾作诗云："大将西征尚未还，湘湖弟子满天山。遍插杨柳三千里，未因春风度玉关。"的确展示了一代大将的胸襟气度和爱国志士的凛凛节操！

我站在石砬子上，望着满目伤痍灼灼，焦渴干裂的山石，望着雄莽苍凉的天山，心里升起一种复杂的感情，既有悲哀，又有敬重。永恒的沉默，旷古的寂寞，它是那样的彪悍、刚毅、冷峻。那是一尊天神，雄踞西天苍穹，展示着雄性的倔强，任风鞭雨剑的横劈竖砍。这里春无兰，秋无菊，夏无竹，冬无松，没有诗意的浪漫，却有着伟大的孤独，这里没有梦幻般的憧憬，却有着焦渴般的期待……

我走向更高的山岩，左顾右盼，仰视、俯瞰，身前是山，身后是山，身左是山，身右是山。我被山包围着，我被山高高擎起。我只觉得天离我近了，人离我远了。我成了大山之子。长风裹身，烈日压顶，有点晕眩。我静静神，遥望远方。莽莽苍苍浩浩荡荡的天山，名副其实，来自天际。它的头伸向白云，它的尾又伸进遥远的地平线。全是石的堆砌，石的庞大的集合物。我迎着天风，真想大喊一声："天山，你好！"我想天山会热情地回应："你好——你好——"。

龟兹乐舞之源

一

我不知道为何在这片焦躁、枯涩的地方会喷涌出这么丰沛的感情，滋生出这样绚丽的精神之花？是那跌宕的群山，奔腾的流水，狂躁的风涛，激发了音乐家的灵感，智慧的火花？莫不是越是物质匮乏、生存环境艰危的地方，越需要精神的支撑，艺术的抚慰？

西域是歌舞的故乡，龟兹是歌舞的摇篮。

我初到大西北之前，已从王洛宾的歌曲里品赏了古西域的风情。那曾唱遍全国的《达坂城的姑娘》、《半个月亮爬上来》、《在那遥远的地方》、《揭下你的盖头来》、《草原之夜》……那迷人的歌声，动人的旋律，曾像春雨般滋润着大西北干渴的土地，给寒意潇潇的冰川雪峰，伤痍灼灼的戈壁旷漠，钢铁般冷峻的群山万壑，带来一种情人般的温馨。当然也给内地人带来一种野性的诱惑，一种风味醇厚的艺术魅力。我想，在人类遗忘的角落，总有着艺术精灵的活跃。

我曾阅读过古西域民间艺术的史料。“敕勒川，阴山下，天似穹庐，笼盖四野。天苍苍，野茫茫，风吹草低见牛羊”。这首脍炙人口的敕勒歌原是维吾尔族民歌。相传，东魏武定四年（公元546年），高欢率十万大军围攻西魏据守的玉壁重填，想拔掉西魏设在汾水下游的这颗钉子。镇守玉壁的是西魏晋州刺史韦孝宽，率军拼命抵抗。东魏苦攻五十多天，玉壁岿然不动，东魏死亡七万多人，只好退兵。撤退途中，军中又讹传高欢被韦孝宽一箭射中，一时军中人心惶惶。高欢悲愤交加，为稳定军心，便出来与军士见面。为了激励将士们的士气，便叫敕勒族人斛律金给大家唱《敕勒歌》。斛律金在西凉乐队的伴奏下，放声高歌，高欢也引吭和之。诗言志，歌抒怀。那苍劲悲壮、慷慨激昂的歌声，那苍茫雄浑的旋律，使三军为之动容，军心为之振奋。凭借这支歌曲激发士气，高欢重整兵马，经过多年浴血厮杀，终于消灭了敌手，创立了基业。谁能想象，这首发自草原大地丹田的民歌，有着如此神奇的力量！

这首民歌的神奇魅力，在于它通俗凝练而又内涵丰厚，音律雄浑，气韵悲壮，怎能不激起将士的雄风豪气，使得他们在广阔的舞台上叱咤风云！这首歌的更动人处还在于它的景、情、意融会得相当精美。那水草丰茂、牛羊如云的广袤大草原，那苍莽的天穹，如画如诗如梦如幻的白云下，便是游牧人的故乡。当微风掠过，绿漪翻腾，牛羊在草浪里时隐时现，莽莽草原，悠悠天地，一幅多么壮美的草原风情画，又怎能不激起将士们壮烈情怀？北齐大军高唱着这支悲壮雄浑的旋律，策马纵驰，杀声遍野，旌旗蔽日，吼声震天，悲歌壮士威，蹄鼓动山河。一帧战争的画卷铺展在广袤的草原戈壁……

一方水土养一方人。一方水土也养育一种精神，一种歌。这首气势磅礴、雄劲苍凉的《敕勒歌》，只有在"天苍苍，野茫茫"的巨大空间，才得以翱翔飞扬。那是生命的写照。它恰恰唱出敕勒人宽广的胸怀，豪迈的性格，剽悍的风度，粗犷的气质！

斛律金精通音律，擅长骑射，史书载，他一看尘土就知道敌军的数量，一嗅土地即知敌军的远近，他既懂疏（敕）勒语，又通鲜卑语，还熟悉汉语，在战场骁勇善战，屡建奇功，深受高欢喜爱。高欢后来做了皇帝，驾崩前还嘱咐，让儿子高洋重用斛律金。高洋继位后，便封斛律金为大司马，即大元帅。音乐家兼元帅这在中国历史上是不多见的。

而今的库车，就是古代龟兹国的王都所在地。龟兹国又属于疏勒国的管辖。疏勒，敕勒都是译音，自然《敕勒歌》也是源于疏勒了。

西域各民族的先人是酷爱音乐的。古丝绸之路上，乐声盈耳，笙箫声声，胡琴悠悠。他们骑着骆驼，或骑着马，身背乐器，迎着浩浩风沙，一路弹琴，一路放歌，把动人的旋律撒播在戈壁荒漠。夜晚，明月当空，风平沙静，他们架起篝火，以戈壁为舞台，大山为帷帐，席地而歌而舞，疲惫和困惑、苦涩和艰辛、寂寞和孤独，也随着飘逸的旋律飞逝而去，他们沉浸在艺术的浪漫里……历史上许许多多大音乐家就诞生在这片神奇的土地上。

二

我来到库车正是秋天。初秋的阳光更让人感到亲近，带着浓厚的感情色彩。这个坐落在天山南麓、塔克拉玛干大漠边缘的小城，沐浴着充沛的阳光，显得安详而坦然。秋色已染上了杨柳，但依然不失绿意。有一片叶子带着浓郁的诗意摇摇曳曳地飘着，像放飞的灵魂，潇洒而浪漫。溪水从胡杨林里潺潺流过，秋阳的光影在沙砾上跳跃，胡杨林围起的方格形的田野有丰稔的秋禾，有绿草漫卷的浪漪。然而这一切和远处枯黄灰褐的戈壁大漠形成鲜明的反差，甚至感到不真实，令人生疑。仿佛小城单薄的像一张纸，一阵风便飘然而去。但是两千多年的狂风沙暴并未吞噬小城，它依然潇洒顽强地挺立在风沙线上。这和当年弱不禁风的楼兰、米兰、尼雅古城相比，却有着如此坚毅的气质，坚强的秉性。在漫长的历史中，它欢欢乐乐，无忧无虑，成了名闻遐迩的音乐之城，歌舞之乡。它生活得达观、豪放、潇洒，不能不说是一个谜。

翻开小城的地方志，你会赫然看到一个巨大的身影从书页中走出来：他高鼻深目，相貌堂堂，身着胡服，肩背琵琶，胡髯飘逸，风流倜傥——他就是声震长安、名扬天下的龟兹大音乐家、琵琶高手苏祇婆。

苏祇婆出生于一个音乐世家，自幼跟父亲学习琵琶，造诣颇深。公元 568 年，北周武帝宇文邕迎聘突厥公主阿史那皇后，苏祇婆率领数十人的龟兹乐团随从阿史那皇后来到中原。他们带着龟兹琵琶、竖箜篌、羯鼓等乐器，一路吹吹打打，歌舞演唱，这是支送新娘的乐队。后来这支乐团辗转各地，在中原大地传授技艺。很快，胡乐、胡舞、胡歌，带着古西域的雄风豪气也氤氲中原大地了。

到了隋文帝杨坚建都长安，统一天下，龟兹乐舞曾风靡长安。长安大街小巷有很多西域胡人开设的酒店，胡姬压酒，胡乐当筵，很有当代卡拉 OK 舞厅酒吧的韵味。酒店中侍酒的女郎云髻高耸，罗裙飞旋。她们以婉转的歌喉，优美的舞姿招待客人。她们鲜艳的服饰，纤柔的腰肢，袅娜的舞姿，灵巧的手势，流盼的眼神，动若风卷莲花，静如胡杨婷婷，仪态万千，风情万斛，可谓七彩迷目，五音乱耳。随着琵琶的节奏，羯鼓的铿锵，时而把你带入塞外戈壁大漠高山空旷苍凉的意境，时而把你带进古战场血肉迸溅、天崩地坼的杀伐声中。她们是群山的歌手，是草原的歌手。越是荒凉的地方，生命越展示出强旺和热烈的气息。

苏祇婆一代琵琶大师出现在长安酒肆饭馆，带来更大的轰动效应。他琴声和谐，演奏技巧达到炉火纯青的境界。琵琶一曲，“澄然秋潭，皎然寒月，砉然山涛，幽然谷应”，顿时天地间充满一种绚丽而热烈的音律的流变。

史载，隋文帝杨坚登基后，曾责令音律学家郑译创制新音乐。郑译和他的同事们设计几种方案，文帝都不满意。一天，愁眉苦脸的郑译徘徊街头，忽闻一曲动人的琴声从酒店传来，趋步走去，只见一位高鼻深目、相貌堂堂的西域乐师正在演奏琵琶。“听其所奏，一韵之中间有七声”（《隋书·音乐志》）：大弦嘈嘈，小弦切切，时而如大雨滂沱，铁骑突出，时而又如银瓶乍破，江心秋月。他听得如痴如醉，如梦又如幻，直到曲罢，方知演奏者就是大名鼎鼎的龟兹音乐家苏祇婆。他当即拜师求教。以后在苏祇婆的指点帮助下，以龟兹乐的七调，勘正了雅乐中不够准确的七声，写成了《乐府声调》一书。新的乐制确定之后，隋文帝高兴地说：“此乐正合我的心意。”

无独有偶。还有一位被封王的琵琶高手叫曹妙达。他的祖父和父亲都是演奏琵琶的乐师。曹出身在这样的音乐世家，从小浸淫在浓郁的音乐氛围里，自然青出于蓝而胜于蓝。曹妙达的演技超然绝伦，深得北齐后主高纬的偏爱。据说，北齐文宣帝高洋就非常器重曹妙达，常常亲自敲打羯鼓，为曹妙达伴奏。两人通宵达旦，沉醉于音乐的海洋里。那时，西域的龟兹乐、疏勒乐、高昌乐已流行于中原，且享有盛誉。云蒸霞蔚的西域文化，一时“璀璨绚丽，光彩灼灼”。这里没有江南丝竹的缠绵悱恻，没有“杨柳岸晓风残月”的凄清冷涩，没有汉宫秋月的哀婉悲切，更没有古乐府的奇崛幽深。有的是豪放旷达的激情，行云流水的清韵和野性的穿透力，有着冰山雪峰和大漠旷野的宏伟壮阔，有着草原戈壁的雄沉，鹰鹫抖翅翱翔蓝天的苍健，狂风呼啸沙飞石走的雄劲。那旋转的肢体，那腾挪跳跃的舞步，那行云流水般的音律，那劲健而雄阔的音域，展示着力和美，张扬着生命的强悍和动感，给中原大地带来一股山野之风，一种鲜活的生命力。

曹妙达带着他的乐队出现在高纬的皇宫。曹妙达五指飞动，琴弦在他的手指下飞泻出动人的旋律。旋律回环曲折，生动各异：壮如马蹄击溅，金属碰撞，血雨潇潇，风沙漫漫；细如秋水波回，山抹微云，断塘横月，芙蓉帆影。一曲奏罢，满堂喝彩。高纬忍不住起身大叫："弹得好，朕赐你白银千两，封你为王！"

高纬和他的爷们高洋在历史上名声不佳，都以昏狂、淫乱、残暴而著称，却一脉相承地酷爱西域歌舞。高洋昏狂起来，和嫔妃们袒形露体，涂脂抹粉，披发胡服，狂歌醉舞，通宵达旦。而高纬则有"无愁天子"之称。他在位期间，穷奢极欲，宠信奸佞，大兴土木，营建宫殿、佛寺，致使赋敛日重，徭役日繁，人力既殚，府库空虚，吏治败坏，民不聊生。他置若罔闻，不理政事。他自己还创作了一首《无愁曲》，整天和大臣、侍者在深宫演唱歌舞。

由于高氏爷们的偏爱，不但授以曹妙达高官厚禄，封王开府，和朝廷大臣并肩而坐，而且还让擅长龟兹琵琶的曹妙达的妹妹曹昭仪做了后主高纬的妃子。到了隋代，文帝杨坚也非常重用曹妙达，任命他为宫廷乐队"太乐教习"。曹妙达也确实为中国音乐的发展培养了一批人才，隋代著名音乐家万宝常就是他的学生。但作为一位音乐家被封王的，恐怕在中国音乐史上仅他一人而已。

到了唐代，龟兹乐舞已盛行中原大地。岑参的边塞诗中描绘西域乐舞的诗篇很多："君不闻胡笳声最悲，紫髯绿眼胡人吹"，"琵琶长笛曲相和，羌儿胡雏齐唱歌"，"凉州七里十万家，胡人半解弹琵琶"。他被西域乐舞陶醉了，且看他对胡旋舞描写得何等出神入化：

美人舞如莲花旋，世人有眼应未见。
高堂满地红氍毹，试舞一曲天下无。
……
回裾转袖若飞雪，左铤右铤生旋风。
琵琶横笛和未匝，花门山头黄云合。
忽作出塞入塞声，白草胡沙寒飒飒。
翻身入破如有神，前见后见回回新。

这首诗记述的是田使君美人跳"胡旋舞"的情景。

岑参四十岁时再度赴边，在新疆生活了三年，曾任安西即今库车节度判官，可见他对龟兹乐舞非常熟悉。有一年初冬，大雪纷飞，岑参在轮台（今乌鲁木齐一带）的军营里为他的朋友武判官归京设宴。宴会上奏起胡乐，跳起胡舞。胡笳、琵琶、羌笛，雄浑激越。几位少数民族将领也脱去战袍，跳起胡旋舞。他们舞姿刚健，腾挪跳跃，豪气风发，势如蛟龙翻腾，使观者眼花缭乱，目不暇接。岑参颇有感触，回想和武判官相处的日子里，饮酒、唱歌、跳舞，而今一别，何时相见，命运沉浮，人生况味，不觉眷恋之情油然而生，写下千古绝唱《白雪歌》。"中军置酒饮归客，胡琴琵琶与羌笛"，"轮台东门送君去，去时雪满天山路。山回路转不见君，雪上空留马行处"。岑参虽为壮士，面对急管繁弦的场面，也会怦然心动，鼻酸眼湿，产生"总是关山旧别情"。

至盛唐时期，古丝绸之路上，骆驼铃声不断，商贾相望，这条交通要道空前繁忙。自然，地处丝绸之路南北两道要冲的龟兹，接受东西文化更加丰沛。音乐歌舞是人类情感的喷涌。开放性和多元性的文化正如酵母一样，催孕着音乐和歌舞的繁荣。据史料介绍：龟兹乐器、乐律都与西方的乐器有关，竖箜篌、琵琶、五弦、横笛、筚篥、都昙鼓、毛员鼓、羯鼓、铜钹等，大多传自波斯、印度和埃及。琵琶是诸乐器中的主要乐器，这一点与天竺乐有七种乐器完全相同，龟兹乐律也源于印度的北宗音乐。

大唐时代，中原音乐歌舞具有华贵、平和、敦厚的特色，而以龟兹乐舞为代表的西域歌舞如滔滔江流涌进中原，那种热情、高亢、欢快、富有野性的雄健和奔放给中原乐风带来巨大的影响，强烈的冲击。唐代的龟兹，不仅以龟兹乐影响中原，而且被内地人视为外来文化的集散地。

白居易有关外来文化的诗句极多，如"法曲法曲合夷歌，夷声邪乱华声和"，"立部伎，鼓笛喧；舞双剑、跳七丸；袅巨索，掉长竿"，"胡旋女，出康居，徒劳东来万里余。中原自有胡旋者，斗妙争能尔不如"，"假面胡人假狮子，刻木为头丝作尾……如从流沙来万里，紫髯深目两胡儿"等等。这些诗句惟妙惟肖地反映了唐代长安城内的胡风，反映了那个充满开放气度的历史潮流，同时也折射出西域歌舞盛大的景况。

古代龟兹乐舞善于把鼓乐和舞蹈融为一体，边唱边舞，舞姿灵巧轻盈，歌曲婉转悠扬，节奏明快，情绪热烈。即使现在你观赏民间表演的“库车赛乃姆”歌舞，当你看到姑娘们脖颈的左右扭动、眼神的闪动顾盼、臂腕的柔软动作、手指的响亮弹击、大幅度的扭腰出胯、小碎步的双脚平移，这些精美绝伦的舞蹈动作，便不能不引起你对古代龟兹舞的联想。那热烈的场面，饱满的情绪，丰富的舞姿，华丽的服饰，多种乐器的合奏，展现了他们别样的精神世界。

文化是社会的一面镜子。只有开放的胸襟，繁荣昌盛的物质社会，方可有丰美璀璨的文化鲜葩。

三

岁月如川，湍湍而去，激起的漩涡和浪花涟漪叠叠，生了又灭，灭了又生。但有一朵鲜葩永远开放在风沙弥漫的西域大地，岁月的冰霜和历史的风雨，并没有使它凋零、枯萎，它依然清丽柔美，刚健俊倩，风采绚丽，风姿绰约。它抚慰着人世的艰辛，熨平人们心灵的褶皱，使寂寞的南疆大地有了不死的灵魂，使孤独的天山和空旷的大漠有了知音。

这是灵魂的淬火，生命的洗礼，精神的涅槃。沉郁的脉管有了激情的奔涌，枯涩的心灵有了甘泉的滋润。那歌舞又如一杯酽酽的香醇美醪，浓烈得令人陶醉，又点燃了人们生活的希望，奋搏的勇气，激起他们前进的力量。

我漫步库车小城，继续翻阅着小城的历史，想寻觅龟兹乐舞的源头。

龟兹地处塔克拉玛干沙漠边缘，周围以天山、帕米尔高原、昆仑山作屏障，形成一个天然严密的封闭系统。无垠的沙漠瀚海又把它包围，使它与外界系统充满险道畏途。在如此封闭的地理环境和恶劣的自然条件下，龟兹这个沙漠王国，为什么成了歌舞之乡呢？

库车当地人告诉我，龟兹乐产生于拜城的千泪泉。说是古代的龟兹国王的女儿进山打猎，遇见了英俊勇武的青年，一见钟情。青年向国王求亲，国王要求青年三年内打出一千个石窟。青年在打出九百九十九个石窟后累死了。公主在山中哭泣，化为终年滴水的山泉，形成克孜尔千佛洞前的千泪泉，长年不息，给茫茫戈壁带来生命与活力。这故事在古印度、波斯、阿拉伯帝国中并不少见，正是这些处于荒漠缺水之地国民心态的反映。

库车人还说，他们民族历史上最伟大的音乐家苏祗婆正是在千泪泉边，因流水滴入深邃的山谷，发出鸣响，从而激发了创作的灵感。传说毕竟是传说，但有一点，我深信不疑：古代的印度人、埃及人、巴比伦人、波斯人、希腊人、塞人……不断地向中国西域输入各自的文化，而中国内地的文化，也不断地通过丝绸之路输送到龟兹，多种文化相撞，必然产生天才的艺术家。

在库车流传最广的是汉解忧公主的故事。解忧公主是汉宣帝的女儿。为了联合乌孙王，抗击匈奴，宣帝将女儿远嫁乌孙。解忧公主与乌孙王翁归靡结婚后，生一女，名叫弟史，长得端庄秀丽，举止优雅，颇有大家闺秀风度。她聪明伶俐，自幼便跟母亲学习诗书礼仪和音乐，琵琶弹得很好，同时对女外交家冯嫽十分佩服，常常模仿她的言谈举止和她精明干练的外交家风度。

一次，冯嫽带她出访龟兹国，龟兹年轻的国王绛宾欣喜若狂。他早就得悉乌孙国有位非常美丽的公主，果然名不虚传。看她蜂腰柳眉，口如樱桃，目如双星，齿如皓贝，谈吐文雅，一颦一笑，落落大方，顿生爱慕之情。这位国王绛宾也是一位音乐大师，他演奏了一组自己创作的乐曲，便彬彬有礼地邀请弟史弹奏琵琶。弟史纤纤细指在琵琶四根弦上弹动，缓如白云流曳，急如狂风骤雨，细如游丝纤纤。一曲下来，惊得满座喝彩。弟史演罢，绛宾又邀共舞。弟史举止大方，风度翩翩，摇曳如风摆杨柳，体态轻盈如剪雨紫燕，扬眉、转目楚楚动人，旋转的裙裾如风卷雪飘。她两颊绯红，香汗淋漓，如花缀露，一片迷人的风韵。

绛宾更加倾慕，向弟史求婚，并请冯嫽帮助。后来解忧公主答应了女儿的婚事。弟史嫁到龟兹，龟兹举国欢腾，国王举行了隆重的婚礼。弟史做了皇后，和国王绛宾，以礼治国。后来弟史又亲自掌管国家乐舞艺术的发展。于是，龟兹成了举世闻名的歌舞之乡。

如今，龟兹古城只留下方形三面墙基，往日的繁华已荡然无存，不见佛寺香火，不闻商旅驼铃。那辽远的暮鼓晨钟，筚篥箜篌之声，也随着岁月的流逝而成为历史，但那神奇的乐舞“密码”总会藏留在龟兹的“档案”中……

那天，我乘着塔里木石油天然气开发公司的车子去天山深处寻觅千泪泉遗址。但走进天山，已是暮色苍茫之时，群山巍峨，如屏如帐。我们踟蹰于山脚下，并未攀缘山岩，寻找那一线山泉。但我想象得出，那山泉水源于天山的冰山雪峰。水一定是清冽甘甜，涌涌不绝的浪花，像晶莹的音符，汇成一曲音质优美的旋律。在这焦渴的岩石和干燥的戈壁旷漠面前，有这一汪甘泉，那是造化的恩赐，是大自然的诗，是天国的乐章。

我虽然没有看到千泪泉，但我的心灵却已受到那汀汀泉水的滋润。

再回到库车时已是灯火烂漫时分了。古城故事多。夜的库车小城到处浮动着古老文化的幽香，到处开放着古老歌舞不败的花朵。在街头我看到一伙维族老少正席地而坐，手持羯鼓，怀抱琵琶，乐声盈耳。一群衣着鲜艳的少女，头戴维族小帽、留着胡髭的小伙子，还有一些粗手大脚的汉子，正在跳库车“赛乃姆舞”。他们席天幕地，无拘无束。旋转的肢体，像狂风摇撼的树林，像大海卷起的涛谷浪峰，像群山逶迤蜿蜒的态势，展示着自然的美，生命和力的美。他们袷袢的皱褶里灌满沙子，头发里也灌满沙子，没有修饰打扮，一切朴素得像泥土，像生活。他们并不是舞台上的舞者，为观众的喝彩而舞。周围没有观众，远处只有天山和大漠，只有天上的星星和月亮。他们是在向天空和大地倾诉自己的欢乐和爱。我想，他们不是在歌在舞，而是一种古老的习俗，是一代代遗传下来的生命密码，是一种原始生命力的张扬和喷涌。千百年来，他们就是在这寂天漠地中一代代欢欢乐乐地将生命延续下来。这歌舞本身就是一种生命意识或生存意识的展现。也许有了它，这片贫瘠而枯涩的土地才有了不死的灵魂，不熄的生命火焰。

琴声伴着歌声，鼓点伴着舞步。耳闻目睹这欢腾热烈古朴而纯情的歌舞场面，我不禁想起古希腊哲人毕达哥拉斯对音乐的研究。他指出：用音乐、用某些旋律和节奏可以教育人。用音乐，用某些旋律、节奏治疗人的脾气和情欲，并恢复内心能力和谐。

这个酷爱音乐歌舞的民族，凭着舞蹈和旋律，赋予心灵坚韧的生活信念和顽强的生存意识，在这风沙酷厉、荒凉贫瘠的远天远地，一代代繁衍、发展，开拓、进取。“饭养命，歌养心”，他们欢欢乐乐地送走苦难，送走死亡，送走岁月，送走历史，从远古走到现代，从今天走向未来。

热烈的氛围，像风掠过湖面，漾起层层波澜，溅起簇簇浪花。他们的舞姿多么优美，他们的歌声多么动人！

我想，这歌与舞是一种天籁。它是不需要舞台的。歌舞是献给群山、草原、江河、戈壁和旷野的，是它们孕育了这民间的乐舞。把歌声献给它们，就像儿女向父母奉献一片孝心。大山有耳朵和眼睛吗？江河湖泊、戈壁旷漠有耳朵和眼睛吗？花、草、树有耳朵和眼睛吗？有的，只有它们听得懂这歌声，看得懂这舞姿。这种心语，只有它们理解。

一切宗教、文化和艺术都是大地的产儿。龟兹乐舞正是这方土地培育的精神之花。

腾格里的另一种解读

一

腾格里沙漠不属于宁夏，它的大部分面积在内蒙古阿拉善盟和甘肃的武威地区。横空出世的贺兰山以其雄浑的躯体遏止住了它东扩的欲望和野性的狂妄，留给银川平原一片绿色的安谧。但是在贺兰山和中卫山还未来得及衔接的一瞬间（这一“瞬间”凝固了，它们永远不可能衔接了），腾格里乘隙奔突东来，将一片沙滩愤怒地倾泻在黄河岸边，积高百米，向宁夏崭露出它暴躁的情绪和狰狞的头角——这就是被世人称作的“沙坡头”。

沙坡头如今已成举世闻名的风景胜地。那一轮轮桀骜不驯的沙丘，被聪慧的宁夏人用一米见方的“方草格”织成的巨大网络死死地罩住了。草格间栽满了耐旱的芨芨草、索索柴、骆驼刺和沙柳。远远看去像一片绿洲。联合国的官员来到这里，惊叹道：“这是人类征服沙漠的典范！”于是沙坡头便名扬四海了。

我对沙漠并不陌生，新疆的塔克拉玛干大漠，古尔班通古特沙漠，内蒙古的巴丹吉林沙漠，毛乌素沙漠，都曾留下我趔趄的履痕。来去匆匆，岁月匆匆，也许风沙早把它们抹平了，或者说沙漠早把我忘记了，但我还记着它们。萧萧漠风曾打疼了我的脸颊，炎炎烈日曾晒爆了我的肌肤。雄浑、寥廓、旷博，沙漠里蒸腾而出的那种肃杀般的苍凉悲壮气氛至今还弥漫在我的心头。

苍凉是天地河汉间之大美。一部文学作品如果氤氲着苍凉的氛围，必然产生震撼人心的艺术魅力，因为悲剧能展示生命最深刻的矛盾。中国人喜欢“大团圆”，喜欢“光明的尾巴”，但西洋文学作品都重视悲剧的展示：“悲剧是生命充实的艺术”（宗白华语）。人生的悲剧，历史的悲剧，万物毁灭的悲剧，总让人感悟出生命的痛苦，体验出更深奥的哲理。钟鼓馔玉、鸣钟列鼎的富贵，金堂玉户、琼楼仙阁的奢华，威加四海、势炎熏天的狂妄，到头来都是过眼烟云，留给后人的只是一抹苍凉。谁也无能力与时间抗衡。毁灭之神啊，你在吞噬一切！

好啦，现在我已走进腾格里大漠。穿过沙坡头绿洲再往前走，便看到腾格里铺张扬厉恣肆汪洋的面目：满眼是浩浩荡荡的沙丘，雷同化毫无个性的沙丘犹如大海的波浪，汹涌澎湃地拍天而去。沙涛无声，煌煌大漠是一片起伏跌宕的空旷和静寂。西斜的阳光照耀着沙海，细沙反射着阳光，刺人眼睛。天空蓝得透明，几缕若有若无的白云，像缥缈的梦幻。大漠似乎被太阳煮熟了，蒸腾着热辣辣蜃气，一种火的战栗，一种凌铄的笼罩。贾谊客居长沙时曾感慨道："天地为炉，造化为功；阴阳为碳，万物为铜。"我不知道此公在江南风景佳胜之地怎么发出如此感悟，如果是站在腾格里的沙丘上，此言更真切了。

时值四月，还不到燠热的盛夏。"四月是死亡的季节"。艾略特大概也弄错了位置，是不是把荒漠当成了"荒原"？四月的沙漠是沙尘暴最活跃的季节。我经历过沙尘暴天气，那是几年前在塔克拉玛干大漠。人在沙尘暴里行走，轻薄得像一张纸，像一个影子，一不小心就会被卷到空中，然后被狠狠地摔到沙丘上，生命转瞬间消失。地球上有十处沙尘暴发源地，中国占有两处：一处是塔克拉玛干沙漠，一处是阿拉善的荒漠地带，也即腾格里沙漠。沙尘暴和地震、洪水、火山爆发一样，自古以来都未停止过，它是大自然万物消长的一环，是天体运作的一道程序。早在汉唐时代，沙尘暴就不断出现，边塞诗人岑参曾描述道："君不见，走马川行雪海边，平沙莽莽黄入天。轮台九月风夜吼，一川碎石大如斗，随风满地石乱走。"这是岑参描写塔克拉玛干大漠沙尘暴的情形，轮台是古丝绸之路的一个驿站。还有陈子昂的"黄沙幕南北，白日陷西隅"，写的是河西走廊黄沙飞扬，疾风肆虐的场景。

历史上许多名城都被风沙掩埋了。罗布泊湖畔的米兰、尼雅、楼兰，早在一千六百多年前都化为了废墟。大夏王朝的皇都——统万城，建城不到五百年，就被沙尘暴吞噬了。还有繁华一时的黑城子，也早已成了沙尘暴囊中之物。

现在风沙俱净。太阳已经西斜，沙丘沐浴在温和的阳光下，温情脉脉，那风蚀的沙纹犹如池塘里娓娓荡漾的涟漪。阳光照耀的一面，又像少女的胴体，闪烁着毛茸茸的红光，一种热烈的青春的象征。这时，我想起青海已故诗人昌耀的诗句："黄沙丘，亮似黄昏"。

沙坡头紧逼着黄河，如果不是人工植草种树固定了一座座沙丘，怕是黄河也要改道了。这高达百米的沙山，对滔滔北去的黄河是藐视的。据说沙尘暴频频发生，每一场沙尘暴都能给生命带来巨大的灾难。是沙坡头这片小小绿洲保护了包兰铁路，使其几十年如一日地穿越腾格里沙漠未遭厄运。但是人类在大沙漠面前毕竟是渺小而懦弱的，沙漠每年仍然以十几米的速度向黄河逼近。

"大漠孤烟直，长河落日圆。"眼前没有大漠孤烟，却有黄河落日圆的景观。

漠风轻拂，落日像燃烧殆尽的火球，火苗发出劈劈啪啪的声响，火星四溅，半个天空都灼红了。那一轮橘红的落日在掬水可以铸金的黄河波涛里沉沉浮浮，把一川风涛也烧沸了。浪花里迸溅着火星，天地苍茫，万籁俱寂，只有这苍凉的落日和古老的黄河弹奏着一曲悲壮的乐章。

二

腾格里，蒙语的意思是天一样大。走进腾格里大漠，我只感到语言的苍白、贫乏。语言是难以勾通人与自然情感的。这大漠的空旷和寂寥、凝重和静默，你很难用语言表达。沙漠不是死亡之海。早晨，你会听到太阳抖落一身沙尘，艰难升起的步履声；月夜，你可以听月亮钻出沙海的沙沙声。沙洼间，沙丘与沙丘间的平地上，仍有耐旱的芨芨草、骆驼刺、索索柴之类的生命，坚韧而顽强地生长着。该开花时开花，该结籽时结籽，它们仍然用生命注释着春夏秋冬的更迭，记录着岁月匆匆的脚步。

有一天，我在沙漠里看到一棵马莲草。我被它惊心动魄的生命震呆了：它孤独地耸立在一个小小的沙墩上。绿剑般的叶子倔强地抖擞着，愤怒地直指苍穹，展示着生命的高傲和旷达。它下部的沙丘被风蚀去，暴露出庞大的根系，绛紫色的，像憋青的脸，竭尽全力地支撑着苦难，支撑着一棵不屈的生命。那扭曲变形的根须，纵横交错，绵亘迂回，使我想起了东山魁夷那幅名画《根》，想起了罗丹的雕塑《三个影子》，想起了但丁，想起孤独的苏武，想起了受苦受难的耶稣。

走近它，我肃然起敬，觉得它不是一棵草，是一尊神，是一尊生命的力神和战神。晨风吹来，那坚硬的叶子发出金属般铮铮锹锹的响声，像奏响一部巴赫的《马太受难曲》。

我站在马莲草身边，心里涌动着酸涩和悲苦，情不自禁地弯下身向它鞠躬：马莲草啊，"我不是向你膜拜，我是向人类的一切痛苦膜拜！"(陀思妥耶夫斯基语)。

这些年来我在西部跋涉奔波，情感的河流里总翻卷着凄苦的漩涡：这里的山，这里的树和草，这里的人和牲畜，从他(它)们的身上我感到生命的苦难和世界末日的苍凉，也使我更多地感悟到生命的崇高，爱的崇高。

我想起塔克拉玛干沙漠那片原始的胡杨林。那粗大高峻的树木大多数都已干枯死亡，枝丫断裂，露出白生生的骨渣，脚下是乱七八糟的残臂断枝，有的只剩下半截树桩——如果你俯下身仔细察看树桩的横断面，会惊异的发现：那浅色的年轮构成畸形的图案，忠实地记录着它的争斗、痛苦、疾病、炼狱般的苦难，艰辛的挣扎，还有幸福和繁荣……树是很聪明的，知道没有人记载它的历史，便悄悄地用年轮将生命的每一个细节都写进它的自传。而今这些树木有的已枯死了数百年、上千年了，它们依然一动不动地挺立在沙漠里，像倾圮的神庙，像一场厮杀搏击后的古战场，这风景太悲壮太苍凉了。看到它，你会感到语言有时是人类最愚蠢的表达方式，人与大自然的对话，不能靠语言，最不可信任的就是这些无生命的符号。

传说，塔克拉玛干的胡杨树，一千年不死，死后一千年不倒，倒下一千年不朽。只要有一条根，就拼命地扎进大漠深处，吮吸苦涩的水分，支撑着不死的树丫，绽出一片片嫩黄的绿叶。圆圆的薄薄的叶子像粘在树枝上似的，但是那是生命的信念，绿色的宣言。看到它们，使人想到希腊神话中的酒神狄奥尼索斯出生、爱情、冒险、死亡的悲剧。

那天，我和一棵胡杨树做了一场感情的交流：

我：你为什么生长在这死亡之海？

树：这是命运。命运注定我生存这里。我父母年轻时，这里有河流；后来河流经不起风沙的袭击，逃亡了，只留下我们这些树。前面那棵是我父亲，后面那棵是我母亲，周围那些都是我的亲戚，我们原是一个很兴旺的家族。父母死了，只留下光秃秃的风干的躯体。我父母在世时生得高大健美，风流潇洒，不瞒你说，他们是树中的美男靓女……我们不能像你们人类随便可以迁徙——不是批评你们，那是人类对土地的不忠，对祖先的背叛。

我：这大漠里，夏天烈日炎炎，冬天风雪酷寒，即使春和秋也是沙尘暴肆虐的时节；这里没有蝴蝶的爱恋，没有鸟儿的歌声，你们不感到寂苦吗？

树：这一切我们都习惯了。苦难、寂寞，我们不怕。我父母在世时告诉我：受苦受难是一种伟大的创举，它可以净化灵魂，在苦难中获得新生。没有我们，沙漠真正成了死亡之海。我的父母，我们的家族都有过辉煌的历史。我的祖先就看见过班超和他的骑士，也看见过来往西域的商贾，他们的驼队还在我们身边歇息过，打过尖。晚上点燃篝火，围绕着我的祖先唱歌跳舞，度过一个寒冷的大漠之夜。我小时候还看见过成吉思汗的马队呢，成吉思汗，你知道吗？蒙古草原的大英雄，他率领大军西征，就是从这里经过……实际上，我们树的历史就是你们人类的历史。元朝有个诗人名叫马祖常，他不是你们汉人，如果我没记错的话，他是维吾尔族人。他写过一首诗："波斯老贾渡流沙，夜听驼铃识路赊。采玉河边青石子，收来东国易桑麻。"那时候，我们前面那条路上可繁忙呢，驼队、马帮，还有僧侣、征人，来来往往……如今路也被风沙淹没了，人影也不见了（老树伤心地叹了口气）。唉，我的日子也不多了，只要我还能绽出一片绿叶，我都要同风沙搏斗，坚守这里，守望着我们的家园。

我：你们守望家园的精神实在令人敬佩。可惜，我们人类精神的家园没有了，我生活的那个世界，是金钱喧哗、权力肆虐、病毒蔓延的世界……人类的末日也要降临了。

树：那是你们人类的悲剧，是你们人类自我导演的，你们逃脱不了末日的审判。这和自然界自身的灾难不同，洪水、地震、火山爆发、沙尘暴……都给地球的一切生命带来苦难。由于你们人类的贪婪、自私、欲望的恶性膨胀，这些灾难越来越频繁了。我相信，终有一天，上帝会惩罚你们的。

……

我离开塔克拉玛干沙漠时，和胡杨林拍了好几张合影，悲壮的胡杨林永恒地留在我的记忆里。

去年春天，我在河西走廊采访，那是行驶在武威荒凉的大山沟壑中。那山呈铁锈色，没有树，没有草，枯焦、干瘦，是一个死亡的躯壳。汽车穿行在沟壑间，山谷里有一条河流，早已干涸，河岸上只留下刀刻般的水纹线，醒着一缕河水的记忆。河畔有一方平整的土地，一个小村庄坐落在那里。我们看到这村庄时，已经成了一片年轻的废墟。武威的朋友说，人都迁走了，属于生态迁徙。村舍全是没有房顶的土墙的方阵，土筑的院落，空荡荡的弥漫着一片死亡的气息。当我的目光扫描一阵，却发现有两间土屋，门窗俱在。屋后有一棵白杨树，高高地，孤零零地站在那里。我们跳下车，奔向那座土屋。令我们大为震惊，从土屋里走出一个老汉，像个幽灵似的，他头发花白，目光浑浊，吃力地打量着我们，一言不发。问起来，才知道，前几年政府动员他搬迁，他死也不愿离开这里，儿子、媳妇、孙子都走了，这两间土屋还有这个村庄只剩下他一个人了。他守着这村庄，守着这棵树，还有他放牧的一群瘦弱肮脏的羊——这简直是一个古老的童话。我问老人怎么吃饭的。老人说，每隔半月二十天，他儿子就开着车给他送些干粮、面粉、水和蔬菜。他说，他和这山这河都有着血缘关系，小时候，山上有草，河里有鱼，夏天在河里抓过鱼，冬天在河上滑过冰。现在河干了，草死了，山也死了……他眼睛里蕴含着悲怆，脸上是一片木然。老人又说，村里人都走了，我不走。他指着对面山坡说，那里有他的爷爷奶奶，爹和娘的坟——其实很难看得清，那坟堆和大山融在一起了。这土地是他们家族生活过的地方，有他的根，有他的神。

我倾听着老人的叙述，虽然方言味很浓，断断续续，语句不连贯，但我感到惊心动魄，有一种震撼灵魂的力量。这是人类最高贵的精神，人类就是凭着这种精神而生存。爱的力量比死亡更勇武百倍。

后来的事情，武威的朋友告诉我，那老人在去年冬天死了。是一个风雪天，老人为寻找一只走失的羊，从山上摔下来，死了。他儿子半个月后才找到他的尸首，用屋后那棵树作了一口棺材，把老人安葬在“祖坟”上——从此，这个村庄从地球上真正地消失了。老人用他的生命，为这个村庄画下了一个令人伤感的句号。这消息，使我心情沉重，其实我和那位老人只有一面之交，姓甚名谁，都不知道，但一个巨大的命题却始终盘绕在我的脑海：人啊，你究竟是什么？

现在让我们再回到腾格里沙漠，回到马莲草身边。马莲草绽蕾了，开花了，倔强地挺立着，蓝得纯净，蓝的深沉，像天空，像海，在这荒凉和寂寞里，默默地生存，默默地繁衍。这小小花朵里，这纤弱的枝茎里，蕴藏着多少世俗、冷漠、庸浅的眼光无法诠释的生命的意志和力量啊！

我心里萌发出一个伟大的主题：双手举起相机，颤抖着手指按下瞬间的永恒——这是世界上最辉煌的风景，这是羌笛哀怨、春风不度的腾格里生长出来的春天！感谢马莲草，感谢沙漠，感谢阳光，感谢风，感谢天地日月之精华，共同打造了生命的神圣和庄严，为人类的精神世界展示出一个全新的经典！

这伟大的灵魂是虔诚的，面对炼狱般的苦难，你是苦行僧，又是欢乐佛。而我们生活在富裕的城市和肥腴的土地上，心灵却那么浮躁、迷乱，灵魂那样荒芜和苍白。欲望之火已把城市烧成灰烬，人满为患，金钱肆虐，权力纵横，已使我们的日子长满霉菌；我们的生活已被看不见的竞争的魔爪撕得支离破碎，鲜血淋漓。

四月的阳光照耀着腾格里空旷的大漠，没有风，腾格里是一片苦涩的静默。这时，我感到彻骨的孤独，一种被遗弃的感怀涌上心头，我的心酸酸的，只想掉泪。

三

腾格里沙漠虽然已有火车通过，现代化的交通工具并没有彻底淘汰古老的沙漠之舟——骆驼。它们依然默默无闻地，步履稳健，心无旁骛地跋涉在茫茫的风沙线上。高昂着头，微眯着眼，将信念和毅力，忠贞地写在重重叠叠的沙丘上。

那是一个晨光初露的早晨，我漫步在沙丘间，大漠在粉红的霞光里变得温柔、迷人。沙质极为细腻，鎏上一层薄薄的霞光，犹如铜浇金铸般的高贵典雅。天空由黛蓝色变成瓦蓝，蓝晶晶的天，透明的空气，鲜丽的朝霞，使人感到大漠并不荒凉。沙丘波涛起伏，犹如奏响一曲无声的滂滂沛沛的乐章。

就在这时，我隐隐听到一声声驼铃——叮咚叮咚，从大漠深处传来，犹如深山里的泉韵，有一种寺院晨钟梵音般的庄严。

千里驼铃动朔方。我想起了古人的诗句。久违了，大漠的骆驼。

骆驼是大漠一页鲜活的历史。这些古丝绸之路拓荒者的后裔们，依然穿梭在这风沙线上。看见它们总想起古代和中世纪那波斯老贾或是汉唐的商人，赶着驼队，满载着波斯的玻璃、胡麻、苜蓿、葡萄干、绿豆、宝石等等，还有从中原装载的锦帛绸缎、茶叶、陶瓷、铁器……长长的驼队跋涉在戈壁旷漠，缰绳联着缰绳，驼铃声伴着驼铃声，像一曲雄浑而又悲壮的慢板，奏响在风路浩浩沙路浩浩的天地间。炎炎烈日，萧萧风沙，骆驼和拉驼人已饥渴难忍，但他们依然艰难地行进。骆驼高昂着头，微眯着眼，目光蕴含着信念，步履稳健，不急不躁，那种坚韧和毅力，那种雍容大度和充满自信，使你会感到一种敬畏。这些伟大的独行者在传播着友谊和文化。一条古丝绸之路编织了几千年人间动人的故事和史诗。

骆驼是苦难的象征，是上帝派它们来到人间，与人类一起经历苦难的洗礼。诗人们把骆驼比做放逐者。放逐者自有放逐者的旷达，他决不屈就强加的忧患，更藐视令人窒息的浮华。这古老而荒凉的沙漠，留下它们深深的蹄窝，那是先哲的诗行，是特立独行伟大秉性的传记。

太阳湮灭在大漠中了。大漠梵天净土般的幽静，落日的余晖映照在沙丘上，犹如灵柩前熊熊燃烧的火烛。一枚生锈的古箭镞裸露在沙滩上，像古老的符咒和占卜。恐怖和肃穆伴着潇潇暮色的降临，大漠出现一种幽冥和恐怖的宗教氛围。沙丘上的沙蒿和梭梭草像魔鬼奓撒的毛发，在夜幕中恐怖而狞厉。风吹过，索索有声，像念着谁也听不懂的咒语。天地间寂然如梦。

孤独的驼队和孤独的商贾就地露宿。骆驼围成一座驼城，拉驼人就依偎在骆驼温暖的怀抱里，喝上几口烧酒，吃上几块干巴的馕，便对着初升的新月，弹奏一支曲子。那凄清的胡琴的旋律，像神曲一样在月色里飞翔，像幽魂一样在大漠里游荡。

腾格里大漠是古丝绸之路必经之路。从咸阳出发的商贾驼队就是沿着萧关道，经灵武过中卫，进入腾格里，然后到达古凉州，再沿着河西走廊跋涉而去。我曾访过一位驼人的后代，他说他的先人就是"骆驼客"，赶着六七十四到上百匹骆驼，最远到达过现在的阿富汗，伊拉克，往来一趟八九个月到一年。

他说，骆驼是天生受苦受难的角色，常常几天吃不上草，喝不上水。忍饥受寒，满载重负，却无怨无悔。骆驼食量大，一口气能吃六七十斤草，饮好几桶水。骆驼的食物都很粗糙，沙棘、索索、骆驼刺，很坚硬的枝叶，枝条上还长满刺儿，它用舌头一裹，全进了坚强的胃。

他说，骆驼最通人性，温厚笃实，对孩子妇女都不欺生，只要缰绳往下一抖，它那高大的身躯就很驯从地卧倒在地，让你骑在它的双峰间。风一程，沙一程，它会把你安安全全送到目的地。骆驼的记忆性很强，凡是经过的地方，它都能记住哪里有草，哪里有水，哪里适合拉驼人休息。它的嗅觉非常灵敏，能闻到几公里外的水草味。过去"骆驼客"骑上头驼，把后面的骆驼用缰绳连在一起，你尽可背依驼峰打瞌睡；凭着节奏舒缓的驼铃声，你可以放心地让骆驼们走下去。

他说，现在虽然有了飞机、火车、汽车，有了高速公路，现代化交通工具很发达，但大沙漠里仍然离不开骆驼。这古老的牲口，伴随着人类走过了几千年的历程。只要沙漠存在，它们仍然会伴随着人们继续走下去。什么秦皇汉武，什么唐宗宋祖，说白了，是骆驼开辟了一条伟大的丝绸之路。

听罢年轻人的讲述，我对骆驼肃然起敬。骆驼被世俗称之为"四不像"。其实正是它集中了许多动物的优点，才能适应这艰危的生存环境和苦难而粗糙的岁月。它的脸型像猴，耳朵像牛，脊梁像龙，嘴巴像兔，大腿像鸡，鼻子像狗……几乎囊括了十二属相中动物的形象特征。这十几种动物的灵魂铸造了沙漠的怪物，这是上帝赐给人类的助手。

我想起元代诗人马祖常的诗句：

贺兰山下河西地，女郎十八梳高髻。

茜根染衣光如霞，却召瞿昙作夫婿。

紫驼载锦凉州西，换得黄金铸马蹄。

沙羊冰脂蜜脾白，个中饮酒声澌澌。

诗中的河西，就是指黄河以西地区，也就是今日的银川平原。沙羊，就是沙漠中的羊只，今称滩羊。宁夏五宝之一——滩羊皮，就出产于此。这首诗画出了一幅宁夏一带浓郁的风俗画。那时，宁夏有招赘僧侣作丈夫的风俗，也反映了元代西域与内地的经济贸易状况。

马祖常还有诗句："橐驼驯象奴子骑"，橐驼即骆驼，那意思说连小孩也可以骑。

马祖常另一首著名诗篇《河湟书事二首》(其二)，更生动地描写了古丝绸之路上拉骆驼的商贾跋涉大漠的形象："波斯老贾渡流沙，夜听驼铃识路赊。采玉河边青石子，收来东国易桑麻。"

叮咚叮咚，远处的驼铃声更清晰了，也更动人了。一队浩浩荡荡的骆驼，首尾相衔，出现了一种古典诗词的意境，使人振奋，又让人悲凉。这时，太阳已高高升起，朝霞鲜丽得像一幅水彩画，阳光温柔的光芒照耀着辽阔空旷的大漠。重重叠叠的沙丘，波涛翻腾，无边无际。沙漠之舟，多么生动形象的比喻。一页驼舟，迎着风涛沙浪，行驶在漠漠天地之间。那声声驼铃，犹如贝多芬的《命运交响曲》，悲怆雄浑的乐章演绎着人类和万物的苦难。

叮咚叮咚，古丝绸之路的驼铃凋零了，后来的骆驼仍然记住了它们的道路。

风流六盘山

谁能想到在这粗犷、粗糙、遍布荒原戈壁沙漠的大西北，竟然有一座酷似江南的绿水青山？那浓如酒的云霭，那淡如梦的山岚，那野芳发而幽香，佳木秀而繁阴，那连绵不尽的浓浓稠稠深深浅浅的绿……会使你惊叹惊讶，是造物主的粗心，还是有意将这如诗如画的六盘山安放这里，给枯涩亢燥的大西北一抹诗意的慰藉？犹如一部雄浑激越的狂飙曲，蓦然出现一段“江心秋月”的小夜曲，反差太强烈了！

连日以来，你在西海固荒荒土塬上跋涉。赤裸裸的山丘，干旱的黄土，滔滔涌涌的丹霞地貌，赭红色的岩石，犹如遍地燃烧的火焰。大日炎炎，热浪炙人，你的眼睛被灼痛了，视线浑蒙了，连思维也僵涩了！而今突然走进六盘山，像走进如梦如幻的仙境，像痛饮几杯冰镇的鲜橘汁，五脏六腑都是一种战栗的快感，心怡神惬，一溪清流润过你龟裂的情感！

最富有诗意的是你走进六盘山凉殿峡。这是一个细雨蒙蒙的日子，满天云翳，远山近岭煊煊腾腾缭绕着云霭、雾霭、雨霭。雨，细如丝，轻若烟，不是下，而是在飘。雨凝结在路两旁的树叶上，又慢慢悠悠地滴落到草丛和野花上。

其实六盘山近年来为适应旅游业的发展，开辟了许多景点：胭脂峡、香水峡、野荷谷、泾水源、二龙河、米岗山、鬼门关、延龄寺……每一处景观都有独特的风格，鲜明的个性，让你叹为观止。而凉殿峡是当年一代天骄成吉思汗攻伐西夏时的大营驻扎之地，至今还有大汗的遗迹，怎能不撩起你思古之幽情呢？

通往凉殿峡是新修的柏油公路，被雨淋湿的公路油汪汪的。远山近岭，绿裹翠拥，烟雨迷蒙。若是晴日，你可以看出那绿的层次感：

浅绿、浓绿、碧绿、黛绿、墨绿，绿得苍苍莽莽，绿得雄悍，绿得蛮野，绿得惊心动魄。而现在一切都化为一幅中国画水墨然的大写意了。

汽车沿着盘山路踽踽而行。雨声淅淅沥沥淅淅，车窗上的刮雨器不停地摆动。窗外是高大的橡树、樟树、松树、桦树、椴树、青树，峰峰染绿，山山抹黛，绿意酽酽，苍翠欲滴。漫山遍野奏响着激越、亢奋的绿的主题歌。那林木蓊郁的山崖，简直是绿色的大爆炸，燃起熊熊烈烈绿色的火焰！

路边树丛间芳草芊芊，野花簇簇，还有葳蕤的野蕨，茂茂腾腾，疯疯癫癫。你轻轻地摇开车窗，一股清新鲜冽的空气像瀑布般涌泻而入。那空气糅杂着淡淡浓浓的薄荷味、香菇味、野蒿味、苦艾味，不知名的山花野草和林木的青苍味，还有淡淡的土腥味，雨腥味……这是生命的气息，是大自然散发出的浓郁体香。你深深吸上几口，顿然如醉如醺，你从尘世带来的污浊之气也顿然被洗涤殆尽，怪不得人称六盘山是大西北之肺呢！

陪同游览的是当地的县委副书记。这位"县太爷"对六盘山了如指掌，一路滔滔不绝地向你介绍六盘山概况和历史掌故：六盘山是国家森林公园，是自然保护区，森林覆盖面积七万多公顷，高等植物七百多种，贵重药用植物四十多种，食用菌类也多达三十多种，野生动物三百多种，是大自然的基因库，是活生生的动植物标本陈列馆——他带有甘肃口音的普通话，沉郁、凝重，又不乏轻灵，像一汪清泉，汩汩潺潺，悦耳动人。

说话间，汽车突然放慢速度。抬眼一看，前面有几只长着彩翎的山雉拖着肥胖的躯体，大摇大摆地横过马路，对我们的到来不屑一顾，一种傲慢的神气！几只乌鸦也从林子深处飞出来，嘎嘎地鸣叫着，停栖在路旁一棵高大的青桐树上。云雀也像从梦中醒来，亮开圆润而嘹亮的歌喉，撒下一串湿漉漉的鸣韵。一只野兔从树丛中窜出来，飞也似的穿过公路，跑进了对面的深林里。从远处林莽里传来鹧鸪的叫声，低一声，高一声，湿湿的空气微微颤动，这时你会感到深山闻鹧鸪的古典诗的意境。还有山鹬拖着长长尾音悠扬的鸣叫……但没有蝉，下雨的时候蝉是不鸣叫的。它们伏在湿淋淋的树枝上，缄默不语，像是进入一种禅思。雨，还在下，淅淅沥沥。云气氤氲，雨意迷离。纷至的水汽，从峡谷中冉冉袅袅翩翩升腾起来，婀娜多姿，变幻莫测，时而团团簇簇，时而丝丝缕缕，如梦如幻。

水，是女人的化身，雨是水的灵魂，雨也就有了女人味。这霏霏的雨蒙蒙的雨沁沁的雨，的确有着女人胴体的清馨，女人缱绻的柔情。

雨飘落在树下的花瓣和草叶上。野花和芳草微微战栗着，像是初恋的少女，第一次接受情人的吻，惊悸、欢忭，还有些许的惶惑。如果这时你遇到几个穿红衣服的少女挎着竹篮从林子里出来，你会误认为走进江南水乡泽国遇到了采桑女呢！

然而，峡谷里很静，没有村庄，没有人烟，连护林员的影子也看不到，这儿是鸟类和动物的伊甸园，是大自然的生命摇篮。

山路蜿蜒，曲径通幽。车子行驶了一个时辰，眼前突然变得宽敞，出现一片山岭平地，还有几座蘑菇状蒙古包（这是旅游公司设置供游人休憩用的）。路旁有醒目的标志牌：凉殿峡。七百多年前的一个夏天，成吉思汗率大军一路浩浩荡荡进入西夏国境域，想找一个凉爽的地方休整一下，就选择了六盘山这道峡谷。大汗在这里安营下寨，进军西夏总指挥部就设在这里。至今这里还遗存着蒙古大军的旗杆石、拴马桩、石桌、石凳，谁曾想这幽幽峡谷，森森巨壑，竟是历史的一个大舞台，一代天骄在这里导演了一幕震天撼地的史剧。然而，这凉殿峡也是这个叱咤风云、一生消灭欧亚四十余国的“天可汗”病故之地。他悲壮而辉煌的一生，就在这里画上了句号。

凉殿峡景点有好几条通向幽林的小径。不需导游，你随便沿着哪条小径向前走去，都是一幅动人的画卷。山径用石子铺就，既不滑腻，又不泥泞。鹅卵石，青石板，铺砌得很有韵致，像一首格律严整的古典诗词。一踏上这幽幽小径，你会感到唐诗宋词的韵味扑面盈怀，诗情浓浓，古意悠悠。你如果不是撑着塑料尼龙伞，而是穿蓑戴笠，手握一柄荆仗，那简直就是李商隐、苏东坡了。我劝你，最好不要打伞，让霏霏细雨尽情地潮你润你湿你，裹一身雨意，披一肩淋漓，这是天国的沐浴，是大自然的洗礼。那雨丝飘落在你的脸上唇上，湿湿的甜，沁沁的凉，你会有一种微醺渐醉的感觉。

最让你动情的是小径一侧的那条深涧。涧水淙淙，山泉咚咚。涧中乱石横卧，参差错落。涧水泉水在石涧跳跃奔腾，奏响了一曲美妙动人的乐章。这是天籁地鸣。你会感到生命变得年轻了，整个世界变得年轻了，满世界都充满着生命的力量，勃发着青春的激情。小径两旁的林木间野芳菲菲，荒草离离，你用荆仗拨开灌木丛、草丛，会有一股浓郁的酒香扑鼻而来，那是山果和野蘑菇酿造的，好醉人啊！

你注意观察小径两旁那高大的乔木了没有？这里简直是树的家族会聚的圣地。且说那杉树就有云杉、冷杉、油杉、雪杉、铁杉……那杉树高大挺拔，风流倜傥，珊瑚般的细叶，眉清目秀，侠骨柔肠，潇洒中透出峥峥傲骨，飘逸中又给人一种儒雅稳健之感，这真是大森林中的美男子。它若真是一个小伙子，不知会引起多少倩女的青睐，又酿造出多少甜甜的桃色的梦呢！

而性格与杉树迥异的是橡树，粗壮雄悍，那真正是大西北汉子的再版，黑黝黝的椭圆形的叶子，敦厚坚实。它默然不语，沉静地站立着，像执行任务的哨兵，目不斜视，心无杂念，虔诚而忠厚，给你一种信任感，一种可以刎颈之交的信任感！

而让你惊讶的是桦树林。亭亭白桦，依依白桦，你在内蒙古林海看见过成片的白桦，可是你没有见过红桦林？世上有红桦林吗？有的，就在你眼前。那红桦身裹火红色，卷起树皮，像一页页朝霞，那么鲜丽，那么明媚，风流蕴藉，含情脉脉，又像少女抹上口红的唇，单等情人去吻她呢！这里有成片的红桦树，在绿浪涛涛的林海里像飘着几片红色的三角帆，使整个山林有了动感，漂浮感。你从下向上望，一柱红玛瑙般的树躯，撑开一个庞大的翡翠般绿冠，这红与绿的反差极为鲜明，强烈，令人叹为观止！这是绿海仙子，是造物主的一大创举，是天公地母生花妙笔的极品！

至于松树，在这里可以说太“大众化”了，满山遍野驻满了松树部落。那些杉树，桦树是少数民族，那么松树倒是大民族了。地球上有多少种松树，你不知道，但凉殿峡的松树多得让你眼花缭乱，目不暇接：这里有长白山落叶松、黄山松、红松、白松、黑松、樟子松、兴安松、火炬松、金钱松……林林葱葱，苍苍莽莽，蓊蓊郁郁。茫茫六盘山，松树总是扮演着“主旋律”的角色。那松有的长在沃土膏壤之地，有的扎根山岩石缝间，有的横在悬崖峭壁上，有的迎风挺立在大山风口，像大义凛然的壮士，揽一身风雪，顶一天寒霜，北国的男子汉，戍边的勇士。

但松树品种不同，个性也差异，或庄重，或肃穆，或典雅，或雄悍，或姿睢，或冷峻，或飘逸，或孤傲，或清秀……你最喜欢的是樟子松，浑身油黑黛绿，清俊挺拔，像古代的侠客，风度翩翩，又不失柔情脉脉，真是松树中的伟丈夫！

……

好啦，继续往前走吧……雨依然飘飘洒洒，没有风。这雨下得十分耐心，富有韧性。你的衣服湿湿的了，头发上淋漓着水滴，糊住眼睛了。抹一把，出现在你面前的依然是莽莽林海，一层层随着山势起伏跌宕，像大海的潮涌，雨霭云气，扑朔迷离，仿佛走进了一个陌生的幻景。深涧的水雾升腾上来，把你团团裹挟起来，山顶上的莽云踽踽游弋，你感到脚下踏的不是小径，而是一叶独木舟，在苍茫和浩瀚中沉浮。

山是漫无边涯，树是漫无边涯，你被狂烈而清凉的绿拥抱着，你被大山多姿多情的爱燃烧着。这时你早已忘却了尘世间的烦恼、痛苦、惶恐，忘却了拥挤的车流，喧嚣的市廛，熙攘的人浪，还有被生存竞争魔爪撕剥得鲜血淋漓的岁月，被尔虞我诈市场经济的魑魅魍魉所吞噬撕咬时的痛苦……大自然是人类唯一的避难所，是人类精神唯一的诊疗所。

当你登上一座山岩，举目远望，凉飔乍起，螺云万叠，烟雨笼罩的群峰万嶂，成团成簇的是云、是雾、是雨烟、是山岚，苍黛色的天空和苍绿色的群山融在一起，这是大化的境界，没有闪电，没有雷鸣，天地间是一种涅槃的静寂，是一种大气磅礴、森森酽酽的静。这静寂中涌动着生命的潮，力量的海，充满着激情，充满着希望……此时此刻，你才真正体验到生命的庄严，生命的华贵，生命的伟岸！

凉殿峡并没有满足你对六盘山阅读的渴求，在一个晴朗的日子，你要去野荷谷。县里派了车，可是车到山谷的出口处不得不停下。要漫游野荷谷，只能步行，小路很窄，双人并肩都显得有点挤。真正体验大自然的美，以步代车才能品赏出那种原汁原味来。

野荷谷深长二十多公里，谷里有溪流，是泾河在六盘山母腹里发育它的“羊水”。也就是说，大名鼎鼎的泾河未走出六盘山之前，还算不上一条真正的河流。

沿着河谷你慢慢走吧，不同的峡谷有不同的风格。顾名思义，这里满谷长满了野荷，滂滂沛沛、葳葳蕤蕤、郁郁苍苍。那一人高的荷茎，支撑着一张张庞大的荷叶，团团如盖，叶叶相覆，叶叶重叠，恣肆纵横，如狂如癫，这是生命野性的大爆炸！荷花尚未绽开，偶有点点红荷，万绿丛中更鲜艳，更亮眼，更富有诗意。满谷都是荦荦大端、阔大碧绿的荷叶，浩浩荡荡，汹涌澎湃，贯满十里长峡。

由于昨日下了一场雨，谷涧溪流情绪格外饱满，激情洋溢，流水隐藏在荷叶下，只闻淙淙流水声。没有风，两岸的树木像老僧打禅似的一动不动，草和花尚未睡醒，鼻息吐出一缕缕幽香。峡谷飘着丝丝缕缕的雾纱，缥缥缈缈的阳光透过薄雾照射过来。黑黝黝的荷叶上闪烁着太阳的光斑，圆圆的、亮亮的，随着荷叶微微颤动，那光也富有动感、节奏感。这时，你仿佛已进入捷克作曲家维因贝尔格那首著名的交响曲《静寂的山谷》的意境中。

闲云淡雾散去，阳光毫无顾忌地辐射下来，但并不感到炎热，通往峡谷深处的山径，林木荫翳，丹黄碧草，古树苍藤，阳光穿过浓密的树叶泻给小路一片亮晶晶的微笑。峡谷里很静，空气湿润而芬芳，有牛虻粗重的鸣叫声，有大黄蜂嘤嘤嗡嗡地飞来飞去，淙流飞觥，乱蛩齐鸣。更惊心动魄是蝉噪。蝉不知躲在哪丛树叶里，一蝉吟唱，万蝉伴奏，叫声如急雨、如惊涛、如繁弦，嘈嘈切切，轰轰烈烈，大自然的协奏曲，响彻整个峡谷。而五彩斑斓的蝴蝶，像天使、像仙子，鼓动彩色透明的羽翼，伴着蝉鸣蛩音，翩翩起舞，万千潇洒；还有红头蜻蜓，飞来飞去，盲目而自信，坦然而放荡，它们没有耐心和稳重，时而落在荷叶上，转眼又站立初露荷苞上，颇有点“小荷才露尖尖角，便有蜻蜓立上头”的诗意。一谷縠纹，万叠绿涛，整个野荷谷进入一种梦幻般的世界，一种生命自由狂放的境界。

这时候，你才会体验出什么是生命，什么是原汁原味的自然生态。你可以看到大自然的一颦一笑，一举一动，可以感到大自然的呼吸在微微震颤，感到每一片树叶、每一缕阳光、每一丝风、每一块岩石都富有原始生命的脉跳。你如果一不小心触动了什么，就触动了大自然的脉搏；你如果弯下腰亲吻一下野花，触摸一下荷叶，你会觉得触动了大自然的某一块肌肉，某一条神经，一种生命的激情、青春的热烈气息传导而来，直透肺腑。你顿时会感到浑身血液在涨溢，每条血管都奏响血流奔突的澎湃声。这时，你方醒悟，人类原是大自然的连体婴儿，人类与大自然原本是和谐的、亲密的，既不是它的奴隶，更不是它的主人。这种关系一旦失衡，遭到厄运的最终是人类。人类离大自然越远，现代文明越发达，人类的末日到来的越快。不是吗？由于后工业社会高度发展，导致了江河污染，土地沙化，气候变暖，冰川消融，臭氧层洞开，物种递减，垃圾山积，病毒蔓延……正是人类破坏了大自然的原始生态，用高科技手段割断了大自然的神经，毁灭了它的肉体，整个地球都发了溃疡、溃烂，甚至出现了癌变，这是人类自身的罪恶导演了人类生存的悲剧。现代文明使人的欲望粉墨登场，各种丑角顽强地、疯狂的、歇斯底里地表现自己，展示自己，谁能扼制住剧情的发展呢？

走进野荷谷，你像迷途的羔羊寻找到生命的芳草地，这里是生命的伊甸园，是人类和万物的摇篮。

野荷谷依然是一片原始的静谧，虽然虫吟蛩鸣，彩蝶乱舞，蝉噪如雨，轰轰烈烈，热热闹闹，但这种声音安详而和谐。山之声、水之韵、虫之吟、鸟之鸣，那是天籁地鸣，是原始生命深沉雄健的呼吸，你会感到大自然的肺活量是多么鲜活、雄阔而充满力度！你在山径上砉砉的脚步声，你的呼吸声，你与同伴的笑声话语，也化为这天籁地鸣的一部分，你顿时感到精神世界变得无限寥廓，浩瀚旷博。啊，原来生命是这么美好！这时，明丽的阳光，清澈的流水，绿翻翠涨的长廊，绿伞如云，山荷芬芳，野花馥菲。置身在这幽静迷人的野荷谷，聆听山鸟啼鸣，吮吸山荷馨香，犹如走进超凡脱俗的仙境。

两岸的山峰露出倩姿芳容，那陡峭的群峰如戟、如剑、如笋、如屏，直插云霄，层层峰峦上裹着层层绿帷翠幄。你想不到这苍莽的群山万嶂蕴藏着如此浓烈的生命激情，峥嵘挺拔，激起你精神力量的潮涌，你会感到浑身也膨胀着一种力，一种原始生命力的蒸腾。那满谷野荷已插满荷箭，那粗壮的玉茎顶着一个欲放的荷苞，像高擎着一炬火把，单等谁的令下，顿时会出现色彩的大爆炸，色彩的疯歌狂舞。这蕴含着的美的力量，是大自然生命之神赋予的一种高贵和永恒。

偶见一两枝荷箭已性急绽苞开放，那叶瓣如同一片鲜丽朝霞，像夜色中点燃的一束火焰，像走上舞台的身着霞裳霓衣的报幕员，一场气势磅礴、群芳争艳、百花展姿的荷花舞就要开幕了。

野荷谷绵延深长，香水河逶迤跌宕。那流水在平坦的谷底汩汩潺潺，不急不躁，很有节律地流动。但遇到横卧的巨石，却爆发出惊心动魄的冲击力，水声訇然，水花飞溅，浪沫如霰，浪花如雪，那种粉身碎骨的精神，谁能相信这是柔若无骨的一溪弱水？

往前走，再往前走，沟越深，景越盛，陡陡的峡壁间蜿蜒着绿色的走廊。四周充满睡意，悄然无声，你心中也感到静，一种虚无的静，不，是那种万虑皆无的静，静如太初，静如远古。没有云翳遮掩，阳光并不炙人，像经过这绿色清凉空气的过滤，更纯真，更纯净了。这时，你看见几个农家少女从小径上翩翩走来，她们是上山采香菇的，小篮盛满野香。她们说说笑笑，声音如同脚下香水河的流水，琤琤淙淙。她们脸色红润，皮肤微黑，健康、健美，一眼就看出是大山的女儿。她们采一张荷叶顶在头上，像擎一柄绿伞，既看出性情俏皮，又令人想到大山对它的女儿的厚爱和丰腴的馈赠。

姑娘们远去了，那话语笑声还隐隐不散，在峡谷里飘荡，融进水的声音、鸟的声音、山的声音……

小径渐渐湮灭了，石头也变得粗糙粗犷了，这也许到了野荷谷的尽头。不，还远着呢，那丛丛野荷更显得茁壮、葳蕤，疯疯癫癫、蛮蛮野野，恣肆纵横。有的石头缝里也长出粗壮的荷梗，顶一冠庞大无比的荷伞，摇摇曳曳、大大咧咧。你不能不体悟到，越是人烟稀少的地方，大自然越能展示出它生命力的狂放和倔强。

就在这时，一股山风吹来。乍起时，那巨大的荷叶像刚刚睡醒，懒懒地打着哈欠，欠欠身子，依然故我。但随着风力的加大，荷梗荷叶发出摩擦的声响，婆婆娑娑，就像一部气势磅礴的乐章奏响了序曲……随之而来，荷叶款款而舞，一瞬间这大千世界充满生命的喧器……

山谷的风突然变得剧烈，那荷叶抖动得更急烈了，翻卷起来，飞腾起来，虫吟鸟鸣也似乎销声匿迹了。整个峡谷是风声，千叠万叠荷叶发出嚓嚓的声响。风是大贝斯、大提琴，野荷的狂舞曲开始了，腾挪旋挫，激烈雄健，绿涛飞湍，翠浪怒卷。风声伴着林涛的轰鸣，满峡谷是风的吼啸，风的歇斯底里。那翻转的荷叶像醉汉似的疯舞狂蹈，是迪斯科、探戈，还是伦巴？强烈的节奏，狂躁的旋律，闪电般的动作，暴雨般的舞步，惊涛骇浪般的舞姿，让人惊恐，让你胆骇！

当你冷静下来，默察静观这撼人心魄野荷舞时，你会想到贝多芬的《英雄进行曲》，想到柴可夫斯基的《暴风雨》，发天地之徽，知宇宙之数，原来这些艺术大师一切杰作都源于大自然的临摹！

你看见那闪电了吗？在遥远的天宇闪现几下，磅礴的乌云压向远处的山顶，气势汹汹地涌来，太阳不见了，整条峡谷是一片幽暗，空气里散发出一种雨腥味，一场暴风雨降临了！

……然而刚过了半个时辰，乌云远逝而去，风也息怒了，但余威尚在；满谷野荷的舞动也未停息，但好像疲累了，节奏舒缓了。雨，并未下来，太阳又从云层里露出脸来，峡谷又被阳光照亮了。随着云逝风息，野荷的探戈、伦巴也停止了，长长的舞台又成了哑场。

令人震惊的是这舞池里并不是残梗断柯的狼藉，荷叶依然团团如盖，荷箭依然亭亭玉立，满谷依然高高擎起一杯宁馨，一杯岑寂。大自然的变幻莫测，展示了它生命的雄健，精神的强旺。

这时，你站在斜阳下的乱石上，望着绿意酽酽的野荷谷。这诗意的朦胧，梦幻般的幽邃，海洋般的动感，使你感到生命已化为永恒，时间已经凝固，你真想化为一朵花，一棵小草，一株野荷，融进这生命的海洋。

寻觅萧关

一

我在固原小住几天，固原、西吉、海原，是“苦甲天下”的地方。以“穷”而著称于世。贫穷不值得骄傲和自豪，贫穷应该是令人羞涩的事。这里的山光秃秃的，这里的塬赤裸裸的，没有树，没有草，看不到流泉飞瀑，听不到鸟鸣兽语，空旷而岑寂，荒凉而落寞。那伟大的土塬，是很坚硬的黄土的堆砌，海海漫漫，浩浩荡荡，却不巍峨，不是耸立着，而是蹲踞着，笨拙臃肿，粗犷丑陋。我想，这是造物主的偏心，赋予江南青山绿水，三秋桂子，十里荷花，而给予大西北却是满目疮痍，贫瘠和枯涩。这里虽有河流，却是地图上的河流，一条蓝莹莹的曲线，很诗意地飘曳在土塬间。其实，你去寻找那河流，十有八九要上当受骗。比如清水河吧，多美丽，多动听的名字！一看这名字你会想象到碧波澹澹，绿漪叠叠，柳烟笼岸，鸟鸣丛林，甚至可以想象到游船相逐，棹歌隐隐……若真的寻到这条河流，你顿时目瞪口呆，严酷、坚硬、尖锐的现实将你的浪漫主义戳个粉碎。清水河是一条干涸的河床，连一抹湿漉漉的水痕都看不到，满河床是干渴得冒烟的石和沙。走在河床上，浮土会淹没你的脚脖子，而两岸是裸体亢燥的土塬。

没有水就没有一切。生命是由碳水化合物组成。金、木、水、火、土，阴阳五行，缺一不可，否则一切都失去了平衡。时值初冬，满眼枯黄，一片苦涩的沉寂。即使到了阳春三月，这里一切色彩和冬天都无区别，没有山花烂漫，没有松涛竹韵，甚至连缭乱春愁的柳絮都没有。反用一句宋词，“春来春去不相关”。

车行在丘陵和山塬间，偶尔出现一座座村落。不大，有的是几户或十几户人家。平顶黄泥小屋，低矮、丑陋，像患佝偻病的老人蹲踞在沟壑间。在这五彩缤纷喧嚣沸腾的世界，你会觉得，这些村落存在的必要性实在不大。而那些苦难的人们，却在这荒凉贫瘠的山塬沟壑间一代代繁衍生息，生于斯，长于斯，终老于斯。儿子是父亲的再版，孙子是爷爷的叠影。生活的一切都删繁就简了，只剩下两个字：活着。问他们为什么活着，连他们自己也说不清。

好啦，不谈这些了。你不是要寻找赫赫有名的汉萧关吗？你站在塬上，目光纵横扫描一下，会发现，这是多么重要的战略要地。固原的北部是游牧民族匈奴、突厥、鲜卑、蒙古族的苍茫浩瀚大漠和草原。两千多年来，农夫和牧人就在这片荒塬上展开了一幕幕腥风血雨、剑戈铿锵的厮杀，爆发了一场场天迸地坼、镞矢如蝗的战争。这是一片栽满鼓角和剑戟的血土，是弥漫着烽火狼烟的古战场。

因此，在这里修长城，建雄关，是历代中原王朝必修的功课。

西汉最著名的雄关之一——萧关就建在固原县城东南三十多里的瓦亭一带。它坐落在古瓦亭峡与六盘山弹筝峡之间。那时候，这一带关口很多，有三关口、六盘关、木峡关、石门关。而萧关总揽诸关，是最险要的一道雄关。据地方志记载："萧关之称见于战国时期秦孝公时，当时商鞅变法，秦国一改蛮夷之风，迁都咸阳，并小邑设县，东设函谷关，南设武关，西设散关，北设萧关"。

所谓"关中"，就是四关圈围的一片区域，是秦、汉、隋、唐许多王朝的京畿之地。而北萧关是当时关中政治中心北边的险关屏障，可见其军事、交通的重要地位了。直到宋代，宋夏战争的分界边关仍以萧关命名。

我们来到瓦亭与六盘山弹筝峡一带，寻找萧关遗址。只见这里山峦耸峙，峭壁迂回，峰回路转，蜿蜒东去的泾水流到这里。清风吹来，其声如弹古筝般轻幽荡远，韵味深长，清越悦耳。然而时值初冬，河水枯竭，林木萧疏，衰草披离。山谷风大，朔风凛冽，寒气砭骨。我虽着冬装，仍冻得瑟瑟发抖。

这峡谷虽然修了公路，但车辆很少，空旷、沉寂、肃穆的氛围笼罩着深沟巨壑。萧关，你在哪里？问过路人，都摇摇头。这是自秦朝至宋朝二千多年唯一通往朔方的道路，是古丝绸之路极为重要的一段。然而，岁月的凄风苦雨已将其冲刷得不见踪影。

我在路上徘徊，目光迷茫，乱山缤纷，乱草悚悚。一股苍凉悲哀之感油然升起在心头。

恍惚间，我的思绪挣扎出心灵的牢笼，逆着历史的风向，飞过清，飞过明，飞过元、宋、唐的群山乱峰，越过杂草丛生的五代十国，穿越东汉的郁郁莽林，穿过两千多年的风霜雨雪，栖落在西汉王朝的北萧关的城楼瓦楞上——

啊，这是一座多么宏伟壮丽的关城！雄浑坚实的墙基，巍峨的城楼，凸凹有序的垛堞，厚重的秦砖，苍黛色的汉瓦，瓦楞间摇曳着长长的枯草，城门的铁钉斑斑驳驳，依然展示着西汉王朝的雄威。夕阳下，朔风里，旌旗翻飞，哗哗有声；荷戟执戈的士卒，身着甲衣，往来巡逻；头顶大雁横飞，乱云成团。隐约间听到黄昏深处传来低一声、高一声的羌笛，声音呜咽，悲凉凄绝……

二

汉萧关始建于西汉初期。翻开《史记》和《汉书》随处可见有关它的记载。那时候，刘邦定鼎天下，汉业初成，国力寡薄。连年的楚汉争斗，中原财力、人力、物力已近枯竭。新生的西汉王朝已无力对抗气势汹汹的匈奴。单于的铁骑频频南下骚扰汉庭，汉武帝之前几代皇帝只好采取“和亲”政策，安定边塞，以取得喘息机会。

但是匈奴贵族得陇望蜀，贪得无厌。到汉文帝时，匈奴单于派十四万铁骑竟然破萧关而闯入汉中，沿途烧杀抢掠，一把火烧掉了汉天子的行宫——回中宫，兵锋直逼建在今陕西淳化县的甘泉宫。就是说，大军已逼近京畿长安。汉文帝也是一代明君，他和他的儿子汉景帝曾将百废俱兴的西汉王朝治理得井然有序，元气恢复，历史上称“文景之治”。

消息传到朝廷，汉文帝雷霆震怒，这单于老儿竟然不知趣，得寸进尺，杀到我汉家门口了。他立即调兵十万，保卫长安，沿途设斥候、烽燧，日夜监视，并派大军抵抗入侵的匈奴骑兵。但是，彪悍的匈奴并不惧怕，强大的骑兵在黄土高原上纵横驰骋，大肆抢掠，汉军最终把他们驱逐到长城以北，并未消灭匈奴的实力。

又过了几十年，一代气宇雄瞻的汉武帝登基后，国力强盛，西汉王朝进入鼎盛时期。汉武帝多次派骠骑将军霍去病、飞将军李广，出击瀚漠草原，围剿匈奴。经过连年厮杀搏击，终于将其驱逐漠北，从此“漠南无王庭”，彻底解除了匈奴对长安的威胁，稳定了北方边境，并将原属匈奴单于的地盘鄂尔多斯高原一带划入汉朝版图，设朔方郡，而在固原一带设立了安定郡。汉武帝还调动人马，重新加固了长城，重新修缮了秦时所筑的塞障关堞，疏通开阔了萧关大道，丝绸之路的东段畅通无阻。汉萧关以威风凛凛的雄姿展现在六盘山下。从此以后，数世不见烟火之警，“人民炽盛，牛马布野”。

汉武帝雄才大略，文治武功，是中国历史上最有作为的皇帝之一。他一生六次出萧关，巡视安定郡，威慑边塞。

汉武帝第一次出萧关巡幸郡国是元鼎四年。这一年，张骞出使西域，历经坎坷，长达十七年之后返回长安。汉武帝十分高兴，看到国势日益雄强，便巡幸天下。第二年，即元鼎五年孟冬十月，汉武帝在雍祭祀五帝后，翻越陇山，西登空峒山，北出萧关，再次来到固原，视察新设的安定郡。这次出巡，阵势雄伟，从骑数万，风鸣马啸，旌旗如云，气可吞天。

到了元封四年(公元前 107 年)，又是孟冬十月，汉武帝再次“通回中道，遂北出萧关”。时年四十九岁，正是旺年，血气方刚，他到了安定郡，传旨对这一带的老百姓减赋减税，以示皇恩浩荡。汉武帝六十八岁时第四次出萧关巡幸安定郡。这是汉武帝最后一次出巡，第二年便病逝未央宫。汉武帝一生出巡三十九次，泰山封禅，东海觅仙，甘泉、汾阳祭祀，振兵释旅，到安定郡次数最多，何况专程到一个郡出巡在汉武帝出巡史上也是绝无仅有的。这足以说明，今日固原，当年安定郡的战略意义何等重大，汉武帝最不放心的就是匈奴的残余势力。汉武帝在安定郡打猎游乐，威震朔方，气压边塞。

我想象得出，这位气吞日月、囊括四海的一代霸主，登上萧关时那伟岸的雄姿。他站在高高的城楼，身边是文武大臣，关城下布满荷戟士卒，旌旗迎着朔风哗哗飘动，甲戈在阳光下熠熠闪烁。

他那鹰隼般的目光扫描着朔漠的寥廓，北国的野旷，边风吹拂着他的长髯，撩起他的蟒袍衣襟。这壮丽的北国风光会激起他海浪般的豪情，几多感慨，几多喟叹！几十年的厮杀，几十年血雨潇潇的争夺，这里终于出现烽烟俱净，牛马布野，一片宴宁祥和的气象。他传旨要修一条萧关大道。这是一条军事补给线，又是从咸阳去河西走廊丝绸之路的重要通途。六盘山脉（古称陇山），南北绵亘二百多里，东西逾越，十分困难，只有山脉的低薄处和沟壑间，方有道路可循。这些地方都设关修隘，山如龙盘，关似虎踞，组成一道道屏障，保障了丝绸之路畅通。

萧关的遗址虽难寻觅，但萧关在秦汉历史上起过重大的作用，许多重大的历史事件都发生在萧关，以至南北朝、隋、唐、宋、元、明、清历代，都在萧关一带进行过风雷激荡的战争。烽火不息，狼烟不止，鼓角互动，杀声遍野。而历代文人墨客都以萧关为边塞为意象，赋诗作词，抒发一腔忧国忧民、忠君爱国的情操。

这是一个象征。

历史送走了风风雨雨的两汉、南北朝、隋、唐、五代十国，到北宋年间，宋夏的一场场争夺战，也常常发生在萧关一带。那时固原到处是城堡，寨垒。庆历四年（公元1044）韩琦、范仲淹就在萧关一带布置重兵，修城筑寨，设三关，即萧关（今海原县高崖草场古城）、六盘关（今固原和尚铺西六盘山顶），制胜关（今泾源县境）。宋代的萧关已非汉代的萧关，遗址也不同。但是宋人依然沿用这个威震边塞的雄关之名。

三

日近中午，阳光变得明媚而温暖，山川峁梁，沟壑塬垴，在冬日里更显得空旷和苍凉。萧关其实是长城的一个豁口，它的西段已经坍塌。千年的风剥雨蚀，秦长城、汉长城、明长城都经不住时间的强暴，坍塌、断裂、倾圮。有的已化为一道凸痕融入广袤的原野里了。这时我忽然想起电视剧《三国演义》片尾曲："暗淡了刀光剑影，远去了鼓角争鸣……一页风云散啊，变幻了时空……"

我漫步在荒野上，有一个头裹羊肚子毛巾的牧羊老汉正在放牧瘦弱的羊群。荒原上没有草，那羊群却贪婪地啃噬着草根、枯叶，发出草根断裂声响，使这荒寂的土地更显得悲怆。

我问牧羊老汉，你知道汉代萧关的遗址嘛？老汉不吱声，用怪异的目光打量着我，半天吐出几个字：说不清。我怅然地离开了牧羊老汉，继续沿着古长城的遗址跋涉。两千多年的风雨沧桑，虽然长城已不见当年的巍峨雄峻，放眼望去，仍不失一种雄浑的气势，这条巨龙般的城墙蜿蜒在边塞阔野，的确是一道坚固的防线。北方多关隘，正是两千多年来，中原农耕民族和北方游牧民族为争夺生存空间，始终战火连绵，烽烟缭绕，在这苍茫古老的大地上卷起了一场场战争的风暴。

我站在古长城上，看身边峡谷空旷幽邃，两边山崖巍耸，巉岩垒垒。我想，那时让我当皇帝，也要在这里修建一座雄关，据可守攻可伐，一夫当关万夫莫开，可以阻挡匈奴南下骚扰。也真可恨，你匈奴胡儿生性就不安分，你放你的羊，我种我的田，干嘛，老是把羊群赶到我的庄稼地里啃噬禾苗？你凭着铁马金戈，到我们汉家领地，抢劫粮食财物，还掠虏我们汉家的大姑娘小媳妇，弄得地也没法种，庄稼没法收，日子过得提心吊胆！这样一想，秦始皇一登基，便派蒙恬率三十万大军，修长城、建雄关，绝非脑子一热，轻举妄动之事，是被迫不得已呀！到了汉朝，历代皇帝都在秦长城上加固加险，重建关楼，加强防守，这的确是那个时代的英明决策。

然而盘桓我脑海的一个历史之迷始终没有解开。萧关，你在哪里？我早已查过好几种地方志，都语焉不详，模糊不清，谁也没说出个子丑寅卯来。一代雄关就这样无声无息地消逝在历史中了。

我在山野上徘徊。

我正怅惘间，朦朦胧胧像是看见前面路上有一辆马车驶来。马车很古典，有车篷，门帘上有流苏。转瞬间，只听“吁”地一声，马车停在我身边，一位老头从车上跳下来。我有点惊愕，愣愣神仔细一看，那老头装束非凡：头着一顶我只在历史课本上看过的唐代官帽，身着长袍，腰束锦带，看我孤零零地站在这里，好像心事重重的样子，那老头开口道：“你是郭保林先生吗？大冷天跑到这里干什么？”

我莫名其妙，这老先生怎么认识我？他不等我回答，接着说：“我姓王，名维，人家都称我诗佛王摩诘，你忘了？啊，我比你年长一千三百岁呢！”

“啊，王维先生，大名鼎鼎，久仰久仰！”我惊喜地想上前握手，但老先生却双手合十向我打个躬，彬彬有礼。

我说："我来寻找萧关。啊，想起来了，你老先生还写过一首萧关的诗呢！"

我记得那是唐开元二十五年（公元737年），王维先生任监察御史。当时，河西节度副使崔希逸对吐蕃作战，打了胜仗，唐玄宗便派王维去前线察看军情，慰问前方将士。王维路过萧关时，作了一首诗《使至塞上》。那诗我背得下来："单车欲问边，属国过居延。征蓬出汉塞，归雁入胡天。大漠孤烟直，长河落日圆。萧关逢侯骑，都护在燕然。"其实，王维老头在官场混得并不得意，满朝乌烟瘴气，再加上老先生性子耿直，唐明皇并不喜欢他，这次让他出塞，实际上是排挤他呢。

我说："王维先生，你不是写过萧关的诗吗？你该知道，萧关在哪里吧？"

王维仰头哈哈一笑："写诗的人都是胡诌，文雅一点，是想象。汉萧关早在几百年前东汉时期就毁弃了。我当时过'萧关'，实际上这里只有土堠——你可知道，我们唐代在这一带五里筑一堠，十里筑双堠，那时称里程为堠。每一个堠都有士卒把守，并设堠吏。皇上让我去前线慰问将士，这里的堠吏告诉我，崔希逸大将军正在燕然前线作战呢！"

"啊，原来是这么回事。"我恍然有悟，但又很快感到迷惘："怎么后来王昌龄、岑参、卢伦、贾岛，还有大诗人杜甫等等也有写萧关的诗，写得有鼻子有眼的！"说着，我背诵了几首："蝉鸣桑树林，八月萧关道"（王昌龄）；"凉秋八月萧关道，北风吹断天山草"（岑参）；"萧关分碛路，嘶马背寒鸿"（贾岛）；"今来部曲尽，白首过萧关"（卢伦）；"萧关陇水入官军，青海黄河卷塞云"（杜甫）……还未等我背完，王维先生打断道：

"好啦，好啦，别听我那些诗兄诗弟胡咧咧啦！那时候，这里已不是边塞，还修什么萧关？作诗嘛，都是凭借一种意象，抒发自己的感情，你太当真了！"

我恍然大悟，王维倒说了真话。他那首传之千古的《使至塞上》也是浪漫主义的想象，他在萧关怎么能看得到黄河的落日？更看不到大漠的孤烟，那时又没有望远镜！

王维抬眼望望浩浩阔野，用手指了指，又说道："那时候的确有一条萧关道，秦汉时期修的。当时主要是作为军事补给线，当然也是丝绸之路东段一条干线。"王维说，"当时萧关道上很繁忙，有运粮的军车，有开往前线的征旅，有做买卖的商贩，有使臣，也有僧侣，络绎不绝……这一带风景很秀丽。春天，山涧流水不断，泉声鸟韵，峪谷里桃花盛开，夭夭灼灼。到了夏天，这里更是野草葳蕤，林木蓊郁，当你在萧关峡谷间沿泾水而行，会有一种清静绝妙的感觉。即使冬天，也是大雪纷飞，天地茫茫，群山裹素，千峰披甲，好一派北国风光！"王维说到得意处，不断摇头晃脑，沉浸在一种诗情画意中。

我感叹道："你看现在，尽是荒山秃岭，土地沙化，十年九旱，连人和牲口吃水都困难……真是不堪入目啊！"

"都是你们后人造的孽啊！"王维忿忿地说了一句，扬起手中的鞭子，"得得"一声，车子滚动，马车扬起一股烟尘，渐渐消失在远方。

荒塬上只留下一个孤独的我。

巍巍萧关消失了，连踪影也难寻觅了。但萧关道依然存在，只不过被一层沥青和石子的混合物覆盖着。剥开这层黑皮，说不定还能看到深沉的辙迹，杂乱的蹄痕，踉跄的脚印……汉唐的、宋元的、明清的，层层叠叠。这里埋藏着历史的许多细节。商贾、征旅、僧侣、使者、皇上、将军、诗人……都在这里扮演过匆匆过客。可惜粗心大意的历史，只记住了几个重要人物，删繁就简，一切都被时光的尘埃埋藏了。

此时，日头已经西斜，苍天阔野，一片初冬的萧索。一阵风起，扬起一片黄尘。

千秋太史公

一

七月，是陕北高原万木葱茏，山川流翠的季节。太阳煌煌堂堂，照耀着千沟万壑、风骨崚嶒的黄土高原。渭河与泾河由于雨季变得丰腴而臃肿了，流水滔滔汹汹，澎湃奔腾。注入黄河后，浪峰嶙峋，怒涛丛簇。浑浊的浪涛拍打着黄土的堤岸，发出空洞而悲壮的声响，震山悚岳。黄河出龙门，变成一片汪洋，浩浩荡荡，洋洋沸沸。阳光溅在水面上，叠叠金涛，灼灼烁烁。中华民族的母亲河展示出一副壮美磅礴的气概。千秋太史公司马迁的故乡就坐落在黄河岸边，那时此地称夏阳郡，现在称韩城。

韩城这个高原的小城，人杰地灵，孕育出一位千古奇人司马迁，也使小城风流了千秋。一部“史家之绝唱，无韵之离骚”前空千古，下垂百代，不能不说是这片高原厚土血脉之凝聚，日月星辰之精华。

司马迁陵就修建在韩城北面的一座山上。山并不高峻，拔地而起。面临坦荡的田畴和滔滔黄河，就显得格外突兀挺拔。黄河浪涛不息，伴随着一个伟大的孤独的灵魂，无言地叙述着两千多年风雨沧桑的历史。

从山脚到山巅有九十九道台阶。台阶的石头凸凸凹凹，斑斑驳驳，似乎向人们讲述着墓主人坎坷蹇涩的生命经历。风雨沧桑，天地玄黄，两千多个春秋，怎能不留下悲壮苍老的皱褶呢？

九十九道台阶铸就了“高山仰止”的辉煌；

九十九道台阶铸就了“景行行止”的壮丽；

九十九道台阶铺就的全是苦难，每一道台阶垒砌的都是艰辛。

“把石块砌在一起，创造的是静默”，诗人如是说。

一层层巍峨，一层层静默。

游人不多，山是静寂的，只有风吹林木，传来萧萧的松涛声。我唯恐惊醒一个凝注的灵魂，唯恐扰乱太史公风云际会的思绪，把脚步放得轻轻，一步一步地攀登。

我想修建陵墓的设计师是很有头脑的。九十九，这是中国数字文化至高至尊的数字，再加一个数字就是“天”，这对这位与天地同行，与日月同辉的千古英灵来说是当之无愧的了。

登上最后一级台阶，迎面便是太史公祠，并不显赫，也并不奢华，油漆已剥落，斑斑驳驳，碑碣的文字已漫漶。但那匾额和楹联依稀辨出“文史祖宗”高悬在上，两边楹联：“刚正不阿留得正气凌霄汉，幽而发奋著成信史照尘寰”；另一副楹联是曾执鞭共和国文坛郭氏沫若的手迹：“龙门有奇秀，钟毓人中龙，学识空前古，文章百代雄；怜才膺斧钺，吐气作霓虹，功业追尼父，千秋太史公。”笔迹雄健，题联也气魄，句句道出司马迁伟岸的人格，傲骨嶙峋的风操。

太史祠里有一尊司马迁泥塑，面颊清癯，目光冷峻，凝眉聚神，手握竹笔，仿佛正在续写未竟之篇章。令人惊异的是，太史公受到宫刑，为何还长髯飘拂？我想，这是雕塑家踌躇再三而有意添加的，以此表示对司马迁的敬慕、尊崇、爱戴。堂堂天地一男子能没美髯一缕？把历史强泼他身上的污水，重新洗刷殆净；把冤狱屈辱雪清，还圣贤真面目，不是后人的期望么？

太史祠后面就是司马迁墓。墓是圆形，用砖石垒砌。怪哉，墓冢上长出五棵苍松，傲骨铮铮，直迫苍穹，黛绿的叶子，幽光闪烁，一派浩气、傲气、雄气。

司马迁是西汉王朝前太史令司马谈之子。司马谈学富五车，史坛泰斗，在朝中专管天文、历法和历史文献。他在职时，勤勉不殆，收集大量文史资料，准备写一部记载“明主贤君忠臣义士”的史书。由于年老体衰，壮志未酬，只有后托儿子司马迁。司马迁自幼聪慧，苦读史书，入朝后子承父业，也当了太史令。他发誓完成先父的遗愿，写一部像《春秋》一样的不朽之巨著。

青年时期，司马迁在父亲的支持和鼓励下，仗剑远游，竹枝芒鞋，一蓑烟雨，游江南，探禹穴，涉江河，入荒辄，进莽林，足迹遍及沅湘，履痕印满中原，荆天楚地，齐鲁之邦，广采山川地貌，风土民情，历史人物，遗闻轶事，求贤哲，访黎庶；餐风饮露，忍饥耐寒，路漫漫，水迢迢，上下求索，九死不悔，搜集了丰富的典籍史料，采撷了浩瀚的原始素材，为写作《史记》作好了前期准备工作。

元封元年，汉武帝为炫耀圣威，去泰山封禅，以震慑四夷，祈求福佑。车辚辚、马萧萧，十八万精骑护驾，阵势浩大，铁流滚滚，长达千里，可谓威加四海，气吞日月。作为太史令司马谈奉命随行，参与旷世难逢的盛典，深感荣幸。谁知天有不测之风云，到了洛阳，他老先生一病不起，且危在旦夕。正在巴蜀民间采访的司马迁得悉，日夜兼程，赶到父亲病榻前。老先生已气息奄奄，只留下几句断断续续的遗嘱：

“我家先祖，远在周朝就当太史，更在虞舜、夏朝时还管过天官之事……你若继为太史，那就是继承祖业了。我死后，望吾儿能完成为父未竟之业……自孔子之后四百年间，诸侯兼并，战乱连年，至今无一部像样的历史书……”

司马迁听了，涕泪四流，心中却发出风雷激荡的誓言：定将完成先父之大业！

元封三年，司马迁被任命太史令。

二

我徘徊在墓前，天风浩浩，烈日腾空，望高原莽莽，看大河滔滔，山川秀丽，地貌形胜，这旷达的风景，必定造就出旷古奇才。

风云啸聚，政朝浮沉。谁知到了汉武帝天汉二年（公元前99年），司马迁时年四十七岁，春秋正盛，一场血腥之灾从天而降。原因很简单，司马迁为孤军作战兵败匈奴的李陵辩白，激怒了圣威。再加小人杜周的谗言，诽谤，汉武帝一怒之下，将司马迁判为“诬罪”——也就是杀头之罪。

李陵是前将军李广之孙，颇有先祖之风。他善骑射，有韬略，爱人下士，是军中难得之将才。连汉武帝也不得不称赞他“有李广之遗风”。汉武帝命他率五千步兵去匈奴作战。时值暮秋，北国漠野已是风雪弥漫草木枯衰的冬天了。由于敌众我寡，李陵被单于大军重重包围。李陵且战且退，虽然杀敌二千，但单于依仗兵多将广，穷追不舍。由于汉军无后援，粮草接济不上，将士死亡甚众。汉军被单于大军追到一条山谷，李陵率众突围，每前进一步都要负出血的代价，李陵和他的部下左冲右突，前杀后砍，杀死不少匈奴兵将。正当突围有望之际，谁知，李陵刺杀匈奴一将领时枪杆折断，汉兵也已矢尽粮绝，四面全是匈奴军，矢镞如雨……李陵长啸悲叹："天绝我也！"终于被俘。李陵拔剑自刎而不能，英雄落难，悲啸苍天。

汉武帝闻悉，雷霆震怒，立即下旨将李陵母亲儿子捕捉入狱，又召集群臣给李陵定罪。

性格孤傲、耿介而又鲠直的司马迁在这次"缺席审判会"上，为李陵辩白了几句："李陵率兵五千，抵杀敌人数万，也足以向天下交代了。最后矢尽粮绝，身陷敌阵，虽兵败被俘，但料他决不负陛下之恩，定会暗打主意，日后将功赎罪，报答皇上！"

而那些奸佞小人个个都是风向标，看汉武帝的脸色行事，见风使舵，随风扬沙，几日前还盛赞李陵，溢美之词不绝于耳，现在突然来了个一百八十度的大转弯，人人愤怒填膺，诽谤和攻击，诬蔑和斥责，滔滔而来。

汉武帝正在气头上，怎能允许一个小小史官充当李陵律师，为其辩白？汉武帝龙颜骤变，责问道："太史令如何知道李陵暗打主意？依你之言，岂非谁都可以降敌？这辩解分明是存心反对朝廷！"他怒喝一声，命卫士拿下，打入死牢！

当时汉朝刑律，可以以钱赎罪，即司马迁能拿出五十万钱即可免死，交不上钱即便从轻处罚，也要施以宫刑。

司马迁世代为官，清正廉洁，凭着官的俸禄，也就是作为国家公务员，工薪阶层，五十万钱，那简直是个天文数字，而且限期一个月。司马迁深感负累家庭，这笔巨款是不可能筹集到的。

汉武帝念在司马迁忠心耿耿，勤勉不殆，传下圣谕：免于死刑。——这就是司马迁交不上五十万钱而遭受腐刑的原因。

腐刑即宫刑。这种惨无人道的刑罚，起源甚早，相传夏代就有了。"宫刑，淫刑也，男人腐刑，妇人幽闭"。宫刑对男子就是割掉生殖器，这不仅痛苦万分，也是一个男子汉的奇耻大辱。树高千丈靠根支撑，男子汉成家立业也靠阳根支撑，去掉阳根，虽生犹死！

司马迁被关在牢里不见天日，躺在草席上，彻夜难眠，不如以死了之。但先父临终的嘱托，自己大半生东奔西波，遍游神州采集史料，不是为了写出一部与《春秋》相媲美的巨著吗？现在这部著作刚刚有了提纲，更艰巨的劳作还在后面，如果死去，上违先父之遗愿，也枉费了自己大半生心血，生命诚可贵，事业价更高！

对于司马迁来说，写作是他生存的目的，是生命存在的唯一价值，是他的文化人格从面临崩溃的边缘，拉到展示生命顽强、坚韧、创造力极为壮烈的境界。天地造就山川河岳的秀气，日月赋予人的灵气，高原厚土铸就了他一身铮铮傲骨。

铁窗外是大夜弥天，星河失辉，风啸云怒！

一介诤诤之臣，谔谔之士，丹心耿耿，肝胆昭昭，将蒙受旷世奇耻，百代沉冤，有谁不万念俱灰？生命啊生命，何谓生，何谓死？世事啊世事，何谓是，何谓非？苍天啊苍天，何谓真，何谓假，何谓忠，何谓奸？波诡云谲，险风恶浪，把他从辉煌的顶巅一下推到万丈深渊，苦难的炼狱。肉体的苦疼，精神的摧残，灵魂的戗虐，再加上小人蛇蝎般阴毒的目光，朋辈的冷漠和疏远……司马迁也曾反复想过宫刑时的惨景，撕肝裂肺，鬼哭狼嚎的惨叫，那是进了地狱，被小鬼们任意蹂躏……他真想一头撞死狱墙，但监守严密，生不得，死也不得。

草有茎，树有躯，人有骨。天地苍莽间，一骨傲然。

三

司马迁宫刑后，便进了“蚕室”。蚕室，是养蚕的房间。这里是指一间暖房，既保持室内温度，又不能通风。至少卧床一百天。司马迁昏迷了几天几夜，当他苏醒过来，只见妻子坐在床前，他泪流满面，羞辱难言，恸哭不已，劝妻子改嫁，妻子也大为悲恸，但却出奇的坚强，出奇的冷静，随即安慰鼓励司马迁不忘先父遗愿，不忘任重道远，更多的是向丈夫表示一片忠心：山可崩，海可枯，为妻的爱心不会变……

司马迁的妻子杨文卿最了解丈夫。丈夫性格刚直，光明磊落，不会说假话，不会阿谀奉承，不会见风使舵，不会落井坠石，不会变通周旋，不会世故圆融，不会弄虚作假，不会颠倒黑白，不会虚与委蛇，不会拍马溜须，不会藏锋敛锷，不会巧舌如簧、歌功颂德，不会察言观色，言不由衷，不会趋炎附势，人云亦云……固执、倔强、耿介、真诚，他常对自己说，他写《史记》的准则，就是“其文直，其事核，不虚美，不隐恶”，秉笔直书。她深知只有丈夫的冰雪节操，才能“实事求是”。谁知为李陵说了几句真话，道了几句实情，却招来如此塌天大祸！

丈夫罹祸之前，作为贤妻良母的杨文卿总是为丈夫提心吊胆，担惊受怕。她知道伴君如伴虎，仕途险恶，官场黑暗，丈夫光明磊落，冰雪节操，说不定哪一句话就会得罪小人，惹怒皇上，闯下祸患。每当“上班”前总是对司马迁千叮咛，万嘱咐。谁知山难移，性难改，丈夫依然我行我素……这塌天之祸，是她预料之中，也出乎之外，噩耗传来，如五雷轰顶，天崩地坼，她当场昏厥休克，不省人事……丈夫被捕入狱，她更是彻夜难眠，泪水伴着噩梦，从黄昏到黎明，从严冬到酷夏，度日如年，恐惧和悲痛折磨得她瘦若秋风，白发飘零……三年的牢狱，皇上终于开恩，免以死罪，却要缴五十万金，否则施以宫刑。杨文卿为了筹集这笔巨额赎金，拖着病体奔波，求亲告友，典卖家产、田土，仍然凑不够五十万，便自己在长安街头设画摊，为人绘像……世人得知司马迁罹难，每天都有很多人买画，生意也挺红火……限期已到，杨文卿将五十万金凑齐；然而丈夫怕拖累家庭，在期限到来的前三天主动接受宫刑，杨文卿的一切努力都枉费了……

当生命进入这种境界，不是灭亡，就是发生出排山倒海之伟力。司马迁请妻子带些竹简来，病体稍稍好转便开始了伟大的创作。他咬着牙，含着恨，他想到孙膑，想到韩非，想起孔丘……这些先贤先哲，他们在悲痛中奋搏，在困厄中崛起，他搦管拈毫，奋笔疾书：

> 孔子厄而作《春秋》。屈原放逐，乃赋《离骚》。左丘失明，厥有《国语》。孙子膑脚，兵法修列。不韦迁蜀，世传《吕览》。韩非囚秦，《说难》《孤愤》。《诗》三百篇，大底贤圣发愤之所为作也。

事业，只有这道永恒的光照耀他心灵苍穹，杜周小人之辈，尽管阴谋麋生，谗言诬蔑，如此精神的折磨，生活的虐待，又能奈他何！司马迁心里呼喊道：我不能死，我要生活下去……只要我的肉体还在，我的生命在延续，我还尚存一脉之息，就不会辍笔，我的思想会放射出辉耀千古的光芒。

司马迁既有历史学家的冷峻，又兼哲学家的严肃，诗人的狂傲风流，艺术家的潇洒倜傥，落笔惊风雨，墨泼泣鬼神。

愤怒出诗人，绝望出天才。人在孤独痛苦之中，心灵能包容宇宙，悲愤之情能贯穿古今。

司马迁咬碎羞耻，狼毫飞动，笔锋凌厉，竹简山积，墨洒千秋。他思与星河相通，他情与神灵相息，古老的汉字，辐射出璀璨的光辉。那一篇篇惊星撼月，同天地共存的煌煌华章，从笔端倾泻而出：《陈涉世家》《伯夷列传》《屈原贾生列传》《高祖本纪》……十二本纪、三十世家、七十列传……上下千年，纵横万里，三皇五帝，君臣将相，布衣豪杰。他笔走龙蛇，墨飞彩虹，都化作一个个有血有肉的鲜活形象。这种独标高格的文风，这种胆略，“究天人之际，通古今之变，成一家之言”的不朽之业，使他忍辱含垢，终其一生。

司马迁拖着病体，忍着伤疼，昼夜不停，文思泉涌，笔墨纵横驰骋，狂风暴雨般的激情，潮涌浪奔的力量，岩浆奔突的冲撞和吐纳……那是一种超越生命自身的力量。

司马迁秉笔直书，不扬不贬……这是人格力量的升华，是灵魂庄严的净化，是生命的伟大涅槃。太史公笔墨严峻而又风流潇洒，秀润纤细，傲岸不驯，狂放不羁——他终于完成了天地间一奇书。

如果没有司马迁，中华民族兴衰史、苦难史、辉煌史，会出现巨大的空白。

我站在墓冢前，深深地鞠了一躬。民族雄魂，人中豪杰，一代太史，昭昭煌煌，这是中国史学界、文学界，一部千古绝唱。它辉耀千秋，光照百代，同天地共存，与日月同辉。那些猪狗不如的奸佞小人，那些粪土不值的禄虫国贼，那些浑浑噩噩、庸庸碌碌的走卒士子，有谁能记得他们，历史以严峻的法则无情地将他们淘汰了。

我伫立在墓前，望着这砖砌的圆形坟墓上长出的一棵巨松，这巨松分蘖出五根粗大的枝干，五松俱荣，浩然、滂然，松树郁郁苍苍，直薄天穹，横扫莽云！那是太史公在一吐满腹千年冤气，还是展示一个伟大灵魂怆然傲岸的罡罡之浩然正气？是造化之作，还是司马迁一身傲骨的物化再现？长风过耳，惊涛扑面，谁伫立墓前，灵魂不受到震撼？又怎能不激起后人的巨大悲剧感悟？

高山仰止，景行行止！

正气凌霄汉，信史照尘寰！

根之魂

——夏祭黄帝陵

我读过东山魁夷的名画《根》。那是怎样一幅震慑灵魂的画卷啊！整个画面是一棵庞大无比的树根，没有躯干枝叶，是裸露的根，虬虬蟠蟠，纵横交错，你厮我咬，纠缠错节，苍老雄健，坚韧倔强，辐射出强大的生命力，磅礴的创造力和所向披靡的进取力！想象得出，它深扎泥土和岩石之荒陬，虹吸天地之灵气，支撑着一棵傲岸怆然的生命！凭着这庞大的根，这苍苍古树什么狂风暴雨，酷霜飞雪，烈日严寒不能抵御？这是力量之本，这是生命之母，这是万物繁衍之血脉！

走进苍苍莽莽的黄土高原，走进蓊蓊郁郁的松柏林中，走进中华民族“人文之初”的黄帝陵，我想起了那幅名画《根》。

桥山位于渭水之北，是陕北黄陵县一座黄土山丘。这里埋葬着中华民族的始祖轩辕黄帝，使这片高原厚土更添其雄厚、壮伟和磅礴之气度！

地方志记载：“上古，黄帝崩，葬桥山。”传说黄帝农历二月初二在沮水河畔的沮源关降龙峡出生，所以民间便有“二月二龙抬头”之说。他所居桥山，定名“桥国”。他驾崩时乘坐天帝派来接迎的巨龙升天。民众挥泪相送，但怎么也挽留不住，便撕拽下他的一片衣襟，葬埋在桥山。这便是“天下第一陵”的黄帝陵。

七月，陕北高原的阳光并不是想象中的酷烈炎热，从蒙古高原吹来的风带来大草原的清爽和潮润，给人以惬意之感。这些年退耕还林，退草还牧，黄土高原已不是昔日的荒塬秃岭，漫山遍野是苍苍莽莽的森林，郁郁苍苍郁郁，炫耀着高原厚土的盎盎激情，勃勃生机。

看黄帝陵最好先拜谒轩辕庙。轩辕庙经过整修，更显得庄严肃穆。远远望去，一座翘檐飞瓴青砖碧瓦的古典建筑，气势恢弘，巍峨于一丘土山上。石砌的台阶，一层层铺上去，像天梯似的。登上最后一层台阶，只见巨大的黑漆殿门横镶蓝地金字的匾额，笔迹端庄古拙："人文初祖"，赫然耀目。没有导游介绍，我已猜想，那是清朝某年间撰写的匾额。清代建筑，皇宫的匾额都喜欢用蓝色衬底，金粉抒写，那是一种象征，一种信仰。

轩辕氏是黄河远古时期一个部落的首领，也就是被称为"人文初祖"的首领。大殿内除了一些碑刻，正中壁前便是一尊泥塑，头戴"朝天冠"，身着宽袍的坐像，那就是黄帝了——其实细看，黄帝像极其平凡，不像一些庙宇里神祇的形象，倒像陕北高原的庄稼老头，朴实、慈祥、憨厚、亲切。

我在黄帝像前的香炉里，敬献了一束檀香，跪在垫子上，恭恭敬敬地叩了三个头。这位中华民族的始祖，统一了黄河流域华中平原上万个部落，开疆扩土，奠定我中华民族的根基，功高于山，德深于海，成了万代敬仰的宗族祖先，神的偶像。他的身后便是一部浩浩荡荡的二十五史。

走进大殿的后院，令人震惊的是"黄帝手植柏"。那简直是世上罕见的巨柏，柏树之王！粗大的躯干瘦节累累，树皮斑斑驳驳，经历五千多年的风霜雨雪，经历了几千个春夏秋冬，依然苍郁蓊然，雄莽葳蕤。庞大的树冠，遮天蔽日。它本身就是一部生长着的历史，或者说是中华文明史的另一个版本。据当地百姓讲：这柏树"七搂八扎半，二十四疙瘩不上算"。那意思说七八个人都搂抱不过来。看到它，会想到中华民族是崛起于世界民族之林，立于世界发展史的一座丰碑。

这是一棵神树，是中华民族之魂。

轩辕庙大殿前面的院子里，竖着历代皇上祭祀黄陵的勒石碑碣。每当国家发生战争，或者取得历史性的巨大胜利，抑或是新皇登基，总忘不了到老祖宗陵前祭祀，祈愿祖宗保庇。辛亥革命胜利后，临时大总统孙中山亲自撰写祭陵词："中华开国五千年，神州轩辕自古传。创造指南车，平定蚩尤乱，世界文明，惟有我先。"香港、澳门回归，也曾勒石纪念，向老祖宗汇报这悲喜交加百年夙愿的实现。

黄帝究竟是人还是神，后人并不追究。在始祖黄帝时代，中华民族文明的曙光已透露出一缕苍茫的白曦。茫茫九派的神州大地，正是部落漫布，荆天棘地，天地浑蒙，狩猎、食草根、穿草衣、裹兽皮的上古时期。各个部落间战事频繁，你争我夺，打打杀杀，喧闹不已。发祥于黄土高原的轩辕氏部落在上古时期是较大的部落，酋长是轩辕氏。据说他有四个妻子，都在上古文明中作出巨大贡献。第一个妻子发明了养蚕，第二个妻子发明了骨针筷子，第三个妻子发明了镜子，第四位妻子发明了梳子等生活用品。他的臣属个个都有天才，都是很有作为的发明家。传说，祝融发明了火，钻木取火他是首创者，从此结束了茹毛饮血的历史；伯益教人掘井汲水；宁封子塑陶器，于是出现了系列产品，碗、鼎、罐、盆……再就是秦砖汉瓦，这是一场泥土的革命，泥土的升华；风神发明了指南车，人们在这颗小小星球知晓了东西南北，苍茫的大脑里出现了初识世界方位的概念；共鼓与狄货造舟船，江河巨川不再是人类难以逾越的障碍；胡巢和于则发明了制鞋帽，原始的手工业的萌芽开始钻出僵硬板涩的泥土，展叶吐绿了；聪慧的仓颉开始用结满厚茧的手在兽皮上，甲骨上，岩石上，制造符号，创造文字，于是结绳记事的时代开始落幕，一个具有文字符号的文化时代开始了；隶首应该是上古时代的数学家，据说是他发明了算盘，应用数学原理来探索未知世界；伶伦作乐律，于是杭唷杭唷的劳动号子有了节奏，狩猎归来，古人们围绕着篝火，开始舞蹈歌唱，作为人类情感的载体诞生了；杜康是酒神，是他发现树的果实，禾稼的种子，经过人工或自然地发酵，会出现芬芳的气息，挤出琼浆般的汁液，于是这种令人心醉的液体从而远源流长，后来竟然波涛汹涌地灌满华夏大地……也就是说，黄帝率领他聪明能干的臣属部众，在黄河岸边，在黄土高原上，于上古的冥冥之夜，点燃了农耕文明的曙光……

黄帝的部落成了强盛的大部落，生命的繁殖需要开拓生存的空间，于是便同牧羊人的部落——炎帝部落展开了一场场战争。最后炎帝不得不率领他的部落迁徙到现在的四川盆地，巴蜀的深山老林。其他一些小部落如蚩尤部落不甘心失败，在古华北平原上，也即今天的河北省涿鹿一带展开了一场血腥的厮杀：

黄帝的部众先是彩绘面首，吹牛角为龙吟，想吓退蚩尤，但并未取得效果。"蚩尤作大雾弥三日，军人皆惑，黄帝乃令风后法斗机作指南车，以别四方，遂擒蚩尤”。蚩尤被灭后，黄帝乘胜前进，很快风卷残云，统一了黄河流域各个小部落，轩辕氏便成了开天辟地众望所归的中华民族首领。

离开轩辕庙，向西不远便是举世闻名的黄帝陵寝所在地桥山。

满山遍野是巨大的松柏树，林涛轰鸣，如雷贯耳，苍苍莽莽，气宇磅礴，浩然壮阔。走进松柏林更令人惊心动魄。那树根深扎于大地，树梢直薄云天，古拙、苍健、傲骨嶙峋，庞大的根系，支撑着参天巨树。看到它，你会想到气势磅礴的生命进行曲，轰轰烈烈历史奏鸣曲！上下五千年的风云变幻，大自然的炼狱般的苦难，也经历了人寰的兵燹、战乱、天灾、人祸，而今依然郁郁葱葱，展示着顽强的生命力。

我漫步在陵前的柏树林里，呼吸着古树粗犷的气息。北国是属于树而不属于花的世界。这里蒸腾着阳刚的氤氲，弥漫着皇天后土的浑厚凝重之气。我想只有这黄土高原才能孕育峨峨巨柏，参天之木；只有这巍巍巨树才能撑起这寥廓的天穹！

那真是气吞日月，势压九州！

我走进柏林里捡不到一块阳光遗弃的金币，只有风从树隙间穿梭而来，虽是炎炎盛夏却有清凉之感。

陵冢是一个很大的土丘，陵前有碑亭，上书三个大字“黄帝陵”。亭后有明嘉靖年间镌刻的“桥山龙驭”的石碑，保存完好，笔迹雄浑苍健，大气磅礴，展示了一派王者的器宇风度。

陵前还有一座土丘，名曰“祈仙台”。传说好大喜功的汉武帝北巡六郡，十八万精骑护驾，甲戈森森，马鸣萧萧，旌旗猎猎，赳赳昂昂，可谓气吞九天，威震四海。汉武帝归来，路过桥山，忽然想起黄帝升仙之事。这位器宇宏瞻的皇上，日夜冥想长生不老，像黄帝那样化仙升天，便传诏，驻跸休息，祭祀黄帝陵寝，祈求祖宗保佑国运昌隆，祈祷始祖保佑他日后成仙。又命十万将士一人一担土，一夜筑起祈仙台。

那祈仙台分九层，是一座九转高台。刘彻登台祈仙，需要更衣沐浴，便脱下盔甲挂在一棵树上。那树居然就此长出通身斑痕，犹如戎衣上的甲片，斑斑驳驳，后人称为“挂甲柏”。

祈仙台依然在，挂甲柏依然在。这位威加四海声震九垓的一代霸主，成仙之梦早已支离破碎，连他的骨殖也早已化为一捧泥尘融入高原厚土了。

黄帝陵修建于何朝何代？我问陪同游览的陕西朋友，朋友也茫然不知。但我知道，从汉武帝之后，历代王朝都不断修葺，并种植松柏，以防水土流失。唐朝重修扩建。宋朝开宝年间，因雨季沮水泛滥侵蚀，宋太祖赵匡胤下旨将轩辕庙移至桥山东麓，即现在的庙址。以后明清至民国时期，多次修葺，规模越来越大，树木越来越多，构成这莽莽苍苍林涛澎湃的景观。

陵园管理者是一个老汉，典型的陕北高原农民的装束，他用扫帚清扫着树丛下的落叶。我坐在一块石头上，邀老汉聊起天来。

老汉说："黄帝是神啊……黄帝年轻时也是干庄稼活出身。黄帝……就是黄地，黄土地呀！"老汉的话语无伦次，但一句话：黄帝，就是黄土地！却如雷贯耳。我的心战栗了，是啊，是黄土地孕育了我们世世代代炎黄子孙。离开土地，人类还能繁衍发展吗？水有源，树有根，这苍莽辽阔的大地，是我们祖先，是我们人类生存繁衍的产床啊！

我告别老汉，行走在柏树林中，脚踏陵园厚土，眼望着这山色、水色、树色。抚摸着一棵棵古柏，好像触摸到大地原始的脉搏，听见远古的呼唤。靠近它，我只觉得浑身上下一无所有，因为有一种慑人的力量，一种震撼心魄的雄势，使我感到卑微和渺小。耳听那汹涌澎湃的林涛声，顿时又感到浑身有着力的潮涌，生命的翻腾，仿佛在无限扩大，像要融进大化之中……

啊，我原来就是这莽茫浩瀚中的一叶！

"人文初祖"，这里正是中华民族历史与文明的起点。千百年来，不管何朝何代，黄皮肤黑眼睛黑头发的中国人，只要一踏进这片黄土地，就像投进祖先的怀抱，浑身就像注入一种生命的原动力，一种超自然的神力！

黄陵背后有一座瞭望台，专供游人观望黄陵的风水地脉。我登上瞭望台，放眼四顾，整个沮河川道尽收眼底。这里背山面水，正是传统"风水学"中最佳位置。前者朱雀——沮河南岸的邱台山；陵丘后的高原恰似一个乌龟；左有青龙——那地名叫龙首，正所谓"神龙见首不见尾"；右有白虎——即"神虎见尾不见首"。把目光放得更远一点，那泛绿凝黄的陕北高原，起伏跌宕，浩浩漫漫。而天来之水——母亲河破峡谷穿莽原，一路浩浩荡荡奔腾而来，甘甜的乳汁滋润着这片高原厚土，孕育着古老文明的萌发生长。

陪我游览的朋友问我："你看这地形像什么？"

我茫然四顾，不知所答。

他又说，你全方位看一看？

我目瞩远山迷蒙，近水氤氲，林木葱葱，山峦跌宕，心里依然茫然。

他说，你看，像不像女阴？

我一愣，恍然大悟，啊，这山，这峁、这梁、这沟、这川，山川地貌的确是一个女阴的大写意……

朋友又说，黄帝是人又是神，是天神之父，又是大地之母，是这片黄土地繁衍了我们古老的民族！

天风浩浩，流云浪浪，蓝天大地，高原厚土。在这大风景、大地貌、大境界中，五千年古老的华夏民族从这里出发，披荆斩棘，胼手胝足，双手抹去脸上汗水，用泥土涂上伤口，血汗相伴，浇灌着初辟的瘠田，一寸土地，一把血泪，开垦复开垦……几千年，几千年的艰难开拓，艰苦卓绝的劳作、挣扎、奋搏、厮杀、搏击、繁衍、发展……终于从远古走到今天！

那莽莽苍苍的千秋古柏，不正是我们屹立世界民族之林的象征吗？

在秦汉长城之巅，历史对我如是说……

正是苍黄万里，落木萧萧；正是夕阳澹澹，螟晖漫漫；正是秋风絮絮，胡雁横空。我来到乌兰察布草原深处，来到狼山脚步下，寻觅秦汉长城的遗迹，打捞历史的残章。

不见烽火狼烟突起，牛角号声呜咽；不见"欲饮琵琶马上催"的仓皇急迫，不见从金伐鼓旌旄蔽空的豪迈壮烈——这里是一派浩大宏阔的宁静，一片雄浑苍茫的沉寂。彤彤暮云，灿灿落霞，峭拔攒蹙的崖壁，峥嵘嵯峨的山峰，如溶红的戟，饮血的剑，展示着一场鏖战厮杀后的肃穆；大原荒荒，六合茫茫，偶有一曲牧歌从草梢上滑落，也如一粒雨珠坠入沙漠，无声无息地湮灭。

寂寞古战场。

我曾去过八达岭，山海关，观瞻过古长城的恢弘雄姿，那是明洪武皇帝派大将徐达在秦汉长城倾圮的根基上重新整饬修建的，其宏伟壮观，堪称世界之最。我曾感叹，那是人类的标志，也许只有这长城才配得上五千年文明古国的称谓；也许五千年文明古国必须有这长城，犹如古埃及必须有金字塔，这是一部凝固的历史。

当年，秦始皇帝"奋六世之余烈，振长策而御宇内，吞二周而亡诸侯，履至尊而制六合，执敲扑以鞭笞天下，威震四海"。修长城，划疆界，奠定我中华民族统一根基，是非功过早有定论。而今，在这狼山深处，层峦叠嶂之中，秦汉长城犹留一痕，如巨龙蜿蜒腾动。那石砌的城垣，虽不及八达岭之雄伟，风剥雨蚀，石棱坑坑洼洼，布满老年斑，但气韵依然磅礴，风骨依然凛凛。

我攀援而上，手触石墙，虽无城门的巍峨，关楼的雄峙，却也壮我游兴，添我豪情。登上长城之巅，纵目驰骋，胡天穹庐之下，有这雄伟嵯峨的古长城，更衬托出时空的苍凉，岁月的悠远。我摭石击墙，不是预测未来，而是叩问历史。那刁楼呢？烽火台呢？戍边将士雄风何在？“醉和金甲舞，雷鼓动山川”的壮烈何在？斜阳深处蔓草生烟的古战场何在哉？那战云密布、角篥角笳震天，战马萧萧，杀伐拼搏，剑戟相击，那月夜羌笛与更鼓互动，浊酒万里的无边乡愁，醉卧沙场的悲怆，都在哪里？

荒原漫漫，西风浩浩，天地萧萧。凄凉中含有悲壮，宏阔中注满孤寂。我想唱一曲《折杨柳》，呼唤苍茫的历史，我想奏一支《关山月》，倾诉边塞的哀戚，却没有胡笳凄婉的和声，没有铁马冰河的旧梦，没有守关灯火点点……只是残阳依旧。但见荒原深处斜径上走来一位骑人，倒使人领略了马致远小令的意境。

历史已踉踉跄跄而去，岁月已蹀蹀躞躞走过。时间压着时间，重重叠叠覆盖了昨天，留给我的只是一片广阔的空白，而落晖在这空白上涂抹着更加悲怆的色彩！

我沿着古长城缓缓而行，古石垒垒，沉重苍老。我想，每块巨石之下，准压着一颗灵魂。天风罡罡，草木呜咽，该是古灵魂的哭泣和叹息吧？一排胡雁横空南飞，雁唳声滴落下来，溅起一片辽阔的沉寂。

前方是一座烽火台，它已历经了两千多个春秋，已失去当年凛凛之威风，倾圮在斜阳蔓草丛中，瑟瑟战栗在秋寒里。传说，古代守边将士把鸡粪、狗粪和狼粪与柴草混合点燃，烟径又大又直，遇风而不散，故名烽火狼烟。

“秋到边城角声哀，烽火照高台。”只有站在古长城烽火台上，才感到雄浑、苍凉、博大、沉雄这些字眼的凝重和深邃，边塞的遥远和悲壮，才感到岁月的斑驳和苍茫，胸中也自然会荡起思古之幽情。

凭高酹酒。我囊中无酒，却有香烟数支。我点燃一支，悠然吸着。烟氲袅袅处，依稀看到一位老人从苍茫的云端冉冉走来，霜发拂拂，银须飘飘，面颊如丹，双目如炬，拄一拐杖，上雕龙头麟角。

“孩子，你来寻找什么？”老人道。

“老人家，我来寻找历史。”我答道。

老人呵呵笑了，花白的长须一颤一抖：“历史嘛，是个怪物，比大海浩瀚，比高山巍峨，比宇宙宏阔，每天每个时刻都是历史。它无处不在无处不有，它在你面前，又难以寻觅！”

老人的话使我莫名其妙，疑惑不解，便问："你看，这长城不是历史么？"

"哈哈哈，"老人摇摇头，放声笑了，"不，这长城是人类的一种文化，和埃及的金字塔，希腊的古庙，玛雅文化巨大的石碑，澳洲土著的岩画，中国原始彩陶上的龙凤鱼龟，商朝青铜器上的饕餮，非洲的面具，中世纪的教堂，耶稣，佛，菩萨的造像，都是你们人类聪明才智的结晶，是一种艺术。"说着，老人用手指了指，"孩子，你看那关、楼、堞、台，不像西洋五线谱上跳跃的小蝌蚪吗？不信，你用手指弹弹，这长城会奏响一支古曲呢！"老人说着又笑起来。

"老人家，你的话我更不懂，当初，秦皇汉武，唐宗宋祖为何调动千军万马，不惜财富和人力，搞这种艺术？"

"傻孩子，你们人类既是聪明的圣灵，又是愚蠢的恶魔，包括你们的始祖，从亚当夏娃到伏羲女娲，从春秋战国到荷马时代，从成吉思汗到拿破仑，从华盛顿到尼古拉二世，以至今天的两伊战争，历代帝王君主，为了开拓疆域，掠夺财富，进行了数以万计大大小小残酷野蛮的战争——当然，有正义的，非正义的。正义的战争使社会聪明，强大，进步，繁荣，使世界发展它的雄奇，山川焕发它的才能，人类得到自身的完善。你看，这长城内外，广漠大原，既沉淀了千秋万代的精英，也淹没了许许多多扭转乾坤的风流人物……"

我听罢，不觉感慨："老人家，历史真是无情啊！该留下的留下，该淘汰的淘汰，天地浮浮沉沉，春秋来来往往。想当初，不可一世的秦皇汉武今日安在哉？不是化为土冢一丘，荒草漫烟了么？他们能想到今日边塞是另一番明媚风光么？"

"这就对了，孩子。我一生经历的人世沧桑，那些血流成河的战争，那些呼啸呐喊排山倒海的挺进，那些催人泪下的人间悲剧，那些愚蠢纵横捭阖的丑恶表演，都不过一缕云烟，在这浩浩宇宙间化为一声轻轻的叹息……"

"老人家，你的话有道理。可是人类奋搏、挣扎、厮杀还有何价值？"

"价值还是有的，"老人沉吟道，"人类的发展，就是从愚昧走向聪慧，从野蛮走向文明，从残缺走向完善，从丑恶走向圣贤。你看见了吗？繁华正是从荒凉中诞生，青春正是从腐朽中滋长，高楼大厦是从沼泽荆棘上耸起，辉煌从废墟中分娩……这些伟大的生和伟大的分娩，经历了怎样严峻的苦难，高山在硝烟中抽搐，原野在战火中战栗，江河在厮杀中呜咽。旌甲披霜，落日大旗，马鸣萧萧，悲笳互动。为了现代文明的分娩，你们人类流了多少血啊，重重叠叠滔滔涌涌，这是一条血河啊，从古流到今……”

我痛苦地沉思着，我的心灵像经历了一场强烈的地震。我深深吸了一口烟，想继续和老人交谈，却见老人从烟雾中蹒跚而去。我大声喊道：

“老人家，你尊姓大名？”

烟氲中隐隐传来：“历史”

我如梦如醒，恍然顿悟，想不到在这秦汉长城之巅，和历史老人做了一次谈话。

历史远去了。留下的是一派苍凉悲壮的景观：落木萧萧，晚风悚悚，乱草瑟瑟。纵目远山近岭，莽苍雄险的狼山山脉，承载着一条腾飞跃动的巨龙，那气魄，那雄韵，横亘苍穹，与天神相通，与星河相息，浩浩然，煌煌然。虽然，不教胡马度阴山已成历史的笑柄，但它毕竟是一种文化，是东方巨人的象征。凭高御风，谁能不遄思邈邈，激情跌宕，油然升起一种民族的骄傲、尊严和自豪感受，继而产生一种创立伟业的宏图大志呢？

1991 年 10 月草

1993 年 4 月改

凝视寥廓旷达的天宇，
我想象的翅膀纵横驰骋，
像庄子的大鹏，扶摇直上，
时而抚摸白云，时而驾驭长风，
时而拍击长空。
天空把蓝色的染色体渗入我的肌肤，
我也似乎融化在蓝色的虚无之中。

高原问天

一

如果有人问我，你走进雪域高原印象最深、感触最强烈的是什么？我会说，除了那沸沸扬扬、云蒸霞蔚的宗教文化，就是太阳和天空。前二者我都写了许多散文，并赞美了高原的太阳，现在我来歌颂天空。

但丁在他的《神曲》里，把“三十三(层)天”称之为“最高的玫瑰之门”。古往今来，又有多少诗人用迷茫的眼睛，望着那无限寥廓的蓝色的虚无，蓝色的空旷，蓝色的神秘，蓝色的渺茫，发出浩然长叹。苏东坡满面忧郁，手持酒盏，仰望茫茫苍宇：“把酒问青天，不知天上宫阙，今昔是何年？”李白孤独地徘徊在清冷的月光下，积怨满腹，举杯浇愁，抬首面对青天明月，浩叹：“青天有月来几时？我今停杯一问之。”比李白小三十多岁的皇胄飘零子弟李贺，整天骑着毛驴，肩挎布袋，到山野里捡拾意象，也面对苍天祈祷“天若有情天亦老”。至于以超然世外不屑人间烟火的庄子，仰面苍穹，连声问道：“天之苍苍，其色正耶？其远而无所至极耶？”而沉着老练的亚圣孟轲也感慨道：“天之高也，星辰之远也，苟求其故，千岁日至，可坐而至也。”这些诗人骚客，古哲圣贤，总是把希冀、梦幻、痛苦、惆怅、满腹迷惘，对天倾诉。至于那一代辞祖、楚国贬臣三闾大夫屈原，则是始作俑者。他衣衫不整，风吹长发，仰天长吟，声声大问，发出千古绝唱：

遂古之初，谁传道之？
上下未形，何有考之？
冥昭瞢暗，谁能极之？
冯翼惟象，何以识之？
明明暗暗，惟时何为？

阴阳三合，何本何化？

圜则九重，熟营度之？

惟兹何功，熟初作之？

这位悲情的诗人，满面痛苦地与天对话，声声泪，句句情，发出振聋发聩的质问。然而，苍天不语，流云无声，空旷的楚天旷野，滔滔的长江流水，回荡着嘶哑的杜鹃带血般的啼吟。

屈原提出的质问，怕是人类几千年来都尚未解释清楚，尽管人类已进入高科技时代，宇宙飞船，探索卫星频频发向太空，然而对浩瀚的宇宙仍然知之甚微。

中国传统文化最重视天、地、人，然而今天的人类恰恰对这三个古老的问题知之甚少，对于天，现代宇宙学不过刚猜出一点皮毛。宇宙的秘密被层层铁幕紧裹着，它的庄严和神秘，令几千年人类苦思冥想地探索。天，唯有那些虔诚、纯真的探索者情有独钟。他们用高尚的追求，带着对宇宙的宗教感情，从那里取来火种照亮人类。

二

“天命不可违”，这句中国传统文化的精髓给几千年来的中国人带来惶恐和畏惧，而藏民族则把天视为最神圣、最伟大的象征。

天是什么？

我在拉萨或在乡下牧野里、草原上，常常呆痴痴地看天空。如梦如幻的天空，云自飞翔风自狂。那凝重而浓郁的蔚蓝，那神秘的蔚蓝，那深邃的蔚蓝里，真的有神灵居住吗？有天堂金碧辉煌的宫殿吗？有佛祖神秘的微笑吗？有佛教经典中三十三层的梵天帝释吗？有基督教的上帝吗？有至尊至崇的玉皇大帝吗？有藏民族灵魂的息壤吗？小民百姓常呼唤的“青天”，青天是真理、正义的象征吗？

……

走进这高原，不管你是达官贵人，还是布衣百姓，不管你是学贯中西的智者，还是目不识丁的村妇樵夫，首先感到震惊是天。天是那样的浩渺，那样的深远，那样的清晰，那样的纯净，然而又似乎很近，触手可及。你的心，你的灵魂，连同你的想象都融进这无边无垠的蔚蓝和静谧里。此时你甚至会产生一种恐惧，一种人生如梦、岁月倥偬的迷茫，会感到一阵晕眩。肉体凡胎也似乎变轻，变小，如芥粒，如烟尘，消融在这大化之中……

烈日烤炙，大地灼热。在白昼下沉睡的山脉、草原、戈壁、荒漠，处于永恒和无极般的宁静。

有一次，我问藏族朋友："天堂是什么？"

"死。"

他只简单地回答了一个字。

我茫然地望着他。

他嘴角挂着一缕神秘的微笑，半天又解释道："佛说死后可以进天堂嘛！"

我更觉得迷惘。

我望着蓝天，想与它对话。蓝天不语，是一片永恒的沉默。只有风在我身边絮絮叨叨地不知说些什么，谁也难翻译出风的语言。

我久久地凝视着蓝色的沉默，有一种说不出、道不明的悲哀袭来。回想尘事，人间沧桑，白云苍狗，半规残月，一榻穷年，时光奄忽，我已匆匆走向知天命之年。"横戈跃马皆陈迹，野花闲草遍地愁。"我的鬓角已染上岁月的风霜，眉宇已镌刻下一道道生活的苦难。皇天厚土赋予我生命，然而我怠疏和生性愚钝，没有创造出煌煌事业，可彪炳日月，可仰不愧天，俯不怍人，尸位素餐，碌碌无为。

《西厢记》中有一句话："文章有用，天地无私。"文章何有用？我常常苦苦地想。我秉烛伏案，劳心劳形，孜孜矻矻，到底追求什么？举世腐浊而我独清？满目肮脏而我自洁？天下熙熙攘攘红尘千丈，而我孜孜不倦，苦苦地寻找精神的家园？而在这丑恶横行，权势熏天的人世间，哪里有安放灵魂的净土？和尚能羽化而仙，走进天风朗朗，苍穹空明的世界，那该是怎样的潇洒和超脱？人间的一切烦恼、愣惶、苦闷、忧愁、焦虑、浮躁、痛苦、挣扎，勾心斗角，蝇营狗苟，悲婉、凄绝……统统化为一缕云烟，那该是多么美好！

我深知，生命是一条河流，要弄出一点声响，只有同困难和挫折进行不懈的斗争，枪击剑劈，铿然锵然。然而生活的河流，一旦退潮，裸露出来的只是一片苍凉的回忆。

年轻时，我血气方刚，激情如狂涛巨澜，对于邪恶敢于直面刺击，毫无戒备之心，对于两面三刀、趋炎附势、仰人鼻息、摇唇鼓舌、拨弄是非的小人，我常恨之入骨，跃马横刀，杀将而去，然而自己却也落得满身伤痕，鲜血淋淋；对于事业我如梦如幻地追求，就像我的前面总有一座辉煌的灯塔照耀着我，可是走过去，那灯塔却消失了，幻觉中又出现一座灯塔，引逗着我如癫如狂地继续跋涉，有时疲累得连气都喘不过来，但依然趁着黎明朦胧的夜色又开始了艰难的行进……

那时候，我常常躺在故乡的原野上读天，我的思绪变得格外活跃，飞扬着，飘洒着，好像庄子的大鹏扶摇直上，白云为伍，清风做伴，蓝天任我驰骋，偌大的空间都成了我思想的载体——我曾望着那蓝色的神秘，想到：天，是一位智者，它用风雨雷电抒写着诗篇，那诗里有星辰般闪烁的格言，有阳光和月光一样明晰的哲理，也有狂风暴雨的激情，更有一切哲学家难以阐释的神秘。

天，是理想，是一种精神，是生活在地上的人们追求的不竭的动力之源，是超越人生、超越苦难最大的希冀。

那时我曾幼稚地想，我可以不能够拥有一片绿叶，一株小草，一掬清水，一抔黄土，但只要我拥有古往今来一切不甘平庸的人们的智慧，抚四海于一瞬，览古今于眼底，我就是大智大勇，大富大有。我坚信，一切希望都来自心灵。心灵的使命是设计人生道路，创造美好生活。我甚至浪漫地向世界发出青春的宣言：我不问世界怎么样，我只问我怎么样。

由于年轻，也许才有了狷狂。我对生命的理解是生气勃勃地创造，是雄心昂然地进取，深邃宁静地思索。不管阳光明媚的时节，也不管风雨如晦的日子，即使遇到残酷打击和迫害，我也不感到痛苦，反而感到这是一种富有哲理的创造，一种富有诗意的创造。我彳亍在这拥挤的凡尘世俗中，坦然地迎着各种目光——我潇洒、我自豪、我自信，因为我问心无愧，苍天可鉴。

然而苍天可鉴吗？人世间是否善有善报，恶有恶报呢？为何那作恶的小人，灵魂丑陋的小人，还横行在生活的舞台？为何那庸人仍然操作权柄，继续为非作歹？君不见那些道貌岸然的权势者，逐钱追色，如疯如狂？为何百姓冤难诉，理难平，跪在衙门口而大呼大叫"青天"。而青天何在呢？只在舞台戏剧里？只在民间传说中？

三

古往今来，多少人当生命垂危时，盼望着自己的灵魂归天，似乎只有那一抹空幻的蔚蓝才是收藏灵魂的地方。

基督教徒圣伯纳德的赞美诗就狂热地赞美天国：

啊，天国，你独一无二的圣城，
这隐在上苍的神秘之所。
为你，我快乐，我叹息，我悲哀，我渴求，
我只能常常以心而不能以身到彼岸一游，
只因，凡体沉重，而又很快跌入尘寰。
……
你的光辉征服了每一颗心，
啊，永远的圣城，任何赞美都不配你，
啊，崭新的居所，你这群集的场地，
有信仰的人们建立你，高扬你，激励你，
增强你，加入你，并把你变得完美无缺。

这是对苍天的神往。神往的动力是宗教渴求中一种最活跃的因素。它活跃并出现在这一庄严因素中。既出现在私人的礼拜，全神贯注与卑微的虔诚中，也出现在集体的共同礼拜中。正是这种神往而非别的东西，才在这庄严时刻充满我们的灵魂，并使人保持在一种无言的宁静中。

面对空旷的苍天，我冥目沉思。冥冥中，我如醍醐灌顶，顿悟佛教经典关于生命的阐释——

人生的真谛四谛：苦谛、集谛、灭谛、道谛。苦谛，即向人们指示："人生皆苦"。所谓生、老、病、死、爱、别、离、怨、憎，求不得，五阴盛共八苦之说。集谛，即苦的原因。因为人的贪、嗔、痴、慢、疑、恶等六根而造成的"业"，包括身业、卫业、意业。前生的业决定来世的果报，有佛、菩萨、缘觉、生闻、天神、人、鬼、畜生、阿修罗、地狱一同的轮回方式；灭谛，即要人们相信世间诸苦可以被消灭，超脱生死轮回，即可达到最终解脱，就是涅槃的境界。道谛，即灭苦的方法。包括正见、正思、正语、正业、正命、正精进、正念、正定等八正道。

涅槃的寂静，即要人超脱生死轮回，看破红尘，到虚幻的精神世界里去寻找自己的人生和归宿。

人类创造宗教，除了规范人的道德，就是制造虚幻。人类正是在这真与假，虚与实二律背反中生存和发展。这是一个令人难以言诠的命题。

老子在道德经中说：人法地，地法天、天法自然。这就是把自然奉为最高典范和楷模。

走在高原上，面对浩浩渺渺的大天，我顿然感到思想是自由的，它像蓝天一样广阔。我知道任何用物质的砖瓦垒砌的宫殿都是暂时，而用思想的金线纺织而成的是永恒的太阳。在思想领域里面，不存在高贵和低贱，富裕与贫穷。它会将人们在世俗中引以自豪的一切高贵血统，显赫地位一扫而空。智慧就是思想，只要不陷入到庸俗的计较和琐碎的纠缠中，我们的思想之翼就自由自在地在这旷达的蓝天飞翔，像天使一样。明白这一点，何必再为居所的湫隘、狭窄、职称高低、权力的大小、名誉的辉煌或黯淡而苦恼呢？只有思想的超越和升华，才能进入真正的大境界，这犹如灵魂进入天堂，是人生最大的愉悦。

我漫步高原，高原的太阳热烈地吻抱我，高原的长风激情地吹拂我。我仰望长空。天，是万里孤独的蓝，是质地坚硬的蓝，似乎任何物件都难以戳破的蓝。

凝视寥廓旷达的天宇，我想象的翅膀纵横驰骋，像庄子的大鹏，扶摇直上，时而抚摸白云，时而御驾长风，时而拍击长空。天空把蓝色的染色体渗入我的肌肤，我也似乎融化在蓝色的虚无之中。这时我听到神灵在与我耳语，仙人在向我问候，但是他们语言我似懂非懂。我感到水晶一样透明的气流在我身边洋溢，太阳、月亮、星星就在我的身边。它们嘁嘁喳喳耳语，我听不清讲些什么。但我只有狂喜、流泪，如痴如狂。我的血液泛滥，我的情感沸腾，像潮涌，像飓风，像岩浆喷涌……我脱离了人寰的丑恶和肮脏，只觉得我的躯壳变成一缕云气，灵魂却变得格外活跃，在广阔空间轻歌曼舞……我想，天，并不孤独，太阳是它的儿子，月亮是它的女儿，星辰是它无穷匮焉的子孙。天空是一个热闹而繁荣昌盛的家族。

我收回思想，我的脚重新踏上这遍地砾石和黄土的地面。我默默凝视着天。天，也用一种庄严而崇高的目光凝视着我。我心里默默地呼喊：我的天神呐，你在思考什么？你永远是那样大度超然，镇静自诺，注视着人间的风云变幻，世事沧桑。你没有感慨或喜怒哀乐吗？你没有忧虑和烦恼吗？

越是虚无的东西，人们的精神越向往它；越是沉默的东西，人们越愿向它倾诉心声。

太阳走遍高原

一

每个民族都有自己创世纪的神话。在古埃及的神话中，太阳神在诸神中拥有崇高的地位，他们称之为“拉神”，是拉神创造了一切。传说，世界初始时，天地间是一片茫茫大海，唤做“努”的神统治着，海水就是他的住处。他是海水，他生出太阳神来，于是世界就有了光明。

在希腊神话中，日神——阿波罗主宰光明、青春、医药、音乐、诗歌，实际是主宰人类的灵魂。人类离开太阳是不能生存的。太阳是远古时代地球上各民族共同崇拜的象征。我国古代也有夸父追日的故事，那是生命对光明的追逐。

藏民族的神话传说繁如星海，最璀璨最富有魅力的莫过于日神的传说。走遍西藏，在这荒凉而贫瘠的高原上，到处生长着葳蕤而丰隆的阳光，到处可以看到对太阳崇拜的图腾。在大昭寺的壁画上，在山石的岩画上，在路旁的玛尼台上，都刻着象征太阳神的符号“卍”。在藏民族心灵的圣坛上，太阳神正襟危坐，一脸肃穆，堂堂皇皇接受人们的膜拜。

在大昭寺，在哲蚌寺，在扎什伦布寺，在布达拉宫等大大小小的寺庙里，我看见衣冠楚楚者、衣衫褴褛的藏民、西方的游客、印度的朝圣者，他们总是匍匐在地，用手触摸一下嵌在地板上的“卍”，再摸摸自己的头顶。这举动，我先是感到莫名其妙。后来一位藏学家告诉我，这是朝圣者祈祷太阳神来保佑自己。在佛风荡漾、神灵遍布的高原上，我的灵魂也被吸摄。每看到这个符号，也下意识地摸一下，然后又摸摸头顶，愿太阳神的光辉，能照亮我心灵的苍穹。由于太阳是圆的，继而使我想到，我两次走进西藏，看到到处是圆的图案、圆的造型以及他们圆形的生活方式，藏民族的生活与圆结下了不解之缘。他们筑起的棚厩是圆的，跳的舞蹈是圆圈舞。他们绕着山转，绕着湖转。他们手持圆形的摩尼轮，沿着八廓街转经，年年月月，风风雨雨，从起点到终点，走着一个永恒的圆，一个圆形的人生。

惠特曼称之“赫耀而沉默的太阳”。其实，太阳并不沉默。太阳是宇宙的核，是时间之牙齿永远咀嚼不烂的核。太阳像伟大的佛，向万物生灵布道传经，山川、草地、河流、湖泊，都在静静地倾听着太阳的声音。

每当我游历昭寺，或者乘车在荒原上行驶，我总是想，这个古老的民族，他们的先民创造的神话，最初的思维是简单的，想象力有限。他们崇拜的图腾不过是动物、植物、日月、星辰、山川、湖泊、风雨、雷电等自然现象。然而这个民族拥有广阔的天空和地域。天空的深邃高远，地域的辽阔雄旷，也激起了他们的想象力，许多丰富多彩的神话故事，美丽传说，便一代一代编织出来。他们丰富的想象力驰骋于宇宙万物之间，创造出躯体无限大、囊括万物的大神。他们赋予神以宏伟的气魄，广阔的襟怀、视野和无与伦比战胜万物的力量。有一则神话，是关于“母龙”的巨神。它的头部化为天空，右眼是月亮，左眼是太阳，四颗巨星是它的牙齿。它睁开右眼是黑夜，睁开左眼是白昼。它的声音是雷鸣，呼出之气形成云，眼泪化为雨，鼻孔生风，血液化为河流、海洋，肉体变成大地，骨骼化为山脉！

这是多么伟大的想象啊！

没有想象，就没有创造力！

一个缺乏想象力的民族，是灵魂枯萎的民族！

这种开天辟地创造万物的巨神，固然属于虚无，但反映了藏民族先民的进取精神，一种对宇宙万物的思索，一种从历史长河里蒸腾出来的渴望与自信。这是人类对自身力量的进一步认识和理想化，也是将人的本质力量形象化的重要标志。

二

当我们的丰田越野车在藏北高原上奔驰时，我只觉得我们是奔驰在天空和太阳里。

放眼望去，无边无际的荒漠、半荒漠的旷野，牧草稀落而枯涩；山在远处，光秃秃的，一切都无遮无盖，无羞无涩。那每一片荒滩、草滩，似乎都在生长着阳光。阳光不是从空中辐射下来，而是从每块砾石，每粒沙子，每片草地，每座山岩、土丘上辐射出去，反映到苍穹。一切孤独和寂寞都被热热闹闹的阳光所粉碎；一切忧郁和怅惘都被太阳光所融化。阳光汹涌澎湃，急浪滔滔，遍地涌流、奔腾。这里没有潮湿，没有阴郁，没有晦暗，一切都赤裸裸地暴露在阳光下……高原如梦如幻，万古不变的太阳把满腔的关爱和炽热的情感都倾泻给高原。

前面出现灰褐色的重峦叠嶂，念青唐古拉山阔大而肃穆地排列在苍穹之下，只有阳光在检阅它审视它残酷地折磨它蹂躏它。那裸体的岩石，皴裂粗糙丑陋的面靥，那凝固的孤线，惨烈的灰褐色，狰狞的悬崖，我一看到这山，就感到有一种揪心的痛苦。我不知道，它们究竟怎样忍受了大自然的酷虐，从远古走到今天，太残忍了！这群山和大地的木然、默然，犹如无言的抗争。是的，它以旷古的缄默，孤傲的冷静面对太阳。但是生命还是有的。岩隙间长出一棵棵索索柴，灰绿的叶子，柔韧的枝茎，倔犟地展示着生命的高傲、忍耐和尊严。是风雨雷电锻造你的英姿吗？是冰雪霜雹铸就你的灵魂吗？是巉岩的嵯峨悬崖的伟岸砺炼了你凛凛的傲骨吗？在这酷寒亢燥的高原上，你高举着生命的旗帜，迸射着希望的火花，抒写着绿色的追求，你面对着孤独的高原奏响生命的凯歌！

我的目光扫描着。千百年来，这片土地吞咽着层层叠叠的风霜雨雪，吞咽着重重叠叠的苦难。只有在这旷达的高原上，你才感到生命的顽强和永恒。谁说这里是死亡的王国？春和秋都在从事开花和结果的事业，死亡只是生命的一种形式，一种哲学。

我们的车停下来，我跳下车，走近一个凸起的土丘。我登上土丘，面对着茫茫浩瀚、海海漫漫的雪山冰峰。山峰无言，白云有情，阳光纵横驰骋。一阵风从身边摩擦而过，抚摩着我，抚摩着遍体鳞伤的荒原，抚摩着群山蛮荒和皴裂的面靥。

一群藏羚羊、野牦牛悠悠地从荒原上走过，这里是海拔四千六百米的藏北高原。这里的大气含氧量只是平原的40%。但我看到高原的生灵，顿时体味到生命的永恒和博大。草滩上那红柳棵子和骆驼草，瑟瑟缩缩地向我叙述着什么。是生命的苦难？是追求的艰辛？是希冀的渺茫？当然，也向我展示着傲然大度的气魄。

我阅读着高原上的风景，天地通明，万物鎏金。我被太阳晒得暖烘烘的，像熔化在这光的暖流里，与大自然化为一个整体，似乎进入一种涅槃的境界。

“空谷足音乃是哲学家的生命”，哲人尼采如是说。我是孤独的流浪汉。阳光不是一种苍凉广阔的悲哀。陷入这种大风景、大地貌的苍凉宏阔之中，人心中会涌起一种决绝的气概。

不知是现代文明和繁华对这里鄙夷，还是高原对现代文明和繁华冷漠，雪山对牧歌都拒绝，荒原对故事都淡泊，只有时间在这里搭巢，繁衍着一叠叠沉重的昨天。其实，昨天和今天都是联体婴儿，很难分离。

沉默的是岩石。苍老悲壮的群山万峰攒聚在这西部高原，垒成一篇篇散文，一章章大赋，铸就了不息的岁月和生命的历史。

然而，高原的阳光像风一样弥漫着，你无法躲避。在城市生活久了，对阳光也感到陌生。人们忙于卑鄙和琐碎，忙于丑陋和肮脏，忙于金钱和物质的追逐，忙于性和色的刺激。当然，也忙于庄严和肃穆。谁顾及远在几亿光年前的太阳呢？

在这里，太阳能就在头顶，在身边。它用羽毛般的温柔抚摸你，亲吻你，拥抱你，使你有一种淡淡的熔化了的感觉。几顶孤独的帐篷，一群散漫的牛羊，还有赭黄色的沙砾，灰绿色的草场……一切都随着太阳运转，像朝圣者追随伟大的圣地而走着生命的圆。

走进高原的阳光里，不知怎的，我想起19世纪欧洲的印象派大师莫奈、凡·高、高更……他们都是阳光的崇拜者。浓烈的阳光黏稠的阳光，朴实而高贵的阳光，使他们如痴如醉，如梦如幻，如痴如狂。他们的画笔饱蘸着太阳浓郁的色彩，一切都在阳光下变得圣洁、高雅、美艳。

莫奈对太阳已达到愚忠的境界。他似乎是为阳光而生，为阳光而死。有一次他的朋友来看望他，莫奈要画那幅《庭院里的女子》，但迟迟不动笔。朋友问他，他却说：整张画面的绘制，必须在同一阳光下进行，因为画面画的是在某一特别时刻阳光照射下的情景。他花费了巨大的劳动，在院子里挖一道壕沟，坐在壕沟里等待阳光，真实地捕捉某一特定时刻的阳光。

阳光照耀着他一生，正是阳光给他的作品以生命、欢乐和色彩缤纷的魅力。

至于那位用剃须刀割掉自己耳朵的疯画家凡·高，对阳光的酷爱已达到如癫如狂的程度。他远离弥漫着现代文明和都市巴黎，到阿尔小城去体验阳光。他那幅价值连城的《向日葵》，几乎可以从画面上刮下几公斤阳光来。他的每一幅画都是一团辉煌灿烂绚丽多彩的火焰，或者说，他每一幅画，都是太阳的一束七彩光芒。当凡·高最初看到印象派大师莫奈的作品时，他震惊了，就像见到了一个精神的太阳。它穿透了他的双眼，就像穿透两扇无遮掩的窗户。从此，阳光带着它的七色光谱，充满他的整个头脑、全部身心，进入了他的调色板。这精神的太阳在他的身体内部燃烧起来，把他烧得炽热，以至于疯狂，最后把他烧焦、吞噬……否则，我们不会看到，在他生命最后的四年中，竟有如此大量光彩夺目的作品，像礼花四溅、火焰喷射那样迅速地诞生出来。

有人说，阿尔的太阳特别明艳强烈，那里的风景在阳光下色彩浓艳。于是他毫不犹豫地离开巴黎，苦行僧式地走进遥远的小城，去寻找给他调色板以绚丽色彩的太阳去了。

凡·高的朋友高更也是一个艺术殉道者。他不但酷爱阳光，更喜爱荒旷。他远涉重洋，在近乎原始的土著部落中探索旷古的、原始野性的艺术风格。人们戏称他为“野人”、“疯子”。这不仅仅是由于他的秘鲁人血统，还因为他那厌恶文明，追求原始古风的执著生活态度和艺术风格所致。

高更认为社会的罪恶渊于文明。他曾说，如果让他用“纯洁”这个题目作画，他“就画成一幅溪流清澄的风景，而不使它留有文明的痕迹”。他心中总是涨溢着不受“文明”污染的淳朴自然和对笃诚面孔的渴望。

他来到塔希提岛，抛弃家庭、职业和正常人的生活，以不可遏止、孤注一掷的狂热，奔向呼唤和诱惑他的野性的大自然。他用极大的热情，表现他曾向往的具有原始魅力的大自然，表现远离文明骚扰、简单淳朴的土著人生活。他得意洋洋地说："文明逐渐地离开我，我开始简单地思维，对周围人极少恶意。相反，我开始爱周围的人。我享受自由生活的一切愉快，享受动物和人间的愉快。我避开一切虚伪，我溶化在拂熙的阳光中。"画面上时常出现那种如诗如梦、带着浓郁神秘意味的境界。他那幅举世闻名的杰作《我们从哪里来？我们是谁？我们到哪里去？》，只不过是表达了画家对他所处的"原始人"生活的一种偶然臆想，一种渴望了解他们的心情。从画面的构图、形象，以及整个创作过程来看，这幅是他多年来在塔希提岛生活印象的综述，是献给自己的墓志铭。

他们是阳光的殉道者。

而我们这个时代，再不会产生凡·高、高更这类画家了。

三

在佛教文献《胜光敬请经》中，对阳光也极其崇拜。它劝导世人："如果修塑佛像，则能很快具备胜妙功德，犹如太阳光辉，世上之人都得到欢乐；如果修塑佛像，他的身躯将不再有秽垢，瘟病和人间之苦也会远离消失，好像白莲高洁无暇；如果修塑佛像，不会贫穷，不会为民，也不会平庸，五官端正，为人中豪杰"。

这段话的要点，就是修塑佛像，使自己像阳光一样受人敬爱。

这雪域高原是无边无际的精神王国，它繁衍着神话，丰富着宗教，也滋润着灵魂。一切都是那样肃穆，庄严，那色彩，那光影，那构图，阔大的意境，悲怆的意蕴，都展示着造物主恢弘的气度和磅礴凝重的笔力。当你站在荒原上，面对远处巍峨耸立的雪峰，望着阳光下的高原，万籁无声，寂天寞地。这时，你会听到雪山深沉的呼吸，荒原勃勃的脉跳，你甚至会感到一切无言无语，一切向你叙述着什么——神圣的、荒唐的、怪诞的、善良的、美丽的、丑恶的，甚至会看到历史的昨天和人类的童年；当然，也似乎看到了迷蒙的未来。这时，你的血液哗哗的流动声，思绪之火哔哔剥剥地燃烧声……幻觉、幻想、幻象，都在你精神里放大、映出。这惊心动魄的苍凉，这雄浑空旷的荒原——原来是盛开着铺天盖地的莲花，而每一朵莲花上都站着一个佛，一个伟大的佛……

这一泻千里的旷野，除了灰褐色的荒漠、草滩、雪山流淌下来的冰水、天空涌来的白云，再就是太阳。茫茫高原和乱纷纷的石滩上抖动着一层颤颤的蜃气，白花花的气流在棱角鲜明的岩石上摇荡着……浩浩邈邈。这没有污染和杂质的世界，给你的思维提供了广阔的空间，你会有一种回归生命之初之感，会产生一种佛在我心、我心即佛的宗教哲学。人说，大自然是净化灵魂的良药。确乎这冰川雪峰，荒原湖泊，草滩，河流，蓝天丽日，像一道道圣水，汩汩流进你的心里，洗涤你的心灵……

如瀑的阳光哗哗地倾泻下来。我们漫步在这荒旷的高原上，阳光浴？空气浴？我真想掏出被都市文明污染了的五脏六腑，在阳光下消一消毒，使阳痿的精神重新复壮。我直觉得我的肉体被阳光穿透，我的心灵被汰洗得像一张漂白的纸，既没有污浊，也没有了华美，空荡荡的，成为一片虚无。我的灵魂也化为一只太阳鸟，在阳光里自由自在地飞翔。但，这充满阳光的世界给我一种信仰，一种勇气。当黑暗到来时，我会拼搏，我会抗争，我会呐喊、狂啸……

阳光汹涌澎湃，浩浩荡荡。高原的阳光成了一支震天撼地的《英雄》交响曲。

走进高原，最感到寂寞的莫过于黄昏中行驶在荒凉的山谷峡壑之间。那苍茫如海的山涛山浪，际际无涯，在暮色中炫示着沉默、肃穆的喧嚣。裸体的岩石，蒸腾着白昼遗留的热气，暮云如血，横涂竖抹，构成明暗浓淡，斑斑驳驳的色块。那色块令人恐怖，悲怆，苍凉之感油然而生。这万古荒凉的落日显得极为壮观，那硕大无朋的圆轮，缓缓地下移，天空是一种悲哀的肃穆，像个巨大的祭坛。我想，太阳沉落一定会很痛苦的，那是走向涅槃和死亡……那晚霞浓郁得发暗，如果削下一片，放在舌尖上尝一尝，准苦得发涩。

夕阳坠落的黄昏和夜晚，把荒原变成凝固的死海，把万物的生机卷入无边的苍凉和孤寂。但朝霞又再会让万物重获生机，自然生生灭灭周而复始的律动是生命永恒的赞词。整个大地都在书写着一部生动的自然和生命的哲学史。它的每一座山，每一块草地，每一汪碧水和每一处喷涌的热泉，它的每一块散碎的石头和风干的动物尸骨，连同这年轻高原的躯体都向世界诉说着某种人类无法超越的精神——宇宙自然力。

暮色渐浓，赤橙红黄很快融为一潭浓墨，风息霞逝，天地、山水、草滩、湖泊，一切界限都变得朦胧了，模糊了。混沌得像鸿蒙初始，天地无我，我为天地，万物消融，物我一体。

在暮色里行走，就像走进一个梦里。其实，这高原的人们静静地活着，不也是生活在一个梦中吗？天高云淡，苍穹蓝得让你只愿意生活在梦中。这是一个永远不醒的梦，微风细雨或狂风巨澜都冲不散的梦。一切烦恼和忧愁，都随着高原纯净的风逝去，只有在这天高地阔的世界，寻找到被生活抛弃的你。

四

那是在海拔四千六百米的羊八井地热站，我第一次在黎明时分来观察高原太阳的升起——伟大而庄严的日出。

黎明，夜幕尚笼罩着群山万物。虽是盛夏，在这藏北高原，仍要穿上厚厚的棉大衣。我阅读过许多地方日出的壮丽宏伟：泰山日出，大海日出，草原日出……我对日出是极其崇拜的，那是一种世界走向新生的庄严，是万物赋予生机的狂欢，那是伏羲手持巨斧开天辟地的伟大壮举，是希腊神话中的阿波罗的圣诞。而对对日神崇敬之致的藏民族，日出更是一种肃穆庄严的"圣诞"……

东方的群山雪峰之巅，天空变得明起来，那沉重而忧郁的黛色忽然变得轻松而活泼起来，像是风撩起一层遮掩紧密的帘幕，飘忽起来，动起来。

这时，黎明的太阳在雪峰冰川的背后升起来了。

血红、赭红、桃红，鲜润、清丽，巨大的日轮，像神话中伟大的英雄，驱动着、旋转着，冰川、雪峰、莽原、湖泊，先是感触到光的降临，像佛光一样给予这天地一种全新的圣洁。

我目不转睛地凝视着东方。我只觉得这和我读过的日出都迥然不同。这轮初升的太阳，它穿越了黄昏和夜色的长长的巨廊，走过漫长的涅槃的静谧，吸收了天地宇宙超自然的力量，显得格外富有生机，精力充沛，浑身涨溢着一种磅礴之气，就像一位新皇登上宝座时，人类、万物在他威风凛凛的目光里都俯首低眉，敛声静气。

就这一刹那，我想起了古代神话里那开天辟地的伏羲，想起了逐日九死不晦的夸父，想起了用五彩石补天的女娲，想起了西王母的金车玉辇，想起创造万物的上帝，想起了昆仑山上的那只开明兽，那九尾狐与涂山氏……

绚丽光华四射的太阳终于跳出山峰，跃上天空。

天空，顿时由黛蓝变成湛蓝，群山万壑一切阴郁和晦气都被无所不及的阳光驱赶着，只觉得荒原、草滩、湖泊、河流、雪山，一切都在闪闪发光了，白得令人震惊。谁阅读过这雪域高原的黎明呢？谁阅读过这壮丽宏伟的西部太阳诞生的壮观呢？博大、雄浑、苍莽、恢弘……这富有阳刚气韵的词汇，都搜罗在一起，也难以形容高原日出的伟大。

阳光开始大幅大幅地铺展开来。远山错落有致，平平仄仄，像一首格律严整的古典诗词，横亘在蓝天之下。这宇宙之神抒写的文字，谁读得懂呢？谁能注释它呢？只有风霜雨雪。

这时，我看见一个牧羊老人。一身破旧的羊皮藏袍，一群瘦弱的羊群。我想和他交谈，但我们语言不通。我凝视老牧人，蓦然间从他那被高原阳光和风涂抹得粗糙黝黑的脸膛上感到："真正美的东西必须跟自然一致，跟哲学一致。"他蹲在土冈上，像一尊历经风剥雨蚀的石雕，眉毛粗重像黑色的森林，额骨高耸像巍峙的峭岩，花白的须发像雪山之冠。他厚厚的嘴唇紧闭着，缄默像这荒原。他是按照这荒原雄浑的模式由太阳铸造出来的一尊铜像，具有高原抽象的特征，或者说，他的脸就是高原阳光和风雨撰写的一页神秘的历史……

太阳是伟大的哲学，他的思想光芒穿透万物，他的情感点燃大地一切生灵和生命的圣火，它的血液澎湃在大自然的血管。岩石，沙砾，荒原，土壤，因为接受了太阳哲学的感染，熏陶，也似变得高尚、伟大了。

万古不灭的太阳，

光照千秋的太阳。

纵笔纳木错

纳木错湖距拉萨不足二百公里，位于当雄县境，它的北岸便是念青唐古拉山脉的主峰——念青唐古拉山。山是神山，湖是圣湖，这是雪域高原又一个佛教圣地。那白与蓝构成庄严和肃穆，神秘和圣洁，总是撩拨着香客和游人的情怀，激溅起他们灵魂深处的潮涌。

时值六月，我们驱车沿着青藏公路向藏北高原一路颠簸而去。

一出拉萨市，迎面扑来的是蜿蜒跌宕的大山。阔大而庄严的山体呈现出不可思议的赤橙黄白青，一层一种颜色，但没有绿色。绿色爬不上山岩，只匍匐在山脚下，铺开斑斑驳驳的草滩。巍巍巉岩，嵯峨峻拔，展示着旷古的沉默，岑寂的喧嚣，冰冷的热烈。远处的雪峰，素衣玉冠，伫立在高原蓝得有点虚拟的碧空中，清高而孤独，确切一点，是孤傲。这是一种大境界，大得使人肃穆而惊叹。不时有云雾飘来，在峰峦间流淌，如瀑如涛，如梦如幻。只有阳光惊醒这片宁静，扑扑拉拉的光粒子撞击在岩石上，溅起一片晕眩。从峡谷涌来一股碧青的雪水，这是拉萨河——雅鲁藏布江的小儿子。波浪拍打着寂寞，拍打着空旷。河滩上有田畴，浓浓淡淡的油菜，直到盛夏才捧出一片羞涩的金黄。

车过羊八井，从乱山纷扰中挣扎出来，视野顿然变得开阔，横在眼前的是大幅大幅的荒旷，大幅大幅的阒寂。天空显得更加宽广和寂寞，只有几团白云陪伴着它的孤独。蓝天不语，白云无声，天地间上演着一幕哑剧。有星星点点的帐篷，有星星点点的牛羊，有斑斑点点的草滩。这一切都不过是道具，只有阳光汹涌澎湃地扑来，发出无声地吼叫。走进这赤裸裸的自然里，扫描着荒原、旷漠、远山、草场，天之遥，地之远，山之高，水之长，我一下子涌出泪来。啊，这才是大风景，大地貌，大场面！我长年生活在市廛喧嚣的都市，生活在钢筋水泥的禁锢中，心被挤压得如拳状，来到这天旷地阔的高原，心灵一下子膨胀起来，铺展到无边无垠的远方。我真想用一腔热血，掀起风雪覆盖的山巅，用满怀激情去拥抱高天厚土的空旷！

车子在沙石间跳荡，不时发生头与车顶相撞的惊惧。不知走了多少公里，只觉得地势越来越高，高原缺氧，我的头有点晕眩。念青唐古拉山还在远处肃穆排列，如仪仗队般地迎接我们。

突然，眼前出现一片白光闪烁，阔大而苍茫的湖泊。那波光在远处凝聚，折射，给人一种冰清玉洁之感。我顿时心潮澎湃，诗浪升沉。同车藏族青年诗人巴桑说：看，那就是纳木错！

啊，这就是纳木错，万顷碧波的纳木错湖！藏北高原的骄傲，蓝色星球上的一片圣洁！

寒波涌动，横无际涯，迫天遏云。阻断山的狂想，也远离尘世的玷污，颤动的心房，鼓涌千层波涛，交织成灵光弥漫的水花浪朵，还有永无休止地唱给蓝天白云的歌……

我们的车子靠近湖畔，一股肃清之气扑面盈怀，竟使我这俗间来客不禁踉跄倒退了几步。何其芳说：高洁是一种寒冷的形容词。纳木错湖没有杨柳岸晓风残月的诗意，没有烟雨霏霏的浓妆淡抹，没有芳菲铺岸的缠绵，没有亭阁楼榭的点缀，是一片天质丽色的纯净。纯净得使我们意识到：不能不承认，我们的目光也曾受过污染。只有这种肃清之气，可以洗涤我们的灵魂，净化我们的视线，净化出诗的意境。

诗人说：纳木错和它对面的念青唐古拉山在笨教神话里，在当地牧羊人和狩猎民族的传说里是生死相依的情人和夫妇。念青唐古拉山因纳木错而英俊，纳木错湖因念青唐古拉山而温柔。

藏民族的神话传说中，念青唐古拉山是世界形成时九尊大神之一。大神沃贷贡杰雪山有八个儿子，即雅拉香波、念青唐古拉、玛沁邦惹、庚钦董惹、岗波拉杰、肖拉纠波、觉沃宇杰和秀喀惹。这些大神曾受藏王松赞干布和赤德松赞的供奉和祈祷。念青唐古拉山既是世界形成的九尊大神之一，也是藏王崇信的大神。

在藏传佛教的经典《莲花生传》中有这样的记载：念青唐古拉神为了试探莲花生大师的本领，将巨头伸入谷晖地区，尾巴搭在怒江的野塘荒原，化成一条巨大无比的白龙，阻断了这一带高山大谷。莲花生大师将手仗放在白蛇的腰上说："请你让路，我将在这陈列会供曼荼罗！"唐古拉神逃进雪山，冰峰立即溶化，山顶出现黑色、铜色和蓝色，陈列的食物供奉在曼荼罗前。一会儿，一儿童变成玉身菩萨，身着白绸衣，双手合十祈祷，虔诚地献出丰富的施食……

陪同我的这位藏族青年诗人，在内地读过大学，汉语藏语说得十分流畅。他会用两种语言写诗，诗很有点后现代主义。他写过许多歌颂神山圣湖的诗篇，还自费出版过一部诗集。当然那诗行间弥漫着雪域高原的浓烈气息，牦牛味，羊膻味，芳草味，还有邦锦花的清香。他善于演说，讲故事，不过我听起来倒觉得故弄玄虚，是诗人的想象和古典神话的结合。他会弹琴，一边弹一边唱，情绪亢奋时，在草滩上打着滚儿弹唱。据说，他的先人曾是说唱《格萨尔王》的艺人。雪域高原之子总有一种放纵不羁的秉性，又奔腾着民间艺人的基因，这更丰富了他热情豪爽的外向型性格。我们坐在湖畔草地上，听他神吹海聊。

——念青唐古拉山是一座银装素裹的雄峰。那山顶上有一座神秘的水晶宫，宫门上镶有各种宝石，光芒四射，宫底是甘露之海，中部缭绕着虹光彩霞，宝石般雨露时停时落，多姿多彩的鲜花盛开在它的四周。高高低低的雪峰，像水晶之塔烘托环绕着这座神圣的峰峦。

——念青唐古拉山神右手拿着蓝灰色的宝石拂尘，左手挥舞着白色飞幡，威武的身躯，闪烁着金刚石光焰。右手持剑，斩断魔王命根；左手托着魔王之心，骑着一匹黑色骏马。

——纳木错湖是他的皇后。她立誓保护十二尊神，似仰卧的金刚亥母。昂曲河和直曲河如亥母手持弯刀的右手在空中挥舞。湖中有三个小岛，恰似圣湖的眼睛。岛上有许多自然形成的岩洞。传说，这里曾经是佛教高僧大德的修行地。至今洞中还可以清楚看到他们修行时留下的手印和足迹。

……

我们无暇去岛上寻觅大师们的遗迹，只好望湖兴叹。放眼视野，天地间一片缥缥缈缈，浩浩荡荡的靛蓝。浪声涛语，犹如千百万僧徒在诵经。诗人告诉我，纳木错湖和阿里的玛旁雍措湖一样，每年四月十五日开始化冻，而这一天又恰是释迦牟尼的诞辰。这是造物主的偶然巧合，还是神谕密旨？一个永恒的谜。

高原的阳光如瀑如浪，波波溅溅地倾泻而注。湖水，草滩，远山近岭都沐浴在阳光的激流里。我倾听着这美丽的神话，不禁惊叹雪域高原游牧民族丰富的想象力，留给后人如此难解的秘结。这片神奇的土地上，每一座山，每一方水，每一片草场，甚至一鸟一兽一石一木，都蕴含着丰富的文化内涵，都渗透散发着浓郁苍凉的远古文化气息。

我眺望着神山圣湖。这阔大、雄浑、厚重神秘的自然风景，随意剥开一层都会发现一种秘密，一种新奇，层出不尽。还传说纳木错湖原是仙女洗浴的地方。一个九头妖怪想借此鬼混，仙女很生气，便把它赶走。妖怪再来恳求仙女施舍点水洗澡，仙女们便用手捧出几捧水，洒到处，那里便出现一个小湖，人称鬼湖。

……

念青唐古拉山卓然超群地耸立云天，像一朵莲花，错叠出一层层丰润晶莹的叶瓣。半透明的膜质，明霞骨，沁雪肌，闪烁着珠辉玉丽般的圣光。它耐千古孤寂，忍万世冷酷，独傲天宇，超凡脱俗，成为永恒。

山是孤傲的，湖是清冽的。孤傲和清冽有着共同的精神内涵。孤傲是对红尘万丈的蔑视，清冽是对世俗的冷若冰霜。只有这种孤傲和清冽，方可守住一方宁静的心境，守住一种超然物外的淡泊，守住灵魂的高洁和神圣。

这时，湖畔出现一群转湖的信徒。他们风尘仆仆，荜路蓝缕，脸上刻满真诚，目光斟满迷茫。他们摇着摩尼轮，口念六字真言，步履沉缓地围绕着湖滩，一步一步地走着。

传说，牛年转山，羊年转湖，猴年转森林。这是佛的旨意。纳木错湖是身、语、意之圣地，胜过其他一切隐居处。在别处修行一百年，而在此地修行弹指间便能成佛。如果绕湖而转，便能得到渊博的知识和无量的功德，并舍去恶习和痛苦，最后获得优良人身。如果不信此言，慈悲佛将使众生变得愚昧，大地贫瘠，植物枯萎……

然而转湖一圈需要二十多天到一个月。朝圣的人们背负帐篷、灶具、糌粑、干肉，路上遇到暴风雪或穿越冰河，有不少人饿死，冻死或病死路上；而信徒们认为死在圣湖转经的路上，是一种天意，一种吉祥和幸福，说明他们很快会转世，来世不再受苦受穷……

望着这虔诚的朝圣者，我心里有一种说不出来的滋味翻腾着。这个强悍而又柔弱的民族，对大自然的崇拜和神交，使他们性情粗犷，豪放，高扬着生命的旗帜；然而他们又畏惧自然，有一种本能的恐惧，压抑着生命的欲求。这种强烈的反差，在心中常产生多种感情的风暴。

苍天茫茫，雪山茫茫，寒波茫茫。这没有污染和喧嚣的世界，给人的思维提供了广阔的空间，产生一种回归生命之初的感觉，一种佛在我心、我心即佛的哲学。

诗人突然问道："你见过湖水开冻的景观吗?"

废话！我初来藏北高原，何曾见过湖水开冻的景观?

他不等我回答，便用他那诗人的语言向我描绘出大自然雄丽宏伟的风景，那简直是一幅创世纪的"浮世绘"——

四五月间，那转捩性的高原风，使天空骤然变暗；而湖便从风中汲取力量，要翻身，坐起来。先是从冰面撕开巨隙，接着便是陨石坠落般的轰鸣，像山峰走过大地，像地壳播放熔岩奔突的高歌。顿然，一方方冰块破裂崩溃，被飓风高高举起，又猛然砸向前面的冰层，轰隆隆，咔嚓嚓，天地迸坼，万物震悚，流云躲匿，飞鸟惊逝。像阿喀流斯远征军鏖战的厮杀，像秦始皇的虎贲之师横扫六合之凶猛——新的破碎，翻腾不已，咆哮怒吼，伴着水浪沉稳有力的夯歌，陨落前方。无数冰块的狂舞，摧枯拉朽，一种力与力的较量和冲撞，巨大的无数的冰块，大起大落，分娩出一片躁动的世界……

这悲壮的开湖，实则是天地间一种生命庄严的涅槃和新生，是格萨尔王悲壮史诗的展示！

听罢这位诗人的描述，我对圣湖更添了一种想法——西藏的山山水水，太阳刚、太贞烈了。

走进和走出哲蚌寺

一

西藏四百八十寺，尽在崇山峻岭中。沿用一句唐诗，形容西藏的昭寺之多。西藏这片梵天净土到底有多少名刹古寺，我手头上没有资料，很难说清。位于拉萨附近的哲蚌寺，是西藏佛教格鲁教派三大名寺之一，其规模仅次于布达拉宫、大昭寺，它建筑在拉萨西北方向一座海拔四千多米的根培乌孜山坳中，是香火极盛的去处。震撼藏民族心灵的一年一度的晒大佛就出现在哲蚌寺。

那天，我们乘车去哲蚌寺。车出市区，就远远望着一片白色的建筑群，依山势排列而上，错落有致，布局严谨，构图别致，赫赫煌煌，烨烨生辉，像按照着什么神秘的方程式，排列着重重叠叠的大理石，形成一种整体的宏伟、博大、壮阔的气势，给人一种摄人魂魄的艺术审美力量。阳光正炽，白色的建筑群在阳光下闪烁着一片佛光瑞霭，肃穆、庄严、神秘。

哲蚌寺的创建者是宗喀巴大师的得意门徒绎央曲结。据说此人极聪慧，过目成诵。许多佛教经典，他都烂熟于心，又有极其雄辩的口才，很快成为格鲁派的一方领袖。

朝佛的人很多，山道上是络绎不绝的香客，老的、少的、男的、女的、扎着红头绳结的康巴人、梳辫子的山南人、脖子上系着叫不上名堂饰物的来自藏北高原的牧人，还有来自印度、尼泊尔、不丹、欧美等地的外国朝圣者，熙熙攘攘，拥拥挤挤，构成浩浩荡荡的朝圣大军。山道上似乎还飘散着一股浓浓的酥油味，腥膻味，汗臭味，还有一股草原味。桑烟如雾如纱，如梦如幻，弥漫开来，使这森然庄严的寺庙、佛家圣地，更添一抹神秘的魅力。

山，在升高，每爬一步，我只觉得气喘吁吁。高山缺氧，我喘息不止，拼命地呼吸，恨不得把肺腑掏出来，让它贪婪地吮吸稀薄的氧气。但是那些藏族老人、儿童、妇女，却很潇洒地走着，并不见他们难堪得像我。山坡上的石头刻着经文，插在乱石堆上的玛尼杆上挂着花花绿绿的经幡，迎着山风哗哗地飘动，使这神山圣寺的宗教氛围更加浓郁了。

连绵不尽的殿堂，背衬着逶迤绵延的山浪，在阳光下变得扑朔迷离。我努力睁大眼睛，辨别每一座建筑物的区别，又被反射的阳光刺得眼睛流出泪来。这庞大的建筑群像澎湃的波涛向我涌来，像是从历史的彼岸涌来，我被淹没了。那种意在提升人的崇高感，并由此而产生的庄严肃穆感，在这神灵与人的世界，肉体和灵魂的世界，天国与冥界相连的世界，只觉得眼花缭乱，神志恍惚，犹如凡人走进诸神居住的奥林匹斯山，变得目瞪口呆，思维的空间也似乎出现短暂的苍白。这一切太遥远了，太陌生了！

我只好坐在一块岩石上小憩片刻，以便调整我的视线，梳理一下紊乱的思绪。

有一只鹰不知从何处飞来，在白色建筑群的上空盘旋。也许是阳光或佛光的映照，那鹰像五彩的神鸟，似乎在传递着天界与地界神祇的密码。

不远处有一位民间艺人正坐在一块青石上弹着三弦琴，边弹边唱。歌词是藏语，我听不懂。匆匆上山的人并不在他身边停留欣赏他的艺术，但我觉得他的歌声琴声很动人，音域宽广，音质浑厚，带着一种浓郁的远古气息和雪域高原的壮美。他如痴如醉地弹唱，如果不是从世俗的审美原则看，我会感到有一种原始的生命力，创造力，使我想到古希腊荷马时代的说唱诗人，至少使我触摸到一种传统文化和宗教信仰的魅力。

二

爬到山顶，方知哲蚌寺是一个没有院墙的寺院，一层一层的，和山体融合在一起，仿佛它本身就是大山的一部分，好像这根培乌孜山没哲蚌寺本身就是一大缺陷。这寺院大大小小的神殿，其建筑风格与西藏其他寺庙并无迥异，但独具魅力。我说不出感觉，却有一种惊心动魄的诱惑力。

我并不急于走进殿堂，站在一制高点上，仰视天空，好像思与天通，情与天连，一种超然尘俗的感觉扑面盈怀，直透肺腑。山风飒飒，更有一种飘逸羽化之感。云天苍茫，群山如浪，从我脚下涌荡开去，又涌荡而来。那冰峰雪山，白光闪烁，凛然有一束束圣光辐射而来，和天光、阳光糅合在一起。这是天地间超越生与死独特的物质和非物质，是穿透时空的神秘的语言；唯有这种光能洞开宇宙之门，启迪人类的心扉。泥土和肉体构成的世界，人间和天堂构成的时空，抑或是一个民族的历史和文化的时空，都被这光照亮。无数个世纪的叠加，无数个生命与灵魂的攒聚，都变成混合体，一种透明的混合体，使人产生一种自我消融，又在无限地扩张。人与神，只有在这种境界才达到高度的融洽与和谐。这是虚无缥缈的梦幻，又是真真切切的现实。

这里有数不清的佛堂圣殿，走进后简直让人晕头转向。我傻痴痴地环顾着，视线紊乱而飘忽，无法把握它的结构，更难以洞察它丰富的内涵。它没有一山门，二山门，三山门，完全是"开放式"，从任何一个角度上山都能走进它的殿堂。与其说是一座寺院，不如说是一座城堡。它们高踞山冈，散发着中世纪的神秘，中世纪的玄奥，中世纪的光芒和色泽。它庞大无比，犹如迷宫，难以穷尽。它们并不严格地分神殿和修行者居住的区域。神殿和喇嘛的寓所混杂而建，神和人同居，亲密得如同庞大家族的成员。建筑全用石头，乍看上去，那石头是清一色。但仔细分辨，却发现这石头作为不同建筑的组成部分，其色泽也有所不同。由白到黑，由灰到黄，中间还有过渡色。那种过渡色厚重无比，犹如来自文艺复兴时期佛罗伦萨的油画调色盘。在这些古代石头墙壁的高处，有一些排列整齐的黑框小窗子。我听藏族朋友讲，这是灵魂的出口处，神秘莫测。这和西藏所有的寺庙都是一致的。本在阳光丰沛的高原上，这些寺庙却拒绝阳光，排斥阳光，驱逐阳光。殿堂里是永恒的幽暗，加上酥油灯光的摇曳飘忽，佛烟袅娜，给人一种浓厚的恐怖色彩和玄玄幽冥之感。

前面是一座极其辉煌的神庙。周围的建筑并没有什么暗示。在幽暗之中，在狭窄的石头墙壁之间走着，走着，转眼间出现这座高大伟岸的神庙，令人咂舌。大殿的外部采用金顶、相轮、宝幢加以装饰——这就是大佛殿。

殿堂里有一座巨大的佛佗，身高至殿顶，两耳垂肩，慈眉善目，盘腿坐在莲花池上。天顶壁画，是曼荼罗的艺术图案，靛蓝或者叫藏蓝色块，以摇撼心旌的艺术语言讲述着佛教经典故事。殿堂里弥漫着酥油味，烟雾，一片朦胧。朦胧中又透出一种肃穆、恐怖的氛围，像潮水一样汹涌而来。我顿时感到一阵冰凉，一阵心悸，皮肤也生出鸡皮疙瘩来。而这种氛围并不消退，一浪一浪拍击着我，幽暗中还看到有几尊护法神的雕像，龇牙怒目，狰狞，凶蛮，更使这种氛围加重。无论大脑怎样下达命令：你是一个异教徒，唯物论者。但这命令立即被这氛围的浪涛打翻，一种渗入骨髓的惶恐，使我的每个细胞都在战栗、瑟缩。浑黄幽暗的酥油灯光，把这氛围更典型化了……

众所周知，释迦牟尼，原是喜马拉雅山脚下一国王之子。三十岁前，过着奢华的皇宫生活。其后，有一天他突然醒悟，抛弃王妃和子女，抛弃家产和奴仆，独自走出皇宫，到一处山洞里修炼，坐禅沉思，实行禁欲。他希望这样做，可以解除心灵的痛苦。

其实，释迦牟尼在他涅槃前并不要求人们把他当神。他只不过是一位有思想的人，要宣传他的思想，他的人生哲学。谁知他死后人们竟然把他捧为神明。他的思想翩翩飞过喜马拉雅山，很快弥漫在这片雪域高原，使原始的笨教也不得不让位佛教。到了盛唐时期，佛教不仅占领了高原，而且占领了中原大地。在西藏，佛教已达到狂热的程度，历千年而不衰。在这巨大的佛陀面前，人变成侏儒，变得渺小，思维也变得枯萎、凋谢。他既抑制了人的情欲，也扼杀了你的精神——因为他是神。

司汤达说："上帝唯一可原谅之点，就是他的不存在。"

而释迦牟尼唯一可原谅之点，就是他涅槃前曾多次向众人宣布他不是神。可悲的是他的"遗言"并未被他的信徒所执行。

人，是天地万物唯有思想的动物。人类凭着它发达的思维，产生了层出不尽的哲学家、艺术家和科学家。人类的愿望是美好的，哲学家想解释世界，艺术家想描绘世界，科学家想创造世界。然而往往事与愿违：哲学家在解释世界的同时，也给世界增添了迷惘和困惑；艺术家用审美的眼光审视世界，创造了美，同时也创造了痛苦；科学家想圆满世界，给人类创造出丰富的物质文明，但现代物质文明的疯狂发展却又加速人类的毁灭。释迦牟尼的悲剧是否也在于这种二律背反？

三

面对着朝圣膜拜的人群，我脑海里依然回荡着那位被毁誉了一个世纪的哲学家尼采的声音：

——要真正体验生命，你必须站在生命之上，为此要学会——俯视下方！

我不是尼采的信徒，却常常被他那奇谈怪说征服。这个敢向一切传统道德、伦理、文化、宗教、哲学进行挑战的西方哲人，他的胆量是摄人心魄的。人们骂他是疯子，但疯子的话有时是真理。我想，尼采如果突然出现在这种场合，他会怎样？是否歇斯底里大声疾呼："释迦牟尼死了！是被我杀死的！"

这是我虚幻的想象。我眼睛看到的是佛在微笑，那微笑是神秘的，永恒的，是一种永恒的神秘。佛在真正地体验生命，他用超脱的俯视的目光，千百年来目不转睛地注视着那些衣服褴褛、神情麻木的信徒百姓，还有那些衣冠楚楚的达官贵人，甚至还有一些满腹经纶的学者。如涛如浪的祈祷，起伏叠加的跪拜，无穷无尽的香烟缭绕，繁褥琐碎的仪式，五花八门的颂词赞诗……人类将迷茫的未来都寄托在他永恒的微笑，神秘的微笑上。他主宰着人的现世和来世，但佛缄默不语。

沉默是金。

佛是金身金口。

我惊悸的心渐渐平静了。我抬起眼睛，大胆地与佛对视。我突然发现，那种莫名其妙的微笑蕴含极其丰富的内容：慈祥中含有悲哀，欣慰中带有苦涩，超脱中又有关注。

我对宗教经典读得不多，而又被这种虔诚的氛围所感染。我心中忐忑不安又万念俱生。我一方面小心翼翼，唯恐亵渎神祇，又懵懵懂懂不知该怎样表达我的虔诚。我被朝圣的人流涌动着，裹挟着，身不由己，情不由己，大脑里时而一片空白，时而一片云雾迷茫……

我的心理负荷更加沉重，在迷惘和惶惑之间，我极力克制着磕头的念头，在神殿里无所忌讳地东张西望，就像一个艺术爱好者，走进卢浮宫，走进艺术的殿堂，索性把殿堂里的雕像——慈祥的，狰狞的，慈眉善目的，青面獠牙的，或是金刚，或是菩萨，或是那一幅幅用石料做颜料而绘制的壁画——都当做艺术殿堂里的陈列品而欣赏。这样一来，我灵魂的负荷一下子减轻了许多。细细看吧，这些伟大的绘画艺术和造型艺术让人瞠目结舌：这里既有米开朗琪罗的鬼斧神工，又有达·芬奇式的空间透视，近似黄昏的光线；既有弗拉·安吉利科意境的宁静和圣洁，又有康定斯基色彩的疯狂；这里既飞翔着古印度曼荼罗艺术的精灵，又绘聚着中原艺术的菁华；既有写实主义的古拙端庄，又有魔幻主义、象征主义的疯歌狂舞。但这不是中西艺术的拼盘，是渗透、溶解、化合，是属于雪域高原的绘画和雕塑，是智慧的聚焦，是艺术家才华之光的聚焦。它们比神更伟大，更永恒。

我的目光从壁画和雕塑上移了过来，身边是涌动的人群。只见信徒们用手一遍遍抚摸佛祖的手、足和身上的饰物，抚摸那些来自西藏各地，来自印度，来自尼泊尔的黄金、宝石、翡翠、玛瑙、珍珠……(还有的直接用头拱)抚摸那遥远的时代，遥远的历史。摸过一下佛祖，再摸一下自己的头顶，我方知这是他们同神交流的一种方式，一种独特的语言。然后，信徒们双手合十，双目微闭，口念“喔、嘛、呢、叭、咪、吽”六字真言。拱过、摸过，诵念一阵，仍恋恋不舍，呆若木偶地站在那儿，直到后面的人群拥了过来，才心有余憾地踽踽而去。人们的手上沾着酥油，弄得整个殿堂油腻腻的。

我曾在布达拉宫、大昭寺看到朝圣者虔诚的无限重复的五体投地的镜头，每天每时每刻都对佛主神灵祈祷，颂经，千遍万遍，以至许多经文他们自己也不懂。他们的头被磕出血渍，手上磨出血泡，膝盖出现血痂，坚硬如石的地面出现深深的凹洼，而且每个动作都一丝不苟，倾注无限的虔诚……年年月月，风雨千年。一部雪域高原的宗教史、生命史就是用膝盖和头颅叩地而抒写的，一个民族的文化就是在经声佛鼓声中形成和发展起来的。

这里依然有许多乞丐。他们满脸污垢，头发蓬乱肮脏，衣服褴褛不堪。麻木的神情，呆滞的眼睛，粗黑的双手，伸向神的世界，祈求着，祷告着。但他们的脖子上，衣服上悬挂着叮叮当当的饰物，诸如珍珠、玛瑙、翡翠，甚至还有价值连城的祖母绿宝石，随便卖掉一颗，就足以使他们丰衣足食，过上他们曾祈求祷告的幸福生活。更不可思议的是，据说那些稀世珍宝，仅仅为了有一天"卟嗵"一声扔到羊角雍湖里去，献给神。而那些佛陀和神灵却微笑着，俯视着人类的苦难和死亡。

这是佛风盛吹的世界，精神的司芬克斯之迷，是一个难以破译的精神密码。

我穿行在这古拙、厚重、宏大的殿墙与殿墙间幽暗的罅缝中，像从远古中一个世纪走向另一个世纪，每个世纪都衔接得天衣无缝。我听见这些神殿在山风的长厉中发出轻声的叹息，但又不像夜间行走在山道上充满着鬼魅的力量。阳光难以穿透这幽暗，一切都笼罩在幽暗和朦胧之中，这恰恰提供了制造神秘和魔幻的条件。我一时弄不清历史中的生命和现实中的生命，历史中的一石一物和现实中的一石一物，究竟有何区别？我分不清人与鬼，人与神究竟有何默契，这样和谐地生活了上千年。在这里，一切伟大的、渺小的、崇高的、卑微的，似乎都失去本质的区别，都是混浊之物，而又一起走向世界的末日。生与死有何区别，并且永远处在生生死死的轮回中，一代一代。整个哲蚌寺都充满了历史的梦幻感。

那些匍伏于大佛脚下，心无杂念的虔诚的信徒，似乎既获得空灵的境界，也获得宁静淡漠的快感，一种如痴如醉的快感。在这里迷失了自己，你无法进行理性的判断，一切都是勾人魂魄的。

哲蚌寺像一块历史的切片，从这里可以看到几千年雪域高原人的生存状态，以及远古、中世纪和现实生活的内在联系，错综复杂的文化网络，神话和宗教色彩与图案拼接的某种渊源。

四

我走出大佛殿，仿佛经历了一种生命和灵魂之旅，感到有一种无形的东西压抑着我，一时恍恍惚惚。殿堂里的阴森幽暗和外面的阳光灿烂、风和日丽形成的强烈反差，使我不敢睁开眼睛。我知道我不属于这个世界，藏民族文化和精神密码我难以承载，这一切对我是陌生而又难以融化渗透的。至于我刚才的想法会不会触怒神灵，我没有去想。但我知道，倘若我自幼生活在这种文化氛围中，也会像他们一样，不会有迷茫和痛苦之感，生活本来就该这样。我来自那个金钱喧哗的世界。那个世界生活就幸福吗？精神会愉快吗？残酷的血淋淋的竞争，尔虞我诈、营蝇苟狗的权谋较量，还有高科技时代带来的各种疾病和精神恐慌：失业下岗的惆怅，角逐金钱的疯狂，股票涨跌的焦虑，证券潮汐的忧愁，艾滋病的漫延，乳房和大腿的诱惑，性感极强的广告画，卡拉 OK 舞厅斑驳陆离的灯光，嘈杂的漩涡，车流的泛滥，环境的污染，电脑和病毒，征服和扩张，抢劫和暗杀，绑票和敲诈，过剩的生产和过剩的消费，无休无止的欲望……那是一个异化的世界，一个精神分裂的世界，一个无神的世界。

这里虽然压抑着生命的舒展，同时也压抑着罪恶的繁衍；这里虽然窒息着情感的放纵，也冻结了情欲的泛滥。

我不想再游览其他殿堂，向一块岩石上攀援而上。这里阳光更显得浓烈，似乎听到沉甸甸的阳光撞击岩石而发出的无声回响。放眼望去，寺庙后面依然是苍苍莽莽、浩浩荡荡的高原的山群，峥嵘、挺拔。山峰上冰川雪浪泼洒淋漓，线条清晰流畅，给人一种生命的动感。而山间萦绕着团团白云，安详温柔。白云的缱绻缠绵与大山的恢弘狂傲构成刚柔相济的和谐，一种自然美的和谐。

啊，置身于这高山、蓝天、白云旷达的空间，我觉得自己变成神话中的英雄，身躯高大无比。抬首，可与山峰比肩；放眼，群山万壑拥入怀中；举手，蓝天可触，白云可掬，一种超越自身的力量在我胸中鼓荡喧嚣。我从未感到如此孔武、强健，也从未感到与自然如此贴近，如此亲切。我是自然，自然界是我。我是神，神是我。天、地、人、神完全融在一起了。高山壮我志，长风抒我怀，蓝天蕴我意，白云寄我情，这才是人生大境界也！

白色的图腾

一

赤橙黄绿青蓝紫，这光谱上的七个色标，绘就了天地间富丽绚烂的画卷，犹如七个音符奏响雄浑的乐章。这古老的乐章，从古响到今，以至永恒。

色彩不仅仅是画家的语言，也是人类共同的语言，不需要注释。色彩没有虚假，很难制造假冒伪劣，它是切实的，又是虚幻的。

我来到雪域高原，感到色彩的鲜丽、纯净。天空的蓝，草原和湖泊的绿，雪和云的白，那晚霞如火如荼的炽烈和鲜红，都给我一种强烈的刺激感。我仿佛经历了一种色彩的洗礼和沐浴，灵魂也变得瑰丽。

这里最令人注目的是白色。白色的哈达，白色的经石，白色的佛塔，涂着白粉的墙壁，路旁山口白色的玛尼堆，白色的经幡；至于那冰川雪峰纯净的皓白，那云团的洁白，更令人震惊。我感到这里是水晶的王国，白色的主题歌响遍高原的每一个角落。

有一次下乡采访，尚未进村，便看到家家院墙，屋墙都刷成白色。我感叹藏族人如此注重环境卫生。陪同我们的藏族朋友哈哈大笑：你只说对了一半，其实白色是我们藏族最崇拜的一种颜色，是精神的图腾！

将一种色彩作为神圣的图腾，并非只属藏族，每个民族都视某一种颜色为信仰、期望、崇尚、精神的道具，是一种无声的语言，上演着一幕幕生动的剧目，从而出现一种色彩文化。别的不说，汉民族几千年来最崇尚的是黄色，那橘黄、橙黄、金黄色，就像征着神圣、富丽、豪华、高贵。

而藏族人崇尚白色不仅仅是一种审美意识，也不是标志着他们性格的开朗,而是具有极其丰富的文化内涵和源远的历史。

二

色彩学家康定斯基对色彩分析:黑色是虚无,一切可能性沉寂了,时间终止了;白色也是沉寂,但是充满了可能性,是新生前的虚无。

白色是若有若无的境界,一种大境界。

藏族有一则神话故事,说远古时代,世界是混沌不清,万物俱无,仅东方白地呈现一片白海,并有一块白石。天神纽阿姆布看到后,便吹了一口仙气,化为一只白鹏鸟。这只鸟常飞至白石上栖息,久而久之,使白石怀孕,生下一只猿猴。之后,这只白猴又生出了他们的直系祖先。从此,他们便世代尊白石为神,并称为布身日——尔苏,意即白石为白人。这是藏族的人类起源说,后来便形成一种白石文化。白色也自然成为藏民族最崇高的一种颜色了。

玛尼堆原始形态,都是白石构成。这些白石最初由藏族的先民从当地神山取来,放在一个神圣的地方。藏民将自我的希望和要求,通过它来传给山神、石神。其中一项重要的意愿,就是生育问题。他们祈求石神,希望它能给部落氏族带来更多的"种子",使部落更加生机盎然。

玛尼堆随处可见,它作为一种宗教文化,精神的象征,已深深烙镌在藏人的灵魂,影响着整个藏族的社会意识形态,同时也渗入到藏族的民间文学包括诗歌创作中。有一首16世纪藏族诗人写给笨教教徒的诗,至今还在流传:"从前,在世界创世的时代/在白色冰川带修造了一个石堆/这是两尊人间守护神道路的界标/……"于是村前村后,山口路旁便出现白色的玛尼堆,过往行人必须将一块白色石头放上。如果一时找不到石头,便放一块白骨,或一撮白羊毛。同时还大声呼叫:"神必胜,恶魔必败!叽叽嗦嗦!"据藏学家解释,藏族人们之所以发出如此呼声,是因为藏族有类似格萨尔王那样好战的性格,以及他们对一个具有战略意义而又难以通行道路的解释。后来又演绎为祈求山神消灾弭祸、保佑平安的意思。

白色,作为藏民族精神的图腾,在许多神话故事中都有反映。传说，阿修罗们对长在山峰的树之果垂涎三尺，想摘取山果，这便引起天神的愤怒，双方展开了一场场搏斗。每到清晨，阿修罗们就大获全胜；而一到傍晚，天神就获胜，阿修罗们则败北。天神之所以获胜，是因为密迹金刚菩萨向他们指出尚缺一尊“战神”，他们可于获得武器的同时获得这尊“战神”。天神从菩萨那里得到密旨，于是便出现天的白色，然后又出现地的蓝色，接着又出现白色的雪山冰川，最后出现九种武器，最后一件武器便是发光的白云，并伴随以雷鸣电闪。他们靠这种武器战胜了阿修罗。人们祭祀天神时，送上一块白石，便是送上了一件武器。

在西藏的宗教艺术中经常被赞美的梵天，是一位白色的名叫“白梵天”的神灵。他一头二手，也称为“帝释天”。在《格萨尔王》史诗中，梵天王占据着重要位置。

我在《西藏的神灵》一书中看到有关“白梵天”的记载和描绘：梵天的居住地有四个大门。居地东方部分用水晶制成，南方部分用青石制成，西方部分用红宝石制成，北方部分用黄金制成。白梵天生有一面两手，右手持水晶长剑，左手持装满珍宝的平盘。发髻上戴有白海螺，身穿金甲。金甲上有孔雀羽尖顶，并有摩羯形饰品。梵天非常漂亮，他勇敢智慧，呈平和面相。他用他的第三只眼睛洞察三界。

“白梵天”是藏人心目中最伟大最神圣的战神、保护神。这使我恍然悟到全世界的医院到处都笼罩着白色：白色的墙壁，白色窗帘，白色的床铺，白色的布单，白色的幽雅，白色的宁静。而被称为“白衣天使”的大夫和护士不是生命的保护神、病魔的战神吗？他们在与黑色的死亡搏斗。这是否源于藏民族古老的神话？

藏族最常见的礼节，对尊贵的客人和久违的亲朋好友，献的礼巾——哈达，是白丝绢织成的。他们认为白色是纯洁、吉祥、幸福、胜利和繁荣昌盛的象征。

十世班禅大师圆寂时，前藏后藏的僧侣活佛、信徒，成千上万的藏族百姓来到日喀则，向大师敬献哈达，据说有数万条，都是白色的。那场面几乎是一片白色的海洋。

据说，格萨尔王骑的马也是白马，那是神驹，如同白云飘浮的神马。可以说，他一身白色。当然在西藏还有许多山神的传说，都是骑白马，披白衣。他们的化身也是白人、白牛、白狮或其他白色动物，并着白色装束。

这种深入骨髓的白色，已成为藏族人民精神的皈依，这也是一种宗教。

凡是与“白”、“雪”有关的神山圣水，仙人巨兽，在藏民心目中，都是体贴人们，拯救人们于苦难之中的神人。它保护着人们享受平安幸福生活，所以在藏民的意识里，白色神圣化了，白色作为神灵的标志，具有奇异的力量。藏族的白色崇尚，白色情结，已影响到人们的思维发生质的变化，成了“美”与“善”的象征，成了神灵的观念，白色崇拜已过渡到神灵崇拜。

三

色彩对于画家来说是极其敏感的。艺术家们对这种独特的语言运用，得心应手，挥洒自如。国画大师们，凭着一支竹笔，一砚墨汁，在白色的萱纸上就能绘出千山万水、千鸟百兽、千人万面、千花万草，形态各异，形神皆备。这墨黑色正是以白做底衬的。没有白，黑，便是一片死亡的沉寂。白，是一种虚无，一种空渺，正中了佛家文化的精髓：空和无。这茫然的白，毫无遗憾的白，却产生了五彩缤纷的世界。诗人余光中先生在一篇散文里，曾记述他看到异国他乡一座海拔一万四千英尺的雪峰，便感慨道：“最白的即最高。”而最崇高的往往也是最虚幻的。潇湘女子林黛玉也喜欢白，曾吟诗：“偷得梨蕊三分白，借得梅花一缕魂。”梨花、梅花都是洁白的，无非象征爱情的纯洁。世上有纯洁的爱情吗？这是一个白色的梦！

我在雪域高原上奔波，每当看到那一座座直插云霄的冰山雪峰，心中便油然升起一种神圣感，崇高感。我常常望着水晶般的雪峰山神。那雪峰冰山白得纯净，亮得晶莹，真可谓是云间沃雪。那一座座连绵不断的雪峰，蜿蜒成一条玉龙，腾跃奔驰。那玉鳞斑驳陆离，洁白而闪烁，在强烈的阳光下、通透的空气中闪耀着灿烂和辉煌。

那雪也白得很有灵性，反射出的是自然世界，同时也是心理世界美之极致，是理想的极致，真理的极致。仿佛那是另一个世界的光辉，有着任你想象的内涵。

我曾望着冰心玉壶般的雪峰遐想：千山鸟飞绝，万径人踪灭，那如莲花一样纯净晶莹中，那如虚幻一样洁白里，到底蕴藏着什么？那是光的结晶吗？无数的光线凝聚在那里，还会歌唱舞蹈吗？我真想怀一腔热血，登上那白雪覆盖的山巅，探索白色的奥秘。这是宇宙的祭坛。在那里，灵光交织弥漫成冰柱冰川，还将变做春水，飘向天边，撒下一路浩渺的歌……

我望着雪峰，不禁想起佛家学说中的须弥山。须弥山是世界的中心，以铁围山为外郭，同一日月所照的四方天下为一"小世界"；一千个"小世界"为一"小千世界"；一千"小千世界"为一"中千世界"；一千"中千世界"为一"大千世界"。这种"三千大千世界"里究竟是什么？一片迷茫的虚幻是白色的，那里一切都是空的。空即无，在无的世界里，却生出"有"的世界。

我佩服宗教的想象力、创造力，在虚幻里创造存在，在无中创造有，在简单中创造复杂，在单一中创造繁富。有了这种创造和想象，也就有了快乐，有了兴奋，有了热情和动力，就会饱满而令人激动，然后生活就有了搏动，就不再单调，就有了故事和传奇，有了笑语和歌声。

古老而悠久的藏族人，世世代代生活在皑皑白雪、茫茫群山的西藏高原，于是与白色结下了不解之缘。白色的神秘，白色的虚幻，白色的空无，既激发了他们的想象力，也进入了他们审美的视野。进而，他们把白色与神仙巨兽、高山大川联系在一起，演化成白色神灵的都是法力最大的神灵，并在众神之中占据首要地位。自此白色就是神的标志，凡白色则表明该神属于"神"类。

藏族农民的泥巴土屋不仅外面的墙壁刷成白色，简陋低暗的室内，烟熏火燎一片乌黑的内壁，也用白粉点上许多白点，屋梁上也用白粉画上圆圈，构成了一种星空般的虚幻感。即使在牦牛毛编织的帐篷里，也要放几块白色的石子，祈求最伟大的白色神保佑他们。

有一次，我们游览布达拉宫，走下宫殿的台阶，我问藏族朋友，那宫殿旁边一排排土屋住着什么人家？他说，这些土屋称为"雪"。我感到莫名其妙，为什么把土屋称做"雪"？后来我方明白雪是白色，正因为他们对白色的崇拜，把自己的房子也称之为"雪"。这些"雪"里在旧西藏时代住着的都是为布达拉宫效力的奴隶，他们有的是铁匠、木匠、砖瓦匠、挑水夫、做糌巴的厨师、做酥油的女奴……还有更夫、卫兵。即使他们住在这低矮幽暗像地穴一样简陋的房屋里，他们的灵魂也崇尚白色，感到住在“雪”里，有一种自豪感、幸福感。那么繁重的劳役，饥寒交迫的苦难，仿佛有了这个美丽的名字，一切也都化为虚无了。

有一天，真的下雪了，我来西藏后第一次看到下雪。看到这白色的精灵，那雪纷纷扬扬，飘飘洒洒，闪闪烁烁，落满土屋、楼顶、街道。转眼间，雪狂风骤，那大朵大朵的雪花漫天飞舞，整个拉萨都是一片白色的世界。雪笼罩天与地，银装素裹，布达拉宫，大昭寺，还有远处的哲蚌寺，都变成了冰砌雪铸的水晶世界，白色占据了一切，统治了一切。那天夜里，我站在宾馆的阳台上看雪夜风景：风息雪霁，新月澄明，星汉璀璨，远望群山巍峨，天地晶莹，雪峰静静地咀嚼着宇宙的微光，更加透明剔亮。我想，藏族人最崇高的伟大神灵已降临这梵天圣地，来年必定是一个丰收、欢乐、吉祥的年月，汉族中还有“瑞雪兆丰年”之说呢！

我望着这白色的世界，默默地祈祷，愿这雪域高原永远吉祥幸福。

面对崇高

——喜马拉雅山断想

一

也许是现实与梦幻相隔得太遥远了，也许几十年前从小学地理课本上读到这个名字时，就像读到电子、原子一样，是个贫血的抽象概念，当我真正走进这气吞八荒、横亘六合、莽莽苍苍的巨大山脉深深峡谷里，顿然感到一种恐惧，一种梦魔般的惶惑。这就是名气大得惊人的喜马拉雅山吗？

这是天神绘就的巨制，无所谓古典，也无所谓现代。造物主的笔力粗犷、遒劲、苍健、雄浑，使任何艺术家都相形见绌。那滔滔涌涌迫天的山浪，那无垠无涯横阔万里的磅礴气概，那惊天动地、叱咤风云的气势，一万个苏东坡，一万个贝多芬都难以赞叹尽致！

盘踞在这世界屋脊的巨龙啊！

喜马拉雅山长达二千四百多公里，南北宽二百至三百公里，地球上超过八千米以上的高峰有十四座，其中有十座属于喜马拉雅山。喜马拉雅是梵文的音译，意为冰雪的居所。

喜马拉雅山，当代地理学家把它划分为三段：山南喜马拉雅，日喀则喜马拉雅，和阿里喜马拉雅。

我想象得出：倘若乘着飞机巡礼喜马拉雅山，该是多么壮观的景象啊！这巨龙蜿蜒在雪域高原。陡峭峻拔的巨峰，直指苍穹，迫使蓝天躲避。激情澎湃的雪浪，横扫云天，惊得星月躲闪。海拔不仅仅是一个高度，更是一种大境界，大意象。那撑天拄地的伟大气概，是这高原永恒的主题。

展现在我面前的只有两种色彩，白与黑。黑色的怪石嶙峋，裸露着粗糙皲裂的肌肤，然而每座巨峰都戴着晶莹洁白的雪冠。这种反差极为强烈，又极其协调，构成这庞大而固有的色彩。

西藏的公路大都是匍匐在山脚下，像蛇一样，弯来绕去，有三分诡谲，三分投机，还有四分随缘。我们的丰田车就是在日喀则喜马拉雅山谷中穿行。

走进山谷，是一腔风的骚动。风在抽搐。风在狂嚎。风在歇斯底里。即使在这炎炎盛夏，站在山谷里，也只觉得寒意萧萧。喜马拉雅，你难道这样冷漠地对待我们远方的客人？

站在峡谷中，仰望山峰，两旁的山峰几乎肩膀擦着肩膀，蓝天被裁成一幅长长的条幅，上面画着几朵形状怪怪的云团，是上帝的笔迹？深邃。缥缈。神秘。悠远。一切都失去了真实感，只有眼前陌生的岩石是真切的。

群峰陈列，山体的脊、梁、沟、谷、壑，全呈现在阳光下。山体的构架与岩质纹理明晰可辨，远近层次有序分明。无数的沟壑像大山的根须一样，深深地牢牢地抓住大地。

峡谷里是一片死亡的沉寂，只有喧嚣的岩石，热热闹闹，你拥我抱，你咬我吻，熙熙攘攘。这是一个岩石组成的庞大家族，似乎全世界的石头都堆积在这里。这石头也似乎失去了固有的概念。这是石头吗？埃及法老用石头垒砌一座座金字塔，是为创造崇高和庄严。这亿亿兆吨石头都堆积在这里，干什么呢？

走在峡谷里只感到一种大气，豪气，还有一种悲怆之气，一切都是伟岸和磅礴。岩石裸露着灰褐色的沉默，淡黑色的岑寂，苍黛色的冷漠，铅灰色的严肃。一切都呈现出肃穆、庄严、高古，像神庙。岁月叠加，化为庄严的皱褶；风雨雷电奏鸣，录进清晰的纹理；时间和历史，凝结成一块块古化石。

前面有一座雪峰。雪山冰峰的圣洁，显得雍容大度。越接近太阳，越显得冷静，显得崇高，显得沉默。没有张狂，没有妄枉，刚毅、厚重的气质，辐射出沉雄博大的底蕴，展示着造物主的大气派，大风度，大手笔。

汽车停下来，我们走下车，爬到山脚下的岩石上。我们要体验和感悟这地球上最伟大的山脉。站在岩石上，我顿感到渺小得可怜，仿佛一粒尘埃落在它的脚面。我颤抖的目光沿着巨大的山体向上攀登，但望不到山顶。我的眼睛很快变得疲累，在崇高面前我感到晕眩。我弯下腰来，拣起一块灰褐色的石块，这是大山的细胞。我变成了地质学家，古地理学家。我抚摸着大山的细胞，坚硬、刚烈。我想，只有这种气质和秉性的石头，才能撑起这举世无双的山脉。任何伟大的生命，在它面前都显得渺小。

山顶山腰都没有树，只山脚下有绿色的植被。稀疏零落的骆驼草、羊草和索索柴，犹如巨大躯体上的汗毛，细微得也可忽略不计。

我坐在四千万年前浮出海面的岩石上。也许，那时候，这岩石上长满珊瑚，红的、白的，丛丛簇簇，摇曳浮动。古鱼类就在珊瑚丛里穿来穿去；而古鲸、古海族们，在前面的峡谷里面，不，在那海底沟壑里游弋。

而今，喜马拉雅山是冷酷沉默的。我们为了表现自己的热情，冲着大山高喊："喜马拉雅，我来了，我们看望你来了！"群山依然冷漠、淡然，对我们的问候不予理睬，对我们的到来不屑一顾。只有高原的阳光辐射下来，大气炎炎，溅在岩石上，似乎能听到一种金属的声响。寂天寞地中，千山万峰都陷入一种远古时代化石般凝固的梦。像追忆逝水年华，追忆它童年时期浪漫而充满青春激动的往事。

二

地质学家分析，喜马拉雅山是古地中海的一部分，喜马拉雅山的基础是片麻岩，与印度大陆的片麻岩基础相同。一万多米的海洋沉积物证明，曾经水与陆几度交换，海族动物和植物化石更能证明这一点。

古印度大陆向北漂移，四千万年前与欧亚大陆相撞，地中海退到了遥远的角落。浩渺的水域变成无垠的绿洲。绿洲生长过的各种常绿阔叶树和种类繁多的热带动物遗骨化石，在今天的世界屋脊上到处可以找到。不难想象，那时候，地球尚在青少年时期，或者至少是中年时期，朝气蓬勃，血气方刚，热情活泼，充满理想和梦幻。在它的怀抱里，始祖鸟在婉转啼唱，从一棵大树上跳到另一棵大树上；恐龙们则是它的宠儿，在丛林里悠悠闲庭信步；象齿虎则长啸于山林，雄威凛然……但是两块大陆的相撞，发出天崩地裂的巨响，使它们惊呆了，岩浆的奔突又把森林化为一团灰烬。伏羲和女娲尚在童年，抑或尚未出世，对于天崩地裂无可奈何；上帝的灵光也尚未照亮史前的幽暗，天公地母的幽会是在大夜冥冥的混沌中。

从全新世到始新世，造山运动使沧海变成桑田，桑田变成丘陵。随着山体的拔升，喜马拉雅山横空出世。于是宇宙中这颗蓝色星球便出现了这第三极地，于是整个地球便扭曲变形，错裂叠加，在推挤逆冲之中，青藏高原的雏形形成。

站在这块四千万年前冒出海平面的岩石上，我仿佛听到火与石的狂欢呐喊之声，仿佛看到天摇地动，万物觳觫，日月战栗，一片恐慌的景象。宇宙之神对地球的山川海洋进行重新排列组合，就像幼童在棋盘上摆弄棋子，随心所欲，也不受任何法则的约束。但是，那深混渺远的地貌景观和地势框架，却给我们留下窥视创世纪前夜天地鸿蒙的一面镜子。

山上有藏羚羊、岩羊，在岩石上跳跃蠕动，像个虫子似的。奇怪，在这高寒而伟大的背景中，连恐龙这种庞然大物、象齿虎这类凶猛之兽都没有活过来，而羊这孱弱的生命却一代代繁衍下来，从远古走向今天。还有老鼠，在这里表现出更为强大的生命力。不时有一只大老鼠带着它的几只小鼠崽，从路边大摇大摆地走过。在草原上到处有老鼠的家族，谁想这山岩上也有？藏族人从来不灭鼠，据说布达拉宫在几年前进行整修时就清理出几千只老鼠。在印度更可笑，竟然把老鼠当做神灵来供奉……

越貌似弱小者，其生命越顽强，越坚韧，譬如苍蝇、蚊子。我们坐在岩石上，就有苍蝇蚊子嗡嗡飞来，这可恶的小东西跑到这荒凉的大山里干什么？人类无论怎样讨厌它们，它们的种族总是潇潇洒洒地满世界生活着，而那些和人类一起走到现代的华南虎、东北虎、大象、犀牛还有非洲狮子、鸵鸟，几乎到了濒临种族灭绝的厄境，使得联合国不得不下文保护稀有动物。我想上帝也是同情弱者。一座座巨大无比的山峰，山顶积着雪，一语不发地凝望着我们，一阵阵寒气也辐射而来。天风浩浩，有巨石被吹落而滚下峡谷，发出骇人心胆的声响。除此，便是一片死亡般的沉寂。

走进这峡谷里面，再一个感觉，便是我们身上文明意识的剥落。

这里太荒凉，太原始了。置身于这个崇山峻岭茫茫群山之中，不管是哲人还是愚人，都会不由自主地感到一种悲哀、恐惧，也同时也会感到孤独。

三

我凝视着这苍褐、浅黛、铅灰色的巨大山脉，巍巍然，凛凛然，无遮无盖，有棱有角，峥嵘挺拔，是一尊尊慑人心魄的雕塑巨构，阔大而肃穆、庄严而雄浑，崇高而伟岸，这是宇宙之神的杰作。

二千多年前，我的一位老乡说："登东山而小鲁，登泰山而小天下。"其实，孔大圣人不过坐着二牛抬杠的木轱辘车到了鲁国周围几个小国转了一圈，视野囚禁在弹丸之地，登上海拔二千米的泰山就惊愕地大喊大叫"小天下"了。那你到喜马拉雅山看看，登上珠穆朗玛峰看看，岂不让你惊得毛骨悚然，七窍生烟？不过，孔大圣人倒也说了句真理，人的视野的高度，决定人生的了悟，空间会赋予人以智慧。

我喜欢崇高。崇高不仅是一个美学概念，实在是一种生命的大境界，大意象，大智慧。我的目光轻拂着壁立千仞、白雪皑皑、白云叆叇、气氛肃穆的山峰。那白雪和岩石透出一种平淡，一种无垠，但却浓缩着生存的价值，闪现着多彩的光华。

印度古老的经典中曾赞颂喜马拉雅山："没有比得喜马拉雅山脉的，因为凯拉斯山和玛那沙发尔湖都在喜马拉雅山里。正如露水为朝霞所销毁一样，人类的罪孽也因为喜马拉雅山的瞩望而涤除。"

古往今来一切伟大的哲学家、艺术家、文学家都把崇高作为一生追求的目标，襟怀开阔，视野宏大，志存高远，从来都是俯视万物，睥睨猥琐的。

佛说："纳须弥于芥子。"古罗马的哲学家朗吉驽斯，在他的《论崇高》一书中，就论及了自然界的崇高对象。如崇山峻岭，大海怒涛，茫茫的荒原，暴风骤雨等等，都是以惊人的、能压倒人的自然威力而构成崇高，总能感到它们与人类实践相抗衡的气质。杜甫诗云："荡胸生层云，决眦入归鸟。会当凌绝顶，一览众山小。"李白登太白峰时也感叹道："太白与我语，为我开天关，愿乘冷风去，直出浮云间。"你看他对崇高的追求多么强烈，想乘风入云，直上青天。苏东坡并没有恐高症，他只是感到："高处不胜寒"，而他的"大江东去，浪淘尽，千古风流人物"，却具有一种一泻千里的雄伟气势，这种壮美同样给人一种昂扬振奋崇高之感。王安石在《游褒禅山记》中所感叹的"世之奇伟、瑰怪、非常之观，常在于险远"，实际上也是指的一种崇高境界。至于一些大政治家更是对崇高向往之至，如毛泽东那首著名的《沁园春·雪》，就展示了他雄视千古，笑傲风流的伟大气魄。有了崇高的追求和向往，人才能有大的视野，大的境界，才能有囊括万物于襟怀，抟扶宇宙于胸中的博大气概。

崇高是做人的一种境界。正如康德所言，欣赏崇高比欣赏美需要更高的道德水平和文化修养。对自然的崇高感，就是对我们自己使命的崇敬。

面对崇高，我感到了自卑，感到人类的猥琐和渺小。当人类历史进入 20 世纪黄昏，第三个千年纪元的曙光即将照临这片生有喜马拉雅山伟大国土的地方，竟然到处泛滥着卑鄙和丑恶，肮脏和耻辱，横溢着低溅和下流。人们如蜂如蚁如狼如豺地在津津有味吞噬着现代文明的浮渣：权、性、钱成了这个时代精神的三大支柱；撕开"公仆"庄重的外衣，里面包藏的是一颗贪婪发霉的黑心；打开现代文明五彩缤纷的外壳，里面全是假冒伪劣。卡拉 OK 舞厅的灯光斑驳陆离，桑拿浴按摩小姐丰臀高乳，灯红酒绿山珍海味宴席上，除了贪官污吏的便便大腹，便是三陪女郎的乳房大腿；"鸦片战争"的烽火四起，林则徐们尚不知何年归来；随着性解放，艾滋病全球性大蔓延……我断言，在我们这个时代，对有些人来说，已没有崇高可言。"真"在横行无阻、趾高气扬的"假"面前竟然有苦难言；"善"躺在"恶"的阴影里掩面啜泣；"美"被"丑"踩在脚下发出痛苦的呻吟……而且这个时代，人们的智商普遍低下，看不到良知，看不到人性，看不到智慧。诗意已不在，神圣已不在。风撩开满街时髦服装的衣襟，露出的是大块大块的肥肉和干瘪丑陋的灵魂……

走进这峡谷里，好像把一个侏儒的我掷入大化，犹如一粒沙子掷进浩浩大漠，一粒石子融进莽莽群山。我战战兢兢的目光，沿巍峨的山体攀登。我看到那冰清玉洁的雪峰，那里堆满厚厚的雪，叆叇的云，云的上面是蓝得透明的天空。天堂就在那里吗？真善美就在那里面吗?

望着望着,我痛苦地闭上眼睛。苍天在上,这个时代不仅肆无忌惮地制造泡沫政治,泡沫经济,同时也在制造泡沫文化。这终究是人类的进步,还是人类的堕落呢?

我沉思的目光仿佛穿越历史漫长的幽邃:人类千百年来征战厮杀,血流成河,骨堆如山,历史的每一页都写满残忍和残酷。人类是愚蠢的。面对这巍巍大山,这万年冰雕雪铸的山峰和白色覆盖下的岩石,冷峻与刚毅、厚重与坚韧、崇高与圣洁、古老与现实,宇宙之灵气,都淋漓尽致地呈现在我面前。喜马拉雅山在启迪着人类,走不出大悲大难,人类是永远不可能大彻大悟的。

正在我遐思冥想时,只见一只鹰,在峰峦间高高地盘旋。那是天地间与人交流感情的伟大的神灵,死后将肉体交给鹰,把灵魂也交给鹰,让它带入天堂。发明天葬的孔巴仁钦贝大师应该授给他一枚诺贝尔奖牌啊!

我的目光追逐着那只鹰,那矫健的翅膀被喜马拉雅山谷的风高高托起,饮长风、沐大气、浴阳光、浮白云,无拘无束,迎风振翮,激干青云,陡折天外!云乱神不迷,风狂胆不衰,山高壮其志,天阔任其舞!

我多么羡慕鹰啊,只有它可以拥抱崇高,拥抱寥廓,拥抱大化!

四

怀着对喜马拉雅山的崇拜和陶醉,我走进它的怀抱。在感到渺小的同时,也感受到了生命在升腾,灵魂在升华。这里没有喧嚣,没有芜杂,没有阴势,没有敌视和攻讦,没有欲望的煎熬,没有名利追逐的苦闷和忧愁,生命就像一个透明体,连我自己的五脏六腑都看得清清楚楚。我们无能力攀缘它的巨峰,只能站在山下仰视。人接受伟大和崇高是有限的。面对喜马拉雅山,在卑微中我增强了自信,懦弱中增加了自强,迷惘中增强了清醒。

喜马拉雅山远离人寰,没有沉重的文化负荷——当然我是指汉文化负荷,神话和传说还是有的,不过是藏民族的。也许它太高远了,清古了,连李白、杜甫的视线都未穿越。那些边塞诗的壮美和悲怆，未曾留给喜马拉雅一句半行。这应该是历史的遗憾，是诗人的不幸。

人类毕竟是万物之灵，既伟岸又渺小，既卑微，又高尚。我非常敬佩那些登山运动家，他们是尼采赞美的"超人"，不仅仅有种冒险精神，更有一种对崇高的向往和追求。

他们用生命去体验大山的崇高与伟大，感受大自然的伟力和磅礴之气韵。当他们在极其险峻的岩石和冰川上攀登时，置生命于度外。许多登山队员在攀登喜马拉雅诸高峰，如珠穆朗玛峰，希夏邦玛峰的过程中献出生命。有的几年之后，另一批登山队员才发现他的尸体，已冰冻在雪窟冰川中。

喜马拉雅山十座高于八千米以上的雪峰，至今全被人类征服。中国登山运动员早在 1960 年就登上了珠穆朗玛峰。喜马拉雅山一尊尊险峰，人类终于用生命注释了它抽象的概念。这是人类生命迸溅的火焰，是向大自然展示的一种强烈征服欲。

人类站在地球之巅，仰视茫茫宇宙，俯视小小旋转的地球。这种生命超越的过程，大概除了神灵，没有什么能够达到这样的境界。从古到今，正是这种崇高感，不断地引发着人类璀璨的智慧，张扬着人的生命力……

1997 年 10 月

如歌的雅鲁藏布江

一

雅鲁藏布江，是多么神奇的河流；你来自梵天净土、冰川雪国，穿越重重叠叠的雄峰大嶂，带着雪域高原雄旷苍莽的风度和原始鸿蒙的气韵，叱咤风云，裹雷挟电，雄风浩荡，从远古流到今天。漫长的岁月，漫长的征途，你创作了多少惊心动魄的故事，多少令人心醉的回忆。今天，我们从拉萨乘车去日喀则，去真正一睹你的风采！

车子驶出拉萨市，进入堆龙德庆县，便远远看到了山。初始，只觉得那山并不太高，像一团团乌云浮在天边。奔驰一个时辰后，便进入了喜马拉雅山谷，公路发生了变形、扭曲，窄窄的，在山谷里盘来绕去。路下边就是雅鲁藏布江。一线蓝湛湛的流水，水质清洌，映着蓝天、白云、山影，没有浮躁，没有狂暴，宁静、安谧，波纹流畅，犹如少女的酥胸。我怎么也没有想到，这地球之巅的伟大河流，竟然如此温顺、明丽！这平庸的流水怎么能和这个伟大的名字联系在一起？

读小学时，当我的目光随地理教师的教杆滑向那片棕红色地图，最吸引我的莫不过喜马拉雅山和雅鲁藏布江了。我觉得青藏高原失去了这一山一河，也就失去了灵魂，失去了神秘，失去了魅力。

车速不快，我掏出照相机，摇开车窗玻璃，拍摄这大山大江的风光。那庞大的山脉和深深峡谷的流水，都浓缩凝结在我那方寸底片上了。

正值初冬。高原的阳光虽然失去了夏日的酷毒，但依然灿烂迷人，轻抚在我的脸上，还感到一缕缕温馨。空旷的山谷，平静的流水，没有人影，没有鸟兽，静静地犹如进入禅意，进入哲思。大自然在冬日的闲暇里，大概也进行思绪的梳理和整饬。

雅鲁藏布江是地球上最高的河流，流淌在平均海拔四千五百米的高原上。雅鲁藏布江发源于喜马拉雅山的中段仲巴县境的杰马央宗冰川，流至仲巴县里孜的一段称为“当曲藏布”（马泉河），以下始称雅鲁藏布江。雅鲁藏布江在藏族人民心目中是一条崇高神圣的河流。“雅鲁”相传是藏族酋长的始祖：“藏布”是“赞普”的转音，而“赞普”是西藏历史上很著名的酋长。在山南泽当的贡布日民间，相传远古时有猴王与女魔王配生六子，繁衍为人类的藏民族起源的神话故事。此后，就有了古老的藏民族部落。藏王聂赤赞普从天而降，统治了雅砻河谷——这便是藏民族文化发祥地。直到公元 7 世纪初，第三十二代赞普松赞干布统一全藏，建立了第一个奴隶王朝——吐蕃王朝。正如尼罗河是古埃及文明的发源地，黄河是汉民族的摇篮，雅鲁藏布江在藏民族心灵中是一条圣河、母亲河，是信仰、意志、力量与希望的象征。

雅鲁藏布江纳百川，融雪山冰水，劈斩坚岩顽石，穿险滩峡谷，滋养草原田畴，滋润高原森林。它坚韧、豪放和百折不挠的意志，也铸就了高原游牧民族的顽强的生命之魂。

雅鲁藏布江风姿多采，时而展示它温柔、娴雅处女般的娟丽，时而急浪飞逐、喧嚣如雷，有着雄狮般的狂躁，时而也有熠熠浩渺的粼波。高亢与激昂，雄壮与豪犷，悠扬与舒畅，在雪域高原奏响一曲气宇磅礴的生命乐章。

二

车越往前开，山路越崎岖。两岸的山峰更加陡峭险峻，庞大的苍黛色的巨峰直插云霄，如山神般冷漠、傲然，令人恐怖、敬畏。峡谷深达几百米。大山一脸肃穆，看不到花与草的笑靥。只有山脚深深的岩缝里战战兢兢地钻出三五棵冰草和刺蓬，摇曳着荒凉和悲哀；偶有几只大头岩羊在岩罅间若隐若现。静，一种洪荒旷古的静。仿佛一切生灵都被大山的威严和肃穆所震慑。雅鲁藏布江孤独地流淌着，大山对它不屑一顾。

我们胆战心惊，车子稍一颠簸，大家便呀呀地惊叫。司机是一个藏族汉子，名叫巴博——藏语的意思是英雄。巴博师傅极其娴熟地上档、踩闸，左右打方向盘，他那张黝黑粗糙的脸很严肃，从反光镜里，看出他嘴角的线条绷得紧紧。我预测前面的路更加险恶。同行的老张看出我们的心思，半是安慰半是赞扬：巴博师傅在这条路上走了三十多年，每年好几趟，从没出过事故。

我前几天听人说过，一辆大卡车掉进峡谷江流，车毁人亡，七八天后才用一台起重机把车的残骸吊上来。想到此，窗外的风景变成魔鬼的脸，我不敢看一眼，心跳加速。

巴博师傅藏汉语说得都很流畅，由他带我们去日喀则，显然可减少一位专职的翻译。

“注意，前面是浪卡子！”

浪卡子是什么意思？我来不及思索，车一转弯只见两岸的大山蓦然陡陡地直立起来——好像一路经过的山都是蹲踞着——山峰与山峰比肩并立，直入霄壤，比长江三峡的夔门还要险峻百倍。天空被挤瘦了，瘦得像蓝色的布条。车行其间，犹如钻进地球的罅隙中。

浪卡子是雅鲁藏布江在尼木县与日喀则交界处的一个大拐弯。这弯拐得是急了点，急得让人惊心动魄。峡谷深达几百米，好远就闻到轰鸣的浪涛声。虽然是枯水季节，那江流陡然变得暴躁狂傲，激浪喧豗，怒吼啸叫，溅起数丈高的飞沫浪雨，猛烈地横扫着两岸岩壁，这景象使人想起黄河壶口瀑布，一路看到的雅鲁藏布江的雅、静、逸，转眼间变得如此亢奋激烈，令人咂舌。

我想，这才是真正的雅鲁藏布江！高原上这条伟大的河流本应该就是这样！这种野性、激烈狂放和摇天撼地的雄性力量，才真正展示了它的风貌！犹如藏族汉子，当他们在佛陀神灵面前是那样虔诚、规顺，而在赛马会上的摔跤比赛中却又是那样彪悍、狂放不羁、傲岸不驯！人的激情与理智，生命的色彩和亮度出现多么巨大的反差！

我们要求巴博师傅停下车来，拍摄几帧风光照片。

车停下来，我们站在岸边，几架照相机噼啪拍个不停。那江水似乎不是感觉的真实，而是想象的真实，如巨龙腾跃，怒须翻卷，浪吼涛啸。整整一个峡谷都是生命的呐喊。我不禁想起郭璞在《江赋》所描绘的镜头：“流风蒸雷，腾虹扬霄……骇浪暴洒，惊波飞薄”，“扬鳍掉尾，喷浪飞涎”，真是“妙不可尽之于言，事不可穷之于笔”。连一代赋家看到怒卷的江涛，都感到语言的苍白和贫乏，我更感到词穷笔拙！

我想河流和人一样，像藏民族认为大自然一切事物都有灵性和灵魂，当他遇到困厄处在逆境时，当他为一项事业献身时，一个孱弱的生命顿时会产生巨大的力量，焕发出璀璨如虹、如霓、如霞的光彩，生命的史诗和华彩乐章往往在这种景况下写就！柔弱的水为了开劈生命的道路，不惜粉身碎骨，血肉迸溅，且锲而不舍，一次次超越，一次次冲击，这是一个伟大灵魂闪烁的神圣之光！

令人震惊的是两岸的山却静默无言。铁壁千仞，神威凛然，任凭头顶乱云飞渡，脚下狂涛怒击，它依然打禅入定，意守丹田，展示出一种自然与自然相对峙、相抗争的境界。这是喜马拉雅山博大的胸襟，旷达的气度。静是一种力量，是一种意志，一种哲学。世界上还有什么能超越这种"静"的伟力呢？怪不得汉语中有"以静制动"之成语，这是一种生命存在的方式。然而，这沉默的大山，这喧嚣的流水，静与动，刚与柔，构成山与水的一种默契，十分和谐，而又生机盎然。这是一种宗教精神，它已超越了自然。

司机巴博师傅说，眼下是冬季，到了夏天，冰川雪水融化，汇入大江，这浪卡子才好看呢。满峡谷雷鸣电闪，惊天动地！他又说：你们没去过墨脱，墨脱县地段的雅鲁藏布江流速每秒十六米，那里有世界上罕见的瀑布群，百川争流，百瀑狂啸，场面壮观得很呐！

我们无缘去墨脱，那是全国唯一没有公路的县份。从地理资料上我知道：墨脱县地处喜马拉雅山脉的东端，它的县界与缅甸接壤。那是一个封闭的世界，据说要翻过六座六千米的雪山才能进入这峡谷盆地。墨脱降雨量年三千五百毫米，平均气温二十摄氏度，多样性的地理环境形成了立体气候区，山脚下是热带，山顶是寒带，中间是亚热带，为动物和植物的生长和繁衍提供了优越的条件，那里是我国动植物资源的基因库。说也巧，当我起草这篇文章，也就是我第一次离开西藏之后的第三年，中央电视台连续报道了中国科学院组织的雅鲁藏布江大峡谷探险考察队的报道，我从银屏上一睹大峡谷瀑布群激流飞溅，浪遏云天的雄浑气势，真是惊天地，泣鬼神！此时我边看边想起李白的诗句"飞流直下三千尺，疑是银河落九天"，这诗句在大自然面前显得多么苍白，多么无力！大自然本身就有一种语言，它的山、水、草、木、花、石、鸟、兽、鱼……哪怕一只昆虫，一粒芥子，都有自己独特的语言。人类的语言无论怎样繁富、璀璨，但其内涵与大自然相比也贫乏得可怜，粗陋得可怜！狂傲不羁的李太白，只不过看到小小匡庐的一线流瀑，便发如此之浩叹。如果他老人家今日看到雅鲁藏布江大飞瀑，岂不目瞪口呆；就像他在黄鹤楼前看到崔灏的题词，半天才摇头唏嘘叹息“眼前有景道不得，‘自然’有诗题上头”了！

好啦，现在我们该上车了，沿着雅鲁藏布的流水奔驰吧，巴博师傅在喊我们呢！

三

两岸的山在渐渐后退，也渐渐拉开距离，被割裂的天空渐渐愈合了。车行一个多小时，眼前一片天旷地阔，遥遥的远方铺满戈壁荒漠的粗犷和荒凉。

时至中午，高原冬日的太阳又现出夏季的本性，满眼是白白花花的阳光。阳光在遍野砾石和礓石上疯狂地奏响摇滚乐，跳起迪斯科。阳光和荒原的世界也有稀疏的枯草。凸凹不平的地表，无言地炫示着惊心动魄的苍凉。四面八方涌来荡去的是无边无际的沉寂。

公路变得平坦多了。雅鲁藏布仍然孤独地伴随着我们。蓝色的流水变得比我们初识它时更清晰明丽，铺满一河细砂，阳光直射水底，在细砂上闪闪烁烁，耀人眼目。

平静宽阔的江流里出现一片片沙渚。沙渚上摇曳着几株不知名的小草，不是芦苇，高高的。有几只水鸟或掠水而飞，或停栖在水草上啾啾地鸣叫。那声音凄清哀婉，犹如李清照那些令人魂销肠断的诗词。水中有云，云流水中，云和水一样淡疏如纱，轻渺若雾。没有风，云和水都静然不动。

丰田车继续奔驰，粗犷而蛮悍的戈壁荒漠从车窗前大幅大幅掠过，而旋转扑来的依然是雷同化的粗犷和蛮悍。不变的色彩，撞不破的沉寂，天地间是一个古老的梦。只有这条蓝色的江流，像少女一样静静地躺着，柔骨雪肌，一片恬情。江水也在做梦，不时发出轻轻的脉息。沙渚时有时无，时大时小，它裸体浮在水边，犹如童话中的美人鱼，淡淡的波纹轻吻着沙滩，一片平和安详的气氛。望一眼江水沙渚，心也像洗濯过似的洁净无尘。

看到这景观，不知怎的我忽然想起几日前在拉萨书摊上看到的一部画册，上有西藏画家韩书力的名作《女人与水》。那幅画画的是羌唐高原的那曲河。画面上是一条如哈达般洁白的流水，一位衣着鲜丽的女子站在水边，色彩清淡，线条明晰，背景开阔；或者说，没有背景，只有河与女人。此时此刻，我才理解了这画深蕴的含意，河流就是女子，女子就是母亲，是河流母亲在这高原上繁衍着一代代生命！

车在奔驰。

不远处河滩上出现一个黑糊糊的庞然之物。曾经援过藏的记者小王说：那是牛皮船。顿时，我们这些初来者兴奋激动起来，再次“强烈要求”巴博师傅停车，要观瞻一下如同神话传说般的“高原之舟”。

颇有点“野渡无人舟自横”的诗意。周围静无人影，一只三四米长、两米宽的牛皮船搁浅在沙滩上。沙滩上长着几棵水草，秀亭亭的影子投进水中，煞是动人，真是诗中有画。

牛皮船是雪域高原江河最古老最富有实用价值的交通工具。牛皮船构造简朴，呈菱形或椭圆形，用柳杆做弧，外裹牦牛皮，小者三四张，可乘坐二三人，大者七八张，可载重上千斤。这种牛皮船质地坚韧，轻柔，浮力大，吃水浅，不畏急流险滩。横渡涉水或溯流而驶，或顺流而来，拍浪冲流，急如飞矢，轻灵得像一片叶子，像掠水的金鸟。在这高原奔腾的江河激流中，只有牛皮船可以潇洒漂来荡去，既不会有触礁之虞，又不怕翻船之险。在狂涛巨澜中，乘者只要紧紧抓住牛皮船不放，即便翻船，也像抓住救生圈一样，照样化险为夷，达到彼岸。

据资料介绍，牛皮船最早出现在第九代赞普岱工甲时代，但是直到松赞干布时代才开始大量制造，普遍使用。有了牛皮船，在雅鲁藏布江南雅隆河谷的吐蕃，才得以逐步北迁，建都拉萨。牦牛是雪域高原陆地之舟，牛皮船则是江河湖泊之楫。我们采访团的小王是唯一乘过牛皮船的人，他用诗一样的语言描绘出那动人的画面：一叶小舟，荡漾在拉萨河里。缓时，任舟随水而游；急时，那船逐浪飞上飞下，犹如摩托艇。既紧张又轻松，既热烈又温柔，浩浩荡荡，舒卷自如，既情不自禁，又缥缈朦胧。那种感觉就像鸟入云空，马驰草原。

我们真想乘一乘牛皮船在这雅鲁藏布江上飞舟漂流一阵。但是这牛皮船，被丢弃在这里，没有桨。我们只好望舟兴叹，终成遗憾。

小王又说：牛皮船是一种艺术，乘牛皮船有一种艺术享受。在藏区有许多地方每年都举行牛皮船舞，藏人称之“郭尔孜”——一般由四名船夫充任演员。其中两人，手持雕有螺纹系有哈达的权杖，扮演乃穷护法神领舞。两人背负牛皮船，扮演雌雄牦牛。雌性为吉祥天女，雄性为大威德金刚，这两种神祇原来为一对配偶。牛皮船在舞步中起落，横棍击响皮船，犹如擂鼓；舞者甩头跺脚，有点像汉族民间舞蹈狮子舞。这是一种雄浑与灵巧、宗教与艺术、娱乐和自娱、舞蹈与歌声于一体的民间娱乐活动。边舞边唱有古老的歌词，也有现编现唱的词。歌词大都是描绘他们同激流搏击、江河泛舟时的情形。

我们既没有乘牛皮船飞舟雅鲁藏布江的享受，更没有一饱牛皮船舞的眼福。但司机巴博师傅给我们唱了一首牛皮船歌。他是用藏语唱的，曲调高亢、雄浑，洋溢着藏族人征服自然的豪情。歌词大意是：

船儿直下大江，紧紧把住双桨。

遇到狂风暴雨，心里切莫紧张。

这歌声充满了雄浑与野性的美，使人沉入茫茫高原、滔滔江流中。那种惊心动魄的生命力的雄健，藏族人那种坦荡的胸怀，顽韧的性情，既显示着生之艰难，又显示着生之顽强，同时也蕴含着大自然神奇的意味和魅力。

我们人人都在牛皮船旁拍了照。怕耽误时间，晚上还要赶到日喀则，只好带着遗憾和眷恋乘车而去。

雅鲁藏布江一直伴着我们走进日喀则。时至黄昏了，水面上落满斑斑驳驳的霞光，那一川碧波化为满河胭脂。我想，明天，我们再到雅鲁藏布江畔游览一番，享受高原母亲河的慈爱和温馨。

祝福拉萨

带着朝圣者的虔诚，带着诗人的想象和海浪般涌涌荡荡的情感，我常常用湿漉漉的目光抚摸着地图上那片棕红色的高地，抚摸着那富有质感和色彩的名字：拉萨。我轻轻地念出这个音节，心中便洞开一片境界——八瓣莲花山簇拥着圣城，你是宗教，是文化，是历史，是神话，是朝圣者的憧憬，是藏人灵魂的息壤。你充满神秘，充满诱惑！

有时，我想念极了，便走到阳台，仰首西天的流云，真想伸手撕下一块，写一首祝福的诗篇，然后放飞，祈祷它降落你的身边……

七月，我又飞到拉萨。

正是高原最美时节。去冬告别这片土地时是遍野白雪茫茫，山寒水瘦。而今满目绿茵，草浪漾漾，如云的牛羊，悠然游弋。不时有咿咿啰啰的牧歌，驮着片片阳光，裹着大草原的芬芳，袅袅传来。才几多时日呀，又一条新筑的公路煌煌然亮在眼前，刚铺上沥青，还闪烁着油汪汪的羞涩；轧路机仍在隆隆吼叫，追赶着去碾平一叠枯皱的昨天。路旁的树林里，嫩叶在夜里悄然萌生，野花在晨露中默然绽放。脚下的拉萨河依然荡漾，碧蓝的波涛，头顶上的天空依然深邃，明丽，犹如少女般纯贞。遥望巍峨的布达拉宫，祥云缭绕，法相端严，浮荡着一片佛光瑞霭……

啊，拉萨！

漫步拉萨街头，更令人心畅目明。满眼青杨绿柳，胡杨萧萧，柽柳冉冉。绿荫匝地，翠意惹人。柳丝儿拂着少女的笑靥，绿影儿吻着楼房的眉额。来来往往的行人走得热热闹闹，花花绿绿的经幡舞得快快活活。从雪域高原吹来的风凉沁沁的。虽然盛夏，绿荫送我一抹抚慰，凉风染我一袖清新。街两旁花圃里，美人蕉，野蔷薇，邦锦花，格桑花，红黄绿白，绽放着浪漫，盛开着诗意，也氤氲着芬芳温馨的氛围。路面平平的，踏上去悠悠然。谁曾想，这平平的路下还掩埋着昨天的坎坷，历史的悲怆，岁月的苍凉？

毕竟是佛风荡漾的宗教圣地。那些头盘红绳的妹子，身着藏袍的牧人，身披袈裟、手捻佛珠的喇嘛，还有手持经筒、口念六字真言的信众。他们从康巴山沟，从雅鲁藏布江的峡谷，从寂天寞地的那曲草原，从雪山冰川的阿里高原，风尘仆仆，餐风宿霜，荜路蓝缕，来到圣地拉萨，倾泻满腔的真诚。一片片经幡，一条条哈达，一声声祈祷，一阵阵长跪叩头。手履着地的吧嗒声，节奏沉缓，肃穆庄严。那色彩，那构图，那光影，那声音，都在渲染着圣城古老永恒的主题。

不过，一切都在变。在这庞大的主题下，也滋生蔓延着新的情节。当你漫步拉萨的心脏——八廓街，不能不感到这古老的宗教文化和现代文明撞击而喷溅的火花，不能不感到新生活勃勃的脉跳——你看，那如林的商店，如云的摊位，联翩相接的货棚、货台，既重重叠叠地陈满宗教祭祀用品，也满布着琳琳琅琅的民族工艺品；既有花花绿绿的内地商品，也有洋里洋气的进口货。冰箱和藏刀，马鞍和电脑，彩电和佛像，组合音响和木碗，滑稽而和谐地展示着各自的价值，编织着斑斑驳驳的富丽和繁华。更有趣的，这熙熙攘攘的八廓街上，还激扬飞溅着各种语言浪花：汉语、藏语、印度语、尼泊尔语、英语……色彩各异，声调各异，构成这高原圣地又一动人的插页。

陪我游览的是一位藏族青年诗人。他是牧民的儿子，在内地读完大学，又回到雪域高原故乡，他说一口很流畅的汉语。令人注目的是他身着藏装，脖子上却打着领带，蓬乱乌黑的卷发有着草原之子彪悍的风采，深邃的眸子却闪着现代文人的聪慧。他幽默地朝我笑笑，说道："拉萨在变，和我一样，已敞开心扉，接纳世纪文明的八面来风，不拒绝每一缕阳光，不排斥每一滴雨露，不冷漠每一片流云。"接着，他又指点着那些来自四面八方的商人、朝圣者、藏胞，说道："拉萨的确能给人精神的洗礼，灵魂的净化。这些牧人们只要在这里住上几年，粗莽的变得温雅，呆滞的变得机灵，愚昧的变得聪慧，野蛮的变得文明。他们会懂得什么是生存，什么是生命的价值，真正的追求。当然也懂得什么是真善美，什么是真正的人生哲学……"

"你看见了吧？"年轻的诗人兴奋地告诉我，"那个饭店的女老板原来是羌塘草原的牧羊女，那个商店身着西装的经理，几年前还是头盘红绳、身披老羊皮袄的强巴汉子呐！”

我也兴奋地点点头，感慨道：“古老的宗教圣地已注入现代文明的因子，这必将重铸一个民族的灵魂！”

“是呀，”年轻人目光变得深沉，口气庄重：“拉萨不再悲怆，雪域不再荒芜，草原不再孤独！”

我好久未说话，发潮的目光扫描着，穿过熙熙攘攘的人流，穿过飘扬的红黄绿白五彩经幡，穿过纵横交织的高压线和重重叠叠楼房的罅隙，落在红山之巅上的布达拉宫，心里涌起一股热浪，不由得暗暗祈祷：祝福你拉萨！扎西德勒（吉祥如意），拉萨！

水，它升腾为云，陨落为雨，
粉身碎骨，隐性匿影时又化为气。
当它再度显现“真身”时，
或嬉笑于山涧流泉，
或徜徉于池塘湖泊，
或放纵于江河，
或狂啸于大海。

天堂之水天上来

粗大而肃穆的线条，若隐若现在海水般的青蓝之中，冰川雪峰道道白光凌空腾起，和辐射而来的阳光迅速交配，很快分娩出一种惊心动魄的透明物来……那是雪山之父的精液吗？点点滴滴的，坎窾镗鞳之声，在涅槃般巨大的静寂中显得厚实深沉。这是为大地撰写的历史，还是为人类谱写的力量之歌？那滴滴点点汇成流苏般的小溪，向荒旷的大地寻找他生命的乐园。干涸的大地上腾起股股沙烟，宛若飘浮世纪的衣袂。

这景象让我惊呆了。我的大脑一片空白，记忆消逝了，时间凝固了，似乎身边的季节也僵枯了。空旷的四野只有风不时发出几声战栗凄惨的啸叫，像被什么野物咬了一口。好半天，我才开始启动思维的齿轮，睁大眼睛扫描着眼前这阔大的冷漠的雕刻：刀法粗犷，棱角尖锐，雄健苍劲。山顶上凝固着白云，白云上面是冷漠的蓝天，高邈深远。我遥望着那线雪峰，仿佛听到白色透明的液体在大放厥词："我是欲望之神，今晚谁敢为它划定疆界！我是哲人心里的暴力，今晚谁敢为它圈定范围！"尽管它出言不逊，但一条河流还处在子宫发育期，它还没有资格嚣张。它的生命是孱弱的，它的梦还是缥缈的。

一条条小溪像放大的精虫，蠕动着，寻找大地的子宫。

蓝天、白云、冰川、雪峰、草甸、荒原，还有古老的太阳，苍茫的风，一切都显得肃穆，庄重，坚实，而又透出点虚幻。

这就是大江之源吗？这就是诞生我们民族第一条大河的格拉丹冬雪峰吗？哦，巍巍然，一尊天神；峨峨然，一柄倚天长剑。这种大气象大境界，必然会有大手笔大造就。我站在雪峰冰川脚下，只觉得晕眩、心悸、惶恐，又有点木木然。西部的盛夏，原始的太阳，很古典，但依然充满激情。阳光辐射在冰山雪峰上，闪烁着冷漠和孤寂；风用很陈旧的方式摇撼着荒原，荒原沉默不语。我站在高原的阳光和风里，心里涌动着一种生命的苍茫感和精神的孤独感。我突然感到人类是何等卑微，改天换地，让高山低头，让河水让路，人类发出此等狂嚣是多么荒谬。面对邈邈大天，茫茫大地，人，你只能感到敬畏！

万籁俱寂。

听到了吗？那万古荒凉的静寂里，有簌簌的声响，微弱缥缈，像疲惫的贝多芬无意间抛下的一个个透明的音符，像黑格尔一粒粒“精神的种子”，晶莹剔亮。那是阳光和雪山交媾分娩出来的……那是千万年梦幻，千万年憧憬，千万年积累和创造啊！

冰川、冰塔、冰窟、冰舌、冰柱、冰碛、冰笋，千姿万态，娉娉然，婷婷然，巍巍然，如剑如戟。它吮吸天地之灵气，日月之精华，博大宏丽中渗透出一种凛然之寒气。

这里是一片原始的鸿蒙，一片野性而又冷酷的土地，是一片雄悍而又孤寂的土地。偶有稀稀落落的牦牛草、羊草，星星点点，斑斑驳驳，点缀着万古的荒凉、寥廓、旷博、夐远、高古，还有令人觳觫的肃穆。巨大的静，气势磅礴的静，富有质感的静，笼罩在天地间。这静给人一种悲壮感，恐惧感。仿佛走进时间的童年，历史的开端。你根本想象不到，一条驰骋万里、波涛澎湃的大江巨川的根，竟然扎得这么深远，这么高危。

在这寂天寞地里，你会体验到什么叫时间。时间是一部幽深博奥的哲学。时间有声有色，有角有棱，有质量，有重量。时间，你看不见，摸不着，但就在你身边。你必相信时间，依偎时间。时间有着巨大无比的创造力，能造就一切，毁灭一切，又包容一切。

走进这赤裸裸的大自然。夕阳中，我站在一座高埠上，驰骋视线，环视这冰山、雪峰、流水、荒原。天之遥，地之远，山之高，水之长，我一下子流出眼泪来……

苍山如海，残阳如血。这大风景、大地貌、大空间是我精神之旅的一种超越。我常年生活在都市，生命被钢筋水泥禁锢着，视线被林立的楼房切割，心灵也被各种窘迫所困苦，被各种庸俗所缠绕。我能走进这风光博大宏丽之境，我觉得我的灵智像“开光”一样——不是佛光，是天光、云光，是大自然之光。这里的“奶酪”还未曾被人类挪动。一切都处在原生态，原始态。

在这里云自飞翔水自流，花自开落草自荣，没有遭到人类的染指，大自然显得很纯净，很天真。小草是天真的，小花是天真的，草叶花瓣儿上的水珠是天真的。鸟儿的鸣叫，水的流韵，天真得没掺进一丝杂音，连流淌的时间也是天真的。

天真是童年的代名词。

来到这里，你仿佛感到时间正处在童年。

童年，总是快乐的，天真无邪的。童年最富有天性，没有被陈规陋习制约，没有被名缰利索束缚，没有被世俗红尘所污染，没有被灯红酒绿所诱惑……童年是生命中最纯净、最灿烂、最富有生机的时段，是花的季节，是诗的年华。

格拉丹冬，藏语，意为“尖尖的山”。

格拉丹冬的西南侧是大型冰川。冰川的冰舌由阳光和风雕塑成壮观的冰塔林。晶莹，空明，清丽……那细细的冰牙，倒挂的冰棱，壁立的冰墙，蘑菇状的冰凿，幽深的冰窟，鬼斧神工，是一个冰雕玉琢的世界。那是西王母苍苍白发凝结的冰封？是伏羲的白髯飘逸而凝固的冰川？千丝万缕的寒光和太阳金线交织成灵光弥漫的冰川。

有生于无。此时你真正体悟到这种大哲学的真谛。原来，这条莽莽苍苍的大江巨川竟然是在这里发育、生长出来的。这一切都没有规则，那晶莹的水珠犹如夜露镀亮的黎明，像玫瑰花映红的爱情，圣洁，华贵，幽美，令人心旌摇曳，在这天地间巨大的宁静里，呈现出一种生命的萌动，撞击命运之门的声响，从空宇浩渺中传来……是一曲气势磅礴，雄浑宏大的乐章的前奏。

上天赐予的最初的一粒粒水珠，是按照神祇的旨意汇聚在一起的，抛掉自身的渺小、卑琐、单薄和孱弱。当它们的躯体赋予了一种精神，赋予了一种信念，它们的灵魂开始升腾了，它们的血液开始了喧哗和躁动。它们自由地碰撞，融洽，你拥我抱，你牵我扯，于是形成一个集体，或者是一个小小的部落，于是荒原上出现一条条银蛇般的小溪，自由自在，无拘无束……

我静静地倾听着生命临盆的那种美妙的乐章。白色的精灵是从冰山母体上脱落，蓝色的梦在荒芜的土地上撒欢歌唱……

金灿灿的阳光把一切都变成发光体，肉眼不敢看。那锋利的光芒犹如钢针，会把眼睛扎瞎，会把皮肤刺伤。在这里，阳光不是虚无，是物质的，有形的。在这里，一切与生存有关的事体，甚至养育人类的大自然也变得邈远、空幻。

天地无言，冰川不语。只有浮动的梦，一枚透明的初恋，羞涩而又异样的执著，异样的坚韧……

那是个充血的白昼，阳光狂欢的夏日，太阳雄健而狂妄，气势磅礴而又大度豁然。阳光下的草甸是一片偌大的沼泽，斑驳的水洼，闪闪烁烁，光怪陆离，构成了一幅畸形的图案，是一种怪异的和谐，冷漠的明媚。那水洼像写满了明亮的颂辞，晶莹的祝福，随着欲望的膨胀，灵魂的躁动，使水面产生了眩晕的舞蹈。于是，大地的沉默破裂了，它们用透明的触须探寻新的世界，蹒跚地寻找生命的通道。

于是最初的水滴，终于成了领队，率领着它用天文数字排列的兄弟姐妹，形成一条条河流，一条条阳光下野性的自由自在的河流。孤独的跫音渐渐远行，清澈的浪花自言自语，向冰川雪峰举行最庄严的告别仪式……

（节选自长篇散文《大赋长江》）

洞庭歌吟

楚国国君由太子横继位，这就是顷襄王。顷襄王本应该吸取惨痛的教训，重用屈原等忠臣，重兵强国，有一番作为，相反，这位昏君依然重用公子兰，奸臣靳尚之流。衰弱的楚国已处于暮色苍茫的凄风苦雨之中，靳尚、公子兰仍欲治屈原于死地，继续在顷襄王面前谗言，诽谤屈原。顷襄王不分青红皂白，竟然罢免屈原“三闾大夫”，放逐汉北（汉水以北），远离庙堂。

屈原原本不想当诗人，他出身贵族“楚之同姓”，又博闻强志，明于治乱，娴于辞令，如果遇到一代明君，可以是一个很有作为的政治家。他也想兴利革弊，在政治上有一番作为。恰恰他起草的一部法令触及了旧贵族的利益，造成了他后半生的坎坷。正中了“文章憎命达”那句话。屈原的放逐促使他成为风流千古的诗人，成就了文学史上的一种文体——楚辞。

信而见疑，忠而被谤，一心为国，却遭流放，能不悲戚感伤？他从庙堂之高跌落到江湖之远，举步山野，满目荒凉，一腔委屈，向谁倾诉？孤身只影，凄风苦雨，江涛湖浪，历尽人间寒凉！在流放中，他目睹人民百姓的苦难，想起秦军的暴行，楚君的昏庸，奸臣的卑鄙，国家的灾难，他忧心如焚，愁云满面。望茫茫荆天楚地，问冥冥苍天，一腔悲愤，满怀幽怨，化为震撼千古的诗篇《天问》《离骚》《九章》《九歌》……

屈原第二次被放逐到洞庭湖畔，汨罗江岸，两次放逐长达十年。

一个消瘦的身影徘徊江湖之滨。破旧的衣衫挡不住寒意萧萧的北风。呜咽的江涛湖浪伴随他杜鹃带血的悲叹：

长太息以掩涕兮，哀民生之多艰。

余虽好修姱以鞿羁兮，謇朝谇而夕替。

……

路漫漫其修远兮，吾将上下而求索！

形容枯槁，一腔忧愤，满面憔悴的三闾大夫，苦吟洞庭湖畔。冷风吹乱一头蓄发，撕扯一袭寒衣。问苍天，苍天不语；问大地，大地缄默。

初冬，洞庭湖畔，一片寒意，草木枯衰，黄叶飘零，一湖寒波，呜咽嗟叹。我徘徊洞庭湖畔，多想掀开波涛的扉页，寻觅屈原汨吟荇藻的嗟伤，呼唤屈子的亡灵？其实在屈原那个时代，他完全可以去他国谋求富贵，朝秦暮楚，晋材楚用，并不为耻，犹如今天的大学生跳槽，明星走穴一样，是司空见惯的事。但屈原的伟大在于爱国爱这片生于斯长于斯的荆天楚地，爱这方土地上苦难的百姓人民，他宁可葬身故土，不会背叛自己的祖国。他用嘶哑的喉咙，行吟泽畔，激励民众，唤醒国魂。他一再慨叹“雍君之不昭”，饮恨终身。

宁溘死而流亡兮，不忍为此之常愁。

孰能思而不隐兮，昭彭咸之所闻。

屈原是浪漫主义大师，他史诗般的作品，寄托了他的理想，他的情怀，他的信念，他的追求。随着他的笔触，上天入地，遨游青天碧落，“乘龙御风，云旗逶迤，鸾铃和鸣，周游于上下，浮游于六合。”（袁枚语）朝发天津，夕止西极，途经边地流沙，循行赤水之滨，取道不周山，直至归宿地——西海。值此飘然神游之际，又有“九歌”、“韶舞”以娱耳，心旷神怡，一时解脱自身痛苦。

屈原是一个失败的政治家，失败的原因就在于他耿介、正直，不媚上，敢说真话，忧国忧民。

暮冬的天空充满云的苍莽，暮冬的江水奏响凄凉的呜咽。问桃花港的烟波，问凤凰山的岩石，问三闾桥的流水，寻觅屈原的身影，它们或低首蹙眉，或哀叹低吟，或缄默不语，或用迷惘的眼睛注视着我，泪眼盈盈，神情戚戚。

追寻阜山苍茫的雨雾，拨开湘江沅水一页页波涛，挥手杨梅江的桂舫，浅水的钓舟，“朝发枉诸兮，昔宿辰阳”，我读遍辰阳斑斓的晨昏，依然听不到三闾大夫的苦吟嗟叹，屈原，你在哪里？

眼前是浩浩淼淼的洞庭湖。长江竖起来是一棵参天巨树，千条支流是它的枝干，那么洞庭湖是树上结出的巨大的果实。茫茫八百里的洞庭，衔远山，吞长江，浩浩荡荡，横无际涯。

屈原放逐洞庭湖畔。湖畔荒草萋萋，野鸟翔集。泥泞蹇涩的小径上，留下三闾大夫多少踉踉跄跄的履痕。那层层叠叠的万顷波涛，可曾录下三闾大夫的哀叹？当秦国大将王翦的六十万大军攻破楚国京城郢都时，屈原抱石沉入汨罗江，以死殉国……

我在洞庭湖畔徘徊寻觅，二千三百年前，一个疯了的爱国诗人泪满眶，愁满面，怒满腔，满腹悲愤只能向天倾诉……

晨霞、落晖、断鸣孤雁，莽云荒鹜，乱荆披离，野草蔓延。屈原步履蹒跚，掬饮彩霞，采撷星斗，裁一方素云为纸盏，蘸洞庭万里碧波走笔飞虹，向天空和大地倾泻一腔忧愤。恨奸佞当道，怨君王昏庸，看故国江山破碎，念百姓生灵涂炭，一颗忧国民之心怎能不如焚如煮？

掬山泉而饮，撷野芹为食，挽雾而行，枕石而眠，风做伴，雨相随，风风雨雨里，山容你的爱怜，水伴你的歌吟，晨间呼云，夜里揽月，寄愁天文，埋忧地脉……

北风萧萧，寒意裹身，衣袂破旧，孤身只影，残阳斜晖，屈原悲怜的目光凝视楚国凄凉的黄昏，沉重的步履叩击楚国大地，他问天问地，问山问水，问树问草，问飞翔的鸥鸟，问盘桓的鹰雕，问瑟瑟的蒹葭，问叠叠的洞庭寒波。这位能升天入地跨越古今的神人，他深感人间痛苦的遭遇，上下求索的种种挫折，一次次飞升，遨游，最终还是跌落在肮脏龌龊的现实土壤上。他为客死他乡的楚怀王招魂，他为大厦将倾、国之将亡的楚国招魂，其词激荡淋漓，其情殷切，到头来只是“目极千里兮，伤春心，魂兮归来，哀江南。”屈原瘦若秋风的躯体战栗寒风中……楚怀王已魂断异乡，而楚顷襄王既不反思，又不接受先王的教训，依然重用小人佞臣，不思报国复仇，反而整日依红偎翠荒淫无度，靡费奢华，这样能不亡国？

屈原所处的时代是“众人皆醉，举世混浊”的时代，是“朋比为奸，些小入堂”的时代，是“蝉翼为重，千钧为轻；黄钟毁弃，瓦釜雷鸣；谗人高张，贤士无名”的时代，屈原的抗争，屈原的忠君爱国，这就注定了他人生的悲剧性。这老夫子很自信，认为自幼禀赋优异，志节高洁，清雅丰仪，并且认为自己有匡时济世之才，做楚怀王的引路人，非他莫属。然而事与愿违，在黑白颠倒、是非混淆的大背景下，他的清白、端直、嵚崎磊落、苏世独立，只能遭到贬逐。

屈原，凭着他的才干和智慧，凭着他的声望和地位，他完全可以弄一个"护照"，离国去乡，到其他诸侯国谋一高位。在那个礼崩乐坏的时代，良禽择木而栖，是一种时尚，何况春秋末期，战国初始，各诸侯国四处网络人才，有称霸野心的诸侯国君，招贤纳士已蔚然成风。俗话说，人挪活，树挪死，你干吗非要一棵树上吊死？到了别的国家，说不定弄个宰相当当。退一万步说，当个教书匠也能混碗饭吃呀！你老爷子太耿直，太倔强了。举国混浊，你为何独身清白？天下皆醉，你为何独自清醒？贪官污吏遍布朝野，你却一身清廉！这忧国忧民的责任，你一个人能担得起？死脑筋，老榆木疙瘩！三闾大夫眷恋故土，苦爱祖国（他把君主当作国家的象征，忠君爱国奉若高洁人格的圭臬），被楚怀王二次放逐，漂泊在荆天楚地，风雨潇潇，烈日炎炎，寒意索索，雪霜霏霏。这老夫子披发行吟，踉跄湖畔，渴了喝口泉水，饿了采把野芹。他像啼血的杜鹃，吟咏着苦涩的诗章，倾吐着一腔爱国忠君的热血。洞庭湖的云，汨罗江上的风，伴着一个苦命的诗人度过多少血染泪裹的岁月！

八百里的洞庭，日月出没其中。楚汀芦白，荆渚蓼红，瑟瑟秋风，潇潇暮雨，一个衣衫褴褛的老爷子步履蹒跚，头发花白，面容消瘦，在这荒天野地里呼嚎悲叹。花天酒地的楚顷襄王能听见吗？那些大腹便便的满朝朱紫能听见吗？问苍冥，苍冥缄默；问流水，流水不语。"长太息以掩涕兮，哀民生之多艰"，孤苦无告，屡谏不听，反遭贬逐。看故都烽火狼烟，虎贲之师践踏成废墟，怎能不"愁叹苦神，灵遥思兮"？然而"忧心不遂，斯言谁告兮"，这种凄婉悲绝的痛苦，只能向天倾诉，向风雨倾诉，向烟水苍茫的大地倾诉……

中华民族是个健忘的民族，也许是襟怀宽阔，也许满不在乎，也许是风过云逝，旧梦无痕，但这个民族没有忘掉屈原。一年三百六十五天，竟然拿出一天来纪念一个诗人，而且是全民族的，这是浩浩荡荡二十五史中的奇例。千古风流人物都随着长江之水而逝，浪花淘尽英雄，惟有这个疯了的诗人成了民族魂的象征！

彩笔吐星霞，丹心昭日月。你如长江雄涛般的文思，化育了沧桑世界；是你峥嵘的巨笔，抟扶着昼夜乾坤。在洞庭湖畔，芳草铺开绿茵，野花展开锦被，供你栖息；流云飘来为你做帐，青山耸立为你撑屏，茫茫万顷波涛化为你的瀚墨，星光霞辉点燃你万古诗情……

屈原啊，你用楚辞半部，启百代文心，给历史荒漠萌出文学的花卉，给古典的东方播放特异的芬芳，给阴霾密布的长空一道思想的闪电，给茫茫九州几滴精神的甘露……在这里，我寻到了中华民族精神史的源头！夸父追日，女娲补天，精卫填海，愚公移山固然展示了一个民族的精神和意志，但那是反映人类与自然的抗争，而人类高尚的情操，若婉的人格，圣洁的精神，晶莹的思想，则给一个民族浑浑噩噩的灵魂注入一道光照千秋的闪电！

屈原，漂泊在这巫歌神语的大地，古老神秘的艺术滋养了他。

他不愿离开楚国，是于心不忍。他对祖国，对民族命运有着强烈的责任感；但面对"仆夫也凄怆欲绝，神驹也怀伤踟蹰"的残酷现实，他最终只能选择正直庄严的自殉，他为直道而生，为直道而死。

其实屈原死时很寂寞，那个时代很少有人知道他，那个时代是荒凉而阒寂的。在他的忌日，没有人会往汨罗江扔粽子，以求鱼虾不食屈原的尸首。老百姓也没有以划龙舟的形式来纪念一个疯了的诗人。老百姓根本不知道诗人的伟大，诗有什么价值？屈原的死，也很快被人忘掉了……事情过去一百四十多年，汉文帝时代有个叫贾谊的年轻博士被贬到长沙。赴任路上，路过湘江，误认为屈原投身的汨罗江是湘江支流，触景生情，借他人酒杯，抒发自己心中块垒，作《吊屈原赋》。"已矣哉！国无人兮，莫我知也。"惺惺相惜，两颗痛苦的灵魂相遇相撞在一起。又过了近百年，司马迁作《史记》想起了贾谊，进而想到屈原。那时司马迁因为李陵辩护遭到汉武帝的痛斥，打进死牢，最后改判宫刑。这时的司马迁人生坐标达到了最低点。屈原放逐，贾谊被贬，司马迁受辱，三个高级知识分子心灵巨大的悲痛穿越二百多年的时空汇合在一起，发生了山呼海啸般的撞击。司马迁悲愤填膺，痛苦至极，写下了《屈原贾生列传》，从此屈原的名声雀噪开来。

屈原就是屈原，他对楚国充满了失望，却难以割舍对故国炽烈的赤子之情。屈原下定决心以身殉国，从而结束了他人生追求的最后一个乐章。

屈原的死与不死，都不能挽救楚国落日西沉的悲剧，但屈原的死却拯救了他自己，成了千古不朽的民族之魂，一直影响了中国两千多年的历史，而且还将继续影响下去。

屈原痛恨党人些小，睥睨声色货利，痛恨假恶丑。他一生追求真善美，在颠踣苦难中挣扎，在崎岖的人生之路上求索。一次次跌倒，一次次爬起来，擦干血渍，包扎伤口，踉跄行进。这是生命对光明的追求……

《离骚》上天入地，跨越时空，想象力极其瑰丽。与天神共语，与神仙对话，《离骚》是神曲，比荷马的《神曲》还要早几百年的中华民族的一支神曲。

说来奇怪，长江文化并非像柔弱无骨的水，但长江像淬铁为钢的水，偏偏培育了一代代傲骨如松、铁骨铮铮的文人。排头兵就是生长在长江岸边，饮着长江水长大的屈原。最后溺水而死，质本洁来还洁去。屈原后面贾宜，年纪轻轻，满腹才华，一腔鸿鹄之志。他本应该是汉文帝的大红人。二十郎当岁，就当了五经博士，官运亨通，再说汉文帝又不是昏君，老臣周勃、灌婴又非奸佞，只要他"密切联系"上级，完全可以混到位极人臣之地步。可这小厮生就一副硬骨头，直肠子，浑身书生意气，不会融通，不会周旋，不会阿谀，不会奉承，不会逢人便说三分话。那么聪明透顶的人，偏偏不懂得官场的潜规则，硬要揭露统治者的弊端，表奏《陈政事疏》，最终被流放到长沙，留下的只有被鲁迅称赞的几篇伟大的"西汉鸿文"。

中国文学史，是一部血泪斑斑的苦难史，铁骨铮铮的反叛史，弥漫着浩然正气，氤氲着凛然雄气。从屈原到鲁迅三千多年，尽管中间有司马迁遭到去势之耻，硬骨头文人并未断种。他们都有一副铁脖子，钢脊梁，不怕打，不怕压，不怕坐牢，不怕杀头，不怕鞭尸，不怕灭九族，动不动就与政府唱反调，挑刺说点风凉话，甚至敢与最高统治者叫板。魏晋南北朝时期，嵇康、阮籍、刘伶一班文人就不与你政府合作，整日诗酒风流，放浪形骸，独立特行。更有甚者，唐初四杰之一的骆宾王，竟然发表檄文造起则天女皇的反，扯旗放炮地组织反政府武装力量！宋代的苏东坡，也是喝长江水长大的，一生坎坷，一生风流倜傥，一生潇洒，冷也忍得，热也承得，苦也耐得，“一蓑烟雨任平生”！到了明末，更有一批不要脑袋的文人，偏与势炎熏天的阉党魏忠贤阮大铖之流展开了血淋淋的抗争。这些东林党人热血蒸腾，傲骨铮铮，视死如归，不亚于手执铁戈效命沙场的英烈！他们为了民族利益，国家利益，为了气节、操节、正义、真理，不怕惨遭屠戮！这正是中华民族五千年血脉不断、浩气长存的根本原因所在！

正如文天祥所言：“天地有正气，杂然赋流形，下则为河岳，上则为日星。”谁言弱水三千？长江流水平静的涛汶如绉，但遇到顽石巉岩，却不惜粉身碎骨，以生命开辟前进的道路！

这是长江的精神，这是长江文化的内涵！

烟波云影的洞庭，稳重而肃穆。把旋律般的涛韵播放在湖畔草地上，像屈老夫子的缓步微吟，轻轻的叹息。

风用咒语解释着这一切。

而冬天的风对这宏大的题材，繁复而芜杂的细节，删繁就简，三下五除二来了个艺术处理。天地间只剩下白茫茫的一湖寒波。我迎着初冬的冷风，寻觅一个民族的魂魄，哪里还有他的踪影？我想斟一杯苍凉，邀请屈原共饮。皇皇华夏因你而皇皇，泱泱中华因你而泱泱，古老璀璨的民族精神史因你古老而璀璨……

这时，只见一只水鸥拍水而起，直冲暮空，洁白的羽翼在苍茫的暮色里划下一道旋律般的曲线……

（节选自长篇散文《大赋长江》）

山水的圣经

——写给最后的三峡

欸乃一声，游艇轻轻地离开白帝城，正是云霞烂漫的清晨，恰应了李白“朝辞白帝彩云间”诗的意境。峰峦峡谷，江树城廓，如沐如浴，在斑斓的霞光里更显妖娆多姿。江面上，谷壑间弥漫着一抹淡淡的水雾山岚。袅袅。翩翩。冉冉。如梦。如幻。我站在船头，回首望去，仿佛隐约看见白帝高站崖头，风吹白髯，雾裹素衫，频频向我致意。一种伤别，几斛离愁？江鸥飞过，衔一片无语的祝福；晨风吹来，送一叠无声的默祷。只有江涛汩汩，叩打着船舷，发出声声叮咛……

白帝城枕高峡，俯大江，扼川东门户，“西控巴渝收万壑，东连荆楚压群山”，可谓一夫当关、万夫莫开的战略要地。东汉末年，王莽篡权，他手下大将公孙述割据四川，在瞿塘峡设防。防地有一口古井，每天早晨，常有白雾升腾，他视为“白龙献瑞”，动了当皇上的念头，号称白帝。三国时代，蜀汉皇帝为了给败走麦城的二弟关羽报仇，不听诸葛亮和群臣的力谏，发兵攻打东吴，结果被吴将陆逊火烧连营七百里，而全军溃没。刘备沉疴不起，驾崩白帝城。白帝托孤的故事就发生在这里。

往事如烟，青史几番春梦，悲剧更添了白帝城沉郁的氛围。但是，它毕竟是这三峡山水圣经的扉页，给这浩浩江流，巍巍大峡写了一篇卷首语。翻过这一页，便是瞿塘峡了，只见那峭壁如削，陡崖如戟，直插入霄汉。崖壁皴皴叠叠，古树、野藤、杂花、乱草、飞泉、流瀑，犹如一部圣经的隐语，让人产生无限的联想、无穷的思绪。

至于郦道元笔下的三峡：“春冬之时，则素湍绿潭，回清倒影，绝巘多生怪柏……林寒涧肃，常有高猿长啸……”这只不过在这卷帙浩叠的圣经上打下几句眉批而已。他对夔门这章就没有加以注释。我不知道是造物主的伟力，还是长江的奇思构想。夔者，古代的一种龙也。这条巨龙盘踞大江，危岩高耸，雄峰大嶂，拔地而起，头探碧落，爪抓万古苍云，朝饮晨露，暮餐夕晖，无声地命令长江遵循它的意志东流。然而它却打禅入定，意守丹田，默数着岁月往来，无语人间繁嚣。任凭头顶风吼雷啸，脚下浪击涛涌，闲花野草难以搅乱它的思绪，星月流霞更难撩起诱惑和迷乱。啊，它在思考什么呢？这整体凝聚雄性的沉静，便是夔门的庄严伟岸。

霞收雾敛，秋阳跃上碧空，两岸睡峰清晰悦目。那青松翠柏，虬蟠苍劲，蓊勃郁郁；群山万障，奇岩怪石，离离齿齿，突兀雄健，给人一种壮阔之感。

江流依然滔滔，急浪如奔，漩涡如渊，浪击岸石，訇然有声。我们的游艇行驶在这苍茫浩流中，犹如飘浮的叶子，涛激浪涌，不时给人一阵阵惶悚。而两岸雄嶂大峦，一页页令人眼花缭乱，一页页繁富、深奥，又使我如痴如呆，像第一次走进藏经楼的新教徒，面对着卷帙浩繁的圣经，只觉得茫茫然。啊，那皱褶里到底记录着什么？是人类悲怆的命运？是上帝的神谕和箴言？也许是宇宙之神在上面刻下的标记？奇巍嵯峨的风景线，一种大写意的粗犷勾皴！

“瞿塘迤迄逦尽，巫峡峥嵘起”。巫峡，这是浩浩三峡最瑰丽最动人的一章。即使默读千遍万遍，也难诠释它丰赡的文采，深邃的哲理。两岸万峰的攒聚，层迭蜿蜒，群岩蔽日，一线开天。峡壁苍黛如染，轩昂磊落，突兀峥嵘，荒草野蔓，荆棘纵横。而那岸上松柏，或如“龙爪云出拿”，或如“山鬼摩空中楼阁拳”。历代诗人词客游历三峡，必纵情啸傲，“行到巫峡必有诗”。我们的游艇放逐水面，如虫如蚁。不知江山缩小在米芾的画幅里，还是米芾的长轴悬挂在江天，一片沉郁、壮阔、宏伟、肃穆的气氛扑面而来。

前面就是巫山十二峰了。忽然一片秋云舒卷，雨丝霏霏，烟岚蒙蒙。我不知道那耸入云天的十二位仙女愿不愿意会见我这远方客人，故意扯一缕云纱遮住娇羞的面靥？也许有难言的隐衷，借这淋漓的雨丝向我倾诉什么？但江峰的故事，我早有所闻。传说大禹治水，遇到困难，西王母的女儿瑶姬带着众姐妹下凡，向大禹赠治水图经。当洪水下去，十二姐妹不愿再回寂寞的天宫，便化为一座座秀丽的山峰，妩媚婀娜的躯体，形态各异妖娆动人，屹立在大江之岸。而瑶姬即化为神女峰，为船工导航……几千年来，关于三峡的诗文、传说、故事，怕是长江万里也难载得。尤其神女峰，人们对她倾注了多少遐想梦幻，不仅说她帮大禹治水，还夜夜与楚襄王幽会，说她走路时玉佩有声，说她云雨归来，满身馨香……

前面不是三闾大夫的故里么？烟雨迷蒙中，我看见屈原的雕像矗立在岸边，一肩披发，仰天长啸，是吟诵《九歌》，还是放怀《离骚》？两千多年了，你屈原心上的块垒还未倾吐殆尽么？脚下滔滔激流，可是你绵绵不尽的诗句？那卷卷浪花可是你怨泪涟涟？你按动着风云的琴键，行采星月的音符；你目览三江楚色，耳纳千里浪语山籁，将一腔忧愤，满腔忠贞，化为声声“天问”，“挥泪做苍生的霖雨，歌哭成大地风雷……”

此时，我再回首神女峰。啊，那直插入云天的青峰，莫不是屈原的神笔？他以此校点星月，披注风云，化苍天为尺素，蘸万里江涛，挥洒着千古遗恨！

三闾大夫，你看到那雄峰大嶂了吗？你看到那蓝天白云了吗？山依旧是战国时代的山，云依旧是你童年时代的云。然而，楚国苍茫的晚景已化为夜色消逝在太阳初升的清晨；楚怀王凄凉的黄昏，已变成一抹烟岚，被岁月之风轻轻掠去。千百年来的厮杀、搏击、呐喊、哀嚎，毁誉荣辱都化为浪沫，随之被滔滔江流卷逝而去。残碑断碣，古墓荒坟，只不过是百代豪杰、帝王将相的一缕遗痕……

巍巍巨峡依然在，浩浩大江依然流。人类的一部历史只不过是这天地奇书的几页插图。

前面就是屈原的老乡、一代佳丽王昭君的故居。这位江南少女被汉元帝选入后宫，“数岁不得见御”，常以泪洗面。韶华青春如风雨摇落的桃花，能不令人黯然神伤？当汉天子与匈奴相和，便“愿婿汉氏以自亲”。昭君挺身而出，愿当和亲使者。

传说，昭君，是天上仙女，下凡专为平息匈奴干戈的；

传说，她和单于冒雪走到黑水边，只见朔风凛冽，飞沙走石，马队不能前进。这时，昭君下马，弹起她的琵琶，顿时风停雪止，天空彩云缭绕，地上冰雪消融；

传说，她有一把金剪，用金剪剪成车马牛犁，于是塞外荒原便牛马成群，犁耕车载，一片繁荣……

传说毕竟是传说，这美丽的三峡，既造就了一代啸傲、狂放不羁的诗魂，也哺育了婉娈秀丽的佳人；既有雄嶂大峦的庄严肃穆，又有香溪的温馨明丽；既有滔滔巨浪奔腾不息，又有涓涓细流汩汩不绝。战火与诗情，长剑与惊涛，爱与恨，愁与怨，悲与壮，血与泪……构成了这丰富而痛苦的世界。谁知那风操凛凛的巨峰，那皱褶叠叠的峡壁吞噬了多少故事、人间传奇？这滔滔巨流织进了多少历史断章？古木忘情，顽石无语，只有空寂的江天，草自青，花自艳，云自飞，鸟自鸣……

我们不能下船，掬一捧香溪的流水，寻觅当年浣纱少女的遗迹，撫拾昭君童年的歌声笑语，只好向那潺湲的溪水招一招手，怅然告别而去。

三峡中最长的一峡要数西陵峡了。这中间由十多个大小山峡组装起来，而且有名的是兵书峡、牛肝峡、灯影峡。游艇入西陵峡，忽然云开日朗。斜阳从云隙里探出笑脸，给峡峰镶上一抹金黄，黛色的峡谷云烟蒸腾，犹如煮沸了一江流水。

斜阳横照，千峰万嶂，像举办模特表演似的，各展英姿：有竞起者，有独拔者，有欲崩压者，有欲危坠者，有横裂者，有直坼者，有凸者，有凹者。犖聚巨石，剑戟森森，齿齿离离，巉矶垒垒，其状难绘，其形难述，其险难测。

而牛肝峡如屏风，雄依西天，上有山岩若黄牛状，其色赤黄，前有农夫而立。李白曾为做诗云："三朝上黄牛，三暮行太迟；三朝又三暮，不觉鬓成丝。"李白有点夸张，当年游西陵峡，被崆岭滩所阻，不过三天三夜，便急得头发都白了。然而他并未说假话，长江五大险滩，就有青滩、泄滩、崆岭滩横在西陵峡，能不着急么！

而今，苍老的牛哞吼不过岁月的长鞭，凿凿蹄痕已被风雨拭去，只有采茶女的歌声载着一片片晚霞飘落在水面。故事已经苍老，传说已经苍老，袅袅的农家炊烟里又升起一节新的传奇……

马肝峡石壁高绝处，有石下垂如肝，其傍又有狮子岩。其中有一小石，蹲踞张须，碧草披立，跃跃欲奔。最令人深思的是我们山东老乡蜀国宰相诸葛亮，不知何因将兵书和宝剑藏于此？那兵书宝剑峡青峰凛凛，直插苍天，斜阳纹身，寒光灼灼。这莫不是一代军师为保蜀汉三分天下而立长剑，阻拦魏军入侵？铁马金戈涛声万丈的演奏虽已落幕，但华夏大地却依然闪烁着你永远不屈的宝剑光芒！

游艇缓缓而过，三峡已近尾声。这时夜幕已徐徐降临。江涛变黯，也出现了阴阳两面，阳面仍有余光闪烁。航标灯已经亮了，犹如一串删节号，像是表达三峡未完的故事。

这时，月亮已冉冉升起。只见东岸群峰万嶂，托起一轮金黄、圆圆的仲秋之月，如玉磬高悬。若有人去敲击一下，可能会发出当当的响声呢！月夜长江更为奇丽壮观，清辉映照，一川流水如琼浆玉液，光斑粼粼，飞金点银。有几只江鸥鸣叫着在月色里勾勒出一道凄迷的弧线……

我立在船头，回首三峡，心潮翻腾。这部山与水撰写的圣经，早在天地浑蒙女娲伏羲时就有了，在周易八卦之前就有了，在金字塔和玛雅文化之前就有了。千百万年来，那峭壁陡峡起伏跌宕的旋律和犬牙交错的大江浪涛的节奏，和谐地阐释着一个伟大的主题：大自然无限的魅力和永恒的生机，蕴含着永远难以破译的人类苦难命运的密码！

这时，我想起北岛的一首诗：

我的身体垒满了石头，
中华民族的历史有多么沉重，
我就有多么沉重，
中华民族有多少伤口，
我就流过多少血液……

这位诗人倒是解读了三峡的几句偈语，揭示了这部山水圣经的一点真谛。

大宁河与川江号子

涛声远去了，那犬牙交错的节奏还拍打着我心灵的堤岸；号子声远去了，那沉重苍凉的音律还回荡在我记忆的苍穹……

啊，大宁河！

正值仲秋，大宁河风光浓艳而迷人的季节。我们的游艇犁开一风碧波，缓缓驶去。举目仰望，两岸峭壁峋岩，如削如劈，天留一线，飞鸟不度，青岩不语；只见江流水势平和，沉静而富有魅力，波涛粼粼，细浪叠叠，涌到滩头，发出窸窸窣窣撕帛裂锦般的声响。山崖峭壁有青松翠柏，蓊然勃然，虬蟠苍劲，野花点点，幽然如梦。

置身这巨峡浩流之上，只感到一种伟大、沉郁、庄严、雄阔的宁静扑面而来。从巫溪到巫山，大宁河不断纳小溪，汇潜流，受悬瀑，挤挤攘攘，蹦蹦跳跳，冲开一座座崇山峻岭，显得格外富有生机。船从高山峡谷穿行而过，故有峭壁走廊之称。

传说，大宁河是一群身着绿衫绸缎的龙女变的，所以水波澄碧，柔美得像一匹绿绸，款款地飘去，柔柔地荡开，带着大山的粗野和空灵。其实，这只是形容大宁河性格的一个侧面。大宁河到了雨季，却是另一种秉性和声貌：巨浪咆哮，急流飞湍，浪拍云崖，其声如万炮轰鸣，闷雷排空，群山战栗，峡谷瑟索，万木觳觫，使人想起上帝耶和华发怒时，要铲除罪恶的人类而制造的那场万劫不复的洪水……

眼前的大宁河却静得出奇，绿得惹人，也明丽得让人心疼。水，呈淡青色，水中藻草、卵石、游鱼，历历在目。更让人动情的，是那水用最纯洁，最生动，最绚丽的语言，描绘着阳光和色彩的变幻：时淡时浓，时明时黯，时静时动。山崖，巨柱，怪石，巉岩，飞流，野藤，杂花，古木，在这水写的语言里都变成朦胧诗。僵硬的变得柔和，呆滞得变得生动，万物的色彩都在水中融解、汇合，美仑美奂，又像一幅印象派的杰作。我真想邀请那位一生都在塞纳河上度过的法国印象派的开山鼻祖莫奈来一开眼界。若然，世界艺术宝库里不知要增添几多珍品呢！

这里还保留着一种人力驾驶的造型古朴的“柳叶舟”。舟的前方驾着一柄长橹，形如关云长的青龙偃月刀，劈风斩浪，灵活自如。船上其他行船工具有桡、桨、竹篙、铁钩、竹纤、搭肩，皆为适应“峭壁走廊”所置。

不知何时起了雾。雾越来越浓，黏黏稠稠从山岩上滑坠下来，成团成簇，成卷成缕，沉郁而凝重。山崖、树丛全被雾洇湿了，朦胧而缥缈。幽暗的江面上，氤氲濛濛，船行其中，仿佛进入一种梦幻和意象的境界。远处的一道流水反衬着苍白的光。船桅搅动着淡青色的血液和天宇灰暗的灵魂。

船进入另一道峡谷，雾忽然消失了，抬头望去，仍是一道弯弯曲曲的蓝天，俯首看去仍是一道弯弯曲曲的江流。

就在这时，我听到一声声“嘿哟、嘿哟”的川江号子。那声音犹如峡壁中挤压出来的，沉闷、凝重、苍凉。待我们的游艇赶上，方看清是一条货船，在缓缓行驶。纤夫们赤裸着背，弓着腰，手抓住崖壁，青筋暴涨的黝黑的腿和足，踏在布满卵石的礁滩上，一步一步，伴着沉重的号子，艰难地移动着。

> 嘿哟，嘿哟，咦嗬嘿哟，
> 手抓岩石脚蹬沙，
> 为儿为女把船拉，
> 嘿哟，嘿哟，咦嗬嘿哟，
> 把船拉——把船拉——

这单调而肃穆的音节，有韵无韵的呼号，仿佛是伏羲在天庭劳作时发出的声响，带着原始的苍凉和悲壮，如狮吼虎啸，震悚着山川，激荡着大地和苍穹，高一声、低一声，错落参差。那是生命的呐喊和呼号，还是灵魂在炼狱中燃烧时发出的哔剥之声？抑或是对悲怆命运的一种祈祷？

看到这种情景，我想起基督教的“原罪说”，想起罗丹的雕塑《三个影子》所揭示的那种痛苦而沉重的主题——那大度扭曲的脊背，低垂的头颅，暴突裸裸的肌腱，有着忍辱负重的勇气，坚信自己肉体的力量，承受着无穷无尽的苦难，世代不息地劳苦下去。

我心里顿时产生一种庄严的感情：对生命的崇拜和肃穆。

那声声号子是生命在压抑、撞击和超负荷时迸溅出的闪电般的蓝色火花；是生命在这崇山大河中展示的雄性亢奋和凛然不屈的风采；是一束束熠熠不息的灵魂之火在宇宙里释放的熠熠之光……

我曾经访问过一位纤夫。他已经老了，那额头皱纹纵横，犹如波浪瞬间的造型，犹如山岩层层叠叠的壁褶。他的腿有点罗圈，脚掌粗大、粗糙、粗粝，如熊掌、驼蹄。那皮肤呈黛紫色，是峡谷江流、太阳和风的涂鸦之作。肩膀上的肌肉高高隆起，层层叠叠的硬茧，蕴含着艰辛、困厄、挣扎、跋涉，也浓缩着紫色的信念，黑色的箴言和淡绿色的希冀……

他告诉我：在船上推桨摇橹的人叫"桡夫子"，岸上背缆的叫"纤夫"，撑篙佣人叫"西差"，船工叫"瓜土"，驾长叫"领水"。

他告诉我：他们拉纤时都赤裸着身子，有时只穿上衣，下衣绝对不穿。涉水时在礁石沙滩上爬，穿下衣，水湿了裤子，来回摩擦，不仅肌肉糜烂，鲜血淋漓，甚至卵子也会磨破。

他还告诉我：船工纤夫的命运都很苦。死了，尸首往水里一扔，就算了事。因为岸上没有他们的家园，劳苦一生连一块墓地都买不起。

……

我想象得出，他们成年累月在这险滩激流上挣扎、跋涉，人、船、江流三位一体，伴着跌宕的峭岸，编织着他们悲怆凄凉的命运，也编织着一部灰褐色的历史。爱、恨、忧、愁、荣、辱、苦、乐，诅咒和忏悔，希冀和憧憬，都凝聚进那一声声号子里，回荡在那悲壮的旋律中。曲曲折折的江流，坎坎坷坷的行程，便是他们命运的坐标图。他们把生命交给了江流，他们也变成这江流一部分。

但是，你见过船夫同激流险滩搏斗的情景吗？那真是惊心动魄。他们为了生存，为了同死神争夺生存的权力，要付出多么巨大而痛苦的代价——

那滔天的巨浪，成排成群，挤挤压压，重重叠叠，如万千只张牙舞爪的雄狮猛兽，怒吼啸嚎，铺天盖地压来，劈头盖脸打来；山崖峡谷为之胆寒，飞鸟草木为之惊骇，且有风神摇旗呐喊，风助浪威，浪借风势，沆瀣纠缠；江面上云团翻腾，水雾弥漫，仿佛宇宙之神把洪荒时代拉了过来，又将今天搓得粉碎抛撒在黛色的岩石上和灰褐色的江涛里。一切都发生了错位和变形，天、地、日、月、江、山、人……

这时，你倘若能观察一下那撑篙的"西差"，他们忽然变得出奇的沉着，惊人的勇猛，赤裸的身躯在激溅的浪沫里化为一尊威风凛凛的战神，犹如古希腊的英雄赫拉克勒斯，手中的长篙也变成长剑，咔嚓咔嚓，发出骇人的声响；摇橹的"桡夫子"，把"橹"板得"哧哧呀呀"的怪叫，只差没有迸溅出蓝色的火花；而纤夫们犹如披头散发的山鬼水妖，他们高吼着号子，那号子也被神化了——原始的粗犷剽悍，雄性的亢奋高傲，野性的狂放，岩浆爆发般的力量，巉岩高耸般的信念，都在这吼叫呐喊般的号子声里，化为一种咒语，一种神祇的箴言，一种莫名其妙的特异功能——那是一曲人与自然宣战的誓言，与命运抗击、与死神厮杀角逐的战歌……

这时，你会感到震惊：这就是那些船工纤夫么？那些麻木呆滞的灵魂怎么突然会焕发超人的智、勇、力？那些浑浑噩噩的思维怎么会煞时迸发出如此辉煌灿烂的火花？他们那黝黑色肌腱隆起的躯体，也赫然释放出一种恢弘庄严的思想，在这凶涛恶浪的江流险滩中，倾泻着无穷无尽鲜活的生命力？

啊，天哪！人，只有在生存死亡的搏击之中，才展示出辉煌壮丽的自我意识、生存意识、生命意识！

……当我听到这声声号子，思绪变得苍茫而凝重。这古老的川江号子没有调式，甚至没有词语，可是从古喊到今，一代一代地流传下来。它追逐长风，追逐流云，啄透黎明，啄碎黄昏，摇撼着伟岸的雄峦大嶂，激溅着滔滔不尽的流水，也肩荷着一代代船工悲怆的命运。我不知道这川江号子是否于冥冥之中有一种神祇赋予这些生命的咒语？我不知道这号子是否是我们民族几千年挣扎、跋涉、奋搏、厮杀、开拓、进击时发自肉体和灵魂深处的一种啸傲之声？是否是这部苍黛色沉甸甸的历史旁白或注释？……

好啦，收回我的思绪吧。那货船已被我们的游艇远远抛到后面了。那些船工、纤夫的身影也从我的视线中消失了，被灰褐色的山岩遮没了。不，也许他们已化为一块块岩石，永远伴随着这苍茫雄悍的江流了。

我站在甲板上，回首望着大宁河和两岸的峭壁陡峡。不知怎的，忽然想起了诗人济慈在临终前对友人的嘱咐。他死后的墓碑上，不写名字，也不刻墓志铭，只写道：

——这儿埋着一个名字写在水上的人。

水，是宇宙最神奇的元素。它有着生生不息万劫不灭的生命。它升腾为云，陨落为雨，粉身碎骨、隐形匿影时又化为气。当它再度显现“真身”时，或嬉笑于山涧流泉，或徜徉于池塘湖泊，或放纵于江河，或狂啸于海洋。

水，是永恒不朽的，犹如日月星辰。今天的水，不是千百万年前的水么？

水，是功德无量的。有了它，小小地球才有了缤纷的生命，才有了纷乱芜杂的故事和浪漫多姿的传奇，才有了人类这部卷帙浩繁、沉重的苍黛色的历史……

我想，那些船工纤夫也是不朽的，因为他们的名字镌刻在水上，两岸的青山则是他的墓碑。

我们的游艇继续前行。大宁河的风光一卷卷铺过来，压过来。不，是一帧帧悬挂在天幕上，挤得蓝天东躲西藏。仓促间一缕蓝色的衣襟被山峰挂住，飘飘忽忽迤逦在两岸峡谷之间。

巨幅的风景，虽有点雷同，却不让人厌倦。

梦断扬州

一

扬州总是充满着古典的诱惑，也许是心灵的感应，总觉得扬州生活得太累了。它背负着那么沉重的文化负荷，从秦汉走向隋唐，又从隋唐走向明清，蹀蹀躞躞，趔趔趄趄，踉踉跄跄，能不疲累么？

一两千年来，特别是唐宋时代，明清时代，文人墨客钟情扬州，在这里耗费了几多才华，倾泻了几多情愫？《春江花月夜》孤篇盖全唐的张若虚，一生只流传下来两首诗，就有一首写扬州的。他以清丽婉约的调子，反复吟咏的情味，抒写了江流、月色、白云、青枫、扁舟、高楼、春江、春花和依依相思离别之情，可谓千古之绝唱。而李白的"故人西辞黄鹤楼，烟花三月下扬州"，更使扬州名气陡增。还有小杜的"春风十里扬州路"，徐凝的"天下三分明月夜，二分无赖是扬州"等等。你看，他们把三分之二的月色都给了扬州了，扬州能不妩媚、清丽、浓艳么？那些拈须晃脑、低眉苦吟的诗人词客，几乎把艳词丽句、赞诗颂辞一股脑地倾泻给扬州，扬州能不令人韵羡、令人向往？更何况扬州还有天下第一花——琼花呢？那冰清玉洁、金粟香雪般的琼花给扬州添几多风流，几多妖娆？

我未去扬州先被扬州倾倒，的确是受历代文人的"蛊惑"。"人生只合扬州死，禅智山光好墓田"，这些文人们早把墓地选好在扬州，能死后葬在扬州也是荣幸之至了。这份虔诚，这份真挚，能逊于基督教徒对天堂的憧憬，伊斯兰人对麦加的向往么？

正是烟花三月，我由南京去扬州。

一踏足扬州，我的梦忽然惊醒了！眼前就是扬州么？这就是扬州吗？

——到处是拥挤高耸的楼房，巍峨林立的脚手架；

——到处是大片大片的开发区，隆隆吼叫的推土机，嘎嘎怪鸣的拖拉机；

——到处是喧嚣的车流人浪，芜杂骚乱的色彩；

——到处是大大小小的走红的歌星在大街小巷横冲直撞；

……

唐诗呢？宋词呢？意境没有了，氛围没有了，韵律没有了！我只听见成片成片的唐诗被汽车轮子碾碎了，发出吱吱的惨叫，鲜血淋漓在柏油路上；我看见宋词整排整排的字句被卷扬机抛到空中，又坠毁在泥浆尘埃之中！我看见郑板桥、黄慎、李鳝、李方膺、华岩等这些怪哥怪弟，还有那个绰号叫苦爪和尚的石涛，陪榜似的陈列在商店（他们的头上都贴着价码标签），和雀巢咖啡肉色长筒袜霞飞系列活力28乳罩夫妻自慰器一样被兜售。他们的"闲、静、雅、文、逸"也和饮空食空吸空的饮料瓶方便袋纸烟盒一起，喂进陶瓷"熊猫"肚腹里。

我漫步在扬州街头，抬头看，季节的脸变得模糊不清，钟表已走失了时间，被挤扁的空间在呻吟，幽雅典雅被满街的汽笛撞击得鲜血淋漓；两千多年成千上万个扬州故事在光怪陆离的霓虹灯下迷失了方向……我小心翼翼，左顾右盼寻找"春风十里扬州路"，寻找"皎皎空中孤月轮"，寻找"竹风花露"，还有那泼墨又迷蒙的山水。却见洋大款土大款挽着袒胸裸脯的妙龄女郎从卡拉OK咖啡歌舞厅走来，却见满街地摊声嘶力竭地推销假冒伪劣；却见毁灭在兑换希望，时髦在兑换古典，就像前年些年市民在小巷深处用粮票煤票兑换鸡蛋……

我疑惑地叩问自己：这就是扬州么？你的古典，你的妩媚，你的浓丽，你的诗和画在那里？

二

扬州还是有古典的，只不过经过化妆。

那天，我们结束了"中国首届散文理论研究会"，便游览了瘦西湖。瘦西湖是扬州最动人的古典。这里有"二十四桥明月夜"，这里有"青春花柳树临水"，这里有白塔，有雕梁画栋的水榭楼台。这里留下历代文人墨客扶栏凭吊、一抒怀古的幽情；这里的潺潺流水曾伴着才子佳丽的曼妙琴韵；这里的湜湜碧波曾托浮过灯火辉煌的画舫龙舟；这里迷离的烟霭霏雨曾氤氲过多少游人的梦幻……

当时有个文学家名吴绮者曾记述道："朱栏数丈，远通两岸，虽彩虹卧波，鳞次环绕，绵亘十余里。春夏之交，繁弦急管，金勒画船，掩映出没其间。"那是瘦西湖十六岁的花季，是如诗如画如梦如幻的青春时代……

现在映入我眼帘的瘦西湖变得苍老了，尽管那些水榭楼阁描了眉，画了眼，美容修面，连门唇都用现代油漆抹了口红，但是那皱纹难以抹平，那典雅的气质难以再现。碧腻腻的稠乎乎的湖水已失去了鲜活清丽，失去了明艳妩媚。没有画舫，只有碰碰船；没有竹风琴韵，只有嘈杂的声浪。紫燕哪里去了？柔橹兰桡（女子所乘之舟）哪里去了？只有老态龙钟的柳树，垂一袭苒苒长须，怀旧似的低吟着"平山迎面送春风。"……

游人如织，骚乱的色彩撞击着色彩的骚乱，芜杂的声音碰撞着声音的芜杂。每一处风景胜地都汗水淋漓地承担着不胜负荷的现代旅游的发达。

新建的水泥钢骨架的二十四桥是伪装的古典，向游客吞吞吐吐地讲述着连它自己也说不清的故事。我站在桥头，让想象穿过时代的帷幕，在张若虚的"春江花月夜"里荡漾——一轮圆月冉冉浮上杨柳枝头，碧波澹澹的流水负着月光，浅浅吟唱。依依的柳丝，随着薄薄的夜风摇曳，朦胧的月色照着花树，江天一色，洁净无尘，而那明月楼上，玉户珠帘，佳人丽姝，或徘徊低吟，或轻歌曼舞，琴韵袅袅，玉箫声声……佳人远去了，只留下孤月一轮，江流一川，扶疏斑斑的花影，琴断瑟停，怎能不令人凄楚悲凉？我不禁随着张若虚一块吟哦起来：

> 江流婉转绕芳甸，月照花林皆似霰。
> 空里流霜不觉飞，汀上白沙看不见。
> 江天一色无纤尘，皎皎空中孤月轮。
> 江畔何人初见月？江月何年初照人？
> ……

"啪"地一声，一只啤酒瓶子被摔碎了。张若虚的诗被摔碎了，我的思绪也被摔碎了。抬头看，游人人头攒集，衣着时髦的姑娘们咯咯地笑着、拥着，从我身边走过，不时将冰棒纸、矿泉饮料瓶、卫生纸向水中掷去……

我望着桥下那浮荡着现代文明的残渣，心里升起一种悲哀。怅然、惘然。

三

我匆匆离开二十四桥，去平山堂拜访欧阳修，欧阳夫子当年就住在这儿。这座花园式的别墅，有竹林、古树、花木、芳草、假山叠石、房舍、亭阁，都是仿古伪造的，虽有点古色古香，但也失去原汁原味了。

最动人的是一树琼花。正是芳春四月，琼花绽开一树香雪，绿叶素花，鲜丽、轻盈。软风款款，花枝摇曳，犹如素袂袅袅的仙姬蹁跹起舞。那花也偏爱扬州，只在这片芳土上生长，每朵花都有四对小灯笼，又像那些仙姬们手提宫灯，从遥远的天国蹀蹀走来。

想当初，欧阳夫子任扬州太守时，常在这里饮酒赏花做诗，那份幽静，那份闲适，那份浪漫，多么令人羡慕啊！

想想吧，黄昏里斜晖脉脉，花草树木上飞溅着斑斑的霞光，湖面上升起薄薄的烟霭，晚风里洋溢着幽幽花香。欧阳夫子漫步庭院，眼前琼花如雪，落霞点点，白里透红，红里渗白，更是娇羞惹人。他情不自禁地手扶花枝，拈须吟哦道：“琼花芍药世无伦，偶不题诗便怨人，曾问无双亭下醉，自知不负广陵春。”

当月亮升起时，满院朗朗清浑，一树树琼花犹如九天素云，花月相映，不知是月的凝脂滴落在花枝上，还是花蕊里面注满月的灵魂。哪是月辉，哪是花魂，简直难以分辨。老夫子怎能不兴致盎然？“谁移琼树下仙乡，二月清水八月霜”，“春天茫茫压枝柯，芬芳清香是玉娥”，“冰蕤赋碧开香雪，金粟衔黄簇蕊珠”，当然这些诗句虽不是欧阳夫子所作，但他心中必定涌动着无穷的诗情！

琼花一年开三度，秋天也开。“何处玉箫天似水，琼花一夜白如水”。而今正是春风四月，满枝琼瑶，雪压枝柯，素云漫卷，给人一种高雅的享受。

我不知道，为何琼花偏爱在扬州。偌大的世界，不见他们的踪影，这不能不说是天地之造化，扬州之福气。

前面不是欧阳修吗？他站在一块巨幅石刻中，峨冠博带，长须髯髯，眉清目秀，一双目光正凝视远处的平山。平山如屏，茂林修竹，青树碧蔓，叶稠阴翠，绿意袭来，点景惹人，能不使欧阳老人在领悟中进入新的意境？而近处的瘦西湖，碧波澹澹，细浪叠叠，长桥短桥红栏九曲，画舫兰桡，款款而去，荡荡而来，歌吹琴韵，不时声声盈耳，一片锦绣繁华，又怎能不让人赏心悦目？我想，欧阳修风雨仕途，怕是在扬州做太守是最得意的时期。谁知老先生在扬州只任太守一年，就写了请调报告，原因是这大都重邑的繁忙政务和交际，他适应不了，他向往的是“野鸟窥我醉，溪云留我眠”那样放情诗酒、遨游山水的闲适生活。倘若欧阳夫子像我们一样再来重游扬州，看到扬州的古典已成为残山剩水，怕是一天也住不得，怀满腹怨艾，悻悻而去了。好啦，我不再想他老人家了。离开平山堂，我们还想寻觅扬州的古典。听当地朋友说，还有史可法墓，隋炀帝迷宫旧址；虽有“八怪”们的遗迹，但大都已埋在危耸的高楼底下或成了繁嚣喧闹的酒肆商场了。至于史可法衣冠冢，怕也不过荒烟蔓草，土丘一隆而已，我们也索然无趣了。

夜里，我躺在招待所席梦思床上，想续一续“十年一觉扬州梦”，翻来覆去，折腾了半宿，才进入了梦乡：小杜（杜牧）邀我去二十四桥赏明月。我们徘徊桥头，只见水如月，月如水，水月相映，月水相溶，一片空明晶丽。而岸边花影扶疏里，有一玉人正横箫轻吹，其声婉约，微含忧怨，声声传来，令人意畅而又让人神伤。离开小杜，郑燮又带我去赏竹。月夜赏竹，那可谓一大乐趣。只见前面一片竹林，绿竹猗猗，竹叶婆婆，月笼竹林，光霭迷离，夜风吹来，清影摇曳，更是让人心醉魂荡。竹影月色里，几个佳丽走来，轻声燕语，袅袅娜娜，脂粉艳香与花草幽香汇成一股沁心的芳流，更让人神魂荡漾。我久久不想离去，而苦瓜和尚石涛却拽起我的胳膊，要我随他一块寻觅奇形怪石。这个石癖、石疯子哟！谁知我们刚走到半路，却看见一个硕大无朋的怪物遥遥地蹲踞路旁，犹如电视英语教学片中那只专吃钟表的巨熊，一手拿着宋花青瓷，一手拿着唐三彩，左一口，右一口，咔哧咔哧吃得正香，像吃爆豆似的。吃毕，正要抓起一叠水榭楼阁的金砖玉瓦往嘴里填，却发现了我和石涛。它狂啸一声，我顿时吓了一身冷汗……

梦，断了。窗外正驰过一辆拉响警笛的警车……

1994 年 3 月 18 日草

有一抹蓝色属于我

远方的海

摆脱黄与绿的纠缠，我走向蓝色的遥远。

季节，又一个季节的潮水从我生命的岸边退去，五月的风带来海潮的气息。远处，太阳突然停止了走动，它注视着广阔的土地升腾起蓝色的波浪。

又一个博大汹涌的海，那闪烁不安的灵魂，像巨大的鸟，拍打着有力的翅膀，向我扑来，一下子包围了我的心。蓝色的诱惑和缤缤纷纷浪的花朵，绽开了我的每个梦幻，那蓝色的波纹，在我心灵的拱壁上描绘着爱的图腾。我的叹息和泪水被无情地淹没，那古老的太阳掠过高耸的山峰和礁石，照耀着浪花盛开的蓝色原野。我向你走来，你大胆地多情地送我一片摇曳的微笑……

无穷无尽的蓝色，温情脉脉的海，没有风暴，没有潮啸，没有帆影，只有鸥鸟翻飞的舞姿，只有白云梦幻般的浪漫，那是写给大海的诗笺，还是情人挥舞的手绢？

啊，爱之海，一个广阔无垠的海，你深邃辽远，你的波涛充满在我整个心灵空间，你让我欢乐，痛苦，幸福，忧伤，激动，颤栗，你让我狂放，你让我拘束，你让我身临其中又难以领悟全部内涵。在这里，我看到太阳的红帆日日远扬不知是谁的许诺，看望归的渔姑站成礁石形象，站成航标灯的期待，寂寞的飞梭织进某次古典的诀别，眼岸上布满旗语的呼唤，唇港里泊满孤独的歌声，无法解释的日子们从身边一排排沉没……

当磅礴的炽灼的爱情光芒，使我天地晕眩，峰峦起伏，我们因甜蜜而苦涩，因幸福而疼痛，因欢乐而悲哀，因激动而迷惘。

天空变成静止的海。

海变成流动的蓝天。

液态的风吹着水下的帆，蓝色的气流推动着水上的舵，你和我像鱼儿似的击起如扇的波浪，我的思想在爱之海里一层层扩展，扩展……

海岸，这是陆和海、黄和蓝的吻痕，抑或是分界？陆在这里走进尽头，海在这里走至尽头？

岁月是一条无首无尾的岸，而生命的浪终归要漫过它……漫过后便凝结成历史。

浪花与礁石的梦

那天，我们在岸边礁石上坐得很晚，坐得很绝望——开花季节错过了，结果时节又一无所获。那时候的海平线出现的是“希望号”还是“青春号”的帆船？给我们打旗语的是鸥鸟还是白云？还有那片燃烧的枫叶呢？

礁石冷峻，黛青色的额头高高扬起，涂抹血光，矗入一片蓝空和一片蓝空般深邃的宁静。

远远的海面上出现许多白点，恍若几片白云散荡其间，我觉得出是几只大雁或天鹅在啄水。你摇摇头，终于看清了，那不是天鹅和大雁，是划帆板的少男少女，他们的咯咯笑声惊飞了我的大雁和天鹅。

黄昏如无涯之水，恣肆蔓延而上。青苍的山崖，醉迷了一般，在它酡红的黄昏之光里冥想。夕阳染上满地的枯叶和沙滩上的芦苇花穗了，且在一根刚直的松针上颤栗、痉挛。我一时间觉得你就是一枚成熟了的最大的红浆果，且结自这冷峻的礁崖，成熟于黄昏。

你我，不，整个世界都甜蜜得晕眩。

我对你默默地爱恋，这种使人类永生不息的神秘情愫，只要你真正领受，一切痛苦都会化为百倍欢乐。在古老的大海退去以前，你会真正认识比大海更深邃、更激荡灵魂的爱情之海。

我对你默默地爱恋，就像浪花偎依着礁石。我一次次向你呼唤，我是你的岸，你的陆地，一个蕴藏着炽热岩浆的大陆。

你的眸子一次次漫过汹涌的潮水，而后又哗哗地退去。我，默默地握着你的手，温柔地向你讲述一个凄凉而美丽的故事——那是席勒的谣曲《海萝和伦德尔》，一对绝好的恋人，当海萝得知伦德尔溺海而死，也跳海自尽……

我的故事使你眸子上蒙上泪翳。你凝视着夕阳澹澹的黄昏，久久不语。我知道你的心海却潮飞浪卷，而忧郁却像一条河流从我心头流过……

我说，有一行蓝色的情节不会枯竭，复活在淡蓝色的信封里情诗里；我说，有一颗闻得芬芳的星星，会镀亮你那朵摸得见的笑靥。

我还会驾一叶舢板和你一道去远征，我还会用你美丽的蝴蝶结扎好凯旋的花环。也许就在这海滩，有一段旋律还没休止。

命运如这海浪留在岸边的足迹，曲曲折折，而我的心如一枚又苦又涩的青梅果，慢慢地被风干……

那礁石有忠贞的性格，不变的风采，不塌的躯体，让风和浪雕塑礁石的魂魄吧！

浪花和礁石都在做梦。在境界与梦境之间，我完全忘记生命的存在与死亡。

海的箴言

暮色揉碎你的背影，你的背影化为细雨迷蒙的神女之峰，渐渐流逝的是你黛色诺言，你的诺言如梦……

海的箴言在礁岩上铮然弹响，浪花的旋律没有休止符，季节的色彩却在你瞳孔里骤然变更。

你说，爱的火焰已将心灵灼伤，伤口流着血，流着泪，还流着脓。蜜蜂刚刚吻过，苍蝇的翅膀便扇起一阵嗡嗡之声。你说，你要远去了，要逃避这爱的海；你说，时间之树没有果实，风中飘飞的叶子是苦涩的泪；你说，拔断的情思已被厚厚的落叶覆盖，那脚步即使踏破岁月的封面，丢下的脚印重新生长出的情节，又怎样能撑起这倾斜的天空？

生命的乐谱上不会有断章重复，

两颗心不会因等待再觉孤独。

然而，那蓝色原野上的矢车菊为谁而盛开呢？

我的眼前再不见那穿泳衣的少女，红色的小帽像成熟的苹果。

人生是一本书。这一页是最令人难忘的一页，该是烟雨霏霏、月色溶溶一页，该是春光漫漫的一页，该是心与心相撞产生慌乱与呼吸急促的一页。

我呆立于海岸许久了，十分痛苦地欣慰于我熟悉的世界的塌落。远方升起一道彩虹，我清楚地感到我脚下的土地骚动与崛升——我的背后是山峦和村舍排成的稀疏的风景线。

置身于这海鸥和浪涛交织的旋律里，青春的渴望被起航的汽笛点燃。我爬上礁石，久久地寻觅那篇关于海的故事……

此刻，大海已是静谧的所在，任自己忘掉发声的位置，把情感融进节奏；任自己敞开情怀，把心中的积郁向天地哭述，怎能不留恋这明亮而又和蔼的蓝色舞台？

有一抹蓝色属于我

我迷恋那片蓝色的诱惑，但我不得不告别大海。

我走了。海从我身边退去，退得无影无踪。我眼前只有荒漠、高山、原野和孤独。

听不见浪花的絮语，听不见海鸥的鸣唱，看不见帆影，看不见海的痛苦痉挛和微笑的脸靥……

我累了，便坐在黄昏的山头。白杨林，暴风雨，轻风，落日，晚霞……我仰视高天，天空也沉在我的眼底，空虚地挣扎。我眼里是一片深邃的蔚蓝，我早已融进黄昏每一缕慈祥的关注里，也许是无始无终……

我虽然一无所获，但我体验了人生最凝练也最辉煌的意义……

在这时，在这里，我不怕曲高和寡。

我知道，当海顿穿过荒凉的森林，枝头上泻下的音乐之雨，会在他的心灵里奏响一曲永恒的《云雀之歌》，而那云雀的歌声会伴随着他走完多舛的命运之途，化为一片温馨的记忆；

我知道，当凡·高穿过长满萋萋荒草的田埂，走进那片闪烁熠熠之辉的向日葵之林，他心灵的画布上会出现一片微笑的金黄。那是太阳的色彩，会给他凄苦的人生增添一抹暖色；

我知道，当但丁梦游三界时，他的灵魂被炼狱之火烧得吱吱呻吟之时，他并不懊悔，因为穿过地狱进入天堂，他的灵魂会得到净化和升华。

既然我已涉足蓝色的爱情之海，我心灵里面会注满蓝色的温馨，尽管这温馨里还掺杂着海水一样浓浓的咸涩……

怎能忘记，我曾经潜入你的心灵，在爱的波涛里挣扎，游动。我不知道哪里是岸，哪里是我栖息的岛屿，哪里是我的方舟？我不需要岸，不需要岛屿和方舟，我只想触动和探测人类命运魔幻般离奇莫测的黑洞；

怎能忘记，我曾用青春的爱恋染绿你海底每一座古老的荒山，我曾经用炽热的爱的火焰溶化你海底每一个冰窟。在你波涛的轰鸣中，我采撷浪花的花环，将它系在你的脖颈，让我永远沉浸在你如雪肌肤的馨香之中；

怎能忘记，那位诗人的名言："初恋是一面旗帜，在青春的街垒上高高飘扬。"我相信，爱的旗帜，会化为我生命的帆，鼓满劲风，鼓满憧憬和期待，在人生的海洋里跋涉，漂泊。我不怕孤独和寂寞，不怕岸的渺茫和遥远……

再见吧，这个使生命超越存在的神圣境界，这个使青春潮涨淹没苦难、凄楚、悲悯的情之海，你使我的心灵蜕变，变得聪明睿智，刚毅和顽强！你使我的躯体烧成灰烬，而灵魂却行迹如风，并横贯在人类永不枯竭的爱之海；

再见吧，你这充满苦难和幸福、冰冷和灼热的圣土，你这绽放着泪眼和笑靥、滋长着鲜花和荆棘的伊甸园。当我告别你蓝色的光芒，走向痛苦的荒漠，请接受我目光带给你的深沉祝福和依依眷恋……

当我远离大海的时候，我并不感到遗憾，因为那浩浩荡荡的碧波，曾滋润过我心灵龟裂的田野。我的田野上曾生长出浪花般的禾苗，还有像阳光一样鲜艳的花朵……

因为，有一抹蓝色属于我。

1990 年 2 月

海滩上，一个孤独者的行吟

一

我喜欢孤独和寂寞。也许人在孤独与寂寞中，思想才会沉淀，心灵的触角才能探入大自然的堂奥，领略其深邃的美和神秘的哲理。

阳光把一个孤独者瘦长的身影投在海滩上。

抬头看，偌大的海滩从海水里浮了出来，浮出太阳的金黄，浮出秋天的金黄。多么醒目的金黄色，浓郁、沉阔的金黄色染了海天的空漠和荒凉，宛如夕照落霞，柔软湿润地流淌在这金子般、阳光般的色泽里，悄悄地逼近远海临界的边沿，仿佛倾泻一腔赤裸裸的沸腾的情愫，写下一卷青春蓬勃的辉煌和壮丽。

宇宙是静谧的，但跳跃着永久生命的脉搏，唱颂着永久生命的歌声。横展在我面前偌大的海滩，是这样庄严、美丽、可爱。我想，这是大海写给陆地的一页情书，是海之思想的延续，是浪涛之歌的余韵，抑或是大海和时间创造的全息诗篇。若不是大海把它的风骨、魂魄给了沙滩，沙滩怎会变得如此博大、豪放、壮阔？若不是大海把它的情愫和挚爱给了沙滩，沙滩怎会变得如此温柔，缱绻而缠绵？

滩是凝固的海。海是跃动的滩。

不要以为沙滩没有生命，实际上沙粒是“死”的生命，生命是活的沙粒。生命从哪里来？不是从泥土、沙粒中来的吗？在泥土、沙粒里都饱蕴着生命的基因，潜藏着生命的音符，一旦时机成熟，就会长出蓬勃的青春，奏响震彻寰宇的生命交响曲。一位诗人说得好：自然是沉睡的生命，生命是觉醒的自然。

我彳亍在海滩上，就像走进金黄的梦里，我在梦里寻觅失落的诗行和散轶的哲理。

二

孤独是一个耐人寻味的现象。

人有时会以这种心境，去向大自然寻求共处的默契，寻求本性的憬悟。此类意识的神秘，不知谁叩打过探索的洞门没有？

没有人迹，不见鸥鸟，只有浩瀚宏阔的海涛的喧哗与骚动，仿佛是洪荒太古，恍惚又进入一种远离世间无常的极乐世界。

一道道浪峰拥上来，把海蛤、海蛏、海贝，残酷无情地抛上岸来。我看见那些小生命在沙滩上艰难地挣扎，一双忧悒绝望的眼睛望着陌生的蓝天和远去的海。海，没有爱吗？为什么把自己辛辛苦苦孕育哺养的子女抛弃呢？

我不知道，这浪潮是怎样上来的，但我分明看它走过的路上，用抚爱的手抚摸过那隐匿海底的山峦，用蓝色的唇亲吻过它们……

有人说，潮是个骗子，它把幼小的生命骗到沙滩，扔掉它们不管了；有人说，潮是最残忍的母亲，并不疼爱它的儿女；有人说，它是最凶恶的父亲，用浪鞭把儿女驱赶出家园……

但是，我说，只有博大的胸怀，才有博大的爱；只有博大的爱，才有无私的奉献。

我知道，大自然有一种神秘的生命力，一种原始复苏的本能和本领。如果你不把它摧残得太厉害，而是给它时间，给它留有余地……然而，可悲的是人类，对于它们常常是残酷的，残忍的。

那些贪婪的赶海者，会把这些可怜的小生命拣去，化为人们酒宴上的佳肴。想到此，我的心顿时变得悲凉和凄楚了。

三

我继续向前走去，但我的遐思浓重了，步履缓慢了。咸湿的海风闲散地泼洒在身上，弥漫着浓浓的凉意。移步在这静寂的海滩，身后留下蹀躞的足痕。眼前的海滩依然是苍凉、寥廓，犹如夕阳熠熠光辉里飘逸的一袭金黄的袈裟。

一座礁石兀立在滩边，浑身是蛮横而顽固的苍褐色，结满腥咸粘稠的苔藓，丑陋、肮脏、冥顽、僵硬。因为它，太阳也显得古老，风也显得古老，整个宇宙都是一座巨大的历史博物馆。

浪花却用它年轻而美丽的生命去撞击、鞭打礁石，不惜粉身碎骨，不惜头破血流。它们不改初衷，锲而不舍，前赴后继。

在漫长的生命途中，不也有众多肮脏而丑恶的礁石么？在它的面前又牺牲了多少美丽而年轻的生命？触景生情，蓦然回首，自己不就是一朵可怜的小小浪花吗？我是个多血质的人，我的性格是进攻型的。对生活中那些丑恶、卑劣、龌龊、肮脏的现象，对那些滥施淫威、嗜权如命，官欲、私欲贪得无厌者流，或嗤之以鼻，或横眉冷对，或视之寇仇，或猛烈抨击，或奋鬣扬蹄，金戈铁马，大刀阔斧，颇有斩尽杀绝之势。然而这些丑恶的礁石们，却根深蒂固。况乎还有那些阿谀、谄媚，趋炎附势之流，也像苔藓一样粘附在礁石上，像海蛎子一样寄生在礁石上（对于海蛎子们，我曾做诗挖苦道：背靠礁石，自以为强者/揭开甲壳，方知你是软体动物……）。而自己反像浪花，一次次被撞得粉碎，留下的只是怅然叹息……久而久之，也开始自嘲这是夸父式的荒诞，唐·吉诃德式的荒唐。于是乎，便亟思古代隐士"采菊东篱下，悠然见南山"，向往"狗吠深巷中，鸡鸣桑树巅"，"驱鸡上树去，始闻叩柴荆"的蓬门筚户的田园生活……

可是，我的心灵总是创造美的幻影，总是追求上苍原来赐给我们的那种生活，追求那种原该属于我们的真纯和美丽。就像浪花，粉身碎骨之后，又回到大海母亲的怀抱，重新塑造自己的生命，再来新的进攻……

四

我沿着软绵绵的海滩走着，时而俯下身来，像回到童年时代似的，双手捧起一掬沙子。细沙从我指缝里流淌下来，我觉得这是海的情感和思想从我指缝里流淌下来。

眼前的滩涂，无论是凸起的，还是凹下的，无论是在奋力举拔之中，或者飞身开拓之际，这里都没有高山莽林的异趣，也不见流红飞翠，萦萦交汇。滩涂上是一片舒缓，一片宁静的平坦，我的心却得到了满足，那是恢弘的海滩赠送给我的爱。

这蓝色衣襟的褶皱是纤柔湿润，一如绵延着无边的歌的袅袅余韵……

走在这湿漉漉的滩涂上，每一步都像一个深沉的吻。

然而，大海却无视我的存在，它看我如同一粒沙子。可是我想大海说的并非狂言，我相信它目睹兴衰，凝聚在它身上的时间，正是无数故事的浓缩与凝聚。每一朵浪花上都有太阳、月亮、星星、风而染上的痕迹，每一道涌，每一道浪，都铭刻着历史的变迁、呼吸，绵长数千年……

不知是海累了，还是海醉了，滩涂上留下它踉踉跄跄、趔趔趄趄的足印。我却走得坚定有力，我看见了自己的足迹而欣慰。我的足迹是最杰出的美术作品。

我想，岁月之潮从历史的海岸线上哗哗地退去之后，留下的是什么？

海滩是沉默的，苍天是沉默的。一种孤寂的美，美得令人恐惧。

我仍在沉思的林莽中跋涉、挣扎，我的衣襟被疑惑的荆棘阻拦。我不肯将脚步停下来，但又不知追逐的真正的理由。我已清醒，我的悲剧在于追求过多的真和美。美是利剑，既会刺伤别人，也会刺伤自己。任何人都愿意接受几分阿谀，纵然是哲人、圣人，也不能例外。

我的眼前出现一种可怕的幻景：天空长满无耻的荆棘，大地蒸腾着垃圾的腥臭，江河泛滥着龌龊和肮脏，湖泊孳生着耻辱和污秽。狼和狈在弹冠相庆，苍蝇和跳蚤在跳圆舞曲。生态环境破坏了，每一个小小的空间都挤满了仇恨、嫉妒、疯狂和残忍。

夕阳沉重地压在我的身上。

我的步履变得艰难。

我仍蹒跚在我的孤独的旅途。

我知道，海是一个净瓶，也许只有它可以超度这个世界，超度我的灵魂。

我希望海把天染蓝，把地染蓝，在每一个时间和空间都涂上它的颜色。

五

残阳给退潮的海水涂抹着胭脂——那是太阳的血。

一切声音都融解消化在浓重的寂静中。

我说不清是幸福还是痛苦，说不清是清醒还是在酣梦中。我只觉得我的思绪变得湿漉漉的沉重。

湿漉漉的沙滩上，我看到了一行文字：

那"八"字形的花边是赶海姑娘绣下的么？

那连绵无尾的"个"字是海鸥抒写的情诗么？

那杂乱无章的符号，是海蟹马马虎虎的作业么？

那弯弯曲曲的线，是蛐蟮画下的古老的梵文么？

我蹲在滩地上，默默地读着这希伯来式的文字……这是海的潮留下的一部天书，谁能读得懂呢？

我抬头望去，苍茫的海像一首无字的牧歌，那般辽远，那般雄浑。在广袤的宇宙之间，人是多么渺小，多么琐俗，多么伟大而无与伦比！

历史的烟尘拂去成千上万人类史前的童话，那汹涌澎湃波浪翻滚的海孕育着千百年来一代又一代孤独者的思索和跋涉……

三月已从唇边消逝，八月已漫上眉宇。我浑身伤痕累累的生命已经支离破碎。我并不懊悔，因在生命的途中，每一个脚窝里都注满带血的思索。我已在爱的苗圃里种下了我的青春锦绣年华，我相信秋天的枝头上不是干瘪和苦涩。

静静的。

只有在孤独和忧郁中，思想之花才开放得绚丽。

夕阳流完最后一滴血。海天升起初降的夜色，天和地掀开了梦幻的帘帷，我却从遥远的梦中醒来。

我偎依着裸体的沙滩。我想写一首诗，一首抒情诗，一首哲理诗，还有一首朦胧诗，然后撕成碎片，抛向空中，抛向大海，让浪花把它衔去，作为我献给大海的礼品。然后，我什么也不想，也不必去想。

1990 年 3 月

徽州写意

一

汽车离开宣城，一路向皖南奔驶。一进入歙县，一个经典的徽州便出现在眼前，黛瓦粉壁，马头墙，砖雕、石雕、木雕，把徽州的古典淋漓尽致地表现出来。山是青黛一抹，水是碧绿一缕，水绕山盘，构成一尊盆景。正是烟雨四月天。天空黛灰，古老的村镇黛灰，山野里绿中泛黛，山岚雾霭灰蒙蒙的，苍苍的，如烟。一片春云舒卷，霏霏萧萧，满天飘起如梦如幻的雨来。山峰山峦之间只见浮动白濛濛的烟岚云气，扑朔迷离，一片朦胧。近处的田地里，油菜籽已结荚，青青的，碧碧的，挺玲珑的。偶然有几棵大概忘了季节，还傻乎乎地擎着几朵金黄。

徽州有黄山，有新安江，还有一座座牌坊，和粉墙黛瓦的古宅、古村、古镇，就连那河上、江上、溪流上的一座座石桥都有幽幽古风。

徽州名人实在是多，远的不说，现代名震遐迩的陶行知，"大名垂宇宙"的胡适，一代艺术大师黄宾虹，大作家周而复，数学泰斗江泽涵，哲学家洪谦，中国铁路之父詹天佑，大医精诚的程门雪，还有红顶商人胡雪岩，八国联军进攻北京时，与联军统帅瓦德西睡过觉的"九天护国娘娘"，一代名妓赛金花，还有那位古代名妓杜十娘虽然不是徽州人，但却是地地道道的徽州媳妇。杜十娘一怒携宝投江溺水而死，爱美人的徽商孙富落了个千古骂名……这风水宝地，千百年来，特别是明清以来演绎了几多风流。那个写《牡丹亭》的汤显祖有诗云："一生痴绝处，无梦到徽州。"一个剧作家如此苦恋这片沃土佳壤，青山绿水，可见这方土地的精气、灵气、神气多么令人诱惑！

徽州是一部古老的线装书，纸页发黄，残缺不全，而今又被雨淋湿了，字迹漫漶。只要认真读下去，还能读到它历史的悠远，文化的内涵。你看那山野、古镇、古村、古楼、古宅，在濛濛细雨中还散溢着苍凉的气息，氤氲着历史的幽香。

我在歙县一家宾馆住下，与县文化局联系，结识了一位副局长名叫程龙。他热情爽朗，一看就知道是心底充满阳光的汉子。我需要一些史志资料，他很热情地给复印了一些。他说，徽州文化博大精深，一眼望不到底，许多人皓首穷经，研究大半辈子，才弄出些皮毛来。中国成立地方文化学会的只有三处，其研究对象分别是：一是敦煌学，二是徽州学，三是藏族学。你随便走到什么地方都可以看到原汁、原味、原汤、原水的徽州历史。传统文化气息很浓，有说不完的诗情画意。数千年历史中，已为唐宋明清留下许多光辉灿烂、古风幽幽的影子。你说不清哪是李商隐的七绝，哪是唐寅的绘画。

二

雨，弥漫着古城。雨，敲打着鳞鳞灰瓦，点点滴滴点点。潮天湿地，幽幽的雨富有女人的温柔细腻。浓浓的雨云垂翼在这古城，像个黑衣尼在祈祷，也像念咒语。

夜里，我躺在宾馆里辗转反侧，难以入眠，窗外是一丛芭蕉。巨大的蕉叶似绿伞，雨打芭蕉，一种诗意，一种风韵。这雨和唐诗里的雨，宋词里的雨，没有本质的区别，飘落的形式也相似。“更作风檐夜雨声”，巴山的夜雨涨肥了秋池。雨在蕉叶上腾腾地跳，在灰瓦上腾腾地跳，在灰色的街道上跳，湿淋淋，阴沉沉，黑森森，冷清清。今夜的雨有点寻寻觅觅，凄凄惨惨戚戚。

歙县七山一水一分田，一分道路和家园。你看十分徽州，山就占了七分。这里到处排满山，山舞峰跃，重重叠叠，乱无章法，几乎把人排挤到最狭小的生存空间。为了生存，他们不得不从小背井离乡，告别亲人，到外地经商，踏上风雨弥漫的人生之路。

徽州人喜欢读书，喜欢做官，你随便走进哪座村镇，哪怕藏在深山旮旯里的小山村，也会猛个丁地冒出个名气大得吓人的人物来。状元、翰林、宰相、侍郎，知府、知州之类地市级的官员更是多如牛毛……一堆乌纱帽都散落在这些山村野寨。男人们在皖南山区那些古宅里借着小天井的天光读完四书五经，就要去考功名了。命运好的很快就居庙堂之高，过着养尊处优的生活，许国老、胡宗宪就是他们的代表；不愿在仕途上跋涉的就埋头学问，青灯黄卷，皓首穷经，成了名满天下的大学问家；更多的经商，巨贾豪商，富甲天下。尽管有的结局很悲惨，像红顶商人胡雪岩。但他们毕竟在人生的大舞台上搏击风浪，呼风唤雨，纵横捭阖，展示了经济家叱咤风云的人格造型。

解读徽州，最好走进它的小巷，它比苏州、无锡、常州、姜堰古镇的小巷更狭窄，更幽深，也似乎更神秘。巷两旁是高墙深垒的大院，古楼的挑檐，都似乎拼命向外使劲，把小巷遮得更严，只有中央一绺长长的缝，镶嵌着蓝天，弄不清它到底通向何处，在小巷头看不到小巷的腰，到巷腰又看不到巷尾。小巷逼仄处，两人并排行走都感到困难。在小巷之间，那跌宕有致的马头墙，高出尾脊，屋顶半遮半映，半藏半露，黑白相间，构成一种曲线美、旋律美，再加上"一线天"的映衬，居宅的墙壁与天空的廓线，形成了"天人合一"的古典哲学的韵味，增添了层次感、韵律感和审美意蕴。

建筑是空间的语言，建筑是无声的音乐，建筑是色彩和线条的交媾和分娩。建筑是一种文化，最能体现一方地域、一个民族的心态、精神的寄托和理念的追求。程朱理学的发祥地在徽州，徽州文化的形成必然打上程朱理学的胎记，影响徽州一代代人的思维。古诗云：深巷重门人不见，道旁犹自说程朱。

风晨雨夕，春光秋色，两旁古色古香的房子，墙角长着绿绿的苔藓。雨天，小巷用青石铺就的小径，被雨一洗，湿湿的，亮亮的。雨中的小巷使你想起戴望舒的那首名诗，想起打着雨伞，扎着丁香结的忧郁的姑娘。小巷是一页稿纸，记录着小巷的经典，小巷的传奇，小巷的沧桑。

小巷依然飘着雨，那雨很性感，温柔、细腻、轻佻。雨气空蒙而迷幻，一阵子灰，一阵子白。小巷的雨水积成细细的溪流，沿着墙角的水沟匆匆流去。偶尔有一棵绿藤爬过墙头，雨中紫花满枝，一串串，一簇簇，形成紫藤萝瀑布，沿墙倾斜而下，挺诗意的。"小楼一夜听春雨，深巷明朝卖杏花"，陆游的诗想必是写徽州的吧？那情韵太贴切了。两旁的古宅高低错落，跌宕有致，黑黑白白。屋顶上长着一棵棵瓦松，在斜风细雨中摇曳，婆娑影姿更是撩人。也有的古宅用木条支着一页“老虎窗”，歪歪斜斜。窗是木板的，黢黑黢黑，细雨淅淅沥沥，敲打在上面，更富有人情味、古典味。你到江村，你到胡适的故乡绩溪上庄，你到龙川，你到胡雪岩的故里，单看看那一条条小巷，灰墙灰瓦，你就感到岁月的悠久，历史的沧桑。在这深深的小巷里，人世间一切浮躁喧嚣，红尘市廛的纷扰都淡淡远去了，你尽可以在这古宅里品茗啜酒，吟诗言志，书画寄意，品味人生的清苦、雅致、甘甜、朴素和淡泊。这是一种禅意人生，是人生一大境界。

徽州小巷很有文化品味。很多外国人游历徽州，深感东方文化的博大精深，东方人婉约、细腻的气质形成之渊薮。徽州的古巷总散发着程朱理学线装书的味道。小巷深深深几许？你总也读不尽徽州人的婉约，徽州人的含蓄，徽州人的灵秀和理智。

三

古桥，古巷，古村，古镇，古树，古井，古牌坊，道不尽徽州的古典，说不完徽州的诗情画意。有诗云：“墙角数枝梅，凌寒独自开”，“水声句诗意，山色涌画情；幽境芳草见，幽林百鸟鸣”，烟雨濛濛，水气濛濛。远望山野，那千变万化的云海，时而如三江倒悬，浪挟涛裹，山邀云出，雪横苍穹。可一转眼，千峰峥嵘，乱影翻滚，逶迤起伏，奔腾澎湃。云潮千里，雨帘万卷。

走进徽州民居，好客的主人会先敬上一杯热乎乎的香茗，你一边寒暄，一边打量这古色古香的老屋：首先让人感到震惊的是一方天井，横风斜雨扫进天井，湿湿的一片，更有四面屋檐的积水，顺着灰瓦滴檐流淌下来，小小天井成了一个积水潭，水花四溅，水泡生了又灭，灭了又生。品茗听雨，更觉古意盎然，诗情暖心。天井下面的水池里有下水道，又将积水缓缓流走。晴天裁一方阳光，剪一段流云；鸟鸣鹤唳入室来，天光云影共徘徊，真正达到“天人合一”的境界。这种独特的建筑，四面墙壁没有窗，借天井射下的天光照亮室内。天井下的积水池，含有“肥水不流外人田”之意，这是徽州人的哲学。仔细打量整个建筑，又是程朱理学的物化表现：进了院门，便是一道影壁墙。墙有壁画，或画牡丹，国色天香，以示富贵；或画花鸟，繁花成簇，鸟鸣枝头，以示兴旺。影壁墙后面便是客厅，八仙桌，红木椅，墙上悬字画，无字画则俗。一副副楹联古色古香："读书在涵养，涉事无停滞"；"砚以静方寿，诗乃心之声"；"世事让三分天宽地阔，心田存一点子孙耕种"；"孝悌传家根本，读书经世文章"；等等。正是这一幅幅楹联，陶冶着徽州人的性情，涵养着徽州人的人格，导引着他们的人生航程。从这些对联中你也看出徽州人的文化底蕴，人生哲学。院子大一点的有鱼池、假山，亭台楼阁，小桥流水，布局典雅，小巧玲珑，引人入胜，古色迷人。从徽州古宅里走出富商巨贾、高官大吏，也有孔乙己式的人物，古宅里弥漫着金银气，也有风花雪月的故事。"四水归堂"，天井里和清冽的巷风里，使你真正体悟出"天人合一"的理念，仿佛走进八大山人的画的意境中了。雨中的徽州是一幅水墨滃然的画卷。

走进烟雨徽州，仿佛时光倒流，明清的遗韵到处漫溢，如梦如幻，仿佛一不小心会在亭子里，或是园林里，遇到林黛玉、贾宝玉，或者金陵十二钗，莺声燕语，嬉笑戏闹，衣袂袅袅，步履姗姗。在这烟雨迷蒙的江南，虽然听不到甜甜的吴音侬语，但依然看到"雨送黄昏花易落"的意境。看到落红满庭，也会油然而生出生命苦短的悲凉来。

不过昔日豪门大宅的辉煌和繁荣已不在，那富可敌国的巨商大贾已不在，荒草，颓垣，残瓦，原先精美的石雕已斑驳，木雕已皲裂。你想怀古，只有到唐诗宋词里找，到明清绣像小说里去找。现代化的高楼大厦，威风凛凛，直逼而来。凭栏处，尽是一片惆怅和苍凉。

我徜徉在灰蒙蒙的烟雨中，雨淋湿了我的鬓发，虽然撑一把塑料雨伞，难挡横风斜雨。我的裤角裤腿湿了，一股凉意由下而生。我像一条鱼在雨中无目的地游着，我忽然想起那首"虞美人"词来："少年听雨歌楼上"，"壮年听雨客舟中"，"而今听雨僧庐下……一任阶前，点滴到天明"。这听雨中蕴含着多少人生的哲理，人世间的炎凉，生命的荣枯，人生的辉煌和黯淡，命运中的漂泊和奔波。少年不知愁滋味，欢忭无忧的心情，壮年时壮烈和慷慨，老年时已成一介孤僧，凄清孤独，枯寂，悲凉。这是人生的大彻大悟，大喜大悲。人，很难逃脱命运的囿圄。古今有大成就者，总会出现这三种境界，遇到"听雨僧庐下"苦寒酸涩的现实，且莫悲观。淫雨霏霏，连月不开之后，就是春和景明，春光明媚。

四

我徘徊在细雨中，雨丝飘落在衣衫上，发丝上，脸上，湿漉漉的清凉，湿漉漉的恬润。这银灰色的小精灵，弄得你心痒痒的，酸酸的。雨天的街道，一改往日的繁华和喧嚣，一下子变得很清静了，几顶花花绿绿的油纸伞、布伞、塑料伞从街上缓缓飘过，白皙的小腿，健美的双足，韵律般的协调——这是徽州雨中很动人的一页风景。

由此，我想到徽州古廊桥、古楼上的“美人靠”，这简直是徽州的一大特产。

徽州的“美人靠”几乎全是徽商留下的遗存。静静的街巷，幽幽的街河，一座廊桥横穿而过，廊桥两边有护栏，护栏的下边是一排像连椅似的木板，可倚可靠可坐。很多典雅的楼亭也设有这种“美人靠”，特别那富商大贾的宅第上，高楼上，伸出一个小阁楼，很像欧式建筑的露台。小阁楼有雕刻精美的护栏，护栏下是油漆光亮的木凳。廊桥是临溪而建，阁楼是面对山野而筑。“美人靠”并非专为徽州女人而设，坐在“美人靠”上的也非尽是美人。但是徽州女人常常依靠护栏看日出日落，云卷云舒，思念远方经商的男人；晨钟暮鼓，落日楼头，一种怅惘和伤感弥漫心头。年年岁岁，风晨雨夕，它伴随着徽州女人春数柳丝，秋点归雁，盼雨霁天晴，远方的郎君突然出现在山野小径上，身影越来越清晰，可又越来越模糊，千帆过去都不是，失望像云雾暮霭一样膨胀起来。“美人靠”给徽州女子带来一种“雾里看花，水中望月”似的凄迷的意境。

徽州河上的廊桥，造型很别致，也很有韵味。廊桥都有雕花的格子窗，窗下设有“美人靠”，俯身可观流水荇藻，远瞩可见帆船隐隐。徽州女人触景生情，怎不想在风雨弥漫的荒野上跋涉的丈夫，何日能夫妻团聚？胡适不是说过么？一世夫妻三年半，也就是一对夫妻结婚四十年，只有三年半的时光在一起。风雨廊桥，实际上渗透了徽州的一种精神。“美人靠”实际上是“女人锈”，锁住她们如花的青春，寂寞了她们鲜活的生命。她们在寂寞和孤独中默默度过一生。很多女人除了抚老养小，家里地里，忙忙碌碌，一生没有享受几天人生的欢乐。

徽州多河多溪多水多桥多舟楫。徽州古桥可分为廊桥、亭桥、屋桥,多姿多彩,巍峨壮观者有之,小巧玲珑者有之,这些桥梁,精雕细琢,风姿卓然,既是桥也似装饰品、艺术品,它是徽州河的项链。建于歙县北岸的廊桥,长达三十多米,宽约五米,高有六米,完全是架在河上一座长条型的屋子,两旁都开有风洞窗,精美的雕刻,鲜丽的漆画,窗下设有"美人靠",可凭可览,一川风景如画。

许多过桥人,踏上廊桥没有不坐在"廊靠椅"上小憩,不论熟悉或是陌生人,不论年长年少,寒暄过后,话匣子打开,三皇五帝,世事变迁,人间悲欢,无拘无束,畅谈纵论。风情万种的廊桥,千姿百态的"美人靠",是徽州人的精神折射,是徽州人心境的外在表现。

五

小城氤氲在烟雨里,像陷入一种梦魇中。

街两旁蜂巢般排满密集的商店,花花绿绿,五颜六色的商品,鲜亮夺目的招牌,诱人,惑人。但这些店都是明清时期的遗存,油漆过的木柱、木板门,想必经过岁月的风侵雨蚀,都已脱落,露出原木的本色,我轻轻抚摸,感到岁月在我掌上流过的清润和苍凉。

雨天,客不多,店家不叫卖不吆喝,很娴静地坐在柜台后面,有的女孩子挺投入地翻阅一册时尚杂志,或看一本言情小说,以至顾客走进,头也不抬。古老的徽州很静,雨一点一滴地响彻着清凉和真实。店主的目光平和安详,他们仿佛感到人性的灵光,真、善、美、温和、宁静,迷人的魅力。他们继承着先人的遗风,儒商的温雅,儒商的宽容。

在一家工艺品商店,我停下脚步。徽州有驰名遐迩的三雕:石雕、砖雕、木雕(包括根雕)。店主是一个中年人,既是卖家,又是木雕制造商。雨中客少,他正在聚精会神地在一块木板上雕刻什么。只见他嘴角绷紧,脸上的线条有节律地张弛着。他见我进来,抬头看看,脸上的笑容犹如一朵素净的莲。又埋下头,一凿一凿雕镂他的作品,屋里散溢着新鲜木屑的清香。他仿佛不是生意人,而是一位艺术大师。

由此,我想起明清时代的徽商。徽商往往金银气与书卷气共存,不附庸风雅,不作秀,而是骨子里热爱文化,热爱艺术。商之余,他们酷爱诗书琴画，喜和文人交朋友。至今存在于岳阳楼的范仲淹《岳阳楼记》就是一位徽商书写而雕刻的。至于扬州的徽州盐商与扬州八怪关系的佳话，闻达天下，他们是收藏家，他们也是艺术家。

他们有阳光灿烂的通达，也有风雨如晦的酸辛。皇恩浩荡，豪宅乌纱，儒扇暖炉，佳丽如云，财源滔滔，或高雅尊贵，或庸俗势利，或攀龙附凤，或财大气粗，一掷千金，但他们秉性不俗，不土，不浊，许多文人书画艺术家依然感恩徽州商人。汤显祖、董其昌、郑板桥等人的亭亭翠竹、幽幽兰草里，依然散发着徽州的温馨。

江南的雨真撩人，那不是下，不是落，而是在飘，沾衣欲湿，若有似无。在清润、温谧、平和、安详的氛围里，仿佛听不到滴答行走的声音，你的灵魂深处会感到历史渐行渐近的絮语，岁月无声飘来的天籁。

我来徽州，想寻一缕历史的苍凉和温馨，吮吸遥远时代的气息，冲淡一下现实生活的芜杂和喧嚣，稀释现代文明带来的迷惘和困惑。

我伴着烟雨漫步在徽州大街小巷。感谢这迷蒙的烟雨，它的光线明暗交错，恰到好处地将逝去的一个个晨昏，一个个春秋，一段又一段生活的酸甜苦辣涩麻咸种种滋味，都幻影般地显现出来。这些古城古镇古街古巷古宅古树古径……因为它输入了历史，输入了消逝的时光，所以走进它，审视它，抚摸它，便会传导给你一种文化，像醇酒，带着醉人的醇香，这是一种历史的酿造。

走进这古街古巷，就如同走进历史，走进岁月记忆的深处。屋瓦宅舍如同历史的航标灯，无论风平浪静，或是急流翻滚，这航标灯浮浮沉沉，任岁月之流冲刷。房屋的飞檐黛瓦无言沉浸在烟雨中，一棵古樟从墙头探出半个树冠，在雨中静静地矗立着。这些寻常人家，祖祖辈辈耕读诗书，说不清哪朝哪代从这里走出过进士状元，走出过侍郎御史，还有什么大学士。而现在细雨里仍传来稚子朗朗的读书声，历史就附在这雕花窗棂上，潜伏在屋檐黛瓦草丛中。岁月如梦，烟雨如幻。人类尽管无穷无尽地繁衍，一代又一代，但总也挣扎不出死亡的渊薮。有生命的往往是暂时的，无生命的则是永恒的。人类的伟大就在于它创造“永恒”。因此，这些“永恒”中也就注入了生命的密码，珍藏了人类历史一路推衍而来的根茎脉络。

这些古街古巷古宅沉静、温婉，无声地讲述着历史，讲述着一个个残缺的故事，给人带来一个沉默的精神空间。人类能赖以生存，发展下去，就是靠这种相对存在的精神。

孤独的月光

一

我来采石矶是寻觅一千二百年前的月光。

一千二百年前的月光是李白的月光，是唐朝的月光。

李白的月光是满地夜霜，一片晶莹；李白的月光是孤月空悬，银河清澄，北斗参差，月下生天镜；李白的月光，一片冰心，银剑金壶，松风素辉。

但是月亮还未出来，一千二百年前的月光，还隐在山那边，水那边，唐诗那边。

采石矶旁的长江像大唐帝国的诗篇，浩瀚壮阔，气势雄浑，视野旷达。流水也有了章法，没有惊涛，没有骇浪，没有急流喧豗走惊雷的凶险。它稳健而沉着，磅礴而大度，意境恢弘，气格遒健，有跌宕迤丽的韵致，和无与伦比的盛唐气象。长江，尽管它流经了断岸千尺、江山如画的赤壁，流经了天下绝景的三峡，流经了虎踞龙盘的金陵，但采石矶仍不失为这巨流大川的一页精美插图。

李白选在这里跳江捉月，的确有一种诗眼、慧眼，尽管醉眼朦胧。一千二百年前采石矶的月光准是迷离凄美，恍恍惚惚，迷迷蒙蒙。那月光是诗，是酒，是一种仙境。李白经不住月光的诱惑，跳江捉月，愿乘一缕月光，羽化成仙。李白浪漫得着实可爱，也荒唐得可笑。说白了，有点傻乎乎的。

此刻正是落暮时分，我站在采石矶上，期盼着一千二百年前的月光再度升起，愿那古老的月光、苍茫的月光泼我一身诗意。四月的长江没有夏季的浮躁和浑浊，一川浩浩，满江粼粼，夕阳西下，飞金点银，明晃晃的炫目耀眼。江风柔和温馨，岸柳行行，柳丝苒苒，水边荇藻袅娜。又有三两只水鸟，莺语燕喃，翩跹而去，挺诗，挺古典。故垒西边的惊涛已不再唱苏东坡铜钹铁板的大江东韵；周郎赤壁的战火早已熄灭，风烟俱静的江面只闻得渔歌唱晚；曹公横槊赋诗已成为历史的断简残篇。唯有这采石矶下还飘荡着一千二百年前的诗魂。

二

李白二十五岁，仗剑去国，辞亲远游。一生浪迹江湖，最后魂断异乡，客死长江下游当涂县。他从上游走来，历经人生苦难坎坷，在长江下游画上生命的句号。

李白平生有两大嗜好：一是饮酒，一是醉月。酒和月是李白诗中的意象，又是李白诗中的具象。酒和月是李白诗的主旋律，是李白诗之魂。李白是酒中仙，也是月中仙。古老的月光，苍茫的月光，迷离的月光，凄美的月光，伴随他走过漫长的一生。他或借一脉素月，寄托对故乡的思恋；或牵引一缕清辉，扶摇而上，一夜飞渡镜湖月；或采撷一掬月华，装饰自己缤纷的乱梦，点缀荒凉的诗篇。李白一生存诗一千首，其中有四百首写到月。他的诗注满了月的素辉，月的晶莹，月光的缥缈和迷蒙，也渗透了月的孤寂和凄清。李白青年时期乍离故土，咏月怀乡，并无凄悲之感，“小时不识月，呼作白玉盘”，有点“为赋新诗强说愁”的味道。借满天霜月，挥洒青春意气。“俱怀逸兴壮思飞，欲上青天揽明月”。那李白青年时代的月光，轻灵澄澈，正合意气飞扬的心境。人到中年，书剑飘零，半生谋官，却仕途蹭蹬，看到官场黑暗，人也浑浊，便产生激愤和抗争：“三杯拂剑舞秋月，忽然高咏涕四涟。”他壮怀激烈，孤愤难平，每至静夜，反思人生，烦恼，忧愁，满腹怨恚，油然升起。再看那轮孤月，心情更感到孤苦，青年时期的浩气、豪气都化为一杯苦涩的苍凉。“我寄愁心与明月，随风直到夜郎西”，说自己心中充满了愁思，无可排解，也无人诉说，只有将这种愁心托之明月，寄予天各一方的朋友，共赏一轮明月。谢庄的《月赋》：“美人迈兮音尘阙，隔千里兮共明月。临风叹兮将焉歇，川路长兮不可越。”张若虚的《春江花月夜》：“此时相望不相闻，愿逐月华照流君”，这种“千里共婵娟”的思念，只有天上的一轮孤月方可理解。

月光是空蒙的，迷离的，缥缈的，虚无的。越是虚无缥缈的东西，越能产生浪漫主义的想象，越能激发诗人“上天揽月”的欲望。“酒能使人入梦幻，月能使人入仙道。”李白对仕途和理想沉重的悲哀，孤寂和绝望，并未导致诗人精神上的崩溃，自暴自弃的人格堕落。他背对龌龊的现实，放浪山水，啸傲江湖，皈依道家，寻仙悟真。“道真倍可娱，清洁有精神。”李白复杂的心态，矛盾的人格，他具有管、晏之术，匡世天下的雄心大志，但又天真浪漫，无廊庙之才；他向往仕途，又蔑视皇权；他有儒家积极入仕的追求，又有浪迹山水，自由放纵的道家风骨，这是李白性格的悲剧。其实唐明皇并没有看错他，李白只能当诗人，不能胜任高官大吏。政治这玩意他玩不转。李白应诏入京，原以为能施展抱负，他倾心酬主，急于披肝沥胆，抒写忠才。然而他卓尔不群、恃才傲岸的品格，就注定了他在朝廷不会受到重用，“君王虽爱娥眉好，无奈宫中妒杀人”，皇上只封了他翰林，且为供奉翰林。李白哪里受得这等窝囊气？自己虽拂剑击壶，慷慨悲歌，终莫奈何！

当皇上赐金还山，李白仕途之梦破灭了，只好重操旧业，浪迹江湖。这是李白人生的第一道低谷。尽管他遭到如此的尴尬，并没有熄灭他“人生得意须尽欢，莫使金樽空对月”那天风海雨般的豪情，绝望的灰烬仍有希冀的火星，苦涩的心灵荒漠上仍有希望的花卉。“青天有月来几时，我今停杯一问之”，你看他浪漫主义的诗情依然天真得可爱。“月随碧山转，水合青天流”，仍然期望时来运转，否极泰来，一展抱负。真有烈士暮年，壮心不已之志。

“安史之乱”期间，李白已进入人生的暮年。但他极想报效国家，以酬壮志。他看厌了敬亭山，他玩腻了桃花水，他不远千里投奔李璘平叛队伍。谁知，李璘这忤逆之徒打着平叛的旗号，扩大地盘，妄图分裂国家。唐肃宗戳穿其狼子野心，兵锋指处，烟飞灰灭。李白也因此获罪，身陷囹圄。在流放押解途中，又喜获特赦，真是天降喜讯，天佑英才。

李白又回到皖南，玩他的桃花水，看他的敬亭山，捉他的采石矶的月。

但是时光易逝，红了樱桃，绿了芭蕉。李白老矣，青莲居士老矣，翰林老矣，西蜀才子、巴山剑客老矣！“旧国见秋月，长江流寒声。”孤独和凄苦折磨着一颗苍老的诗心。青天中道流孤月，长洲孤月向谁明？

三

我寻觅一千二百年前的月光：

一千二百年前的月光是清丽的、清澈的；

一千二百年前的月光是迷人的、醉人的；

一千二百年前的月光是不朽的、永恒的。

现在月亮还未从遥远的历史地平线上升起，只是暮色苍茫了，晚霞变得黯淡了，远处的山野田畴，模糊了。天空变成一抹黛蓝。宏阔的江涛依然节奏分明地汹涌着，隐隐地闪烁着鱼肚白般的天光。但整个江面越发幽暗了。岸边的树木黑樾樾的、乱哄哄的枝条，高高地举在暮空。归鸟唧唧，寻找着自己的栖息之所。很静，只有晚风裹挟着一轮轮波涛撞击岸石，发出比白昼更空洞的闷响。

我坐在采石矶的青石上，期待着大江月出，愿采撷一掬清丽的月光，祭祀一位漂泊的诗魂。

长江无语东流。

李白晚年是在皖南度过的。是这山灵地杰吸摄了他一颗诗心？是这流泉飞瀑江水溪流萦系着他无限诗绪？是善酿的纪叟老汉新熟的白酒令他陶醉？还是采石矶的白壁素月让他流连？

安徽这方山水人杰地灵，古往今来吸引了多少文人墨客，又哺育了多少名垂千古的风流俊才？佛道圣地九华山、天柱山，山明水秀的敬亭山、琅琊山，更有风姿卓绝的黄山，令多少诗人如蛾逐光，诱发了他们多少情愫？黄山，七十二峰，层层拥翠，峰峰相连，加上奇松怪石，波涛般的云海，喷玉吐珠的温泉，构成一幅森郁绮丽、变幻无穷的画卷。天都峰高耸云端，如入帝乡仙郡，玉屏楼虚无缥缈，枝叶苍郁的迎客松，翠臂摇曳地仙立道旁，令人神思飞越，散花坞的“梦笔生花”，天然成趣，令人叫绝……

李白不仅写了大量吟咏黄山的诗篇，还遍访谢朓遗迹，倾尽了对谢诗人的崇拜和感怀。他更爱采石矶的月光。有一首诗堪称千古绝章：

> 俱怀逸兴壮思飞，欲上青天揽明月。
>
> 抽刀断水水更流，举杯销愁愁更愁。

我想，这首诗应该是在采石矶写的，或者是写给采石矶的。李白面对浩浩大江，仰望皎皎明月，孤独地徘徊在江边，大发感慨，一吐胸中块垒。李白的豪气冲霄、汪洋恣肆的诗才，天子不能臣，诸侯不能制，王公大人不能凌辱的伟岸形象和独立人格，使他永远站在现实主义的对面，陷入孤绝的境地。他只能诗酒浇愁，借月抒怀，以明月为友，以山水为侣。他生性豪放，充满了酒神的进取精神，饮酒是追求一种精神的解放；"黄金白壁买歌笑，一醉累月轻王侯"。"一醉"又是"累月"，这简直令人拍案叫绝的夸张，超越凡人的想象。在李白眼里，有了酒，有了月光，什么王侯，什么皇权，去他的吧！你们算老几？他与月光真是莫逆之交，情深意笃。可惜我没有生在唐代，没有能够和李白在一块儿等待和欣赏采石矶的月光！

李白喜欢月光，他是歌唱月亮的诗人。梦幻般的月光和醉人的美酒，伴随着他走过浪漫主义的一生。他诗里蒸腾着酒的芬芳，也弥漫着月光的凄清。正如诗人余光中所云：酒入豪肠，七分酿成了月光/余下的三分啸成剑气/绣口一开吐就半个盛唐！

李白独独钟情月光，大概是月光的冰清玉洁，纤尘不染，清丽高古。心有灵犀，李白厌恶人世的龌龊、浑浊，多想飞上月空，遨游青天明月，与明月共语，与青天对话。他浪漫主义的情怀，只有清冽的月光才能相配他圣洁的精神。一千二百年前，人类对月球只能处在神话和传说的时代。传说，后羿的妻子嫦娥偷吃仙药，升天成仙。传说，蟾宫的庭院里，有一棵桂树，吴刚被罚，天天砍树，永远也砍不到这棵仙树，犹如古希腊神话中西西弗斯推石上山，石头推上山头，又滚下来，周而复始，是永恒的劳苦。李白梦想成仙，只有寄托天上一轮明月。

李白晚年诗里常出现"孤月"："万里浮云卷碧山，青天中道流孤月"，"众鸟高飞尽，孤云独去闲"，更有代表性的是那首《月下独酌》，"举杯邀明月，对影成三人"。又是一轮孤月之下，又是花间独酌，那是何等的孤独啊！一颗踌躇满怀、诗情烈火的心灵，经过人生的漫漫风雨，此时此地是何等的孤寂凄凉啊！

月亮是孤独的，李白是孤独的。

天上只有一个月亮，地上只有一个李白。

李白孤独的程度在于他独创性的深度。孤独并没减弱他与人间的血肉联系，他以自语的方式同人间交流，以默想作为精神的触须微微地伸出，探索生命的价值。任何一个生命个体都不可能摆脱孤独，这是生命的痛苦，又是自然赋予我们生命的尊严，而且还是你唯有的、与众不同的一点，是生命独创的可能性。

李白尽管生活在一个开放多元的大唐帝国，特别是盛唐时期。但它的社会制度毕竟是封建的，指导他们思想的理论基础是孔孟之道。一个纵有天才、鬼才的诗人，没有政治权势作背景，单靠文学艺术自身的力量是微不足道的。他只能借助文学言情抒怀，用理想和梦幻来编织一缕温馨，抚慰孤独和幽寂的灵魂。一个孤独者在保持了他杰出的优点的同时，也保持了他深刻的缺点，方有大的成就和建树。李白一身道骨仙风，怎能得到儒家学说占统治地位的朝廷的重用？他又不懂得官场潜规则，更不懂得厚黑学，怎么能在官场上“吃得开”？

这是时代的悲剧，也是他性格的悲剧！他只能成为一个诗人，和清风明月相伴，与林泉烟霞相依。当他重返皖南时，已是生命的暮年。他心灰意冷了，对仕途彻底绝望了，身边依然是一把剑，一卷诗书。他的心灵更忧郁、孤寂、凄苦了！

四

夜色更浓了。空气里弥漫着草木萌发的青香味，野花初绽的芳菲，江南特有的泥土发酵般的醇香味，还有浓浓淡淡的水腥味。氤氤氲氲，空气鲜冽、纯净，吸上一口，让人心肺尖尖打颤。

我抬头向空中望去，天空布满一天星斗，像李白的诗句在历史的苍穹上闪闪烁烁。转瞬间，远处的江涛里“腾”地跳出一轮圆月，光芒先是发红，继而赭黄，由赭黄变成浅金，渐渐又变成银白。啊，一轮江月“滟滟随波千万里”，“空里流霜不觉飞”。烟光万顷，银鳞万顷。江水碧空是溅天而过的淋淋漓漓的光芒。这是张若虚的月光，这是李白的月光，这是大唐的月光！只有他们的月光才如此富有诗意，如此幽雅，如此撼人心魄！

岸上之清风，江上之明月。一千二百年前这样诗意的夜晚，李白来到江边，心头郁积的烦恼顷刻间风逝云散，一片空明。月光给人一种仙风道韵，它有一种魔力，使人摆脱人间的俗尘，梦一样迷离，情一样秾丽。月光，使人感到惊人的隐秘性、消融性、虚拟性；月光使人想入非非，使人进入一种虚幻的世界，一种禅意潜远的世界。

孤月悬空，银河清澄，北斗参差，一片晶莹明净。

李白是正宗的“道教协会会员”，他一生寻道觅仙；月光给他创造了一种虚幻的意境，他怎能不如痴如癫，如醉如酣，如梦如幻。月亮在江水里跳跃，飘飘悠悠，忽隐忽没。李白醉眼朦胧，看江水把月亮淹没了，扑腾跳进江水里捞月，又憨又痴的李白此时此地应该有这样的举动！嫦娥不是经不起月光的诱惑，偷吃灵药，轻舞长袖，飞到月亮上吗？那是一个至善至美的境界，在青天碧海写下一个美丽的神话！

其实，李白并没有跳江捉月，更不会酒后跳江捉月，那不以身饲鱼了吗？他来到采石矶上赏月倒是真的，这里的江月的确迷人，令人遐思，诗情喷涌。后人根据他的性格，编撰了这荒诞美丽的故事，附会在李白身上，为李白制造一种神秘和传奇。李白独坐敬亭山后，李白独酌花间酒后，李白哭晁卿衡后，孤独的晚年，贫困交加的生活，郁郁不悦的心情，一生素志未酬的积愤，他到哪里倾泻？他临终还忘不了酒和月，为宣城一位已故的善酿的纪老头写了一首诗：“纪叟黄泉里，还应酿老春。夜台无李白，沽酒与何人？”这是他酒后的豪语。纪叟，你在螟世黄泉还酿老春酒吗？夜台没有李白，你酿的酒卖给谁呢？李白声声发问，问得山瘦水寒，天地悚栗，草木流泪。真是沧桑一世，风尘人生！李白悲痛欲绝，在空明的月夜，酹酒长江，还整整哭了三天三夜。豪放与天真在这里得到和谐的统一。“鱼目亦笑我，谓与明月同。”人们出于对谪仙的热爱，编撰了李白跳江捉月，溺水而死，魂归仙境的故事。

李白呀，你虽然仕途蹭蹬蹇涩，但你千首诗胜过万户侯，你战胜了所有的帝王将相。不信，试试看，浩浩荡荡的二十五史，你删去某一个皇帝，历史似乎没有什么反响，你若删去李白，那历史疼得会大哭，会暴跳如雷，会怒吼狂啸！李白呀，你傲岸的身影，高贵的头颅，风流千古的诗章，永远屹立在岁月的长河里，你是历史的浮标，民族永恒的辉煌！

月亮越升越高，整个天空大地是一片空明迷离的世界。长江浩浩东流，涛声汩汩，浪语呢喃。

秋风悲歌乌江岸

一

寒露一过，秋就老了。风，是秋神的信使，一日一日地尖厉起来。凌厉的秋风嚣张地打着呼哨从天空从地面，全方位地拉开了纵横交织的阵线，疯狂地扫荡着辽阔敻远的淮北平原。风掠过白杨林时，最初酷似秋雨潇潇，渐渐而成浩荡杀气，如刖如劓的残酷。树惊骇而惶悚，枝摇撼而颤栗。那发黄而未干枯的叶子在风中战战兢兢地忽闪几下，便被掳掠而去，又被无情地抛在空中，扶摇、漂泊，最后又一任命运的驱遣，落在沟壕里，田垅下，陵冈旁，无声无息地化为沉默的泥土。

又一场肃杀的秋风来临了。风是从遥远的西北高原吹来，携带着北国的凛冽，排成方阵，凶焰腾腾，摧残着枯枝败叶，涤荡着烟霏云霭。这气势是一种决绝，一种刚烈，一种浩劫。我走在淮北大地上，感到秋的威严，感到秋风的悚然和惊悸。

田野上大部分庄稼收割了。没拔尽的棉花柴，叶子已脱光，光秃秃的枝杈瑟索在寒风中。田埂上有几株向日葵，已收去沉重的花盘，像被砍去头颅的刑天，依然昂昂而立，展示出那种超越生死的骨气。

大地裸露着莽莽苍苍的土黄，一切都失去了夏日生命燃烧的希冀，青春激情的诗意，显得沉寂而苍茫，天空也变得深邃邈远。我只觉得这天地间有一种拂都拂不去的阴郁和悲戚，像是弥漫着柴可夫斯基的《悲怆》。这旋律低沉，带有一种令人沮丧的悲哀，使人想起流血和死亡。

在这秋老风寒的时节，我来到灵璧县，雇了辆出租车去往城东五华里处虞姬墓，拜会二千二百年前的美人，一代霸王的宠姬。霸王别姬成了千古悲剧。在戏曲中，在诗词歌赋中，乃至今日的影视剧中，她总是以被同情，被惋惜，被赞美的角色出现。刚烈、温柔、美丽、坚贞。佳丽名姝，香销玉殒，成了英雄的殉葬品，成了楚汉相争大舞台上一道悲壮而靓丽的风景。

在我的感觉中，墓地带给人的是荒凉、衰败、凄风、苦雨、枯草披离、古木森森的感觉，令人恐惧，令人惶惶避之不及。

然而虞姬墓，成了一座历史的坐标，一尊醒着的记忆。没有那种孤苦与阴冷，也没有那份温情和眷顾，只是给人落落寡合，神情凄凄的感觉。苍松翠柏，一片肃穆，满地斜阳，只有风吹起的白杨叶子在空中盘桓一阵，又纷纷落在坟冢四周，像是给亡人送去的冥钱。颓败。落寞。萧瑟。毕竟太遥远了。尽管在那个烈火、长剑、骏马、英雄的大时代，那个天崩地坼、腥风血雨的大时代，虞姬以拔剑自刎将如花的生命献给历史的祭坛，无疑是一种悲壮之美。但悠悠岁月，駸駸时光，一切都显得黯淡了。

公元前 202 年的一个秋夜，寒风在帐篷外呼啸，阴云密布。帐内烛泪淋漓，烛光摇曳，虞姬坐在帐中，项羽一杯接一杯地喝着闷酒，酒入愁肠愁更愁。项羽已兵寡粮尽，陷入汉军重重包围之中。项羽举起酒杯，将饮欲饮，帐篷外传来一阵阵楚歌。项羽心如刀绞，英雄末路，慷慨悲愤：力拔山兮气盖世，时不利兮骓不逝，骓不逝兮可奈何，虞兮虞兮奈若何？项羽歌罢，泪如雨下。虞姬知悉军情突变，哀叹大势已去，歌而和之：汉兵已略地，四方楚歌声。大王意气尽，贱妾何聊生！

低哑的歌声，凄婉的旋律，伴着呜咽，每一个音符都蕴含着泪水。英雄末路的哀叹，佳人将逝的苍凉，帐外风卷沙尘，木叶萧索，一片肃杀氛围。乌骓马突然嘶鸣，仿佛催促项羽突围，杀出一条血路。虞姬知道，自己是项王的累赘，不能拖累项王，歌罢，拔剑自刎。一股如霞如霓的鲜血，腾空而起，渐渐又像桃花瓣似的纷纷落下来。一个柔弱的女子，在历史的长空像颗流星一样转瞬消失了！然而她生命的光辉却辐射到二千多年后的今天！

项羽突围，仓皇出走，途中将虞姬草草埋葬。

虞姬墓背靠一方田野，面对一条公路。墓园虽荒芜，并不冷落；殿庑虽油漆剥落，却不是时间的过错。车马喧阗使二千多年前名姝佳丽的芳魂不得安宁，但夜深人静时，满园松涛伴着四野清风，一庭芳草掩藏着冷艳的岁月。墓前洁白的菊花开得正盛，更将虞姬的冰清玉洁和墓地千年幽香，渲染成历史的绝唱。

灵璧县有了虞姬墓，也就埋下了一块文化的碎片。一部荡气回肠、千古经典的爱情悲剧至今仍令人心驰神往。

二

次日我又去和县游览了霸王祠。祠院坐落在凤凰山上，与其说是山，不如说一座土丘，高不过百米。正门墙壁朱漆粉饰，庄严肃穆，是霸王祠的门楼。门两旁是一对石狮，雕法凌厉，气势威严，凛然一种霸气。殿门木柱有一副楹联：

犹听叱咤之声，外黄未坑能存孺念壮哉心鄙秦皇帝；

吾见风云变色，虞姬自刎专为报恩败已头抛吕马童。

这首楹联是近人邓力群撰，书法大师林散之书。

步入殿中，有青铜铸像，高二点六米，塑像两侧也有一副对联：

彼可取代也，白眼视秦皇，一时气盖人世间；

汉皆得楚乎，乌骓嗟不逝，千古悲风垓下歌。

两首楹联概括了项羽叱咤风云、纵马天地的一生。他是英雄，是战神，又是一代恶魔。他复杂的个性是造成人生悲剧的渊薮。项羽不称帝，他推出楚国国君的后裔、一个叫花子、一个放羊娃面南称孤。他只想称雄称霸，像后世的曹操一样，挟天子以令诸侯。

他力能扛鼎，气盖山河，但又有妇人的仁慈；他有“白眼视秦皇”，“彼可取而代之”的雄心大志，气干云霄，却又有侠胆义骨的犹豫。鸿门宴的瞬间彷徨，历史改变了走向，造就了大汉四百年的基业。汉武帝开疆拓土，一个王朝的名字成了泱泱中华民族引以自豪的称谓。项羽本可以取代秦始皇，但他却一把火烧掉了阿房宫，将七国之精华，价值连城的国之瑰宝付之一炬，留下千古骂名。他多勇少谋，有并吞八荒之心，却不能容人；他杀人如麻，不分忠奸，他中了张良的奸计，辞去范增，他对韩信弃之不用，化友为敌，韩信被萧何引荐，被刘邦拜为大将军。正是这个忍胯下之辱的淮阴小子成了他的掘墓人。

走进霸王殿，只见霸王项羽的塑像栩栩如生。他剑眉凝云，重瞳戟鬓，锋芒四射，震慑逼人，不仅没有穷途末路的悲哀，没有身陷重围的绝望，反而浑身上下渗露出横空出世，天下英雄，舍我其谁的霸气！这也是一种人格，一种使天地凛然的人格！

项羽的确是杀人不眨眼的恶魔，兵败垓下，犹如拿破仑兵败滑铁卢，一世英雄，如此悲剧！想当年，渡江北上，破釜沉舟，背水一战，那种决绝的气概，那种视死如归的大器识，大勇气，大胸野，那种横扫千军，惊天地、泣鬼神的浩然之气哪里去了呢？“引兵渡河，皆沉船，破釜甑，烧庐舍，持三日粮，以示士卒必死，无一还心”，九战，终于战胜秦始皇的虎贲之师，杀秦将苏角，虏王离，在古代战争史上写下辉煌的一页！

巨鹿之战的大胜，使诸侯军无不人人惶恐。当项羽召见诸侯将领，入辕时，无不跪着爬行，不敢仰视这位叱咤风云的大将军。那是何等的霸气凛凛，势炎九天！

得道多助，失道寡助。项羽战略的失误，用人之疑，导致他事业的毁灭。项羽坑杀降卒二十万的残忍，激起历史的愤慨，人神共怒！

而刘邦入关，“财物无所取，妇女无所幸，此其志不在小。吾令人望其气，皆为龙虎，成五采，此天子气也。”

更可笑的是，项羽并非有当国君的胸怀，只是一匹夫之勇。当鸿门宴后，有人劝说：“关中阻山河四塞，地肥饶，可都以霸。”但项羽引兵西屠咸阳，杀降王子婴，烧阿房宫，大火三月不灭。抢掠财宝，霸占妇女，惨无人道，目不忍睹。项羽见秦都一片废墟，便心怀思欲东归，大言不惭地说：“富贵不归故乡，如衣锦夜行，谁知之者！”一世英雄，真是鼠目寸光！但是，“衣锦还乡”却成了中国士大夫的情结。

三

风紧了，满院是一层层落叶，那是秋潮退去的岸。踩在上面发出沙沙的声响，像是历史的回声。院落里有几棵菊花像虞姬墓前的菊花一样洁白灿烂，只是更显得孤独。讲解员说，霸王祠里供有项羽，但没有虞姬的塑像，虞姬墓也只是孤零零的一丘，落寞，苍凉。他们生前英雄美人，伉俪恩爱，后人同情他们，爱怜他们，为何让他们尸处两地，天各一方，没有合葬？难道只有七夕之夜，两颗赤诚的爱心，两颗忠贞的灵魂，才能鹊桥相会？这是一幕荡气回肠，纯洁坚贞的爱情悲剧！

和县的项羽墓是衣冠冢。“冢”者，坟墓也，阴宅，把“家”上面一点移到下面，即故世人的“家”。可怜兮！一代霸王的坟冢只有衣冠，没有尸骸！叱咤风云纵马天地的大英雄，苍茫天地间，竟然魂无归处！既然没有尸骨，何必虞姬与其合葬呢？

项羽在虞姬自杀后，率八百精骑突围，分为四路向四面冲杀，一路狂啸，一路血肉迸溅，一路血雨飞扬。杀开一条血口，很快又合围了，到了和县只剩下二十八骑，而追兵几千人。项王很难脱身，就对身边的人说：“此乃天之亡我，非战之罪也！”

汉兵追至乌江西岸，若项羽厚颜听取乌江亭长的话，涉过乌江，回到楚地，重整兵马，卷土东来，历史会改写，大汉王朝四百年的基业也许根本不会出现。贵族出身的项羽死要面子，当年随他出征江东的八千子弟，如今几人生还？他无颜面见江东父老。于是把他心爱的乌骓马交给亭长，和二十几个随从杀入敌阵，砍杀汉兵数百人，自己也负伤几十处。最后终于寡不敌众，便对汉军骑司吕马童——自己以前的旧将说：“我们不是老相识吗？你们悬千金买我的头颅，封邑一万户，现在我就给你！”说罢拔剑自刎。

一道血色风景！

这一刹那，历史惊呆了，天地间一片大宁静！

好一阵子过去，汉兵才蜂拥而上，分杀项羽的尸体。最后吕马童等五位郎中各得项羽尸体一部分，结果五人封侯。可叹，生前叱咤风云，纵横天下，死后被五小儿分尸，一抔黄土掩千古豪情。

面对着楚霸王项羽的塑像，我想起张爱玲的审美观点：“我不喜欢壮烈。我喜欢悲壮，更喜欢苍凉。壮烈只有力，没有美，似乎缺少人性……苍凉之所以有更深长的回味。”“悲壮是一种完成，而苍凉则是一种启示”。

历史定格楚霸王之死是“壮烈”，而不是悲壮，更缺乏苍凉的审美意蕴。美女与英雄，战争与爱情，刚烈与温柔，这种悲壮和苍凉在《霸王别姬》中演足演够了。其实，大部分中国人认识项羽是从这出戏剧开始的。美的凋零往往是苍凉的，撼人心魄的！而项羽的死却缺乏诗意，缺乏令人回味的深长！

但项羽用一腔热血点亮了一盏明灯，其光芒穿透了两千多年苍茫的时空，一波一波地辐射而来，后人早已忘却他火烧阿房宫，坑杀降卒二十万的罪孽，这一切都成了“灯下黑”，被遮避了。历史给他留下的是一剑封喉时大勇大烈，天崩地裂的人格造型。如此决绝，如此孤执，他的精神，他的气概，他的思想和人格在血花四溅中已铸成永恒。他赢得英雄的桂冠，也博得了后人的同情、惋惜，甚至不该属于他的尊崇。他的失败是他的最大成功，他的死造就了他生命的辉煌，这是中国传统悲剧的规律。不死怎能震撼人心？死得不壮烈，生命怎能如此辉煌？项羽的失败是个人意志在历史规则面前的失败，狂妄的人格，高傲的心性，有勇无谋狭隘的肚肠，这已注定了他的败局。将生命送上楚汉风云的祭坛，使得项羽的死重如山阿，傲然屹立于历史的画廊，他的热血赋予他阳刚和浩然之气。

死，是生命的一道程序。完成这道程序可以采用各种方式，项羽采取了拔剑自刎无疑是最正确的抉择。这种死惊星撼月，鬼泣神哭，使他由一个杀人恶魔升华为一尊战神。项羽拔剑自刎的瞬间造型，既透露出豪气干云的悲壮，又隐示了英雄末路的无奈。有人说虞姬成就了项羽，诚然，虞姬的出现无疑为这悲剧增添几抹诗意的凄美。我觉得是项羽的自杀成就了他，辉煌了他；如果项羽被汉兵乱箭射死，那倒成了历史的尴尬，一代霸王的难堪。

但无论从哪个层面上讲，项羽之死，标志着旧时代的落幕，新时代的粉墨登场。

其实历史总是有点偏心眼儿，希望不成功的英雄成功，掬一把同情之泪洒向失败者的遗骸上。如果项羽真的成功，历史会出现什么样的结果？凭项羽他嗜杀成性、狠毒决绝的秉性，也许会出现第二个秦始皇，甚至比秦始皇更残暴，更凶恶！历史将会出现更黑暗的年代！天地人心，刘邦的胜利是历史的必然，无论后人怎样臧否，这是新兴的地主阶级对传统君主贵族的胜利！

左厢房陈列着一些泥塑，造型栩栩如生，都是楚汉相争中经典的人物。这里浓缩着楚汉一场战争风云，腥风血雨，天崩地坼，巨鹿之战，彭城之争，垓下之围，鸿门宴上……这些闪烁在中国二十五史上的吉光片羽，依然透出两千多年前的悲壮和苍凉。历史不是墨写的，是干戈霑着热血写成的。战争的惨烈，一将功成万骨枯，多少将士的白骨铺就煌煌宫殿的玉墀丹阶！

四

我走到祠外的山脚下。这山本来不高，山脚下，有一条河，便是当年的骓马河，自古便是长江的支流，流水汩汩，汇进长江滔滔。而今历经千年，已淤积成一条内河。河岸上松柏矗翠，竹影婆娑。落日时分，斑驳的晚霞如同发暗的血污，是当年将士的血渍吗？霞光映照河水，河中立着一块怪石，传说是项羽的系马桩。乌骓马的嘶鸣声仿佛从遥远的历史深处传来，苍凉，悲戚。小河对岸便是"二十一骑士坡"，那是跟随项羽而死的二十一位江东子弟，驰骋沙场的勇士，历史没有记下他们的姓名，但他们的形象却又像汉白玉石雕般的矗立在这经典故事中——这里正是将士们下马同汉军决一死战的地方。山坡上的乌江亭依然矗立于江边。亭的附近，传说便是项羽自刎处。英雄的悲剧和壮剧到此画上句号。两千年前的烽火终于熄灭在乌江岸边，楚汉战争的风烟已逝，历史上出现了奠定中华民族大一统而且统治时间最长的大汉王朝。

长江在这里被称为乌江，江流雄阔，状如奔马。太阳照耀的方式依然很古典，但和现实并无区别。斜阳脉脉，很有温情，也富有同情心的从树梢间穿过，照耀在林间空地。发黄的野草在晚风中窸窣有声，有点凄凄然，戚戚然。

乌江亭飞檐翘瓴，在夕阳中显得冷清和落魄。晚霞落在江面上，闪闪烁烁，浮浮沉沉，既有动感，又有质感。

风雨渗透历史，时空以凌厉的巨笔，涂抹着万物。杜牧有诗云："胜败兵家事不期，包羞忍耻是男儿；江东弟子多才俊，卷土重来未可知。"这位晚唐诗人只不过凭着诗人的浪漫和想象，发点历史的感慨而已。其实，卷土重来又怎样？还不是血河更加涌涨，尸山更加巍峨，战争的乌云更加磅礴？

游人很少，四周静谧无声。地上的落叶被风卷起，满天飞舞。天风作歌，流水伴奏，阔野古木同悲，一曲垓下绝唱，仿佛从苍茫的历史深处传导而来，低回，悲怆。腥风血雨，马鸣萧萧，这是一尊历史的大风景，是人类舞台上一幕悲壮的演出。项羽呀，你功盖天地，又恶贯满盈；你凭着力拔山兮的英雄气概推翻了一个暴政王朝，又给千万个生灵造成毁灭性的灾难。英雄与恶魔，光焰万丈的人格和凶残暴戾的性格，极不和谐地铸就了一尊历史的雕像。

我站在岸边，向历史深处眺望。我心里充满疑惑，为何千百年来人们把同情的目光掷给项羽？把哀怨的情思倾吐西楚霸王？是项羽的人格魅力，还是他的贵族身世？好像刘邦当了皇帝就违背天意，大逆不道？天下应属杀人恶魔？项羽有勇无谋，项羽骄横跋扈，项羽性暴，坑降卒，杀降帝，抢劫财宝，掳夺妇女，纵火焚烧人间瑰宝，心胸狭隘，容不得人。他不听范增之言，又中刘邦之计，结果美人江山全丢失。范增悲叹道："竖子不足以谋。"范增素知项羽秉性，为何不学管仲尽心辅佐齐桓公，一同"创立九合诸侯，一屋天下"的辉煌业绩？你倘若苦口婆心，像五百年后的诸葛亮鞠躬尽瘁，你们君臣风云际会，统率万里江山，何有垓下之围，乌江之恨？

历史远去了，留下许多谜团。项羽不肯回江东是否真的愧对江东父老，八千子弟？是否为了报答虞姬的千般柔情？是否因为"天下凶凶，皆苦于你我之争？"如果真的以"自刎"换取天下太平，换得百姓安居乐业，化干戈为玉帛，那么项羽真的是顶天立地的"失败英雄"。

长江东流无语，秋风萧瑟有声。岸边几棵樟树，并不年轻，叶子落光了，枝杈间留有巨大的空白，让你思索，让你想象。

2008 年 4 月

千秋纸墨是精神

一

茫茫神州，物华天宝。每一个地域都以自己鲜明而富有特色的文化瑰宝，热情地、踊跃地奉献于华夏文明的发展，为此做出积极的贡献。皖地表现得更为突出。

这就是笔墨纸砚，这是皖地的名牌，享誉海内的驰名商标。

几千年来，中华民族几经以夷变夏的风狂雨骤，却没有改变华山夏水的基因——古老的象形文字。大江南北，尽管方言口音相异，但仓颉创造的古老的文字把中华各民族紧紧地凝聚在一起。欧洲蛮夷南侵，古罗马文明一蹶不振的主要原因便是拉丁语文被肢解了的结果。一代天骄成吉思汗和他的子孙们，高举上帝之鞭，裹雷挟电，纵横驰骋，欧亚四十国衮衮王公，王冠落地，身首异处。成吉思汗建立了横跨欧亚大蒙古帝国，版图之辽阔前空千古。然而，当他的孙子忽必烈定鼎中原，狼烟俱净，烽火熄灭之后，以胜利者的姿态威风凛凛地站在大都城头上，欣欣然，陶陶然。当他的目光触及到华山夏水，蓦然间倒抽了口冷气：乖乖，茫茫中原大地，到处浸满了儒家文化的汁液，甩不掉，洗不净，心怵了，胆怯了，南宋可灭，古老的方块字不可灭！这横平竖直、一撇一捺，简直像魔方似的弄得你神魂颠倒。无可奈何，只好乖乖地洗去手上的血垢，恭恭敬敬请来汉族太傅太师，教子孙从小学生启蒙开始，老老实实地坐在案前，规规矩矩地一笔一画地描起红来。满人的铁戈金马，踏破长城雄关，推翻了庞大的大明王朝，最后把南明的小皇帝赶进大海，溺水而死，但却赶不走一个方块字，文房四宝，他动不得一宝。同样遇到麻烦，爱新觉罗氏的子孙们那双握长剑、拉强弩的手，十分笨拙地握起一管小小竹笔，面对洁白如雪的宣纸，两眼茫然，不知所措，不得不在汉族大臣指点下，歪歪扭扭地批示奏章。于是放下架子，年年月月磨炼。笔磨人，人磨笔。笔墨纸砚终于征服了这喝马奶子酒、吃手抓肉的北方强悍民族，使他们在横平竖直中规矩起来。由浮躁变得沉静，由蛮野变得文雅。他们尊崇儒学，师承汉典，苦读线装书，护荫翰林院，诗才书艺，风骚朝野。他们的野性被象形文字束缚起来，他们的悍气被笔墨纸砚收敛起来。一个漂泊的民族秉性发生变异，白山黑水间女真人后裔的生命和灵魂得到了洗礼和升华。

笔墨纸砚代替战刀和长剑。一个疆域辽阔的大清帝国成了汉字纵横、笔墨驰骋的天下，诗书经史成了这个风雪里出生在马背上长大的民族的启蒙课本。

楚辞、汉赋、唐诗、宋词、元曲、明清小说，汹涌澎湃的二十五史，中华文化发展史，灿若群星的文人骚客，哪个不是用笔墨纸砚创造的辉煌？他们笔飞墨舞，满纸烟云，写下震撼千古的华章，完成了光照千秋的人格造型。

甲骨文不说，自竹简绢帛（这是纸的前身）以来，五千年的汉语文字就用一管竹笔一砚墨汁，写出千秋华章。萧萧蒿草、凄凄瓦砾的废墟，厉厉西风、惶惶驼铃的大漠，到处都眠着用笔墨纸砚书写的古老故事。

笔墨纸砚写下了风雨苍茫的千古春秋。老子、庄子、孔子一代圣贤圣哲，君子好逑的《诗经》，魂兮归来的《楚辞》，半部论语治天下，渺渺的汉宫秋月，高山流水的琴韵，魏武的老骥伏枥之志，诸葛孔明的锦囊妙计，无韵离骚的《史记》，书圣王羲之的《兰亭序》，草圣张旭的狂草，李太白"天生我材必有用"的自信，苏东坡"大江东去"的豪情，名垂青史的《永乐大典》，前空百代的《四库全书》，还有十年寒窗苦，一把辛酸泪的红楼梦痕……哪部不是笔墨纸砚的歌飞色舞，淋漓尽致的疯笑癫哭！

再看那一幅幅书画，开拓了精神世界的广阔空间：滴露研朱点周易的冷哲庄严；风雨痛饮《离骚》的激烈浪漫；三百篇关鸠之唱孕育化衍出诗的狂想，诗的天真，诗的激情：文人雅士"度白雪以方洁，于青云而直上"的飘逸和悠远，将诗心托付于翰墨，寄兴肝肠于纨素。笔锋在撇奈之中，横平竖直之间，纵横驰骋，孕育出炎汉盛唐，文化的鼎灿，隆宋治明的华彩乐章，为古今开万世之繁华，为泱泱中华续五千年绵绵之烟篆。

浩浩翰墨铸就了一个民族的心灵史，文化史。

唐代女诗人薛涛曾有诗吟咏笔墨纸砚的诗篇："磨扪虱先生之腹，濡藏锋都尉之头，引书媒而默默，入文庙以休休。"

浓墨塑铸的风景，矗立地球东海岸的古大陆上，托起华夏一轮皇皇的精神的太阳。与其说笔墨纸砚是书写文化的工具，不如说笔墨纸砚是一种精神，是它的涵养培育了一个民族的儒雅、大气、刚毅、庄严而蓬勃向上的精神，中华民族正是凭着这精神，开掘了夐夐华夏文明之巨流，汹涌澎湃，涛飞浪卷。东方古大陆不沉，方块文字不老，笔墨纸砚将伴随一个民族走向永远。

二

我走进宣城，走进笔墨纸砚的故乡。

宣城，就是"千古比肩杜工部，一生低首谢宣城"的李白所心诚悦服的谢玄晖做太守的宣城；就是孟浩然"去去怀前浦，茫茫泛夕流"的宣城；就是杜牧"鸟去鸟来山色里，人歌人哭水声中"的宣城。宣城自古诗人地。这是一片到处弥漫着诗意、氤氲着诗情的土地。是诗人的诗词华章使宣城四宝名声大振，还是物华天宝的宣城笔墨纸砚激发诗人的灵感，创造出千古绝唱？宣城出宣纸。这里有潺潺水，这里有青青竹，这里有郁郁树，它们情之所钟，都钟情在这宣纸上了；山水林木都有灵性、神性，都化为柔韧如绢、洁白如雪、薄如蝉翼、轻如云烟的宣纸。

宣城造纸业历史悠久。早在唐代就用檀树皮和稻草捣制纸浆，制成宣纸。所谓青檀，是一种落叶乔木，系榆科，只在皖南的泾县（古属宣州）、宣城等地区生长。

在进入五代后，宣纸纸质比起蜀纸尚有差距。南唐二主李璟李煜父子，酷爱诗词书画，自然酷爱笔墨纸砚，刻意书画工具的精良，便派纸工去蜀学习，或请蜀地纸工来皖南传经送宝。这种"走出去，请进来"的方法，大大提高了宣纸的质量。"……既得蜀工，使行境内，而六合之水与蜀同，遂于扬州置物。"经过改良的宣纸，纸质有了很大的变化，光洁柔软，极富有弹性、韧性、吸水性，顿时名声雀噪，成了市场的名牌，抢手货。李后主喜爱备加，每当宣纸进贡，他都用手细细抚摸，仔细辨识，爱不释手，赞不绝口。李煜是个风流才子，读书很多，擅长诗词歌赋，琴棋书画，不是同和尚道士谈诗说文，就是沉溺后宫，与嫔妃吟诗作画，歌舞朝暮。

看到这洁白如雪、柔软如帛的宣纸，我眼前总幻出一千多年前的一些镜头：在红烛高照，雕梁画栋、瑞脑金兽、暗香浮动的宫殿里，李后主一身散发着才气、灵气和帝王的潇洒之气，似乎还染有一身江南文人雅士孱弱阴柔之气，握一枝御笔，饱润徽墨，任情挥洒。得意之时，吟哦出声，立在两旁的太监、宫女用赞美之音、阿谀之辞把个李大才子搔得美滋滋的。春宵之夜，良辰美景，或玉兔在天，满庭清辉，即使烟雨霏霏，雨打梧桐，珠滴芭蕉，更富有一番诗情。李煜纵情任性，一首首淫词艳诗，随着兔毫宣笔倾泄在如云似雪的宣纸上："一曲清歌，暂引樱桃破"，"花明月黯笼清雾，今朝好向郎边去"，"晚妆初了明肌雪，春殿嫔娥鱼贯列"，全是艳冶、噶香醪、敷檀香粉的风流丽人。李后主偎红依翠，沉醉翰墨，什么百姓死活，什么军国大事，什么赵匡胤屯兵江北，鹰视虎瞵的目光，投鞭断流的雄势，早就置若罔闻。

书论云："南唐李后主善书法各得右军之一体，若虞世南得其美韵而失其俊迈，欧阳询得其力而失其蕴秀，褚遂良得其意而失其变化，薛稷得其清而失于枸窘，颜真卿得其筋而失于粗鲁，柳公权得其骨而失于犷，徐浩得其肉而失其俗，李邕得其气而失于体格，张旭得其法而失于狂，独献之俱得而失惊急无蕴藉态度。"

可见李后主书法的艺术鉴赏力。在国家生死存亡之际，他仍然陶醉在艺术如梦如幻、美丽的氛围中。

古史记载仓颉造字，而"天雨粟，夜鬼哭"，可谓惊天动地而泣鬼神。

中国的象形文字，有许多文字从结构上看来，匠心独具，本身就是一种超绝的艺术品，这是千年古国的国粹。譬如"静"就是极美的字，一旁是"青"，一旁是"争"。"青"者蕴含着激情洋溢的生命力，"争"又体现出夸父追日，刑天舞干戚的奋斗精神。"静虚"，"静能致远"，阐述了天地间一个大哲理，似乎自然和人生充满了催人奋进，腾天跃地，又不事张扬的神秘力量。奋斗和超越，希冀和信念所凝结成的感悟，一种庄严肃穆的精神，崇高的诗意。

宣纸上燃烧着诗人的灵感。

宣纸上奔腾着艺术家的激情。

宣纸上有着皇帝老儿威严的圣旨。

宣纸上有封疆大吏六百里的“加急”。

……

画之神韵，诗之灵性，民族之文采，古国之风貌，皆现于尺素。

千秋纸墨，是中华民族有声有色的历史，从汉魏两晋时代“博哉四庚，茂矣六郗，三谢之盛，八王之奇”的壮观场面开始，无论浪漫的风流雅士，狂放的文章俊彦，落魄的士子，还有失意的皇帝，漂泊的隐者，得道的高僧……都借助纸墨，释放他们的才情，驰骋他们的灵感，放牧他们的思想。思接千载，神游八极，昭示他们内心世界的高远和幽深。这是中华民族文化发展史上永恒的风景。大汉的朴拙粗犷，两晋时代的典雅秀逸，盛唐的放浪任性，南北宋朝潇洒风流……他们的得意和失落，怪诞和卓荦，悲歌和欢欣，或生与死，苦与难，沉与浮，意志和信念，曲曲折折，踝踝蹒蹒，一路走来，形成一个民族的精神财富和生命符号。

纸墨铸就了一个民族灵魂的伟岸和庄严。

李后主将宣纸命名为“澄心堂纸”，这怕是中国商业史上比较早的商品注册。显然是皇帝的专用纸张。澄心堂是李后主批阅奏章之所，原是一所偏殿，原名“诚心堂”，后嫌太俗，改名澄心堂。李煜软绵绵白皙皙的手，握着宣笔，在刻龙雕凤的徽砚里润饱淋漓的徽墨，在“肤卵如膜，坚洁如玉，细薄光润”的宣纸上，挥洒艺术才情。

据说，宋兵已渡过长江天堑，兵临金陵城下，李后主正在香雾弥漫，阁暖如春的澄心堂潜心创作一首词。他坠入词的意境，神驰浪漫主义的天空，痴迷于美的创造，宋军的风鸣马啸的厮杀之声，并没有打断他创作的激情。谁知三年后，李煜吟罢“小楼昨夜又东风，故国不堪回首月明中”，“问君能有几多愁，恰似一江春水向东流”的绝唱，便一命呜呼，魂断异乡。

李后主亲手发展的皖南文房四宝，成就了一位优秀的词作家，也毁灭了一个江南小王朝。

而宣笔又是宣城一大瑰宝，是宣城人超越时空的骄傲。

这是上帝的恩赐还是天地之造化？正是一管兔毫笔，柔软如泥，又坚硬如铁，是它驱石鼓、钟鼎、甲骨、秦权、诏服，刀币文字，或刚毅奔放，或妩媚婀娜，或朴拙雄健，那一个个汉字因它们而精神了，潇洒了，灵性了，有了生命和灵魂！

宣笔产于泾县境内，迄今已有两千多年历史，被历代誉为"硬软适人手，百管不差一"而驰名中外。中国的历史是毛笔书写的历史。毛笔原比欧洲的鹅翎笔不知先进多少倍。当欧几里得在羊皮上演算几何习题时，当塞万提斯用鹅翎笔描绘唐·吉诃德挥动着骄傲的长矛，为梦中情人，同风车大战的故事时，当沙翁用鹅翎笔写出罗密欧与朱丽叶经典的爱情悲剧时，中国已用精制的狼毫笔、兔毫笔书写山河了。宣笔与宣纸一样成为宣城值得骄傲的名牌。宣笔的制作迄今已有两千五百多年历史了。据韩愈《毛颖传》记载，公元前230年，秦大将蒙恬南下时，途经中山（今泾县一带山区），发现这里兔肥毛长，便以竹为管，在原始的竹笔上改良毛笔。到了大唐帝国，泾县成了全国制笔中心，自然皇上用的御笔也产自这里。泾县就是被李白称为"桃花潭水深千尺，不及汪沦送我情"的皖南小县，属宣城郡，也就取名宣笔。

毛笔在中国古代称谓不一，说法各异。据史记载：战国时期，楚国称笔为"聿"，吴国称笔为"律"，燕国称笔为"弗"，直至秦始皇统一中国后才统称为笔。史称"恬笔伦纸"，即蒙恬造笔、蔡伦造纸。笔字拆开，上头为竹，下头为毛，秦定为笔，这是中国造笔史上一大革命，它奠定了中国毛笔生产的根基。毛笔文化从此揭开了辉煌的篇章。

中国宣笔传至汉代，制作技艺得到进一步发展，笔身装饰十分讲究，据清代唐秉均《文房肆考图说》："汉制笔，雕以黄金，饰以玉璧，缀以随珠，文以翡翠，管非文犀，必以象牙，极为华丽也。"魏晋时期，中国宣笔制作工艺又有所改进，此时对名家制笔取毫、制管、镶饰均有严格要求。主要是采秋毫之颖，削文竹为管，从而达到"写文象纨素，动应乎而从心"之奇特效果。

宣笔，那么一绺平平庸庸、纤细柔弱的兔毫，当它们化为不足盈寸的笔锋时，便能落笔起风雷，墨泼润天机；便能书写千秋文章，一管小小的竹笔能卷起万重巨澜，能搅起九天狂飙，能点燃狼烟滚滚，战火纷飞，能使万家墨面没蒿莱，能使大江东去浪淘尽千古风流人物。一管弱笔能胜十万戈矛，能运筹帷幄，决胜千里。笔伴丝竹舞，意随翰墨香。它以摇曳的千姿百态、浓墨重彩地绘出东方古大陆的历史大风景，这是人类文明的奇迹！

墨的发明大约要晚于笔。史前的彩陶纹饰，商周的甲骨文，竹木简牍，绵帛书画等到处留下原始用墨的遗迹。文献记载：古代的墨刑（黥面）、墨绳、墨龟（占卜）也均曾用墨。经过漫长的岁月，终于出现了人工墨品。这种墨大多是松烟和水胶的混合物。据史料记载，早在汉代就有人用松煤制墨，到了唐代制墨水平有了很大提高。色泽黑亮有光泽，以纸墨为载体的中国独具特色的古老书画，从汉代就覆盖了两千多年来中国文化发展史。文人书画把东方哲理、人文、诗学精神涵盖其中，在中国漫长的农业社会条件下，这种文化精神涵养和滋润了一个民族的灵魂，这是一种古老的文明，一种严谨优雅的人生。文化传承和递进的载体，书画家利用笔墨纸砚挥洒自己的激情，他们的笔墨造型、情趣、笔线的力感和韵味，墨色的层次和变化，在洒脱与豪放中，在婉约与细腻中，在点、擦、皴、染中，尽显自己的真性情。

唐朝末年，战乱频仍，狼烟弥漫大地。河北易州一位著名墨工奚超携子廷珪徙居歙地，南唐李后主见他们制造的墨“坚如玉”，兴奋之余，赐姓李氏。李廷珪的墨顿时名噪江南。

据记载李廷珪墨的配方是：“松烟一斛，珍珠三两，玉屑一两，龙脑一两，和以生漆捣十万杵，故置水中三年不坏”，所以“坚如玉”。

李廷珪墨被为珍品，国宝，能得一方廷珪墨，往往是文人的幸事，束之高阁，舍不得用，只有文朋诗友来时，才一瞻其容。自然李廷珪的墨作为贡品源源不断地送进李煜的澄心堂。南唐常侍徐铉“赏得李超墨一挺，长不过尺，细才如筋，与弟锴，其用之，日书五千字，十年乃尽”。可谓“惜墨如金”！

到了宋代，李墨益发难得，秦少游得其半锭，质如金石，潘谷见之而拜。有称“至宣和年，黄金可得，李氏墨不可得也。”

我想，那位书画大师，自创瘦金体的宋徽宗是怎样以闲雅的心情在金碧辉煌的皇宫里作书绘画，萧散雅正，“不徒素练画秋鹰，笔态冲融似永兴，善鉴工书俱第一，宣和天子太多能”（清·王文治《论书绝句》）。他的行、楷、草书，笔势挺进飘逸，瘦硬通神，有如切玉，世称瘦金书也。所谓瘦金书，是美其书为金，取富贵义，亦以挺劲自诩，与李后主诩其书为“金错刀”同一义。宋徽宗和李后主一样，用宣纸、宣笔、徽墨、徽砚作诗赋词，书法绘画，游弋在艺术的海洋，沉醉在梦幻般的世界里，结果丢了江山，一个死在宋徽宗的祖宗手中，一个父子双双被俘，魂断在北国的冰天雪地。翰墨本是文人的立世之根本，而以“治天下为己任”的天子皇上过于沉浸其中，必然会误国误天下。

南唐李后主、北宋宋徽宗，是中国历史上最尴尬的皇帝，一个宋词开山鼻祖，一个书画艺术大师，一生和翰墨打交道，结果如同一辙，这是命运的巧合，还是历史的嘲讽？

南唐李廷珪之后出现了很多制墨名家。但由于宋代文化教育事业的蓬勃发展，李墨自然供不应求。宋代郑文宝在《江表志》中记载：“大儒韩熙载延歙工朱逢烧墨，命其所指曰化松堂，墨曰元中子，又自名麝香月”。此后，我国制墨代有人才，北宋有潘谷，元代有胡文忠，明代有程君房、方于鲁，清代制墨名家更多了，曹素功、汪近圣、汪节庵、胡开文等四大制墨名家，但都视李廷珪墨为墨中极品，难有超越者。他们各有绝技，各执牛耳，各领风骚，驰名大江南北，冠压九州。胡开文墨成了徽墨的代名词。

我去胡适故乡上庄采访，一进村便有路标指示：胡开文纪念馆。便有乡人向我推销胡开文墨。

到了清末民初，胡开文墨参加巴拿马万国博览会以后，更是盛名天下。胡开文墨独步天下，尽开徽墨制造销售风气之先。

胡开文墨制作工艺和包装设计都十分精良，要求十分严格，配料一丝不苟。其墨坚如玉，纹如犀，色如漆，落纸不晕，余香满纸，万载存真，是中华一大瑰宝。

徽州多山多水，“水墨徽州”四个字最能概括徽州人文地理，风物民情。徽州不仅产名纸、名笔、名墨，还生产名砚。天公有偏爱，造化独钟情，一股脑儿把文房四宝都赐给这方水土。这不能不令人惊异，一部浩瀚的二十五史，楚辞汉赋，唐诗宋词，千古绝唱，锦绣华章，都是借徽州四宝书写下来的，小小徽州，为中华民族文化的传承，文化的发展，贡献何其大矣！

据史料记载，唐开元年间，玄宗赐给宰相张文蔚、杨沙等人的"龙鳞月砚"，就是歙县所产的一种名贵的"金星砚"。龙尾砚原产于皖南婺源(今属江西)的龙尾山，"其石坚劲，大抵多发墨，故前世多用之，以金星为贵"。由于歙砚石包青莹，纹理缜密，坚润如玉，磨墨无声，深得南唐元宗喜爱，在歙州专设砚务官，负责开采石料，精工制作砚台，称为官砚。

砚台必须用一种有气孔的特别石头，要善于吸引潮湿，并且善于保存潮湿。这种好砚台对书法艺术十分重要。一个上品砚台往往为文人视为至宝。好砚台是文人书案上的重要物品，因为文人的一生与之有密切的关系。父亲给孩子一个砚台，他必须保存直到长大成人，他还要在砚台上刻上特别的词句，祝将来文名大噪。

古代文人钟情于文房四宝，视之为生命。书圣王羲之的坟墓在浙东兰渚山下，不仅埋葬着王氏家族，还有个"退笔冢"。那是王羲之的后人智永法师平生用过的毛笔堆积处，笔成冢，墨成池，据说智永和尚用过的毛笔头就有五箩筐。那种勤奋，那种孜孜不倦的精神，真是感天动地，泣鬼惊神。宋代书画大师米芾酷爱名砚，见一方名贵砚台抱之三日不松手，由此而发展为见石头必衣冠整洁，行三叩九拜大礼，称之"石兄"。人称米癫。文化史上这样的轶闻趣事不胜枚举。

南唐是江南经济发展的黄金时期，徽州堪称南唐的经济特区，地位特殊，是徽商发展链条一个十分重要的环节。

徽州山多田土少且瘠薄，但造物主并不薄这方百姓，给他们带来这么多特产，供以养家糊口。这是一片神奇的土地，这里每一掃泥土，每一块岩石，每一棵树木，都为民族的发展，国家的兴旺，争先恐后地做出自己的奉献。

走进宣城，走进徽州，漫步城镇街巷，穿行山野村乡，我仿佛走进诗里画里，吮吸着艺术的芳菲，翰墨的幽香，心中激荡着一种文化的潮涌，诗情的浪涛。"水墨徽州"，是道出皖南这块风光宝地的精髓和神韵！

三

泾县的朋友邀请我去泾县，我提出要参观制笔厂，造纸车间，泾川的朋友却谢绝了：这是国家一级保密单位，绝不许外人进去。见我不解，朋友只好介绍了制笔造纸的几道工序，以释我的尴尬。我并没有怨艾，只是对宣纸宣笔增添了一种神秘感，还有一缕神圣感。比如毛笔吧，一管兔毫，笔锋至柔，怎能抒写出浩然大气千古春秋？怎能笔下出现雷惊电闪，惊天地、泣鬼神的华章绝唱？又怎能寥寥几笔能使山河壮色，江山易主？刚则易碎，柔则难摧。寓刚于柔，刚柔相济，乃创造出至仁至义至诚至信至恕至敬的民族道德。

小小竹笔消磨了一江南北多少英雄豪杰？

笔墨纸砚足以令愚者为智，蠢者为聪，弱者为强，懦者立志，器小者为大胸野，短视者为高瞻远瞩，扭转乾坤，抟扶宇宙。足以动亿万芸芸之众生，化乖为祥，化粗野为文明。

我一度认为"五四"运动取消了文言文，硬笔书法取代了毛笔文化，而今电脑泛滥，网络滥觞，硬笔面对小小鼠标，如临大敌，瑟瑟缩缩，惶恐不安，一副甘拜下风的萎靡。是的，鼠标一点，苏东坡的一轮明月腾空而起，千里共婵娟了；杜甫的家书连八分钱的邮资也不值了，有谁用毛笔小楷书写情书，对方不把你当做唐·吉诃德，也视为冬烘先生，信没看完便拜拜了。笔墨纸砚老了。笔墨纸砚是农业经济的产物，它会否像犁耙锨锄一样，陈列于博物馆里成为"农耕文化"的废墟？

我下榻的宾馆坐落在青弋江岸畔。涛声拍窗，我辗转难眠，披衣出室，独倚江南千顷月色，看月笼烟纱，听涛声浪语。青弋江是长江的支流，夜阑更深，从远处隐隐传来大江的雄韵。我凭栏放眼四野，月色下群山逶迤，对岸的丛林黑樾樾的，若隐若现，若即若离，朦胧迷离。我心中也迷惑不解，面对后工业文明的滔滔之势，面对着传统文化遭到风狂雨骤的摧残，我真想大声呼叫：问群山，问江河，问天上的星月，问千年列圣列贤的魂灵，笔墨纸砚作为中华文明史的承载者，传承者，真的衰老了吗？

山河缄默，星月不语。

青弋江本来性情闲雅，由于一连几场春雨，江水激情四溢，涛飞浪卷。我想，我们的民族五千百万文明史，江河日夜浪淘而始终无法漂白，难道又有什么能淘尽中国传统文化的日月精华？

不信你问问：《老子》老了吗？《庄子》老了吗？半部《论语》老了吗？孔孟的仁义礼智信老了吗？《春秋》《史记》那些褒贬抑扬的故事老了吗？《离骚》一腔忠愤老了吗？唐诗宋词华章绝唱老了吗？韩柳欧苏的人格才华老了吗？……恰恰相反，即使在商品经济喧嚣尘上的今天，在后工业文明势炎炽盛的时代，无论繁华的都市，或是偏僻的乡村，无论在雅斋，或是陋室，不时时出现笔走龙蛇，墨色飞舞吗？行草篆隶，竹兰菊梅，连竹篱茅舍都悬挂着无欲则刚，宁静致远，与文人雅士的铁肩担道义，妙手著文章。这些已组合成一曲磅礴的乐章，激荡于九州天涯之浦，回响在海峡高山流水之津……

历代文人在民族精神的原野上耕耘播种，无不是用笔墨纸砚这古老的工具。他们笔起风雷，纸落云神，神来飘逸，气来雄浑，情来超然，对美的创造是心灵的超越，和生命存在最高形式的追求。笔墨纸砚既是繁衍中华民族文化的积淀和传承的载体，又是中华文化普及和深化的媒介；既是我们民族精神的皈依，又是文化信念的图腾。

宣城文房四宝协会会长、市府办公室主任姜先进带我参观了文房四宝和书画展览馆，墙上满壁书画，橱子里陈列着笔墨纸砚样品，琳琅满目，且不说徽砚千姿百态，那四壁字画简直是座艺术的圣殿。这里荟萃了全国各地书画大家的墨宝，仔细阅览和赏读，或纵笔如风趋电疾，挥洒若兔起鹘立，横如列阵排云，戈如千钧弩发，点如高山之坠石，牵若万岁之枯藤，清透苍润，浑厚华滋，迷蒙淡雅，邃远苍茫，是线条和色块的疯歌狂舞，是虚实黑白的雄浑乐章。我呼吸着浓浓淡淡的翰墨幽香，满室艺术气息，似乎使我隐隐感悟历史的雄浑、博大、深旷，感悟到中国传统文化强大的生命力和源远流长。

笔墨纸砚铸就了中华文化精神。中华文化精神的内涵显著的两大元素，就是创造精神和批判精神。纸墨精神恰恰蕴含着这两种元素的菁华，既有披荆斩棘的创造精神，又有刀劈斧砍的批判精神。笔墨纸砚既书写了一个民族的历史，又升华了一个民族的灵魂；既承载着东方哲学，又承载着既古老又新颖，既传统又现代的人文和诗学审美意蕴。秦篆汉隶，魏行唐草，如同唐诗宋词一样成为中华民族超越时空的骄傲。当张旭以头濡墨书写"天书"时，你不感到一种叱咤风云，飞龙在天的磅礴之魂吗？当怀素挥笔之前，痛饮百杯，酩酊大醉，卧床短憩，然后跃身而起，狂呼长啸，在准备好的宣纸或绢帛上，如旋风般的横涂竖抹，那不是一种热情、狂躁的酒神精神吗？当你面对着《清明上河图》巨幅画卷时，不感到中华民族的泱泱大度，融融和气吗？几千年来，人们用笔墨纸砚创造了中国传统文化，也塑造了中国文人的人格形象。

笔墨纸砚是小农经济时代的产物，随着小农经济的终结，也必然完成它的历史使命，归于衰弱。就像唐诗、宋词、京剧一样，无论你怎么模仿、提倡，都不可能呼唤远去的唐朝、宋朝、大清朝的回归。

但中国文化的根基并未断脉，笔墨纸砚的实用功能渐行渐远，但它的艺术审美功能依然顽强地生存着。只要中华民族存在，汉语言的浩瀚大海不枯，古老的方块字不死，这种审美价值就不会消失。因为，笔墨纸砚的灵性已融进中华民族的肌体，而纸墨精神从根本意义上揭示了人类对宇宙大生命的重归认识，在挽救着后工业文明对人类文化资源的伤害。

我在书画展厅里逡巡浏览，看到陈列的宣笔、宣纸、宣墨、歙砚，感到书法和水墨画是永恒的艺术，一个民族的审美取向的精神仍如圣火熠熠不熄地燃烧着，它可以超越时空。千秋纸墨是精神。当我触摸这些笔墨纸砚时，也触摸到了一个民族的灵魂。

新安江，在春天的形式里

一

我又来到新安江。

这个“又”字说明我曾来过，至少一次。其实我去年春上来皖南路过新安江，只打了个照面，没留下什么印象。今年春天我是专门拜访新安江的。我不像唐朝那位叫崔护的什么鸟诗人，清明郊游，口渴了，到一所桃宅讨口水喝，人家姑娘挺热情，给了他一瓢水，他见这小女子人面桃花，便害了一年相思病。第二年桃花盛开的时节，他又重游此地，很想会见梦中情人。结果大失所望，门紧闭着，院内寂然无声，人去宅空，只有几枝桃花探出墙来，笑着、闹着，开得红红火火。触景生情，不免感到惆怅。于是他提笔在人家门上胡诌了几句：“去年今日此门中，人面桃花相映红。人面不知何处去，桃花依旧笑春风。”其实这诗纯属大实话，并非蕴含深邃，诗意超迈，可是崔护这个小子连同这首诗风流了上千年，看样子以后还要风流下去。

无独有偶，一千二百年后，有个叫戴望舒的诗人，雨天在某小巷遇见一位打着雨伞的姑娘。姑娘可能有什么心事，眉额微蹙，眉毛低垂，幽怨得像丁香结一样。他偷看了人家几眼，于是写了一首现代诗《雨巷》。谁知这首诗使他完成了一个诗人的飞跃，戴诗人出了名，诗被选入各种教材。

看来写诗作文并非靠什么技巧，关键是真情实感。诗是天籁，诗是美女，可遇而不可求。我来新安江会不会有奇遇呢？

新安江在江南并非名川大江，她是一条很清丽很雅静的江，肤泽光滑，腰肢舒缓有韵，眉眼含情，女人味很足，或者说是很性感的江。她怯怯地，羞羞地流过城市和乡村，穿过山野和平原，默默地流淌，既不放浪，也不张狂，娴静、幽雅、安逸。新安江的下游就是郁达夫赞美的富春江，再下去就是大名鼎鼎的钱塘江了。

新安江山水神奇瑰丽，她发源于胡适的家乡绩溪。两岸是黛色的峭壁，森森林木，苍苍郁郁映进碧波。水面是常年氤氲着薄薄的水雾，像少妇脸靥上淡淡的哀愁；又像梦一样扑朔迷离，谁也难猜透她的心事。迷蒙的烟雨来了，那是渲染江南最好的语言，船也像游在梦一样迷离的水墨画中。弯弯的江道，袅袅的舟楫，新月式的拱桥，粉墙黛瓦的民居、古樟、青石板叠砌的岸……堤岸上的人家，行走的男人、女人、老人和孩子，全富有诗意，全是画中的人物。

春来江水绿如蓝。绿，铺天盖地，肆无忌惮地泛滥着，淹没了每片土地。每一棵树，每一株草，每一枝野花，都积极热情，不遗余力地把生命推向峰巅，发芽、抽叶、开花，一丝不苟地展示生命的全部内涵、价值、意义。

一个小姑娘采了一束野花，在岸边跑着。她举起花朵，阳光下，她的小脸儿被花映得红扑扑的。那是生命进入了一种境界，向你展示着青春、激情、生命的饱满和力的汹涌。那花还带着朝露，鲜艳欲滴。小姑娘咯咯地笑着、跑着。新安江碧波里出现两朵花，一样娇美，一样艳丽。

在岸边，我看见一位老人正在剪修一棵花木，那花木我叫不上名字，但枝繁叶茂，一派盎然的生机。老人手中的钢剪快活地喀嚓喀嚓地响着，花木下面落了一地残枝断叶。花木似乎变得更精神、更风流了。我仿佛听见被剪掉的枝叶在哭泣、诉说：你们人类太自私了，太残忍了，你们只讲“以人为本”，从来不讲“以树为本”、“以自然为本”，你们的行动征求我们的意见了吗？我们同意了吗？这是侵犯树权啊……

我当时怨恨老头，你怎么能随便剥夺一部分生命呢？难道为了一部分生命的风流潇洒，就必须牺牲另一些生命吗？或者为获得人为的美就应付出许多生命的代价？而且死在花的季节，诗的岁月，美，就这么残酷么？老人的手中钢剪时停时动，他左瞅瞅右看看，端详一阵又动起剪刀来。他完成了一道中国最古老哲学命题：得与舍。那花木是按照老人的哲学生长着，难道会结出一个牛顿或爱因斯坦来？岸边是一排排不算年轻的樟树，它们端庄、飒爽，如仪地排列着，给东去的流水施以注目礼。倘若你仔细端详，那站立的姿势高贵优雅、彬彬有礼，像才华横溢、知识渊博，又谦谦然恂恂然的学者，看一眼就会油然而生敬意。

我呆呆地望着岸边的树，树有欢乐和忧伤吗？

我想起德国诺贝尔获奖作家黑塞的话，那位日耳曼人对树观察得真细，好像他本身就是一棵树。他说："当一棵树被锯倒并把它的赤裸裸致死的伤口暴露在阳光下时，你可以在它的墓碑上，在它的树桩的浅色圆截面上读到它完整的历史。在年轮和各种畸形上，忠实地记录了所有的争斗，所有的苦痛，所有的疾病，所有的幸福和繁荣，瘦削的年头，茂盛的岁月，经受过的打击，被挺过去的风暴。"树是很聪明的家伙，别看它不言不语，木木讷讷，但它很有心计，它悄悄地用年轮写下它的自传，不管辉煌的和屈辱的，它都一丝不苟地记录下来。

我想，那树也说不定捎带着记录了几笔新安江的历史。水，是无心计的东西，流去就流去了，逝者如斯，转瞬即逝。只有岸边的树给它保鲜历史：哪年闹洪灾了，谁家的房舍被冲塌了；哪年有只木船被弄翻了，沉入江底；或者谁家的小媳妇因受不了丈夫的欺侮投江自溺啦……你看树是有灵性的，我敢说，谁想欺侮树，连上帝都会为它们打抱不平。

夕阳向晚了，新安江的流水变黯了，山遮住了夕阳。沉重的山影压得江水发出痛苦的呻吟，浪花强忍着、叹息着向岸诉说着什么。

二

不知缪斯女神和哪位野神私通之后，便一连分娩了三个妖女：诗歌、音乐和绘画。于是人类的灵魂便再也无法安静下来，几千年来被她们纠缠着、折磨着、煎熬着。还产生一代代非常可笑的职业性的诗人、音乐家、画家，并在各自领域里铸就了一座座高峰，成就了一批声震千古的大师。但是这三个妖女并不善罢甘休，至今还用什么魔法，勾引着人类的灵魂，弄得一些人心驰神往，呕心沥血，皓首白发，衣带渐宽。从新安江画派画展大厅里出来，我就这么想。我沿着麻石铺设的堤岸，无目的地走着。我觉得新安画派就是缪斯女神的一个小幺女，看不见，摸不着。她像小精灵似的活跃在江两岸，活跃在这山野里、树林里、江水边。不管诗坛、画坛或文坛，形成一个流派者都说明一个地域文化的丰厚积累，是这方物侯、山水、风俗、环境所培育的果实。明末清初的新安画派就有渐江、戴本孝、吴山涛，近代黄宾虹则是新安画派的集大成者，把新安画派艺术水平推到一个极致。

新安画派的艺术特色是什么？我问一位青年画师。他正在埋头作画，激情在宣纸上撒野，时而像乌云一样磅礴着，时而像一缕炊烟飘逸逶迤。他慢慢抬起头，那长发油光发亮，散发着一种浓烈的艺术家的气息。他眼神有些迷茫地望着我，"啊啊"了半天，也没说出个子丑寅卯来。

艺术风格、艺术流派很难用教科书上的语言表达出来。说某某是什么流派，其实那是他人的看法，画家或诗人作家本人是不承认的也不好回答的。艺术是有个性的，就像一个地域的人不会有一种个性。即使一个"流派"也有千姿百态的差异。但艺术都有渗透性、融洽性，相互借鉴和影响，百分之百的独创是不存在的。

浓浓的诗情画意尽在山水之中。山水青苍幽邃，山气之沁人肺腑，山意之静谧悠远，水色之清鉴晶莹，千叠翠岚，万重云雾，清流茅舍，奇峰险崖，秋枫霜松，错落有致，无边风月在画家的笔下化为一个诗意的栖居。"搜尽奇峰打草稿"是新安画派之精神。在新安画派的山水画中，表现出雄浑、苍茫、烟润、厚重、饱满，铸就生动的气韵和气势。你看画家笔下，深幽林壑，老树古刹，瀑布飞流，残月如钩，烟雨蒙蒙，都无浮躁之气，或清爽隽秀，或雄健深沉，或鲜明净洁，或水墨滃然。画风追求清逸简淡，意境崇高、幽远、冷峻。一种独特的审美意蕴扑面而来。

我访问一位老画家，他侃侃而谈：新安画派绘画技法崇尚元四家，推倪瓒为宗师，绘画中渗透了画家对人生对社会独特的思考，寄情山水，达意林泉。新安大好山水为当地画家提供了很好的范本，更是他们从中吸取创作灵感的源泉。他说："新安画派的奠基者是明代休宁人丁瓒、丁云鹏父子及歙县人李流芳等。他们运用自己的智慧和想象，独特的中国画的空间结构，展示他们人格的追求，以及精神和灵魂的寄托——这也是中国画的精粹和核心。”

中国文人爱山水，好像自古至今不衰。不得志的读书人，以啸傲山水，放浪江湖，抒发对现实不满，宣泄胸中块垒；也有不少官员，真真假假地身在魏阙，心在泉林，吟诗弄词，涂山抹水，附庸风雅，以示“志存高远”的情操。老了又厌腻了官场的龌龊，便退居山野，徜徉丘壑，清风明月，烟村雾树，发几声人生感悟，以炫耀远离红尘的潇洒。据《儒林外史》记载，南京的清洁工——挑大粪的也装模作样的游山玩水，领略大自然之美！

古往今来，人们欣赏自然美的动机、视角都不一样。哲学家休谟欣赏田野的美，心态和农场主不一样；车尔尼雪夫斯基欣赏田野的美，则怀着农妇一样的心情；普希金走进彼得堡秋天的白桦林，那完全是贵族诗人的审美视角；而屠格涅夫欣赏草原之美，又带有人文主义的感伤……

中国人对山水的审美远早于西方，早在东晋时期，陶渊明、谢灵运就成了山水诗大师。中间小谢又清发，一大帮文人把目光从肮脏的官场，从混浊的尘世转移到洁净纯真的大自然。南北朝的宗柄就写了《画山水序》这篇专论山水画的美学论文。

而西方艺术家真正领略大自然之美，把油彩涂抹在山林是在文艺复兴后期，而文人则更晚了。到了 19 世纪，他们厌恶了资本主义的欺诈，金钱交易的肮脏，厌腻了现代文明的喧嚣和芜杂，才慢慢走向大自然，寻觅诗意的栖居……

天气很好，这是江南四月少见的晴朗天气。太阳妩媚而明亮，山野有袅袅蜃气，天空游弋着三两片薄得透明的云彩，白净得让人心疼，悠悠飘过，不留一丝痕迹。风柔和得像情人的肌肤。在这样的季节里，万物都按着自然的法则，忙着交媾，忙着怀孕，忙着分娩，忙着繁衍。

说真格的，我看了新安画派的画展，并未领略那些艺术家们的匠心独运，风格殊异的特色。我是一个画盲。但我知道艺术是一座精神的炼狱，通往艺术大厦入门口竖着一个指示牌，上书：此处是地狱入口处。只有憨傻的艺术家，把自己的青春和生命奉上艺术的祭坛。文学是什么？艺术是什么？这是极其复杂的精神层面上的东西。凡进入精神领域的往往带有一种宗教性质。我感受到惊奇的是：中国画如此神奇，画家信凭着一管狼毫、羊毫、兔毫，一砚墨汁，泼泼洒洒，涂涂抹抹，便出现千姿百态的画卷，山、水、林、鸟、兽、人……皴擦点染，勾勒纵横，那么神似、形似，把大自然缩小定格在尺寸之间，这真是艺术的奇妙。我不知艺术的真谛是什么，是寻美者的葬身之地，还是幸福的天堂？

你可以一眼看透合肥，看透安庆，你却看不透徽州，看不透新安江。

徽州是不可理解的。新安江是神秘的。

粉墙黛瓦，马头墙，高高的牌坊，窄窄的小巷，精细的石雕、砖雕、木雕，还有阴暗的天空，灰蒙蒙的细雨，陌生、神秘、神奇，我深深感到徽州是一眼望不到底的。她的博大、幽深、伤感、忧郁、苍凉、凄楚、典雅、隐忍……都有很深的文化底蕴。犹如古井，井旁还有百年老藤，墙有苔藓，村头巷尾，那几棵合抱的古樟。徽州像性情古倔、孤独、阴郁的老人，衰老和衰败，使人感到犹如明清时代的人穿上今天时髦的衣裳一般，如梦如幻。

任何文化艺术都是地域的产物，山野河流是它们的载体，一旦失去这些载体，文化艺术之花也就凋零、枯萎了。新安江依然在，青山绿水依旧是，尽管我不时看到残垣断壁、荒草冷月，我看到人们没有现代生活急弦嘈嘈的节奏，倒有大珠小珠落玉盘的清润，好像一切都很幽闭、静逸、淡漠。进一步探究，徽州精神相对低微，一直没有突破，没有先锋行为，细腻中暗藏着小气，谦恭中蕴含着卑微，幽深中又有促狭……

但艺术家、文人骚客却趋之若鹜，在这里挥毫泼墨，临山摹水，挥洒激情，燃烧灵感，从唐到宋，从明到清，到现代，新安江吸引了多少书画家，他们艺术天才的光芒在这里得到迸射、喷发，成就了一批批大师。

晚上，我坐在新安江岸边，脚下流水浅吟低唱，汩汩潺潺，凉意料峭。四月的夜晚，明月高悬，一川碎银，涌涌溅溅，再加上临江人家的灯火、岸边广告牌的霓虹灯光，满江红光斑斓，闪闪烁烁，像徽商豪富，浑身珠光宝气。从山野上吹来的风健朗端庄，它认真地抚摸岸上的花木，亲吻万物，一种温馨，几度爱抚。我身后是一座古宅，雕梁画栋已不在，但油漆剥落处，仍见历史的沧桑；笙歌弦舞已不再，但灯火阑珊依旧是；上马桩，系纤石依旧在，但昔日的奢华和威严已风逝云散；门前的石狮子已经苍老，但雄威不减当年。瓦楞间和檐草种子是明清时撒落的，春来依旧绿意葱葱。

这些古建筑、古民居，明月清风曾抚摸过它们，明雨清霜也曾折磨过它们。它们安详、平静，是青石和青砖垒彻起来的，它们结构严谨，显示内部的团结，这是生命存在的形式。它们的生存和抗争，是同时间和命运的抗争，是对自然和历史的一种挑战和超越。

三

在徽州那些日子，我几乎每天都在新安江畔行走，好像翻阅一部古书，阅读新安江的夕阳，阅读新安江的晨雾，阅读新安江的月夜。

从皖南的绩溪到浙江的千岛湖、富春江，几百里的流程，它吸纳了多少幽谷兰露、山川灵气。深碧而明澈的流水，荇藻摇曳，细鳞可数。远山朦胧，近山峥嵘，新安江被两岸的青山挤得瘦瘦的，山重水复，一弯一处胜景，一处胜景，一弯桃花流水。山重重，水复复，梦一样迷离，诗一样迷人。

新安江平静缄默，有点伤感，有点忧郁，还有点怨艾。静能致远。静能产生思想。思想是什么呢？有形状吗？有质量吗？有色彩吗？思想与思想之间为什么会产生差异？人为什么会生活在二元对立的状态？12 世纪的思想家和 18 世纪的启蒙主义者，都是名震华夏的大思想家，他们的故籍都在新安江。

但思想又像江河，它必须不断地吸纳千溪百川；一个大思想家不仅仅要有思维的广度，更重要的要有思想的深度，思路清晰，清澈、晶莹。

你看新安江是多么深邃，清澈啊！

"借问新安江，见底何如此？"它的清澈和晶莹，连李白这样放浪江湖、一生好作名山游的诗仙都震惊得目瞪口呆，半天才惊问："你为何如此清澈？"使人生出不忍对它有半点玷污的想法，甚至不敢到水中游泳，只能在岸边徘徊、观赏，只有静心屏气，才能领略它的内涵，它的深邃，它的清澈透明。

清澈是一种境界，清澈是一种精神圣洁的外在表现，它和崇高、神圣、高蹈、卓越有近似之处，至少存在着一种血缘关系。它的对立面应该是混浊，龌龊、肮脏、庸俗。你看阳光在上面跳跃的光影、光斑、光环，形成一种幻影。那是对红尘滚滚、滔滔浊世表现出的一种冷漠的反叛。

我想，李白喜欢新安江，真正是爱到骨髓里去了。

新安江，多么美丽的名字！

新安江是一部敞开的书，它深邃博奥，但又字句流畅，通晓易懂，就像哲理。哲理一旦成为哲理，那就是人人明白的东西。譬如说，两千年前孔子漫不经心地说了一句：逝者如斯夫！这就是哲理，简单得不能再简单，一切都像流水一样一去不复返，生活不是这样吗？孔子说了很多富有哲理的话，所以世人称他圣人。还有我们的祖先用两条日夜流转的黑白鱼来形容万物流变，生生息息，阴阳变幻，那才是大智慧，大哲理。宇宙间万事万物不就像那两只小鱼在日夜流转吗？这是东方哲学家的睿智，一百个苏格拉底再加上一百个亚里士多德也没有如此高超的智慧。

新安江既深奥，又浅显。悬崖是它的符咒，漩涡是它的秘语，浪花是它的歌吟，江湾是它的起承转合，江流便是它的底气内蕴，它解密着一部地域文化史，也创造着许多历史与现实的鲜活情节和细节……新安江像一卷蕴含古人性情的好文章，处处弥漫着一种文气、雅气、书香才子气。

不，新安江本身就是一种文体，两岸的山林田园就是它的语言。

新安江接纳了许多溪流：宛流、清溪、绩溪、屯溪……每条溪流无论多么细小孱弱，却包孕了天地之灵气，日月之精华。沿着新安江行走，你会看到皖南如涛如浪逶迤跌宕的群山，山里有峡谷，谷里有村庄，山顶覆盖着森林，山坡上有茂茂腾腾的茶园，山坡下是金灿灿的油菜花，整个春天就像闹元宵节似的热烈、喧嚣。

江上有风，风吹浪起，舟楫破浪而行，机帆船的马达声撕破了山谷的宁静，船娘的谣歌袅袅地回荡在江面上，又撒落在两岸的森林和山野里……

造物主是严峻的，它聪慧而公正。它把静与动，山与水，无声与韵律，贫穷和富有，雄奇和跌宕，恰到好处地构成一种和谐和平衡。

我站在江边上想。如果偌大的地域没有江河，那土地该是多么单调乏味，还有什么生命的灵性和睿智呢？否则历史会缺乏深度，生活会缺乏厚度，命运因缺乏跌宕而失去美感。

四

这里是朱熹思想的源头。朱熹的祖籍是徽州歙县，南宋淳熙三年(1176)二月，他率族人回故乡讲学，亲手栽下象征“二十四孝”的二十四棵杉树苗，呈八卦形。朱熹高扬的是“存天理，灭人欲”的大旗，使之成为南宋的正统思想，并且一直影响明清。朱熹宣扬的这种犬儒主义恰好中统治者的下怀。朱熹一生三次来徽州讲学，每次数月。他思想的种子撒遍故乡的山山水水、村村寨寨，以至几百年来徽州这片土地变态地弥漫着程朱理学的氛围，一种残酷的非人性的道德紧紧束缚着一颗颗生机勃勃的灵魂。新安江畔，徽州山野，处处都有“贞妇烈妇”，“孝子贤孙”为传统礼教殉身而竖的牌坊、碑碣，化为后人人生的路标，生命的昭示。当一种思想变成狂热的宗教而执行着，那么真理就悄悄远行了。

徽州人精神中有极强的犬儒主义成分，对世故的圆融，自我压抑，是精神的萎缩，灵魂的卑微，生命的幽闭。这种地域文化按照它的遗传基因只能培育出一代代标准的良民，绝不会培育出杀人越货的强盗，揭竿而起的绿林好汉。所以胡适尽管呐喊了几声，很快就变了腔调，始终没有走出儒家思想的囹圄，飞来飞去宰相家，成了蒋家王朝驻外大使。胡雪岩驰骋商海，富甲天下，为大清王朝即将倾覆的大厦，竭尽股肱之力，目的就是换得一顶红缨顶子，最后又成为封建官僚机器倾轧的牺牲品。这固然是他的生命悲剧，更深的原因是渊于地域文化。

一个人，一个民族，过于拘谨，过于谦卑，过于温良恭俭让，决不会造就出体魄健硕、雄气磅礴、敢作敢为的民族；过分的老于人情世故，过分圆融，这个人就会平庸，就缺乏楞角，失去率真，失去粗犷、正直、浑朴和野趣，也就失去创造力和开拓意识。

但人类的思想像闪电，只有乌云磅礴时发生相撞，才能璀灿、辉煌。六百年过后，也是新安江畔休宁县又出了一位声震18世纪的大思想家——戴震。戴震和他的前辈朱熹大唱反调高声疾呼：程朱理学是“杀人的刽子手！”这犹如哲学家尼采大声喊叫：“上帝死了！是我杀死的！”主张天理和人欲并非矛盾，既存天理，更要人欲，人的物质需要和社会道德不能分开。情理之和谐即宇宙之和谐，一个和谐的宇宙是美好的宇宙。戴震的思想的确给18世纪凝固的思想界带来一场房倒屋塌的地震！

尖锐的冲突，锋芒相对的分歧，使统治了几百年的程朱理学发生嘎巴嘎巴的断裂声。18世纪人文主义的曙光撕破僵死的程朱理学的阴霾，这是人性之光，这是启蒙之光。你看戴震纪念馆里那尊青铜塑像，双目炯炯，目光洞穿历史苍茫的时空，透露出理性批判主义的思想光芒，这是启蒙主义的光芒。

戴震出身贫寒，一生颠沛奔波大江南北，讲学著述，五十岁经纪晓岚推荐入“四库全书”馆校理古籍。他精于考据、训古，在天文、数学、物理、地志、经籍考析等领域都有很高的学术造诣。尤其可贵的，他不断探索“古今治乱之源”，以思想家大无畏的勇气，严厉审视统治者僵化的官方理学，尖锐地批判“后儒以理杀人”，提出了“体民之情，遂民之欲”，“舍名分而论是非”的哲学思想。这是思想解放的春雷，是中国人文主义哲学的伟大日出，被历史学家和哲学家称为“八百年中国思想界一大革命”，“发二千年所未发”。

戴震与朱熹思想的交锋，无疑是一种时代的进步。18世纪西方世界已完成了文艺复兴的伟大革命，一个热气腾腾的工业革命在欧洲诸国蓬勃兴起，蒸汽机的发明，法国大革命的爆发，攻陷巴士底监狱，释放政治犯，发表《人权宣言》，把路易十六送上断头台，资产阶级革命胜利的欢呼声震撼欧洲……

而东方这片古老大陆还在僵死的程朱理学的禁锢中，封建专制达到空前的成熟。乾隆皇帝自称天朝天国，陶醉在“盛世”的繁荣里……殊不知在遥远的大海大洋那边，铁甲舰船早已拔锚起航，向着东亚大陆气势汹汹驶来，滚滚的浓烟撕破海空的湛蓝……

然而戴震的思想革命并未得到官方认可，他哲学思想的光芒，很快被磅礴的封建纲常和礼教的乌云遮住了。直到他的高足弟子段玉裁的孙女婿龚自珍喊出："九州生气恃风雷，万马齐喑究可哀。我劝天公重抖擞，不拘一格降人才！"这杜鹃啼血般的嘶哑之声，这悲怆的呐喊，回荡在苍茫大地万籁沉寂里……

朱熹、戴震抓住了古老中国思想和思维的脉搏。两位老人缓缓走远了，留下了时代的底色。

五

在雅静的江村，宏村，那些纯粹的写意式的翠竹、雨亭、楼榭、石桥、溪水……都散溢着明清的气息。江村和宏村又是忧郁的、哀伤的，似乎浸泡在古典和沧桑里。薄暮黄昏，又飘零着细雨，天地间缭绕着沉沉的意绪，这古村蕴含着难言的惆怅。树叶油油地亮着，瓦楞上的水滴都是遗憾的韵律。情感的破碎，铺陈出生命的破碎，无法回归，也无法追寻。

雨雾更贴切地表达了它的气质内涵。

新安江的春日，在这淡淡的细雨中，总感到有黄梅戏的韵律飘来。心灵里像有一翎柔软的羽毛，抚摸着，撩拨着，有一种快慰，又有一种伤感。尽管我知道黄梅戏源自安庆，但我却固执地认为黄梅戏应该属于新安江。

黄梅戏，为何用这个名字？黄梅季节家家雨吗？也许在这样的雨季，人们刚忙完插秧，又逢雨天，就搭台演戏，也是一种休闲和娱乐。那清丽的唱腔和江南的细雨，抚摩着一方水土的面靥。

任何戏剧的形成、发展和成熟，都是经过千百年水土的酝造，是人文思想的融化。那纤柔的音韵，那悠扬的带有悒郁的情愫，吐出了声音的花蕾，点缀了养育自己的水土，使如画的江南又多了几分飘逸与空灵。

《天仙配》演绎了一幕千古爱情的经典，荡人情怀，催人泪下，千古幽怨永远化解不开。即是现代的卡拉 OK、咖啡厅、酒吧间、夜总会，这些声、色、光、影芜杂斑驳的地方，仍然飘荡着"树上的鸟儿成双对，绿水青山带笑颜……夫妻双双把家还……”这浸透伤感的浪漫，这虚无缥缈的甜蜜，这经典的爱情唱得那么真挚、感人、哀婉、细切，难以言传的美丽声音，带着江南山水的空灵、鲜润。望着新安江畔的竹林、海棠、杜鹃、古樟、新柳，我问新安江，是哪方缪斯女神孕育出这伟大艺术的经典？

新安江水悠悠流淌着，岸边的村镇、街巷，依然回荡着黄梅戏清丽、婉约、细腻、优美的唱腔。山的逶迤，水的隐约，云的缥缈，雾的袅娜，野花的幽香，藤萝的缠绵，皖南的神韵，江南的烟花，都在这唱腔里。还有说不尽、道不完的忧郁、悱恻、惆怅……

黄梅戏像李白赞美的纪叟老汉酿造的“老春酒”，清醇，甘美，让你未饮而醉，让你流泪，让你憧憬，让你回味。走进黄梅戏就是走进艺术，走进历史。遥远而清晰的梦幻，幸福而哀怨的惆怅，仿佛牛郎和织女相逢在前方田野上。老槐树依旧在，绿水青山依旧在，夕阳、老牛、暮鸟……整个布景，一幅水墨滃然的中国画。它永远在黄梅戏的韵味里，在咿咿呀呀抑扬顿挫的旋律中。它萦绕你，它撩拨你，像岚，像雾，你挥之不去，又无法躲避。它使你欢欣，使你悲伤；它使你激动，使你深沉；它给你甜蜜，也给你凄苦；它使你想入非非，又让你感到是是非非。是这山、这水、这天、这地、这草、这树……集体创作了黄梅戏。它只能诞生在江南青山绿水间，牛郎织女只能相遇在这夕阳、老牛、古树、远山里。这袅袅的旋律永远凄迷着、感伤着、哀怨着、惆怅着……也甜蜜着，化为泪眼迷蒙，像一帘迷离的烟雨。我真想挽住一缕旋律叩问：山河依旧，风景永在，织女啊，你为何一去不回头？难道只能在七夕相会于银河鹊桥？

新安江两岸山坡上，绽开着灿灿的油菜花，金黄得耀眼，金黄得让人惶惑。

新安江是不可理解的。它的深邃，它的神秘，它的典雅，它的高贵。有些东西你肉眼是看不到的，因为它弥漫在天地间，氤氲在大气中。

这片土地产生美术、诗歌、音乐、哲学……产生一批批才华横溢、灵感四溅的诗人、画家、戏剧家、哲学家。这简直是一片全才的土地！这是艺术的天堂，也是精神的炼狱。试问茫茫九州，何方土地能与之相媲美？

让我感到，新安江简直是天造地设，或者说造化之功，抑或说人灵地杰，它是美丽寻求者的终极坟墓，还是一片艺术的净土。它是艺术家、诗人、哲人赖以洞察人世的起点，是永不可知的历史淹没在岁月无尽的尘埃中的一座纪念塔，是江南原野上一杆被风雨漂白的旗帜！

为了美术、戏剧、诗歌、哲学和思想，那些皓首华发的哲人、诗人、艺术家，吮吸着这片土地的精华，又像蚕一样在这片土地上抽丝结茧，使这片土地更加诗化、艺术化、神奇化。

这里的山逶迤、舒缓、幽静，不喧嚣，不峥嵘，不飞扬跋扈，再加上满山遍野羞羞答答修竹芳草，更凸现出一种雌性，一种女人味。

春天，正是孵化期，牛哞、羊咩、犬吠、虫吟、鸟鸣，风拨动着树林和拔节的麦秆儿发出铮铮的声音。这些音响都是从这片土地上冒出来的，是这片土地的感悟，当然还有袅袅炊烟，淡淡的雾霭。蜿蜒奔腾的新安江水，使这片土地更富有灵性、才气。

六

新安江就是这样的，它不盛气凌人，也不咄咄逼人。这里盛产伟人，但它不是名震天下的大江大河。

新安江不算长，因为它曲折回环而舞姿紧凑，更能让人看到曲线的美；比起大江大河，她躯体苗条纤细，柔婉逶迤，使这江更富有美感，性感。

它的水色不是那种清澈得像泉水一样，它是青碧色，碧得发绿，山因它而葱茏，天因它而湛蓝，它的丰富和完美超出一般想象的力度。它的性格内向矜持，所以虽然孕育了许多伟人，但它自身并不显赫伟大。

新安江不单单是一条清波湜湜的江河。它了不起的地方，在于它是一种体系，结构严谨，影响着周围的一切，风格、文化、物质、民俗、方言。它把这一切都纳入它的范围，甚至构成它肌体的一部分。

你看排列在岸边的屋舍，全是黛瓦粉壁、马头墙，雕花的窗户，门楣是精致的砖雕，庭院是几棵青竹或芭蕉，油漆剥落的明清家具，古色古香的楹联。人与人的关系，道德规范也像新安江一样谦恭平和。还有，你看那沿岸生活着的人们，他们悠闲、平稳、平和的神情，男人的矜重，女人的娴静，孩子的读书声，老人抽烟的姿势，以及吐出袅袅的烟圈，悠悠幽幽，都带着一缕禅意。他们无论做什么都细心、精致，显示出对生活，对人生一丝不苟的严谨，这仿佛受同一哲学的驱使。

这一切也是风景。

新安江为这一方地域创造了风景。

走在新安江的石桥上，不仅感到古典韵味，还会感到一种乡愁：小桥、流水、人家、落日、归雁、渔笛孤舟，漠漠云烟，纷飞的芦花，但这一切都带有一种伤感的情愫，是悲剧的氛围。毕竟新安江是载着徽州人乡愁而流淌的江。它宁静，它雾气濛濛，它水中摇曳的荇藻，都是一个千年的梦。

乡愁是中国古典文化的一大情结，是一种意念，那是渔樵互答，衰柳斜阳，老牛哞叫田园生活的召唤，是诱人的饭香，袅袅的炊烟，母亲的呼唤……那么沉静地横亘在流水和无边的岁月中，恍如一个梦，充满忧伤的诗意。

有流水便有乡愁。徽商们小小年纪便踏上故乡的石桥，身背小小的印花包裹，带一把油纸伞，乘坐一只乌篷船，水一程，路一程，风一程，雨一程，迢迢千里。云迷雁唳，雨打秋篷；秋意凄凄，情怀凄凄；朝卷帘看，暮卷帘看，故乡一望一心酸；云也迷漫，水也迷漫，故乡啊渐行渐远。远游的萧索，苍凉的心绪，怎能不感慨万端："前世不修，生在徽州；十三四岁，往外一丢……"（徽州歌谣）这种"走西口"式的歌谣是典型的乡愁情结，是凄悲人生的感谓。因家乡人多地少，贫困窘迫，十几岁的男孩不得不告别亲人，走山越水，投亲靠友，经商打工。三年、五年、十年、二十年，他们凭着徽州人特有的顽韧，倔强和忍耐，吃尽他人不可忍受的艰辛，承受他人不能承受的苦难，终于"发"了。于是春风得意，于是衣锦还乡，于是大木船上装着一箱箱金银细软……于是在家乡大兴土木，修房盖屋，建造花园亭榭，以炫耀财富，展示奢华。大辈子的辛苦、闯荡，终于达到人生的峰巅。这是徽州文化最辉煌的章节，是徽州文化最深厚、最动人的一部分。另一类，是读书，新安江两岸尽是耕读人家。他们在程朱理学的熏陶下，悬梁刺股，划粥而食，三更灯火五更鸡，苦读四书五经，科举及第，终于白马红缨，成了高官大吏，于是乘着画舫，奴婢簇拥，扯鞭放炮，仪仗赫赫，威风凛凛回到故乡。地方官早就恭候在接客亭里高接远迎，那真是人生最壮丽的风景。

历史并不会总保留一种形态，曾经作为水运必经之途的新安江已不复存在。帆樯如云，船桅如林，商船麇集，已成历史的插页。徽州商人编撰的各类路程图记，永不复为南来北往的游子揣在怀里，一解迷津。

新安江作为文化载体也必然会蜕变些什么，失落些什么。

徽州文化是中国封建社会后期社会文化发展的典型缩影，又是中国封建社会后期乡村民间社会与文化发展的真实展现，而且徽州文化存在着显著的整体系统性特征，更突出的一点，徽州文化不是废墟文化，考古发掘文化，历史传说文化，而是一种现实性很强的文化。

新安江孕育了徽州文化。

我总觉得新安江是一条忧郁的河流，我扔一颗石子，试探水的深浅，新安江用很沉重的声音回答了我。新安江从不张扬，它深沉、有毅力、有耐力、执著，也任性。是自惭形秽的徽州人性格影响了它，还是它铸就了徽州人的秉性？两岸青松苍劲，翠竹挺拔，这貌似恬静温柔的流水，还蕴含着一种铮铮骨气。

这条河曾养育了朱熹，养育了戴震，养育了梅尧臣、陶行之、胡适、胡雪岩……这些名震华夏的风流人物，一批批状元进士，侍郎、御史、知州、知府，还有相国……历史曾吮吸新安江的乳汁，长得健壮，长得丰满。对岸山上草木在夕阳中胀起青春的红晕，生命即是在黄昏也生机勃勃。

深渡码头距歙县县城足有十五公里，我是乘出租车去的。师傅当然是本地通，他把车子开得很慢，一边让我尽情欣赏新安江风光，一边给我们讲述新安江历史文化，古人轶事。他说，明清时期这条江可繁忙呢，大船小船密密麻麻，满载着山货、茶叶、蚕茧、毛竹、粮食，运进运出。吆吆喝喝，一条江都像烧沸了。你知道胡雪岩吗？大清朝鼎鼎大名的红顶商人，他的船帮摆起来就有好几里长。这个人真是有本事，朝廷里哪个王爷不巴结他，连老佛爷都高看一眼，要不怎能赏他一只红顶子？人家富嘛！富得连尿壶都是金镶银裹。左宗棠大军收复新疆，军需粮饷都是人家胡雪岩包揽的，你说他多有能耐……

新安江曾创造多少辉煌，富商的船帮，高官大吏的游舫，歌妓优伶的画船，世俗和高贵，浅薄和深邃，生命的荣耀和羞涩，人生的崇高与卑贱，整整一部徽州的历史，新安江都记录着，承载着。新安江，而富春江，而钱塘江，而大海。新安江是一棵根系发达的古树，枝繁叶茂，浓荫匝地。认识它，你会由衷地产生一种历史的沧桑感、文化的厚重感，历经苦难的自信感。

我们沿着江岸时行时停，几只白鹭在空中盘桓，飞翔的姿势优雅动人。这种高贵的鸟已成了稀有物种，它落在对岸的树枝上，弄得整个树林都旋律般地颤动起来。这里的人称它叫鹭鸶，一身洁白的羽毛，红喙，细腿。它是鸟类中的美女，是白色的小天使，吉祥的小精灵。新安江有了它才显得活泼而灵动。

还有杜鹃花，那花开得热烈，疯疯癫癫，恣肆狂放。你很难想象，它的精力如此充沛，激情如此盎然，漫山遍野，火焰似的。这些花你不能用含苞欲放、蓓蕾初绽这类俗气的词汇来形容它。它在一夜的春风里，像满山士兵听到冲锋号声，齐刷刷从隐蔽的树丛间蹿出来，于是青春的火焰便喷射了，燃烧了，把宁静的新安江也感染得情绪奔放了。

2007年11月

附录：

美文的弹性

——郭保林散文的整体评价

高万云

我不知道该怎样概括郭保林的散文！

柔媚，刚劲？飘逸，深沉？婉约，豪放？崇高，优美？热烈，冷峻？诗的灵动史的悠远思的深邃情的炽烈景的绚烂言的鲜活？郭保林犹如丹青圣手，把种种色调调和得相济而不相犯，相亲而不相仇，真可谓兼具情之两柄，集聚美之诸维，融会文之多边。更为难能可贵的是，郭保林运思因宜适变，行文伸缩自如。于是我想到了一个词：弹性。

是的，郭保林的散文极具弹性。

一

说实话，近年我很少读散文作品，因为我不喜欢那些矫情、造情甚或煽情的拙劣表演。所以，当我出差济南，郭保林把他的散文集《阅读大西北》赠给我的时候，我并不以为意，只是出于礼貌把它当作旅途中看了就忘的消遣品。然而，这本书竟使我夜不能寐，欲罢不能。从济南到威海整整一个晚上的时间，我都被书中浓烈的炽情激荡着，燃烧着，冶炼着。于是，一下车，我就找到了郭保林近二十部作品集：《青春的橄榄树》、《有一抹蓝色属于我》、《五彩树》、《绿色的童话》、《春天的蓝方程》、《一半是蓝，一半是绿》、《昨天的地平线》等，于是我追踪了郭保林散文创作的全过程，于是我发现了那些让我激动、让我神往、让我愉悦、让我如痴如醉的东西。

心理学上有一个具有公理性的命题：情生于人之需求，需求决定人之态度。作为个体，每个人都有维持有机体平衡的生理心理需求；而作为集体的有机组成部分，每个人又都有追求集体平衡的个人态度。作家就是把这种种态度表现出来的优秀个体，而郭保林正是这优秀个体中的典型代表。因为他的散文充满了人、民族、人类的丰富的情感。

郭保林的散文有着深厚的民族感情，这主要体现在他反映中国西部历史、表现华夏文明的文化大散文中。如在散文集《阅读大西北》中，郭保林是把西部作为一部浩浩巨著来“阅读”的，他不仅把西部作为画卷，在那阔大的“书页上”圈山点水，披风抹月，而且把西部作为历史，点校历朝历代的荣辱得失，批注各族各姓的爱恨情仇。更重要的，作者还把西部作为诗篇，从中感悟宇宙创化之道，人生盈虚之数。当然，在作者眼中，西部还是哲理的书，风情的书，宗教的书，民族的书……就在“阅读”这部“无字天书”的时候，作者一方面感受吸纳了大西北的精神与灵气，另一方面也倾注了他对自然和社会，历史和现实，物理和人生的强烈的忧患意识。他不但从内蒙古的草原感受壮阔，从新疆的天山感受崇高，从西藏的雅鲁藏布江感受坚韧，而且还从戈壁看到了苦难，从大漠读出了苍凉，从干沟领略了死亡……对自然的沧桑巨变、人类的坎坷命运寄寓了深深的忧思，发出了辽远的喟叹。在作者的眼中，阳关、玉门关、嘉峪关雕刻着中华民族艰苦的历程；边城、长城、圣城记载着各个民族离合的循环；边塞诗篇、龟兹乐舞、川江号子传达着历代文人骚客、牧民纤夫的真情实感。甚至，一只苍鹰、一棵孤树、一枚残刃，一匹汗血马，也折射出民族的、历史的、宇宙的过去和未来，悲观和乐观。于是，他饱蘸着情感，唱出了、喊出了、写出了一篇篇如诗如画的美文。《阅读大西北》就成了作者“苦难的精神之旅”，并进而在这心灵历程中领悟出悲壮的人生走向：“应该像隐忍的骆驼，不畏风沙弥漫，不惧烈日炎炎，不恋芳草野花，不惑灯红酒绿纸醉金迷，不惮道路的艰险漫长，一步一个脚印走下去”。这是何等的豪壮！可以说，正是这种对国家民族、对自然社会的忧患意识，才使得郭保林的散文更接近文学的本质。

在散文集《昨天的地平线》中，作者用历史的眼光看风景，把风景放在时间和空间的坐标中。他笔下的巴音布鲁克草原，天地放射着秦蓝汉绿，山水缭绕着古音今韵；他笔下的河西走廊，甘新公路、兰新铁路和明长城的交汇，已经变成历史和现实的碰撞，开放和封闭的对话；尤其是他在描绘喜马拉雅山时，更是通过喜马拉雅山的历史去感受崇高和壮美，感悟永恒和伟大；通过自然的演化揭示人世的沧桑变迁，人类的多舛命运；更通过崇高的参照，透视人类的猥琐和渺小，卑鄙和丑恶，肮脏和耻辱，低贱和下流，揭示宇宙万古不变的真谛：走不出大悲大难，永不能大彻大悟！可以说，历史的视角使郭保林的散文笔调更苍劲，内涵更厚重。

其次，作者用风景的视镜看历史，把历史放在形体与声色构成的画框中。他不但由风听到了“风鸣马萧萧”，由雪看到了“大雪满弓刀”，由草感到了“寒草烟光阔”，由沙想到了“大漠孤烟直”，而且从凉州想到了“凉州七里十万家”，从阳关想到“西出阳关无故人”，从玉门关想到“春风不度玉门关”，从交河城想到了“黄昏饮马傍交河”。作者的想象呈辐射状，只要有所触发，他就会放射出无数历史的射线。在《走阳关》中，当作者来到阳关故址，他看到的不止是眼前断断续续的城堡墙基，而且看到的是王维的阳关，唐诗宋词中的阳关，想起那飞檐翘瓴的关楼，那荷戟而立的士卒，那雉堞上的残阳落晖，那垛峰上的清霜冷月，以及那骨横朔野、魂逐飞蓬、负戈外戍、杀气雄边的悲壮和惨烈，进而得出“人类在创造辉煌，时间在吞噬辉煌”的历史结论。不但如此，他还能从一草一木、一沙一石，读出多味的历史。如在《戈壁有我》中，他不但能从漫漫古道联想到驼铃的悲怆和戍边将士的悲绪，从浩浩风沙联想到闺妇的春梦和征夫的相思，从苍凉浩瀚联想到李广霍去病的战马，张骞唐玄奘的驼队，而且能从三三两两的红柳、星星点点的芨芨草和索索丛丛的骆驼刺联想到甲戈森森，旌旄烈烈，战马萧萧，联想到厮杀声嚎叫声呐喊声呻吟声，联想到血染沙碛，尸暴荒野……而这一切，又都源自作者对人类命运的关心、关注、关切，来自作者浓烈的民族情感。可以说，作者就是一个大慈大悲大彻大悟的智者，他的作品真正具有屈大夫的“忧内患外”，司马迁的“述往思来”。

郭保林的西部散文不仅是在写景，更重要的是把西部风景人文化了，情感化了。他的视野不仅有穿透性和纵深感，而且有辐射性和开阔感。作者自己也在《草原，一页绿天》中就道出了这一点："风景是什么？是天地万物灵魂的展示，是大自然精神的外在表现，是宇宙之神的杰作。"于是，万物之灵长——人，就成了这风景的主体，而这主体为生存而生发的争斗拼杀恩怨情仇，为更好的生存而构建的琼楼玉宇锦服华章就成了这风景的动态画面。作者好像一位圣哲，端居云头，纵看千年历史，横览万里山河。前溯古人，后接来者，对悠悠之天地，独怆然赧然愤然欣然。他赋黄土高原，实赋华夏母体之悲欢；他写古都西安，是写历代王朝之兴衰；读凉州，读出了文化之交汇；读三关，读出了人类之惨烈。面对天山，他悟出了民族之节操。面对草原，他读出了人民之智慧。抒写秦汉长城，那是在讴歌民族之尊严；追忆昨天的地平线，又是在赞美人类精神之本原……而所有这一切，这种长焦取事广角选景的摄"影"方式，自然展示出宏阔的视野。而这又都来自作者那阔大的人文情怀。

作者出身于孔孟之乡，更迭之世，这自然承传了传统文人的悲悯意识；他喜爱远游，包括肉体上跨越名山大川，也包括精神上穿越历史文化。更重要的，作者这种自然与社会交融，物事与人文一体的表现手法，又主要取决于作者深爱这片土地的赤子之情。也就是说，作者的悲悯意识，包括忧患意识、宗教意识、沧桑意识等，使他的散文充盈了赤子之情、浩然之气和崇高之美。可以说，这就是《周易》的"修辞立其诚"，这就是孔子的"文质彬彬"。我们读《黄土高原赋》，读《昨天的地平线》，不仅是在"游"山"玩"水，更重要的是在披山阅水，不仅在重温历史，更重要的是在追问历史，不仅在用器官吸纳自然之灵气历史之精髓，而且在用心灵光照（对，是光照！）神造之自然和人造之历史。作者那仁者爱人爱自然爱世界爱宇宙的博大情怀，决定了散文磅礴的气势，宏阔的视野以及史诗般的笔法。

郭保林的散文不但有对祖国、对民族，对人民、对世事的深层的、深沉的爱，炽热的、浓烈的情，而且还有对家乡、对亲人、对人生、对爱情的博大的、厚重的爱，涟漪的、缠绵的情。这类散文大都收在他二十世纪最后十年的一些作品集中，如《五彩树》、《郭保林抒情散文选》、《春天的蓝方程》、《绿色的童话》、《一半是蓝，一半是绿》等。郭保林始终对家乡有着深深的眷恋，儿时的记忆、游子的思念、真诚的祈盼始终萦绕在他的心头。所以，故乡的一片白杨林、一线瀑布、一眼泉水、一轮明月、一座小桥，一个农家小院，都能勾起他浓浓的乡情，都变成了他倾诉的对象。比如收入人民教育出版社全日制高中语文教材的《我寄情思与明月》，饱蘸着赤子之情，写出了对儿时，对家乡的刻骨铭心的思念与思恋。用散文中的话说就是：

久离故土，难免心中郁积起一叠叠沉甸甸的乡情。

乡情像一条坚韧而绵长的丝线，无论走到哪里，它总是伴着我一同前行。山，隔不断；水，剪不断。一头系着故乡，一头系在我心中。在城市住久了，思念故乡的心越发殷殷的了。

于是，那儿时故乡的月夜，月下的幸福与甜美、欢笑与淘气、清幽与喧闹，使作者萌动了一种伟大而纯挚的情感；而月下破旧的村舍、原始的农具、古老的歌谣，又使他"萌动了苍茫的历史感和沉重的使命感。"总之，齐鲁大地的山山水水、沟沟壑壑、花花草草，他都寄予深深的感情。当然，他更多地关注人的美好的情感。首先是爱情。开始，我不相信这么个风风火火的山东汉子能写出细腻而优美的爱情散文。但是读了他的散文集《青春的橄榄树》（人民文学出版社，1991）、《有一抹蓝色属于我》（作家出版社，1991）中的爱情散文后，我简直不相信这是真的。这就是那个气贯长虹、披风抹月的郭保林么？朦胧的初恋、缠绵的热恋、痛苦的失恋，都被郭保林描写的纤细入微，纯美真切。红男绿女们微妙的内心世界，稚嫩的情感表现都被郭保林诗化了，哲理化了。难怪有人要说他的爱情散文是"诗化恋情哲学"、"诗化恋情心理学"，也难怪有人说郭保林是"中国的拜伦"。其实这些说法都不准确，郭保林就是郭保林，他的爱情散文本身就是抒情诗！是从一个热血汉子心中流出而又经过柔性加工的美的音节！

郭保林还有着一颗童真无邪的心。这有他的《绿色的童话》为证。在这部书信体的散文集中，他以纯真纯洁的情感表现，为孩子们唱出了一首首纯美的歌，和孩子们进行了一次次淳朴的对话，表现出他自已也是孩子们的美好追求，抒发出孩子们也是他自已的毫无污染的绿色情感。

这就是郭保林，一个情炽如火的郭保林，一个情柔似水的郭保林，一个情纯若雪的郭保林。

这就是郭保林的散文，饱含如火似水若雪的丰富情感的抒情散文。

二

郭保林散文的第二个特点是有着清醒的文体意识。前几年，文化散文、历史散文很热了一阵子。客观地说，这些产品确有不少可圈可点之处，如知识的丰富性、思想的深刻性等等。然而，好则好矣，但大都不是作为审美表现的文学作品，而是一些纯理性的杂感漫谈。然而，读郭保林的散文却不是如此，它有着极强的文学性，我们自始至终都能感受到一种文学语境的笼罩，艺术神韵的激荡。它格调高古，情信辞巧，突破了展览学问、贩卖古董的学究化写作套路。几年前，个人化写作方式大盛，于是，所谓个性张扬的作品充塞文坛，出现了不少家长里短、撒娇撒野似的散文作品，而郭保林一扫那些绮靡柔媚、脂滑粉腻的女性化传达方式，写出了纯美高雅的抒情散文。具体地说，郭保林的散文不仅有意义（这个意义兼指内容和价值），而且有意思（这个意思兼指情趣和趋势）。作者始终是在艺术地表现生活，审美地抒发情感，更重要的，在审美趣味的前提上，郭保林的散文各呈异彩。有时近诗，请看《我在草原上追赶落日》中的吟诵：

> 汽车依然奔驰。
>
> 草浪汹涌着，澎湃着，呐喊着，喧嚣着，扑扑啦啦，连绵不断地向车窗扑来，溅我一身草绿、草香，一股浓浓的蒙古味。我有点惊惶，又难以躲闪。眼前的风景一卷卷铺过来，铺开来，铺成一曲敕勒歌，铺成一首古乐府的意境，铺成汉唐边塞诗人一行行壮美凄怆的诗句。

这里写草之盛、草之绿、草之香，并由此联想起中古时代的歌谣诗乐，然而，作者却写得极富机趣，语义的重建，组合的移位，感官的沟通，语象的叠合，作者在草原这阔大的书页上注满了形形色色的象似性符号。不但让语言负载情感运输意义，同时也把注意力引向了语言自身。于是，散文也就步入了真正的文学——诗的境界，成就了一部严格文学意义上的美文。

有时又近史，在《阅读大西北》、《昨天的地平线》等文集中，郭保林的散文呈现出情系千古兴亡，景融万里荣枯的史的厚重。不少人认为《阅读大西北》中大都是写景散文，主要写西北的壮阔、雄奇和荒凉。其实这是一种误读，因为作者并不仅仅在阅读西北的山水风情，而且还在思考西北、中国乃至人类的文化传承，表现出浓重的历史意识。可以说，《阅读大西北》并不是用美文写成的历史，而是用散文写成的史诗！请看这些散文：《草原，一页绿天》、《草原无标题》、《我在草原上追赶落日》、《浪漫的草原》、《秋日草原》等，不仅是在写草原的春夏秋冬、日夜晨昏，也不仅是在写草原的花草树木、湖泊河流，更不仅是写草原的苍鹰百灵，骏马牧犬，而且写出了草原的沧桑变化，历史更迭，当然还有草原的痛苦和艰辛、骄傲与悲壮，当然还有那生生不息、坚忍不拔的精神。再有，《昨天的地平线》简直就是古丝绸之路的发展史，《阳光下的风景》又是河西走廊的历时剪影，《走阳关》、《玉关情》、《夜读嘉峪关》是对三关过去的追溯，还有，《凭吊交河故城》、《痛苦的土地——吐鲁番巡史》、《龟兹乐舞之源》、《曼荼罗的精灵》等，又可以说是关于西北的军事、音乐、文化的断代史。它写的是那样凝重、深沉，给人以悠远的厚重感。

有时又像赋，而这取决于宏大的文本建构与抒写方式。郭保林散文的文本建构与其宏阔的视野有着高度的和谐。这首先体现在它汉大赋式的鸿篇巨制和铺排藻丽的表现策略。作者有着豪放洒脱的性格，有着深厚坚实的学养，所以他无论是写黄土高原、戈壁草原、是写长河落日，还是写大漠孤烟，是写古丝绸之路，还是写今边塞雄关，无论是写人写马写鹰写天鹅写草写树花写沙石，都是那样下笔如注气势不凡，不少篇章像汉大赋一样美轮美奂，但少了汉大赋那样的矫揉造作。如读他的《感悟天山》，总让我们想起枚乘《七发》中对“观涛”的描写，那种腴词云构，夸丽风骇，令人顿生崇高之感。《西北望长安》《阳光下的风景》其风格与司马相如的《子虚》《上林》二赋何其相似，保持了宏构伟词，华彩美质，去除了浮夸侈靡，虚辞滥说。《奔腾的史诗》和《草原，一页绿天》中天马行空的想象，铺排比属的修辞运作，与冯衍的《显志赋》有着异曲同工之妙。而《龟兹乐舞之源》中对歌乐舞女描写那举体华美的文笔，缠绵悱恻的感情，更使我们联想到傅毅《舞赋》中对美女仙姝的渲染。请看：

> 酒店中侍酒的女郎云髻高耸，罗裙飞旋。她们以婉转的歌喉，优美的舞姿招待客人。她们鲜艳的服饰，纤柔的腰肢，袅娜的舞姿，灵巧的手势，流盼的眼神，动若风卷莲花，静如胡杨婷婷，仪态万千，风情万斛，可谓七彩迷目，五音乱耳。随着琵琶的节奏，羯鼓的铿锵，时而把你带入塞外戈壁大漠高山空旷苍凉的意境；时而把你带进古战场血肉迸溅，天崩地坼的杀伐声中。她们是群山的歌手，是草原的歌手。越是荒凉的地方，生命越展示出强旺和热烈的气息。

读到这里，我们不是可以想到那些“罗衣从风，长袖交横”、“姿绝伦之妙态，怀悫素之洁清”的舞女来么？何以如此，表现相近使然也。而《给K给M给N给……》中对女大学生歌舞的描写简直就是曹植《洛神赋》的现代版本：

> 美丽的姑娘，以鸟为声，以目为神，以柳为态，以玉为骨，以冰雪为肤，以秋水为姿。姑娘的静态美是娴雅、秀逸、妍丽、明艳、素静幽洁、玉骨冰心，而那动态美，是轻盈婀娜、千娇百媚、翩若惊鸿、笑语生香、艳光四射、丰采照人，全身上下都散发着芬芳的气息与美的韵律。

还有，郭保林的有些散文还像书信。这倒不是因为散文集《绿色的童话》用的是书信体，更重要的是他那亲切自然而又有距离感的角色意识和朴实而又华美的言说方式。读着他写给“萌萌”的每一封“信”，我们感觉到了一位长者对晚辈娓娓讲述着外边的美丽世界，同时也体会到一位作家与一个假想的（也许是真实的）读者的亲切对话。这自然拉近了作者与读者的距离，也提高了作品的可接受性。

当然，郭保林的好多散文很富哲学思辨，也正因为如此，才有人称他的爱情散文为“诗化恋情哲学”。总之，郭保林的散文在文体上做了大胆的尝试，并且都获得了较大成功。这一点，在当今散文作家中无有出其右者。

三

与文体意识紧密相连，郭保林散文的第三个特点就是它自觉的语言意识和修辞意识。诗生于情，但情并不是诗；文定于体，但体也不等于文。这是说，情感与文体最后必须由语言来表现，来传达。美的语言与艺术的表现是文学作品的最根本的存在方式，文学语言是作家是否优秀的主要标志。正因为如此，法国的孔狄亚克在《人类知识起源论》中说：当一种语言造就了伟大作家的时候，方才达到了完美的境地；而当一个作家创造性地使用和发展了某种语言的时候，那么这个作家就是伟大的作家。可以肯定地说，汉语是伟大的，因为它造就了无数著名的文学家；我们也说，郭保林是伟大的，因为他极尽了汉语言的一切可能性。在他的散文中，语音的舒促错落、平仄轻重以及滑涩洪细都各得其所，语词的高雅古奥、浅易通俗以及方言习语各尽其职，语句的常变顺逆、整散松紧以及长短主从各极其致。可以说，郭保林的散文语言不但符合语言规范，而且富有审美韵味。当然，与此相连的就是他独到的修辞策略。郭保林不仅以情感为基点，而且以修辞为羽翼，而这恰好与钱钟书先生的修辞理论互为参证。早在二十世纪三十年代，钱钟书就有过精辟的论述："所谓'不为无病呻吟'者即'修辞立诚'之说也，窃以为惟其能无病呻吟，呻吟而能使读者信以为有病，方为文艺之佳作耳。文艺上之所谓'病'，非可以诊断得；作者之真有病与否，读者无从知也。亦取决于呻吟之似有病与否而已。故文艺之不足以取信于人者，非必作者之无病也，实由其不善于呻吟……盖必精于修辞，方足'立诚'，非谓立诚之后，修辞遂精，舍修辞而外，何由窥作者之诚伪乎?"（钱钟书《中国文学小史序论》）这就是说，郭保林的散文之所以能打动人心，深入人心，与他高妙的修辞表现是密不可分的。

郭保林的修辞风格也是具有弹性的。有时秾丽豪迈，奇崛壮美，《阅读大西北》与《昨天的地平线》把这一风格推到了极致。它们像一曲曲波澜壮阔的交响乐，像一幅幅浓墨重彩的山水画。然而，这豪华壮美并不仅仅是外在的涂脂抹粉，而是"浓妆淡抹总相宜"的"随物赋形"。这可用《周易》中的三句话加以概括：一是"修辞立其诚"。这和郭保林真诚豪爽，从不作伪的个性是分不开的。读《阅读大西北》中的几十篇散文，我们觉得篇篇都从他的心底自然流出，毫不拿腔作调，扭捏作态。无论褒贬山水，还是臧否人物，都是他道德吸引力、认知判断力和审美感召力的真实表露。二是“变通以趋时”。这主要指作者始终坚持因宜适变的修辞策略，把创作设定在时代与地域、文化与物理、情感与理性的坐标之中。也就是说，作者施言，因情而变，因时而变，因境而变，《走阳关》的沉郁，《高原问天》的睿智，《浪漫的草原》的欢快，就是这一特点的最好注解。三是“言曲而中”。这也许是作者身在孔孟之乡崇尚中庸之道所致，他的散文不但情信，而且辞巧，言意和谐，文质彬彬，行于所当行，止于不可不止，真正体现了中国修辞学整体考察、动态把握的运筹学方略。

有时飘逸缠绵，细腻优美，这主要表现在他那些反映人情人性，反映自然山水的散文上，他写爱情，是那样的柔曼，写童年，是那样的天真，写山水，又是那样的绮丽。如果我们把他的两类散文放在一起，我们简直不敢相信这出自一个人之手。不过，在使用语言的技巧上，在修辞策略上，都是一以贯之的。它不但凭借有形的语词负载信息，而且在词际句际中注进了丰富的“隐形语义”；不但利用语言单位惯常的逻辑含义，而且十分注意语言单位临时生产的修辞意义；不但让每一个词句表达思想，而且要从整体上放射情感；不但通过语法沟通主客体的联系，而且通过韵律增加意味。而这就是俄国形式主义代表人物什克洛夫斯基所说的“陌生化”：“诗就是受阻的、扭曲的语言”。请看《戈壁有我》中的一段：

> **目睹这漫漫戈壁，谁说这里是不毛之地？戈壁滩曾长出二十四史一页页的辉煌，曾长出唐诗宋词的悲壮，曾长出阳关三叠的凄怆，也长出过“劝君更尽一杯酒，西出阳关无故人”的黯然神伤……**

郭保林深知，诗是语象建构的感情世界，所以他这段散文中的语言符号，不再是纯粹概念的负载者，而是渗透了感情、意象、韵律等审美因素，对语义进行了二度约定，从而产生了语义超载或曰语义溢出，表现出言外之意，无穷之意。如“戈壁滩长出二十四史”——“长出二十四史的辉煌”，就是通过诗化的表达手法建构起“自然繁衍生命与史家撰写历史”、“生物之茂盛与历史之辉煌”的象似关系，从而步入了诗的境界。可以说，这样的表达在郭保林的散文中到处可见，比比皆是。如在《黄土高原赋》中，作者写道：“莫非是千百万年来，风刿、雨剐、雪礫、霜剜、雷劈、电击，使得你的面貌变得奇伟嵯峨、粗糙、粗粝，甚至有点丑陋。”这些硬性词语的选用，大有“鬼才”李贺的词诡调急，色浓藻密，使我们不禁想起李贺《李凭箜篌引》中“石破天惊逗秋雨”之“逗”，《雁门太守行》中“黑云压城城欲摧”之“摧”，《剑子歌》中“隙月斜明刮露寒”之“刮”，《唐儿歌》中“一双瞳人剪秋水”之“剪”，《金铜仙人辞汉歌》中“东关酸风射眸子”之“射”，《神弦曲》中“桂风刷叶桂坠子”之“刷”。可以看出，郭保林的散文与李贺的诗具有同构关系！

同样，在那些柔曼的散文中，这样的手法也比比皆是。如《清明三月看杜鹃》中说杜鹃花“从山脚一直撒向半空”；如《春天的呓语》中写小溪“载着树影、花影、云影、人影，像载着一片彩色的梦”；如《大山的肺叶》中写姑娘们“用流行色、新款式来装点自己的青春了”等等，不禁让人想起宋无名氏《失调名》词中写灯的“金莲万盏，撒向天街”，李清照《武陵春》中“载不动，许多愁”，杨炎正《蝶恋花》中“帘外丝丝杨柳舞，又还装点人情绪”等诗句诗眼来。这种隐喻式移用、错位式拟接，柔性词语选用，又说明郭保林散文的弹性修辞策略。

由上可知，郭保林绝对是内外双修的散文大家，郭保林的散文绝对是情、理、美三维的文学精品！正因为如此，我愿意把他和他的散文推荐给大家：奇文共欣赏，佳作相与析！

原载《聊城大学学报》2004 年第 5 期

（作者系山东大学分校教授，中國语言修辞学会常务理事）

后　记

执笔写这篇后记时，我想起了两个神话传说中的人物：一是夸父，一是精卫。

夸父长得五大三粗，身强力壮，干什么不好？种庄稼准是一把好手；若是打铁，抡起大锤，锤起锤落，虎虎生风，他准是个好铁匠。可是他偏偏选择了追日这项工作。他发誓要和日头赛跑，你能追上日吗？你能赢得鲜花和掌声吗？他的悲剧在于他不知道能不能追上日，他注定是追不上日，这憨厚而倔犟的汉子，死脑壳，认准一条道走到黑。他跑得筋疲力尽，他累得腰酸腿疼，他渴得唇焦舌燥，但他不为自己的行为而后悔，他把生命做赌注，朝着遥远而不可即的目标追赶、奔跑，他不会停下来。这是他的命运。他也不知道命运的结局如何。头脑清醒的局外人说："夸父追不上日，这是命里注定。"但夸父说，即使永远追不上日，也要扯紧自己的一生，朝着日追逐、奔跑。夸父的一生是悲壮的，充满永远的遗憾，悲剧性。

还有一只美丽的小鸟，名叫精卫，看模样很聪明伶俐的，却也干着傻头傻脑的事。你一只小鸟从遥远的西山衔一木石，要立志填平东海，这真是太荒唐了！这不是给上帝开了一个天大的玩笑吗？但她却风雨兼程，日夜不息，飞来飞去，不知疲倦，这是一种愚蠢的行为。精卫不明白她注定是失败者，凭她微不足道的力量是永远不可能填平大海的。可悲的是她不知道自己的命运是悲剧，而固执地干下去，好像她来到这世界上不是为了别的，只是为了填平大海。就如钟表上紧发条就得走，她活着一天就填一天，只要她活着就得填，至于能不能填平东海，她毫不在乎，无怨无悔……

写作是一种命运。

缪斯女神诱骗了许多傻子，为她殉道为她献身，成为她案上一盘祭品。文学艺术是一条没有彼岸的河流，无论你怎样勤勉、奋搏、跋涉，你永远达不到辉煌的彼岸。就像夸父永远追赶不上日头，精卫永远填不平大海一样。文学是愚人的事业，聪明人是不干的。但它又是民族智慧的结晶，是民族文化的源头，更是民族精神，民族心理，民族意识的根脉所在，它为民族的生存和繁衍提供了强大的支撑。

而今商品经济的疯狂和嚣张，使得精神高地日渐萎缩，甚至淹没；精神家园荒芜，甚至丧失殆尽。而最能体现人类理想和时代精神的文学已被商品经济的急风暴雨摧残的一片狼藉，影视网络的泛滥更使具有深阅读价值和具有真正文学意义的作品日渐凋零。我们正处在一个浮躁、迷惘、惶惑的时代，一个急功近利的时代，一个喧嚣芜杂的时代。一双看不见的竞争的大手，把我们的日子撕得粉碎，血肉淋漓，但谁又能阻挡得了后工业文明急促前进的步伐呢？

近期报刊时常出现“文学将死”，“文学在走向消亡”的言论，虽非危言耸听，倒也道出文学的生存环境的日益逼仄。小说、诗歌、散文之类的文本，缺乏技巧的创新，写作者心灵的枯竭倒也是事实。

其实大可不必担心文学的命运，当前的萧条、冷落、枯竭是暂时的，文学自有它的发展规律，永远不会消亡。文学是什么？文学是人类思想和情感的表征、是时代精神的折射。既然人类的精神和情感不会凝固、干涸，那么直接反映现实生活和人类情感的文学怎么会死亡呢？一个没有文化的民族是愚昧的民族，一个没有文学的民族是没有灵魂的民族。

我想起福克纳在诺贝尔颁奖大会上的致辞：“我相信人类不但不会苟且地生存下去，他们还能蓬勃发展。人是不朽的……诗人和作家的职责就在于写出这些东西，他的特殊的光荣就是振奋人心，提醒人们们记住勇气、荣誉、希望、自豪、同情怜悯之心和牺牲精神。”文学作为人类的精神支柱永远不会摧折，昭示人类灵魂的伟大旗帜永远飘扬在时代的街垒上。

文学是精神的产物，凡是精神层面的东西，都接近于宗教。宗教精神实际是一种献身精神。世人浮躁，作家不能浮躁；时代在断裂，作家的精神不能断裂。要冷静、沉着、调整心态，不断探索，不断提高自己的文学修养，艺术审美情趣，用生命去写作，这样才能使我们的文学成为真正感动人的艺术。文学的实践证明，凡是感动人的作品，都有“美”的存在，即有美可审的地方。尽管我知道这是一条没有彼岸的河流，但不应该停下脚步。夸父追日、精卫填海是反映人类与自然的抗争，但也张扬了人类高贵的精神。

感谢著名作家张炜，他在百忙中为这本集子写了序言，他的小说写得很好、散文也写得很好，是我非常尊重和学习的榜样。还有许多为我写过评论文章的学者、专家、教授、作家，有许多人至今未曾相识，感谢他们的热情鼓励和关爱。感谢山东教育出版社的领导和朱晓晨编审，在文学的非常时期，热忱地接纳了这个选本，并付出很多心血。

2009 年 6 月 18 日作者于泉城